BASTEI
LÜBBE
TASCHENBUCH

Weitere Titel des Autors:

GILWENZEIT:
Bd. 1 Der vergessene Turm
Bd. 2 Der verlorene Brief

Titel in der Regel auch als E-Book erhältlich

ÜBER DEN AUTOR

Robert M. Talmar, geboren in Hannover, ist als Berater in der Wirtschaft tätig. Er ist Autor mehrerer erfolgreicher Sachbücher. Dennoch galt seine Leidenschaft von Jugend an auch dem phantastischen Genre. So stammen unter anderem ein gutes Dutzend Science-Fiction-Romane und -Novellen aus seiner Feder. Er lebt mit seiner Familie in Norddeutschland.

ROBERT M.
TALMAR

DER VERLORENE BRIEF

GILWENZEIT

BASTEI LÜBBE
TASCHENBUCH

BASTEI LÜBBE TASCHENBUCH
Band 20750

1. Auflage: Oktober 2013

Dieser Titel ist auch als E-Book erschienen.

MIX
Papier aus verantwortungsvollen Quellen
FSC
www.fsc.org
FSC® C006701

Originalausgabe

Textredaktion: Dr. Frank Weinreich, Bochum
Lektorat: Ruggero Leò
Kartenillustrationen: Markus Weber / Guter Punkt, München
Titelillustration: © Hrvoje Belic
Umschlaggestaltung: Guter Punkt
Satz: two-up, Düsseldorf
Gesetzt aus der Garamond
Druck und Verarbeitung: CPI – Ebner & Spiegel, Ulm
Printed in Germany
ISBN 978-3-404-20750-3

Sie finden uns im Internet unter
www.luebbe.de
Bitte beachten Sie auch: www.lesejury.de

1. KAPITEL

Glimfáin

ALLE HOFFNUNG WAR AUS Finn gewichen. Es gab kein Entrinnen. Er hustete und keuchte. Der junge Vahit hielt Tallias Kopf dicht an seine Schulter gepresst, schützte ihre Haare mit seinen Armen, obwohl die Geste so sinnlos war wie jeder Gedanke an ein Entkommen. Aber es war das Einzige, was er noch für sie tun konnte. Sie halten und schützen. Für wie lange?

Für Minuten? Oder nur für zwei, drei letzte Atemzüge? Doch das Luftholen war fast unmöglich geworden. Die Luft kochte. Seine Augen brannten im beißenden quellenden Rauch. Die Tränen verdampften auf seinen Wangen. Das sich heranfressende Feuer leckte beinahe an ihren Kleidern. Die Hitze wurde unerträglich.

Später wusste er nicht zu sagen, was eher sein Bewusstsein erreichte: das nie zuvor gehörte *Lied* oder das beginnende Tröpfeln des Wassers.

Zuerst glaubte er, seine vom Qualm umnebelten Sinne spielten ihm einen hämischen Streich. Als wollten sie ihn mit seinem letzten Atemzug verhöhnen. Aber dann bewegte sich die übel riechende Wolke weiter. Auch Tallia regte sich in seinen Armen. Sie wandte den Kopf, als lausche sie. Zugleich sah er ihr Gesicht, das von Tränen überströmt war. Bis er merkte, es waren mitnichten Tränen, sondern Tropfen, die vom Himmel fielen und über ihre Wangen rannen: zaghaft zuerst, dann sich munter mehrend, alsbald heftiger und härter fallend, bis ein wahrer Regenguss über ihren Köpfen herniederging. Ehe sie sich's versahen, waren sie klitschnass.

Kaum zehn Herzschläge später ergossen sich ganze Sturzbäche über sie, als kippte jemand über ihnen Fässer um Fässer um. Im Nu standen sie mit den Füßen in knöchelhohen Pfützen, und immer noch regnete, schüttete, prasselte es.

Aber es war nicht mehr das Feuer, das sie hörten, sondern das Klatschen der fingerdicken Wasserfäden, die in die Riedgräser peitschten, sie durchnässten und die aufstöhnenden Flammen erstickten. Und hinter all den herabfallenden Wassermassen, da lag ein Ton, ein Singsang, eine Art Lied und doch wieder nicht. Der Ton schwoll an und wieder ab. Oder sie täuschten sich, und es war allein der Regen, der ihre Ohren narrte.

Maziá-maná-khinmartum!

»Hörst du das?« Tallia drehte unentwegt ihren pitschnassen Kopf, an dem die Haare klebten. »Was ist das? Sind das Worte, die jemand singt?«

Omaziá-i-núibra-khum! Maziá-maná-khinmartum!

Nicht alle Feuer erloschen, aber sie waren nicht länger von undurchdringlichen Flammen eingekreist. Einige Stellen loderten weiter – weiß glühend, heiß und heller, als Feuer eigentlich sein durfte. Manche waren nur klein, kaum mehr als Feuerperlen in der Nacht, doch selbst die brannten weiter, als das Wasser des Regens sie längst mit schillernden Pfützen bedeckte. Andere waren flächiger, Fladen aus Feuer, die an Büschen und Ästen klebten wie brennender Honig: zischend und zähfließend und dabei Fäden ziehend wie erhitztes Pech, das von einem Holzlöffel zurück in den Bottich tropfte.

Maná-maziá-khinmaktum! Omaziá-i-maná-núm!

Und da war ein Feuer, das ebenfalls nicht erlosch, doch es war von gänzlich anderer Art. Zuerst sahen sie es kaum, denn noch waren ihre Augen geblendet von den tobenden Flammen. Bläulich schimmerte es, viele Klafter entfernt, umgeben von einem schwankenden Kreis aus hellerem Licht, das neblig war und weißlich und wabernd. Der blaue Kern war nicht groß, eine Handvoll Licht, so schien es Finn, das vor ihnen über dem Boden schwebte und nicht höher als ihre Knie reichte. Es bewegte sich nicht.

Dann klärten sich ihre Sinne, und sie glaubten einen Atemzug lang, zwei Hände zu erkennen, die das Licht in der Dunkelheit hielten. Und der Gesang hielt an, und die Stimme kam von ebendaher.

Omaziá-maná-khinmaktum! Omaziá-i-núibra-khum!

So sang es, nicht eintönig, aber auch nicht melodisch. Es war mit nichts zu vergleichen, das Finn und Tallia jemals gehört hatten.

Kühler wurde es, befreiend frisch erschien ihnen mit einem Mal die Luft.

Beide Vahits hielten ihre Gesichter in die herabströmenden Regenfäden, und aller Schmutz, aller Schmier des Ascheschnees löste sich und wurde hinfortgespült. Dank des Regens waren sie tatsächlich wieder frei, wie sie jetzt sahen; das Feuer hatte seinen vernichtenden Ring um sie an ein Feld aus mehr oder minder großen Wasserlachen verloren. Pitschend und platschend begannen sie, darin herumzutapsen, denn erst jetzt begriffen sie, was geschehen war.

Sie waren vor dem sicheren Tod errettet worden.

Tallia und Finn fassten sich an den Händen und drehten sich im Kreis, nass wie zwei in eine Regentonne gefallene Katzen, und sie lachten und prusteten und tanzten im Takt des Liedes, *maná-i-maziá, khénma, núibra-khum,* bis sie auf dem schlüpfrigen Untergrund ausglitten und unter heftigem Geplantsche in einer Pfütze landeten. Sie rappelten sich auf, sahen sich verdutzt an, nass und über und über schlammbespritzt, wie sie waren, und lachten wie die Kinder, bis beiden dämmerte, dass Glimfáin nicht zurückgekehrt war.

Sie blickten sich suchend um.

Sie konnten kaum etwas erkennen. Ihr Blick reichte kaum noch weiter als vielleicht fünfzehn oder zwanzig Klafter; dahinter versank alles in immer tieferen Schatten.

Die Auwiese lag nun in fast völliger Dunkelheit. Der Mond war halb hinter den Khênaith Eciranth herabgestiegen, und nur das ferne Echo seines Lichts ließ sie die lange, gezackte, schwärzliche Linie der Berge vor dem Nachthimmel erahnen, als sie von Westen über Nord nach Osten blickten, wo außerhalb ihres Sichtkreises die Mürmel floss. Hatten eben noch Flammen an Gras, Busch und Baum gewütet, so kroch nun Rauch durch das durchnässte Ried wie ein dünner, brodelnder Nebel, aufgewühlt vom gerade herabfallenden Regen.

An einer Stelle war der Rauch weißbläulich verfärbt. Von dorther erklang das fremdartige Lied, jetzt kaum mehr als ein Summen, und der wächserne Widerschein spiegelte sich schwach in nahen Pfützen. Sie fassten sich an den Händen und näherten sich dem Blaulicht vorsichtig. Sie gingen in seine Richtung, und während sie sich noch vorantasteten, wurde es dunkler und schwächer und schimmerte bald nur noch sechs Handbreit über dem Gras.

Mit einem Husten und einem verzweifelten Röcheln endete der Singsang. Das blaue Licht erlosch im selben Augenblick. So plötzlich, wie er gekommen war, erstarb der Regen. Einige Tropfen folgten noch, schwer und laut plumpsend, wie in hohem Bogen geworfene Kiesel, die einen Teich in Unruhe versetzen. Dann kehrte eine seltsame Stille ein, in die allein das unerwartete Knacken etlicher verkrümmter Zweige immer wieder Lücken riss.

Sie stolperten fast über eine leblos daliegende Gestalt, aus deren kraftlos gewordener Hand ein Ding in den Matsch rollte. Sie erkannten Glimfáins Bart an seinem unverwechselbaren Gestrüpp, obwohl er nur noch halb so lang war. Auch ein Gutteil seines Haupthaars fehlte. Der Dwarg stöhnte leise und lag auf dem Rücken, die blutigen Beine von sich gestreckt und bis zu den Knien von einer Wasserlache bedeckt. Im Licht des untergehenden Mondes und der vereinzelten noch glimmenden Feuerperlen boten die Beine des Dwargen einen schrecklichen Anblick: Die

Hosenbeine nurmehr kohlige Reste und der größte Teil des Stoffs ein Opfer der Flammen war die Haut kaum noch bedeckt, sodass sie eine Unmenge übler Blasen in der Form schwarzer Beulen sehen konnten.

Alle Fröhlichkeit und Erleichterung, die sie eben noch verspürt hatten, gerann ihnen zu einer Grimasse des Schreckens. Finn fasste sich als erster. Er kniete sich neben eine der mächtigen Schultern in das wässrige Gras.

»Kannst du mich hören, Glimfáin?«, fragte er leise. »Verstehst du mich?«

»Er hat … Feuer«, hauchte der Dwarg. »Feuer von Ulúrcrum.«

»Ja, ich weiß«, sagte Finn. »Und du hast es irgendwie gelöscht, wenn ich auch nicht weiß, wie. Kannst du dich bewegen?«

Glimfáin schüttelte schwach den halb im Wasser liegenden Kopf. Winzige Wellen kräuselten sich dadurch und dippten an den silbernen Helm, der ihm vom Scheitel gerutscht war. »Beine«, hörte Finn ihn flüstern. Dann kam, kaum noch verständlich: »Kalt.« Es schüttelte ihn wie in einem Krampf.

Tallia sagte: »Er friert, Finn. Wir müssen ihn aus dem Wasser bringen.«

Finn nickte. »Ja, ich habe es gesehen. Glimfáin – wie kann … soll ich dir helfen? Du liegst nämlich da, wo du liegst, reichlich falsch, Herr Dwarg. Warte, ich … nein, du bist doch zu schwer. Tallia – nimm den Arm an der anderen Seite. Vielleicht können wir gemeinsam …«

Sie konnten es, wenn auch nur mit äußerster Anstrengung.

Tallia bückte sich, und beide fassten zu. Sie zogen und schoben, drängten und wuchteten den schweren Körper des Dwargs aus der Lache heraus. Das nasse Erdreich schmatzte, als sie ihn an den Schultern anhoben, so gut es eben ging; und sie zogen ihn mit vereinter Kraft auf eine Insel aus durchtränktem Ried hinauf, immer bemüht, seine Beine möglichst zu schonen.

Eine Krüppelkiefer wuchs schief an dem höchsten Punkt des kleinen Buckels, den ihre eigenen Wurzeln aufgeworfen hatten, und sie lehnten Glimfáin gegen deren schrägen Stamm. Beide Vahits waren anschließend völlig aus der Puste, obwohl sie den Dwarg nur vier oder fünf Klafter weit geschleift hatten. Sein Oberkörper schien nicht verletzt zu sein. Jedenfalls schlossen sie das aus seinem nahezu unversehrten Lederwams. Auch die aus dickem Tuch bestehenden Ärmel waren zwar durch die ölige Asche völlig verschmutzt, aber sie waren ebenfalls unangesengt geblieben und glänzten lediglich nass. Der breite Gürtel umspannte nach wie vor seinen Leib, und erst jetzt sah Finn mehrere Beutel daran hängen, zwei Laschentaschen und einen reich verzierten Dolch in einer Scheide. Diese eine Waffe erinnerte Finn an die andere.

Er stellte sich auf die Zehenspitzen und suchte nach Glimfáins Axt, aber weiter als ein paar Schritte reichte die Sicht nicht mehr, und innerhalb dieses Kreises fand er sie nicht. Er gab es auf und hockte sich wieder neben den Dwargen.

»Ob er in seinen Kisten eine Decke hat oder einen Mantel?«, überlegte Tallia. »Schau, er zittert vor Kälte.«

»Es ist nicht allein die Kälte«, antwortete Finn. »Es ist der Wundschmerz, der ihn vor allem beben lässt. Jetzt bräuchten wir Circendil hier. Und zwar dringend. Er wüsste, was bei derartigen Verbrennungen zu tun ist. Ich bin nicht sicher … Vielleicht war es falsch, ihn hierher herauf zu bewegen. Das Wasser da unten kühlte die Wunden wenigstens, auch wenn er dabei fror. Wir müssen etwas tun, aber ich weiß nicht was. Wir brauchen mehr Licht, als Erstes. Aber genau das dürfen wir nicht entzünden.«

»Ich verstehe nicht …«

»Guan Lu«, sagte Finn. »Hast du ihn schon vergessen? Er ist hier irgendwo. Sobald wir ein Licht anmachen, sieht und findet er uns.«

»Glaubst du, er war der Angreifer? Ich habe niemanden gesehen. Nur das Feuer, das vom Himmel fiel.«

»Es fiel *aus dem* Himmel, aber nicht vom Himmel, Tallia. Ich habe den Criarg schreien hören. Und ich glaube auch, er streifte mich – mit einem seiner Flügel. Und wer, wenn nicht der Ledir, sollte dieses gemeine Feuer schleudern?«

Das Vahitmädchen sah auf und spähte in den Nachthimmel hinauf.

»Du hast sicher Recht. Aber … Ich meine, weiß er nicht ohnehin, wo wir uns befinden? Wir sind noch immer genau an der Stelle, wo uns der Angriff traf. Oh Finn, ich hatte solche Angst!«, schluchzte sie plötzlich und griff nach seiner Hand. »Ich war sicher, wir müssten sterben.«

Finn nahm sie bei den Schultern und richtete sie auf. »Ich auch«, sagte er leise, und wie selbstverständlich strich er ihr eine nasse Locke von der Wange. »Aber jetzt ist es vorbei. Das Wasser, das Glimfáin rief, hat uns gerettet. Und ich glaube nicht, dass der Ledir weiß, wo wir uns befinden.«

»Warum nicht?«

»Weil er denkt, wir sind verbrannt. Er hält uns für tot, Tallia. Und in diesem Glauben müssen wir ihn belassen. Sieh, die Feuerperlen vergehen allmählich. Bald ist die letzte verglüht, und alles wird ringsum in Schwärze gehüllt sein. Entzünden wir ein Licht, weiß er gewiss, dass und wo wir überlebt haben. Wir locken ihn damit her. Wir könnten ihn genauso gut gleich rufen.«

»Was ist, wenn er schon in der Nähe ist und uns sucht?«

Finn dachte kurz nach, ehe er sagte: »Er ist hier irgendwo, das ganz bestimmt. Aber nicht in der Nähe. Die Criargs fürchten das Feuer – warum sollte es mit dem von Ulúrcrum anders sein? Erinnerst du dich, was Mellow hierzu sagte? Nachdem der Ledir dieses Feuer über uns gebracht hat, wird er einen weiten Bogen geflogen sein und nun in sicherer Entfernung abwarten. Vermutlich, bis es Tag geworden ist. Ja, ganz sicher sogar.«

»Was macht dich so sicher?«

»Ich versuche, mich in seine Lage zu versetzen. Was hat Glimfáin uns erzählt? Guan Lu wollte dem Dwarg seinen Fund abnehmen. Und ist ihm das gelungen? Nein. Folglich sucht er es immer noch. Kann er es aber im Dunkeln finden? Wiederum nein. Also wird er im Hellen zurückkehren, nach Tagesanbruch, wenn die Sonne über den Sturz geklettert ist. Um es zu suchen. Vorher wird er nicht kommen.«

»Sprich leiser«, bat Tallia. »Bevor er uns tatsächlich noch hört.«

Sie beugte sich zu Glimfáin hinunter. Der Dwarg hatte die Augen geschlossen. »Ich glaube, er schläft jetzt. Das ist das Beste, was *er* für sich tun kann. *Wir* sollten ihm mehr Sorgfalt widmen. Komm, lass uns nach einer Decke für ihn suchen. Wenn du dir wegen des Ledirs wirklich sicher bist, dürfen wir es wagen.«

»Das«, flüsterte Finn. »Und noch einiges mehr.« Er merkte, wie er selbst zu frösteln begann, und rieb seine Oberarme. »Wir müssen uns bewegen, um wieder warm zu werden. Ja, suchen wir nach einer Decke. Wärme braucht er am nötigsten. Das wenigstens können wir für ihn tun.« Sie standen auf und wollten eben gehen, als Finn sich ruckartig umdrehte und in die Dunkelheit starrte.

»Was ist? Wohin willst du? Glimfáins Barke ist dort drüben.«

»Ich weiß.« Er starrte in die entgegengesetzte Richtung, folgte mit den Blicken den Furchen, die Glimfáins Stiefelabsätze im schlammigen Erdreich hinterlassen hatten. Noch erkannte er dahinter schwach die Kuhle, deren Rand den Umriss des schweren Körpers nachzeichnete, wo der Dwarg gelegen hatte. Eine tiefere Pfütze hatte sich im Inneren des Walles aus Matsch gebildet, in der jetzt fahles Mondlicht schimmerte. Das, und …

Finn war mit drei, vier Sätzen da.

Er ließ sich auf die Knie plumpsen.

Er beugte sich vor, rutschte auf allen vieren von der einen Seite der Kuhle auf die andere und platschte mit seinen Händen im Wiesenschlamm herum.

»Was machst du denn?« Tallia unternahm den unmöglichen Versuch, gleichzeitig zu flüstern und laut zu sprechen. Heraus kam nur ein heiseres, tonloses Hecheln.

»Ich suche was«, antwortete er.

»Du wirst dort keine Decke finden.«

»Ich suche keine Decke.« Er patschte und wühlte, dass es gluckste und schwappte.

»Was denn dann? Bitte, komm da raus, Finn. Du wirst dich nur erkälten.«

»Ja, gleich. Es ist nur …« Plötzlich verzog er sein Gesicht zu einem Grinsen. »Ich komm ja schon«, murmelte er. »Ich hab's gefunden. Nur noch einen Moment.«

Er umfasste etwas mit beiden Händen und spülte Wasser darüber, bis der Dreck und der Lehm davon abfielen.

Voller Genugtuung hielt er es in die Höhe.

Es war blass, durchsichtig und fing durch irgendeine seltsame Kraft das Mondlicht ein. Oder etwas blitzte für einen Wimpernschlag in seinem Inneren auf, ehe es verschwand.

»Was hast du da, Finn?«, fragte Tallia erschrocken.

»Das hier«, sagte er leise.

Seine Stimme bebte, als ob er vor Kälte zitterte. »Das ist das, was Glimfáin am Cerenath fand und nachdem der Ledir suchte.«

Er richtete sich auf und kam mit schmatzenden Schritten zur Krüppelkieferinsel zurück, an deren Rand Tallia neben Glimfáin stand und vor lauter Frösteln von einem Fuß auf den anderen trat. Finn streckte die Hand aus und hielt es ihr hin.

»Eine Kugel aus Glas?«

Finn schüttelte den Kopf und lächelte schwach zurück. Tallia brauchte einen Augenblick länger, bis auch sie verstand.

»Eine Gilwe«, sagten beide wie aus einem Mund.

»Deren Hinwendung das Wasser ruft«, setzte Finn hinzu.

Er hob das Ding an und hielt es vor ihrer beider Augen. Eine vollendete Kugel lag in seiner Hand, um gut ein Drittel größer als eine seiner Fäuste. Sie war vollkommen glatt und viel schwerer, als ihre Größe es erwarten ließ. Sie sah nicht nur so aus, sie war auch so kalt wie Glas. Kalt und hart und glatt und schwer.

Ein Dwargenwerkzeug, hatte Circendil es genannt.

Und dennoch oder gerade deswegen so schön wie nichts, was sie jemals zuvor gesehen hatten.

»Diesem Ding verdanken wir unser Leben«, sagte Finn in einem Tonfall, als könne er es selbst kaum glauben. »Welch seltsames Schicksal.«

Tallia nickte. »Ja. Aber weißt du was?«

Er sah sie fragend an.

Sie drängte sich an ihn, und ihre Glieder schlotterten vor Kälte. »Es macht mir Angst«, sagte sie.

Glimfáin hinter ihnen stöhnte leise im Schlaf. Sie beugten sich beide besorgt über ihn, aber er erwachte nicht.

Finn wusste nicht recht, wohin mit der Gilwe. Für eine seiner eigenen Taschen war sie zu groß und viel zu schwer, und in der Hand herumtragen wollte er sie nicht. Am Ende steckte er sie in eine der breiten Laschentaschen an Glimfáins Gürtel und schloss den Riemen sorgfältig.

»So«, sagte er. »Jetzt ist mir wohler. Auf zu den Kisten.«

Sie tapsten vorsichtig durch die allmählich versickernden Lachen und bewegten sich in die Richtung, wo sie die notgelandete Windbarke vermuteten. Als sie sie fanden, bückte Finn sich nach einer der verbrannten Kisten. Sie zerbröselte unter seinen Händen. Er nahm Tallias Hand und zog sie weiter. Nach einigem Suchen fanden sie den Stapel, den Glimfáin zuvor zusammengetragen hatte. Auch diese Kisten waren versengt und übel zugerichtet, aber zwei oder drei, die unterhalb der anderen lagen, waren von den Flammen verschont geblieben. In einer fanden sie zwar keine Decke, aber einen zusammengelegten und mit Pelz gefütterten Ledermantel, den Glimfáin auf dem kalten Gipfel des Cerenath getragen haben mochte. Er war an den Schößen und Schultern mit Metallringen durchwirkt.

Er roch stark nach Rauch und Asche. Zu ihrem Glück aber war er trocken und unbeschädigt geblieben. Der Mantel war noch dicker und schwerer als das schwarze Gewand, in das Saisárasar sie am Alten Turm gesteckt hatte.

Tallia und Finn konnten das Kleidungsstück nur gemeinsam aus seinem Behältnis heben, und fast dachten sie, sie trügen einen leibhaftigen Dwarg zwischen sich, als sie damit zur Krüppelkiefer zurückgingen. Glimfáin lag noch genauso da, wie sie ihn verlassen hatten. Sein Atem kam stoßweise. Aber immerhin spuckt er kein Blut, dachte Finn. Folglich hat er keine Feuerlohe eingeatmet, und seine Lunge ist heil geblieben.

Sie breiteten den Mantel vorsichtig über Glimfáin aus.

Finn dachte gerade noch rechtzeitig an die empfindlich verletzten Beine und bog aus drei Kiefernzweigen ein notdürftiges Gestell zurecht. Er spitzte die Enden der Zweige mithilfe von Glimfáins Dolch an und rammte sie neben dessen zuckenden Beinen so in den Boden, dass sie einen Tunnel bildeten.

Danach schlugen sie den Mantel darüber wie ein Zelt. Sie richteten sich zitternd auf und sahen sich an.

»Ehe du mich fragst: *Was jetzt?* – Ich habe keinen blassen Schimmer«, gestand Finn. »Er braucht dringend Hilfe, und wir müssen sie ihm verschaffen, so viel ist klar. Wir können nicht warten, bis der Morgen graut. Ich sehe nur nicht, wie wir aus dem Schlamassel herauskommen. Wir können ihn nicht einfach allein zurücklassen. Aber wenn einer von uns beiden bei ihm bleibt, erhebt sich die Frage: Wer? Und wer von uns beiden eilt hinfort und holt Hilfe herbei?«

»Dürfen wir das denn überhaupt? Ich meine, Hilfe herbeiholen? Dann erfahren viele andere Vahits von ihm. Verstößt das nicht gegen das Gesetz der Dwarge, von dem er sprach? Du weißt schon: *Sie dürfen uns nicht sehen*?«

»Ich wäre froh, könnte ich dir mehr sagen als: Ich habe keinen blassen Schimmer«, erwiderte Finn. »Aber muss es uns kümmern? Gesetze sollten niemals irgend jemanden davon abhalten, das Richtige zu tun. Ohne Hilfe wird er sterben, Tallia, und ich kann mir kein Gesetz vorstellen, welches *das* von ihm verlangt. Aber ob ja, ob nein, es ist nicht mein Gebot.« Er blickte sie fast trotzig an, zuckte aber dann mit den Schultern. »Dennoch müssen wir eine Entscheidung treffen. Einer von uns beiden wird wohl oder übel bei ihm Wache halten müssen.«

»Dann geh du, ich werde bleiben.«

»Das ist viel zu gefährlich. Was ist, wenn der Ledir früher zurückkommt?« Finn schüttelte den Kopf. »Ich will dich nicht noch einmal verlieren, Tallia.«

»Ich werde hier warten«, sagte sie und legte ihm die Hand an die Wange. Sie kämmte sein Haar zurück, das nach dem Regen zu allen Seiten abstand. »Ich werde ganz brav sein und diesen Ort nicht verlassen. Versprochen. Es hilft ja nichts, Finn – du musst gehen. Ich könnte es gar nicht. Ich weiß noch nicht einmal, wo ich gerade bin. Ich kenne mich im Obergau nicht aus, wie du weißt. Als Glimfáin mich durch den Wald trug, war ich ohnmächtig. Dazu ist es fast stockdunkel. Ich finde weder Weg noch Richtung. Ich würde mich unweigerlich verlaufen. *Dann* würdest du mich womöglich verlieren.« Sie lächelte und strich sein Haar weiter zurück, immer wieder, als wolle sie seine widerspenstigen Locken ebenso überzeugen wie ihn selbst.

»Damit scherze nicht«, bat er. »Als du bei der Schmiede plötzlich fort warst, da bin ich … D-da habe ich …« Wieder einmal geriet er ins Stottern. »Ich habe mir die größten Sorgen gemacht. Und Vorwürfe. Ich bin so sehr gerannt und … Ich will dich einfach nicht verlieren«, wiederholte er.

Er hörte sich die Worte sagen und wollte doch nicht glauben, dass dies seine eigenen Worte sein sollten.

Ich will dich einfach nicht verlieren.

Na bestens, Herr Finn. Das klingt missverständlicher als es sollte – und hört sich mindestens so doppeldeutig an wie ein derber Wirtshausscherz. Man könnte meinen, du wolltest sie um etwas gänzlich anderes bitten. Als hättest du ein Anrecht auf sie. Als fragtest du sie …

Und als er es endlich dachte, da wurde ihm klar, wie er sich nichts sehnlicher als genau das von Herzen wünschte. Er fühlte, wie sein Gesicht rot anlief und hoffte, die Dunkelheit würde es gnädig vor ihr verstecken.

Tallia hörte auf, ihn mit den Fingerspitzen zu kämmen, behielt ihre Hand aber an seiner Wange. »Um mich zu verlieren, Finn …«

»Ja?«

»Um mich verlieren zu können, meine ich, müsstest du mich dazu nicht zuvor erst einmal – *gefunden* haben?«

»Habe ich das nicht?«, fragte er verwundert. Immerhin war er ihr durch den Wald nachgerannt und hatte sie am Ende wieder aufgespürt. Oder meinte sie gar …?

»Doch, mein Lieber, das hast du«, sagte sie, zog seinen Kopf zu sich heran und küsste ihn.

Wenige Minuten später lief er los und in einen matten und oft kaum wahrnehmbaren Sternenschein hinein. Dünne Wolkenschlieren glitten unter dem Himmelszelt vorüber und erschwerten mal mehr, mal weniger die Sicht. Was man denn so Sicht nennen wollte. Oft streckte er die Arme weit vor sich, um nicht aus Versehen an einen Baum zu stoßen oder sich in einem Busch zu verheddern. Die Binsen raschelten zu seinen Füßen.

Der Wald, durch den er gekommen war, lag nun zu seiner Linken. Er hoffte, er würde nicht zu weit nach links geraten, wo er den Saum in einigen hundert Klaftern Entfernung vermutete. Den Wald mitten in der Nacht zu durchqueren getraute er sich nicht. Unter den Bäumen würde es vollständig finster sein, und der Gedanke an das dichte Unterholz verbot ein solches Unterfangen sowieso von selbst. Und ob er die von Glimfáin gepflügte Schneise wiederfinden würde, bezweifelte er. So hielt er sich möglichst rechts von den tieferen Schatten.

Finn wusste den Fluss hinter sich. Bis zur Mürmelstraße konnte es im rechten Winkel zum Ufer nur wenig mehr als eine Meile sein, rechnete er. Er hatte vor, zunächst bis zur Straße und auf ihr nach links bis zu Abhros Stichweg zu gehen, um von dort zurück zur Schmiede zu laufen. Solange er sich also südwestlich hielt, musste er die von Moorreet herabkommende Straße früher oder später berühren.

Schon bald hörte das Quietschen der Gräser unter seinen Stiefeln auf. Er spürte, wie der Boden unter seinen Füßen anstieg. Er lief den Hügel hinan und von da an nur noch über trockenen Grund. Hier oben hatte es nicht geregnet – oder richtiger, bis hierher hatte der Zauber der Gilwe nicht gereicht. Denn wie ein Zauber erschien es ihm, was er in dieser Nacht erlebt hatte.

»*Zauber!* Na bitte! Jetzt habe ich es doch gedacht,« murmelte er. »Und das gilt nicht nur für die Gilwe.«

Ob es wahr ist, dachte er, oder habe ich das alles nur geträumt? Hatte er sich den Kuss vielleicht nur eingebildet; ein Wunschtraum seiner Seele, und in Wahrheit war gar nichts geschehen?

»Nein, mein Lieber«, grinste er in die Dunkelheit. »So leicht kommst du mir nicht davon.« Von wegen! Noch immer meinte er den Geschmack ihrer Lippen auf den seinen zu spüren, süß wie Erdbeeren waren sie und weich wie … wie … Ihm fiel kein passender Vergleich dazu ein. Es war ja auch völlig gleich.

Sein Herz hüpfte bei dem Gedanken an Tallia, und eine Glut, die er nicht gekannt hatte, erfüllte ihn. Ja, sie hatten einander geküsst. Die Erinnerung daran, und die überwältigende Erfahrung, gerade erst dem Tod entronnen zu sein, vermischten sich zu einem Gefühl, das er nicht einmal entfernt in Worte fassen konnte.

Die Glückseligkeit, die er vorhin in Tallias Armen empfunden hatte, drohte, ihn erneut zu überschwemmen, kaum dass er an sie dachte. Er blieb stehen und atmete tief bewegt ein. Tiefer und noch tiefer sog er alles *Lebendige* in sich hinein, das in der Luft lag, im Wald und auf dem Feld und allenthalben, bis seine Brust schier zerspringen wollte. Aber die gleichzeitige Sorge um sie und sein Mitgefühl für den schwer verletzten Dwarg wogen stärker; beide Empfindungen schoben sich jäh in den Vordergrund, gaben seinem Glück einen Dämpfer und beschleunigten sogleich wieder seine Schritte.

»Beeil dich, Finn«, ermahnte er sich.

Je eher er wieder bei ihr war, umso besser. Aber er konnte es nicht verhindern: Vor seinem inneren Auge sah er sie immer noch stehen, wie sie ihm wehmütig nachblickte. Sie kam ihm plötzlich klein vor, viel kleiner, als sie in Wirklichkeit war. Neben sich die dunkle, unförmige Hülle des Dwargenmantels, unter der Glimfáin schwer atmend lag und litt. Über sich die nackten, verkrümmten Äste der Krüppelkiefer, die sich zu einer absonderlich verdrehten und verbrannten Krone aufreckten wie die verkrampften Krallen eines im Sumpf versunkenen Untiers. Umgeben von verkrustendem Schlamm und Dreck und dem widerlichen Aschegeruch, der von den öligen Schlieren in den Pfützen aufstieg und die Luft verpestete.

Schweren Herzens hatte er sie bei dem Dwarg zurückgelassen, nicht ohne ihr vorher einzuschärfen, sie solle Glimfáins Dolch gebrauchen, um sich gegebenenfalls zu verteidigen. Nicht nur der Ledir machte ihm Sorgen, sondern auch das eine oder andere Nachtgetier, das in den Wäldern des Hüggellandes umherstreifte.

Zwar gab es oberhalb des Sturzes keine eigentlichen Raubtiere, wie Wölfe oder Bären, aber es strichen listige Füchse durch den Farn, und neugierige Borstler mochten ebenso auf tolldreiste Ideen kommen, wenn sie sich unversehens einem Vahitmädchen gegenübersahen. So hatte er den Dolch mitsamt der Scheide von Glimfáins Gürtel gelöst und ihn ihr in die Hände gedrückt. Doch sie hatte die lederne Hülle dankend neben sich gelegt, mit gleichsam spitzen Fingern, als bedürfe sie ihrer nicht oder sähe sich außerstande, die lange Klinge, die in Vahithänden schon ein kurzes Schwert darstellte, zu ihrem Schutz zu ziehen.

So besorgt er war, so zügig schritt er aus.

In einer Senke übersprang er einen winzigen Bach, der zur Mürmel hin enteilte. Dann fand er zu seiner Überraschung einen Pfad, vielleicht einen Wildwechsel, dem er folgte. Dadurch kam er dem Waldrand wieder näher und damit den wartenden Schatten. Knarrend rieben sich Äste aneinander, wenn ein stärkerer Windstoß in das Blätterdach fuhr.

Ein plötzliches Rascheln unter dichten Farnen jagte ihm einen

Schauer über den Rücken. Er verharrte und lauschte. Etwas flatterte, und dann hörte er den befriedigten Krächzlaut eines Uhus.

Er atmete auf und ging weiter. Beim Abstieg in die nächste Senke fragte er sich, ob es nicht sogar klüger wäre, auf der Straße anstatt zur Schmiede gleich nach rechts abzubiegen, um aus Moorreet Hilfe herbeizuholen. Dort kannte er schließlich einen jeden, und er genoss das Vertrauen der Dörfler, auch wenn er des Nachts an ihre Läden pochen und alle Leute aus den Betten scheuchen würde. Dann rechnete er nach und verwarf den Gedanken wieder. Das Brada lag noch gut fünf Meilen weit entfernt, was etwas über eine Stunde strammen Nachtmarschs bedeutete.

Bis er alles erklärt hätte, würde einiges an Zeit, und bis zum Aufbruch abermals Zeit vergehen – kostbare Zeit, die sie unter gar keinen Umständen besaßen.

Bis zur Schmiede hatte er indes nur knapp drei Meilen zu gehen, trotz des Umweges über die Straße. »Ich werde Herrn Abhro schon Beine machen«, versicherte er sich selbst; aber wenn es denn Mut sein sollte, den er sich damit zusprach, dann empfand er ihn nicht.

Kurz darauf stolperte er die letzte Böschung hinab und erkletterte jenseits des Grabens die Straße. Sie lag verlassen da, ein graues Band unter teilnahmslos blinkenden Sternen. Keinen Steinwurf entfernt verschwand sie unter den sie überwölbenden Wipfeln und mündete in einen Tunnel aus gestaltloser Finsternis.

Finn wendete sich nach links und folgte ihr in das knarrende Dunkel hinein.

Spätestens jetzt hätte er alles für eine Fackel gegeben. Die Schwärze war so undurchdringlich und so dunkel wie Furgos beste Tinte. Aber er hatte weder Zündstein noch Zunder bei sich; beides verbarg sich in seinem Rucksack, und der lag auf seinem Bett im Gästehaus der Bücherey, gut bewacht von seinem Wacala; lauter Gegenstände, die dank seiner Sorglosigkeit so nutzlos waren wie Bholobhorgs Hilfe.

Er lauschte – vergebens. Jetzt, wo er ihn gebraucht hätte, blieb der Hammer natürlich stumm. Irgendwann hatte sein gleichmäßiges Schlagen aufgehört, war das Singen des Ambosses verklungen, aber Finn konnte sich nicht mehr erinnern, wann das gewesen war.

Dann, irgendwann, wichen die Gräser zurück, die den Wegesrand säumten. Das musste der Hohlweg zur Schmiede sein, denn einen anderen Abzweig gab es nicht. Finn verließ die Straße und folgte dem schmaleren Karrenpfad, der für ihn nicht mehr war als ein mattes Grauschimmern inmitten von flüsternder Schwärze.

Eine Viertelstunde später, auch wenn es ihm wie eine Ewigkeit vorkam, sah er ein trübes Licht zwischen den Bäumen hervorlugen; etwas links des Weges. Bald darauf hörte er den Fluss murmeln, und deutlicher noch, das mit jedem Schritt lauter werdende Rauschen des Wasserrades. Er folgte dem Knick des Weges und stand glücklich auf der Schmiedenlichtung.

An einem eisernen Ausleger baumelte eine brennende Laterne im Wind, aber der Hof, die Werkstatt und das Wohnhaus lagen in tiefem Schatten.

Sein Einspänner war verschwunden.

Alle Fensterläden und Türen waren geschlossen, und als Finn den Hof überquerte und unter dem überhängenden Dach neben den Feuerholzstapeln verhielt, glaubte er von drinnen das abgehackte, dünne Schnarchen von bierseligen Vahitmündern zu vernehmen.

»Heda!«, rief er und pochte ununterbrochen an die Tür. Ein Vogel unter dem Dachgebälk erschrak und schlug ängstlich mit den Flügeln. »Wach auf, Herr Abhro! Aufgestanden! Hörst du? Wacht auf!«

Gepoltere, gefolgt von einem dumpfen Schlag, einem Schmerzenslaut und einem Wippen von Dielen, das klang, als hüpfe jemand auf einem Bein. »Dummer Stößel! So pass doch auf!« rief jemand, und eine andere Stimme krähte, noch lauter: »Ja, bei meiner Zange, was is' denn? Mach nich' solch 'nen Lärm!«

Das wird sicher Abhro gewesen sein, nahm Finn an. Er grinste, hörte nicht auf mit seinem Pochen und rief weiter sein »Aufgestanden!«, bis nach durchdringendem Treppenknarren endlich die Tür aufgerissen wurde und ein Paar verschlafene und zugleich zornige Augen herausfunkelten.

»Weißt du Traumtrampel eigentlich, wie spät es is'?«, bellte es in die Nacht hinaus. Abhro Rabner hielt eine brennende Kerze in der Hand und kratzte sich die nach allen Seiten abstehenden Haare. Eine beginnende Beule zeigte sich an seiner Stirn. Offenbar war er im Dunkeln mit einer Wand oder einem Balken zusammengestoßen. Er leuchtete mit dem Nachtlicht herum, bis er in seinem trüben Schein die Gestalt direkt vor ihm fand. Darauf starrte der Schmied Finn an, als habe er ihn noch nie gesehen. Nur langsam schlich sich müdes Erkennen in sein zerfurchtes Gesicht ein. »Ausgerechnet du bist's, Herr Finn. Du meine Güte, machst du vielleicht einen Radau! Es is' mitten in der Nacht! – Weißt du überhaupt, wie spät es is'?«, fragte er abermals.

»Nein«, erwiderte Finn. »Aber selbst wenn ich es wüsste, würde ich dich dennoch wecken. Es sind schlimme Dinge geschehen, und ich brauche deine Hilfe, Herr Abhro. Die deinige und die deiner Gesellen.«

»Was denn für schlimme Dinge?«

Abhros ausgiebiges Gähnen erinnerte Finn daran, wie müde er selber war. Es war dies die vierte Nacht in Folge, die er abwechselnd in kalten Höhlen, in Wäldern und auf feuchten Wiesen verbrachte; mehr als einmal bis auf die Haut durchnässt, meistens in Kämpfe um sein Leben verwickelt, oder er befand sich vor irgendwem auf der Flucht, anstatt in einem ordentlichen Vahitbett zu liegen und geruhsam zu schlafen, wie es sich gehörte.

Und diese Nacht, das spürte er, war noch lange nicht zu Ende.

»Es … es ist jemand verletzt, Herr Abhro«, antwortete Finn. Noch getraute er sich nicht, dem Schmied die volle Wahrheit zu sagen. Dass der Verletzte das haarige Biest war, zum Beispiel; von der Windbarke wollte er schon gleich gar nicht reden. Er fürchtete vollkommen zu Recht, Abhro würde ihm einfach die Tür vor der Nase zuschlagen. So druckste er ein wenig herum und kam sich dabei vor wie ein sich windender Mooraal, der sich einem festen Zugriff entziehen will. »Es ist ein … ein Freund von mir. Er hat fürchterliche Brandblasen. Es hat ein Feuer gegeben. Die ganzen Beine sind eine einzige Wunde, wenn du mich verstehst. Er liegt draußen in den Marschwiesen. Wir müssen gehen und ihn holen! Sonst fürchte ich um sein Leben.«

»In den Marschwiesen?« Abhro zog die Stirn in bedenkliche Falten. »Was macht er denn da, dein Freund, das möchte ich mal wissen?«

»Das ist eine lange Geschichte«, antwortete Finn. »Ich will sie dir gern erzählen, aber dafür ist jetzt nicht die Zeit. Wir müssen uns eilen.«

»Na schön.« Der Schmied war alles andere als begeistert. Er trug noch sein Nachthemd und durchgewetzte Schlappen an den Füßen. »Ich versteh kein Wort von dem, was du eigentlich von mir willst. Aber wenn du Hilfe brauchst, wie du sagst, dann werd ich mal. Ich geh und zieh mich an. Du wartest hier. Und warte mal. Brandblasen, sagst du? An beiden Beinen? Wie gewaltig hat er denn bloß sein Lagerfeuer entfacht, dein Freund?«

Er schüttelte vorwurfsvoll den Kopf und sah Finn plötzlich misstrauisch an. »Es ist doch nicht etwa dein Mädchen, das bei dir war, oder doch?«

»Mein Mädchen?« Finn war einen Moment nicht bei der Sache. »Nein, nein, es handelt sich nicht um Tallia. Aber kannst du dich nicht etwas beeilen? Ich erzähle dir später alles ausführlich.«

Der Schmied fasste sich an die Stirn, betastete die sich rötende Schwellung und brachte noch mehr Unordnung in seine Haare, falls das überhaupt möglich war.

»Entschuldige, ich bin noch nich ganz wach. Aber deine Geschichte is' ziemlich verworren, Herr Finn, bei allem, was recht is'. Was is' denn mit dem haarigen Biest, deinem Tanzbären oder was es war? Es hatte doch das Mädchen gepackt und alles. Du bist ihm nach. Ich war ganz erschrocken. Na, er wird wohl wissen, was er tut, dacht' ich noch. Das arme Ding, du meine Güte! Und dann dieses Biest! Aber wieso sitzt du eigentlich mit einem Freund gemütlich am Lagerfeuer, anstatt ihnen nachzulaufen? Und wieso bist du nicht längst zu dieser Stunde zu Hause, wo wir schon davon sprechen?«

»Abhro!« Es fehlte nicht viel und Finn hätte ihn regelrecht angefaucht. Er trat näher an den redseligen Schmied heran. »Mein Freund da draußen ist *schwer verletzt!* Zum Reden haben wir wirklich später Zeit! Beeil dich!«

»Is' ja schon gut.« Der Schmied winkte ab. »Also schön. Warte hier. Ich weck die beiden Tunichtgute. Bin gleich zurück.« Er schlurfte im blakenden Lichtschein seiner Kerze ins Innere des Hauses zurück und betrat eine knarzende Treppe. »Franan! Giran! Raus aus den Federn! Wollt ihr wohl aufstehen, ihr faules Gesinde?!«

Mehr sah Finn nicht.

Ein Luftzug drückte die Haustür zu, und er stand allein davor. Offenbar blies der durch das Haus streichende Wind auch Abhros Kerze aus, denn er hörte den Schmied wieder herumpoltern und Verwünschungen ausstoßen, während er weiter nach seinen Gehilfen rief.

Die wenigen Minuten des Ausharrens kamen Finn endlos vor. Die nächtlichen Geräusche des Schmiedehofes wurden mit einem Mal unnatürlich laut, als er allein im schwankenden Licht der Laterne auf die drei Vahits wartete.

In seinen noch immer nicht getrockneten Sachen stand er da und fror; nach dem anstrengenden Marsch wurde ihm nun schnell wieder kalt. Er zog an seinen Hosenbeinen, die klamm über den Oberschenkeln an der Haut klebten; und er stellte fest, dass er sich dringend umziehen musste, so verrußt und verdreckt und schlammbespritzt war er. Ein verschlafenes Gackern drang aus dem Hühnerstall, dem eine Ziege meckernd antwortete. Das

Wasserrad drehte sich hinter der eigentlichen Schmiede in seinem Graben. Das Rauschen war so allgegenwärtig wie der durch die Baumkronen fahrende Wind. Beides erfüllte die Nacht. Er hörte ein Schnauben aus dem Stall, und dabei fiel ihm siedend heiß sein eigenes Pony wieder ein.

»Ach du liebes bisschen! «, entfuhr es ihm. »Der gute Smod! Dich habe ich in all der Aufregung ja völlig vergessen.« Er spähte über den Hof und fand ihn so leer wie zuvor. Da fiel sein Blick auf den Stall, und tatsächlich fand er Smod dort, leidlich untergebracht, mit frischem Stroh unter und einem Hafersack vor sich, aus dem er sich schmausend bediente. Zwei andere Ponys standen halbwach neben ihm, und sie beäugten den ihnen fremden Vahit, der ihre Nachtruhe so ungewohnt störte, auf ihre Weise.

»Smod, mein lieber Junge!« Finn trat hinzu und herzte ihn.

Und während Smods raue Zunge seine Hände wieder und wieder leckte und seine großen braunen Augen dabei glänzten, nahm Finn sich zum zweiten Mal binnen weniger Tage vor, besser auf sein Pony zu achten. Es geht einfach nicht an, dachte Finn, immerfort laufe ich weg und lasse das arme Tier im Ungewissen zurück. »Aber was hätte ich denn jeweils anderes tun sollen? Hmm, mein Guter?«

Smod hörte aufmerksam zu, ging aber auf die Frage nicht näher ein. Er schien es seinerseits vollauf zufrieden zu sein, seinen Herrn wieder an seiner Seite zu wissen. Das Pony schnaubte vergnügt und widmete sich wieder mit Inbrunst dem Hafer.

»Herr Finn? Sapperlot noch eins! Wo steckst du?« Abhros Stimme klang ärgerlich, und Finn beeilte sich, zurück auf den Hof zu kommen.

»Hier drüben«, rief er.

Die beiden Schmiedegesellen trotteten hinter ihrem Meister her, der sich vor Finn aufbaute, nunmehr gänzlich wach und ungehalten.

Er trug keine Kerze mehr, sondern schwenkte eine Laterne.

»Also, was ist das jetzt für eine Geschichte? Franan und Giran haben nur geglotzt und kein Wort verstanden. Ich weiß immerhin, du willst deinem Freund helfen. Also – was ist passiert? Und sag's diesmal so, dass es auch Franan versteht.« Franan war der Vahit, der Glimfáin am Nachtmittag mit offenem Munde nachgestarrt hatte. Demzufolge war Giran der Wortkarge.

»Es gab da ein Feuer. Drüben jenseits des Waldes, in den Marschwiesen, nicht weit vom Flussufer entfernt.« Finn zeigte in die ungefähre Richtung. »Wir werden Glimfáin tragen müssen. Er wird keinen Schritt weit gehen können, fürchte ich.«

»Glimfáin?«, schnappte Abhro. »Ist das dein Freund? Wie heißt er weiter? Ich meine, ich kann mir keinen Vahit vorstellen, der so heißt. Was ist das überhaupt für'n komischer Name? Stammt er aus dem Untergau?«

Finn ging nicht darauf ein. Er rieb sich wieder die Oberarme und hauchte in seine Hände.

»Können wir die ganze Vorstellerei nicht auf später verschieben? Ich bitte dich, Herr Abhro! Ich habe Tallia bei ihm gelassen, sie ist ganz allein da draußen. Es ist da nicht ganz geheuer. Ich habe Angst um sie.«

Der Schmied kniff die Augen zusammen, und in sein handwerkskluges Gesicht trat ein Ausdruck, als wollte er sagen: *Mein guter Vahit, die Sache stinkt!* »Franan! Hol unsere Lehmtrage. Frag nich, sondern schaff sie zum Boot. Eine Decke brauchen wir auch, und Wasser zum Trinken. Giran! Hol den Napf mit der Froschsalbe. Und pack Linnentücher ein – ja, natürlich saubere. Laternen für jeden! Kümmert euch darum. Nu macht schon!«

Die beiden Gesellen liefen in die Dunkelheit davon.

»Ein Boot?«, fragte Finn verdutzt. »Was denn für ein Boot? Ich dachte, wir nähmen den Einspänner – wo ist der überhaupt?«

»In der Scheune. Sah vorhin aus, als würd's 'n Gewitter geben, das von den Bergen runterkommt. Hab es wetterleuchten sehn, ehe wir zu Bett gingen. Und ein fernes Rumpeln gab's da drüben, grad wie Donnerhall. Etwa da, wo dein Lagerfeuer war. Merkwürdig. Habt ihr nichts gesehen? Na ja, wir hams jedenfalls. Also ham wir abgespannt und alles reingeschoben, und dein Pony kam in den Stall. Und was deinen Plan betrifft – der taugt nichts, Herr Finn, bei allem Wohlwollen. Mit'm Wagen kommst du nich' bis in die Marschwiesen runter. Du müsstest ihn oben an der Straße stehen lassen und dann doch zu Fuß durch die Hügel. Wenn dein Freund – dessen Namen du mir übrigens immer noch nicht zur Gänze verraten hast, das mal ganz nebenbei –, wenn der so nah am Fluss lagert, wie du sagst, dann sind wir mit dem Boot allemal schneller dort. Vor allem sind wir gleich näher dran. Also los, Franan winkt schon.« Tatsächlich stand der Genannte unter der Hoflaterne auf dem Pfad, der zum Wasserrad führte, und fuchtelte mit den Armen in der Luft.

»Wir brauchen noch was«, sagte Finn. »Lass uns Mistgabeln mitnehmen. Für jeden von uns eine am besten. Für – na ja, für alle Fälle.«

Abhro verhielt mitten in der Bewegung. »Was bitte, wie?« Er schlug sich übertrieben an die Stirn, vergaß dabei die Beule und traf sie prompt. Er keuchte leicht, als er sagte: »Für alle Fälle? Aber natürlich – Mistgabeln. Ich alter Döskopp von Schmied. Hätt' ich ja gleich dran denken können, was? Sag mal, bist du dir ganz sicher, dass *du* nicht *zu viel* Rauch eingeatmet hast bei deinem Lagerfeuer? Als hättest du dich nicht nur dabei etwas dümmlich angestellt, seit wir uns zuletzt sahen. Überhaupt – du siehst reichlich mitgenommen aus, Herr Finn. Vermutlich habt ihr die Metreste von Mahtfas vernichtet, was? Kann mir auch gleich sein, aber euch, euch ist das nich allzu gut bekommen, dir und deinem Lagerfeuerfreund. Du siehst aus, als hättest du dich im Schlamm gewälzt, also ehrlich! Und dann noch ein Mädchen mit hineinzuziehen und was nicht alles. Bist du nicht neulich erst volljährig geworden? Kein schönes Benehmen, wenn du mich fragst. Na ja. Also Mistgabeln. Und du bist dir sicher, dass du keinen über den Durst getrunken hast? Wozu sollen die denn nütze sein, außer Stroh zu stechen?«

»Meister Abhro!«

Finn konnte sich kaum noch beherrschen. Er zwang sich mit aller Willenskraft zur Ruhe.

»Abhro. Hör mir zu! Zur Zeit gehen seltsame Dinge vor im Hüggelland. Ja – auch wenn du noch nichts davon weißt, so geschehen sie dennoch. Versteh bitte! Es ist *gefährlich* geworden, einfach so durch die Auen zu spazieren. Das Hüggelland wird angegriffen! Ja, von einem Feind …«

Der Schmied hub an etwas zu sagen, doch Finn ließ sich nicht unterbrechen.

»Bitte, lass mich ausreden. Deshalb bin ich ja zu dir gefahren, um mit dir darüber zu sprechen. Und ich hätte es längst getan, wenn wir vorhin nicht unterbrochen worden wären. Ich bin unterwegs im Auftrag des Vahogathmáhirs! Ich habe dir eine Botschaft von ihm auszurichten. Sobald ich dazu komme, meine ich. Für jetzt und hier flehe ich dich an – tu bitte, was ich dir rate! Wir sollten bewaffnet gehen! Und da ihr keine Klingen schmiedet, werdet ihr immerhin Mistgabeln haben, denke ich mir. Mir ist es sehr ernst damit, Herr Abhro! Wir benötigen sie vielleicht nicht, aber wir sollten sie dabeihaben. Für alle Fälle. Nicht zum Stroh stechen, da hast du völlig Recht. Sondern um uns zu verteidigen.«

Der Schmied knurrte etwas Unverständliches. Er drückte Finn die Laterne in die Hand und verschwand in seiner Scheune.

Drei Atemzüge später war er zurück, mit drei Mistgabeln auf der Schulter. »Ich weiß beim besten Willen nich, was du da faselst, Herr Finn. Und warum ich da mitmache. Aber dein Vater ist'n ehrbarer Vahit, wie's nur einen geben kann; und ihm zuliebe will ich so tun, als sei das alles hier vernünftig und nach den Regeln. Was es nich is', wie du selbst am besten weißt. So, und nun ab mit dir ins Boot, oder ich bekomme Lust, eine meiner Gabeln gleich hier zum Stechen zu verwenden. Und zwar auch nich' für's Stroh, damit du mich recht verstehst.«

Finn verstand. Er folgte dem grantelnden Vahit einen ausgetretenen Pfad um die Schmiede herum. Es war nicht der, der zur

Brücke führte, sondern ein zweiter, der links ums Haus verlief und ein Stück weit oberhalb des Wasserrades am Ufer endete.

Ein paar Schritte weiter rechts zweigte der Radgraben ab, in den sich das Mürmelwasser leise gurgelnd schob. Davor hatte Herr Abhro einen kleinen Anleger eingerichtet. Es war Finn bisher entgangen, da er vom Hof aus nicht einsichtig war. Ein Nachen lag dort, ein Weidling, den die drei Vahits zum Fischen verwendeten, wie Abhro stolz erklärte. Das flache Boot dümpelte in der Mürmel, halb mit dem stumpfen Bug aufs Ufer gezogen. Franan und Giran nahmen Abhro die Mistgabeln ab und warfen sie verwundert zu den übrigen Dingen, die schon darinnen lagen.

»Entzündet die andern Lichter«, verlangte der Schmied.

Er nahm Finn die Laterne aus der Hand und hängte sie an einen Haken, der vorn an einer Strebe aus dem Holz des Nachens ragte. Sofort stürzten sich zahllose Mücken darauf und begannen, das Licht zu umtanzten.

»Nein«, widersprach Finn. »Mach im Gegenteil dieses Licht hier *aus*. Auf dem Wasser ist es sonst weithin zu sehen, und wir gäben ein gutes Ziel für … jemanden ab. Es ist … Ich will sagen, es würde jemand kommen und nach uns sehen. Und glaub mir, das wollen wir beide nicht, Herr Abhro.«

Der Schmied blickte trotzig, löschte aber die Laterne.

Dann stiegen sie ein, bis auf Giran, der sich gegen den Weidling lehnte und ihn zur Gänze ins Wasser schob, ehe er mit dem letzten Schwung selbst an Bord sprang.

Der Nachen schaukelte nach Finns Ansicht höchst bedenklich.

Die drei Vahits ergriffen bereitliegende Paddel und tauchten sie mit geübten Handgriffen ein.

Wasser quirlte auf, kleine Wellen schwappten gegen die Bordwand, und der wie abgeschnitten wirkende Bug schwang herum. Abhro, der hinten saß, steuerte. Langsam ging es voran, flussaufwärts, über eine leise glucksende Mürmel, in deren schwarzen Wassern sich nur ein schwacher Schimmer der hoch über ihnen stehenden Sterne zeigte.

»Kann uns dieser Jemand hören?«

Abhro hatte offenbar Finns Ernst begriffen, denn er sprach viel leiser als vorher, während er paddelte. Selbst Finn, der unmittelbar vor ihm hockte, musste sich anstrengen, um ihn zu verstehen.

Das Gurgeln der nach hinten gleitenden Paddelwirbel wurde dafür lauter, oder zumindest kam es Finn so vor, als sie sich immer weiter vom Schäumen des Wasserrades entfernten. In Wahrheit umgab sie eine ganz natürliche Stille. Außer dem an- und abschwellenden *Prrruirrill!,* das jedem Eintauchen der Holzblätter folgte, flüsterte der Wald über ihnen sein ewiges Lied. Und die Mücken umschwirrten sie. Ihr Sirren zerrte an Finns Nerven. Und ihr Schweigen auch, weil sie ihn dann meistens stachen. Sonst war es beinahe andächtig still.

An beiden Flussufern tauchten Weiden ihre wie Dwargenbärte herabhängenden Zweige in den Fluss und zogen, stummen Wächtern gleich, vorbei.

Es roch nach nasser Erde und vermodernden Ästen, während sie zwischen ihnen dahinglitten. Der Nachen schabte dann und wann über einen Stein oder einen versunkenen Ast. Der Weidling schaukelte dabei stets, und Finn hielt sich mit beiden Händen am Bordrand fest. Zum zweiten Mal in seinem Leben saß er nun in einem Fischerprahm, und es gefiel ihm heute ebenso wenig wie damals.

»Möglicherweise kann er das«, beantwortete er ebenso leise Abhros Frage.

»So lass uns weiterhin flüstern.«

Und er zischte nach vorn: »Franan? Giran? Habt ihr verstanden? Keinen Ton.«

Die beiden paddelnden Vahits nickten.

Ein Wasservogel erschrak, oder ein Fisch schnappte nach Luft. Jedenfalls klatschte es leise, dicht am rechten Ufer und etwas voraus. Finn zuckte zusammen, sagte aber nichts. Er starrte hinüber, ohne etwas zu erkennen.

»Und du sagst, dieser Jemand ist gefährlich?«, fragte Abhro, ohne auf das Klatschen zu achten. Finn stieß den angehaltenen Atem aus.

»Glaubst du, wir hätten uns tatsächlich an ein Lagerfeuer gesetzt? Und uns aus Unachtsamkeit daran verbrannt? Wir wurden überfallen, und dein Donnerhall und Wetterleuchten, das war der Angreifer, so wahr ich hier sitze.«

Abhro wechselte mit seinem Paddel auf die andere Seite.

»Also gut. Wo finden wir deinen Freund?«

Eine aufgeschreckte Knäkente flatterte entrüstet davon, als ihr der Weidling zu nahe kam.

»Er liegt etwa zweihundert Klafter vom Ufer fort. Hinter dem Sumpf, von deiner Schmiede aus gesehen. Ich drang durch den Wald, umrundete die Fenne, kam auf die Marschwiesen hinaus und ging dann noch ein Stück über die Riedgräser nach rechts.«

»Gut«, wisperte der Schmied. »Dort können wir anlanden. Noch ein Stück, dann treten die Weiden zurück, und dichtes Schilf wächst an beiden Ufern. Die Bäume dahinter kannst du aber immer noch sehen. Erst wenn ihre Schatten uns verlassen, haben wir die Marschwiesen erreicht. Bis dahin dauert's noch ein wenig. Vielleicht 'ne Viertelstunde, ehe wir dort sind. Eine gute Gelegenheit, Herr Finn, deine Geschichte zu erzählen. Was issses also für 'ne Sache mit der Botschaft von Herrn Wredian?«

So knapp es ihm überhaupt möglich war, berichtete Finn von dem Zusammentreten des Rates in Mechellinde, und wieso es dazu gekommen war. Er erwähnte dabei kaum die Ereignisse am Acaeras Alamdil, sondern sprach nur allgemein von dem Feind und seinem Angriff auf das Hüggelland. Rudenforst sei aller Wahrscheinlichkeit nach schon verloren, erklärte er. Er umriss in aller Kürze den Plan, eine Vahitwehr auf die Beine zu stellen, und überbrachte zugleich Herrn Wredians Auftrag an Abhro, sich anderntags in Mechellinde einzufinden. Er verschwieg alles über Circendil, die Féar, die Gilwen und die Dwarge und die Suche nach der Gluda. Aber er deutete an, die Vahits stünden nicht alleine, Verbündete besäßen sie aus alter Zeit, so unerwartet dies auch für alle Vahits sei. Ganz am Ende erst erwähnte er, dass der Feind auf großen Vögel ritte, weit größer noch als Schwäne, weshalb er, Finn, darauf gedrungen habe, die Mistgabeln mitzunehmen. »Denn mit ihrer Hilfe, hoffe ich, können wir uns wenigstens notdürftig gegen deren scharfe Schnäbel und Klauen verteidigen!«

Der Schmied hörte sich das alles wortlos an. Nur sein Gesicht wurde immer länger und ärgerlicher. Während er den Nachen steuerte, streiften sie immer wieder raschelndes Schilf zu beiden Seiten, an deren scharfen Halmen sich der Weidling mal links, mal rechts entlangdrückte.

»Wenn das mal alles kein ausgemachtes Hirngespinst von dir is'«, murrte er, als Finn endlich in erschöpftes Schweigen verfiel. »Und, bei meiner Zange, es klingt mir sehr danach! Fliegende Reiter, die's Feuer regnen lassen können! Aber wenn's wahr is', beim zerbrechenden Eisen, dann will's mir im Herzen bang werden ums Hüggelland.« Wieder schüttelte er den Kopf, aber jetzt sah er eher verzweifelt als ärgerlich aus.

»Die Bäume bleiben zurück«, sagte Finn und deutete ans linke Ufer.

»Du hast Recht, wir sind fast da.«

Eine Schilfhalbinsel reihte sich derweil an die andere; aber zwischen ihnen blieb immer genügend Raum, um den Nachen vorsichtig hindurchzusteuern. Als wieder eine Insel an ihnen vorbeigeglitten war, wendete Abhro den Bug zum linken Ufer. Büsche säumten seinen Rand, aber es gab Lücken zwischen ihnen. Eine davon steuerte Abhro an.

Die Luft roch wieder erdiger und weniger modrig als zuvor unter den Weiden. Bald stießen sie an einige morsche Äste, und es ging nicht mehr weiter. Giran und Franan sprangen ohne ein weiteres Wort aus dem Nachen, und Finn sah zu seiner Überraschung, dass ihnen das Wasser nur bis zu den Knien reichte. Also wieder ins Nasse, dachte er bekümmert und rutschte über den Bordrand.

Der flache Untergrund war weich und nachgiebig, aber nicht so schlammig, wie Finn erwartet hatte. Er kletterte über einen querliegenden Erlenast und watete, sich am Bootsrand festhaltend, nach vorn. Gemeinsam zogen sie den Weidling an Land, nahmen ihre Sachen heraus und schauten sich um.

Zu ihrer Rechten erstreckten sich die Marschen der Auwiesen nicht mehr allzu weit: zwei oder drei Steinwürfe, dann kam verwitterter Karst. Ein paar einzelne Felsen hatte die Mürmel im Laufe der Zeiten aus einem Hügel herausgewaschen; sie dräuten wie graue, wackelige Zähne krumm und schief in den schwarzen Himmel. Der Fluss wand sich um ihre im Wasser watenden Füße. Er war hier von Moosen und Flechten überwuchert und von raschelndem Schilf umstanden. Weiter landeinwärts, aber immer noch rechts von ihnen, bildeten Kalksteinhöhen einen zusammengewachsenen, mehr als doppelt brochhohen Grat, der erst mit Büschen, dann mit windschiefen Kiefern gekrönt war. Flussabwärts, zu ihrer Linken, blieb das Gelände eben und wurde immer sumpfiger, bis sich das Ried in einer Fläche von trüben Tümpeln und modrigen Löchern verlor, zwischen denen Tafelblattdickichte wuchsen und Schneeballsträucher.

»Wir müssen weiter«, drängte Finn. »Längs des Grates, aber etwas mehr links herüber.« Er deutete in Richtung des schweigenden Waldes, der mit der Nachtschwärze verschmolz.

Giran wuchtete sich die Lehmtrage auf die Achsel. Die drei anderen Vahits schulterten ihre Mistgabeln und packten die Laternen, die Finn seltsam überflüssig erschienen, da es nicht geraten war, sie zu entzünden. Dann gingen sie, Finn folgend, über das harte Binsenkraut dahin, das ihre Schritte nicht annähernd dämpfte, sondern, beinahe wie Schneeharsch knirschend, unter ihren Füßen umknickte und knackend zerbrach.

Die Krüppelkiefer auf ihrer winzigen Insel zu finden, war schwieriger, als Finn gedacht hatte.

Vom Fluss her kommend sahen sie hunderte dieser Bäume vor sich, die dürren, winkenden Händen gleich aus dem Boden wuchsen. Viele standen einzeln und das Licht der Sterne war spärlich. Finn wurde unruhig und hätte am liebsten laut nach Tallia gerufen.

Nach hundert Klaftern sah er endlich den verbrannten Baum, darunter etwas wie zwei kauernde Schatten. Im selben Moment sagte Giran: »Hier stinkt's. Aber wie.«

Er hatte Recht. Noch immer hing ein Rest von Aschegeruch über dem Ried, vermischt mit dem öligen Gestank, den das Feuer von Ulúrcrum hinterließ, sobald es sich selbst verzehrt hatte: ein übler kalter Schmauch, der nass und kohlig war und in der Luft klebte wie ein Gespinst.

»Wartet«, bat Finn, »ich will erst sehen, ob …« Ob die Luft rein ist, hatte er sagen wollen. »Ob alles in Ordnung ist«, verbesserte er sich. »Tallia soll sich nicht erschrecken.«

Er huschte um den nächsten Busch und rannte geduckt auf die Riedinsel zu, die längst keine Insel mehr war, sondern nur noch ein kleiner Buckel mit darunter hervorlugenden und sich in die Luft reckenden Wurzeln.

Das sie nach dem Guss umgebende Wasser war versickert, aber der Boden war noch feucht, und zurückgeblieben war nur nasses, weithin verbranntes Gras. Tallia saß still neben dem Baum und wandte dem Fluss und damit ihnen den Rücken zu. Sie starrte in die Richtung, in die Finn gegangen war.

Als sie seine dumpfen Schritte auf dem abgebrannten Gras hörte, fuhr sie herum, Glimfáins Dolch wie ein Schwert mit beiden Händen haltend, die Spitze zitterte. Dann erkannte sie ihn, ließ die Klinge fallen und stürzte sich in seine Arme.

»Oh Finn«, flüsterte sie an seinem Ohr, »was bin ich froh, dich zu sehen. Für einen Moment dachte ich, der Ledir sei zurück.«

»Tallia!« Er drückte sie fester an sich als je zuvor. Dann schob er sie ein Stück zurück. »Der Ledir! Hat er sich noch einmal gezeigt?«

»Wenn ja, dann nicht mir. Aber die Zeit verging nicht, und je länger du fort warst, desto mehr Sorgen habe ich mir um dich gemacht.«

»Es ist alles gut«, sagte er und winkte den anderen. »Herr Abhro und die Seinen bringen Hilfe. Wie geht es Glimfáin?«

»Schlecht, mein junger Vahatir«, kam es da unter dem Mantel hervor.

Finn blickte erstaunt auf und kniete sich neben den Dwarg. »Welch ein Glück! Du bist wieder wach! Du musst große Schmerzen haben. Wirst du gehen können?«

Glimfáin versuchte ein Lächeln, das ihm misslang. »Ja. Ja. Und nein. Wer sind deine Begleiter?«

Die drei Schmiede waren derweil nähergetreten, zögernd gar, als sie erkannten, dass Finns Freund alles andere, nur kein Vahit war.

Alle drei hielten sie ihre Mistgabeln in den Händen, die Spitzen nach unten und auf den Dwarg gerichtet, wie Lanzen vor dem tödlichen Stoß. Finn richtete sich auf, stellte sich schützend vor den Verletzten hin und sagte: »Von ihm droht euch keine Gefahr.«

»Wen hast du denn da gefunden?«, wollte Abhro wissen.

»Das ist Glimfáin. Er ist ein Dwarg«, warf Tallia ein.

Finn stellte sie einander vor und sagte dann: »Er ist ein Freund. Und einer der Verbündeten, von denen ich dir vorhin erzählte. Er hat uns gerettet, und wir verdanken ihm unser Leben. Die Angelegenheit mit Tallia war ein Missverständnis.«

Erst jetzt bemerkte Abhro den Bart und die langen Zopfflechten.

Obwohl die Flammen ihm mehr als die Hälfte seiner Zier versengt hatten, beherrschten sie Glimfáins Kopf weiterhin.

»Bei meiner Zange!«, schimpfte Abhro. »Dein Freund ist das haarige Biest! Fast hätt' ich mir's denken können.«

»Er ist ein Dwarg«, widerholte Finn ehrerbietig. »Sein Volk ist älter als das Geschlecht der Menschen. Und wenn dich das schon nicht beeindruckt, so wisse: Auch er ist ein Schmied.«

Abhro Rabner glotzte sprachlos.

»Ein Windschmied, um genau zu sein«, fügte Glimfáin krächzend hinzu. Das folgende *huorhm, ja* ging in einem langen Hustenanfall unter; und selbst Franan in seiner Einfalt erkannte, wie dringend es geboten war, mit dem Verletzten den Heimweg anzutreten.

Ehe Abhro darauf antworten konnte, zerriss ein langer Raubvogelschrei die Nacht. Hoch oben, weit über ihren Köpfen, kreiste ein Schatten vor den bleichen Sternen. Sie sahen ihn, aber seine Größe war nicht einzuschätzen. Was immer es war, es flog schnell und so hoch, dass sie den Schlag der Flügel nicht hören konnten. Während sie noch schauten, kippte es ab und entschwand über den Fluss nach Osten.

»Ist er das?« Tallia tastete nach Finns Hand und drückte sie.

»Ich kann es nicht mit Bestimmtheit sagen«, antwortete er. »Aber ich nehme es an.«

Sie hörten den Schrei in dieser Nacht nicht wieder.

2. KAPITEL

Maúrgin

»Es is' gut, dich wach zu finden«, sagte Abhro. »Hier, versuch zu trinken, Herr … Herr Dwarg. Du wirst Durst haben, denke ich. Hier.«

Glimfáin nickte. Abhro setzte ihm die Wasserflasche an die Lippen. »Gut so«, sagte er. »Trink weiter, so viel du nur kannst. Ich kenne mich mit Brandwunden ein wenig aus. Und du auch, nehme ich an. Wer wie wir tagein tagaus die Feuer schürt … Was ich sagen will: Falls dein Körper auch nur annähernd unserm ähnlich ist, so verlierst du Flüssigkeit nach innen, Herr. Deine Arme und Beine werden anschwellen deswegen, fürchte ich. Deinen Innereien aber fehlt das Wasser, das dorthin entflieht. Also trinke, sooft du es kannst.« Wieder nickte Glimfáin bloß, behielt aber die Wasserflasche in seinen Händen.

»Gut«, meinte der Vahitschmied. »Nun wollen wir uns um deine Beine kümmern, wenn du es gestattest, Herr Dwarg.« Ein drittes Nicken folgte, das aber schon schwächer kam als die vorherigen.

»Um ein Licht kommen wir jetzt nicht mehr herum«, murmelte Abhro. »Auch wenn dein Herr Jemand zusieht – ich kann sonst kaum was erkennen.« Er entzündete eine der Laternen und richtete ihren Lichtkreis auf Glimfáins bedeckte Beine.

Als Finn und Tallia den Mantel anhoben und die drei Vahitschmiede die Brandverletzungen sahen, vergaßen sie in ihrer Betroffenheit alle Fragen und Vorbehalte. Die Mistgabel flogen endgültig zur Seite. »Bei meiner Zange!«, war alles, was Abhro entfuhr. Die Gesellen setzten die mitgebrachten Sachen ab.

Abhro atmete tief ein. Dann machte er sich umsichtig ans Werk. Leider kenne er sich mit Brandwunden besser aus, als ihm lieb sei, erklärte er, während er mit Wasser die schlimmsten Verschmutzungen säuberte. Ein tadelnder Blick traf dabei seine beiden Gesellen; es sei dies ein Los aller Meister seiner Zunft, wie er meinte. »Zu viel heißes Eisen in der Zange«, knurrte er, »zu viel glühende Kohle auf dem Rost, und zu viel unachtsame Tunichtgute, auf die man immerfort achten muss, damit sie einander nicht bei lebendigem Leibe garbraten, kaum dass man ihnen einmal den Rücken zuwendet.«

Franan und Giran taten so, als wären sie beschäftigt, und beugten sich wortlos über ihre Siebensachen.

Abhro ließ sich von Franan einen tönernen Napf reichen. Mit einem kleinen Messer zerschnitt er die Binsen, die das Gefäß luftdicht verschlossen; anschließend strich er daraus, so behutsam er es nur vermochte, eine helle Paste auf die Wunden. Dennoch ging das nicht ohne Zischen seitens des Dwargen ab.

Er klingt beinahe, als ob er das Geräusch der ins Wasser tropfenden Feuerperlen nachahmen will, fuhr es Finn durch den Sinn. Er merkte selbst, wie er begann, albernes Zeug zu denken, und er schrieb es seiner Sorge um Glimfáin zu, denn er sah nur zu gut, wie sehr der Dwarg auf seiner Liegestatt litt.

»Was ist das?«, fragte Tallia.

»Froschsalbe, glaube ich«, erinnerte sich Finn. Vorhin hatte Abhro Giran oder Franan angewiesen, einen Napf mit Froschsalbe ins Boot zu legen.

»Froschsalbe?« Tallia verzog ihr Gesicht vor Ekel.

»Ja«, bestätigte der Schmied. »Die beste übrigens, die's gibt. Aus Moorreet«, fügte er hinzu.

Alle sahen, wie Glimfáin die Zähne zusammenbiss, als der kühlende Balsam abermals seine zitternden Beine berührte. »Und sie stammt nicht aus der Werkstatt deines Vaters, Herr Finn, falls du das dachtest. Ausnahmsweise mal kein Mühlensiegel. Die hier rührt Rana Rohrammer für uns an.«

»Rohrammer?«, fragten Finn und Tallia verblüfft.

»Ja, wieso? Stimmt was nich damit?«

Finn hob beschwichtigend die Hände. »Doch. Nein. Ich wusste nur nicht, dass sie sich mit Fröschen auskennt. Ich meine: Frösche, ja? Brrr.«

»Frau Rana ist die angeheiratete Kusine des Onkels meines Großvaters«, fügte Tallia hinzu. »Ich war auf dem Weg, sie zu besuchen, als das alles geschah. Als wir mit Glimfáin zusammentrafen, meine ich.«

»Na, wenn du sie siehst, bestell ihr jedenfalls schöne Grüße von mir. Und sag ihr, wir benötigen dringend frische Froschsalbe.« Er zeigte ihr den Napf, der sich unter seinen vorsichtig arbeitenden Händen rasch leerte; er versorgte nur die am schlimmsten zugerichteten Stellen, und doch kratzte er schon am Boden des Tongefäßes. Als es nichts mehr zu verstreichen gab, legten sie die mitgebrachten Linnentücher um seine Beine, Lage um Lage, bis ein behelfsmäßiger Verband entstanden war. Eines der Tücher riss er in Streifen und band alles behutsam fest.

Giran und Franan entfalteten derweil die Lehmtrage: zwei starke Holzstangen, zwischen denen ein derbes Stück Leinen mit Schlaufen befestigt war. Die Stangen waren länger als die Trage selbst, sodass zwei Vahits ihre Last zwischen sich aufnehmen konnten, wenn der eine vorne und der andere hinten ging und sie die überstehenden Hölzer als Griffe verwendeten. Die Stoffbahn war breit genug für den Dwarg; aber sie hätte kaum kürzer sein dürfen; entweder würde Glimfáins Kopf darüber hinausragen oder seine schrecklich zugerichteten Beine. Da das Letzte nicht ging, entschieden sie sich für das Erste. Sie rollten Glimfáins Mantel zu einem Kissen zusammen, das sie quer über die Stangen legten.

Schließlich waren sie zum Aufbruch bereit. Oder fast, denn Finn fiel noch etwas ein.

Glimfáins Helm lag noch in der Kuhle. Finn ging hin, säuberte ihn notdürftig und drückte ihn Tallia in die Hand. »Nimm auch seinen Dolch mit. Er sieht sehr kostbar aus. Wenn er genesen ist, wird er beides vermissen. Und da wir gerade seine Sachen einsammeln: Hast du, während du wachtest, irgendwo seine Axt gesehen?«

Tallia verneinte. Ihr fielen vor Müdigkeit fast die Augen zu.

Der Mond versank hinter den fernen Graten des Khênaith Eciranth. »Dann man los«, bestimmte Abhro. »Vier Vahits, vier Enden. Du hinten bei mir, Herr Finn. Du, junges Fräulein, schnappst dir die drei Mistgabeln. Dein ... ich meine, Herr Finn hier legt großen Wert auf sie. Und du trägst die Laterne. Etwas Licht brauchen wir jetzt. Aber halte die Flamme so klein, wie du nur kannst. Also *los: zuuu – gleich!«* Finn keuchte, kaum dass er das Gewicht verspürte; er glaubte, seine Arme würden ihm aus den Gelenken gerissen. Seine Ecke der Trage kam langsamer hoch als die der anderen, und sie hing schief, so sehr er sich auch bemühte.

Der Dwarg war schwer, viel schwerer als erwartet. Er wog gewiss so viel wie vier oder fünf Vahits, vermutete Finn; dazu kam sein dicker, fester Mantel. Er schnaufte und blies die Wangen auf – Geräusche, dachte Finn, wie ein Frosch sie vermutlich machte, wenn er in Ranas Rohrammers Hände geriet und sie aus ihm die Salbe herauspresste oder was immer sie mit ihm tat, um den Froschbalsam zu gewinnen.

»Wird's gehen, Herr Finn?«, fragte Abhro. Es klang spöttisch und war auch so gemeint. Er grinste unter einem mondlosen Himmel.

Ihn schien des Dwargen Gewicht kaum zu belasten, und auch die Gesellen zeigten sich nicht sehr angestrengt. Das ist die Folge endloser Schläge auf einen Amboss und des Hantierens mit Gewichten, dachte Finn, aber es half ihm nicht viel. Er wurde zum ersten Mal in seinem Leben neidisch auf die Muskeln anderer.

»Lach nur; ich bin halt kein Schmied«, japste er. Seine Beine zitterten, und er bezweifelte, ob sie ihn und die Last in seinen Händen auch nur einen Schritt tragen würden.

Aber irgendwie ging es.

Die vier Vahits trugen Glimfáin langsam von der Riedinsel zu dem zwischen den Büschen wartenden Boot. Tallia wanderte, die vergleichsweise leichten Mistgabeln geschultert, hinterdrein. Der Schein der Laterne schwankte im Takt ihrer Schritte.

Finn behielt während des gesamten Marsches die Mürmel und das gegenüberliegende Ufer im Auge. Halb und halb erwartete er, einen Schatten zu sehen, der sich dort erhob und sie mit den grell aufberstenden Bällen des Feuers von Ulúrcrum bewarf. Doch alles blieb ruhig und still; und als sie endlich im Nachen saßen und ihre schmerzenden Hände rieben, fing er an zu glauben, dass ihm ein abermaliges Zusammentreffen mit dem Ledir erspart bliebe.

Die Rückfahrt ging leichter und schneller vonstatten als die Herfahrt. Durch das zusätzliche Gewicht lag der Weidling tiefer im Wasser, aber er schaukelte zu Finns Beruhigung weniger. Tallia saß vor Finn und lehnte sich an ihn, während sie Glimfáins Kopf auf ihren Knien ruhen ließ.

Die drei Schmiede stießen den Nachen ab vom Ufer und überließen dann dem Fluss den Großteil der Arbeit. Nur ab und zu senkte sich ein Paddel herab; den Rest besorgte die Strömung. Abhro steuerte.

Dünner Schweiß stand auf Glimfáins Stirn, und Tallia beugte sich dann und wann vor und tupfte ihn fort, damit er dem wieder eingeschlafenen Dwarg nicht in die Augen rann.

Die meiste Zeit aber lehnte sie sich zurück und drückte sich an Finn, der hinter ihr saß, die Beine seitlich an ihr und Glimfáin vorbeigestreckt. Vielleicht macht sie es bloß, um sich an mir zu wärmen, dachte er und hielt einfach still. Erst als sie seine Hand suchte und gleichfalls drückte, begriff er.

Weil sie mir nahe sein will. Weil sie *mir* nahe sein will, wiederholte er in Gedanken und wurde ein wenig fassungslos. Ein Gefühl überkam ihn, von dem er nichts wusste und nicht einmal geahnt hatte, dass es so etwas gab. Obwohl er Tallia Goldammer kaum kannte, erlebte er in ihrem Beisein etwas Atemberaubendes und Beruhigendes zugleich. Ihn durchströmte Vertrautheit, wenn er sie ansah, ihr Lachen hörte, sie roch … wenn er sie, wie jetzt, so innig fühlte. Weitaus mehr wühlte ihn jedoch auf: etwas, das er sich nicht einzugestehen wagte.

Während der Fluss friedlich vorbeiglitt, saß Finn stumm da, lauschte den Geräuschen des näherkommenden Waldes und suchte in dem Tumult seiner Empfindungen nach Worten, die ihm helfen konnten, das, was ihm geschah, zu verstehen.

Es war ungefähr so, als käme er von einer langen Reise nach Hause, voller Freude auf das, was ihn dort erwartete. Was dieses Etwas im Einzelnen war, hätte er nicht zu sagen vermocht; nur wusste er *sicher* und hatte es immer gewusst, dass es dort sein würde. Es ist dennoch mehr, dachte er. Natürlich, er vertraute auch Mellow, und er hätte seinem Freund bedenkenlos sein Leben in die Hand gelegt, aber das hier war etwas völlig anderes und wenig vergleichbar. Im Falle Tallias war es eine ihm nicht erklärliche, tiefere, innige Vertrautheit, die er ihr gegenüber empfand und die ihn sprachlos machte. Als kenne er sie seit dem Anbeginn aller Zeiten.

Er hätte ewiglich so dasitzen und Tallias Rücken immerzu an seiner Brust lehnen lassen mögen – Atemzug um Atemzug –, während der Fluss unter ihm dahinglitt und es sich anfühlte, als würden sie schweben. Sein Herz schlug, *nur eine Handspanne entfernt von dem ihrigen*, dachte er wie benommen; und als er darauf achtete, merkte er zu seiner Verwunderung, dass beider Herzschlag im selben Augenblick erfolgte; und er wusste, sie spürte es ebenfalls, und dieses Wissen machte ihn glücklich und froh.

Die karstige Anhöhe blieb zurück.

Als sie die Schilfinseln und ihre engen Durchfahrten hinter sich hatten, ging es noch schneller. Die stummen Weidenwächter eilten gleichsam an ihnen vorbei, so wollte es Finn vorkommen, während sie sich selbst überhaupt nicht bewegten. Aber natürlich bewegten sie sich doch, und in viel kürzerer Zeit als vorher trieben sie durch den Wald. Schon schwoll das Rauschen des Wasserrades vor ihnen an, und ehe sie sich versahen, knirschte der Bug des Bootes auf dem Grund der Schiffslände.

Mit einer letzten Anstrengung hoben sie Glimfáin aus dem Weidling und schleppten ihn auf seiner Trage den Trampelpfad entlang zum Hof.

»Wohin mit ihm?«, fragte Franan, der abermals mit Giran voranging. »Er is' groß, Meister. Unsre Betten sind für'n Dwarg zu klein.«

»Nee, er is' zu lang, so isses.« Es war der längste Satz, den Finn Giran hatte sprechen hören. Abgesehen davon stimmte, was beide sagten.

Sie brachten den Dwarg deshalb in eine Scheune und Tallia und Finn schufen ihm dort, so gut es unter den Umständen eben ging, ein weiches Lager. Franan brachte ein Kissen und ein Bündel weiterer Decken, dann betteten sie den Verwundeten darauf und deckten ihn zu. Er schlief schon, seitdem sie ihm im Weidling niedergelegt hatten, und er erwachte auch jetzt nicht. Ob das ein gutes Zeichen war oder ein schlechtes, wagte Finn nicht, sich zu fragen.

»So, das war's aber auch für heute«, meinte der Schmied und schickte Franan und Giran zu Bett. »Mehr können wir nich' tun, Herr Finn. Alles Weitere muss der nächste Morgen zeigen. Ist spät geworden. Wenn ihr nich' mehr weiter wollt heut Nacht, dann bleibt von mir aus gern. Obwohl ich euch auch nich mehr als das Stroh da drinnen anbieten kann.« Er wies mit dem Daumen über die Schulter zum Scheunentor.

»Wir bleiben hier«, sagte Finn und gähnte. »Da du es uns gestattest und alles. Jetzt noch bis Moorreet zu fahren – das geht über meine Kräfte. Andererseits, nur das Stroh, sagst du? Und du hast keine Kammer für Tallia?« fragte Finn den Schmied.

Abhro kratzte sich verlegen den Hinterkopf.

»Also, wir sind hier auf Frauensleut' nich wirklich eingerichtet, wie du dir denken kannst. Unsere Betten sind hart, und mehr als drei ham wir nich', was noch dazukommt. Ich kann dir höchstens meins anbieten, Fräulein Tallia, das schon. Aber –«, er stockte, »na ja, es is' wahrscheinlich muffig und unaufgeräumt und alles.«

»Schon gut«, lachte sie. »Behalte dein Bett und nimm meinen Dank für dein Angebot. Es ist nicht die erste Nacht, die ich in einer Scheune verbringe. Außerdem muss jemand nach Glimfáin sehen. Mir ist es recht.«

»Ganz wie du willst. Du wirst es am besten wissen. Na dann – gute Nacht.« Er drehte sich um und schlurfte ins Wohnhaus hinüber.

Die Tür fiel zu. Dahinter hörten sie die Treppe knarren.

»Ich werde mir hier draußen ein Plätzchen suchen«, sagte Finn.

»So siehst du aus«, erwiderte sie, nahm ihn bei der Hand und zog ihn mit sich in die Scheune.

Eine Laterne brannte in Glimfáins Nähe. Es gab einen halben Heuboden, auf den eine Leiter führte. Sie kletterten mit der anderen Laterne hinauf und streckten sich auf dem trockenen Stroh aus, jeder in einer Ecke, zwischen sich das Licht und einen Arm weit Abstand. Sie sahen sich eine Weile an, ohne zu sprechen. Die Verlegenheit umgab Finn wie eine Wolke, und sie lächelte, als sie sah, wie emsig er auf einem Strohhalm herumbiss.

»Du fragst dich sicher«, brach Tallia irgendwann das Schweigen, »ob ich das ernst gemeint habe. Ehe du fortgingst, um Hilfe zu holen. Du weißt schon.«

»Was?«, fragte er, obwohl er es genau wusste.

»Dass du mich gefunden hast.«

»Ja, das stimmt. Das frage ich mich. Das – und wie es weitergehen soll.«

»Mit uns?«

»Ja. Das auch. Nicht nur, will ich damit sagen. Es ist nur so: Es gibt so vieles zu bedenken. Was machen wir mit Glimfáin, zum Beispiel. Ich sollte nicht hier liegen, sondern Circendil und Mellow benachrichtigen. Allein komme ich mir so hilflos vor.«

Sie streckte eine Hand aus und berührte seinen Arm. »Du bist nicht allein.«

Er lächelte schwach und sagte: »Ja. Das weiß ich. und ich danke dir dafür. Ich meine damit – ich finde, das alles ist viel zu groß für mich. Das war es von Anfang an. Ich weiß nicht, Tallia. Das alles fühlt sich so … so falsch an. Nein, nicht du!«, verbesserte er sich schnell, als er ihre zusammengekniffenen Lippen bemerkte.

»Ich meine, eigentlich sollte ich friedlich zu Hause in meinem Bett liegen und morgen früh in die Werkstatt hinübergehen, um meine Arbeit zu verrichten. Verstehst du? Stattdessen gerät um mich herum alles an den Fugen. Schwärme von Criargs. Der Angriff auf das Hüggelland. Saisárasar. Und jetzt auch noch Glimfáin. Dazu dieser Guan Lu und was nicht alles. Wenn ich heute Morgen im Rat noch geglaubt habe – wider allen Wissens und mit dem letzten Fünkchen Hoffnung –, es sei uns vielleicht möglich, die Gidrogs hinzuhalten … oder sie zu vertreiben, mit Circendils Hilfe und einer Vahitwehr … ja, vielleicht. Vielleicht könnten wir das schaffen. Irgendwie. So dachte ich. Mit viel Glück und noch mehr Mut. Aber nach dieser Nacht glaube ich es nicht mehr. Dieses Feuer von Ulúrcrum! Ein einzelner Ledir, Tallia! Nur einer! Er war allein und hat doch mehr Vernichtung über uns gebracht als Saisárasar mit seiner gesamten Horde. Verstehst du, was ich meine? Was ist, wenn er dieses Feuer auf unsere Häuser wirft? Und was ist, wenn auch er nicht allein ist, sondern viele bei sich hat? Oder wenn er sich mit Saisárasar zusammenschließt? Was vermögen wir dagegen noch zu tun, Tallia? Nichts. Meine Hoffnung schwindet. Obwohl ich in dem Moment, da uns Glimfáins Gilwe rettete, neue Hoffnung schöpfte.«

Tallia stützte sich auf einen Arm und dachte nach.

»Meinst du, es war eines dieser Dinge? Eine Gilwe? Und wenn es eine war – kann uns die Gilwe dann nicht Hilfe sein?«

Finn seufzte, legte die Stirn in Falten und glich darin, für einen Moment und ohne dass er es wusste, seinem Lehrer Ludowig, der einen Prüfling bei einer nur halbrichtigen Antwort ertappte.

»Ja, sie kann eine Hilfe sein. Sie kann das Wasser rufen. Aber ich fürchte, nur in einem engen Kreis. Als ich die Wiesen verließ und den ersten Hügel erklomm, war dessen Kuppe völlig trocken. Das Wasser, das die Gilwe ruft, es reicht nicht weit. Die Feuer indes breiten sich aus. Die Criargs sind zudem schnell, und sie können das Feuer von Ulúrcrum überallhin tragen. Glimfáin kann nicht an allen Orten zugleich sein. Zur Zeit kann er sogar nur hier sein, was es noch schlimmer macht. Ich weiß nicht, wann oder ob er überhaupt genesen wird. Seine Schmerzen müssen entsetzlich sein. Hör nur, wie er stöhnt im Schlaf.«

Sie lauschten eine Weile, ob er erwachte, aber es tat sich nichts. Nur ein stoßweises Prusten setzte sich an die Stelle des Stöhnens.

»So vieles«, nahm Finn den Faden wieder auf, »ist zu bedenken. So viel zu entscheiden. Ich habe einfach nur Angst, das Falsche zu tun, Tallia. Aber was ist richtig?«

Er warf seinen Strohhalm weg und kniff die Augen zusammen, als dränge sich ein weiterer unangenehmer Gedanke in den Vordergrund.

»Und wehe«, flüsterte er. »Da ist noch etwas. *Ulúrcrum.* Wo habe ich diesen Namen nur schon einmal gehört? Es war nicht Saisárasars Mund, der davon sprach, oder doch?«

Er sann und sann, bis sich sein Gesicht vor Abscheu verzog. »Jetzt weiß ich es wieder. Es war jener Amuul, der es verwendete. Der Dunbluódur! Er rief es, bevor er von einem Moment zum andern verschwand.« Er schnippte mit den Fingern. »Einfach so.«

Finn blickte Tallia nachdrücklich an. »Damit haben wir den zweiten Beweis. Sie gehören zusammen. Wie ich vermutete. Beide Angriffe, der des Ledirs und der Saisárasars, haben mit einem Ort namens Ulúrcrum zu tun. Dieses verhängnisvolle Feuer stammt von dort, und Amuul kehrte womöglich mit der Kraft seiner

Träne dorthin zurück. Jedenfalls nehme ich das an, denn wissen kann ich es nicht. Aber er rief dieses Wort, so viel weiß ich sicher; und er ging, grad so, wie er erschienen war – als ein flammendes Licht, das jäh erlosch. Entweder, er wollte Saisárasar an Ulúrcrum erinnern, oder er benannte den Ort, wohin er verschwand.«

»Ulúrcrum«, sagte Tallia leise und widerwillig, als bereite ihr schon allein das Wort Übelkeit. »Zuerst dachte ich, Glimfáin meinte Ulúrlim, Lukathers Festung, von der Circendil uns im Rat erzählte. Aber die Worte ähneln sich nur. Oder bezeichnen sie doch dasselbe?«

»Ich glaube es nicht. Ich meine eher, wir kennen jetzt die Namen zweier Festen des Feindes: Ulúrlim *und* Ulúrcrum. Eine wird so schrecklich sein wie die andere. Beide Namen wecken böse Vorahnungen in mir, und ich weiß nicht, welchen ich mehr fürchten soll.«

Seine lächerlichen Bedenken, vor Tallia zu bekennen, dass er sehr wohl Furcht empfand, waren seltsamerweise angesichts ihrer auf ihm ruhenden Augen mit einem Mal verschwunden.

»Und damit …«, sagte er ebenso leise, und ohne es zu bemerken, hob auch er eine Hand und streichelte ihr Haar, »damit komme ich mit meinen Gedanken zu uns zurück, und mein Herz wird mir schwer dabei.«

Sie rückte ein wenig näher. »Aber warum denn nur?«

»Du sagtest, ich habe dich gefunden.«

»Das hast du«, wiederholte sie. »So wie ich dich.«

Er nickte, eine Bewegung, die sie mehr im weichen Stroh spürte, als dass sie sie sah.

»An jedem anderen Tag«, flüsterte er, »zu jeder anderen Stunde, bevor dies alles begann – zu jeder Minute meines Lebens, bevor Banavreds Brief eintraf –, wäre ich der glücklichste Vahit unter allen Vahits gewesen, von allen, die jemals überhaupt ein Glück ereilt hat. An jedem anderen Tag!«, bekräftigte er und schwieg.

Tallia zog ihre Hand zurück. Für einen Moment lastete eine Stille zwischen ihnen, die schwerer wog als bitteres Blei.

»Was soll das heißen? Bin ich dir nicht gut genug?«

»Du mir? Nicht gut genug? Oh du liebe Güte, Tallia, nein. Das soll heißen, wir *haben* uns gefunden.«

Er beugte sich über sie und hielt ihren Blick mit den Augen fest. Mit einer Hand streichelte er ihre Wange. Es schien ihm Jahre her, dass er von dieser Wange eine Träne fortgeküsst hatte.

»Gefunden, ja. Ohne uns zu suchen, was es noch wunderbarer macht. So unerwartet wie ein Blitz aus heiterem Himmel und so herrlich schön wie ein Regenbogen nach einem Sommerregen. Wir haben uns gefunden. Du und ich. Und alles wäre so schön. Wäre dort draußen nicht das Verderben aufmarschiert, nicht wahr? Wir würden einander inniglich versprechen, wie es gute Sitte ist und üblich im Hüggelland. Denn das will und verlangt mein Herz.«

»Meines ebenso«, flüsterte sie.

»Weil wir uns gefunden haben. Wir würden unseren Eltern unsere Aufwartung machen, nicht wahr? Ich würde die deinen um deine Hand und du die meinen um ihren Segen bitten, und wir würden ein Halbjahr darauf mit allen unseren Freunden Brautlauf trinken und wären glücklich miteinander bis ans Ende unserer Tage. Aber ein Feind ist dort draußen. Leider. Und es sind eben keine üblichen Zeiten, die wir erleben. Das ist es, was ich dir zu sagen versuche.«

Er biss sich auf die Lippen.

»Das Ende unserer Tage? Das kann uns schneller treffen, als wir auch nur ahnen. Nimm bloß den heutigen Tag. Was war ich froh, als du mich fragtest, ob du mich begleiten kannst. Was habe ich mich gefreut, an deiner Seite zu sein. Doch dann fällt plötzlich Feuer aus dem Himmel wie Drachenfeuer. Und es kam jener Augenblick, an dem ich dachte, wir beide würden sterben. Da flog mein Herz dir zu. Und jetzt, da wir einander gefunden haben und uns zugleich ein Krieg heimsucht, da fürchte ich … da habe ich …« Er brach ab und suchte nach Worten.

»Noch mehr Angst, mich zu verlieren?«

»Ja. Und zugleich unendliche Angst, dir weh zu tun. Unabsichtlich, weil ich … wenn ich … Schon morgen könnte sich irgendein Gidrog auf mich stürzen, und mit nur ein wenig Glück auf seiner Seite würdest du vergeblich auf meine Rückkehr warten. Oder ich könnte mitansehen müssen, wie dir etwas zugefügt wird wie … wie sie es Anselma antaten. Ich hielte es nicht aus. Verstehst du das, Tallia, meine Liebe?«

Sie sah ihn nur mit großen Augen an.

Nie, nie und nimmermals darf dir ein Leid geschehen!

»Meine … Liebe?« Ihre Augen waren ihm auf einmal ganz nah und flogen zwischen den seinigen hin und her.

Er nickte und schluckte an einem Kloß, der größer war als Glimfáins Helm.

»Du liebst mich?«, hauchte sie.

»Ja«, hörte er sich sagen. Und als es heraus war, da lachte er und umarmte sie und wisperte immer wieder ein »ja, ja, ja!« in ihr Haar.

»Ich dich auch«, flüsterte sie, und wiederholte es wieder und wieder, bis beide in einem schier endlosen Kuss versanken.

»Und eben das«, sagte er traurig, als sie, Atem schöpfend, Stirn an Stirn nebeneinanderlagen, »wird unser Glück trüben und immerfort beschatten. Wir können nicht heiraten. Kein Heim beziehen, keinen Haushalt gründen. Wir können nur hoffen, dass wir diesen und vielleicht den nächsten Tag überleben. Wir können nicht ständig zusammen sein, obwohl ich mir nichts sehnlicher wünsche als dies: an deiner Seite zu stehen! Doch da wartet Circendil auf mich und – seine Aufgabe. Das heißt, wir werden uns trennen müssen. Für eine Weile. Oder für länger. Vielleicht morgen schon – oder heute, denn ich fürchte, Mitternacht ist längst vorbei. Dem Hüggelland stehen schwere Zeiten bevor. Es mag sein, dass seine letzten Tage angebrochen sind. Wenn wir die Gluda nicht finden. Oder schlimmer noch: wenn der Feind sie vor uns findet.« Er drückte das Mädchen an sich und sah ihre Augen feucht schimmern. »Kein Ort im Hüggelland ist länger sicher. Wohin also sollen wir gehen, um unser Glück zu finden? Kannst du es mir sagen? Hast du darauf eine Antwort?«

Sie schüttelte stumm den Kopf.

»Ich auch nicht. Wir können nur hoffen, das dies nicht das Ende ist. Mein Leben gehört dir, Tallia, ganz gleich, was auch geschieht. Lass uns darum gemeinsam hoffen. Ich liebe dich, so viel weiß ich; aber ich weiß nicht, was ferner kommen mag.«

Wieder küsste er ihre Tränen und schmeckte ihr Salz.

Das Salz des Lebens, dachte er.

Ihre Wangen lagen aneinander, auf einem Bett aus Tränen, bis ihre Münder sich abermals fanden. Wenn ihr voriger Kuss eine Ewigkeit gedauert hatte, so währte dieser weit darüber hinaus. Irgendwann holte ihre Müdigkeit sie ein, und sie schliefen, ein Knäuel aus Armen und Beinen, die eine den Atem des anderen trinkend, darüber ein. Die Laterne verlosch, aber da schliefen sie längst.

Beim Hahnenschrei erwachte er, und im ersten Augenreiben wusste er nicht, wo er war.

Dann sah er Tallias Gesicht im Dämmerlicht neben sich, das auf ihrem aufgestützten Arm ruhte, und alles fiel ihm wieder ein. Ihr Kleid war verdreckt und an den Ärmeln zerrissen, ihre Locken bildeten ein einziges Durcheinander, aber für ihn sah sie schöner aus denn je. Sie betrachtete ihn lächelnd, und in ihrem Haar steckten Spelzen, Krusten aus getrocknetem Schlamm und abgerissenes Stroh.

»Guten Morgen«, flüsterte er.

»Guten Morgen, Herr Langschläfer.« Sie kitzelte ihn mit einem der Halme am Ohr.

»Nicht, lass das«, verlangte er kichernd.

»Ich wüsste nicht, warum.« Wieder kitzelte sie ihn, diesmal an der Nase.

»Weil es so widerlich ist. Es macht mich ganz wach. Bis eben hatte ich schöne Träume.«

»Aha«, machte sie und zog einen schalkhaften Flunsch. »Kaum verbringe ich eine Nacht mit dir im Heu, schon findest du mich widerlich. Und deine Träume sind dir wichtiger. Du findest mich langweilig.«

»Das habe ich gar nicht gesagt. Außerdem heißt es Stroh und nicht Heu.«

»Auch das noch. Du denkst also, ich bin langweilig, widerlich *und* dumm? Gib es zu!«

»Ich gebe gar nichts zu. Halt ein!«, lachte er und ertrank in einer Flut von Küssen. »Außer vielleicht«, setzte er hinzu, als er besiegt auf dem Rücken lag, »außer vielleicht, dass ich so glücklich bin wie noch nie zuvor in meinem Leben.«

»Gut, ich nehme dies als deine Entschuldigung an.«

»Als meine was?«

»Ich verzeihe dir und gewähre dir großzügig weiterhin meine Gunst.«

»Ich möchte mal wissen, was das bedeutet.«

Sie zeigte ihm, was das bedeutete.

Sanfter konnten keine Lippen, süßer kein Mund, inniger kein Atem sein.

Die Scheune drehte sich, und Finn war, als läge ein weißes Licht auf ihrer beider Schultern, milchig wie Nebel und schillernd wie die Sonne auf einem von geheimnisvollen Hügeln herabspringenden Bach in einen golddurchfluteten Teich. Eine in einer Dachspalte hockende Maus sah ihnen neugierig zu, und selbst sie empfand, wie die Zeit sich auf dem Heuboden dehnte und stillstand, als wüsste eine geheime Macht um die Kostbarkeit eines jeden Augenblicks und wollte in einer seltenen Gnade eben jene Momente verlängern, die nur einmal im Leben kommen und deren Erinnerung für immer in den Herzen derjenigen haften bleibt, die sie erleben.

Beide erschraken, als Glimfáins Husten sie in die Gegenwart zurückholte. Geschwind wuschelten sie sich das Stroh aus den Haaren und kletterten die Leiter hinunter.

Glimfáin erwachte langsam, und es war eine Wiederkehr aus finsteren Träumen. Er schlug in dem Moment mit einem Ruck die Augen auf, als sie eben neben ihm knieten. Seine rötlichen Pupillen funkelten, als läge bereits ein Fieber in ihnen. Seine Stirn war heiß, aber nicht länger verschwitzt. Er erkannte sie wieder und fragte, wo sie sich befänden.

Zumindest weiß er, was geschehen ist, dachte Finn erleichtert. Die Vorstellung eines im Fieberwahn tobenden und um sich schlagenden Dwargs gefiel ihm ganz und gar nicht; und er wurde wütend auf sich, weil er erst jetzt daran dachte. Wie schützte man einen Dwargen vor sich selbst? Er wusste es nicht.

Aber er kannte einen, der es wissen würde.

Zumindest kennt dieser Jemand Glimfáins Volk besser als jeder andere von uns, fiel ihm wieder ein. Erst jüngst war er noch bei ihnen gewesen. *Circendil! Wir brauchen dich dringend hier. Deine Suche wird leider warten müssen.*

Draußen dämmerte es bereits. Die Laterne, die Abhro für Glimfáin zurückgelassen hatte, war ebenfalls erloschen. Dennoch herrschte ein in matte Streifen zerschnittenes Halbdunkel: ein trübes Licht, das durch die Bretterspalten fiel. Frau Amagatas Einspänner wirkte darin wie ein gestreifter Käfer aus einer längst vergangenen, unwirtlichen Zeit, der die Deichselgabel vorgestreckt hielt wie zwei Fühler, die das Scheunentor betasteten. Und eben, als Finn dieses dachte, krähte der Hahn zum zweiten Mal.

In der Wasserflasche schwappte noch ein Rest. Tallia hielt den Kopf des Dwargen, während dieser langsam und bis zur Neige trank. Erschöpft ließ er sich danach zurück auf sein durchschwitztes Kissen fallen.

»Du solltest auch etwas essen, Glimfáin«, sagte Finn, dessen Magen soeben hörbar knurrte. *Wann hatte er zum letzten Mal Nahrung zu sich genommen?* »Wir alle sollten das. Wir werden Abhro wecken und ihn fragen, ob er etwas erübrigen kann. Zuvor hole ich dir frisches Wasser. Brauchst du irgendetwas außerdem?«

Der Dwarg zwang sich zu einem Lächeln und schüttelte kaum merklich den Kopf. »Danke, mein kleiner Vahatir«, kam es fast tonlos. »Ich brauche nichts. Aber du wirst etwas brauchen. Wir alle sind in Gefahr. Wo ist mein Dolch? Er war … ist er verloren?«

»Nein, du hast ihn nicht eingebüßt«, beruhigte Finn ihn. »Hier ist er.«

Finn langte neben die Liegestatt, wo sich Glimfáins Waffe und sein Helm befanden. Er drückte dem Verletzten die Scheide samt der Klinge in die Hand. Wieder wunderte er sich, wie leicht sich beides anfühlte. Sein ihm von den Rohrsangs geschenktes Wacala wog schwerer, obwohl es zwei Handbreit kürzer und einen Fingerbreit schmaler war.

»Ah«, sagte Glimfáin erleichtert. Er presste die Dolchscheide an sein Herz. Die silberne Kette des Gehänges daran klimperte leise. »Das ist *Maúrgin*, musst du wissen. Es ist eine berühmte Klinge, die schon in mancher Schlacht getragen wurde. Einst gehörte sie Rumóin, den sie den Bartretter nannten; und Nemgláin schuf sie, der auch Nárbláin und Tyrfing anfertigte, wodurch er später Téorlins Vertrauen verlor. Aber ich will dich nicht mit der Geschichte meines Volkes langweilen, mein kleiner Freund. Ich will dir vielmehr ein Geheimnis anvertrauen.«

Finn nickte aufmerksam.

Das alles kam nicht etwa flüssig heraus, sondern langsam und wurde immer wieder von Husten und dem Ringen nach Atem unterbrochen.

»So höre«, fuhr er nach einer weiteren Pause fort. »Als Nemgláin einstmals diese Klinge nach langen Nächten erstmals ins Sonnenlicht trug, da verkündete er, Maúrgin sauge ihre Kraft aus der Morgensonne und könne in des Tages frühster Stunde auch dann noch den Sieg bringen, wenn alles andere versagt. Der Dolch wurde später Rumóin geschenkt, als Dank dafür, dass er Nórinias Schlüssel rettete, und seitdem trug er ihn. Er und die anderen, die bei ihm waren …« Der Blick des Dwargen schien in eine nur für ihn sichtbare Vergangenheit zu entgleiten und es folgte eine lange Pause, bevor er fortfuhr. »Diese Klinge jedenfalls hat die acht vor dem sicheren Tode errettet, und das mehrmals. Immerhin stieg Rumóin an Nórins Seite und mit Maúrgin gegürtet tief nach Ulúrlim hinein, das Fárins Grab wurde. Und er wie auch die sieben anderen kehrten wieder, und das sagt eine ganze Menge, wie ich finde.

Diese Waffe, mein junger Vahatir, ist alt, wahrlich alt, selbst nach den Maßstäben der Gidwargim, und auch das im besten Sinne – denn geschmiedet wurde Maúrgin in Naubrimirs jüngeren Tagen, als das Mark der Erde noch frisch und ihr summend Lied noch stark und dröhnend war. Und ihr Salz war damals noch voller Licht und ihre Erze volltönend und hart. Huorhm, ja.

Na, jedenfalls, hier siehst du die meisterliche Arbeit eines Gidwargumkhaulums, eines Dwargenschmiedes, wie du sagen würdest; und nicht viele kommen ihr gleich heutzutage. Und so, wie sie ihre Kraft aus der Röte der Morgensonne schöpft, so darf sie nur in des Tages frühester Stunde weitergegeben werden; alles andere brächte schlimmstes Unglück über den, der sie unbefugt nähme, und es träfe ihn noch am selbigen Tag.« Er hielt inne; seine Hände zitterten. »Nun, siehe, eben jene Stunde bricht an. Es dämmert, der Tag beginnt. Finn Fokklin, nimm du Maúrgin nun, ich schenke sie dir! Hüte sie wohl, und sie wird dich behüten, solange du sie trägst.«

»Das kann ich nicht annehmen!«, entfuhr es Finn.

»Kannst du es nicht oder willst du es nicht?«

»Ob ich es will? Das fragst du? Natürlich will ich, aber ihr Wert macht mich schwindelig. Sie ist so kostbar wie … wie Circendils Buch, nehme ich an. Ich … ich bin ihrer einfach nicht würdig.«

Der Dwarg drückte die Scheide in Finns Hände, und nunmehr war er es, dessen Finger zitterten. Glimfáin schloss die seinen darum.

»Ihrer nicht würdig? Wärest du es nicht, mein kleiner Vahatin, so erhieltest du sie nicht. Sie ist hiermit dein. Beleidige einen alten Windschmied nicht, indem du ihm nicht erlaubst, auf seine Weise Danke zu sagen. «

»Dir ist es damit ernst?« Finn konnte es immer noch nicht glauben.

»Leg sie an«, murmelte der Dwarg.

Finn löste seinen Gürtel und befestigte die verzierte Scheide mit dem Gehänge daran. Dann stand er auf, und Maúrgins Knauf schimmerte an seiner Seite: ein dunkelroter Karbeolstein war es, von der Größe des Ballens einer Vahithand, fein geschliffen und kostbar umfasst. Noch nie hatte Finn einen Edelstein wie diesen erblickt, und allein sein Wert übertraf vermutlich alle Fokklinhand-Waren, die in den Regalen seines Vaters lagerten.

»Für dich ist es ein Schwert, kleiner Vahatir. In der Nacht bemerkte ich, wie du es von meiner Seite löstest. Ich war zu schwach und konnte nichts sagen, um dich zu warnen. Doch war meine Sorge unbegründet. Du tatest wohl daran, es in meiner Nähe zu belassen. Hättest du es mit dir fortgenommen, wäre es dir übel ergangen. *Nichts ist treuer als Gidwargenwort!* So heißt es bei meinem Volk, und so wussten es die alten Meister in ihre Waffen einzuhämmern. Maúrgins unbedingte Treue hätte dich unweigerlich ins Verderben gestürzt. Nimm sie heraus«, forderte er, und Finn tat es.

Maúrgins zweischneidige Klinge war wie das Blatt einer Weide geformt, sodass sich zwei anmutige Bögen ergaben, die in einer Spitze zusammenliefen. Zwei zackige, an Zähne erinnernde Verbreiterungen unmittelbar am Heft schützten die Hand. Ein verstärkter Rücken mit einem Grat in der Klingenmitte verlieh der Klinge Anmut und Schönheit. Eine hinter einem Berg aufgehende Sonne zierte die eine Seite des Dolchblattes; darunter konnte Finn die ins Metall eingeschlagenen Buchstaben einer Dwargeninschrift erkennen. Die andere Seite zeigte denselben Berg, nur dass diesmal ein umgekehrter Hammer über seinem Gipfel schwebte. Ein anderes Wort stand darunter, und Finn fragte Glimfáin, wofür diese Zeichen standen.

»Auf der einen Seite erhebt sich die Morgensonne über den Berg«, antwortete der Dwarg. »Darunter steht in den Runen meines Volkes Maúrgins Name.

Die andere Inschrift unter Hammer und Berg ist eine Warnung: *Zimbagun!* Es bedeutet: *Verzichte.* Denn der Hammer schwebt nicht, wie du dachtest. Er fällt. Kein Gidwargum wird dir Maúrgin noch streitig machen, nachdem er den fallenden Hammer gesehen hat. Es ist zugleich die alte Warnung meines Volkes vor bösen Stollen: *Verzichte – und grabe nicht weiter!*«

Finn nickte, aber er hörte kaum zu.

Zu unglaublich war dieses Geschenk. Maúrgin war herrlich leicht. Fast schien es ihm, als wiege die Klinge nichts in seiner Hand. Trotz ihres hohen Alters glänzte sie, als habe ein Schwertfeger sie erst gestern über Stunden frisch poliert. Er konnte sich in ihrer Fläche spiegeln: ein zerzauster Vahit mit leuchtenden Augen und jungenhaftem Grinsen und Resten vom Stroh im Haar.

»Danke!« Das war alles, was er herausbrachte. Behutsam steckte er das Blatt in die Scheide zurück.

»Maúrgin ist dein.«

Glimfáin hustete und machte eine wedelnde Handbewegung. »Und nun geh und erfülle dein Versprechen und hole mir von diesem Wasser. Dabei fällt mir ein ...« Er unterbrach sich und schlug die Decke zurück. Vorsichtig öffnete er eine der beiden Ledertaschen und brachte die gläserne Kugel zum Vorschein. »Dies hier ... habt ihr mir das in die Tasche zurückgesteckt?«

»Ihr hattet die Kugel fallenlassen ... nachdem das Feuer uns fast übermannt hatte«, antwortete Finn etwas nervös.

Der Dwarg warf dem Vahit einen unergründlichen Blick zu, ehe er antwortete: »Du hast es gefunden und mir zurückgegeben? Einfach so? Höre ich recht?«

»Warum denn auch nicht?«

Der Dwarg sah ihn nahezu fassungslos an, ehe er antwortete:

»Ihr Vahatin verwundert mich stets aufs Neue!«

Er schob die Kugel zurück in die Tasche und umschloss sie beinahe zärtlich. »Andere hätten nicht so gehandelt, das kann ich dir versichern. Um das, was du eine Kugel nennst – eine Kugel! –, um ihretwillen nahm ich meine Fahrt auf mich. Ihretwegen verfolgte mich der Ledir, musst du wissen. Allein ihretwegen war ich droben am Cerenath.«

Finn zuckte die Achseln, als habe er tagtäglich mit derlei Dingen zu tun. »Ich dachte es mir schon«, meinte er leichthin. »Ich sah sie in den Matsch fallen und fand, sie solle da besser nicht so herumliegen, weißt du. Wegen gewisser Hände, die sich nach ihr hätten strecken können. Da sie dein ist, gab ich sie dir zurück. Das ist alles.«

»Das ist alles«, wiederholte Glimfáin; nur allmählich erholte er sich von seiner Überraschung. Er betrachtete Finn lange, ehe er hinzufügte: »Wir Gidwargim denken wirklich zu wenig heutzutage. Ich fürchte, wir haben all die langen Jahre einen bedeutenden Schatz völlig übersehen: wahre Freunde der Gidwargim, die im Hüggelland leben. Ein Fehler, ohne Frage. Und nicht der erste, den wir begingen. Umso mehr freut es mich, dass du Maúrgin als meinen Dank angenommen hast. Und gute Taten, so heißt es bei meinem Volk, sollten stets belohnt werden. Und obendrein kräftig begossen nach altem Brauch. Zur Not auch ohne Bier und nur mit frischem Wasser, falls du den Wink in meinen Worten irgendwie verstehst.«

Finn schmunzelte und bejahte.

Er schnappte sich die Wasserflasche und zog Tallia mit sich aus der Scheune.

Maúrgin schlug leicht an seine linke Seite, als er in die beginnende Helle des Morgens hinaustrat; seine Linke ruhte auf dem Knauf aus Karbeol. Etwas, von dem er nicht wusste, was es war, und von dem er selbst nicht einmal etwas ahnte, ließ ihn sehniger und aufrechter gehen als jemals zuvor in seinem Leben.

Ihm war, als entstünde in ihm ein Summen, das sich, obwohl er es nicht hören konnte, in ihm ausbreitete, bis es ihn ganz und gar erfüllte; wie ein mitreißendes Lied, dessen Strophen Mut und dessen Melodie Zuversicht einflößten.

Finn bemerkte es nicht, aber Tallia sah ihn mit einem Mal höchst verwundert an. Seine Schulter hielt er gerader; seine Schritte waren fester und bestimmter; sein Blick wirkte klarer und auf seltsamer Weise kühner und auch härter als zuvor, wie er nun erhobenen Hauptes dastand. Finn hatte sich verändert, er war ein auf unerklärliche Weise strahlenderer, beeindruckenderer, erfahrenerer Vahit geworden, und Tallias Augen hingen wie gebannt an ihm. Sie seufzte leise seinen Namen; und als er sich zu ihr umdrehte, war es ihr, als erblicke sie einen gänzlich neuen Glanz an ihm, und ihr inniglicher Wunsch, ihm nahe zu sein, durchzuckte sie wie ein süßer, gleichwohl heftiger Schmerz, der ihr auf den Lippen brannte.

3. KAPITEL

Ein schneller Schnitt

»Welch ein Friede liegt über dem Wald«, dachte Finn, als er dem Trampelpfad zum Anleger folgte. Es war der selige Friede des Hüggellandes, so anheimelnd wie an so vielen ungezählten Tagen zuvor. Ein Friede, wie ihn Finn sein Leben lang gekannt und den er all die Jahre hindurch für so selbstverständlich wie das Atmen selbst gehalten hatte.

Die Stille des nahen Waldes umgab ihn, in der nur seine Schritte raschelten und in der die Vögel allenthalben zwitscherten. Sie begrüßten den neuen Morgen, den Finn irgendwo hinter dem Sturz im Osten erahnen konnte. Ein hellerer Lichtstreif zeigte sich dort, dessen Ränder sanft rosafarben schimmerten. Die Mürmel zu seinen Füßen war ein unberührter Spiegel aus leise am Ufer glucksendem Wasser, das über auf dem Grunde liegende Steine lief und zu seiner Rechten entschwand. Nur an den sich einsam drehenden Blättern, die der Wald als frühe Vorboten des Herbstes in den Flusslauf streute und die an ihm vorüberzogen, erkannte er, dass sich das Wasser überhaupt bewegte.

Dünne Nebelstriche traten unter den Bäumen an beiden Ufern hervor und vereinten sich zu weißen Schwaden, die träge flussaufwärts über das Wasser trieben, wie Schwäne auf dem Lammspringer See. Zwei Haubentaucher brachten sich in Sicherheit, als sie den Vahit am Ufer niederknien sahen und er darin zu platschen begann. Die Luft duftete frisch nach Moosen und Walderde, doch an seinen Kleidern und Haaren haftete immer noch der Geruch von kaltem Rauch, als habe er des Abends zu dicht am Kaminfeuer gesessen.

Finn wusch sich gründlich neben dem Weidling im seichten Wasser. Das schäumende Rad mit seinen Schaufeln sang ein gleichförmiges Lied dazu. Er benutzte sein Hemd, um sich abzutrocknen. Doch zog er es rasch wieder an, denn er bibberte in dem kaum wahrnehmbaren Lufthauch, der von Osten kam. Die Herbstmorgen im Hüggelland konnten ziemlich kühl sein, und dieser war so einer, so viel stand fest.

Dann suchte er einen Ort, an dem das Wasser trinkbarer war als an dem Anleger mit seinem feinen Schlick. Er fand ihn nicht weit entfernt am Auslauf eines kleinen Baches, der oberhalb des Grabens in die Mürmel floss. Finn hegte bei näherem Beschauen sogar den Verdacht, dass seine jetzige Mündung durch geschickten Spatenstich um einige Klafter flussaufwärts verlegt worden war – mit ziemlicher Sicherheit war der Mühlradgraben mit seinem Werder in Wirklichkeit gar kein Graben, sondern der ehemalige Lauf des ursprünglichen Baches gewesen, der nach und nach eine gebogene Landzunge angeschwemmt hatte. Der Schmied hatte die Form des Ufers für seine Zwecke zu nutzen verstanden. Der klare Bach sprang über ein paar kleinere Steine, doch seine Mitte war sandig, und Finn brauchte sich nur niederzubeugen, um die Flasche bis an den Rand mit klarstem Wasser zu befüllen.

Dann stand er einfach da und starrte stumm über den Fluss.

Er versuchte die Stelle zu erkennen, an der sie in der Nacht angelegt hatten, um zu Fuß in die Marschwiesen zu gelangen, aber die Bäume standen zu dicht, es gab der Uferkrümmungen zu viele, und der Nebel weiter den Fluss entlang tat sein Übriges.

Aber irgendwo dort vorn, dachte er, irgendwo nahe der *Galim*, unter Asche und Schlamm, liegt immer noch Glimfáins Axt. Und auch wenn er nichts davon sagte, so wird sie gewiss so wertvoll sein, wie es Maúrgin ist; oder noch weitaus mehr.

»Eine Dwargenarbeit«, murmelte Finn. »Von kundiger Hand geschmiedet und in wer weiß wie vielen Schlachten ruhmreich getragen. Jemand wird gehen müssen, um sie zu holen.«

Finn warf einen nachdenklichen Blick nach Osten.

Der Streif aus rosafarbenem Himmel war angewachsen und breiter geworden, und eine erste Ahnung von Gelb mischte sich darunter. Nicht mehr lange, und die Sonne würde die Kante des Sturzes erklimmen und ihr Licht über die Mürmelauen ergießen.

Wenn ich Guan Lu wäre, überlegte Finn, würde ich spätestens dann mit meiner Suche nach der Gilwe beginnen, wenn die Schatten waagerecht und lang sind und ein jedes Ding die Sonnenstrahlen in besonderer Weise einfängt.

Und was dann? Der Ledir war nicht blind.

»Er wird die Axt schnell finden«, setzte Finn sein Selbstgespräch fort. »Selbst wenn sie halbverborgen unter Büscheln von Riedgras liegt.«

Er würde, bei der Barke beginnend, in langsamen Kreisen durch die Auen streifen, nach verbrannten Leichnamen suchend, bei denen er die Gilwe vermutete, nach welcher er eigentlich suchte. Er *musste* über die Axt stolpern, früher oder später. Und er würde nach Toten Ausschau halten – und keine finden, so sehr er auch suchte, noch nicht einmal deren verkohlte Knochenreste. Dazu würde er sich seinen Teil denken. Und eine von drei Entscheidungen treffen, erkannte Finn, als er sich dies alles lebhaft vorstellte.

Die eine wäre, die Axt zu lassen, wo sie gerade war. Sie konnte Ballast für ihn sein, ein unnützes Stück Metall aus Feindeshand, das er verachtete und verschmähte.

Die nächste wäre, sie an sich zu nehmen: als ein Stück Beute, als Unterpfand, als Zeichen seines Sieges.

Die dritte wäre, sie ebenfalls zu belassen, wo sie sich befand: aber gedacht als heimlicher Köder für Glimfáin, der, so er noch lebte, seine Axt gewiss nicht im Felde zurücklassen würde. In diesem Fall würde ihm der Ledir nahe der Windbarke einen Hinterhalt legen.

Es gab sogar noch eine entferntere vierte Möglichkeit, wurde Finn bewusst: Der Ledir mochte die Axt an sich nehmen, um sie bei passender Gelegenheit als Lösegeld für die Gilwe anzubieten.

Wenn er die Dwarge gut kannte, war ihm auch die Güte ihrer Schmiedearbeiten vertraut, und er würde den Wert der Axt zweifellos erkennen können und dies in irgendeiner Form für seine Zwecke zu nutzen suchen.

Alle diese Folgerungen wurden Finn schlagartig klar, während er aufs Wasser hinausschaute und dabei dem wieder aufgetauchten Haubentaucherpärchen zusah, das mal über, mal unter dem Wasser in der Mürmel gründelte.

Er begann sich zu schelten, weil er diese Überlegungen nicht schon in der Nacht angestellt hatte. Vielleicht wäre es ihm mit ein wenig mehr Mühe doch möglich gewesen, die Dwargenaxt selbst in der Dunkelheit zu finden.

Jetzt war es zu spät dafür. Jetzt stand Glimfáin ein weiterer herber Verlust bevor, oder Schlimmeres in seiner Folge; und Finn fürchtete, dass dies allein sein eigener Fehler war. Jetzt ist es zu spät, dachte er zerknirscht.

Aber war es das wirklich? Ein letztes Mal schaute er den Fluss hinauf. Nebel kräuselte sich, über dem die erwachenden Bäume nickten. Was er halb und halb befürchtete, fand er nicht: einen Criarg, der suchend über den Auen kreiste.

Finn schnappte sich die Wasserflasche und begann zu rennen. Er eilte über den Trampelpfad zurück und querte im Laufschritt den Hof.

Das Tor der Scheune stand offen. Er warf einen Blick hinein und sah den Dwarg auf seinen Decken liegen. Keine Tallia. Sie wird noch bei den Schmieden im Wohnhaus sein, hämmerte sein Herz. Dahin hatte er sie geschickt, dass sie um ein wenig Nahrung bäte, ehe er zum Fluss hinuntergegangen war.

Er lief zu Glimfáin hin und fand ihn schlafend. Er lehnte die Wasserflasche gegen den Helm, wippte einen Moment unschlüssig auf den Zehen und warf sich herum.

Mit vier, fünf schnellen Schritten war er wieder auf dem Hof.

»Ich habe keine Zeit«, sagte er; und indem er es sich sagte, wurde ihm der längst gefasste Entschluss selber klar. »Keine Zeit zu verlieren, mich lange zu erklären. Keine Zeit, um auch nur Smod zu satteln und zu den Marschwiesen zu reiten.«

Stattdessen lief er zu der Stelle, an der Glimfáin am Nachmittag durch das Unterholz gebrochen war, drückte sich wie tags zuvor durch die beiseitegebogenen Äste und tauchte ein in das Schweigen des Waldes.

Wie lange er gestern gelaufen war, wusste er nicht zu sagen. Zehn Minuten? Eine Viertelstunde? Aber er kannte den Weg; und er folgte ihm im Dämmerlicht, so rasch ihn seine kleinen Füße nur tragen wollten.

Vielleicht, so umfing ihn eine vage Hoffnung, vielleicht kam er dem Ledir noch zuvor, fand die Axt und konnte ungesehen damit im Ried verschwinden, nicht auffälliger als ein Rascheln des Windes im Schilf. Ehe ein Schaden entstand, dessen Folgen er nicht einmal abzusehen im Stande war. So lief er dahin, ein kleiner Schatten unter den mächtigeren Schatten der Bäume, und seine trippelnden Schritte schienen ihm ein einziges Knacken und Tapsen zu sein, das die Erlen und Buchen und Hartriegelsträucher laut zurückwarfen und das den erwachenden Wald erschreckte. Er umlief, Glimfáins immer noch deutlich sichtbarer Spur folgend, die nassen und modrigen Stellen des beginnenden Sumpfes und rannte abermals durch die Schneeballsträucher, bis er die Mulde erreichte, hinter der die Marschwiesen begannen, über die jetzt am frühen Morgen Fetzen von Nebel krochen.

Er blieb stehen und betrachtete kopfschüttelnd die breiten Fußstapfen des Dwargs, in denen er sich anderntags aus der Senke emporgekämpft hatte: schon hinkend und zusätzlich mit den Händen das Laub zur Seite schaufelnd, auf der Suche nach Halt gebenden Wurzeln.

»Das ist eine weitere Möglichkeit, die ich völlig übersehen habe.« Was bin ich für ein einfältiger Tor, dachte Finn angesichts der überdeutlichen Spuren mit stechend klopfendem Herzen.

Der Ledir könnte durchaus seine Suche bis unter die Bäume

hin ausdehnen – und er würde dabei zwangsläufig auf Glimfáins Fährte stoßen: der aufgewühlte Waldboden, die zerbrochenen und abgesplitterten Zweige, die Spritzer angetrockneten Blutes. Alles Zeichen, deren dunkle und helle Stellen unübersehbar waren. Er brauchte der Spur nur rückwärts folgen, um die Schmiede zu finden und alle, die sich dort aufhielten.

Und wenig später, dachte Finn schaudernd, würde das Feuer von Ulúrcrum alles versengen und töten, was dort lebte. Guan Lu musste dafür nicht mehr tun als zuzuschauen. Er konnte in seiner Heimtücke gemächlich abwarten, bis die Feuerperlen erloschen und alles bis auf die Ecksteine niedergebrannt war. Am Ende würde einzig und allein die Gilwe unbeschädigt in der Asche liegen. Eine lächerlich leichte Beute: Ein Reisigbesen würde genügen, um zu enthüllen, wonach es ihn verlangte.

Ich darf ihm keinen Grund geben!, erkannte Finn atemlos. Keinen Anlass, weiter nach Glimfáin zu suchen. Wenn der Ledir überhaupt nichts fand, weder den Dwarg noch dessen Axt, so würde er … ja, was würde er? Finn merkte, dass er sich in seinen Mutmaßungen zu verrennen drohte, denn am Ende blieb es vollkommen ungewiss, was Guan Lu nun tun würde oder auch nicht. Aber die Axt würde ein Zeichen für ihn sein weiterzusuchen, so viel glaubte er immerhin deutlich zu erkennen; und eben das galt es zu verhindern. Deshalb wollte er Glimfáins Axt finden, bevor der Ledir auf sie stieß.

Er rutschte, Glimfáins Stiefelabdrücke als Treppenstufen nutzend, hüben auf den nassen Blättern in die Mulde hinunter; drüben kletterte er auf allen Vieren wie ein Wiesel wieder hinaus.

Als Finn aus dem Wald trat, blickte er entlang des mit Büschen bedeckten Saums auf die tiefer liegenden Marschwiesen zu seiner Rechten. Die karstige Anhöhe begrenzte seinen Blick zur Linken. Ihr zerklüfteter oberer Rand glich einem Band von schrundigen Zinnen; er lag mit seinen Gras- und Kieferflecken schon im ersten rotgoldenen Sonnenschein. Ihr grünes Schimmern bildete die einzigen Farbtupfer in einem sonst grau-braun gesprenkelten Bild. Die vereinzelt stehenden Felsen indes, die ihm in der Nacht wie abgebrochene Zähne vorgekommen waren, ragten wie vergessene Inseln in einem Meer aus wattigem Nebel auf; die Mürmel darunter war nicht einmal mehr zu ahnen.

Er kam an weiteren morschen Erlen und krüppeligen Kiefern vorbei. Welches war diejenige, die auf ihrer winzigen Insel aus Riedgras stand und an deren Stamm sie Glimfáin gelehnt hatten?

Etliche innerhalb eines runden Durchmessers waren rußgeschwärzt, nicht wenige verbrannt. Was ihm vorhin noch als leicht erschienen war, gestaltete sich dennoch jetzt im dichteren Nebel als Schwierigkeit – wie sollte er die Stelle wiederfinden, an der der Dwarg gestanden und seine Axt in die Dunkelheit geschleudert hatte?

Er drehte sich mehrfach im Kreis und wusste doch nicht mehr, als dass er sich in etwa im richtigen Abstand zur karstigen Anhöhe hielt. In etwa! Aber was bedeutete das schon? War er bereits an der Stelle vorübergegangen, ohne es zu bemerken, oder noch gar nicht bis dahin gekommen? Am Ende beschloss er weiterzugehen, langsam und gebückt und jeden Flecken sorgsam betrachtend. Aber je weiter er kam, desto stärker wurde der Verdacht, er könne unmittelbar an der Axt vorbeigegangen sein, ohne sie im Nebel auch nur zu erahnen.

Noch näher hinüber zur Mürmel!, befahl er sich. Und mach deine Augen auf! Ich habe bisher weder Glimfáins Kisten noch anderes von seiner verstreuten Ladung gefunden. Und erst recht nichts von der notgelandeten Windbarke. Also bin ich falsch! So gingen seine Gedanken, bis er förmlich zusammenzuckte. »Ich bin ein Esel von einem Vahit!«, schalt er sich im selben Augenblick.

Natürlich! Der rückseitige Teil der *Galim* würde sich von den ringsum stehenden Krüppelkiefern abheben wie ein von Wind und Wetter freigelegter Stein. Wo hatte er nur seine Gedanken gehabt! Und jetzt, wo er nach anderen Dingen Ausschau hielt als nach verbrannten, knorpeligen Ästen, sah er ein gutes Stück weit entfernt einen verwaschenen Fleck, der in dem milchigen Grau verharrte wie einer der vom Karst gebrochenen Felsen. Vorsichtig ging er näher, und erst, als er ein oder zwei Klafter vor dem schrägen Rumpf der Barke stand, fand er sich plötzlich wieder zurecht. Da war die Kiste, auf der Glimfáin gesessen und ihnen von seinem Kampf mit Guan Lu erzählt hatte. Da war auch die verbrannte Kiefer mit ihrem schiefen Stamm und dem inselartigen Wurzelhügel. Da waren auch die gebogenen Äste, die Finn in den Untergrund gerammt und über die er den Mantels des Dwargs gelegt hatte.

Ein nasser, die Nase reizender Brandgeruch stieg von dem Boden auf, während er sich abermals drehte und sich zu vergegenwärtigen suchte, wo sie sich im Moment des Angriffs befunden hatten. Er bückte sich, strich mit der Hand über umgeknickte Gräser und fand Fußspuren. Aber es waren nur die seichten Abdrücke von Vahitfüßen, und sie verrieten ihm nichts, was er nicht schon wusste. Dann stieß er dreißig Klafter weiter auf die Vertiefung, die Glimfáins schwerer Körper in den Matsch gedrückt hatte. Dort war der Dwarg zusammengesunken und hatte mit seinem Singsang der Gilwe befohlen, die rettenden Wasser zu rufen.

Noch immer stand eine Pfütze in der Mulde.

Finn kniete sich daneben und stellte sich eine Linie vor, die von der Stelle fort bis zu Glimfáins Sitzplatz führte; und er folgte ihr gebeugt, denn irgendwo entlang dieser Linie musste der Punkt liegen, an dem der Dwarg gegen den unsichtbaren Feind gekämpft und von dem aus er die Axt geworfen hatte. Tatsächlich fand er unweit dieser Strecke einen Fleck vollkommen verbrannter Erde, der von den stämmigen Dwargenbeinen zerwühlt worden war. Hier hatten Glimfáins Beine in Flammen gestanden … da ließ ihn ein Krächzen herumfahren.

Schnell wie ein Eichhorn duckte er sich und suchte Schutz hinter einem Baumstumpf. *Der Criarg!*, dachte er entsetzt.

Über seiner Suche hatte er den Ledir vollkommen vergessen.

Aber als er vorsichtig hinter dem Stumpf hervorspähte, sah er nur einen großen Schwarm Krähen landen, die aufgeregt lärmten und sogleich in der schwarzen Erde zu picken begannen. Heftiges Gezanke und Gezeter setzte fast unmittelbar ein, als die ersten Vögel Würmer oder anderes, von Feuer und Wasser gefoltertes Getier fanden: Mit heiserem Gekrächze begannen sie, ihre Beute zu verschlingen. Finn stieß den angehaltenen Atem aus und lächelte. Er rappelte sich hinter seinem Baustumpf auf und drehte sich kopfschüttelnd um, um seine Suche fortzusetzen. Er wandte sich von den Krähen ab – und erstarrte.

Vor ihm, vielleicht fünfzehn Vahitlängen entfernt, richtete sich eine gebückte Gestalt aus dem Nebel auf.

In beiden Händen hob sie etwas Längliches aus dem Gras: ein kühn geschwungener Stiel mit einem halbrunden Blatt an einem Ende. Er hat die Axt gefunden!, durchfuhr es Finn. Und auch noch viel eher, als ich dachte.

Das Gesicht der Gestalt konnte er zunächst nicht erkennen – Finn blickte nur auf einen schmalen Rücken, über den zwei gekreuzte Lederflechtriemen zu den Seiten liefen; sie endeten in prallen, an den Körper geschnallten Hüfttaschen.

Die Körperform war zweifellos die eines Menschen; aber sie war um einen Kopf kleiner und insgesamt schmächtiger, als es Circendil oder Saisárasar waren.

Eine Art spitzer, mit einem dichten Pelzkranz versehener Hut aus rotem Leder verdeckte den Hinterkopf; darunter fielen schulterlange Strähnen pechschwarzen Haares hervor, die, wie auch der Pelz, vor Feuchtigkeit glänzten. Der Oberkörper wurde von einem schmutziggrauen, ebenfalls pelzumsäumten Überwurf bedeckt, der bis an die Knie reichte. Darüber trug der Dir eine Weste oder einen ärmellosen Mantel von der Farbe alten, verschmierten Blutes, dessen weit herabhängende Schöße über die Halme der Gräser strichen. All das wurde von den Lederbändern mit den gebauschten Taschen und einem breiten Gürtel zusammengehalten. Die Beine unterhalb der Knie steckten in hohen Fellstiefeln, deren Schäfte von darumgewundenen Riemen eng an die Unterschenkel gedrückt wurden. Ein langes Krummschwert verbarg sich in einer dunkelbraunen, hölzernen Scheide, die der Mann hinter seinen Gürtel geschoben hatte. Jedenfalls nahm Finn an, einen Mann vor sich zu sehen. Beiderseits der hohlen Wangen baumelten dünne, perlenverzierte, geflochtene Bartspitzen herab, die bis über das Kinn fielen und hin und her wippten, als die Gestalt Glimfáins Axt stirnrunzelnd betrachtete.

Dabei legte sie den Kopf schief, als horche sie in den Nebel hinein, der sich in der über den Sturz kletternden Sonne langsam aufzulösen begann.

Unter den Krähen in Finns Rücken entbrannte plötzlich ein neuerlicher Streit.

Für einen Moment gefror Finns Herz, als sich die Gestalt umdrehte und genau in seine Richtung sah. Finn glaubte in pechschwarze und seltsam schrägstehende Augen zu blicken, die tief in einem faltigen, wie von schwerer Krankheit gezeichneten und gelblich schimmernden Gesicht lagen wie Kohlen in einem Kreis aus schwefelversetzten Lehm. Aus einer Laune des Schicksals heraus wurde Finn im selben Augenblick von einem Schwall des träge zum Fluss treibenden Nebels verschluckt. Von einem Augenblick zum nächsten sah er nicht einmal mehr die eigene Hand vor Augen.

Ohne nachzudenken duckte er sich zu Boden; dann schlich er, jedes Büschel Riedgras sorgsam meidend, so lautlos es ging um den Baumstumpf herum, bis sich dieser zwischen ihm und dem Ledir befand. Doch schon im nächsten Moment erschrak Finn erneut bis ins Mark. Der Nebel wogte und wanderte weiter, verdeckte nunmehr die Gestalt des Fremden, während er selbst plötzlich von der Sonne geblendet wurde. Finn wagte nicht zu atmen und duckte sich so flach es ging ins Gras. Vorsichtig hob er den Kopf und blinzelte über die raschelnden Halme.

Ein von einem Windseufzen begleitetes Aufwallen enthüllte

ihm kurz darauf – nichts. Nichts außer verkohltem Gras und rabenschwarzen Ästen, von deren verkrümmten Spitzen die Nässe tröpfelte. Die Gestalt indes war fort, so ganz und gar, als habe Finn sich in seiner Anspannung von den eigenen Augen zum Narren halten lassen.

Aber das Gesicht, der Bart, die fellbesetzte Kleidung – Finn *hatte* ihn gesehen!

Also versteckte der Dir sich. Nur wo?

An der Stelle, an der eben noch das rote Leder des Helms geglänzt hatte, tastete ein weiterer einsamer Sonnenstrahl durch die allmählich weichende Wattigkeit. In Kürze wird der Nebel verschwunden sein, erkannte Finn. Oder so dünn geworden sein, dass die Auwiesen suchenden Augen alles preisgaben, was sich darin verbarg und größer als ein Hase war. Dann wird er sich nicht länger verstecken können. Ich werde ihn entdecken. Das Dumme ist nur … auch er wird mich dann sehen. Falls er mich nicht schon vorher findet.

Falls er dann noch da ist. Falls er nicht nach der Gilwe sucht.

Das sind zu viele *falls*, dachte Finn ärgerlich und verängstigt zugleich. Etwas raschelte im Ried. Ein Huschen im Ginster. Ein mehrfaches Knacken folgte. Ein Zittern im Gebüsch. Ein Vogel, eine Maus vielleicht.

Keine Schritte. Oder doch? Nein.

Es ist das immerfort währende Gezänk der Krähen, dachte er. Es macht einen schier verrückt. Dazu der aufkommende Wind, der durch die Gräser streicht.

Finn horchte angespannt, und in seiner Furcht verdoppelte sich jedes Geräusch zu einem zerplatzenden Fetzen beginnenden Schreckens. Wo war der Ledir? Hatte er Finn bemerkt? Schlich er sich vielleicht längst um ihn herum? Gelangte er eben jetzt in seinen Rücken? Finn widerstand der Versuchung, sich herumzuwerfen; ebenso unterdrückte er mühsam den Drang, einfach aufzuspringen und querfeldein davonzulaufen. Mach bloß kein Geräusch, ermahnte er sich, keine schnelle Bewegung, oder du bist geliefert. Finns Herz klopfte ihm dabei so laut in der Brust, dass er glaubte, man müsse es bis zum Fluss hin hören können. Unwillkürlich spähte er in Richtung der Mürmel, deren zweihundert Klafter entfernte Ufer er nur ahnen konnte, und so fiel sein Blick auf den jäh wippenden Ast einer Kiefer. Daneben verharrte, fast gänzlich im Nebel verborgen und Finn die Schmalseite zuwendend, der Ledir, gut fünfzehn Klafter weiter entfernt als zuvor. Ja, dort stand Guan Lu; noch immer hielt er die Axt. Finn zog den Kopf so tief ins Gras wie möglich und hoffte vergeblich auf einen neuen Schwall dichteren Nebels.

Dann hörte er, was er fürchtete: langsame Schritte. Er hielt nahezu den Atem an; und wagte doch einen Blick durch die dünner werdenden Schwaden und über den vermoderten Baumrest hinweg. Der Ledir stand jetzt dort, wo sich Finn vor wenigen Sekunden noch befunden hatte; der Mensch blickte zu den Krähen hinüber, ehe er sich umdrehte und wie ein Schemen inmitten von Nebelfetzen hinter hohen Büschen verschwand.

Finn pochte das Herz bis zum Hals. Hatte der Ledir ihn bemerkt? Erst nach vier oder fünf Atemzügen begriff er, dass kein Angriff erfolgte. Einem mit Sicherheit tödlichen Zusammentreffen war er gerade noch einmal entgangen.

»Und was jetzt?«, rief eine erboste Stimme in ihm. »Er *hat* die Axt. Was also jetzt?«

Ich weiß es nicht, dachte Finn verzweifelt.

Dicht an den Boden gepresst, stellte er fest, dass sein Vorhaben offensichtlich kläglich gescheitert war. Der Ledir hat die Axt gefunden. Damit hat er natürlich genau das erreicht, was er nicht sollte; und er wird sich fragen, wo denn die verschmorten Leichen sind, die Opfer seiner Feuersbrunst; und wenn er nicht dümmer ist als ein Huhn, wird er zwei und zwei zusammenzählen.

Finn schwankte zwischen Niedergeschlagenheit und Erleichterung, fühlte sich zwischen Pflicht und Aufgeben hin und her gerissen.

Plötzlich, ohne dass er eine bewusste Entscheidung getroffen hatte, setzte sich sein Körper wie von allein in Bewegung; und ehe er sich versah, huschte er zum Baumstumpf zurück und folgte der durch den Nebel eilenden Gestalt des Ledirs. Die fast waagerecht scheinende Sonne riss den roten, spitzen Hut immer wieder für Augenblicke aus dem Dunst heraus, während Finn manchmal bis zu den Schultern darin versank, je näher sie dem Ufer kamen, wo der Nebel am dichtesten stand.

Dann hörte Finn von vorn ein neuerliches Krächzen, aber diesmal war es mitnichten das von Krähen. Es klang rauer und irgendwie gurgelnder; ein dumpfes Tapsen, das Finn nur zu gut kannte.

Nach wenigen Schritten, die Guan Lu aus dem Buschwerk herausführten, sah Finn sich nicht getäuscht. Der Dunst teilte sich auf dem freien Feld. Finn gewahrte einen Criarg, der mit schleifenden Zügeln auf die Rückkehr seines Reiters wartete. Mit wippendem Hals kam er seinem Herrn entgegen. Umherzuckende, gelbe Augen über einem grausam gebogenen Schnabel, dahinter der für Finn immer noch ins Unfassbare vergrößert erscheinende Körper, der entfernt dem eines Bussards ähnelte.

Der Ledir nahm Glimfáins Axt und befestigte sie mit einem Riemen am Sattel des großen Vogels. Finn hörte ihn leise murmeln; aber ob der schmale Mensch dabei zu sich selber sprach oder auf sein Reittier einredete, wusste er nicht zu sagen. Vielleicht gab er dem Criarg auch den Befehl, weiterhin an diesem Ort zu warten; denn er wandte sich ab und schlug sich erneut in die Büsche, glücklicherweise ein Stück unterhalb von Finn und abermals ohne den hinter dem Buschwerk kauernden Vahit zu bemerken.

Guan Lus Schritte wurden leiser und schließlich unhörbar im Gekrächze der streitenden Krähen.

Der Criarg, der seinem Herrn nachgeblickt hatte, senkte den Kopf und zupfte lustlos an einigen Gräsern herum. Finn bezweifelte, dass der Vogel die Halme fraß; aber es mochte sein, dass er darunter nach Mäusen suchte oder nach Fröschen oder anderem lebenden Fleisch. Die Axt hing sorgsam festgezurrt an der linken Seite des Sattels; die blanke Schneide glänzte in den immer noch vereinzelten, aber nun beständigeren Sonnenstrahlen, die sich durch den Nebel stahlen.

Zwanzig Schritte, dachte Finn wie benommen. Es sind nur zwanzig Schritte.

Obwohl der Criarg um vieles größer war als er, hing die Axt doch in einer für den Vahit erreichbaren Höhe. Wenn er sich ein wenig streckte, würde er an die Waffe heranlangen können, jedenfalls bis an den Knoten des Riemens … Falls er den Mut aufbrachte, seine Deckung zu verlassen und auf den Vogel zuzutreten.

Zwanzig Schritte.

Vor Finns innerem Auge erschien das Bild der gnadenlos zuhackenden Criargschnäbel – die Anselmas Körper in Windeseile zerfleischt hatten.

Ich kann es nicht!, dachte er und zitterte.

Seine Hand ließ behutsam den Zweig los, den er niedergebogen hatte, um besser zu sehen. Dabei streifte sie ohne Absicht den Knauf Maúrgins, und er blickte an seiner linken Seite herunter. Es war nur ein einzelner, dünner Sonnenstrahl, der den Nebel durchdrang. Aber er verfing sich in dem roten Karbeol; und es ging ein Glühen von ihm aus, das Finns Herz erreichte und auf geheimnisvolle Weise erwärmte. Sein Zittern verebbte.

Der Criarg machte einen dumpfen Schritt nach vorn und untersuchte die Wurzeln eines noch jungen Hartriegelstrauchs.

Es ist ein schneller Schnitt, dachte Finn zu seiner eigenen Verwunderung. Ein rascher Streich, der den Knoten lösen würde, und die Axt fiele herab. Wir Vahits haben einen leisen Tritt, und wir sind flinker als Menschen. Vielleicht könnte er bei dem Criarg sein, ehe der überhaupt etwas bemerkte. Mit ein wenig Glück und Behändigkeit. Und falls er nicht auf brechende Binsen trat.

»Und was dann, wenn das dein ganzer Plan ist?«, fragte die Stimme abermals in ihm. »Mit der Axt bist du langsamer als vorher. Und der Schnabel des Criargs wäre genau hinter dir. Hinter dir *her*, um noch genauer zu sein. Was dann?«

Also darf ich nicht fliehen, dachte Finn, mit einem Mal entschlossen und erschrocken zugleich über seinen Entschluss.

Ich muss den Criarg töten, um vor ihm sicher zu sein.

Nur wie?

Auch wenn Maúrgin für seine Vahithände wie ein Schwert war, so blieb die Klinge doch das, als was sie nach dem Willen Nemgláins geschaffen worden war: ein Dolch. Scharf war er ohne Frage, aber leider kürzer als ein richtiges Schwert, und das bedeutete: Wohin immer er auch damit stach, Maúrgins Reichweite war gering. Wo genau mochte das Herz des Vogels sitzen? Wie tief unter einer Schicht aus Federn, lederner Haut, Fett und Muskeln? Und würde die Dwargenschneide lang genug sein, um dieses Herz zu erreichen? Vermutlich nicht. Also wie sollte er das große Reittier sonst töten?

»Mit der Axt, du dummer Vahit«, beschimpfte er sich selbst, weil er erst jetzt darauf kam.

Aus mir wird nie ein richtiger Kämpfer werden, dachte er, ohne recht zu wissen, was das denn war: ein richtiger Kämpfer. Und während er noch glaubte zu zögern, zog er Maúrgin langsam hervor – und rannte los, ehe sein Verstand begriff, was er tat.

Vahitfüße waren in der Tat leiser als das dumpfe Pochen von Menschenbeinen – oder das schwere Stapfen von Dwargenstiefeln. Als Finn über das freie Feld lief, hätte auch ein im Gebüsch lauernder Fuchs nicht mehr vernommen als das sanfte Trippeln von Hasenpfoten, die einen Haken schlugen.

Aber Criargs waren keine Füchse; und dieser hörte etwas.

Sein hässlicher Hals ruckte hoch.

Sein Kopf zuckte herum.

Der Raubvogelschnabel, eben noch im Grase scharrend, öffnete sich und zeigte eine blaue Zunge, die wie die einer Schlange hin und her fuhr, als ob sie witterte. Das Gefieder seines Kopfes sträubte sich. Dem Rachen entfuhr ein Fauchen. Er äugte blinzelnd hierhin und dorthin.

Der Criarg drehte sich um sich selbst. Durch die unerwartete Wendung des Vogels befand sich die Axt nun auf der von Finn abgewandten Seite.

Finn, der schon nahe heran war und eben Maúrgin zu dem geplanten Streich erhoben hatte, entfuhr beinahe ein Schrei der Enttäuschung. Er warf sich herum, nun tatsächlich einen Haken schlagend.

Riedgräser brachen unter seinen Füßen.

Zunichte war all sein Trachten nach Lautlosigkeit.

Der Schwanz des Vogels fuhr wie ein Schwertstreich waagerecht durch die Luft und traf Finn voll vor die Brust. Der unvorhersehbare Hieb riss ihn von den Beinen. Finn entfuhr ein heller Schmerzenslaut, und er war sich sicher, dass der Ledir diesen hören würde. Er rutschte, sich mehrfach überschlagend, durch das nebelnasse Gras. Wie durch ein Wunder blieb Maúrgin dabei in seiner Hand.

Der Raubvogelkopf suchte und sicherte nach allen Seiten.

Finn kroch wieselflink zur Seite, und die Klauen rupften und rissen an den Grasbüscheln, während sich das große Tier drehte und wendete. Dann fuhr sein hackender Schnabel nieder und pflügte eine Furche in das Ried, aber es war bloß eine Finte; noch hatte er seinen Feind nicht entdeckt.

Der Criarg hüpfte aufgeregt herum, um plötzlich ebenso still zu stehen.

Er lauschte. Er witterte. Er drehte sich. Und horchte abermals.

Plötzlich machte er zwei, drei aufgeregte Schritte auf Finn zu, glücklicherweise ohne den flach im Gras liegenden Vahit zu bemerken. Nur eine halbe Handbreit näher, und die Klaue eines der dicken Beine hätte sich in seinen Oberschenkel gebohrt.

Vor Finns geweiteten Augen hing Glimfáins Axt am Sattel. Zum Greifen nah. Also jetzt! Er packte Maúrgin fester und schnellte hoch.

Der Schnitt verlief wie gehofft; der Knoten am Stiel der Axt fiel ab. Aber es gab zu Finns Erschrecken eine zweite Befestigung, die er zuvor nicht bemerkt hatte – dicht hinter dem glänzenden Blatt befand sich ein weiterer Knoten.

Finn riss Maúrgin herum, doch der Criarg bebte inzwischen vor ahnungsvoller Aufregung. Er schnaubte, er fauchte, er zischte; plötzlich stapfte er seitwärts, und um nicht aus der Reichweite der Axt zu gelangen, hielt sich Finn an ihr fest. Der heftige Ruck riss ihn indes selbst von den Füßen, und nun wusste der Vogel sicher, wo sich sein Angreifer befand.

Ein ohrenbetäubender Warnschrei löste sich aus der Brust des Criargs, der Finns Trommelfelle zum Klingeln brachte.

Er hing jetzt mit dem Gesicht dicht am Leib des Tieres.

Er atmete die scharfe Ausdünstung ein, die ihm entgegenwehte. Der beißende Gestank des Criarggefieders drang in seine Nase und ließ ihn würgen.

Mit einer Hand umklammerte er den Stiel der Axt. Er schob seine Finger um den Knoten und krallte sich daran fest, während er von den Bewegungen des Vogels mitgeschleift wurde. Die andere Hand hielt Maúrgin eisern fest. Der leuchtende Karbeol wirbelte an Finns Kopf vorbei wie das Licht eines fallenden Sterns in hoffnungsloser Nacht.

Seine Beine ruderten hilflos in der Luft; und während er sich noch wie ein Spielball im Oben und Unten verlor, spürte er, wie der Criarg zu rennen begann. Nein! Nur das nicht! Das dumpfe Stampfen der dicht neben ihm wirbelnden Krallenfüße war beinahe zu viel. Wie Trommelschläge dröhnte es; zu dem Lärm trat die Angst, im nächsten Augenblick von den messerscharfen Klauen zerrissen zu werden. Er schrie ebenfalls auf vor Entsetzen; doch sein eigener Laut ging in einem noch schrilleren Kreischen des rennenden Vogels unter.

Erst hörte er das Rauschen nicht oder meinte, es käme von dem wild dahinschießenden Blut in seinen Ohren. Dann gewahrte er entsetzt, dass der Criarg seine Schwingen ausgebreitet hatte und mit ihren Enden den Boden unter ihnen peitschte. Schmerzhaft drückten die Knochen unter dem Gefieder in seine rechte Seite, während sie sich hoben und senkten und sich an ihm rieben.

Finn sah nach unten, und sein sinnloses Schreien verstummte.

Ein jäher Schauder schnürte ihm die Kehle zu. Dann packte es ihn wie eine fürchterliche Faust; ihm war, als ob er heftig geschüttelt würde.

Früher war er häufiger in Aarienheim gewesen, zu Besuch bei den Taubers, seinen Verwandten im Tiefengau. Er hatte dabei schon mehrfach an einem der vielen Wasserfälle des Sturzes gestanden und den schäumenden Wellen zugesehen, die in atemberaubender Geschwindigkeit dahinschnellten. Unaufhaltsam eilend, unbändig wogend, und dann, in dem einen, kurzen, rauschenden Moment jenseits der Klippe, über die sie hinausschossen, wie schwerelos. Ein zitterndes Schweben, ehe die Wasser über eine Meile tief zu Tal stürzten. Nichts, kein hurtiges Laufen, kein Galoppritt auf einem Pony, kein haltloses Rutschen über steile Hügel mit Schlitten im Winter dünkte ihm seitdem schneller zu sein als diese rasende, wild tobende Flut der eiligen Bäche und Flüsse des Hüggellands. Doch der jetzt unter ihm vorbeihuschende Wiesengrund erschien ihm noch weitaus schlimmer. Das Trommeln der Vogelbeine war so gewaltig, dass die einzelnen Bewegungen vor seinen Augen verschwammen.

Dann brach es schlagartig ab.

Die plötzliche Stille war furchtbarer als alles vorherige. Die eben noch vorbeiwirbelnde Marschwiese kippte nach unten weg.

Finns Atem setzte aus. Sein Magen hob sich. Seine Beine, die eben noch mitgeschleift worden waren, fielen nach unten. Immer noch hing er allein mit der linken Hand an dem zweiten Knoten, mit dem der Ledir die Axt an den Sattel gebunden hatte. Der Criarg schrie erneut, aber diesmal klang es befreit und befriedigt, als wüsste er mit tödlicher Sicherheit, dass es nur eine Frage der

Zeit war, bis Finns Kräfte versagten und er seinen Griff würde lösen müssen.

Wir fliegen!, dachte Finn entsetzt. Und dann: *Ich werde sterben!* Ihm drohte es schwarz vor Augen zu werden.

Wenn er jetzt losließ, war es um ihn geschehen.

Schon schwebten sie zu Seiten der höchsten der Wipfel, erklommen die doppelte, die dreifache Höhe und kletterten weiter, während die Schwingen schwer klatschend auf und nieder fuhren. Die Baumkronen wurden zu getupften Flecken. Inseln, die in dem Grau des Bodennebels schwammen.

Nicht, weil er es wollte, sondern weil sein Blick von dem Leuchten des Karbeols angezogen wurde, starrte Finn auf das nutzlose Schwert in seiner Hand. Als sei er kein Vahit, sondern eine von dem Anblick des Glimmens gefangene Motte, die ihren Blick nicht mehr abwenden konnte.

Steck es ein!, hämmerte die Stimme in seinem Innern. *Steck es ein und halt dich fest!*

Irgendwie schaffte er es, die Klinge einhändig in die Scheide zurückzustoßen, ohne sich dabei zu verletzen. Und eben noch rechtzeitig! Schon wollten ihm die Finger der anderen Hand versagen. Er spürte, wie sie abglitten. Mit einem Stöhnen und einem Ruck, in dem alle seine Kräfte aufbegehrten, brachte er die jetzt freie Rechte herum und krallte sich fest.

Mit beiden Händen umklammerte er nun den Knoten.

Aber das linderte seine Not nur geringfügig. Nur für wenige, keuchende Atemzüge. Er spürte einen Krampf in seiner linken Schulter nahen. Ein Zittern, ein das Kreuz durchzuckender Schmerz.

Der Criarg schrie und reckte seinen Kopf nach oben.

Noch steiler ging es hinauf.

Finn, der an der linken Flanke des Tieres hing, fühlte, wie seine Beine nach hinten gerissen wurden. Seine Füße stießen mehrfach gegen die auf- und niederfahrenden Knochen des linken Flügels. Und damit nicht genug: Der Stiel der Axt, nur noch von einem

Band gehalten, pendelte hin und her, wodurch sich das scharfe Klingenblatt neben ihm auf und nieder bewegte und ihm das Gesicht zu zerschneiden drohte. Für einen winzigen Moment sah er sein angstverzerrtes Gesicht, das sich in dem metallenen Halbmond spiegelte.

Ich muss hinauf! Nur hinauf!

Doch dazu musste er den Knoten loslassen!

Wenn er auf den Rücken des Vogels wollte, so musste er sich an der Lederkante des Sattels Hand über Hand nach oben ziehen. Das Leder war rau, das spürte er, aber seine Hände waren feucht von der Anstrengung, und so getraute er sich nicht, seinen Griff zu lösen.

Da bekam eines seiner pendelnden Beine zuerst einen Schlag und dann einen unverhofften Halt; sein Fuß stieß in das nachgiebige Gefieder oberhalb des Flügelknochens. Er verhakte sich darin, vielleicht auch an einem Sattelgurt oder was immer es sein mochte.

Dankbar spürte Finn die sofortige Erleichterung.

Jetzt, da sein Gewicht nicht allein mehr an den Armen zerrte, gewann er neuen Mut. Er tastete nach der Sattelkante, fasste zu und zog. Es ging, Fingerbreit um Fingerbreit nur, aber es ging. Schon konnte er ein Knie auf den Flügel schwingen. Er griff um und zog sich erneut ein Stück nach oben.

Das ganze Bein. Hand über Hand und Fuß über Fuß.

Nach einer weiteren, ihn endlos dünkenden Anstrengung lag er schließlich bäuchlings in der für ihn viel zu breiten Ledermulde, die den Sattel bildete. Die kurzen Beine rechts wie links des Vogelrückens weit gespreizt, die Hände um die vordere gewölbte Kante des Lederssitzes gekrallt, keuchend vor Atemlosigkeit, taub vom Rauschen des ihn umwehenden Windes saß er auf dem Rücken des Criargs, während zu beiden Seiten die fauchenden Schwingen auf und nieder fuhren.

Vor ihm streckte der Vogel seinen breiten Nacken, nun unfähig, sich um den kleinen Plagegeist zu kümmern, der sich im

Gefieder seines Rückens eingenistet hatte. Erst jetzt gewahrte Finn das Lederband, das der Criarg um den Hals gebunden trug. Vier lange Zügel waren daran befestigt. Sie flatterten wie dünne Fahnen unter dem Leib des Vogels, für Finns kurze Arme unerreichbar weit entfernt.

Und selbst wenn er nach ihnen hätte greifen können, so hätte er doch nicht gewusst, was er damit hätte anfangen sollen.

Aber er blickte zu ihnen hin … Dadurch sah er nach unten und an den hin und her tanzenden Lederbändern weiter hinab. Sein ganzer vorheriger Schrecken verblasste angesichts der entsetzlichen Höhe, in der er sich inzwischen befand und die ihm größer erschien als die Felswand des Sturzes selbst.

In Wahrheit flog der Criarg niedriger, als Finn befürchtete; denn der Sturz reichte immerhin eine gute Meile lotrecht hinab, und erst ein Drittel dieser Höhe hatte der Vogel erklommen. Aber zwischen sich und dem Erdboden nichts als Luft und einen sich unablässig bewegenden Körper zu wissen, das war mehr, als Finn verkraftete. In seiner Angst vergrößerte sich alles, was er sah.

Der Criarg erschien ihm überdies in der Luft um ein Vielfaches mächtiger als zuvor im Gras des Marschrieds. Er selbst kam sich auf dem Rücken nichtig vor: nicht mehr als ein hilfloser Floh, der sich im Gefieder festkrallte, um nicht herabzufallen.

Plötzlich wurde es heller, und der Flug verlief weniger steil. Der Kopf des Criargs senkte sich, und durch den unerwarteten Ruck, mit dem der Vogelrücken in die Waagerechte kippte, wäre Finn um ein Haar vornüber aus dem Sattel gerutscht. Als er den Kopf zu wenden wagte, sah er die Sonne als flammenden Kreis über der Kante des Sturzes stehen.

Da es Morgen war und die Sonne hinter ihnen stand, eilten sie folglich nach Westen. Auf die immer noch fernen Berggipfel des Khênaith Eciranth zu, deren schneetragende Hänge feuerrot den Tag über dem Hüggelland begrüßten.

Der Criarg flog nun ruhiger.

Dann begann er zu kreisen, als wisse er nicht, wohin er sich wenden sollte.

Irgendwo wird er gewiss wieder landen, dachte Finn; mehr um sich zu beruhigen, als dass er dafür irgendwelche Anzeichen hätte erkennen können.

Mit neuerlichem Schrecken erkannte Finn, wie groß die Gefahr würde, falls der Criarg beschließen sollte, zu seinem Herrn zurückzukehren. Und größer noch, falls er sich gar für das Gegenteil entschied – immer weiter und weiter zu fliegen, bis ihn, vielleicht erst nach Tagen, seine Kräfte verließen. Am Ende trug er ihn gar bis weit außerhalb des Hüggellandes. Und dieser Gedanke gebar einen weiteren, noch entsetzlicheren: Vielleicht waren diese Tiere darauf abgerichtet, heim in ihre Ställe nach Ulúrlim – oder Ulúrcrum? – zu fliegen, falls sie unterwegs ihres Reiters verlustig gingen. Dann, daran gab es keinen Zweifel, war Finn verloren.

Finn blinzelte; der ungewohnte Wind ließ seine Augen tränen, und er drückte sich, so gut es ging, flach an das Leder der Mulde. Er krallte sich an den Rand des Sattels und wartete darauf, dass ihn seine Kräfte verließen.

Etwas schlug Finn klatschend ins Gesicht. Unwillkürlich griff er danach, wodurch er den Halt verlor und nach hinten rutschte. Hastig hielt er sich wieder fest, mit beiden Händen, den Kopf tief zwischen die ausgestreckten Arme gezogen.

Durch das Kreisen des Vogels änderte sich immer wieder die Lage der haltlos flatternden Zügel. Gerade schlängelte sich erneut eines der Lederbänder Richtung Finn, und diesmal packte er es, ehe ihm der harte Riemen erneut ins Gesicht schlagen konnte oder ihn gar aus dem Sattel wischte. Vorsichtig zog Finn daran.

Mit diesen Bändern lenkte ein Criargreiter sein geflügeltes Tier; doch anstelle eines Zügelpaares wie bei einem Pony gab es deren zwei, und das verwirrte ihn.

Der Raubvogel spürte den Zug.

Unwillkürlich neigte er den Kopf zur Seite, in die Richtung, die ihm der Zügel befahl. Beinahe hätte Finn abermals geschrien – der Criarg kippte über den linken Flügel ab und flog einen noch engeren Kreis. Finn geriet ins Rutschen und ließ den Zügel sofort durchhängen. Glücklicherweise besaß er genug Geistesgegenwart, ihn nicht vollends loszulassen. Der Criarg richtete sich wieder auf und flog wie zuvor waagerecht dahin, alles Kreisen vergessend und stetig geradeaus.

Finn musterte das Vogelhalsband genauer und sah nun, dass es sich dabei vielmehr um ein Zaumzeug handelte, dessen Flechtwerk zumeist unter den Kopffedern verborgen lag. Eine Art Trense führte durch den rückwärtigsten Teil des Schnabels, ein dünnerer, zweifach gekreuzter Kopfriemen verhinderte ein Verdrehen. Vier metallene Ringe wies das Halsband selber auf: zwei an den Seiten, je eines im Nacken und an der Kehle. Von diesen Halterungen gingen die Zügel ab. Derjenige, den Finn um sein Handgelenk geschlungen hatte, endete im Halsring an der linken Seite. Der Sattel wiederum besaß an seinem höchsten Punkt ein Horn, und Finn ging auf, wozu es diente: als Halterung für die gerade nicht gebrauchten Zügel. Er band den erbeuteten Lederriemen daran fest und überlegte.

Vier Zügel, warum gerade vier? Dann dämmerte es ihm – zwei für die seitlichen Richtungen, einer für oben, einer für unten. Zumindest hoffte er das, denn damit keimte neue Zuversicht in ihm auf.

Ich brauche den unteren, wenn ich tiefer gehen will.

Finn beugte sich so weit es ging vor und warf einen raschen, waghalsigen Blick an der Rückenwölbung hinab. Der Criarg zog seine Zügel hinter sich her. Fast waagerecht, aber dennoch flatterten sie unterhalb seiner Schwingen. Wie sollte er an sie herankommen? Für Finn blieb keine Möglichkeit, sich zu ihnen herabzubeugen. Es sein denn … *einen* Weg gab es, aber davor schauderte es Finn, noch ehe er den Gedanken richtig zu Ende gedacht hatte.

Er hatte inzwischen bemerkt, wie steif der Vogel seinen breiten Hals während des Fluges vorgestreckt hielt. Am Boden hockend, trugen die Criargs ihre Raubtierhälse gekrümmt; doch schon beim Laufen, und erst recht in der Luft, bildeten Kopf und Rumpf eine starre Linie. Dazwischen formte der Hals eine Brücke aus unbeugsamen Muskelwülsten.

Vielleicht ist ihm nur so der Flug überhaupt möglich, schoss es Finn durch den Sinn. Wenn das stimmte, dann … dann war diese »Brücke« die einzige Möglichkeit, an den oder gar an alle Zügel heranzukommen. Da alle Zügel an den Ringen begannen, brauchte er sich gar nicht nach unten zu beugen. Es genügte, in die Nähe dieses Halsbandes zu gelangen. Dort würde er sie ergreifen können.

Finn sah den Weg vor sich und stöhnte.

»Es ist bestimmt ganz leicht!«, wisperte er mit zittriger Stimme. Der Wind riss ihm selbst dieses Flüstern von den Lippen. »Du musst dazu nur einen Fuß auf den Hals des Criargs stellen. Und ein bisschen das Gleichgewicht halten.«

Er wagte kaum, es sich auszudenken. Voller Zweifel schätzte er den Abstand zwischen Sattelkante und Halsringen. Nur wenn er Maúrgin als Verlängerung des Armes einsetzte, würde beider Länge zusammen knapp ausreichen, nach den flatternden Lederbändern zu angeln. Er lachte gequält auf: *nur!*

Doch eben dazu würde Finn sich aufrichten und einen Schritt in Richtung des grausamen Schnabels tun müssen. Unter sich einen bodenlosen Abgrund. Im Gesicht den pfeifenden Wind. Nur eine Hand hätte er frei, mit der er sich am Sattelhorn würde festhalten können, falls das einen Halt geben würde.

Ein heilloser Schwindel wollte ihn befallen, kaum dass er sich das Wagnis auch nur vorstellte. Aber ihm blieb keine Wahl. Er musste es wagen, solange der Criarg noch so ruhig dahinflog wie ein heimkehrender Adler.

Finn seufzte. Für einen Moment dachte er an den Brunnen am Acaeras Alamdil zurück – das Wagnis, sich dort hinunterzustürzen, wollte ihm jetzt wie ein Kinderspiel erscheinen, das er liebend gern wiederholt hätte, wenn ihm dafür die Torheit, zu der er sich nunmehr anschickte, erspart bliebe.

Der Wind kannte kein Erbarmen und riss ihm den Laut von Lippen.

Er richtete sich soweit auf, bis er in der Ledermulde kniete. Mit beiden Händen umklammerte er das Sattelhorn. Dann schob er langsam sein rechtes Bein daran vorbei und atmete tief ein. Um den Fuß auf den Hals zu setzen, hatte er eine gute Elle tiefer zu treten, was bedeutete, dass er sein Gewicht gefährlich weit nach vorn verlagern musste. Und er durfte weder schwanken noch zögern, ehe er nicht mit seiner Sohle den Hals berührte. Sollte er es wirklich versuchen?

Nicht versuchen, klang eine ferne Stimme in ihm auf. *Versuche niemals etwas, sondern tue oder lasse es.*

Am nächsten Augenblick hing sein Leben.

Er erhob sich vollends und trat über die Sattelkante hinaus. Der Vogel schien das geringe Gewicht des Vahits nicht zu bemerken. Der dicke Hals blieb starr vorangestreckt, und Finn kam sich auf ihm dennoch vor wie auf einem viel zu schmalen, noch dazu auf und ab schwankenden Ast.

Es wirbelte ihm im Kopf, flimmerte vor seinen Augen und summte ihm in den Ohren. Der Flugwind war zudem kräftiger, als er erwartet hatte, jetzt, da er stand und ihm eine größere Fläche bot. Die reißende Luft zerrte an seinen Haaren und erschwerte ihm das Atmen. Wieder traten Tränen in seine Augen, und er wischte sie frei, während er bedrohlich schwankte.

Endlich konnte er wieder sehen.

Die linke Hand fest am Sattelhorn, zog er mit der anderen vorsichtig Maúrgin hervor. Er beugte sich soweit herab, wie es sein Haltearm nur zuließ. Der Hals des Criargs bewegte sich mit dem Schlagen der Schwingen leicht auf und nieder. Finn wusste genau: Ergriffe ihn jetzt ein Taumel, so war es um ihn geschehen. Er streckte den Schwertarm so weit es ging voraus – und zögerte.

Er tat, was er sich vorgenommen hatte, keinesfalls zu tun: Er blickte schaudernd in die Tiefe hinab. Da war ihm, als wolle sich alles um ihn drehen und ihn mit aller Macht hinabziehen. In seiner Not heftete er seinen Blick auf den schimmernden Karbeol, der vor seinem Gesicht unterhalb seiner Faust hervorlugte. Ein seltsames Licht meinte Finn darin zu sehen, gelbgolden schien es und tröstlich wie ein aufdämmernder Morgen nach durchstandener Nacht. Ob es dieses Licht war oder etwas anderes, Finn jedenfalls spürte eine Veränderung, noch während er darauf starrte. Der Schwindel verging. Finns klare Sinne kehrten zurück. Sein Atem beruhigte sich, der fliegende Puls begann sich zu beruhigen. Mitten im Kern seiner Angst bildete sich ein Flecken kaltblütiger Ruhe, die ihn selbst erstaunte. Eisern hielt er Maúrgin fest, und seine Finger umklammerten das Sattelhorn.

Beide Arme fast bis zum Zerreißen gespannt und weit ausgestreckt, vermochte er mit der Spitze den unteren Lederriemen dicht am Halsring zu berühren. Finn nahm allen Mut zusammen. Er beugte sich noch eine Winzigkeit weiter vor, führte die Klinge zweimal um den Zügel herum und zog ihn langsam zu sich heran.

Die notdürftige Wickelung hielt.

Das Lederband bewegte sich zwar, aber es rutschte nicht durch. Er hob das Schwert an und das freie Ende des Zügels flatterte auf die freie Hand zu, wo ein Finger genügte, es an den Griff zu drücken. Mit äußerster Behutsamkeit steckte er nun Maúrgin zurück in die Scheide und wand sich dabei den Zügel um seinen freien Arm.

Finn gönnte sich ein winziges Aufatmen und ein Aufflackern von Hoffnung.

Doch noch befand er sich in tödlicher Gefahr. Ein winziger Fehltritt, ein unbeabsichtigtes Schwanken, eine unvorhersehbare

Bewegung des Criargs konnten jederzeit den Absturz und seinen sicheren Tod bedeuten.

Finn schloss für einen Atemzug die Lider.

Wieder würde er einen Augenblick lang auf dem schwankenden Hals aufrecht stehen müssen.

Schon spürte Finn seine Kraft erlahmen. Ihm tat die Hand weh, mit der er sich am Sattelhorn festhielt, die Knöchel begannen zu beben, also durfte er keinen Moment lang mehr zögern. Er richtete sich auf, umgriff mit beiden Händen das Horn und zog sich Fingerbreit für Fingerbreit in den Ledersitz zurück.

Endlich, nach einer Zeit, die ihm wie Stunden vorkam, lag er wie zuvor bäuchlings da, doch nunmehr im Besitz zweier Zügel. Die Versuchung war groß, erst einmal auszuruhen und in der trügerischen Sicherheit des glattgesessenen Sattels neuen Atem zu schöpfen.

Aber jeder Flügelschlag brachte ihn weiter und weiter fort; und so zog er erneut Maúrgin hervor.

Er hangelte neben sich nach dem Griff der baumelnden Axt; und als er ihn glücklich umfasste, umklammerte er ihn so fest es nur ging.

»Fast hätte ich dich vergessen«, murmelte er. »Hoffentlich bist du das alles wert!«

Dann zerschnitt er den Knoten, der sie noch hielt.

Das Gewicht von Glimfáins Waffe riss ihn wiederum fast vom Sattel herunter.

Nur mit größter Mühe verhinderte er ein Abrutschen. Er lag jetzt auf dem Bauch, die Beine gespreizt zu einem Halt, der keiner war.

Das Axtblatt zerrte schwer an seiner linken Hand und drohte, ihn vollends an der linken Flanke herabzuziehen. Mit der Rechten erreichte er indes die Schwertscheide nicht mehr. Er musste sich Maúrgin zwischen die Zähne klemmen, um die Klinge nicht zu verlieren. Er biss darauf, bis ihm vor Anstrengung die Kiefermuskeln bebten. Er fühlte Tränen aus den Augenwinkeln rinnen und blinzelte sie fort. Ob der Wind sie nun verursachte oder ob er vor Enttäuschung weinte. Es war einerlei.

Erst als er mit beiden Händen zufassen konnte, schaffte er es, die schwere Axt zu sich heraufzuziehen. Mit einem Stück des Zügels, das er abschnitt, band er sich die Axt an den Gürtel. Zur letzten Sicherheit schob er ihren Stiel unter seinen Leib.

Er sicherte sein Schwert, ehe er das neugewonnene Zugband vom Sattelhorn löste: jenes, das in dem Ring an der Kehle des Tieres befestigt war.

Behutsamer als bei seinem ersten Versuch holte Finn eine Handbreit des Leders zu sich heran. Dann vorsichtig eine weitere. Der Kopf des Vogels wurde sanft nach unten gezogen.

Wieder folgte der Criarg dem so erhaltenen Befehl. Gehorsam spreizte er die Federn seiner Schwingen. Das Geräusch des Windes wandelte sich. Der Criarg schwebte nun ohne mit den Flügeln zu schlagen, als warte er, was man ihm auftrug.

Finns hüpfender Magen verriet ihm, dass es in der Tat langsam, aber beständig abwärtsging. Finn sah unter sich einen verschlungenen Flusslauf in der Sonne glitzern, seltsam klein und unwirklich. War das die Mürmel? Nein, wohl eher die Räuschel, denn sie flogen immer noch nach Südwesten. Ob er es wagen und noch einmal den anderen Zügel einsetzen durfte? Noch behutsamer als vorhin zog Finn an dem anderen Band, und der Criarg setzte zu einer langen Linkskurve an, während er seine Flügel ausgebreitet hielt und weiterhin dem Boden entgegenschwebte.

Der schillernde Fluss blieb zurück. Die Sonne umtanzte ihn, aber falsch, wie Finn glaubte. Sie umwanderte ihn, bis sie irgendwann über seiner rechten Schulter hing: jetzt strahlend hell und einen warmen Herbsttag verkündend, jedenfalls für jene, die Zeit für ihre Botschaft hatten.

Finn hatte sie nicht.

Er verlor allen Richtungssinn und ließ den linken Zügel durchhängen. Beständig ging es tiefer.

Formlose Wälder huschten unter ihm vorbei.

Eilende Bäche. Kuppen von Hügeln. Wipfel, die näher und näher kamen.

Finn sah Rauch aus unsichtbaren Schornsteinen aufsteigen. Aber vielleicht täuschte er sich auch, und er sah nur dünne Schlieren von Wolken oder Reste des vergehenden Nebels.

Immer deutlicher erkannte Finn die oberen Äste der Bäume, und er begriff erst im letzten Augenblick, dass der Criarg hier nie und nimmer würde landen können. Er war kein kleiner Vogel, der sich irgendeinen Zweig aussuchte, um sich darauf niederzulassen. Er brauchte freies Feld dafür, aber Finn sah weit und breit nur die Kronen engstehender Bäume, die dicht unterhalb der Klauen des Criargs davonhuschten.

Und ich kann ihn nicht nach oben lenken.

Der Criarg schrie.

Es blieb Finn verborgen, ob es eine Warnung war oder ein Ausdruck von Ärger, weil er gezwungen war, allzu dicht über den Bäumen dahinzurauschen. Und abermals schrie er, diesmal in vollem Zorn: Seine Flügelspitzen strichen schon über die obersten Zweige. Wütend begann der Vogel, die Luft zu peitschen, um wieder sichere Höhe zu gewinnen. Dennoch streifte eines seiner Beine mit einem dumpfen Schlag einen dickeren Ast, was ihm einen dritten, diesmal schmerzerfüllten Schrei entriss. Aus dem geradlinigen Flug wurde ein Wackeln, dann ein kurzes Taumeln.

Ein für Finn höchst gefährliches, mehrmaliges Durchbiegen des gefiederten Rückens folgte. Muskeln, Knochen oder die harten Röhren der Federn drückten gegen Finns Hände, die immer noch den Sattelrand umklammerten. Im nächsten Moment wurden seine Finger durch eine heftige Seitwärtsbewegung fortgewischt. Einen fürchterlichen Augenblick lang schwebte Finn frei. Dann knallte er mit dem Gesicht hart auf das Sattelleder. Der Axtstiel unter ihm quetschte seine Hüfte, als er zurückprallte. Ein plötzlicher, noch widerlicherer Geruch entstieg den Federn – der Criarg verspürte zweifellos Angst angesichts der Ungeschicklichkeit seines Lenkers.

Der Körper bockte auf. Der Schnabel ruckte nach oben, ein wütendes Keuchen entfuhr dem aufgerissenen Rachen.

Die gewaltige Krone einer Eiche geriet in Finns Blickfeld. Sie wölbte sich über allen Wipfeln – eine Königin des Waldes, ebenso streng wie stark und unnachgiebig wie ein Fels. Der hilflos taumelnde Vogel hielt genau auf sie zu.

Auch der Criarg sah das Hindernis.

Den rechten Flügel riss er in die Höhe, den linken drückte er nach unten. Sein Rücken krümmte sich stärker als je zuvor. Wild kreischend schaffte er es, dem Hindernis auszuweichen. Doch dabei kippte der Sattel in die Senkrechte. Finn verlor endgültig allen Halt und wirbelte durch die Luft wie ein abgerissenes Blatt im Wind.

Plötzlich umgab ihn ein fürchterliches Knacken und Krachen und Prasseln.

Er gewahrte noch, wie er durch das Geäst des Baumes stürzte. Massen von Eicheln regneten herab und trommelten und klopften ihm auf Haupt und Gesicht wie hart fallender Hagel in einem Wintersturm. Überhaupt war ihm, als würde von allen Seiten immerzu auf ihn eingedroschen, als ob Knüppel um Knüppel auf seinen Armen und Beinen, auf seinem Rücken und seiner Brust zerschlagen würden. Dann traf ein letzter Schlag seinen Kopf. Mit einem heftigen Blitz in seinem Denken wurde ihm schwarz vor Augen.

Er wunderte sich noch, weshalb es so hoch im Geäst eines Baumes derart viel Wasser geben konnte, in das er tosend stürzte. Dann schluckte er mehr davon, als er glaubte, jemals schlucken zu können. Mit dem letzten Rest seiner Sinne schmeckte er eine Übelkeit erregende Modrigkeit darin, eine Ahnung von Tod und Vergänglichkeit, ehe die aufgewühlten Wasser über ihm zusammenklatschten.

Auch das Glucksen und Gurgeln in seinen Ohren wurde schwächer, wurde leiser, immer mehr, je tiefer er in eine moorige Dunkelheit sank, die ihn umhüllte, die ihn einfing und unerbittlich an ihm zog. In der es kein Atmen mehr gab. Die seine geschundene Brust zusammenschnürte. Die kein Licht mehr gelten ließ, sondern nur noch eine lauernde, lautlose Schwärze kannte.

Und dann nicht einmal mehr das.

4. KAPITEL

Suppe und Salbe

Ein wirrer Teil seines Traumes wollte immer wiederkehren: Etwas wie ein gewaltiges Gewicht hing an ihm. Es zog ihn hinab in gestaltlose Dunkelheit, tiefer und tiefer, während er doch nach oben musste, weil nur dort die Rettung lag. Aber er hatte vergessen, wo dieses Oben war. Kälte umgab ihn, schlimmer als die des kältesten Winters.

Es kam ihm vor, als läge er unter dem erdrückenden Gewicht von nur widerstrebend auftauender Erde, in der die Erinnerung an Eis und Frost noch lebendig war und in der ein jeder Gedanke an einen erquickenden Frühling unbändigen Zorn hervorrief und sofortige Strafe nach sich zog. Denn gestraft wurde er, ein ums andere Mal: Schlamm drang ihm in Mund und Nase, das Atemholen war ihm unmöglich, und obwohl er um Erbarmen bettelte, wurde ihm dies verwehrt. Etwas strich über seine fest zusammengepressten Lider, ein unangenehmes Gefühl, sanft wie heimtückische Schlinggewächse auf dem Grunde eines Sees, die nach einem Eindringling griffen, und dabei so kalt wie der Tod. Die Berührung regte Widerwillen in ihm, zumal jetzt auch seine Lippen betastet wurden wie von klammen Fingern.

Ich will aufwachen!, dachte er verzweifelt. *Ich will dich gern vergessen – nur bitte, Traum, gib mich frei!*

Ihm tat alles weh, als habe er sich in seinem unerfreulichen Albdrücken hin und her gewälzt und sich dabei seine Glieder samt und sonders am Bettkasten grün und blau geschlagen.

Ein neuer Schmerz ging seltsamerweise von seinen Haaren aus; und auch daran zerrte etwas und zog an ihm wie eine unbarmherzige Hand. Er wollte schreien und dieses Etwas von sich streifen, doch beides gelang ihm nicht. Zu viel Schlamm geriet in seinen Mund; und seine Arme bewegten sich so zäh und langsam, als sei er eine Fliege und klebe in der Finsternis eines Fasses zu dick geronnenen Leims.

»Hab ihn!«, hörte er eine Stimme sagen. Sie klang dumpf und undeutlich wie durch zwei Wände vernommen. Der Schmerz in seiner Kopfhaut verdoppelte sich zu weißglühenden, stechenden Irrlichtern, die hinter seinen Augen tobten, als eine Faust mit unbändiger Kraft seinen Haarschopf packte und beinahe wütend daran zog.

Doch schon im nächsten Moment ließ der Schmerz nach.

Zwei Hände griffen unter seine Achseln. Dann fühlte er sich emporgezogen, langsam und gegen einen Widerstand, der irgendwo unter ihm war. Unter Schmatzen und Plumpsen und Platschen kam er aus der kalten Umklammerung eines moorigen Tümpels frei.

Jemand strich Schlieren von Schlamm aus seinem Gesicht, fuhr gar mit dem Finger in seinen Mund und entfernte von dort einen Kloß aus widerlichem Schleim, der ihm in die Kehle zu rinnen drohte.

Begierig sog er die Luft in seine Lungen: zitterndes Bündel von nassem Vahit, das er war.

»Da kommt noch was!«, sagte dieselbe Stimme wie vorher. »Da! Seht! Es hängt an seinem Gürtel. Ein Strick, glaube ich. Und das da!«

Etwas glitschte – und polterte dann dumpf neben seinem Kopf wie ein Eisen, das man auf eine nachfedernde Diele warf.

Als Finn sich die Augen freirieb, entdeckte er, dass er nicht erwachte und auch nicht träumte, sondern bäuchlings auf einem roh aus Knüppeln gefertigten Holzsteg lag. Um ihn und den Steg herum war nichts als Sumpf und mehrere ineinander übergehende moorige Tümpel unter einem Dach aus schattigem Bruchwald. Der Steg endete unweit seiner Füße in einem schwarzglänzenden Weiher; in der anderen Richtung zog er sich krumm und schief durch Schilffelder und Farndickichte in ein ungewisses Nirgendwo. Abertausende Frösche quakten allenthalben, und die Luft summte von Insekten. Irgendwo kreischte eine Elster. Er zuckte zusammen, und jetzt erst erst wurde ihm bewusst, dass er nicht alleine war.

Drei Vahits betrachteten ihn neugierig. Zwei Braunhaarige und der dritte mit weißem Haar und reichlich zerfurchtem Gesicht, dessen Falten von vielen Lebensjahren herrührten. So kauerten die drei um ihn herum; zwei junge Vahits, wenn auch einige Sommer älter als Finn, und ein krummbeiniger Greis mit wirren Haaren, die nun schlammbespritzt waren.

»Wo bin ich, und was ist passiert?«, fragte Finn, als die größte Atemnot vorüber war und seine Brust sich nicht mehr keuchend hob und senkte.

»Na, du bist lustig! Wenn du es nicht weißt, wie sollen wir das wissen?«

Diesmal sah Finn den Alten reden, und er erkannte in ihm den bisherigen Sprecher. Finn musste blinzeln, weil ihm Wasser in die Augen rann, als er sich aufsetzte. Sein Blick flog von dem Alten zu den beiden jüngeren Vahits und zurück, und als habe ihm das Blinzeln mehr als nur Dreck und wimmelnden Schlamm vertrieben, kehrte die Erinnerung mit einem Schlag zurück.

»Gevatter Ridibund!«, entfuhr es ihm. »Bist du es wirklich? Und auch ihr? Wigo? Buffo?«

Die drei Vahits blickten einander an, ehe der Alte antwortete: »Hm, tja. Mag sein, mag auch nicht sein. Wer will das denn wissen?«

»Wieso? Erkennst du mich denn nicht? Ich bin's doch, Finn Fokklin! Furgos Sohn!«

»Soso«, machte der Alte, und es klang nicht freundlich. »Na ja. Ich kenne Herrn Finn nicht allzu gut, aber ich weiß, was ich weiß: Er ist 'n ordentlicher Vahit, der auf seine Kleidung achtet, was immer man sonst über ihn sagen könnte. Schau dich dagegen an – du siehst aus wie ein Sumpfotter, der sein Fell vernachlässigt. Du stehst geradezu vor Dreck. Und der Herr Finn, den ich meine, das lass dir sagen, geht selten im Moorreeter Bruch spazieren, was heißen soll – er macht einen großen Bogen darum, wenn du mich verstehst. Einen sehr großen Bogen. Und du bist nicht mal einfach nur hier im Bruch spazieren gegangen! Du bist gleich ganz und gar aus dem Himmel gefallen, mit reinstem Ach und Krach und was weiß ich nicht noch mit allem. Womit wir bei dem Merkwürdigsten überhaupt sind! Wieso wirfst du dich von einem der höchsten Bäume in den Sumpf und bindest dir *zuvor* eine schwere Axt an den Gürtel? Ich bin kein zartfühlender Mann, frag meine Frau – aber sein Leben gewaltsam zu beenden ist eines Vahits unwürdig! Es ist eine verabscheuungswürdige Sünde, Herr Schlamminger, oder ich kenne keine! Alles das täte der Herr Finn nicht, von dem du sprachst. Also mach uns nichts weiter vor! Wer bist du?«

Finn unterdrückte ein Seufzen.

Ridibund Rohrammer war das, was die Hüggelländer einen schwierigen Vahit nannten: Eigenbrötlerisch war er wie nur einer und griesgrämig bis ins Mark seiner knochigen Finger. Er ging kaum aus und dann selten unter Leute, nicht mal zur Einkehr in den *Verlorenen Henkel*, Konkho Zeisigs Gaststube. Und das war auffällig und gab Anlass zu allerlei Mutmaßungen. Ein jeder in Moorreet schaute mehrmals in der Woche auf ein Frischgezapftes bei Konkho vorbei – ein jeder, bis auf Ridibund; vielleicht mochte er kein Bier, oder, was wahrscheinlicher war, er braute im Verborgenen sein eigenes. Ridibund hatte auch wenig Freunde, jedenfalls keinen, den man kannte. Und wenn es noch mehr Anlass für Mutmaßungen bedurfte, so war das zweifelsohne das hohe Aufkommen an Briefen, die an die Adresse der Rohrammers gingen.

Alles das schoss Finn fast gleichzeitig durch den Sinn, und da er einmal mit Denken begonnen hatte, fragte er sich umso drängender, woher nur seine nicht enden wollenden Schmerzen rührten. Dann erinnerte er sich an den Vorwurf, den Ridibund ihm gemacht hatte.

Er rang sein Zittern nieder und antwortete: »Alles, was du da sagst, ist richtig, Herr Ridibund. Aber glaube mir – ich habe mich nicht freiwillig vom Baum gestürzt, wie du annimmst. Und sich das Leben zu nehmen ist eine Sünde! Du meine Güte! Nichts läge mir ferner!«

Finn betastete seinen Kopf und spürte die fast faustgroße Beule, die über seinem rechten Auge heranwuchs. »Und glaube mir – ich gäbe dir einen Großheller dafür, käme ich in Bälde in ein heißes Bad und in frische Kleider und vor allen Dingen aus dem Bruch heraus! Wo bin ich überhaupt? Und was macht ihr hier? Wo immer hier ist?«

»Für den Moment fragen wir uns, was du hier tust«, erwiderte Ridibund. »Und, damit du es nicht vergisst – du hast uns noch nicht verraten, warum du dieses Dings da an deinen Bauch gebunden hast.«

Finn sah an sich herab und nestelte Glimfáins Axt von seinem Gürtel. »Ja, stier nur darauf, Gevatter! Auf den Bauch gebunden? Ich hab sie an mich gebunden, damit sie nicht fällt, und nicht als Gewicht für … für das, was du meinst. Also wirklich! Auch gehört sie mir nicht, sondern einem Freund. Und ich wollte sie ihm retten, bevor sie verloren ging, was mir auch knapp gelang, das immerhin; aber dann ging alles schief, und am Ende platschte ich in deinen Sumpf.«

»Aha«, machte Ridibund. »Es ist nicht mein Sumpf! Und deiner Rede Sinn ist wenigstens gerade so dunkel wie er. Wir sind hier mitten im Moorreeter Moor, wie du im Übrigen wissen solltest, wenn du weiterhin vorgibst, Furgo Fokklins Sohn zu sein.«

»Na schön«, erwiderte Finn verdrossen. »Ich höre und sehe, ihr glaubt mir nicht. Ja, starrt mich nur weiter an! Ich weiß! So kurz erzählt hört es sich wahrlich nicht vertrauenswürdig an. Ich würde mir selbst kaum glauben, aber es ist eine lange Geschichte, und die haben es an sich, dass sie in aller Kürze nun mal kaum zu glauben sind. Gib mir eine Waschgelegenheit oder wenigstens einen Lappen und ein Handtuch, und ich verspreche dir, ich verwandele mich wieder in den Finn Fokklin, den du kennst.«

Finn blickte sich um und starrte zu der uralten Eiche hinauf, die nah am Rande des Tümpels ihren mächtigen Stamm in die Höhe reckte. Ihm kam es vor, als wäre sie eine Säule, die das Dach des sie umgebenden Bruchwaldes trug. »Mir ist kalt, Herr Ridibund«, fuhr er fort. »Und mir tut wirklich alles weh, sogar jedes einzelne meiner Haare, was mir ein Rätsel ist. Mitten im Moor also, sagst du. Wie weit sind wir denn vom Brada entfernt? Und wo geht's zurück nach Hause?«

Ridibund kniff die Augen zusammen, was ihn noch eine Spur verdrießlicher aussehen ließ, falls das überhaupt möglich war. Er rieb sich nachdenklich das Kinn.

»Zumindest klingst du immer mehr nach Herrn Finn«, brummte er. »Viele Worte, deren Sinn sich nur allmählich erschließt. Also gut, von mir aus. Niemand soll sagen, ein Rohrammer habe einem Fokklin ein Handtuch verweigert. Kannst du wenigstens gehen?«

Finn rappelte sich auf und machte ein paar vorsichtige Schritte.

Er schwankte, aber das war zu gleichen Teilen eine Folge seines Sturzes und Begleiterscheinung des alles andere als sicheren Knüppelsteges, der sich bei jeder Gewichtsverlagerung bewegte.

So tasteten sie sich hintereinander den kaum halbklafterbreiten Holzpfad entlang, Wigo und Buffo gingen vorweg. Finn folgte humpelnd, die Axt auf seiner schmerzenden Schulter schleppend. Ridibund schlurfte grummelnd hinterdrein. Finn bemerkte erst jetzt, dass die beiden Rohrammersöhne hölzerne Eimer mit breiten Deckeln bei sich hatten, aus denen es patschte und rumpelte, als bewege sich etwas darin.

Der Holzsteg führte von dem einen Tümpel fort und zu einem anderen hin; dazwischen wurde er zu einem Bohlenweg, der über feuchter Erde verlief und eine Zunge des schwarzbraunen Morastes umging. Diesem Knüppelpfad folgten sie für gut zehn Minuten, ehe die Strecke sich erneut zu einem Steg wandelte, der sich auf dünnen Pfählen abermals über eine trügerische, unberührte Wasseroberfläche schwang.

An deren jenseitigem Ufer stand eine Hütte dicht am Schilfrand, kaum zu erkennen unter dem Blätterdach der sie überwölbenden Wipfel. Schräg einfallende Licht- und Schattenstreifen narrten zudem das Auge, und wäre nicht das flackernde Hellrot eines Feuers gewesen, das im Inneren brannte, so hätte Finn die Hütte erst bemerkt, als er unmittelbar vor ihr stand.

Das hölzerne Haus war auf einer umlaufenden Plattform errichtet, die ihrerseits auf in den Grund gerammten, dicken Pfählen ruhte. Es gab mehrere Fenster darin und eine schmale Tür. Ein Schornstein nahm die gesamte Schmalseite der Hütte ein und begrenzte den First eines Daches, das aus großen Rindenstücken bestand, die, zu Schindeln geschnitten, einander überlappten. Vom niedrigeren Steg aus führte eine Treppe nach oben und endete gerade vor der Tür.

Mücken und Libellen schienen diesen Platz zu mögen, denn sie umschwirrten die Köpfe der vier Vahits in atemberaubender Zahl, und in ihr nicht enden wollendes Gezirpe und Geflirre mischte sich ein Chor aus unkenden und quakenden Stimmen, deren Urheber unsichtbar auf Blättern und schwimmenden Ästen hockten und dann und wann in den Pfuhlen platschten. Zwischen den Ästen aber flatterten jagende Vögel aller Arten, wenn man es denn ein Jagen nennen wollte – die Menge der Mücken war so hoch und ihr Sirren so allgegenwärtig, dass Finn meinte, es müsse einem jedem Vogel vollauf genügen, einfach nur während des Fluges den Schnabel aufzusperren, um alsbald gesättigt zu sein.

Dieser Gedanke brachte seinen Magen zum Rumoren, und ein inneres Zwicken wie von einem Krampf gesellte sich zu seinen übrigen Schmerzen. Die letzte Mahlzeit konnte er nicht mehr erinnern, und es schien ihm Wochen her zu sein, dass er nach guter Vahitsitte mit seinen Freunden zu Tisch gesessen hatte.

Aus dem Schornstein kräuselte Rauch auf, und Finn verwunderte sich sehr, die Hütte zu sehen – sie war ohne Frage schon viele Jahre alt, vollständig aus ungeschälten Stämmen erbaut, allesamt verwittert und dunkel vom Ruß herabfallenden, feuchten Qualms. Der Moorreeter Bruch begann unmittelbar am Westrand des Dorfes. Obwohl Finn hier aufgewachsen war und er sich früher sehr wohl entlang des Sumpfes und auch am Rand des sich anschließenden Hochmoores herumgetrieben hatte – von einer Hütte inmitten der Fenne hatte er noch nie zuvor gehört.

»Wir bringen Besuch«, röhrte Ridibunds tiefe Stimme hinter ihm, als sie den Steg zur Hälfte überquert hatten. Gekreische und Geflattere über ihnen antworteten ihm, und ein ganzer Schwarm Schnepfen stieg meckernd zu höheren Astlagen auf.

Die Tür der Hütte wurde aufgerissen, und Frau Rana streckte ihren Kopf heraus.

»Ach du liebes bisschen!«, rief sie, kaum dass sie Finns tropfender Gestalt ansichtig wurde. »Was hat dich denn zu uns geführt?«

»Er ist vom Himmel gefallen«, antwortete Wigo.

»Er ist fast ertrunken und erstickt«, ergänzte Buffo.

»Er wollte sich das Leben nehmen«, verkündete Ridibund dumpf.

»Das wollte ich nicht«, widersprach Finn. »Auch wenn du es nicht glaubst. Aber wo ich schon mal da bin … Ich wünsche dir einen guten Tag, Frau Rana. Verzeih, wenn ich nach Schlamm stinke und ungewaschen bin und nicht nach dem aussehe, was ich bin – unter der Kruste hier steckt Finn Fokklin, musst du wissen. Wir kennen uns von deinem Besuch bei uns zum Tee, falls du dich daran erinnerst. Und da fällt mir ein – ich soll dir nämlich die besten Grüße von Herrn Abhro Rabner bestellen. Er benötigt dringend und auch reichlich von deiner Froschsalbe, sagt er. Es hat böse Brandwunden gegeben, und sein Vorrat ist dahin. Ich komme selbstverständlich für alle Kosten auf.« Sprach's und verbeugte sich artig, als stünden sie einander nicht im modrigen Wald gegenüber, sondern im Wohnzimmer seiner Eltern.

Frau Rana starrte ihn schweigend und fassungslos an, aber es dauerte eine kleine Weile, bis er begriff, dass ihr entgeisterter Blick nicht allein ihm und seinem unsäglichen Äußeren, sondern mehr noch der Dwargenaxt galt, die er auf seiner Schulter führte.

Denn so stand er an der Schwelle zu Frau Ranas Hütte: fast schwarz vom Morast an Gesicht und Kleidung, mit triefenden, ins Gesicht hängenden Haaren, sodass die funkelnden Augen halb verdeckt waren, eine blanke Blattaxt auf der Schulter, deren Griff er umfasst hielt, als gelte es, einen raschen Hieb zu führen; hätte er zu allem noch eine Kapuze getragen, er hätte einem der Scharfrichter der Dirin geglichen, von denen in alten Büchern die Rede war, wenn auch einer mit gekräuselten Moorflechten im Haar.

»Nun, wenn du Herr Fokklin bist«, sagte Frau Rana in die gespannte Stille hinein. »Dann sei unser Gast. Aber du wirst sicher verstehen, wenn ich dich vorerst nicht hereinbitte.«

Finn nickte, grinste schwach und lehnte die Axt an die Hüttenwand. Dann stützte er sich selbst dagegen und rutschte an den querliegenden Baumstämmen nieder – wie ein Sack Mehl mit einem Riss, aus dem es rieselte.

Er schlief schon, noch ehe Frau Rana hinzueilte, um ihn aufzufangen; sein Kopf rollte zur Seite, und hätte sie ihn nicht gehalten, wäre er vollständig von der Plattform gerutscht und abermals in die schwarzen Wasser eines Tümpels gefallen.

Als Finn zu sich kam, war ihm erneut, als erwache er aus einem langen, unangenehmen Traum. Nur blickte er zu seinem Erstaunen diesmal durch ein Fenster, hinaus auf einen Teich. Die Sonne schien fast senkrecht herab; ihre flirrenden Strahlen kämpften sich durch das dichte Geäst, das sich über der Wasserfläche wölbte. Seltsame Spiegelungen, die der Tümpel zurückwarf, tanzten an der niedrigen Bretterdecke über seinem Kopf.

Wo war er? Und wieso tat ihm alles weh?

Sein pochender Kopf lag in einem weichen, wenn auch streng riechenden und leicht muffigen Kissen. Zuerst glaubte er, er sei über lange Zeit krank gewesen und habe in einem Fieber gelegen, was den durchweichten Bezug erklärt hätte. Oder hatte er vielleicht nur etwas Verdorbenes gegessen und daher im Schlaf geschwitzt?

Er meinte, sich an ein furchtbar tiefes Fallen zu entsinnen, und schüttelte sich. Dann erinnerte er sich an Vogelschwingen, ein verstörendes Bild, das umso mehr verblasste, je dringender er es sich ins Gedächtnis zu rufen suchte.

Hatte er vielleicht vom Sturz geträumt und von den Adlern, die dort horsteten? Aber da entdeckte er, dass er in einem fremden Bett lag, in einer unbekannten Kammer, durch deren offenes Fenster die Geräusche des Sumpfes drangen – und alles fiel ihm schlagartig wieder ein: Glimfáins Axt, der Criarg, der Flug, die Rohrammers, die einsame Hütte im Bruchwald.

»Frau Rana? Herr Ridibund?«, fragte er dann laut, was eindeutig zu laut war, denn wie ein Blitz zuckte es sogleich durch seinen Schädel. Er stöhnte leise und wagte nur noch ein Flüstern. »Ist da jemand? Und wie spät ist es?«

»Ich bin hier, mein Junge«, antwortete eine weibliche Stimme aus einem Nebenraum. Ein wuscheliger Schopf ergrauender Haare zeigte sich an einer Tür neben dem Bett.

Da war die Mutter von Wigo und Buffo, und sie blies über einen Kochlöffel, ehe sie von ihm kostete. »Aah, heiß und gut! Und es ist gleich Mittag, wie du dir denken kannst. Steh auf, wenn du es vermagst. Was du da riechst, ist fertige Suppe. Also, hopp, schnell aufgestanden jetzt! Ich habe dir Sachen von meinen Söhnen hingelegt; du kannst sie uns wiedergeben, sobald du sie nicht mehr brauchst.« Sprach's und schloss die knarrende Tür.

Finn stellte fest, dass er in seiner Ohnmacht gewaschen worden war. Danach hatte man ihn in ein altes, fadenscheiniges Nachthemd gesteckt. Als er es auszog, sah er darunter etliche Verbände und an noch mehr Stellen klebende Wundpflaster, die seine Knie und Ellenbogen und Waden und Schultern und wer weiß nicht was noch alles bedeckten. Dazwischen schimmerte seine Haut in allen möglichen Grün- und Blautönen, und unter den schlimmsten von ihnen zeigten sich dunkelrote Schwellungen, über denen es schmerzhaft spannte. Jede Bewegung tat ihm weh.

»Schnell aufgestanden jetzt«, ahmte er sie nach. »Aber natürlich, Frau Rana. Also hopp! Ha! Ich möchte dich mal sehen, nachdem du durch einen Baum gesprungen bist!« Der Gedanke reizte ihn zum Lächeln, und sogleich begann seine Stirnbeule zu pochen; ein lautes Lachen, fürchtete er, würde er in diesem Zustand nicht überstehen.

Er fand die frischen Sachen auf einem Stuhl. Während er sich in zu lange Hosenbeine schob und in ein viel zu breites Hemd wickelte, entdeckte er seine noch nassen, aber immerhin gereinigten Stiefel unter dem Bett.

Anschließend trat er mit umgekrempelten Ärmeln und Hosenumschlägen aus der Kammer und schaute in vier Gesichter, die vom Essen im Hauptraum der Hütte aufsahen und ihm erwartungsvoll entgegenblickten.

Es gab noch andere Türen, die zu weiteren Räumlichkeiten führten, wie er jetzt sah, und Finn erkannte, dass die Hütte bedeutend größer war, als er zunächst angenommen hatte. Jenseits des offenen Fensters erblickte er einen Zaun, der eine Art Gehege umschloss. Gitterkisten und Flechtkörbe stapelten sich vor seinen Latten.

Fragen über Fragen drängten sich ihm auf.

Für den Moment aber trat er nur verlegen vor die Rohrammers hin, und der Gedanke, wer ihn denn wohl gewaschen und ihn in das Nachthemd gesteckt hatte, färbte seine Wangen puterrot. Aber da war nichts als gesunde Neugier, die ihm entgegengebracht wurde; ein Interesse, das selbst Ridibund nicht völlig hinter seiner Griesgrämigkeit verbergen konnte.

Geschirrgeklapper erfüllte den Raum, dazu umschmeichelte ein köstlicher Duft seine Nase, der Finn das Wasser im Munde zusammenlaufen ließ. Der Magen des jungen Vahit knurrte hörbar.

Die Rohrammers saßen zu Tisch über dampfenden Schalen, und auch Finn wurde herangewunken und nahm auf einer der beiden Bänke Platz. Ein Löffel wurde ihm in die Hand gedrückt, eine bis zum Rand gefüllte Schüssel vor ihn hingeschoben.

»Erst essen, dann reden«, brummte Ridibund. Finn ließ sich das nicht zweimal sagen. Frau Rana reichte Brot herum zum Eintunken, und es gab dünnes Bier aus einem mächtigen Krug. Buffo und Wigo tuschelten miteinander, während Finn die zweite Schale leerte. Selten hatte er etwas Leckereres gegessen, zumindest kam es ihm so vor; aber es mochte auch an seinem unbändigen Hunger liegen, dass er auch die dritte Schale nicht verschmähte, die Frau Rana ihm füllte. Die Suppe war dickflüssig und fast schon ein Brei, aber sie mundete ihm vorzüglich, ohne dass er zu sagen vermocht hätte, aus welchen Zutaten sie tatsächlich bestand.

Endlich war er gesättigt und legte den Löffel beiseite. Er murmelte ein stoßseufzendes »Großartig, vielen Dank!«; aber noch immer kitzelte ihn sein Gaumen, und er nutzte sogar sein letztes Stückchen Brot, um auch noch die Reste der Suppe aufzustippen.

»Aah, das war wirklich gut!«, sagte er schließlich voller Inbrunst, »Und es kam wahrhaftig zu rechten Zeit! Wenn ihr wüsstet! Meine letzte Mahlzeit hatte ich irgendwann gestern Mittag.«

Er sah die vier Vahits in ihrer Hütte zufrieden nicken und lächelte zurück. Der alte Ridibund entzündete umständlich sein Pfeifchen und blickte ihn aufmerksam an. Jetzt, dachte Finn, kommt der schwierigere Teil. Er würde sich erklären müssen. Eine verständliche Antwort finden auf das, was ihn hierher verschlagen hatte.

»Ihr habt mir das Leben gerettet«, begann er zögerlich. »Und ich weiß nicht, wie ich euch dafür danken soll, außer mich zu wiederholen: Vielen Dank euch allen. Und das meine ich ernst. Ihr habt eine Menge Fragen an mich, das kann ich sehen. Doch habt Geduld mit mir. Ich weiß nicht einmal, was genau geschehen ist. Wie kam es, dass ihr rechtzeitig an Ort und Stelle wart? Was macht ihr hier? Mitten im Sumpf, meine ich?«

Ridibund paffte nachdenklich und hüllte sich in ein Wolkengebirge aus Qualm. »Hm. Ha. Wie wir an Ort und Stelle kamen, willst du wissen. Na, wir waren schon dort, bevor du dich vom Baum stürztest, würde ich mal sagen. Auch wenn andere anderes behaupten: Wir sind anständige Vahits. Wir gehen hier unserer Arbeit nach. Wir kochen den Sud, überprüfen die Fallen, häuten und schälen, zimmern Kisten, legen manchmal Wege an, wenn nötig. Die meiste Arbeit besteht aus Rühren. Das ist's, was wir tun, Herr Finn. Eben alles, was zu einer Fröschnerey gehört.«

»Zu einer …?« Finn hatte den Ausdruck noch nie zuvor gehört.

»Na ja, so nennen wir es. Du könntest auch Froschzucht dazu sagen.«

»Ihr züchtet demnach Frösche?«

Wigo und Buffo grinsten.

»Nee, wir fangen sie. Wir wissen, wo sie laichen.«

»Kennen ihre Lieblingsplätze.«

»Manchmal müssen wir weite Strecken gehen. Je nachdem, welche Froschart Mutter gerade braucht.«

»Sie kocht sie.«

»Macht Salben draus.«

»Und Tränke.«

»Und anderes Zeug.«

»Schmeckt nicht immer gut. Stinkt meistens. Hilft aber immer.«

»Alles in allem ist's 'ne ziemlich glitschige Angelegenheit. Nichts für heimelig geborene Vahits.«

Wigo und Buffo hatten abwechselnd gesprochen und feixten nun über Finns verwirrte Miene.

»Ich wusste bis gestern nicht, dass du Froschsalbe herstellst«, sagte Finn, an Frau Rana gewandt, und überhörte die Spitze. »Herr Abhro lobte deine, hrm, Kunst. Er braucht übrigens Nachschub von deiner Salbe.«

»Das erwähntest du bereits«, erwiderte sie. »Sie steht schon auf dem Feuer. Und es ist eine Kunst, wenn auch eine anrüchige, wie ich gern zugeben will. Nicht alle Nasen mögen es. Deshalb haben wir die Fröschnerey gleich hierher in den Sumpf verlegt. Da stören die Dämpfe niemanden.«

»Ich verstehe«, meinte Finn, obwohl er in Wahrheit nur wenig verstand. »Das erklärt die abgelegene Hütte. Äh – und du verkaufst die fertige Froschsalbe an Abhro?«

Frau Rana lachte. »Nein. Das heißt: Ja. Aber nicht nur an ihn. Und nicht nur die Heilpaste gegen Verbrennungen. Ich rühre viele unterschiedliche Salben, Pasten und Tränke an, für fast alle Zwecke. Je nach Gebrechen und Krankheit. Zum Gerinnen von Blut das eine, zum Senken von Fieber das andere. Dann welche zum Ausheilen von Entzündungen, zum Verkümmern von Geschwüren, zum Lindern von Gicht oder zum Reißen von Gelenken. Anderes ist wieder gut gegen verdorbene Mägen oder zum Abschwellen von schweren Gliedern. Manche meiner Zutaten muss ich rösten und zerstoße sie zu Pulver, weil einige Mittel nur wirken, wenn man sie in Ölen oder Wasser auflöst. Wir verkaufen alle diese Dinge, nicht nur an Schmiede wie den einfältigen Abhro, sondern ins ganze Hüggelland hinein, bis hinauf nach Vahindema und noch weiter. Die Bergleute sind häufig verletzt und brauchen unsere Mittel an beinahe jedem Tag. Oder frag deine Verwandten in Muldweiler mit ihrer Sägemühle. Ich kenne sonst keine Vahits, die häufiger an Blutvergiftungen erkranken.«

»Dann … dann ist eure Fröschnerey eine richtige Werkstatt? Ich meine, so wie die meines Vaters?«

»Wenn du einen Rührlöffel ein Werkzeug nennst und einen Sudtopf eine Werkbank, dann hast du womöglich Recht. Und da du mich drauf bringst …« Frau Rana stand auf und trat in einen der Nebenräume, wo auf einem Herd mehrere Töpfe blubberten. Sie rührte darin herum, schob Deckel schräg und legte ein Holzscheit nach.

»Aber … wenn ihr die Frösche kocht … ich meine … ihr tötet sie …? Oder?«

Wie vielen Vahits war Finn der Gedanke daran, Tiere zu töten, ja überhaupt ein Leben zu beenden, ein tiefes Gräuel. Vahits aßen aus diesem Grund auch kein Fleisch, außer in Notzeiten, wenn es nichts anderes gab. Selbst als es sein Leben galt, hatte es ihn größte Überwindung gekostet, einen Gidrog zu verletzen oder im Kampf zu töten, und er bezweifelte, ob er es wirklich über sich gebracht hätte, selbst den verhassten Criarg mit Glimfáins Axt zu köpfen, wenn die Dinge anders gelaufen wären.

»Nein, wir werfen sie lebendig in das kochende Wasser!«, sagten die Brüder wie aus einem Mund. »Manchmal wetten wir, wer länger darin hüpft.«

»Buffo! Wigo!« Frau Ranas Stimme zerschnitt den Raum.

»Tschuldigung. War nur'n Witz«, murmelte Buffo.

»Wer darüber lachen kann, das möchte ich mal wissen.« Frau Ranas Blicke glichen zuckenden Blitzen.

»Ja, 'tschuldigung. Natürlich töten wir sie – vorher«, erklärte sein Bruder Wigo. Er war der ältere der beiden – und der, der ihn in seinen Kindertagen als erster von beiden geärgert und rüde vom Wege geschubst hatte. »Was bleibt uns übrig? Anders können sie uns nicht geben, was bedürftigen Vahits Heilung bringt. Wir schlachten sie, häuten sie, trennen das Fleisch vom Knochen. Je nachdem. Manchmal sitzt ein Gift in ihrer Haut, auf das es Mutter ankommt, manchmal können wir sie sogar bei lebendigem Leibe melken, weil es aus ihren Mündern tropft. Manche Arten sind sogar ganz lecker.«

»Du meine Güte – ihr esst sie?« Finns Mund stand offen wie ein Scheunentor.

»Na und?« mischte sich Ridibund ein. »Warum auch nicht, möchte ich mal wissen. Sollen sie verderben, nun, da sie schon mal tot sind? Außerdem gibt's eine Sorte, die verhindert für Wochen, dass einen die Mücken beißen. Da beiß ich lieber in'n Frosch, sag ich dir. – So! Und nun möchte ich endlich hören, was du auf dem Baum da zu suchen hattest, Herr Finn.«

Finn kratzte sich verlegen am Kopf. »Wo soll ich nur beginnen? Es ist eine lange Geschichte, und obwohl ich sie erlebt habe, glaube ich sie selber kaum. Außerdem fehlt uns die Zeit … mir fehlt sie, meine ich. Ich muss schnellstens zurück zu Herrn Abhro, sie wartet dort auf mich. Und andere warten auch. Sie …«

»Sie. Aha. So so. *Sie*«, äffte ihn Ridibund nach und stopfte seine Pfeife neu. Er beugte sich vor. »Es steckt eine Frau dahinter, stimmt's?« Er schoss einen siegesgewissen Blick in Ranas Richtung ab und hüllte sich erneut in dichten Qualm, als sei damit alles gesagt.

»Nein. Oder doch, ja. – Ja, vielleicht fange ich damit an. Mit ihr«, sagte Finn und wand sich auf seiner Bank. »Es stimmt. Ich war mit einer jungen Frau gerade unterwegs nach Moorreet …«

»Na bitte!«, belferte Ridibund und schlug mit der Hand flach auf den Tisch. »Und weiter?«

»Und weiter ist sie eine Verwandte von euch. Wir waren eigentlich auf dem Weg, um euch zu besuchen. Das heißt, sie war auf dem Weg dahin, ich war auf dem Weg, um in Moorreet vom Rat zu berichten.«

»Warte mal mit deinen Wegen.« Ridibunds Augen glitzerten vor verhaltenem Zorn. Der Griesgram in ihm behielt eindeutig die Oberhand. »Wer soll das denn sein, bitte sehr? Sie? Die junge Frau? Wir haben keine Verwandten!«

»Na ja, eine entfernte Verwandte ist sie, glaube ich. Eine Tallia Goldammer.«

»Goldammer?« Ridibund schrie es fast und sprang wutschnaubend auf. »Wir haben mit den Goldammers nichts mehr zu schaffen! Wir kennen keine Goldammers mehr! Großbrada-Goldammers! Ha! Mechellinder Geschmeiß sind sie! Pah!«

Frau Rana zuckte zusammen. »Ridibund!«

»Pah, sage ich. Ist doch wahr! Zeigen nur mit dem Finger auf uns. Sind sich zu fein mit ihren Webstühlen und ihren ach so feinen Tüchern und allem. Ach, ich könnte …« Er verstummte, weil er sich am Rauch verschluckte. In sein bellendes Husten hinein sagte Finn:

»Warte, Herr Ridibund. Tallia stammt nicht aus Mechellinde, sondern aus Vahindema. Sie ist im Obergau nur zu Besuch. Erst hier hat sie von euch erfahren und wollte euch sogleich besuchen.«

»Na siehst du«, sagte Frau Rana.

»Gar nichts sehe ich!«, bellte Ridibund zurück. »Und weiter?

»Ich weiß nicht«, sagte Finn beschwichtigend. »Was immer auch für ein Streit zwischen den Goldammers und euch herrscht, aber ich bin sicher, Tallia hat damit nichts zu tun.«

»Tschuldigung«, sagte da der alte Vahit. »Mir kocht immer die Seele über, sobald ich an gewisse Goldammers denke. Brrr! Tut mir leid, mein Junge. Du bist dabei aus Versehen sozusagen in meinen Topf geraten.«

»Angenommen«, lächelte Finn.

»Also weiter«, verlangte Ridibund, besänftigt, aber nicht weniger wissbegierig. »Ihr wart also auf dem Weg. Was ist dann passiert? Etwas muss doch …«

»Ja, es ist etwas geschehen. Ein Feuer brach aus. Es gab einen Verletzten. Einen … na ja, einen Schmied, der bei Abhro zu Besuch ist. Böse Brandwunden gab's an den Beinen. Tallia ist dort geblieben und pflegt ihn. Aber Abhros Froschsalbe ging zur Neige, und ich …«

»Und da bist du allein in den Sumpf gegangen, um nach uns zu suchen, nicht wahr?«

Frau Ranas Zwischenruf kam Finn mehr als nur gelegen. So kam er darum herum, eine Menge Einzelheiten über Gidrogs und Criargs und vor allem über seinen törichten Ritt auf dem Vogel erzählen zu müssen.

»Um es kurz zu machen – so in etwa war es«, erwiderte er stattdessen.

»Na ja«, machte Ridibund. »Immerhin erklärt es, wo du die ganze Zeit gesteckt hast. Warst mit 'nem Mädchen zusammen. Na schön. Auch wenn es eine Goldammer ist. Obwohl du dich besser beeilt hättest bei deiner Liebelei. In eurer Werkstatt gehen die wildesten Gerüchte um. Sie vermissen dich seit gut einer Woche, glaube ich. Und irgendetwas Schlimmes ist da geschehen, hab ich gehört.«

»Was soll denn geschehen sein? Und von wem hast du's gehört?«

»Von Konkho Zeisig. Manchmal hebt er einen Henkel zu viel, und am Morgen danach hat er einen Brummschädel. Er kauft von uns ein Pulver dagegen. Unter der Hand natürlich, er will ja nicht, dass jemand denkt, sein Bier sei schlecht. Was es nicht ist, nebenbei gesagt, obwohl es natürlich bessere gibt. Meins zum Beispiel. Erst gestern Abend sprach ich mit ihm.«

Wenn Ridibund es von Konkho weiß, hat der es von Abbado, zählte Finn in Gedanken eins und eins zusammen. »Was ist denn nun passiert?«

Ridibund wedelte den Qualm beiseite und sagte mürrisch: »Ist wohl was mit der Post gekommen. Schlimme Nachrichten oder so. Mehr weiß ich nicht.«

»Nicht schon wieder!«, entfuhr es Finn.

»Schon wieder?«, fragte Ridibund misstrauisch.

»Na ja, alles begann mit einem Brief … aber das führt jetzt *viel* zu weit.« Er sprang auf und verbeugte sich artig vor Frau Rana. »Entschuldige bitte meine unhöfliche Eile. Ich muss jetzt noch schneller nach Hause, als ich dachte, was du gewiss verstehen wirst.«

»Aber sicher, Herr Finn«, antwortete sie. »Die Jungs bringen dich sicher zurück. Es war nett, dich als Gast zu haben. Grüße deine Mutter von mir. Ihr Tee war gut. Und warte, die Froschsalbe für Herrn Abhro!«

Sie stand gleichfalls auf, ging in den Nebenraum und und kam aus der Küche mit einem Henkelnapf zurück, der mit Binsengeflecht fest verschlossen war. »Sie ist noch warm«, erklärte sie. »Sag Tallia, sie soll sie erst verstreichen, wenn sie ausgekühlt ist. Und grüße bitte auch das Mädchen von mir. Sag ihr, sie ist uns willkommen. Jederzeit, nicht wahr, Ridibund?«

»Hrmja«, brummelte er. »Und ehe du gehst – vergiss auch deine Axt nicht, Herr Finn. Sie lehnt immer noch draußen an der Wand. Wäre schade um sie. War schwer genug, sie aus dem Sumpf zu ziehen, das kannst du mir glauben. Obwohl ich immer noch nicht weiß, was du damit willst.«

»Ein andermal, Herr Ridibund. Ich verspreche es. Du wirst es früh genug erfahren. Für heute nur so viel: Ein Rat ist in Mechellinde einberufen worden …«

»Weiß schon. Konkho hat's erzählt.« Der alte Vahit klopfte seine Pfeife aus.

»Ach? Dann wisst ihr schon vom Angriff auf das Hüggelland?«

»Angriff? Pah! – Hab's gehört, aber nicht glauben können. Ist reines Gaststubengeschwätz, nehme ich mal an.«

»Leider nein. Es ist die Wahrheit. Es hat tote Vahits gegeben. Feinde streifen durchs Hüggelland. Ich habe sie mit eigenen Augen gesehen. Sie sind groß wie Dirin, aber ihnen fehlt alles Menschliche. Sie haben Rudenforst angegriffen. Die wenigen, die fliehen konnten, sind bei einem Überfall am Mürmelkopf fast alle getötet worden. Die Lage *ist* ernst, Herr Ridibund! Ihr nächstes Ziel wird Mechellinde sein. Alle mannhaften Vahits werden aufgefordert, zur Verteidigung des Hüggellandes herbeizueilen. Glaube mir: Es *hat* tote Vahits gegeben. Feinde gehen im Hüggelland um!«

»Aha!«, schnappte Ridibund, und sein Arm schnellte vor wie die Zunge eines Laubfroschs. »Deshalb die Axt!«

»In gewisser Weise, ja«, gab Finn zu. »Wie gesagt: Die Schöffen stellen eine Vahitwehr aus kräftigen Burschen zusammen, die das Bogenschießen erlernen sollen und was nicht alles. Wigo und Buffo wären bei ihnen hochwillkommen. Sie sind stark und behände, und eine jede Hand wird gebraucht …«

»Nichts da!«, mischte sich Frau Rana ein. Sie wischte ihre Hände an einem Tuch trocken, ehe sie die Fäuste in die Hüfte stemmte. »Das kommt überhaupt nicht in Frage! Wer soll denn hier die ganze Arbeit machen, wenn sie weg sind? Von wegen!«

Jetzt war sie es, die belferte. Achtlos warf sie ihr Tuch in eine Ecke. »Wenn du Recht hast mit deinem Angriff, dann wird es bald noch mehr Brände geben. Und Knochenbrüche und offene Wunden und jede Menge anderer Verletzungen. Richtig? Sag das deinem Bürgermeister, und sag es deiner Vahitwehr! Sie müssen ohne meine Söhne auskommen. Nur die beiden wissen, wo die Frösche laichen und wo sie zu fangen sind. Und ihr … hört zu, ihr Wichtigtuer! Ihr kommt mir *sofort* wieder zurück, sobald ihr Herrn Finn wohlbehalten in seiner Werkstatt abgeliefert habt, verstanden?«

»Ja, Mama«, sagte Buffo.

»Ja, Mama«, echote Wigo. Beide verdrehten die Augen, und Finn ertappte sich zu seiner eigenen Verwunderung dabei, wie er mit den beiden Rohrammerbrüdern gemeinschaftlich grinste. Eltern waren offenbar überall gleich.

Sie gingen vor die Tür. Finn drückte den beiden alten Vahits mehrfach die Hand. »Ihr habt mich vor dem sicheren Ertrinken bewahrt«, sagte er. »Und meine Wunden versorgt. Das vergesse ich euch nie.«

»Schon gut«, murmelte Ridibund. »Denk an dein Gepäck.« Er drückte Finn die Axt in die Hand.

»Die geliehenen Sachen schicke ich euch noch heute zurück«, sagte Finn und verbeugte sich ein weiteres Mal vor Frau Rana. »Zusammen mit dem Geld für die Salbe. Wie viel verlangst du dafür? Werden zwei Heller reichen? Nein? Drei? Du meine Güte. Also gut, dann drei. Ach, und ehe ich es vergesse – deine Suppe war mit Abstand das Beste, was ich je gegessen habe. Was tust du da hinein, Frau Rana?«

»Nichts Besonderes«, antwortete sie geschmeichelt. »Was halt in eine gute Suppe so gehört. Viel Geschmack, vor allem. Viel Gemüse. Möhren. Natürlich Zwiebeln, Lauch, junge Birkenrinde, alles schön kleingehackt. Und man muss es lange auf kleiner Hitze köcheln lassen.«

»Äh – ich verstehe«, sagte Finn. »Auf die Zubereitung kommt es an.«

»Das – und darauf, welchen Geschmacksgeber du mit beigibst.«

»So wie geschmorte Pilze, meinst du das?«

»Richtig. Ich verwende allerdings etwas anderes.«

»Was denn?«

»Froschschenkel natürlich. Es gibt nichts Besseres.«

»Froschsch ...«

»Ist alles in Ordnung, Finn?«

»M-hm.«

»Komm jederzeit gern wieder vorbei. Wenn du willst, setze ich eine neue Suppe auf. Mach's gut bis dahin, und fahr wohl, einstweilen!«

Die nächste halbe Stunde führten ihn Wigo und Buffo auf gewundenen Wegen aus dem Bruchwald heraus. Sie gingen auf Pfaden, die nur sie kannten, unter schattigen Bäumen entlang und über Holzstege, von denen Finn nicht einmal ahnte, wohin sie führten, außer in ein gleichbleibendes, flimmerndes Halbdunkel hinein und zwischen Schilf und wilden Blaubeersträuchern dahin, von denen die Brüder eifrig im Gehen ganze Hände voll naschten.

Finn hatte keinen Hunger mehr, und er überhörte den Spott, mit dem Buffo und Wigo über die grüne Farbe seines Gesichtes sprachen. Um ihn zu foppen, stellten sie die abwegigsten Vermutungen darüber an, woher die rühren mochte.

Er erwiderte nichts und ließ sie reden.

»Bestimmt kommt's von der Haut der glibberigen ... du weißt schon«, meinte Buffo. Er ahmte ein Quaken nach.

»Nein, sie kommt von dem ekligen Schleim der Sumpffliegen ... du vergisst, er ist in einen ihrer Tümpel gefallen. Das Zeug klebt an einem fest, das sag ich dir.« Wigo fuhr sich mit seinen saftblauen Händen durchs Gesicht, ohne es zu bemerken.

Am Ende kamen sie lachend überein, dass sein Grün wohl ein Widerschein des Blätterdaches sein müsse, das über ihren Köpfen im zunehmenden Winde wogte.

Immerhin trennten sie sich am Moorreeter Dorfrand freundlich von ihm. Sie winkten ihm sogar zu, ehe sie erneut unter den Schatten der Farne mit dem Erdboden verschmolzen – ganz und gar gegen ihre frühere Gewohnheit, ihn vorher gehörig zu schubsen und zu stoßen.

5. KAPITEL

Auf der Straße gefunden

MOORREET WAR EIN ANNÄHERND runder Ort, dessen sieben Brochs und fünf Häuser sich samt ihren Scheunen und Ställen mehr oder weniger gleichförmig um den Gänseweiher am Dorfplatz gruppierten. Man erreichte ihn über die hier endende Mürmelstraße; die einzige *Straße*, die diesen Namen verdient hätte. Daneben führten nur einige Trampelpfade zwischen den Hofgattern entlang, und es gab ein paar Weidezugänge und Feldwege. Zu zwei Dritteln war das Brada von Torfwiesen umgeben, mit weichem, schwarzem Boden, auf denen Heidkräuter wuchsen und aus denen die Moorreeter ihren Heizvorrat stachen. Die ersten Vahits in dieser Gegend waren tatsächlich Torfstecher gewesen. Eine verwilderte Brombeerhecke westlich des Weihers zeigte noch an, wo einst die frühesten Bebauungen dieser Gegend gestanden hatten: auf einer gerodeten Lichtung, noch ehe das spätere Moorreet an seiner heutigen Stelle entstanden war.

Dahinter aber wurde es rasch sumpfig. Eine unwegsame Fläche von ineinander verschlungenen Tümpeln unter schweigenden Bäumen erstreckte sich hernach bis weit an die Berge heran, ehe sie zu deren Knien in ein Hochmoor übergingen und ihre Fenne sich in namenlosen Wäldern verloren, aus deren Schatten sich die ersten Hänge erhoben.

Das letzte Viertel des Dorfrundes bildete östlich des Weihers der Bruchdamm, über den die Straße in einem weiten Bogen verlief, ehe sie hinunter nach Mechellinde strebte. Der Damm schützte das Brada vor dem Anschwellen des nahen Mürmelbruchsees, ein von unzähligen Bächlein und plätschernden Rinnsalen gespeistes Becken, die allesamt aus den Fennen rannen und im Frühjahr das Schmelzwasser der Berge mit sich führten.

Dieser große Teich verfügte über eine Quelle, und aus ihr entsprang die Mürmel. Der Fluss folgte der Straße oder vielmehr, die Straße folgte seinem Lauf – beide zogen alsbald an dem bunten Flickenteppich der Moorreeter Felder vorbei, die unterhalb des Dorfes am rechten Flussufer auf trockenerem und festerem Grund bestellt wurden. Entwässerungsgräben unterliefen in hölzernen Rinnen die Straße und hielten mit ihren verstellbaren Schleusenbrettern die Felder fruchtbar.

Uralte Mooreichen, die Jahr für Jahr wie wissend im Winde nickten, umgaben den Teich und lugten ostwärts über die Dammkrone, als behielten sie die Felder wachsam im Auge.

Wigo und Buffo hatten sich außerhalb des Ortes von Finn verabschiedet, ehe sie sich zurück in die Büsche schlugen – aber nahe ihres eigenen Brochs, dem am weitesten westlich stehenden Hof mit seinem Enten- und Gänsegeschnatter und dem Beginn beziehungsweise Ende der Straße.

Finn ging nicht ganz bis zum Anwesen der Rohrammers. Er folgte einer oft begangenen Abkürzung: einem schmalen Feldweg, der in einer Lücke zwischen den Gatterzäunen zweier Grundstücke endete. Links lag das Zeisiggehöft mit Konkhos Gaststubenanbau des *Verlorenen Henkels.* Über seiner Tür baumelte ein bemalter Fassdeckel an einer Kette; er zeigte einen überschäumenden Krug, dem der Henkel fehlte. Rechts wohnte Geitsito Schilfrohr mit seiner zahlreichen Familie, hinter einer Reihe von krummen Erlen. Danach begann die breite und sorgsam gestutzte Hecke, hinter deren Blättern der dreifache Broch der Werkstatt aufragte.

Der Dorfplatz lag sonntäglich verlassen da. Die Vahits kannten kein Wochenende im eigentlichen Sinn, doch der Sonntag war der siebente Tag, und der war ihnen heilig. Die Arbeit ruhte und ein jeder ging eigenen Verrichtungen nach.

Selbst die Gänse dösten in der Sonne.

Finn lief durch den Erlenschatten, bog zweimal um die Ecke, schritt durch das offen stehende Hoftor und stand dann unversehens vor dem großen Schild mit dem Mühlensiegel und der Aufschrift *Fokklinhand*.

Er war tatsächlich wieder zu Hause – und konnte es selbst kaum fassen.

Es kam ihm vor, als sei er für Monate, wenn nicht gar für Jahre fort gewesen. Fast wollte ihm der vertraute Anblick fremd erscheinen, obwohl er einen jeden Winkel kannte, und er schüttelte verwundert den Kopf darüber.

Das runde Wohnhaus seiner Eltern lag indes still im Schatten. Kein Rauch, der aus den Schornsteinen des zeltförmigen, reetgedeckten Daches quoll. Kein Hämmern, Sägen, Feilen und Plappern, das aus der Werkstatt drang. Kein Abbado, der im Hof sein Pfeifchen schmauchte.

Finn warf einen Blick in den Stall und fand alles Feder- und Kleinvieh wohl versorgt. Futter lag reichlich in den Trögen, die Verschläge der Ponys waren frisch gefegt und gestreut, aber sie standen bis auf einen leer. Alle waren unterwegs, wie es schien: Nur noch Pajega, die älteste Stute, blickte ihn entrüstet an, weil er ihre Mittagsruhe störte. Auch das Gespann, mit dem seine Eltern abgereist waren, fehlte in der Scheune.

»Mama? Papa?«

Seine halblauten Rufe verhallten ungehört. Im Haus war niemand.

Staub tanzte still in der Luft. Alle Tische waren blitzblank gescheuert, wie es Finns Mutter liebte, die Betten waren sorgfältig gemacht und glattgestrichen, das Geschirr abgewaschen und in den Schränken verstaut. Das bedeutete, Furgo und Amafilia waren noch immer nicht zurückgekehrt von ihrer Reise.

Finn entfachte im Herd ein Feuer und setzte einen großen Topf Wasser auf. Danach bereitete er im Badezimmer den Zuber vor, holte Seife und Handtücher herbei und machte sich dann, als das

Wasser dampfte, daran, den Rest des Sumpfes aus seinen Haaren zu waschen. Nur zu gern hätte er gebadet, stundenlang im warmen Wasser gedöst … Allerdings getraute er sich nicht, die gerade erst aufgelegten Verbände und Pflaster zu lösen.

So wusch er sich nur sorgfältig und räumte anschließend gründlich wieder auf, ehe er sich oben in seinem Zimmer umzog.

Er öffnete Schränke und packte weitere Kleider zum Wechseln in eine Tasche mit langem Schultergurt, dazu legte er sich einen wärmeren Kapuzenmantel bereit. Nach kurzem Nachdenken fügte er noch ein Paar Handschuhe und eine große Decke hinzu – der Herbst würde bald mit weitaus kühleren Tagen aufwarten, und er wusste nicht, wann er wieder nach Hause kam. Dann kramte er das Unterste zuoberst und fand erst nach längerem Suchen – seltsamerweise tief unter den Socken – seine Mantelschließe wieder. Eine wertvolle Tassel war es, aus fein gearbeitetem Gold und Silber getrieben, ein Geburtstagsgeschenk seines Vaters.

Furgo würde toben, wenn er je erführe, wie achtlos sein Sohn damit verfuhr; ungeachtet dessen war sie ein schönes Stück Goldschmiedearbeit. Sie trug auf der einen Scheibe das bekannte Mühlensiegel, auf der anderen ein jüngeres Bildnis seiner selbst, das Finn zu Beginn seiner Tubertel zeigte. Furgo und Amafilia besaßen ähnliche Tasseln, nur dass die ihrigen Abbildungen ihre eigenen Gesichter zeigten.

Er suchte weiter herum und fand und verteilte alles Geld, über das er verfügte, in mehrere Beutel. In einem Fach entdeckte er ein kleines *Fokklinhand*-Klappmesser, mit dem er früher viel geschnitzt und das er fast vergessen hatte; er steckte es ebenfalls ein. Seine durchnässten Stiefel tauschte er gegen ein bisher kaum getragenes Paar; dabei erinnerte er sich aus irgendeinem Grund an Circendils nächtlichen Auftritt als Vogelscheuche und suchte noch ein warmes Nachthemd und ein Paar Sandalen zusammen, die er zusammengewickelt zuunterst in die Tasche stopfte.

Er band Mantel und Decke zu einer festen Rolle zusammen und schnürte sie an der Tasche fest.

Schließlich gürtete er sich mit Maúrgin über dem Wams.

Endlich nahm er alles auf und fragte sich, in der Tür verharrend, ob er etwas vergessen habe. Eine seltsame, wehmütige Rührung überkam ihn, und halb ahnte er, halb spürte er es, dass dies ein Abschiedsblick war, mit dem er sein langbewohntes und liebgewonnenes Zimmer bedachte.

Da war das Dachfenster, das ihm den Dorfplatz zeigte und an dem er viele Stunden verträumt hatte, den Blick auf die fernen Berge gerichtet, sich fragend, was dahinter kam. Da war das Regal mit der Kerze und seinen wenigen, ihm eigenen Bücher. Der Tisch, an dem er manchen Brief geschrieben hatte. Die Truhe unter dem Fenster. Das geheime Versteck darunter, unter den Bodenbrettern, in dem er jahrelang ein Tagebuch verwahrt hatte. Ihm war, als sollte er nie mehr hierher zurückkehren … Zumindest würde es wohl lange dauern, bis er wieder die Gelegenheit fand, in sein eigenes Bett zu kriechen.

Da fiel sein gegenwärtiger Blick auf die Nainflöte, die er vor Jahren unter der Anleitung von Herrn Ludowig geschnitzt hatte und die seitdem (selten benutzt) über seinem Bett an der Wand hing. In einer ihm unerklärlichen Anwandlung nahm er sie vom Haken und verstaute sie tief zwischen seinen Sachen.

Dann warf er sich die pralle Tasche über, drehte sich um und stieg die gewundene Treppe hinab, die in der Mitte des runden Hauses rund um starke Balken nach unten führte. Er löschte das Feuer im Herd und vergewisserte sich zweimal, dass keine glühenden Kohlenreste zurückblieben. Mit einem Schulterzucken wandte er sich ab. Er schulterte die Dwargenaxt, schnappte sich den Salbennapf, rückte die Tasche zurecht und trat, bepackt wie ein Lastesel, entschlossenen Schritts zur Haustür hinaus.

Er hätte beinahe geschrien, als er mit einem anderen Vahit zusammenstieß.

Beide prallten voreinander zurück.

»*Aah!*«, entfuhr es Abbado, dem ein »Aua!« folgte, denn er hatte sich vor Schreck auf den Hosenboden gesetzt. »Verkanntet und verdreht noch eins! Kannst du nicht aufpassen? Was machst du überhaupt hier?«

»Dasselbe könnte ich dich fragen«, erwiderte Finn. »Übrigens, falls du es vergessen hast – ich wohne hier.«

Offenbar erkannte Abbado Zeisig erst jetzt, wer da vor ihm stand.

»Finn? Du meine Güte! Du bist's? Wo hast …? Wo bist …? Wir sind …« Er verhaspelte sich und starrte, immer noch auf der Türschwelle sitzend, zu Finn hinauf, als sähe er eine Erscheinung.

»Auch dir einen guten Tag, Abbado. Und behalt ruhig Platz, wenn du möchtest.«

»Was? Wie? Ach so.« Abbado rappelte sich auf und klopfte sich den Staub von der Hose. »Einen guten Tag? Sehr witzig! Das möchte ich mal wissen! Was daran gut sein soll, meine ich! Du meine Güte. Einen guten Tag, sagt er. Also wirklich!«

»Man sagt so, wenn man höflich sein möchte. Und wo wir gerade davon reden: Möchtest du hereinkommen, oder soll ich zu dir heraus?«

»Wie? Was? Nein, zum Reinkommen fehlt mir die Zeit. Ich wollte nur nachsehen, wieso da auf einmal Rauch aus dem Schornstein quoll. Wo keiner da ist, meine ich. Kein Vahit, wenn du verstehst, der Rauch war ja da. Bis eben, jedenfalls. Aber du bist ja da, insofern stimmt's ja nicht, was ich sage. Puh! Also weißt du – du bringst mich völlig durch den Wind.« Er legte sich die Hand aufs Herz und atmete schwer. »Was für ein Schreck! Ich hoffte inständig, der Meister sei zurück, und nun das. Wo kommst du denn auf einmal her? Und wo warst du solange? Die Arbeit türmt sich und alles, und du machst heimlich Ferien. Herr Furgo wird alles andere als begeistert sein, wenn er das hört. Wenn er zurückkommt. Falls er zurückkommt, meine ich.«

»Falls? Warum sollte er nicht?«

»Na, du stellst mir ja vielleicht Fragen! Das ist es ja, weswegen ich keine Zeit habe. Wir sitzen alle drüben und zergrübeln uns die Stirn, was wir tun sollen.«

Finn verstand keine Silbe von dem, was Abbado in Schwällen von Worten hervorstieß. »Jetzt beruhige dich doch. Was ist denn geschehen?«

»Geschehen? Nichts ist geschehen, das ist es ja. Da fährst du weg und kommst nicht wieder. Zuvor reist der Meister ab und kommt ebenfalls nicht wieder. Wir müssen Waren ausliefern und haben keinen Wagen mehr. Aber das ist noch nicht das Schlimmste. Kunden warten zu lassen und alles das, meine ich. Jedenfalls, wir machen uns Sorgen um dich, weil keine Nachricht eintrifft. Kein Brief, kein Bote, kein nichts. Ich renne mir von Tag zu Tag die Füße schiefer, um alles im Fluss zu halten, aber uns geht das Leder aus. Wir können nichts mehr binden und was fertig ist, können wir nicht abliefern. Dann endlich kommt Kuaslom – warte, wann? – am späten Freitagnachmittag, und neben neuen Bestellungen hat er merkwürdige Gerüchte im Gepäck, von unheimlichen Dingen, die da drüben in Rudenforst passiert sein sollen. Und genau in der Gegend stecktest du ja. Du kannst dir meine Sorgen vielleicht vorstellen! Und Kuaslom machte ein paar Andeutungen, die mir nicht gefielen. Aber damit nicht genug! Gestern Abend dann kam Winneg Sanderling an, Dantrams Schwager, und ganz aus der Puste war er und rot im Gesicht, so sehr hat's ihn erschreckt!«

Erschöpft holte er Atem. Dantram war einer der Werkstattgesellen, und über seine Frau Menicca, eine geborene Sanderling, wurde in Moorreet (hinter der Hand) viel geredet. Sie war mit Abstand die schönste Vahitfrau im ganzen Obergau, und niemand verstand so recht, weshalb sie den eher sauertöpfischen Schöpfner und Silbertreiber Dantram geheiratet hatte.

»Was denn erschreckt?«

»Na, der Krieg und alles. In Mechellinde hat es einen Rat gegeben und grässliche Kunde von ich weiß nicht was für furchtbaren Dingen. Aber ich steh hier und rede, während sie drüben auf mich warten. Das und mein Bier. Komm bitte mit, Herr Finn, das Beste wird sein, ich erzähl dir alles Weitere dort.«

Finn ahnte, was mit »drüben« gemeint war; und wirklich – Abbado führte ihn schnurstracks hinüber in den *Verlorenen Henkel.* Und da saßen sie alle, fast das halbe männliche Brada war vertreten. Eng an eng hockten sie auf den Bänken und schwatzten. Konkho Zeisig kam mit dem Bierausschänken kaum nach. Seine Frau Fradha spülte ganze Berge von Krügen; ihr lief der Schweiß von der Stirn.

Es gab ein Hallo und Gejohle und Schulterklopfen, als die Anwesenden sahen, wer da mit Abbado gekommen war. Unzählige Fragen wurden gestellt, die unbeantwortet blieben, da einerseits Finn entschuldigend abwinkte und er Abbado andererseits drängte, ihm endlich »alles Weitere« zu berichten.

Finn erfuhr in der folgenden Stunde, dass mit Winneg Sanderling die großen Nachrichten längst eingetroffen waren. Gleich nach dem Rat war er aufgebrochen, um seinem Schwager und seiner Schwester von den jüngsten Begebenheiten zu berichten. Seitdem waren in Moorreet Mutmaßungen über die Beweggründe der Feinde das Tagesgespräch. Es hagelte eine Fülle von Bemerkungen darüber, was der Rat leider nicht unternahm oder besser gleich hätte unterlassen sollen.

Winneg selbst war zum Rat zwar nicht geladen gewesen, aber er hatte sein Wissen von Reord Spechtner.

»… und der«, versicherte Abbado, »war mit dabei.«

Offenbar wusste niemand etwas von der Rolle, die Finn bei alledem gespielt hatte, denn immer wieder wurde schmunzelnd von seinen *Ferien* gesprochen, und an Hinweisen auf Mäuse, die auf dem Tisch tanzten, wenn der Herr nicht im Hause war, wurde nicht gespart.

»Wir jedenfalls haben hier noch nichts vom Krieg bemerkt; und so soll es gefälligst bleiben«, schloss Abbado und trank einen mächtigen Schluck. Während er seinen Becher stürzte, wurde erst geklatscht und dann angestoßen. Das Klacken der Krüge übertönte für den Moment alle anderen Geräusche.

»Ein Bier für Finn«, rief jemand zu Konkho hinüber. Zwei jüngere Vahits, beides Schilfrohrsprösslinge und trotz der Mittagsstunde schon ein wenig angeheitert, erfanden dazu aus dem Stegreif ein überschwängliches Lied:

Ein Bier für Finn,
ja, das macht Sinn!
Ein Bier für Finn!
War lange fort,
an fremdem Ort.
Hat Durst gehabt, sich nicht gelabt,
nun ist's vorbei,
gebt ihm gleich – zwei!

Zwei Bier für Finn,
noch ist was drin!
Zwei Bier für Finn!
In Konkhos Fass,
da ist noch Nass.
Er ist ganz stur, will Trinken nur,
nun ist's vorbei,
gebt ihm gleich – drei!

Drei Bier für Finn,
das haut ihn hin!
Drei Bier für Finn!
Sein Haupt wird schwer,
er kann nicht mehr.
Er dreht sich um, im Kopf ganz dumm,
nun ist's vorbei,
doch einerlei!

Je weiter das Lied gedieh, desto schneller hatten sie gesungen, bis ihnen die Luft vor Japsen und Lachen wegblieb. Ein tosendes Gelächter und abermaliges Geklatsche erstickte glücklicherweise alle weiteren Strophen.

Tatsächlich schob jemand einen Krug vor Finn hin, und ergeben nippte er daran. Ihm schwirrte der Kopf von dem Gesinge, dem Lärm, von Abbados Andeutungen und dem drückenden Gefühl der Sorge, die Tallia zweifellos auszustehen hatte, während er sich am Henkel eines Kruges wiederfand im Kreise zechender Vahits, die weder verstanden, was vor sich ging, noch sich auch nur ausmalen konnten, welche Folgen sich aus den Ereignissen der letzten Tage für sie alle ergeben würden.

Finn schüttelte die jähe Benommenheit ab und stellte den Krug weit von sich.

»Also – deswegen hattest du keine Zeit«, sagte er, an Abbado gewandt, und deutete auf das Bier.

»Nein. Sieh mal – wir denken hier darüber nach, was weiter geschehen soll.«

»Das sehe ich.«

»Noch zwei Bier«, rief in diesem Augenblick der jüngere Schilfrohrbruder.

»Mir auch zwei«, verlangte der ältere. Ein neuerliches Gelächter schwemmte alle Sorgen aus dem *Verlorenen Henkel,* so wollte es Finn erscheinen. Er stand entschlossen auf und ergriff Abbado am Arm.

Als sie draußen standen und mit der Tür den Lärm einsperrten, holte Finn erleichtert Luft.

»So«, sagte er. »Du hast mir immerhin erklärt, was Herrn Winneg erschreckt hat. Du indes sorgtest dich, was für dich spricht, und du hast einen Weg gefunden, sie zu ertränken, was mir wiederum zu denken gibt. Aber davon abgesehen hast du dir wohl auch Sorgen wegen meiner Eltern gemacht. Warum, Abbado?«

Der ältere Vahit verzog das Gesicht, als erwarte er eine Gardinenpredigt, wie sie selbst der Meister von Fokklinhand nicht schlimmer hätte halten können.

»Das kam so, Herr Finn«, begann er und wagte es dabei kaum, Finn anzusehen. »Ich meine, du warst weg und Herr Furgo und Frau Amafilia auch. Alles Mögliche nahm meine Aufmerksamkeit in Anspruch, wie du dir denken kannst. Erinnere dich an die lange Liste, die mir Furgo gab, ehe er fuhr und Banavreds Brief entdeckte und was nicht alles.

Vor allem der Brief ging mir im Kopf herum. Ich wollte es nicht, aber es ist, wie es ist, und vor allem ist es meine Schuld. Hätte ich ihn nur nicht unter den Tisch fallen lassen.«

»Wieso du?« fragte Finn überrascht. »Ich habe den Brief schließlich unter den Tisch fallen lassen, nicht du.«

»Jaja, ich weiß. Das heißt – ich weiß nicht recht. Das will ich damit in Wahrheit sagen. Oder besser – ich weiß nicht, wie ich es sagen soll. Ich meine, ich habe nachgedacht, wegen des Datums und allem. Und da ist mir aufgefallen – ich meine, wieder eingefallen, um genau zu sein, denn es war mir entfallen, wie du auch sagen könntest …«

»Abbado?«

»Ja, junger Herr Finn?«

»Sag einfach, was los ist, ja?«

»Na schön. Dann ohne Umschweife. Also an jenem 24. September, an dem dir der Brief, wie der Meister meinte, abhanden gekommen ist, nun, da … da konnte er dir gar nicht abhanden kommen, weil …« Abbado stockte und beugte sich vor, als wolle er sehen, ob auch niemand heimlich lauschte.

»Weil?«

»Sei doch leiser! War da nicht eben jemand …?« Abbado warf einen misstrauischen Blick hinter sich. »Nichts«, entfuhr es Abbado erleichtert. Er richtete sich auf und holte tief Luft wie jemand, der in einen See springen will und weiß, dass er gleich untergehen wird, da er nicht schwimmen kann.

»Weil du an diesem Dienstag gar nicht hier warst.« Abbado

breitete die Arme aus und ließ sie schicksalsergeben wieder fallen. »So, nun ist es heraus!«

Finn hob die Hand. »Langsam. Nicht gar *so* schnell. *Was* um alle Schätze der Hel ist nun heraus?«

»Ich meine, da Herr Furgo nun mal alles entdeckt hatte und so weiter, ich meine, da habe ich wieder an diesen Dienstag denken müssen, unausweichlichkeitshalber, sozusagen. Und da ist mir alles wieder eingefallen. Du warst am 24. September den ganzen Tag über im Buoggahaus in Mechellinde, wie du dich vielleicht erinnerst. Meister Furgo selbst hatte dich dorthin geschickt wegen der Schilder, nach denen die Bücher im Seitenflügel neu geordnet werden sollen.«

»Das war an diesem Dienstag?«

»Ganz genau, junger Herr Finn. Und ich war mit der Post zugange, könnte man sagen. Obwohl es nicht meine eigentliche Aufgabe ist, an und für sich, wie du weißt. Aber du warst ja nicht da, wie ich schon erwähnte, und ich wurde irgendwie ein Opfer der Umstände. Jedenfalls schmauchte ich ein Erholungspfeifchen auf dem Hof, als der Briefträger kam, und er drückte mir allerlei in die Hand. Es war Kuaslom Pfuhlig, der sonst immer auf ein Schwätzchen hereinkommt, du kennst ihn ja, an diesem Tage aber macht er auf der Stelle kehrt, keine Zeit, sagt er, die vielen Einladungen für die Mahtfasfeiern und einen vollen Korb allein für Ridibund Rohrammer, warum auch immer. Einfach zu viel zu tun, sagt er, und weg ist er. Kaum bin ich zurück in der Schriffenstube, da ruft Herr Furgo, ganz ungeduldig klingt er. Du weißt ja, wie er immer ist, und ich sag, ja gleich, gewiss, sag ich, gleich bin ich da. Und wie ich mich umdrehe, mit der Post unter dem Arm, da ist es dann geschehen, und es tut mir ja auch leid.«

Der Redeschwall des Gesellen hatte begonnen, sein Gesicht zu röten. Die Ohren unter der Gesellenmütze erglühten in dunklem Rot. Wieder holte Abbado ganz tief Luft, und mit einem Tuch wischte er sich die Stirn.

»Abbado, bitte. *Was* ist geschehen, und *was* tut dir leid?«

»Also, da war ich, da war dieser Stuhl, auf dem du immer sitzt, und da war die Post unter meinem Arm. Ich verheddere mich und alles fliegt mir aus der Hand, während ich selbst zu Boden stürze. Da ruft Furgo schon wieder, noch ungeduldiger diesmal, richtiggehend ärgerlich. Na, ich rappele mich auf, klaube die ganzen Briefe zusammen, bloß auf den Tisch von Herrn Finn damit, denke ich, und ab bin ich durch die Tür, hinüber zu Herrn Furgo.«

»Du willst damit also sagen …« Finn starrte Abbado an und vermochte den Gedanken kaum zu Ende zu denken.

»Es fiel mir erst später wieder ein, zu spät für für dich, ich weiß, und das ist es, was mir noch mehr leid tut, die ganze Ungerechtigkeit mit dir und Herrn Furgo. Aber ich glaube, es könnte sein und wäre nicht gänzlich auszuschließen, dass mir bei diesem meinem Sturz der Brief des Herrn Banavred weiter entglitten ist, als er sollte. Bis unter deinen Tisch, um es auf den Punkt zu bringen.«

Abbado rückte ein Stück zur Seite, als fürchte er, Finn würde sich mit einem Knall in Meister Furgo verwandeln und ihm das Fell über die Ohren ziehen.

Umso verdutzter schaute er drein, als Finn zu lachen begann, erst leise, dann immer heftiger, bis ihm die Tränen über die Wangen liefen. Unbeholfen rang Abbado die Hände, während er darauf wartete, dass Finn wieder zu Atem – und zu Sinnen – kam.

»Du sagst mir demnach, mich trifft gar keine Schuld?« Finn wischte sich ungläubig die Tränen fort. »Du hast den Brief verschlampt? Nicht ich?«

Abbado nickte beklommen. »Wirst du es Herrn Furgo verraten?«

Finn schüttelte den Kopf. »Nein, obwohl du es verdient hättest. Papa würde mir *diese* Geschichte sowieso nicht glauben. Aber dein schlechtes Gewissen geschieht dir recht. Also deswegen hast du dir Sorgen gemacht?«

»Ja. Nein. Nicht nur deswegen – am Ende noch mehr wegen Herrn Winneg, wie ich vorhin schon sagte.«

»Richtig – Herr Winneg. Ich habe immer noch nicht verstanden, was er von dir wollte.«

Abbado rieb seinen Daumen über die Handfläche, als wolle er Flecken von ihr entfernen, die nur er sehen konnte.

»Also, sein Anliegen lag sozusagen auf Herrn Winnegs Hand. Er kam persönlich aus Mechellinde herüber, was schon mal ungewöhnlich war, und ehe er mit Dantram sprach, nahm er mich beiseite.

Was ist denn?, frage ich verblüfft, und ganz ehrlich, ich nahm an, er habe eine Beschwerde wegen irgendwas. Du hättest sein Gesicht sehen sollen. *Stets zu Diensten!*, füge ich noch hinzu, man kann ja nie wissen, denke ich. Aber er hatte keine Beschwerde.

Ich habe etwas gefunden, sagt er stattdessen.

Was denn?, frage ich. *Und wo?*

Auf der Straße zwischen Mittort und Vierstraß, sagt er. *Ich war in Geschäften in Wasserfels, und kurz vor Vierstraß lag das da mitten auf dem Weg; im Sand, als hätte es jemand verloren.* Und er zeigt mir, was er gefunden hat, Herr Finn. Ich erkannte es gleich wieder, trotz des … Na, du kannst es ja selber sehen. Hier.«

Er griff in seine Tasche und holte eine Tassel hervor, die Finns eigener völlig glich. Nur mit einem anderen Gesicht auf der einen Fibel – dem seiner Mutter.

»Natürlich«, sagte Abbado, »sah auch Herr Winneg das Mühlensiegel und wusste gleich Bescheid – dass die Tassel hierher gehört, meine ich. Er kannte deine Mutter vom Sehen her, nehme ich an.

Ich bin ein ehrlicher Vahit, sagt er, und drückt sie mir in die Hand. *›Mit besten Wünschen für Frau Amafilia. Es geht ihr doch gut?‹*

Ich nehme es an, sage ich und denk mir noch nichts dabei. *›Sie ist nicht da.‹*

Das, sagt er, *ist unter Umständen nicht so gut.*

Nicht so gut?, frage ich. *Wieso?*

Deshalb, erwidert er und stößt mich mit der Nase drauf. *Das da meine ich.*

Den Dreck daran? Sie war ziemlich unsauber, die Tassel, Herr Finn, aber wenn sie auf der Straße herumlag, ist's ja auch kein Wunder, also denk ich mir nichts dabei.

Das ist kein Dreck, sagt er. *Das ist Blut, Abbado.*

Blut?, sag ich entgeistert, und ich hätt's fast laut geschrien.

Leise, sagt er und sieht sich bedenklich um. *Ich schwöre*, fährt er fort, *das Blut daran war noch feucht, als ich die Tassel fand.*

Welches Blut denn bloß?, frage ich und begreife nicht das Geringste.

Er zeigt mir die dunklen Flecken hier, Herr Finn. Ich meine – Blut, du meine Güte! Wie kommt Blut an Frau Amafilias Tassel?«

Jetzt, wo es heraus war, wirkte Abbado seltsam befreit, wenngleich noch immer Sorgenfalten seine Stirn umwölkten.

»Blut«, echote Finn ausdruckslos. Dann riss er sich zusammen und kratzte mit dem Fingernagel über die fast schwarzen Stellen. »Wo hat Winneg sie gefunden? Zwischen Vierstraß und Mittort? Bist du sicher?«

Abbado nickte.

Mittort lag im Mittelgau, nahe der Grenze zum Tiefengau; es war ein winziges Brada und lag an der Mittelstraße, die von Nord nach Süd beinahe das gesamte Hüggelland durchlief und nahe Tanning die Südlandstraße erreichte.

Mittort lag eine Tagesreise südlich von Vierstraß, auf halber Strecke nach Wasserfels. Vierstraß war der Kreuzungspunkt der Mittelstraße mit der Gaustraße, die von West nach Ost verlief und Hinterzarten mit Aarienheim verband. Es gab ein Gasthaus dort und Ställe für die Postlerponys.

»Das kann gar nicht stimmen«, sagte Finn. »Herr Winneg wird sich irren. Denn hätte er Recht, würde das bedeuten, dass meine

Eltern den Abzweig nach Aarienheim verpasst haben und weiter in Richtung Mittort unterwegs waren, wo meine Mutter dann irgendwann ihre Tassel verloren haben müsste. Aber dafür gibt es keinen ersichtlichen Grund. Du weißt selbst, ihre Schwester liegt – oder lag, wie ich hoffe – in den Wehen, und sie wollte so schnell wie möglich nach Aarienheim. Der Abstecher über Vierstraß hinaus ergibt überhaupt keinen Sinn.«

»Ich weiß«, sagte Abbado leise. »Aber da *ist* das Blut, junger Herr Finn. Ich will damit sagen, etwas *ist* zweifellos geschehen, wodurch dieses Blut an die Tassel gekommen *ist*, wenn du verstehst.«

»Für den Moment frage ich mich, ob es ihr Blut ist.«

Abbados Antwort bestand aus einem verzagten Schulterzucken. »Wer kann das wissen?«

Langsam steckte Finn die durch eine silberne Kette verbundene Doppelfibel in seine Tasche. »Wann hat Herr Winneg sie gefunden?«

»Am Tag zuvor, sagte er. Das muss demnach am Freitag gewesen sein. Wegen der schlechten Nachrichten machte er sich am Nachmittag selbst auf den Weg.«

Finn schüttelte den Kopf. »Es muss nicht einmal Mamas Blut sein, das daran klebt. Ich meine, es könnte ihres sein. Vielleicht ist sie gefallen und hat dabei die Tassel verloren. Vielleicht hat sie sich dabei verletzt. Alles das ist möglich. Aber weshalb lag die Tassel südlich von Vierstraß? Das gibt mir mehr Anlass zu einer Befürchtung, als das Blut allein es täte. Denn es deutet viel stärker darauf hin, dass etwas Unerwartetes geschehen ist. Etwas, das mehr ist als ein Hinfallen, will ich damit sagen.«

Finn sah Abbado nachdenklich an.

»Fürs Erste danke ich dir«, sagte er. Seine Hand fand wie von allein den Weg zu Abbados Schulter. »Ich kann leider deine übrigen Sorgen nicht verringern. Du wirst die Werkstatt bis auf Weiteres weiter alleine führen müssen. Ganz wie Papa es wollte. Ich muss sogleich wieder fort. Nach Aarienheim und vielleicht darüber hinaus, wie es aussieht. Und dummerweise besitzen wir keinen Wagen mehr. Der meinige ist – wie soll ich sagen – ein frühes Opfer des Krieges geworden.«

»Ich verstehe«, antwortete Abbado. Finn sah ihm an, dass er rein gar nichts verstand.

»Nimm die alte Pajega zurück in den Dienst«, schlug er vor. »Liefere das Wichtigste mit einem reitenden Boten aus. Jedenfalls so lange, bis wir den Verlust ersetzt haben. Lass das alte Mädchen langsam laufen, und bürde ihr nicht zu viel auf. Und halt, warte! Da fällt mir etwas ein. Frage Herrn Ridibund, ob er dir seinen Wagen leiht, mit besten Grüßen von mir. Und wenn du mit ihm sprichst, gib ihm bitte die Kleider zurück, die auf meinem Bett liegen; das und aus der Werkstattkasse volle zehn Heller, für seine Hilfe. Drei für die Froschsalbe und sieben für das Übrige. Wirst du daran denken?«

Abbado glotzte ihn nur an und wiederholte ungläubig: »Ridibund. Kleider. Froschsalbe. Zehn Heller. Dran denken. – Jetzt warte aber du einmal. Du sprichst von unserem Ridibund Rohrammer? Dem Griesgram? Und du willst ihm Geld geben? Für *Froschsalbe*?«

»Ich schulde es ihm. Wenn er also fragt: drei für die Salbe und sieben für seine Hilfe. Als Miete für den Wagen, meinetwegen. Und nun muss ich wirklich los. Andernorts warten sie nämlich händeringend auf mich, fürchte ich. Halte aus und durch, Abbado. Und rechne nicht mit mir in den nächsten Tagen. Lebe darum wohl, einstweilen. Ich kehre zurück, so rasch ich nur irgend kann.«

Wie leicht sagen sich solche Worte.

So sollte er später noch oft genug denken, wann immer er sich an den Gesellen erinnerte. Denn er sah Abbado Zeisig niemals wieder. Ein Händedruck, ein Lächeln, ein Winken; zuletzt, schon am Gartentor unter dem Schatten der Erlen, ein aufmunterndes Nicken.

Damit ließ er den verdutzten Abbado vor der Tür des *Verlore-*

nen Henkels stehen, schulterte die Dwargenaxt und kehrte seinem Zuhause den Rücken.

Ohne jemand anderem als den Gänsen zu begegnen, überquerte er den Bruchdamm, drehte sich am anderen Ende noch einmal wehmütig um und enteilte dann über die Mürmelstraße, während die Mooreichen, die den Mürmelbruchsee umstanden, leise hinter ihm seufzten.

Schon bald vernahm er ihr Säuseln nicht mehr. Der heftige Wind der vergangenen Tage hatte in den letzten Stunden nachgelassen und blies nun als sanfte Brise von Osten; er spielte Fangen mit den Stoppeln der abgeernteten Felder, die sich rechts der Straße erstreckten.

Wenig später machte der Weg eine Kurve, und die Kuppe des nächsten Hügels schluckte ihn von einem Moment zum anderen. Ein mümmelnder Hase unter einer Tanne am Wegesrand erschrak und tauchte im Dickicht einer wilden Hecke unter. Ob das Langohr vor dem plötzlichen Aufblitzen der Axtschneide auf des Vahits Schulter floh oder vor dem unerwarteten und fast unhörbaren Tritt, mit dem Finn über die Hügel schritt, war schwer zu unterscheiden; aber Finn schalt sich ob seiner nachlassenden oder vielmehr mangelnden Unachtsamkeit. Denn erst jetzt bemerkte er den gleißenden Lichtfleck, den das auf seiner Schulter wippende Schneidblatt über Gräser und Buschwerk tanzen ließ, sobald er es der Sonne zuwandte. Dieses Flimmern wird gewiss meilenweit zu sehen sein, dachte er beklommen. Er nahm die Axt herab, wickelte ein Taschentuch notdürftig um die breite Halbmondklinge, betrachtete sein Werk und seufzte. »Na ja«, murmelte er. »Es macht es kaum besser. Jetzt laufe ich mit einer weißen Fahne herum statt mit einem hellen Widerschein. Dunkle Wolken wären jetzt weitaus richtiger. Wo ist ein anständiger Regen, wenn man ihn mal braucht?«

Damit ging er weiter.

Nach einer halben Wegstunde taten Finn beide Schultern weh.

Zuerst kam er ganz gut voran; doch mit jedem Schritt drückte ihn der Stiel der Axt mehr und mehr, während ihm der Riemen der vollgepackten Tasche in die andere Schulter schnitt.

Der Tag war warm und freundlich, und über die Hügelkuppen strich ein erfrischender Wind. In den Senken aber und besonders an Stellen, an denen sich die Straße dem Mürmelufer näherte, lauerten zahllose Mücken, die ihn so gierig umschwirrten, als sei er der letzte Vahit auf Kringerdes weitem Rücken. Offenbar war keiner jener besonderen Frösche in Frau Ranas Suppe gewandert, deren Fleisch oder Gift die Mücken fernhielt.

Nach einer abermaligen halben Wegstunde setzten ihm zudem die neuen Stiefel zu. Was als störendes Zwicken begann, steigerte sich allmählich zu beginnenden Blasen. Er versuchte, weder an die Mückenstiche, die Schultern, die Abschürfungen, die Beule an seiner Stirn, die angeschwollenen Füße und die aufgeriebenen Fersen zu denken, und dachte damit natürlich erst recht daran. Dann verfiel er auf den unsinnigen Gedanken, sich mit der Erinnerung an die Froschschenkelsuppe abzulenken, aber das führte nur dazu, dass auch noch sein Magen bedenklich grummelte.

Eine oder zwei Meilen später legte er eine Rast ein, was ein Fehler war.

Nach nur zehn Minuten Ausruhen kam er kaum noch auf die Beine und musste sich förmlich zwingen, die Straße entlangzustolpern. Er war bald soweit, dass er sich Streckenziele setzte, um sich anzuspornen. Nur noch bis zu jener krummen Erle. Nur noch bis zu diesem Felsen dort. Nur noch bis zur nächsten Straßenbiegung.

Was ihm noch vor fünf Tagen als angenehme Reise erschienen war – auf dem Wagen hockend, von Smods gleichförmigem Trab durch die Hügel gezogen –, dehnte sich nun in die Länge und wollte kein Ende mehr nehmen.

»Nie mehr gehe ich ohne Smod irgendwohin!«, sagte er laut. »Wenn du mich hören kannst, Smod – das ist ein Versprechen!«

Natürlich bekam er keine Antwort.

Dabei erinnerte er sich daran, wie oft er das arme Tier in letzter Zeit allein gelassen hatte.

»Geschieht mir ganz recht«, murmelte er zerknirscht und wankte einen Hügel hoch, um einen Bogen der Straße abzukürzen. An Smods Stelle, dachte er, hätte ich auch kein Wort mehr mit mir geredet.

So trug sein schlechtes Gewissen ein Weiteres zu seinem Unwohlsein bei. Und da er schon einmal dabei war, mit sich selbst ins Gericht zu gehen, machte er sich die bittersten Vorwürfe, einfach und ohne ein Wort davongerannt zu sein und Tallia bei den Schmieden allein und im Ungewissen zurückgelassen zu haben. Sie wird nichts mehr von mir wissen wollen, dachte er, kickte wütend auf sich selbst einen Stein beiseite und humpelte die nächsten Schritte, weil ihm der Zeh wehtat.

Gerade, als er sich nichts sehnlicher wünschte als sein freundliches Pony wieder bei sich zu sehen, um es zu besteigen und mit ihm davonzureiten, um Tallia alles erklären zu können, vernahm er ein leises Schnauben.

Es kam von der anderen Seite des Hügels, und er hörte es nur, weil er eben durch ein Ginstergebüsch auf die Kuppe trat und weit über eine baumlose Wiese blickte, die den diesseitigen Hang hinab bis zur Straße abfiel.

Direkt unterhalb seines Standorts erblickte er einen Reiter, der ein gesatteltes, hellbraunes Pony bei sich führte, das seltsamerweise ledig war. Er selber saß auf einem fast schwarzen Pony und kam die Straße von Mechellinde herauf.

Der Reiter war ein Vahit und trug einen Hut. Einen, an dem ein langes, blaues Band im Winde spielte.

Finn kniff die Augen zusammen, denn er traute kaum dem, was er doch sah.

»Mellow? Wie komm…«

Da lachte er auf, fasste die Axt fester und rannte und stolperte, sich fast überschlagend und mit dem Napf unbeholfen winkend, den Hügel hinunter. »Mellow!«

Der Behütete hielt die Ponys an, und es war wirklich Mellow Rohrsang, der da auf Vankus schimmerndem Rücken saß. Genüsslich kaute er auf einem Strohhalm herum.

»Na, schau mal einer an«, sagte er schmunzelnd und anstelle einer Begrüßung. »Wie ich sehe, hast auch du inzwischen ein Stück Eisen gefunden, das du auf deiner Schulter herumtragen kannst. Willst du damit endgültig unter die Holzfäller gehen?«

»Sehr witzig«, antwortete Finn und nahm Stiel und Tasche von den Schultern. »Nur weil ich ein paar Rohrsangs kenne, wechsele ich nicht gleich das Handwerk. Ich hab auch nicht vor, zurück nach Rudenforst zu gehen, falls du das meinst. Die Gegend ist letzthin etwas in Verruf gekommen, hörte ich, selbst für ehrbare Holzfäller. Die Axt gehört einem Freund, der sie verloren hat, wenn du es wissen willst. Einem Verbündeten, sollte ich wohl eher sagen. Du kennst ihn noch nicht. Er ist kein Vahit, sondern …«

»Glimfáin, weiß schon«, nickte Mellow. »Ich komme eben von der Schmiede.«

»Du warst …? Du weißt …? Wie geht es ihm?«

»Besser, jetzt, wo sich Circendil der Sache angenommen hat.«

»Circendil ist auch hier? Wie kommt es …?«

»Tallia«, erklärte Mellow. »Nachdem du plötzlich verschwunden warst, hat sie das einzig Richtige getan. Sie hat Smod angeschirrt und ist nach Mechellinde gefahren – nicht ganz bis dorthin, denn unterwegs traf sie auf uns. Wir begannen, uns Sorgen um dich zu machen. Und nun nimm mir endlich Smod von der Hand! Siehst du nicht, dass er ganz närrisch ist vor Freude?«

Tatsächlich ließ sich Smod kaum mehr halten.

Er drängte Vanku zur Seite und wieherte einen Laut, in dem alle Liebe und Freude lag, die ein Ponyherz nur fühlen konnte. Die rosafarbene Zunge wischte ungestüm über Finns Wangen und fuhr über seine Stirn, was diesem einen Schmerzenslaut entriss. Leider hatten freudig erregte Hüggellandponys kein Verständnis für Vahitbeulen, und Smod bildete keine Ausnahme. »He, nicht so stürmisch, mein Bester – ja, ist ja gut!« Finn umarmte Smod und struwwelte dem Pony die Mähne.

»Na, wenigstens einer hat mir verziehen«, lachte er.

»Es sieht ganz so aus. Hier, wie üblich hast du nichts dergleichen dabei, da wette ich!« Mellow streckte Finn ein Büschel Mohrrüben entgegen, und Smod fraß sie mit sichtlichem Behagen. Seine Welt war wieder in Ordnung.

»Es scheint ganz so«, meinte Mellow, während Finn die Axt, die Tasche und den Napf an Smods Sattel befestigte, »als hätte das Schicksal uns Vahits dazu auserkoren, unseren großen Freunden ihre Waffen nachzutragen.«

»Ja«, gab Finn ihm Recht. »Und als habe das Schicksal die Großen ihrerseits dazu bestimmt, sie zu verlieren.« Er schwang sich in den Sattel und genoss einen Moment lang das befreiende Gefühl, allen Druck von seinen Füßen genommen zu haben.

»Neues Schwert?«

Mellows bewundernder Blick streifte Maúrgin. Er sprach übertrieben gelangweilt, tat so, als sei es eine Nebensächlichkeit, am Rande bemerkt und kaum der Rede wert. Finn ging auf seinen beiläufigen Tonfall ein.

»Ja. Geschenk von Glimfáin. Ziemlich alt, ziemlich kostbar, in vielen Schlachten siegreich getragen und so weiter. Er dachte, es stünde mir gut.«

Finn seinerseits deutete auf Mellows Kopf. »Neuer Hut?«

»Ja. Sie haben mich zum Helvogt gemacht. Abgestellt für Sonderaufgaben. Bin damit höhergestellt und weisungsbefugt allen Gauvogten gegenüber. Und nur Herrn Wredian und den anderen Schöffen verantwortlich. Hab ihn natürlich nur angenommen, weil mir das blaue Band gefällt. Und weil mein anderer Hut mir irgendwo abhanden kam.«

»Natürlich«, sagte Finn. Beide sahen sich mit zusammengepressten Lippen an, ehe sie laut losprusteten. Nachdem sie einander die Hände gereicht hatten, wendeten sie die Ponys und ritten auf der Straße nach Westen.

»Schön, wieder in deiner Nähe zu sein«, sagte Finn.

»Gut, dass ich dich so schnell gefunden habe.«

»Wie kamst du darauf, mich hier zu suchen?«

Mellow machte eine kreisende Bewegung mit seinem Zeigefinger und deutete auf seine Stirn. Er grinste. »Da ich zweifellos weniger Beulen habe als du, mein Lieber, kann ich auch besser nachdenken.«

»Aha.«

»Ganz ohne Frage. Für die Langsameren unter uns: Wir trafen Tallia auf halbem Wege an, und sie berichtete uns, was geschehen war. Gemeinsam kehrten wir zur Schmiede zurück, und Circendil nahm sich des Dwargen an. Zu meinem nicht geringen Erstaunen kannten sie sich. Glimfáin war bei Bewusstsein, als wir ankamen, und sie sprachen lange miteinander.

Derweil sah ich, wie Tallia vor Sorge um dich fast verging. Weder sie noch die Schmiede wussten, wo du stecktest. Von Tallia und Glimfáin erfuhren wir von dem Ledir; und nachdem der Dwarg versorgt war, machten Circendil und ich uns sofort auf den Weg.

Wir nahmen an, du habest unten am Fluss etwas gesehen oder bemerkt, dem du gefolgt bist – was, nebenbei bemerkt, törichter Leichtsinn war, mein Bester –, aber gerade darum trug es deine Handschrift, sozusagen.

Man darf ihn nicht alleine lassen!, sagte ich zu Fräulein Goldammer. *Wenn man nicht auf ihn aufpasst, rennt er einfach los, ohne nachzudenken.*

Da erfuhr ich, wie sehr ihre Augen blitzen können, du liebe Güte!

Finn ist tapfer!, fauchte sie. *Und wenn er losrennt, hat er einen guten Grund dafür! Und er denkt mehr nach als mancher andere!*

Na, mir lag nichts an einem Streit mit ihr, also ließ ich es dabei bewenden. Obwohl ich etwas dazu hätte sagen können. Immerhin kenne ich dich besser und länger als sie. Aber seitdem frage ich mich, was du ihr wohl alles von dir erzählt hast. Das arme Kind ist ja völlig aus dem Häuschen deinetwegen.«

»Ach wirklich?«, fragte Finn versonnen.

»Natürlich ist das so, du tumber Narr von einem glücklichen Vahit! Und du hast sie überhaupt nicht verdient, damit du's nur weißt, du Schwerenöter!«

»Das weiß ich wohl«, erwiderte Finn leise. »Tallia ist etwas ganz und gar Besonders. Das Beste, was mir in meinem Leben bisher passiert ist.«

»Dann solltest du in Zukunft besser nicht wegrennen, während sie dir ein Frühstück bereitet. Was hast du dir überhaupt dabei gedacht?«

Inzwischen waren sie auf der Straße an jenem Punkt angelangt, an dem die Mürmel ihren großen Bogen nach Norden hin begann. Vor ihnen und halb zur Linken erhob sich der karstige Rücken mit seinem schmalen, baumbestandenen Grat, und die Straße bog nach rechts hin ab, um ihn zu umgehen.

»Gedacht? Ich hatte sogar eine ganze Menge zum Nachdenken, auch wenn hier gewisse Landhüter behaupten, ich würde dergleichen nicht tun.«

»Helvogte, bitte. Nicht Landhüter.«

»Helvogte, natürlich. Ich erbitte Eure Verzeihung, ehrenwerter Herr. Jedenfalls, so wie du am Ringwall zurückliefst, um Circendils Schwert zu retten, so lief ich zu den Marschwiesen zurück, um Glimfáins Axt zu holen, die immer noch irgendwo dort draußen lag.«

Mellow nickte zu Finns Sattel hin und meinte: »Und du hattest Erfolg, wie ich sehen kann.«

»Am Ende – ja. Zuvor allerdings erging es mir bedeutend schlechter. Aber das ist eine …«

»Eine lange Geschichte, ich weiß«, seufzte Mellow. »Das sagen sie alle, die einsamen Helden. Du wirst sie uns später erzählen, richtig?«

»Das werde ich«, versprach Finn. »Aber du hast mir immer

noch nicht berichtet, wie dein Nachdenken dich mit mir zusammenführte.«

Mittlerweile lag der Karstrücken vollständig zu ihrer Linken, und Mellow deutete die Hügel hinunter zu den in der Sonne glänzenden Marschwiesen. Er warf sich in die Brust und sagte würdevoll:

»Ich geruhte, dort unten den Lauf meiner Gedanken auf Euch zu richten, mein ehrenwerter Herr Finn. Mein Nachdenken trug die erwarteten Früchte: Es gelang mir fürwahr, in Kenntnis Eurer Unzulänglichkeiten und Eurem Sinn für Albernheiten und unweisem Entschluss das Richtige zu erkennen.«

»Ha ha«, machte Finn. »Und leider hast du auch noch Recht damit. Du ahnst nicht mal, wie sehr.«

Mellow warf ihm einen fragenden Blick zu. Aber Finn wollte offenbar noch nichts weiter sagen.

»Ehe wir aufbrachen«, fuhr Mellow fort, »schirrte ich Smod aus und sattelte ihn, denn wenn wir auf dich träfen, würdest du ihn brauchen. Circendil suchte und fand derweil deine morgendlichen Spuren. Erst unten am Ufer, dann dort, wo sie sich im Gehölz verliefen. So ließen wir Tallia in der Obhut von Meister Abhro zurück und ritten durch den Wald. Um es kurz zu machen: Der Nebel war inzwischen der Sonne gewichen, und wir konnten weithin sehen. Als wir aus dem Walde brachen, entdeckten wir den Ledir beinahe sofort. Na ja, er entdeckte uns.

Er kauerte bei den Überresten der Windbarke. Er sah und hörte uns und stieß einen gellenden Pfiff aus. Er wurde beantwortet, von hoch droben aus der Luft – ein Criargschrei war es, wie du dir vielleicht denken kannst.«

»Ein Criarg? Aus welcher Richtung sahst du ihn kommen?«

Mellow runzelte die Stirn. »Jetzt, da du es erwähnst, ist es in der Tat merkwürdig. Er kam von Westen her, als flöge er von Moorreet heran ...«

»Dann ist er zu ihm zurückgekehrt«, murmelte Finn. »Was geschah weiter?«

Mellow nickte, als ahne er, dass hinter der Bemerkung seines Freundes weit mehr steckte, als dieser für den Moment sagen wollte. »Sein Reittier landete schneller, als wir die Wiesen queren konnten. Wir galoppierten, und er hätte dennoch entkommen können, wenn er es gewollt hätte. Der Ledir indes zögerte – dann nahm er die Herausforderung an.

Circendil befahl mir, in sicherer Entfernung stehen zu bleiben. Er aber sprang von Gwaeths Rücken und stürzte sich mit erhobenem Schwert auf den Fremden. Ihre Klingen prallten klirrend gegeneinander. Beider Eisen schlugen Funken. Selbst Circendil mit all seiner Kampfeskunst musste schnell begreifen, dass er hier an einen Gegner geraten war, der ihm gewachsen, wenn nicht gar überlegen war.

Noch niemals habe ich einen Anderen sich derart flink bewegen gesehen! Das gekrümmte Schwert des Ledirs fuhr singend durch die Luft, flackernd wie Flammenzungen. Es bildete gleichsam einen Wall aus lauter prasselnden Hieben, eine Mauer aus unentwegt blitzendem Metall. Obwohl Circendil es stetig versuchte, gegen diese Mauer kam er nicht an. Zu allem Ungemach trat er in ein Hasenloch und stürzte; er verlor sein Schwert und rollte sich in seiner Not am Boden hin, um aus der Reichweite seines Feindes zu gelangen. Drei, vier Hiebe gingen fehl und fuhren in die Binsen, dass die Erde spritzte. Der Ledir rief etwas oder fluchte.

Da schrie ich ihn an, er solle sich wegscheren. Ich zog mein Wacala und hob es, bereit zum Wurf. Der Ledir sah das und verstand. Wieder zögerte er. Vielleicht überlegte er, ob er Circendil nachsetzen sollte, trotz meiner Drohung. Er entschied sich dagegen und wich langsam zurück. Er befahl seinen Criarg herbei. Uns beide ließ er nicht aus den Augen. Mit einem gewaltigen Satz schwang er sich in den Sattel des Vogels. Er ergriff die Zügel und rief mir etwas zu, das ich abermals nicht verstand. Es klang wütend und höhnisch zugleich. Dann hoben sich die Flügel, und der Criarg trug ihn über den Fluss davon.

Wir blickten ihm nach, bis wir ihn nicht mehr sahen. Bis wir sicher waren, dass er nicht zurückkehrte, meine ich; dann ritten wir kreuz und quer über die Wiesen und suchten nach dir, am Ende gar bis zum Ufer hin. Als wir dich nirgendwo fanden, begann ich zu vermuten, du könntest dich anders entschieden haben. Anstatt zur Schmiede zurückzulaufen, meine ich. Vielleicht warst du querfeldein heim nach Moorreet geflohen, um Verstärkung zu holen oder um dich dort in Sicherheit zu bringen. Wir wussten ja nicht, ob es nicht weitere Ledirin gab, die dir womöglich auf den Fersen waren. Ich teilte Circendil mit, was mir durch den Kopf ging. Er gab mir Recht. Sein Fuß schmerzte mehr, als er zugab, vermute ich. Ich ließ ihn bei der Barke halten, und ich sah, wie sehr er humpelte, nachdem er von Gwaeths Rücken gerutscht war. Wieder war es sein linkes Bein, mit dem er fehlgetreten war. Die Verletzung vom Vortag war aufgebrochen. Er versicherte standhaft, er käme allein zurecht, er brauche nur etwas Ruhe. Außerdem habe er ja Gwaeth.

Er wird dir deine Wunde nicht verbinden können, wandte ich ein.

Dennoch wird er mir eine gute Stütze sein; und ohne Frage in allem weitaus fügsamer als du, Herr Waldkrakeeler. Glaub mir, es geht mir leidlich gut.

Das sehe ich. Und es ist kein gutes Zeichen, wenn du leidlich mit leidvoll verwechselst, falls du mich fragst. Soll ich nicht doch zuerst …

Wir treffen uns bei Abhro, fiel er mir fast grob ins Wort. *Nun reite und bring uns Finn zurück.*

So nahm ich Smod kurzerhand beim Zügel und folgte den Wiesen hinauf bis zur Straße hin. Und hier hast du mich, in voller Lebensgröße. Es ist mir eine Ehre.«

Mellow lüpfte lächelnd seinen Hut und deutete eine Verbeugung an.

Finn erwiderte das Lächeln und schüttelte den Kopf. Mellow war einfach unverbesserlich.

»Was weißt du über den Criarg?« Mellow sah ihn von der Seite an, doch Finn winkte ab. »Nicht jetzt«, bat er. »Später.«

»Wie du willst. Wir sind ohnehin gleich da.«

Soeben tauchte die Straße in die Kühle des Wäldchens ein. Kein Schmiedehammer sang, was Finn fast unnatürlich vorkam, bis ihm einfiel, dass heute ja Sonntag war. Nur die Blätter säuselten und unruhige Vögel zwitscherten. Die beiden Vahits gelangten an die Abzweigung und folgten Abhros ausgefahrenem Karrenweg. An seinem Ende bogen sie auf die Lichtung ein und sprangen vor dem Stall von den Ponys. Zumindest war es Mellow, der sprang; Finn spürte seine Beine kaum noch und folgte ihm bedeutend langsamer.

»Finn!«

Tallia stand in der offenen Scheune und wischte sich die Hände an einer Schürze ab, die nicht die ihrige war. Dann lief sie mit wehenden Haaren über den Hof und warf sich in seine Arme.

Smod neben ihnen schnaubte und stapfte mit einem Huf auf, als wolle er sagen: »Na, da siehst du's! Was machst du dir nur für unnötige Sorgen?«

Finn hätte darauf keine Antwort zu geben gewusst.

So schwieg er auch jetzt. Er drückte Tallias bebenden Körper nur an sich, hielt sie ganz fest, überwältigt davon, wie sehr sie sich um ihn geängstigt hatte. *Es ist ein Glück, das ich nicht verdiene,* dachte er, zwischen Schluchzern und Lachen und in ihren zerzausten Locken verloren. Mit schiefem Lächeln ließ er es geschehen, dass Smod sie beide mit seinem Schweif immer wieder streifte, als wolle er sie anstupsen oder auf etwas aufmerksam machen, das sie nicht sahen.

Hüggellandponys waren neben all ihrer Gutmütigkeit bemerkenswert kluge Geschöpfe, und auf ihre Art konnten sie weiter blicken als die Vahits, die für sie sorgten. Sie wussten auf ihre Weise, dass Glück immer dann am innigsten zu den Wesen gelangte, wenn alles andere ringsum zu scheitern drohte und großes Unheil sich dräuend am Horizont zusammenballte. Eines ging mit dem anderen stets einher; und hätten sie es in Worte zu fassen vermocht, so wäre es gewiss eine Warnung gewesen wie diese: *Hütet euch vor dem mächtigen Sturm, den wir längst im Winde wittern.*

Aber sie konnten nicht sprechen.

Vanku und Smod richteten stattdessen ihre großen braunen Augen auf Mellow. Der jedoch sah nur hinauf in die Wipfel, als gäbe es dort etwas, das seine ganze Aufmerksamkeit in Anspruch nahm. Er tat so, als bemerke er Finns und Tallias innigliche Zweisamkeit nicht einmal, und so entging ihm der fragend-klagende Blick der Ponys. Also senkten die Tiere wieder die Köpfe und sahen einander an – für einen Herzschlag starr und stumm – und nickten sich wissend zu.

Ein großer Rabe hockte horchend auf dem Dach der Schmiede. Er äugte zu ihnen herab, schlug mit den Flügeln, wetzte seinen langen Schnabel und krächzte mahnend. Auch er hatte Botschaften vernommen. Ein Schauer durchlief das Land. Eine Ahnung von Beklemmung, ein unhörbares Wispern des Waldes, ein widriges Schwingen in den Blättern und den Spitzen der Halme, dem das Unheil alsbald folgen würde. *»Aaarrr!«*, machte er ein zweites Mal. Dann flatterte er zornig auf, weil niemand auf ihn hörte. Aber so war es immer gewesen. Und so würde es immer sein. Es war ihr Schicksal; das ihrerseits wussten die Raben.

6. KAPITEL

Der geteilte Schlüssel

Um den Kuss des Paares nicht zu stören, führte Mellow Smod und Vanku beiseite und band sie unweit der anderen Ponys fest, dic bei dem Einspänner von Frau Amagata vor dem Wohnhaus standen. Gwaeth knusperte unbekümmert an ein paar Zweigen. Zwei gesattelte Tiere warteten neben ihm, die Finn nicht gekannt hätte, selbst wenn er sie beachtet hätte.

Eben löste er sich von Tallia und wollte gerade das Wort an sie richten, da stürzte Abhro Rabner polternd aus seiner Schmiede und bereitete aller Zweisamkeit im Hof ein Ende.

»Bei meiner Zange!«, belferte er.

Finn und Tallia fuhren auseinander.

»Was machst du bloß für Sachen? Läufst einfach fort und sagst kein Wort. Lässt uns hier zurück mit deinen Nöten. Beim Ansehen deines Vater, Herr Finn! Deinetwegen habe ich mir die Nacht um die Ohren geschlagen, um einen Fremden aus dem Llaidh zu holen. Deinetwegen hat er in meiner Scheune eine Herberge gefunden und verschmiert meine Decken mit seinem Blut. Und damit nich' genug! Dann schleppt mir auch noch deine, äh, diese …«

Er besann sich rechtzeitig und fuhr etwas gedämpfter fort: »Verzeihung. Ich wollte sagen – dann schleppt mir Fräulein Tallia auch noch einen leibhaftigen *Menschen* mit an und bringt obendrein gleich drei Lausejungen mit, die behaupten, Helvogte zu sein. *Helvogte*, du meine Güte! Hat man das schon erlebt? Wann hat's den letzten Helvogt gegeben hierzulande?«

Vor Finns Gesicht verschmolzen die erregten Gesten des

Schmieds zu einem Wirrwarr aus flatternden Händen, so flugs folgten bebend erhobener Zeigefinger, erschöpftes Abwinken und eine in den Handteller hämmernde Faust aufeinander. Es ging Schlag auf Schlag, und Abhro war noch lange nicht fertig.

»Und dann schau sie dir an! Jungspunde sind's, alle drei. Stolzieren mit noch nie gesehenen Bändern an ihren Hüten herum. Ständig heißt es, Abhro, hol dies, Abhro, mach das! Denn der Herr Abhro hat ja sonst nichts zu tun! Stets zu Diensten! Der Dir ist auch nicht besser, nein schlimmer, wie ich wohl sagen sollte. Für ihn darf ich Steine kochen in meiner Esse. Ja, du liebe Güte! *Steine kochen!* Obwohl ich längst beim Bürgermeister in Mechellinde sein sollte. Falls du deine eigene Botschaft nicht vergessen hast. Ich hab gar nich' so viele Haare, wie ich raufen möchte. Seitdem du gestern hereingeschneit bist, steht alles kopfüber. Und überhaupt: Wo hast du denn die ganze Zeit gesteckt?«

Finn hatte den Wortschwall des Schmiedes erst verständnislos, dann lächelnd über sich ergehen lassen; obwohl er schmunzelte, musste er dem Alten im Stillen Recht geben. Völlig haltlos waren Abhros Vorwürfe nicht.

Gleichwohl und gespielt gleichgültig antwortete er: »Wo ich steckte? Froschsalbe holen. Was dachtest du denn?« Finn zuckte die Schultern ob des offensichtlichen Unverständnisses des Schmiedes. Er nestelte den Napf mit seinem Binsendeckel vom Sattel, drückte das Gefäß dem sprachlosen Schmied in die Hand und sagte: »Hier, für dich. Geliefert und schon bezahlt. Stets zu deinen Diensten.« Damit ließ er den Verblüfften stehen.

Er legte den Arm um Tallias Schulter und zog sie mit sich zur Scheune. Mellow, der schweigend neben ihnen gestanden hatte, folgte ihnen hinterdrein. Er biss vor Lachen in seine Faust und schloss die Tür.

In Finns Abwesenheit hatte eine Schar hilfreicher Hände Glimfáins notdürftiges Lager hergerichtet und es in eine zwar den Umständen entsprechende, dafür beinahe gemütlich zu nennende Unterkunft verwandelt.

Das in mehrere Deckenlagen eingeschlagene Stroh der Bettstatt erinnerte nun erst wirklich an ein Bett, und eine reichliche Zahl Kissen stützten Glimfáins aufgerichteten Rücken. Ein kleines Schränkchen war leergeräumt und an das Kopfende gestellt worden: Eine Waschschüssel stand darauf, samt Handtüchern und Seife.

Ein Kesseldreibein und ein daraufgelegter Fassdeckel hatten einen niedrigen Tisch ergeben, auf dem sich benutztes Geschirr stapelte; offenbar aß und trank der Dwarg, was Finn erleichterte. Schließlich war das ein Zeichen seiner Besserung. Der vom Dreibein genommene Kessel stand am Fußende und enthielt schmutzige Verbände.

Glimfáin selbst sah ebenfalls merklich besser aus – zumindest als Finn es vom frühen Morgen her in Erinnerung hatte; aufgerichtet und in seinem Berg aus Kissen ruhend wirkte er weit weniger leidend. Seine Augen blickten nicht länger verschwommen, sondern leuchteten klar, und als der Dwarg Finn hereintreten sah, erkannte er ihn und verzog sein bärtiges Antlitz zu einem breiten Lächeln. Er hob die Hand und winkte, wenn auch mit Anstrengung.

Was immer Circendil inzwischen für ihn getan hatte, es schien das Richtige gewesen zu sein, obwohl Finn nicht allzu viel davon sah. Glimfáins Beine steckten unter der Decke. Aber ein eigenartiger, zugleich würziger und süßlicher Hauch wie von Kräutern hing in der Scheune und überdeckte den Wundgeruch sowie den nicht minder strengen Geruch nach Stroh; der Duft kribbelte angenehm in der Nase und war auf eine seltsame Weise wohltuend.

Finn sog unwillkürlich die Luft tief ein, und es war, als kehrten seine eigenen Lebensgeister allein durch das Atmen zurück. Er spürte, wie neue Kraft seine Adern durchströmte, wie seine Schmerzen in den Hintergrund traten und wie ihn eine unerwartete Zuversicht erfüllte, als wäre er aus einem langen Schlaf erwacht und blicke nunmehr erfrischt in einen friedlichen Sommermorgen.

Er suchte nach der Quelle des Wohlgeruchs und entdeckte, halb hinter Circendils Rücken verborgen, auf einem weiteren niedrigen Dreibein ein dampfendes Kohlebecken, in dem allerdings keine Kohle glühte. Ein fußgroßer, weißer Stein lag darin, inmitten einer nur fingernageltiefen Flüssigkeit, und der Stein schien heiß zu sein, denn es zischte leise. In dem ölig schimmernden Wasser schwammen Blütenblätter und zerriebene Kräuter.

»Was ist das?«, fragte er Tallia leise.

»Dein großer Freund nannte es *Lêndhumá*«, gab sie ebenso leise zurück. »Und ehe du fragst, ich wusste es auch nicht: Das soll so viel heißen wie *Lindertau.* Er brachte alle diese Wurzeln mit und irgendwelche weißblauen Blütenblätter, als er ohne Mellow wiederkam.«

An gespannten Leinen hingen mehrere von Abhros Lampen. Sie tauchten die Scheune in ein gelbliches Licht. Das Stroh ringsum schimmerte wie Gold.

Der Davenamönch saß auf einem Berg aus mehreren übereinanderliegenden Säcken nahe an Glimfáins Lager. Circendil hielt dabei das linke Bein weit von sich gestreckt. Auf zwei ebenfalls zu Sitzen umgewidmeten prallen Säcken vor dem Bett hockten Kampo und Sahaso. Beide trugen ihre neuen grünbebänderten Vogthüte und hatten, wie auch Mellow, ihre Wacalas gegürtet.

Alle Köpfe wandten sich ihnen zu, als Finn, Tallia und Mellow das Krankenlager erreichten.

»Ah, so bist du also wohlauf«, sagte Circendil erleichtert. »Das nenne ich die vielleicht beste Nachricht des Tages. Und Aman sei Dank dafür. Wir machten uns große Sorgen um dich. Indes bliebst du nicht unversehrt, wie ich sehe.« Er deutete auf die rötliche Schwellung an Finns Stirn.

»Es ist nichts«, wiegelte Finn ab und nicht ganz der Wahrheit gemäß. »Na ja, fast nichts: ein paar blaue Flecke und Beulen, die ich wohl verdient habe. Ich hätte vorsichtiger sein sollen.«

»Das hättest du, zweifellos. Hinterher ist man immer klüger. *Aber nicht immer wollen Sollen und Können zueinander*, so sagt man in Vindland; mal strebt man das eine an, und dennoch geschieht das andere. Zumindest lebst du, was immer dir auch widerfuhr. Mein Herz ist erleichtert. Am Ende ist somit für dich alles gut gelaufen, hoffe ich?«

»Ich bin mir nicht sicher«, sagte Finn. »Wahrscheinlich habe ich letzten Endes nicht mehr erreicht als, na ja, eure und meine Zeit zu verschwenden. Ihr musstet warten und nach mir suchen, während ich – wie nannte es Abhro? – *fortgelaufen* bin. Laufen ist in meinem Fall allerdings nicht ganz das richtige Wort. Es waren Flügel im Spiel dabei.«

»Dann hat dich Maúrgin behütet«, brummte Glimfáin von seiner Bettstatt her.

Finn legte die Hand auf den Karbeol. »Ja, das hat sie.«

»So hat sie dich als ihren Herrn anerkannt; mein Gefühl trog mich nicht«, erklärte der Dwarg mit matter Stimme. »Ich spürte, es war richtig, sie dir zu geben.«

»Ihr wisst sicher alle, wovon ihr redet«, meinte Kampo. »Und ich würde gern weiter mit euch schwatzen, aber ich für mein Teil habe einen ganzen Haufen Dinge auf meiner Liste – Dinge, die zu erledigen sind und die es nicht von selber tun. Jedenfalls bist du glücklich wieder aufgetaucht.«

Er hatte ein Notizbuch auf den Knien, klappte es zu und machte Anstalten aufzustehen. »Damit können wir endlich aufbrechen und zu unserer eigentlichen Arbeit zurückkehren. Wir haben uns nur deinetwegen auf die Suche gemacht, falls du es nicht weißt.«

»Nichts da – ich gehe hier nicht weg«, widersprach ihm Sahaso. »Obwohl du Recht hast. Wir müssen fort. Aber nicht eher, meine ich, bevor ich nicht vollständig verstehe, was hier geschehen ist. Finn ist uns wenigstens eine Erklärung schuldig.«

»Genau«, pflichtete ihm Kampo bei. Er ließ sich wieder auf seinen Sack plumpsen und drohte Finn spielerisch mit dem erhobenen Zeigefinger. »Nur, damit du's weißt: Mellow hat uns deinetwegen noch vor dem Hahnenkrähen aus dem Bett gescheucht. Im Morgengrauen mussten wir losreiten. Ohne Frühstück, was ein zusätzliches Ärgernis war. Hast du dir schon überlegt, wie du das wieder gutmachst?«

»Ehrlich gesagt, nein. Ich wusste bis eben nicht ...«

»Pass nur auf und lass dich von deinen Freunden nicht auf den Arm nehmen«, unterbrach Circendil. Er wrang ein Tuch aus und legte es beiseite.

»Sie befanden sich in großer Sorge um dich, wie ich auch. Das stimmt in der Tat. Alles andere übertreibt Kampo maßlos. Sie hatten mehr als ausreichend Wegzehrung dabei.« Mit einem Löffel goss der Medhir von dem Kräuterwasser über den heißen Stein. Es zischte lauter, und ein neuerlicher Schwall des Wohlgeruchs verbreitete sich in der Scheune.

Kampo riss empört die Augen auf. »Was denn? Ausreichend? Nur ein paar Gurkenstücke? Eine Handvoll schrumpeliger Radieschen und einen Apfel? Das nennst du ausreichend?«

»Er vergisst das Honigbrot«, raunte Mellow Finn zu. »Das und die warme Hafermilchsuppe aus der Kanne. Den heißen Tee und die süßen Plätzchen, von denen es für jeden von uns ein kleines Päckchen gab. Tuom hat schon früh in der Küche gewerkelt, während wir die Ponys sattelten.«

»Jedenfalls drängten unsere neu ernannten Helvogte darauf«, fuhr Circendil fort, »gemeinsam mit uns nach dir zu suchen. Obwohl ich ihnen riet, sich vordringlich um die Aufstellung der Vahitwehr zu kümmern. Aber sie blieben hartnäckig – eine Rohrsang-Angewohnheit, wie ich inzwischen begriffen habe. Im Nachhinein betrachtet war es allerdings gut, sie dabeizuhaben. Dein unerwartetes Zusammentreffen mit Glimfáin und vor allem sein Absturz haben uns und ihnen neue und zusätzliche Aufgaben auferlegt.«

»Absturz! Es war eine Notlandung!«, empörte sich der Dwarg. »Bei Rumóins Schlüssel! Hört mir hier eigentlich keiner zu?«

»Na vortrefflich«, stöhnte Kampo gleichzeitig. »Noch mehr Aufgaben.«

Circendil seufzte ungeduldig.

»Nun denn!«, sagte er, an Finn gewandt. »Wir müssen uns über die neuen Gegebenheiten abstimmen. Glimfáin kennt unsere Lage inzwischen. Und das meiste von dem, was hier vorgefallen ist, wissen wir derweil von ihm und Tallia – und natürlich von den Schmieden. Wo bleiben sie überhaupt? Der Heilkiesel wird allmählich kalt. Sie sollten längst den zweiten bringen. «

Sahaso stand auf und zog noch zwei Säcke herbei. »Setzt euch. Und dann will ich endlich wissen, was heute Morgen geschah. Unser werter Herr Mönch hat diesen Ledir vertrieben; so viel hat er uns verraten. Aber er kam humpelnd zurück, und Mellow war nicht mehr bei ihm und ritt allein über Land und alles. Wie habt ihr euch gefunden? Und bist du wirklich Glimfáins Feind begegnet? «

»Beinahe«, antwortete Finn, als sie endlich alle saßen: er mit Tallia auf dem einen und Mellow auf dem anderen Sack. »Wir sind uns fast in die Arme gelaufen. Ich war ihm nah genug, um in seine schrägstehenden Augen zu blicken. Es fehlte wirklich nicht viel, und er hätte mich entdeckt. Das kam so …«

Da wurde das Scheunentor aufgerissen. Die drei Schmiede platzen herein.

Abhro lief vorneweg, und er hielt die Dwargenaxt vorgestreckt. »Das ist völlig unmöglich!«, schimpfte er. *»Das gibt's nicht, weil's sowas nicht geben kann!«* Seine Gesellen eilten beladen hinter ihm drein. Giran hielt den Binsennapf in seinen Händen, während Franan ein Kohlebecken schleppte, in dem ein zweiter heißer weißer Stein leise klackte. Er trug dicke Schmiedehandschuhe. Wegen der Hitze, die der Stein verströmte, hielt er das Gesicht abgewandt.

»Und es is' doch Zauberwerk, sag ich dir!«, zischte er Giran zu.

»Aber – wo's das doch gar nich' gibt?« Girans Gesicht zeigte im schnellen Wechsel eine Mischung aus Unglauben, Erstaunen, Verwirrung und Furcht.

»Haltet beide den Mund!«, fuhr Abhro sie an. Dann wandte er sich Glimfáin zu.

»Also, Herr Dwarg: Was ist das, bitte sehr?« Er streckte die Axt vor, als habe er lange nach einem Beweis für etwas gesucht und hielte ihn nun anklagend in seinen Händen.

»Nemandáur!«, rief Glimfáin im selben Moment. In seinem Antlitz spiegelten sich Freude und maßloses Erstaunen. Seine tiefe Stimme übertönte spielend die der Vahitschmiede. »So ist sie gerettet! Mein Flehen wurde demnach erhört!«

»Dann ist das da deine Axt?« Abhro flüsterte jetzt beinahe. Mit vor Fassungslosigkeit bebenden Fäusten stand er vor dem Bett und drehte den Stiel wie ratlos hin und her. Er ging dabei mit der schweren Waffe um, als wöge sie nichts.

Franan ließ auf Circendils Wink hin den heißen Stein vorsichtig in das Becken auf dem Gestell gleiten, was ein abermaliges Zischen und eine Dampfwolke auslöste. Die wohlriechende Feuchtigkeit stieg in ihrer aller Nasen und legte sich sogleich wie Balsam auf die erregten Gemüter der Vahits.

»Ja. Und sei bitte vorsichtig und fuchtele nicht so herum damit, sie ist scharf. Wo hast du sie gefunden?«

»Gefunden?« Für einen Moment brachte das Abhro aus der Fahrt. »Wie? Ach so. Ja. Gefunden. Sie hing an Herrn Finns Sattel. Wenn du das finden nennst. Hier ist sie. Aber sag mir, wie kann das sein? Ich meine, wie könnt ihr ein solches Ding *schmieden?* Was ist das für ein Metall? Im ganzen Hüggelland gibt's nichts dergleichen, oder ich wüsste es! Du meine Güte! Wie kann eine Axt dieser Größe so hart und doch so leicht sein? Wie geht das, Herr Dwarg? Was ist das für ein Eisen? Wenn's nicht gar gleich Zauberwerk ist, wie Franan felsenfest glaubt?«

»Leicht?«, entfuhr es Finn, auf den niemand mehr achtete. Er hatte die Schwere der Axt schmerzhaft auf seinen Schulter gespürt, und nicht nur das – ihr Gewicht hätte ihn fast in einen

Sumpf gezogen, und er wäre um ein Haar ertrunken. Dann fiel sein Blick auf Abhros breites Kreuz und die schwellenden Oberarme, und er verstand.

»Allerdings«, ereiferte sich Abhro. »Bei allem, was Recht ist! Viel *zu* leicht ist sie! Wär sie aus Eisen, könnte ich sie kaum heben.«

»Da sagst du was«, murmelte Finn und rieb seine Schulter. Mellow grinste.

»Es ist eben eine Dwargenaxt.« Entweder Circendils ruhige Sprechweise oder die Dämpfe aus dem Kohlebecken wirkten besänftigend. »Und das bedeutet, sie stammt aus einer der besten Werkstätten, die es in Kringerde gab und gibt. Sie besteht eben nicht aus dem einfachen Eisen, auf das ihr auf eurem Amboss einhämmert, Abhro. Die Dwarge kennen seit undenklichen Zeiten viele Wege, das Erz der Erde nach ihrem Willen zu wandeln und zu formen. Diese höchst kostbare Arbeit besteht aus …«

»Aus *Imilthyldum*«, sagte Glimfáin stolz und blickte in ratlose Gesichter. »Es ist ein uraltes Geheimnis unseres Volkes. Huorhm, ja. Rohes Eisen? Das rostet und bricht? Über uns Gidwargim lässt sich vieles sagen, aber nicht, wir wären Toren. Wir veredeln die Erze Naubrimirs mit Zugaben zu etwas gänzlich Neuem; und wir schmelzen sie in blauen Feuern, die heißer sind als alles, was ihr euch nur vorstellen könnt. Es ist kein Zauberwerk, das nicht; dennoch ist es eine hohe Kunst.

Ein Imilthyldum-Schwert, von einem Wahren Meister gefertigt, ist unvergleichlich. Es schneidet durch einen dicken Holzbalken so leicht wie durch einen reifen Kürbis. Und es ist nahezu unvergänglich. Weder Rost noch Säure, weder Kälte noch einfaches Feuer können Imilthyldum schaden. Auch Maúrgin, die Klinge, die ich Finn schenkte, hat eine solche Klinge. Mit Nemandáur könnte ich leicht einen Felsen spalten, und doch bliebe keine Scharte an ihrem Blatt zurück. Ihr ahnt gar nicht, wie erleichtert ich bin, sie wieder bei mir zu wissen.

Im Feuer …«, sein Blick verdüsterte sich, »… im Feuer von

Ulúrcrum verwirrten sich meine Sinne, und ich wusste kaum, was ich tat. Ich warf die Axt in meiner Not, weil ich glaubte, Guan Lu vor mir zu sehen. Für einen Lidschlag war er da! Zu weit entfernt für einen Hieb, aber nah genug für einen gezielten Wurf. Aber ach! Es war nur ein Trugbild. Oder der Rauch, der meine Augen narrte. Vielleicht wünschte ich mir auch nur, ihn vor mir zu sehen … der Schmerz … Meine Beine standen in Flammen, wie ihr wisst. Der Wurf war ein Fehler. Ein nicht wieder gutzumachender obendrein.

Später vergaß ich die Axt in meinem Fieber, was ein weiterer, schier unverzeihlicher Fehler war. Längst hätte ich mich um Nemandáur kümmern, nach ihr suchen lassen sollen. Aber als ich es endlich zur Sprache bringen wollte, war es zur Unzeit. In der allgemeinen Sorge um Finn hattet ihr andere Dinge im Kopf als eine leichtfertig fortgeschleuderte Axt. Und wenig Sinn für die Kümmernisse eines verantwortungslosen Narren, wie ich es bin. So machte ich mir stumme Vorwürfe, denn Nemandáur wurde mir anvertraut.« Er hielt inne, um gleich darauf zu stutzen. »Aber wartet. Wartet! Nemandáur hing an Finns Sattel, sagtest du? Dann hast du sie also gefunden, mein kleiner Vahatir? Und bist gar deshalb fortgelaufen?«

Alle Augen richteten sich wieder auf Finn.

»Na ja«, sagte dieser. »Gesucht habe ich sie, das stimmt. Mir fiel plötzlich ein, dass sie immer noch draußen in den Binsen lag. Und jeden Moment von Guan Lu entdeckt werden konnte. Ich wollte sie ihm nicht überlassen. Ich nahm an, sie sei vielleicht so wertvoll wie Maúrgin.«

»Vielleicht so wertvoll?« Glimfáin stöhnte auf. »*Vielleicht?* Bei Rumóins Schlüssel!« Er brach ab und lachte, ein befreites, erleichtertes Lachen, in dem er allerdings seinen Bart vor Schmerzen verzog, weil er versehentlich seine Beine berührte. »Ja«, sagte er und drückte die Axt an sich wie ein verloren gegangenes Kind. »Sie *ist* wertvoll, mein kleiner Vahatir. Mehr, als du ermessen kannst. Doch jetzt sage uns, wie du sie gefunden hast.«

Finn berichtete von seinen morgendlichen Überlegungen und weshalb ihm ein sofortiges Handeln so dringlich erschienen war. »Ich hatte einen oder zwei Gedanken, aber keinen fertigen Plan. Ich lief einfach los, aber nicht fort, Herr Abhro. Nur um das klarzustellen. Was indes den Ledir betrifft, traf meine Befürchtung vollends zu. Er fand Glimfáins Axt vor mir. Genau genommen habe ich sie ihm gestohlen. Na ja. Und die Strafe folgte auf dem Fuße – auf dem Krallenfuß, sozusagen.«

Er erzählte in groben Zügen, was danach geschehen war. Tallia hielt seine Hand gepresst und saß stocksteif neben ihm, als säße sie selbst vor Furcht erstarrt auf dem schwankenden Vogelrücken. Sie fand erst zu neuem Atem zurück, als er seine Rettung durch die Rohrammers beschrieb. Nur die Froschschenkelsuppe ließ er aus und beeilte sich, mit seinem Bericht bis nach Moorreet und zu seinem Gespräch mit Abbado Zeisig zu kommen. Am Ende zog er die Tassel seiner Mutter aus der Tasche und zeigte sie vor.

Circendil nahm sie und musterte die Mantelschließe scharf. »Ja«, sagte er. »Das ist zweifellos Blut. Und höchstens zwei Tage alt.«

»So ist meine Mutter oder jemand in ihrer Nähe verletzt worden«, meinte Finn an den Mönch gewandt. »Vorhin erwähntest du, wir müssten uns über die neuen Gegebenheiten abstimmen. Nun, hier ist eine weitere. Wenn meiner Mutter etwas zugestoßen ist, muss ich mich darum kümmern. Ich kann sie nicht allein einem unbekannten Schicksal überlassen! Wie aber soll ich das, da ich dir versprochen habe, dir bei deiner Suche zu helfen? Wieder einmal weiß ich mir keinen Rat.«

»Gräme dich nicht«, sagte Circendil. »Es gibt womöglich einen einfachen Weg, beides miteinander zu vereinen. Während deiner Abwesenheit ist manches geschehen, vom dem du noch nichts weißt. Lass mich raten: Du willst nach Vierstraß und Aarienheim, um dort nachzusehen, nicht wahr?«

»Ja.«

»So können wir bis dahin gemeinsam reisen; danach werden wir entscheiden, was zu tun ist, je nachdem, was wir vorfinden.«

»Wieso gemeinsam …?«

»Weil wir ohnehin nach Sturzbach müssen«, platzte Mellow heraus, der nicht länger an sich halten konnte. »Vierstraß und Aarienheim liegen beide auf unserem Weg.«

»Aber wieso …?«, setzte Finn zum zweiten Mal an, doch er wurde von Circendil unterbrochen.

»Einen Schritt nach dem anderen«, bat er. »Aarienheim und Sturzbach müssen vorerst warten. Jetzt und hier gilt es, vordringlich für Glimfáin zu sorgen. Seine Anwesenheit im Hüggelland bekannt werden zu lassen, wäre ein Fehler. Es würde weitere Unruhe oder gar Furcht unter den Vahits auslösen. Ein weiterer Fremder im Hüggelland! Am Ende wird er noch für einen Feind gehalten, und irgendein übereifriger Bogenschütze lässt erst die Sehne schnellen, ehe er denkt. Wir sollten darum den Kreis derer, die von ihm wissen, so klein wie irgend möglich halten. Daher ist in diesem Punkt die entscheidende Frage die: Darf Glimfáin bis zu seiner Genesung als dein Gast bei dir bleiben, Abhro?«

»Na, was denn sonst?«, murmelte der Schmied. »Denkt ihr Menschen etwa, wir Vahits weisen einen Verletzten von uns, der unserer Hilfe bedarf?«

»Dennoch beweist du damit einen Großmut, für den wir dir Dank schulden.«

Der ältere Vahit winkte ab. »Wenn ihm die Scheune als Unterkunft genügt, kann er bleiben, bis er seine Kräfte wiedergefunden hat.«

»Nur solange, bis ich wieder laufen kann«, widersprach der Dwarg mürrisch. »Und einen Hammer schwingen. Das muss genügen. Dort draußen liegt weiterhin die *Galim* – waidwund, doch noch nicht gänzlich tot, wie ich hoffe. Ich muss sie wieder flottbekommen.«

»Du meinst, du willst die Windbarke wieder – *fliegen* lassen?« Abhro schüttelte vor Erstaunen den Kopf.

»Nicht fliegen. Windbarken *fahren*. Aber ja, das allerdings. Es wird nicht leicht sein und viele Tage kosten, doch es wird gehen. Und noch bedeutend schneller, wenn ihr drei mir dabei zur Seite steht. Es ist dabei ein Gutteil vernünftiger Schmiedearbeit zu leisten, würde ich sagen. Und ich brauche ein paar harte Fäuste, die zupacken können.«

»Daran soll's nich' mangeln. Was meint ihr dazu, Jungs?«, wandte sich Abhro an seine Gesellen. »Wollen wir eine Windbarke zusammenflicken?«

Das breite Grinsen und das Leuchten in den Augen von Giran und Franan war Antwort genug.

»Gut«, stellte Circendil fest. »Dann ist das entschieden. Doch bis zu deiner Genesung wirst du Pflege benötigen; ich kann nicht länger an deiner Bettstatt weilen. Noch heute werde ich nach Sturzbach aufbrechen.«

»Ich werde bleiben«, sagte Tallia. »Obwohl ich am liebsten mit Finn ginge. Aber wenn Glimfáins Anwesenheit nicht weiter bekannt werden soll, dürfen wir keine anderen Vahits mit dieser Aufgabe betrauen, nicht wahr?«

»Wenn es sich vermeiden lässt, nein. Dein Anerbieten ehrt dich, Tallia. Und es hilft uns sehr.«

»Vor allem wird es mir helfen, denke ich«, dröhnte Glimfáin. »Wie kann ich dir jemals dafür danken?«

Tallia errötete und sagte: »Du schuldest niemandem Dank. Ich verdanke dir mein Leben, wie du sehr wohl weißt; und das Wenigste ist, dafür ein paar Handreichungen zu erledigen.«

Glimfáin lächelte breit. »Handreichungen? Ah, ich verstehe, huorhm, ja. Jetzt erkenne ich deine Absicht. Du vollziehst deine Rache für Ohnmacht und Entführung – indem du einen Gidwargum mit Selbstlosigkeit beschämst. Vor dir muss man sich ja hüten, junge Vahatinmaid.«

»Dann solltest wohl besser auch *du* die Froschsalbe hüten, Fräulein Tallia. Hier«, sagte Giran schnell. Er war sichtlich froh, den Napf endlich los zu sein.

»Eine Schwierigkeit gibt es allerdings«, befürchtete sie. »Das Ganze wird wohl Frau Amagata ziemlich verstimmen. Sie hat mich erst nach langem Bitten als Lehrschreiberin angenommen. Und schon bei der ersten Gelegenheit laufe ich ihr davon.« Sie lachte auf, leise und ohne jeden Grund. »Da siehst du's, Finn. Du hast bereits einen schlechten Einfluss auf mich«, sagte sie und knuffte ihn in die Seite.

»Ich werde mit Frau Amagata reden«, erklärte Sahaso entschieden. »Als Helvogt verfüge und verkünde ich hiermit vor Zeugen: Von diesem Augenblick an bist du in den Dienst der Vahitwehr genommen. Als Beobachterin in geheimem Auftrag. Und als Sendbotin unseres Verbündeten, falls der Herr Dwarg aus Mechellinde Dinge benötigt, die er sich selbst nicht besorgen kann. Was Frau Amagata durch dein Fortgehen an Lehrgeldausfall einbüßt, wird ihr aus dem Hüggellandschatz ersetzt werden. Erinnere mich daran, einen Brief an Herrn Wredian diesbezüglich zu schreiben.« Der letzte Satz galt Kampo. Der nickte, holte sein Notizbuch wieder heraus und brachte Feder und Tintenfässchen zum Vorschein.

Tallia nickte ernst. »Also Besorgungen soll ich machen?«

»Ja, was immer hier benötigt wird.«

»Dafür werde ich einen Wagen und ein Pony brauchen. Und wo wir schon davon reden – Frau Amagata erwartet ihren Einspänner zurück.«

»Darum kümmere ich mich«, versprach Kampo. »Um beides.« Er las laut vor, was er schrieb: *»Brief an WG. Lehrgeld für AZ. Einspänner an AZ zurück. Einen Wagen und ein Pony für TG.* Das wäre das.«

»Das wäre das, aber es reicht nicht.« Finn blickte niedergeschlagen in die Runde. »Wir können Tallia nicht einfach so allein über Land fahren lassen. Nicht mehr. Nichts ist mehr wie früher. Diese Zeiten sind vorbei. Wir alle müssen das endlich lernen. Jederzeit und überall kann ein plötzlicher Angriff stattfinden. Ob Ledir oder Gidrog, die Straßen sind nicht länger sicher. Und auch nicht die Marschen oder die Hügel«, setzte er hinzu. »Guan Lus Überfall hat es deutlich gezeigt.«

»Du hast Recht«, sagte Kampo. »Leider. Lass uns die ersten drei oder vier ausgebildeten Bogenschützen zu Tallias Schutz abstellen. Auch die Schmiede selbst steht unter keinem Schutz, wenn alle an der Windbarke arbeiten. Aber sie wird ihn dringend nötig haben, falls der Ledir beschließt, zurückzukehren.« Kampo sah seinen älteren Bruder fragend an.

Sahaso nickte sein Einverständnis. »Wir senden sechs, so können immer vier wachen und zwei schlafen.« Kampo schrieb es auf.

Circendil nahm das Wort auf. »Übergebt diesen Gwaethirin die schon fertigen Jägerbögen und Pfeile. Umso schneller können sie hier sein. Und ein Weiteres: Sie sollen ausreichend Lebensmittel mitbringen. Für wenigstens eine Woche und für sich selbst und alle übrigen hier. Und vergessen wir nicht: Tallia ist eine Dame, meine Herren. Sie wird gewiss einiges an frischen Kleidern und anderlei brauchen, während sie hier wohnt.« Der Davenamönch sah das Vahitmädchen an und verneigte sich leicht. »Zumindest würden die jungen Damen meiner Heimat ein paar Wünsche dieser Art haben.«

»Danke«, sagte sie erleichtert. »Schon ein Kamm wäre eine Wohltat.«

»Da habt ihr's. Jemand muss Tallia diese Sachen bringen. Oder sie nach Hause und wieder hierher begleiten.« Circendil sah fragend in die Runde.

»Das wird das Vernünftigste sein«, meinte Finn. »Du könntest das übernehmen, Herr Abhro. Im Ernst: Du musst ohnehin heute noch nach Mechellinde zu deinem Gespräch mit dem Vahogathmáhir. Es ist ein Aufwasch, sozusagen.« Der Schmied knurrte etwas, das mit einigem guten Willen als ein Ja durchgehen mochte.

»Also einen Kamm, Kleider zum Wechseln und ein paar andere Dinge. Unter anderem braucht Tallia ein Bett, das einer jungen

Dame würdig ist. Meister Abhro, Ihr sorgt mir dafür.« Circendil wandte sich über Abhros Gebrumm hinweg der Bettstatt zu. »Nun zu der entscheidenden Frage. Wann wird die *Galim* wieder schweben? Was glaubst du?«

Glimfáin kratzte sich seinen Bart. »Da mir die Vahatinschmiede helfen wollen – in zwei Wochen, denke ich. Nicht früher. Es sei denn … wartet! Ist die Schwebeblase verbrannt?«

Die Vahits sahen sich verständnislos an. »Die was?«, fragte Sahaso für alle.

»Meinst du das große Segel?« Finn erinnerte sich an die wallenden Stoffbahnen, die er nicht einzuordnen gewusst hatte.

Glimfáin nickte. »Es ist kein Segel, aber ja, genau das meine ich. Ist es verbrannt?«

Finn dachte nach, aber er stellte fest, dass er nicht mehr darauf geachtet hatte, nachdem der Angriff des Ledirs erfolgt war. Zu vieles war in zu kurzer Zeit geschehen.

»Ich weiß nicht«, gab er zu. Auch Abhro und die beiden Gesellen zuckten mit den Schultern.

Mellow hob die Hand. »Wenn du damit ein wehendes Stoffdings meinst, das in den Büschen hängt und atmet, als wäre es ein großer, verendender Frosch …«

Finn zuckte unwillkürlich zusammen.

»… dann liegt es immer noch im Llaidh und erschreckt die Vögel. Falls Flammen daran fraßen, dann nur gering. Aber ich sah einige böse Risse darin. Ich ritt daran vorbei, als wir die Marschen nach Finn absuchten«, erklärte er.

Glimfáin nickte. »Dann müssen wir die Blase zuvorderst bergen. Das und die verstreute Ladung sichern. Die Risse lassen sich nähen, sofern wir Nadeln und Garne zur Verfügung haben. Sehr viel Garn übrigens«, fügte er hinzu.

»Ein weiterer Punkt auf deiner Liste, Kampo«, sagte Sahaso. »Veranlasse das. Wie viel ist sehr viel, Glimfáin?«

»Vier oder fünf Spindeln von der Größe einer Vahithand.«

»Also sechs. Jemand soll das Garn den Gwaethirin mitgeben.«

»Wenn ich heute noch in Mechellinde sein werde, werde ich das Garn besorgen«, bot sich Tallia an. »Das ist sicherer. So haben wir es hier. Wir wissen nicht, wann die Bogenschützen kommen werden.«

»Einverstanden«, nickte Sahaso. Kampo strich seinen letzten Eintrag durch.

»Dann zurück zu deiner Frage, Herr Mönch«, sagte Glimfáin. »Wenn der junge Herr Blauband hier Recht hat … wenn die Schwebeblase nur gering beschädigt ist, wird die *Galim* auf jeden Fall früher fertig. Drei oder vier Tage eher, schätze ich. Das heißt, in spätestens zehn Tagen wird sie wieder schweben.«

»Zehn Tage? Wir wissen nicht, ob wir das Hüggelland überhaupt so lange werden halten können.« Circendil hob die Schultern und ließ sie wieder fallen. »Aber deine Worte geben mir dennoch neue Hoffnung, Glimfáin. Mit der *Galim* können wir andernorts um Hilfe bitten.«

»Hilfe? Hör ich recht? Woher soll die denn kommen?« Kampo und Sahaso sahen sich verdutzt an.

»Von den Außenlanden natürlich.« Mellow deutete mit dem Daumen über die Schulter. »Revinore. Arelian. Vindland. Sucht euch was aus. Am besten aus dem Davenkloster, wenn ihr mich fragt. Ein paar frische Mönche wären nicht schlecht. Unser hiesiger Medhir lässt letzthin etwas nach, findet ihr nicht?« Er beugte sich vor und sagte hinter der vorgehaltenen Hand: »Man hat ihn sogar humpeln sehen, hörte ich.«

Circendil lachte bitter. »Frische Mönche, also wirklich! Aber im Ernst: Vindland ist viel zu weit entfernt. Und damit auch Daven, mein lieber Mellow. Dreitausend Meilen sind selbst für eine Windbarke eine weite Strecke. Obwohl ich alles dafür gäbe, bekäme ich jetzt die Unterstützung von wenigstens einem Mitglied meines Ordens. Revinore indes könnten wir erreichen, denke ich.«

»Revinore? Das wäre töricht!« Glimfáin packte seine Axt fester und schüttelte sie drohend; eine Gebärde, die auf dem Bett seltsam fehl am Platz anmutete. Doch alle sahen seinen grimmigen Blick. Unter einer vorgewölbten und zerfurchten Stirn funkelten furchtlose Augen, die über dem blutroten Bartgestrüpp loderten; und sie wussten, es war ihm ernst damit. »Ihr Dirin vergesst vor allem stets die Gidwargim. Noch«, sagte er leise, »noch ist Meróin Eichenpfahl der Herr seiner Sippe. Er hat seine Hütte zwei Tagesreisen von hier entfernt aufgestellt – zwei Tage, wie die Windbarke fährt, meine ich. Er gräbt derzeit in den Bergen, die von den Menschen Akhanaith endh Anth-i-dheriltené genannt werden. Sie liegen jenseits des Tarduils gegen Osten. Es ist nur ein Schacht, den Meróin betreibt, keine wirkliche Grube; doch es sind gut und gern fünfzig meines Volkes bei ihm, darunter auch Kunin Hammerdrill. Und Ovróin Hochhelm und Gaudrin Splitterstein. Sie alle werden ihre Hämmer und Spaten beiseitelegen und ihre Äxte und Schwerter ergreifen. Sie werden euch zu Hilfe eilen, wenn ich Meróin darum ersuche.«

»Was macht dich dabei so sicher?«, fragte Finn.

»Meróins Sippe«, erklärte Glimfáin, »ist der meinigen zu Dank verpflichtet. Und selbst wenn dieser Umstand nicht wäre«, er klopfte auf seine neben ihm liegende Ledertasche, »so wird etwas anders seinen Willen beflügeln. Du wirst sehen. Sie werden alle kommen.«

Erst in diesem Augenblick fiel es Finn auf: Keiner in der Runde hatte bisher die Gilwe erwähnt. Er sah Tallia fragend an. Sie schüttelte kaum sichtbar den Kopf.

Sie streifte Circendils hohe Gestalt mit ihrem Blick und nickte unmerklich dazu.

Er allein weiß Bescheid, hieß das. *Niemand sonst hat davon Kenntnis.*

»Und sie wären fürwahr eine willkommene Hilfe«, sagte Circendil, dem der Blick nicht entgangen war. »Fünfzig Dwarge stellen eine kleine Streitmacht dar. Doch wir kennen die Stärke des Feindes nicht. Vielleicht sind auch sie nur Tropfen auf einem heißen Stein.«

»Vielleicht«, sagte Glimfáin. »Aber es wären Tropfen, die mit Steinen aller Art umzugehen verstehen.«

»Und mit Eisen«, fügte Abhro hinzu. »Oder mit diesem *Himmelsdünn*, wie ich sehr hoffe.« Niemand lachte, weil er Imilthyldum nicht auszusprechen vermochte. Von diesem Augenblick an hatte das Dwargenmetall im Hüggelland einen eigenen Namen.

»Na schön«, sagte Finn. »Dann ist alles klar. Bis auf eines, und ich gehe hier nicht eher weg, bis ich darüber Klarheit habe. Wenn ich schon meine Haut zu Markte trage, um eine gewisse Axt zu retten, will ich zumindest wissen, *was* an ihr so besonders ist. Was, außer dem Imilthyldum, macht Nemandáur so wertvoll, Glimfáin? Bisher hast du es uns verschwiegen.«

Der Dwarg blickte verdutzt auf, lachte dröhnend und sagte: »Frage nie einen Gidwargum nach seinen wertvollsten Schätzen, mein junger Vahatir. Er könnte leicht auf den Gedanken verfallen, dir bei der Gelegenheit gleich seine ganze Lebensgeschichte zu erzählen.«

»Und das«, warnte Circendil, »ist in den meisten Fällen eine wirklich lange Geschichte. Dwarge werden an die dreihundertfünfzig Jahre alt.«

»Bei gesunder Pflege natürlich nur.« Tallia stellte den Froschsalbennapf für alle sichtbar auf das Schränkchen. »Also fasse dich entsprechend kurz.«

»Wie? Ein Gidwargum, der kurz über seine Axt sprechen soll? *Kurz?* Reicht es nicht, dass ich leide?«

Er lachte abermals, aber dann wurde er übergangslos ernst. Er lehnte sich zurück und murmelte, in einen seltsamen Singsang verfallend, als erinnere er sich ferner Lieder.

»So hört denn Nemandáurs Geschichte – sie ist eng verknüpft mit dem vielleicht größten Unglück meines Volkes. Denn wisset, diese Axt wurde einst von Irváin geschmiedet, Nemgláins Sohn. Irváin war ein Wahrer Meister wie sein Vater. Und da ihr ohnehin fragen werdet: Wahre Meister sind bei uns nicht nur hoch angesehen, sondern sie sind viel, so viel mehr. Sie sind das, wonach ein jeder Gidwargum strebt, solange er nur einen Hammer halten kann. Ein Wahrer Meister zu sein, bedeutet, ganz und gar eins geworden zu sein mit dem erwählten Wissensgebiet. Diese Eigenschaft ist seltener zu finden als reines *Sildirum*. Und manchmal vergehen Jahrhunderte, ohne dass unserem Volk ein Wahrer Meister geboren wird.«

»Geboren?« Mellow beugte sich verblüfft vor. »Unsere Cuorderin müssen ihr Wissen mühsam erlernen – und ihre Kenntnisse hernach beweisen, indem sie ein Buch darüber schreiben, ehe sie sich Wahre Kundige nennen dürfen.«

»Du irrst dich, Mellow«, widersprach ihm Finn leise. »Nicht mühsam. Ein Cuorderir lernt sein Wissen niemals unter Anstrengung. Er entdeckt es voller Freude.«

»Auf eure Weise habt ihr, vermute ich, beide Recht«, sagte Glimfáin. »Lernen ohne den entzündenden Funken der Wissbegierigkeit ist zweifelsohne mühsam. Zu einem Wahren Meister gehört die Flamme der Begeisterung ebenso wie das wärmende Feuer des Mögens. In ihm verschmelzen Wissen und Können miteinander zu etwas Besonderem, nie Dagewesenen. Leidenschaftliches Suchen setzt Liebe zu dem voraus, wonach gesucht werden soll. Und das kann niemand lernen – hierzu wird man geboren. Zumindest ist dies bei unserem Volk so.

Um auf Nemgláin und seinen Sohn Irváin zurückzukommen: Beide lebten mit ihrer Sippe in Vazarenia, in jenen Dunklen Jahren, da der Dunkle Gebieter Ulúrlims aus seinem Schattenreich hervortrat und heimtückisch die Grube Nórinia überfiel. Er tat dies, um Fárin Goldhand zu entführen, denn es gelüstete ihn nach dessen Wissen; und er gedachte es sich anzueignen, ohne dafür lernen zu müssen, Herr Mellow.

Nórinia ging in Flammen auf, die heiß genug waren, um Stein zu schmelzen. Alle, die entkommen konnten, flohen, und niemand wusste, wo Fárin war. Nur spärlich trafen Nachrichten ein, und sie klangen nicht gut. Fárin, der größte unserer Schmiede, war nach Ulúrlim verschleppt worden: von Bel'Arzabhêb, dem treuesten Diener Lukathers; lebend, hofften einige, verwundet, sagten andere. Alle aber waren sich einig, dass sein Tod nur eine Frage der Zeit wäre, würde ihm nicht schnellstens geholfen. Nur wie? Nórin Langfuß, sein ältester Freund, und Rumóin, den sie seit kurzem Bartretter nannten, weil er Nórinias Schlüssel in Sicherheit gebracht hatte, beratschlagten sich lange; zu lange, hieß es später. Aber wer wäre schon bereit, nach Ulúrlim zu gehen, in den sicheren Tod, wie die meisten fürchteten? Nun, einige gab es, und unter ihnen war Irváin, obwohl Nemgláin ihn warnte.

Denn dieser hatte am Tor Nórinias den Leibwachen Bel'Arzabhêbs standgehalten, um auf Rumóin zu warten; und wenn einer sich das Recht erwirkt hatte, vor dem Feind zu warnen, dann war es Nemgláin. Doch auch Téorlin Silberstirn, der Khuradum von Vazarenia, ließ seinen Sohn Témóin schweren Herzens ziehen, und so gab auch Nemgláin sein Einverständnis, wenn auch widerstrebend. So wurde Irváin einer der Acht, die todesmutig nach Ulúrlim gingen, hinein und hinab in Lukathers geheimste und tiefste Verliese, denn ebenda hielt jener Fárin Goldhand gefangen. Unter Folter und Drohungen zwang der Gebieter Ulúrlims Fárin zur Arbeit an … an einem Ding: der ersten aller Tränen, den *dunbluód*. Es war jene, die Bel'Arzabhêb kurz nach Fárins Tod selbst erhielt und die ihn zum unsterblichen Dunbluódur machte.

Die Acht traten ihre Fahrt an, und niemand hoffte, auch nur einen von ihnen wiederzusehen. Wahrlich selbstlos gingen sie: Damfáin Schönlaut; dann Fárins eigener Sohn, Ferivóin; weiter Hagróin Ohnefaust; ihm zur Seite Irváin Sturmfänger; Kúin Leichthammer schloss sich ihnen an; auch Rumóin Bartretter; und natürlich Témoin, des Téorlins Sohn. Sie alle folgten Nórin Langfuß, der sie zu dieser Fahrt bewegt hatte, weil er seinen Freund nicht dem Verderben überlassen wollte.

Über diese verzweifelte Fahrt ist viel berichtet worden; und alle, die dabei waren, kehrten wundersamerweise zurück. Dies machte ihre Namen für uns Gidwargim am Ende unsterblich. Oh ja, wir kennen sie und wir halten ihr Andenken in Ehren!

Doch die Fahrt verlief nicht glücklich. Fárin war tot, ehe die Acht auch nur die Mauern Ulúrlims von Ferne sahen. Doch wussten sie nichts von seinem erbarmungswürdigen Schicksal: Ihn hatten wilde Bestien zerrissen, nachdem er Lukather zu Willen gewesen war. Überdies wurden die Acht entdeckt, kaum dass sie Fárins Hinterlassenschaft gefunden hatten. Der Feind jagte sie drei Tage lang: Sie flohen, kämpfend und ohne Ziel, denn sie hatten sich hoffnungslos verirrt.

Schließlich entdeckten sie eine geheime Treppe, die sie hinauf und zurück ans Tageslicht brachte, wenn auch entkräftet und nicht unverletzt: Hagróin verlor eine Hand und fast das Leben, ehe sie das letzte Tor durchschritten. Und das war beileibe nicht ihre Rettung. Noch waren sie nicht aus Ulúrlim entkommen, auch wenn die Sonne den jungen Tag begrüßte.

Zu groß war die Übermacht des Feindes, der Wellen um Wellen angreifender Krieger entsenden konnte, wann immer es ihm beliebte. Zu heimtückisch, zu gut bewacht oder zu unwegsam zeigten sich die Pfade, die Ulúrlim umgaben: Die Acht liefen in einen Hinterhalt. Rumóin, der Maúrgin bei sich trug, erkannte als Einziger die Gefahr. Allein mit seinem Dolch bewaffnet, hielt er den nachrückenden Kriegern stand – er allein bewachte einen schmalen Durchlass, durch den sie geflohen waren, und mehr als dreißig Gegner bezwang er, während seine Gefährten vor Erschöpfung und Trauer nahezu zusammenbrachen, kaum mehr Herren ihrer Sinne. Hagróin war schwer verletzt; er blutete unentwegt und kannte sich nicht einmal mehr selbst. Nórin nahm sich seiner Wunde an, selbst weinend um den verlorenen Freund: Es war das erste Mal, dass er als Galim, als Sänger einer Gilwe, versagte. Ferivóin umhüllte seines Vaters Werk mit seinem Mantel und wollte nicht von ihm lassen, um es vor Schaden zu schützen. Das war bestenfalls töricht und schlimmstenfalls gefährliche Narretei angesichts eines Feindes, der sie dermaßen hart bedrängte.

Doch es hieß, er habe vor Kummer gestammelt, dem Wahnsinn nahe. Irváin und Kúin versuchten verzweifelt, eine Pforte zu öffnen, durch die sie bei ihrem Eindringen gekommen waren, die sie nun aber verschlossen vorfanden. Damfáin und Témoin stützten sich gegenseitig; sie waren von den zurückliegenden Anstrengungen so kraftlos, dass sie kaum mehr laufen konnten. Dann aber zeigte sich ihnen das Glück, unverhofft und strahlend, eben als die Sonne über die Mauern trat und auf Maúrgins Schneide fiel. Die Pforte sprang auf. Sie entkamen wider alle Wahrscheinlichkeiten – und brachten sich, die Kunde von Fárins Tod und sein handwerkliches Erbe glücklich zurück nach Vazarenia.

Glücklich, sage ich. Aber wenn das Glück damals währte, so nur kurz. Der Rat der Verbündeten Völker trat zusammen, um Fárins Erbe zu enthüllen. Aber Ferivóin weigerte sich, es herauszugeben, obwohl großer Nutzen damit verbunden gewesen wäre. Denn Fárins Werk hätte bei mehr Einsicht und Verstand zu jener Waffe geformt werden können, die Lukather besiegt und Ulúrlim für immer geschleift hätte. Téorlin forderte, und Ferivóin beharrte. Am Ende verließ er wortlos den Rat und ging. Niemand wusste, wohin. Und mit sich nahm er sein Erbe.

Alles das säte ernste Zwietracht zwischen Téorlin Silberstirn, dem Khuradum von Vazarenia, und seinem Vertrauten, der niemand anderes als eben Nemgláin war, jener der Maúrgin geschmiedet hatte, Irváins Vater. Nemgláin gehörte zur Sippe von Meróin Dunkelhelm aus Khambrins Geschlecht. Khambrin war der Urgroßvater von Fárin, und durch diese Bande waren Meróin, Fárin, Nemgláin, Irváin und Ferivóin enge Verwandte. Téorlin zürnte Ferivóin. Nemgláin Harthammer wollte vermitteln, denn er war beides: Vertrauter und Freund des Khuradums und Angehöriger von Ferivóins Sippe. So hoffte er auf beider Einsehen. Sein Versuch misslang. Téorlin Silberstirn nahm es Nemgláin übel, dass dieser Ferivóin nicht verurteilte. Er bezichtigte in seinem maßlosen Zorn Nemgláin des schweren Vertrauensbruchs – zu Unrecht. Aber die Worte waren gefallen, und sie wurden nicht zurückgenommen. Später nannten wir dies das Erste Große Zerwürfnis.

Da trat Irváin an beide heran und vermittelte seinerseits zwischen seinem Vater und dem Khuradum. Als Zeichen des guten Willens kündigte er an, für Vazarenia ein neues Tor zu schaffen und dafür einen ganz besonderen Schlüssel schmieden zu wollen. Er tat, was er versprochen, und kehrte mit einer doppelten Axt wieder, die sich in zwei einzelne Äxte teilen ließ. Du wirst es bereits ahnen: *Nemandáur* nannte er die eine, und *Téorandáur* hieß er die andere. In beiden Namen findest du, nicht unerwartet, die Rufsilben der Zerstrittenen wieder. So war beiden Ehre erwiesen, und Téorlins Zorn verblasste.

Einem jeden der beiden Zerstrittenen händigte er eine der Waffen aus und rief: *Nur gemeinsam schließen, nur gemeinsam öffnen sie! So, wie die Schlüssel Seite an Seite gehören, so gehört ein Freund an die Seite des anderen! Möge beides für alle Zeiten einander verbunden bleiben!*

So sprach er, und er erhielt freudigen Beifall, und aller Zwist ward darob vergessen; und in die eine wie die andere Torhälfte legte er eine kostbare Schrift aus blauem Sildirum: TÉOR und NEM steht seitdem dort geschrieben, und es ist immer noch lesbar für jene, die den Weg dorthin finden, obwohl jetzt keine Gidwargim mehr in Téorlins Hallen ein- und ausgehen, denn Vazarenia ist seit Langem verlassen und dunkel.

Aber ach! auch dies ist Nemgláins Werk. Lange Jahre verstrichen in Frieden, und der Zwist ward wahrlich vergessen. Dann aber, in seinen alten Tagen, schmiedete Nemgláin *Narbláin* und *Tyrfing*, denn er wollte es seinem Sohn gleichtun und schmiedete Schwesterklingen. Mit diesen beiden Schwertern aber säte er böses Blut. Die Waffen erlitten einen Makel, hervorgerufen durch falschen Stolz und durch eine in hohem Alter nachlassende Kunstfertigkeit gleichermaßen. Narbláin erweckte falsche Begehrlichkeiten in jedem, der die Klinge sah, woraufhin Meróin sie stahl; und er bekam den Namen Dunkelhelm. Témoin indes erhielt Tyrfing ausgehändigt, zusammen mit dem Auftrag, Meróin zu verfolgen und zu stellen. Er tat es und nahm Meróin Narbláin wieder ab; den Dieb führte er gefangen vor Téorlin. So begann das Zweite Große Zerwürfnis zwischen dem inzwischen alten Téorlin und dem nicht minder bejahrten Nemgláin. Téorlin wollte Meróin Dunkelhelm hart bestrafen, und Nemgláin bat um Milde. Schließlich hatte er Narbláin eben diese Hinwendung gegeben; und als nunmehr Téorlins Sohn Témóin vermitteln wollte, erlitt dieser den Tod durch Tyrfings Tücke. Denn dies war Tyrfings Hinwendung: zu töten, wann immer es gezogen wurde. Dies hatte Nemgláin bisher niemandem verraten, auch dem tapferen Témoin nicht. Als Témoin es in seines Vaters Halle zog, um es zusammen mit Narbláin an Nemgláin zurückzugeben, wandte sich das Schwert gegen ihn, da er gegen niemand anderen vorging. Témoin durchbohrte sich selbst damit und starb zu Füßen seines Vaters. Großes Wehklagen setzte ein; alle von Khambrins Geschlecht flohen mit Nemgláin aus Angst vor der Rache derer, die aus Wagrins Geschlecht waren.

Das war der Beginn des Endes von Vazarenia. Das Tor Vazarenias ließ sich nur mit beiden Äxten gemeinsam öffnen und schließen. Doch *Téorandáur* befand sich in den Händen der Erben Wagrins, *Nemandáur* indes in den Händen der Erben Khambrins, und die Feindschaft beider Sippen war so groß, dass sie sich nicht mehr darüber verständigen konnten, den gemeinsamen Schlüssel zu benutzen.

So waren die einen aus Vazarenia verbannt und heimatlos, die anderen nicht mehr in der Lage, Vazarenias Tor zu schließen. Die einst so mächtige Grube unter dem Nebelberg war nicht länger sicher und immer weniger Gidwargim wollten dort wohnen. Also wurde sie aufgegeben.

Die Nachkommen Téorlins, gleichwohl sie im Recht waren, zerstreuten sich, und ihre einst so stolze Sippe verfiel. Die Nachkommen Nemgláins wurden zu Vagabunden, aber sie blieben einander treu; und erst Meróin Eichenpfahl, der zwölfte dieses

Namens, begann vor wenigen Jahren mit dem Graben einer neuen Grube in den Akhanaith endh Anth-i-dheriltené.

Und hier, Finn, mein junger Vahatir, hier hast du endlich deinen Wert, nach dem du fragtest: Es ist einer, der sich in Seltenheit bemisst und nicht in Kostbarkeit! Diese Axt ist nicht nur eine wundervolle Waffe, sondern zugleich einer der zwei Schlüssel zur einst mächtigsten Grube ihrer Zeit; und ich bin in langer Linie ein gerader Nachfahre Irváins und damit rechtmäßiger Erbe Nemandáurs!«

Glimfáin schwieg. Seine Zuhörer erwachten wie aus einem langen Traum, und jeder hing auf seine Weise dem Gehörten nach.

»Aber dieser … dieser Meróin«, stammelte Finn endlich. Er war verwirrt von den vielen -áins und -óins und seltsam berührt von der eigentlichen Geschichte hinter der von ihm geretteten Axt. »Du erwähntest diesen Namen vorhin schon einmal: *Meróin*, aber einmal nanntest du ihn Eichenpfahl, dann wieder Dunkelhelm. Ist er derjenige … ich meine, er kann doch unmöglich so alt sein, oder?«

Glimfáin lachte hustend.

»Nein, ganz gewiss nicht. Der damalige Meróin erhielt erst viel später den Beinamen Dunkelhelm, weil er Nárbláin stahl; der Name Meróin hingegen ist häufig in meiner Sippe vertreten, und Eichenpfahl ist der zwölfte dieses Namens, und bisher trägt er ihn in Würde.«

Alle hatten Glimfáins Erzählung gebannt verfolgt, von seiner Sprechweise und der blitzenden Axt, die er in den Händen hin und her drehte, während er redete, gleichermaßen gefesselt. Fast ein jeder wollte Nemandáur daraufhin aus der Nähe betrachten. Abhro und seine Gesellen verschränkten die Arme ungläubig vor der Brust, als sie erfuhren, worauf sie starrten: auf eine Waffe, die vor über dreitausend Jahren geschmiedet worden war. Dennoch, so erkannten sie staunend, waren Blatt und Stiel gänzlich unversehrt, als sei noch keine volle Stunde vergangen, da Irváin die Axt vom Amboss genommen hatte. Mellows Brüder wollten aufgeregt wissen, wo die beiden erwähnten Schwerter verblieben waren und welche Bewandtnis es überhaupt mit der Hinwendung habe. Der Dwarg winkte müde ab und vertröstete sie auf ein anderes Mal. Circendil erhob sich und gab den Vahit-Schmieden ein gerüttelt Maß an Anweisungen. Mellow ging nach draußen.

Tallia und Finn fanden sich plötzlich unbeachtet und allein hinter einem hohen Strohhaufen wieder, während Glimfáin die Vorzüge dwargischer Schmiedearbeiten pries, und sie umarmten einander stumm und inniglich. Beide ahnten, dass bis zu ihrem Wiedersehen leicht viele Tage, wenn nicht gar Wochen vergehen konnten, und sie fanden keine Worte in ihrem Schmerz darüber. Stattdessen drückten sie nur immer wieder ihre glühenden Wagen aneinander; und beide weinten, ohne dass sie es bemerkten.

Plötzlich legte sich das aufgeregte Stimmengewirr.

Mellow verursachte einigen Lärm und riss das Scheunentor bis zum Anschlag auf – das unverkennbare Zeichen des bevorstehenden Aufbruchs. Finn und Tallia kamen eilig hinter dem Stroh hervor und gesellten sich zu den anderen.

Eines der Schmiedeponys wurde vor den Einspänner geschirrt, während alle Abreisenden sich von Glimfáin verabschiedeten. Finn machte den Abschluss und wünschte dem Windschmied gute Besserung; er hoffte, rechtzeitig zurück zu sein, um die *Galim* mit eigenen Augen schweben zu sehen.

»Behüte Maúrgin, und sie wird dich behüten! Vergiss das nie, mein kleiner Vahatir! Lebe einstweilen wohl!«

Finn versprach es, verneigte sich und folgte den anderen hinaus.

Abhro und Tallia saßen schon auf dem Einspänner; der alte Vahit ergriff soeben die Zügel. Die Rohrsangbrüder stiegen auf ihre Ponys. Circendil hockte mit seinen zu langen Beinen auf Gwaeths Rücken. Finn kletterte irgendwie in Smods Sattel, steif vom langen Sitzen und den vorausgegangenen Beschwernissen.

Mellow gab mit einem schrillen Pfiff das Zeichen. Mit Rattern und mit Hufgeklapper setzte sich der Tross in Bewegung, und Franan und Giran winkten ihnen nach, bis der Waldweg alle verschluckt hatte.

Über ihrer Zusammenkunft war die Sonne weit in den Nachmittag hineingewandert. Sie blinzelte schon schräg von Westen her durch die Zweige. Finn, der hinterdrein ritt, drehte sich noch einmal um, als er einen letzten Blick zwischen hängenden Weiden auf die Wasser der Mürmel erhaschen konnte; und er fragte sich, ob es wohl klug war, die wertvolle Gilwe unter dem fragwürdigen Schutz zweier Einfaltspinsel, die nicht einmal etwas von ihrem Vorhandensein ahnten, und eines schwerverletzten Dwargen zurückzulassen. Circendil indes schien es für richtig zu halten; der Medhir erwähnte die Gilwe weiterhin mit keinem Wort.

Ergeben zuckte Finn mit den Schultern.

»Einmal mehr haben wir scheint's keine Wahl«, murmelte er, drehte Smod herum, ließ ihm die Zügel schießen und galoppierte den anderen hinterdrein.

Ob es nun Leichtsinn war oder nicht, oder ob Aman die Einfältigen in besonderer Weise behütete – es erfolgte wundersamerweise bis zu Tallias und Abhros Rückkehr kein Schaden aus ihrem Tun, nicht an diesem und auch nicht am nächsten Tag.

Aber es sollte eine geraume Zeit vergehen, bis Finn seinerseits davon erfuhr.

Auf den letzten Meilen vor Mechellinde grummelte es von fern über dem Sturz. Der Wind schlief ein. Auf den Stoppelfeldern waren keine Krähen mehr zu sehen. Selbst die Grillen zirpten nur noch vereinzelt, doch auf seltsame Weise überlaut; der Abendhimmel nahm unter rasch vorübereilenden hohen Schleiern eine ungesunde, bleiern-gelbliche Farbe an.

Dann sank die Eintrübung herab und wurde dichter. Gerade, als sie vor dem Gasthof zum *Rauschenden Adler* hielten, öffneten schwere, grauschwarze Wolkentürme mit krachenden Schlägen ihre Schleusen. Es blitzte und donnerte ohrenbetäubend. Wie in Wellen rollte es in einem fort über dem Dorf, als rumpelten tausende von Wagenrädern gleichzeitig über Mechellinde hinweg. Das Gewitter drehte sich im Kreis über den Dächern. Stundenlang schüttete es wie aus Kübeln, während sie hinter den beschlagenen Buckelscheiben der Gaststube saßen und bei einem frühen Abendbrot auf ein Nachlassen des Sturzregens warteten. Ihre Geduld wurde auf eine harte Probe gestellt, sehr zum Ärger Circendils, dessen Gesicht immer länger und länger wurde, je heftiger der Regen pladderte.

Der Marktplatz floss im Nu über. Er wurde zu einem zerprasselten See, mit einem einsamen Brunnen als Insel in seiner Mitte. An eine Weiterreise war unter diesen Umständen vorerst nicht zu denken. Darüber vermochte auch das vorzügliche Adlerbräu nicht hinwegzutrösten, das ihnen Beuzam Weihe anbot, der Wirt des *Rauschenden Adlers*. Es sei ein kräftiges Bier, warnte Mellow mit Recht, und sie tranken nur wenig.

Eine merklich klamme Kühle drang durch Türspalte und Ritzen, und schnell waren sie dankbar für das im Kamin flackernde Feuer in ihrem Rücken; sie selbst saßen nach ihrem Essen nur da und starrten ungeduldig hinaus.

Sie vermochten kaum miteinander zu reden, von einzelnen Bemerkungen abgesehen. Ein jeder Donnerknall schleppte ein knatterndes Nachrollen mit sich, das klang, als würden Felsen über ihren Köpfen zermalmt. Der Regen trommelte dazu auf das Vordach und klatschte wütend gegen die Scheiben. Dann frischte der Wind auf und trieb Schlieren von Wasser und Wirbel von braunem Laub über den Marktplatz. Bei jedem Blitz huschte ein kreidebleiches Flackern über ihre Gesichter. Unter dem Tisch drückte Tallia Finns Hand, er spürte deutlich, wie sie mehr als einmal beim hereinbrechenden Donnerschlag zusammenzuckte.

Darüber wurde es dunkler und dunkler.

Als der Regen endlich nachließ, aber immer noch nicht bereit war, sich geschlagen zu geben, war die Sonne längst untergegangen.

Ein nasser, grauer Abend brach allzuschnell herein. Die Wolken, von nachjagenden Winden zerrissen, entschwanden nach Westen. Ein zunehmender Halbmond hing jenseits der letzten Umwölkung am Himmel wie ein Stück vergessener, ranziger Käse. Er tauchte alles in ein kraftloses, gelbliches Licht, das alle Farben verfälschte und ihre Gesichter wie mit Wachs übergossen aussehen ließ. Noch tröpfelte es, aber es war immerhin ein Ende abzusehen. Ein kaltes obendrein, denn von der Wärme des Tages war nichts mehr geblieben.

Kampo und Sahaso unternahmen einen Erkundungsgang.

Die Straßen, berichteten sie kurz darauf, hätten sich in wadentiefe Schlammbahnen verwandelt. »Aber seitwärts der Wege könnt ihr reiten«, sagten sie und rieben sich die kalten Hände. »Falls ihr die Nacht nicht besser hierbleiben wollt.«

Sie beratschlagten sich kurz und sagten dann, sie wollten nicht.

Circendil zog es mit aller Macht nach Sturzbach. Auch Finn wollte noch ein paar Meilen zurücklegen, solange es irgend möglich war und der Mond noch genügend Helligkeit spendete. »Und ich nicht vor Müdigkeit aus dem Sattel falle«, setzte er hinzu.

Finn war in der Tat müde wie selten zuvor; dennoch wurde er zugleich zunehmend unruhiger wegen der Geschichte mit der Tassel seiner Mutter und dem, was ihr möglicherweise zugestoßen war. Er machte sich mehr Sorgen, als er sich eingestehen wollte. Aber er erwähnte es mit keinem Wort.

Beuzam Weihe kam hinter seinem Tresen hervor, beugte sich vor und äugte aus dem Fenster. »Na ja« meinte er. »Ihr müsst es schließlich wissen. Für knappe drei Stunden steht der Mond noch am Himmel.«

»Falls ihr also mehr als einen Fußbreit weit sehen könnt«, erklärte der Adlerwirt, der häufiger in Geschäften zwischen den beiden Dörfern pendelte, »und sofern ihr vorsichtig reitet, so könnt ihr es mit etwas Glück heute noch zumindest bis Räuschelfurt schaffen.«

Wie weit das wäre, fragte der Mönch.

Ein Ritt von fünfzehn Meilen, meinte Mellow, der den Weg gleichfalls gut kannte.

»Wir werden sehen«, sagte Finn. »Das Glück werden wir wohl vor allem erst am Ende brauchen. Die Räuschel könnte nämlich durch den Sturzregen angeschwollen sein. Das fehlte noch – dass wir an ihrem Ufer festsitzen und die Furt unpassierbar finden.«

Für derlei Fälle, beruhigte ihn Beuzam Weihe, habe der Furtlerwirt seit Kurzem einen Kahn, mit dem er neuerdings Reisende über den Fluss setze. Es gab nämlich ein kleines Gasthaus dort, den Furtlerbroch, in dem sie die restliche Nacht verbringen konnten. »Allerdings müsst ihr euch dann etwas gedulden – Bhremos Kahn ist nur klein, und mehr als zwei Vahits samt Ponys passen nicht darauf. Macht einfach ein bisschen Lärm. Es hängen zwei Bretter dort. Schlagt sie zusammen, er wird es hören.«

»Ihr Vahits seid ein sonderbares Volk«, meinte Circendil. »Ihr liebt den Lärm, den ihr selbst erzeugt, so viel steht für mich fest. Laut rufend durch stillen Wald zu brechen genügt euch nicht. Jetzt schlagt ihr gar Hölzer aneinander, um mit ihrem Knall auf euch aufmerksam zu machen. Ist euch je der Gedanke gekommen, jemand anderes als ein Vahit könne dies hören? Und nachsehen kommen, woher all dieser Lärm rührt?« Er schüttelte vielsagend den Kopf und zog Mantel und Rucksack hervor.

Bis Aarienheim waren es insgesamt gut und gerne weitere stramme sechzig Meilen; ein sehr langer Tagesritt, selbst für ausgeruhte Ponys und bei gutem Wetter; und jeder Schritt, den sie heute noch zurücklegen konnten, würde ihre morgige Anstrengung erleichtern. Also entschieden sie, ihren Aufbruch trotz der schwierigen Straßenverhältnisse nicht länger hinauszuschieben.

Unter Schirmen, die ihnen Beuzam lieh, huschten sie zur Bücherey, verabschiedeten sich von Tuom Mürmdohl und Geng dem Stalljungen und holten ihr restliches Gepäck aus dem Gästehaus herüber. Finn verteilte seine Sachen besser und packte so viel in seinen Rucksack hinein, wie es nur ging. Anschließend bezahlte er beim Adlerwirt ihr gemeinsames Abendbrot und für die Unterbringung der Ponys im Stall, und als er mit allem fertig war und in seinen Mantel gehüllt vor Tallia stand, gab es einen zweiten, für beide viel zu kurzen Vieraugenabschied.

Danach gingen alle in den tropfnassen Hof hinunter, und dort, bei den Ställen an der rückwärtigen Seite des *Adlers,* zwischen Fässern und Kistenstapeln gedrängt, sagten alle, die abreisten, jenen, die zurückblieben, Lebewohl.

»Wir behalten die Hammerschmiede im Auge«, beteuerte Sahaso. »Sooft es geht, werden wir Glimfáin besuchen und nach dem Rechten sehen.«

»Gebt bitte alle auf Tallia acht!«, bat Finn. »Besonders dich bitte ich darum, Herr Abhro. Versprich mir, sie nie alleine zu lassen. Zumindest, bis die Gwaethirin da sind.« Der alte Vahit gab ihm die Hand darauf, knurrte ein »Bei meiner Zange!«, winkte und ging zu seiner längst fälligen Verabredung mit dem Bürgermeister hinüber zum Máhirhaus.

Die drei Rohrsangbrüder umarmten einander und übertrumpften sich gegenseitig mit größtenteils unnützen Ratschlägen.

Als Mellow endlich im Sattel saß, schwangen alle drei ihre Hüte. Die Bänder flogen nur so zu verhaltenen Hochrufen. »Vergesst eure Pflichten nicht«, mahnte Circendil die beiden älteren. »In euer beider Händen liegt das Schicksal des Obergaus, wenn nicht gar das des ganzen Hüggellandes. Tut, was wir vereinbart haben. Lasst nichts aus. Und vor allem – tut es rasch.« Sahaso und Kampo drückten ihm die Hand und versprachen es.

Tallia trat dicht an Smod heran und streichelte seine Mähne. »Pass auf dich auf«, flüsterte sie, zu Finn gewandt. »Viel Glück.«

Es waren die gleichen Worte, die sie schon einmal zu ihm gesagt hatte, und beide erinnerten sich daran. Er umfasste ihre Hand und drückte ihr einen Kuss auf die Stirn. Er roch ihr feuchtes Haar und murmelte ein *»Vor allem dir!«* durch den Kloß in seinem Hals. Er schluckte schwer. Er wisperte noch ein sehnsüchtiges *»Bis hoffentlich bald«*; dann drehte er sich entschlossen um und ergriff Smods Zügel. In seinem Rücken hörte er, wie Tallia die drei oder vier Stufen hoch zurück in den Gastraum lief. Die Tür fiel federnd ins Schloss.

Der *Rauschende Adler* war eines der ältesten Gebäude der Gegend und fast so alt wie die benachbarte Bücherey. Beide Gebäude stammten aus derselben Zeit, kurz nach der Besiedelung des Hüggellandes. Ihre Mauern waren von ganz ähnlicher Machart, Zeugen einer alten Zeit. Grundlage war ein rechtwinkliges Ständerfachwerk, wie es bei den Menschen in Vindland üblich gewesen war. Das war von behutsamen Händen im Laufe von sieben Jahrhunderten immer wieder erneuert und um- und ausgebaut worden, wobei jedoch die alten Bauweise erhalten blieb. Bücherey und Gasthaus zeigten sich noch nicht geprägt von der erst später entwickelten Vorliebe der Vahits für kreisförmige Bauten, wie bei den Brochs oder den noch jüngeren Rundhäusern. Allerdings gab es auch hier schon ein hohes Rund: einen Torweg, der vom oberen Stockwerk überwölbt wurde. Finn führte Smod hinein und folgte Gwaeths Schweif und dem hoch aufragenden Rücken des ihm vorausgehenden Mönchs. Die Eisen der Ponys hallten im stockdunklen Durchgang so laut wider, dass Tallia ihr Geklapper drinnen gewiss hörte.

Noch hatte der Wirt die Nachtlampen nicht entzündet. Aber als sie das Tor hinter sich schlossen, schien draußen ein halbverhangener Mond und tauchte alles in sein gelbgraues Licht. Mehr tastend als sehend stellte Finn einen Gurt am Sattel richtig ein. Über Smods Kruppe warf er einen letzten Blick zu den Butzenfenstern, weil er ein goldumrahmtes Gesicht hinter der Scheibe zu erkennen glaubte; er blinzelte und wollte winken, aber da war nichts. Das Gesicht war plötzlich verschwunden oder er hatte sich getäuscht.

Finn kletterte als letzter der Gefährten in den Sattel. Er

schreckte aus seinen Gedanken auf, als er ein jähes Stampfen hörte, das von keinem ihrer Ponys herrührte – er fuhr im Sattel herum und wurde eines Reiters ansichtig, der im tiefen Schatten unter der Kastanie verharrte.

Die massige Gestalt hockte auf einem Pony, das dicht am Stamm des gewaltigen Baumes mit den Hufen scharrte, und sie war zunächst nicht mehr als ein weiterer Schatten – ein Stück Schwärze im nassen Nachtgrau des Marktplatzes. Mit seinem regendunklen, lang über den Ponyrücken herabfallenden Lodenmantel verschmolz der Reiter fast mit seiner Umgebung. Unter der weit vorgezogenen Kapuze war kein Gesicht zu erkennen, nur die breite, tropfende Krempe eines Hutes lugte darunter hervor und eine Ahnung von Augen. Den Hut zierte kein Band; aber seitlich ahnten sie schemenhaft die eingestickte Sonnenblume. Der Reiter triefte, als habe er seit Stunden dort gestanden. Das Pony guckte sie traurig an.

»N' Abend zusammen«, sagte die Gestalt, und sie erkannten Bholobhorg Feldschwirls näselnden Tonfall. Er schniefte. Sein Atem kräuselte sich zu kleinen Wölkchen, während er sprach.

»Bhobho? Bist du das etwa?«, fragte Mellow entgeistert. »Was um alles in der Welt machst du denn hier?«

»Ich warte auf euch, wie du bemerkt haben wirst«, bekam er zur Antwort. »Ihr seid ohne Frage spät dran, aber immerhin vollzählig.« Bholobhorg warf die Kapuze zurück und legte grüßend die Hand an den Hutrand und nickte von einem zum anderen. »Wie ist das werte Befinden?«

»Befremdlich, wenn du mich schon fragst«, versetzte Mellow. »Was soll das werden? Weshalb wartest du auf uns?«

Der Tanninger Landhüter keckerte und schüttelte zugleich den Kopf. Seine Pausbacken bebten. »Sieht man das nicht? Ich bin eure Verstärkung«, erklärte er. »Ihr werdet Landhüterunterstützung brauchen, könnte ich mir denken.« Sein Stab lag quer über den Knien. Über die ungläubigen Blicke schürzte er die Lippen und ließ sein dickes Pony um die anderen herumtänzeln. »Also, ich für mein Teil«, feixte er weiter, »ich habe lediglich von eurer kleinen Reise runter nach Sturzbach gehört. Und da mich zufällig grad zu dieser Stunde Herr Gesslo mit einem Auftrag in den Untergau schickt, schlug ich vor, ich schließe mich euch besser an. Herr Gesslo stimmte mir zu; er fand den Vorschlag großartig. Ich überbringe euch hiermit seine besondere Empfehlung.«

»Da du davon sprichst – weißt du, was ich dir empfehle?« Mellows Stimme wurde ungehalten. »Und zwar sehr dringend? Du…«

»Lass ihn«, sagte Circendil ruhig. »Er führt nur einen Auftrag aus. Ein treuer Gefolgsmann des Gauvogts! Treue sollte belohnt werden, findet ihr nicht? Du willst dich uns also anschließen, Bholobhorg Feldschwirl?«

Bhobho neigte den Kopf und deutete eine Verbeugung an. »Das ist mein Wunsch.«

»Er sei dir gewährt. Aber nur unter einer Voraussetzung.«

Bhobhos Kopf ruckte hoch. »Was für eine Voraussetzung?«

»Du stellst dich bedingungslos unter den Befehl des ehrenwerten Herrn Helvogts Mellow Rohrsang, und zwar für die gesamte Zeit, die du in unserer Gesellschaft verbringen wirst. Es ist dir jederzeit gestattet zu gehen, wenn diese dir nicht länger behagt. Und du hast ferner die Wünsche Herrn Finns zu achten und selbst die meinigen, des Wuochts oder Mönches aus Vindland. Oder was immer ich bin. Falls du mich verstehst.«

Bhobho senkte den Blick. Selbst er erkannte die Spitze, und er wusste nur zu gut: Diese hatte er mehr als verdient.

»Einverstanden«, sagte er schnell. »Ihr werdet es nicht bereuen. Wart nicht ihr gerade diejenigen, die, glaube ich, zu besonderer Vorsicht riefen? Zu mehreren sind wir sicherer, oder? Ja nun, hier habt ihr mich. Zwei Augen mehr zum Sehen, zwei Hände mehr zum Kämpfen, falls es darauf ankommt.«

»Kämpfen? Einen Mund mehr zum Mampfen, wolltest du wohl sagen.« Mellow nahm Vanku ein paar Schritte zurück und stellte sich Bhobho in den Weg.

»Na, was denn?«, begehrte der auf. »Zur Zeit soll es ein ziemlich schlechtes Reisen auf einsamen Straßen sein, hörte ich; zumal des Nachts, und es soll nicht nur am Wetter liegen.«

»Das also hast du gehört.«

»Ja. Das und anderes. Gewisse Gestalten treiben sich außerhalb der Dörfer rum, kaum dass es dunkel wird. Gidroggesindel wohl vor allem. Hab zwar noch keinen mit eigenen Augen gesehen, aber das soll beileibe nichts heißen. Ihr kennt euch dafür ja umso besser mit denen aus. Ganz Mechellinde spricht ja jetzt von nichts anderem mehr. *Huh, Gidrogs*, sagen sie, und zittern vor Angst.« Er schnaubte belustigt und schüttelte seinen Stab. »Jedenfalls ist's nett, dass ihr Herrn Gesslos Empfehlung Folge leistet und mich mitnehmt und alles. Nun also vorwärts! Wenn Ihr soweit seid, Herr Medhir? – Ich soll voraus? Aber gern. Ich habe die Ehre!«

Bholobhorg wartete ihr Einverständnis nicht einmal ab, sondern schnalzte nur zufrieden. Er wendete sein Pony und setzte es langsam in Bewegung.

Als er aus dem Schatten kam, feixte er über sein nasses Antlitz ins trübe Mondlicht hinein und nickte dabei gefällig wie jemand, der einen Sieg errungen hatte.

Ohne sich weiter um seine neuen Reisegefährten zu kümmern, ritt der Tanninger Landhüter an ihrer Spitze zum Brunnen und dicht daran vorbei.

Beim hell erleuchteten Landhüterhaus bog er in die Straße der Schneider ab. Tiefe Pfützen standen hier, die im Widerschein der Fenster schimmerten. Sie wechselten einige Worte mit den Vahits, die bei der Barrikade Wache standen und ihnen den Weg freiräumten. Dann folgten sie Bhobhos vorausreitender unförmiger Gestalt auf seinem dicken Pony, einer wie der andere nahezu sprachlos vor Verblüffung und Ärger.

7. KAPITEL

In Räuschelfurt

Sie ritten an Kreko Reihers niedergebranntem Broch vorbei und wurden von den zusätzlichen Wachen am östlichen Zauntor herausgelassen.

Nur ein einziger der dort im Abendwind frierenden Vahits, und der Älteste noch dazu, hielt einen Bogen geschultert. Finn erkannte in ihm Istvan Löffler, einen der drei oder vier Obergauer Jäger und Waldpfleger; Istvan war früher einmal Landhüter gewesen und viel im Hüggelland herumgekommen. Jetzt hatte er abermals den Hut genommen. Weißhaarig und knorrig wie eine Moorreiche stand er da und blickte trotzig wie ein Jüngling über den Zaun. Dabei hatte er längst ein Alter erreicht, in dem andere ihren Tee am wärmenden Feuer schlürften und nur noch von vergangenen Zeiten schwärmten.

Mellow hielt kurz bei ihm an und schärfte Istvan ein, sich schleunigst zu Sahasos und Kampos Verfügung zu stellen: Alle Jäger würden dringend als Gwaethir-Ausbilder gebraucht, anstatt an Toren ihren Dienst zu versehen. Er musste laut dabei sprechen und einiges zwei Mal sagen. Istvans Augen waren weitaus besser als seine Ohren. Aber dann hatte der alte Vahit es begriffen, raffte seinen Köcher auf und schlurfte grummelnd zurück ins Dorf.

Hinter den Reitern verschlossen die anderen Wachen das Dornenheckentor wieder. Einer der Vahits winkte und rief ihnen zum Abschied fröhlich *Gute Reise!* hinterher. Circendil seufzte und murmelte etwas in seinen Bart. Finn, der mit Mellow ihre Nachhut bildete, glaubte dabei die Worte *allesamt* und *Waldkrakeeler* herauszuhören. Bholobhorg setzte von alledem unbekümmert seinen Weg fort. Inzwischen ritt er ihnen ein gutes Stück voran, hochaufgerichtet und so würdevoll, wie es ihm nur möglich war; er wollte wohl den Eindruck erwecken, dass er der Anführer und sie die Schar seines Gefolges waren.

Mellow warf einen letzten Blick über die Schulter, als widerstrebe es ihm plötzlich, Mechellinde zu verlassen. Dann gab er sich einen Ruck und lenkte Vanku an Smods Seite. Schon bald wand er sich im Sattel hin und her. Er schnaufte, rückte seinen Hut zurecht, der völlig richtig saß, kniff die Lippen zusammen und wiegte in einem fort den Kopf.

»Na schön!«, stieß er nach einer Weile hervor. »Das ist anscheinend die große Frage des Abends. Ich werd einfach nicht schlau daraus. Was denkt er sich eigentlich dabei?«

»Einen Twelter für *deine* Gedanken«, antwortete Finn und lachte leise. »Du grübelst wieder, falls du es nicht bemerkst. Nun sag schon: Wer denkt sich was wobei? Von wem sprichst du überhaupt? Von Istvan?«

»Nein, natürlich nicht. Er ist für sein Alter noch ganz gut beieinander, wenn er auch kaum noch etwas hört. Nein, ich meine die merkwürdigen Umtriebe unserer Obergauer Landhüterey.«

»Aha. Und wen meinst du da im Besonderen? Bhobho? Oder Herrn Gesslo?«

»Gute Frage. Den einen wie den anderen, fürchte ich. Bhobho ist nicht gerade das, was ich einen fähigen Landhüter nennen würde, aber er gehört nun mal dazu. Wir sind nie Freunde geworden, aber wir kamen miteinander aus. Doch plötzlich ist da diese Feindseligkeit mir gegenüber, die ich nicht verstehe. Und Gesslo? Hier stehe ich erst richtig vor einem Rätsel. Du weißt, ich habe ihn gemocht – und ja, auch ein wenig bewundert. Ich meine, er ist der Gauvogt, ein ehrenwerter Vahit und alles. Er hat mir eine Menge beigebracht. Er nennt ein gerüttelt Maß an Verstand sein Eigen und kann damit umgehen. Er war streng und ein bisschen in die Vorschriften verliebt, aber nie ungerecht. Doch jetzt? Es ist, als stünde ich einem Fremden, einem gänzlich anderen Gesslo gegenüber. Einem Gauvogt, den ich plötzlich anzweifle. Einem Anführer der Landhüter, Finn, der vorschnell, unüberlegt und voller Vorurteile handelt und der obendrein noch ungerecht ist.«

»Du hast neidisch und begriffsstutzig vergessen.«

»Ja, zumindest verkennt er in großen Teilen die Lage. Vor wenigen Wochen erst nannte er mich seinen besten Mann. Doch jetzt? Er straft mich wegen nichts mit Stallausmisten, hört mir kaum zu und führt sich auf, als seien ein verloren gegangener Stab und ein entflogener Hut der Gipfel aller Verfehlungen. Der drohende Untergang des Hügellandes scheint ihm nicht mehr als ein Hirngespinst zu sein. Kein Wort der Anerkennung; stattdessen beinahe greifbarer Hass und kaum zurückgehaltene Wut. Was habe ich Herrn Gesslo getan, Finn? War ich wirklich nicht gut genug?«

»Nun hör schon auf! Rede dir bloß kein schlechtes Gewissen ein. Du hast weit mehr getan als einem gewöhnlichen Vahit möglich gewesen wäre. Bis Rudenforst warst du Gesslos bester Mann. Nach deiner Rückkehr aber warst du der beste aller Landhüter, ihn selber eingeschlossen. Und eben das ist es vermutlich, was ihn so ärgert. Nicht alle Lehrer mögen es, wenn ihre Schüler sie übertreffen.«

»Vielleicht ist das der Grund. Nur wieso hat er sich von einem redlichen Gauvogt, zu dem ich aufsehen konnte, in einen zänkischen Ränkespieler verwandelt?«

»Ränkespieler? Glaubst du etwa nicht an den Auftrag von Herrn Gesslo?«

»Ich weiß nicht. Ja und nein. Bhobho würde nichts ohne einen solchen tun, nehme ich an. Aber …«

Die letzten Worte hörte Circendil, der langsamer geritten war, um auf die beiden Nachzügler zu warten.

»Oh, ich bin mir sicher, Bhobho hat einen Auftrag erhalten«, sagte der Medhir. »Nur glaube ich nicht, dass Gesslo ihn deswegen in den Untergau schickt.«

»Sondern?«, fragte Mellow.

»Ich kann mich selbstverständlich irren, aber ich meine, euer Freund Bhobho ist als Spitzel unterwegs, oder ich habe nie einen zuvor gesehen. Zunächst mal: Gesslo traut mir nicht, so viel ist gewiss. Und ein anderes ist offenbar geworden: Obwohl du beim Acaeras Alamdil noch eine hohe Meinung von deinem Gauvogt hattest, traut er auch dir nicht, Mellow. Nicht mehr, oder er hat es nie getan. Es tut mir leid, wenn ich dein Vertrauen in Herrn Gesslo nachträglich zerstöre. Ich habe ihn sogar im Verdacht, er fürchtet dich seit deinem Eintritt bei den Landhütern insgeheim.«

»Mich?«

»Ja. Denke einen Schritt weiter, und du kommst von selber drauf. Herr Gesslo brauchte nicht lange, um deine überlegene Pfiffigkeit zu erkennen. Er fürchtete schnell, du würdest ihm über kurz oder lang seinen Platz streitig machen. So stellte sich ihm die Aufgabe, dich möglichst klein zu halten, solange du bei ihm Dienst tatest. Deine erfolgreiche Rückkehr aus Rudenforst war ihm daher ein schmerzlicher Dorn im Auge. Dich öffentlich zu belobigen, kam nicht in Frage. Das hätte dich erhöht und seine eigene Furcht gesteigert. Also bestrafte er dich stattdessen mit Stallausmisten. An seiner Stelle hätte ich in dir auch jemanden gesehen, der von Anfang an das Zeug dazu mit sich bringt, selbst zum Gauvogt zu werden.

Die ganze Sache gefällt ihm nicht, da könnt ihr sicher sein. Was ich sogar verstehen kann. Mir würde sie an seiner Stelle auch nicht gefallen. Versetzt euch einmal in seine Lage. Bis Freitag war er sein eigener und unangefochtener Herr: Gauvogt Gesslo Regenpfeifer, der unbestritten oberste Landhüter des Obergaus, in Landhüterfragen sogar der Stellvertreter des Vahogathmáhirs in dessen Abwesenheit. Ein wichtiger Vahit, auf dessen Wort die Leute auf viele Meilen im Umkreis hören. Aber dann!

Seit Freitagabend verselbstständigen sich die Dinge. Eines kommt zum anderen. Und ein jedes ist schlimmer als das Vorherige für ihn. Wie eine Lawine bricht es über ihn herein: Er muss von einem Angriff auf das Hüggelland hören! Das ist so unvorstellbar, so ungeheuerlich … Er ahnt nicht einmal, was das bedeutet. Er wiegelt ab, folgt getreu dem Wahlspruch: Was nicht wahr sein darf, das nicht wahr sein kann! Er weiß nur eines – sollte es doch wahr sein, so würde dies seinen guten Ruf vollständig ruinieren. Ein Landhüter, ein Gauvogt gar, der sein Land nicht behüten kann! Bei allem, was ihm heilig ist! Nie und nimmer darf das sein! Darum sieht er nicht die Gefahr für euer Land und Volk, sondern fürchtet allein um sein Ansehen.

Gesslos eigener Dienstherr, der Bürgermeister, mischt sich daraufhin in seine Amtsgeschäfte ein. Welch eine Demütigung! Und es kommt noch einmal schlimmer: Ein Fremder – ein Mensch auch noch, ein Feind von altersher, ein Wuocht, wie er zu sagen beliebt – erhält kurzzeitig die Befehlsgewalt über seine Vogtey. Weil er selber zeigt, dass er der Lage nicht gewachsen ist. Eine doppelte Demütigung in seinen Augen! Ungerecht und unverdient! Was weiß schon dieser Wuocht!

Einer seiner Landhüter, von dem er selbst glaubte, er habe sich für ein paar heimliche freie Tage davongestohlen, hat seinerseits das getan, was eigentlich seine Aufgabe gewesen wäre. Damit kommst du ihm in die Quere, Mellow: Du hast Verantwortung übernommen. Das weiß er ganz genau. Das beschämt und ärgert ihn zu gleichen Teilen. Hättest du zuerst ihn gefragt und zuvor um seine Erlaubnis ersucht – alles wäre in bester Ordnung gewesen. Er hätte sich womöglich in deinem Lichte sonnen und als Auftraggeber glänzen können. Aber so?

Zu seiner Schande entwickeln sich die Dinge immer schlimmer. Ausgerechnet du wirst von höchster Stelle ausgezeichnet, obwohl er, Gesslo, beschlossen hatte, dich zum Sündenbock zu erklären, dich zu bestrafen und zu erniedrigen. Und mehr noch: Du wirst befördert und zum Helvogt ernannt wie deine Brüder, womit du seinen Rang überspringst und ihm auch noch vorgesetzt bist! Folglich wird Gesslo schäumen vor Wut. Und das alles, nachdem er beim Rat öffentlich an Ansehen verlor und abermals durch seine Äußerungen zeigte, wie wenig er wirklich vom Ernst der Lage begriffen hat. Kurz gesagt: Herr Gesslo ist stinksauer, und seine Wut richtet sich vornehmlich auf uns beide!

Die Dinge gleiten ihm zunehmend aus den Händen, je mehr er sie zu greifen sucht. Wenn es ihm nicht bald gelingt, vor Herrn Wredian mit Erfolgen aufzuwarten, so sind seine Tage als Gauvogt gezählt. Das ahnt er nur zu gut. Schon jetzt muss er eine Untersuchung befürchten über die Frage, wie er seine Landhüterey eigentlich führt. Und das gefällt ihm am wenigsten von allem. Was er nicht weiß, ist, wie er das schaffen soll – vor Herrn Wredian zu glänzen, meine ich. Also sucht er nach Wegen aus diesem Missstand, und sein suchend Auge findet abermals dich und mich. Vergiss nicht: Gesslos Abneigung gegen uns wird von Argwohn geschürt. Vielleicht auch von einer uneingestandenen Angst – dem leisen Zweifel, wir könnten womöglich mit allem Recht haben und er stünde am Ende im Unrecht da.

Da wir es sind, die in seinen Augen sein Ungemach verursacht haben, sieht er in uns auch diejenigen, deren mögliche Fehler ihm zurück in die Gunst der Schöffen verhelfen können. Also braucht er jemanden, der uns im Auge behält. Einen, der später treuherzig bezeugen kann, wo und wann wir einen Fehler begehen. Der vielleicht sogar dazu *beiträgt*, dass etwas schiefgeht. Denn wenn wir versagen, kann er lächelnd sagen, er habe es gleich gewusst.

Hierin, meine Freunde, liegt Bholobhorgs wahrscheinlichster Auftrag, wenn ihr mich fragt; und ich glaube nicht, dass ich wesentlich irre. Er ist wie geschaffen für die Rolle, die Gesslo ihm zugedacht hat. Stammt er nicht aus Tanning? Wer kann da unverdächtiger als Bholobhorg Feldschwirl mit uns in den Untergau reisen, mit einem sogenannten Auftrag im Gepäck?

Wenn ihr meinen Rat hören wollt, so hütet in seiner Gegenwart eure Zungen. Sprecht nicht von Glimfáin. Und, Finn – erst recht nicht von dem, was der Dwarg bei sich trägt! Und redet so wenig wie überhaupt möglich von den Dingen, die wir beabsichtigen. Ja, lasst ihn ruhig immerzu voranreiten, wenn er das will.

So können wir ihn im Auge behalten, was leichter ist, als wenn er hinter uns herzockelte.«

Schweigen folgte der langen Rede Circendils. Mehrfach hatten beide Vahits dem Menschen ins Wort fallen wollen; aber nun, da sie die Gelegenheit hatten, sahen sie den Dir nur an und suchten ihrerseits nach Worten.

Mellow warf Circendil einen langen Blick zu, setzte zum Sprechen an und schüttelte dann den Kopf.

»Also, ich weiß nicht«, meinte Finn endlich, und verwundert merkte er, wie seine Stimme leise bebte. »Ich kann nur für mich sprechen, und ich bin kein Landhüter. *Was* du behauptest, Circendil, kann so nur ein Fremder sagen; ein Mensch, der die Vahits des Hüggellands nicht kennt, ich bitte um Verzeihung. So, *wie* du es sagst, klingt es auf eine schräge Weise schlüssig, das muss ich zugeben. Aber andererseits will ich es auch kaum glauben! Schön, Bhobho mag der sein, der er ist. Und ja, er stammt aus Tanning. Dort unten *sind* die Leute reichlich seltsam. Aber ich vermag mir nicht vorzustellen, er verstoße absichtlich und vorsätzlich gegen die Vorschriften. Nie und nimmer! Bei allem schlechten Betragen nicht! Würde er das tun, was du vermutest, also dazu beitragen, einen Fehler zu begehen, wie du es nennst, so richtet sich dieser Fehler doch gegen das Wohl des Hüggellands. Du meine Güte! Er mag ein lausiger Landhüter sein und ein Verehrer von zu viel Pflaumenkuchen, ja und ja. Aber das geht mir denn doch einen entscheidenden Schritt zu weit! Kein Vahit würde dergleichen auch nur denken! Geschweige denn tun!«

»Bhobho *ist* ein Landhüter«, sagte Mellow, nicht minder aufgebracht, und alle sonstige Fröhlichkeit war aus seinem Gesicht wie weggewischt. »Und ob lausig oder nicht, er *hat* einen Eid auf die Hel abgelegt. Daran gibt's nichts zu rütteln. Sein Auftrag lautet, das Hüggelland zu schützen und Schaden von ihm zu nehmen, und dazu steht er, mein Wort drauf! Noch nie hat ein Vahit hierin seine Pflichten versäumt. Und Bhobho wird nicht damit beginnen! So wenig ich ihn leiden kann, so sehr glaube ich an die Treue seinem Eid gegenüber.

Der Bürgermeister persönlich hat Finn und mich zu deinen Begleitern ernannt, um dir bei deiner Suche zu helfen. Für uns Vahits bedeutet das sehr viel, Circendil. Unternähme Bhobho etwas gegen uns, verstieße er damit gegen die ausdrückliche Anordnung des Vahogathmáhirs. Unser Fehler wäre sein Fehler. Ich teile Finns Ansicht. Ich kann mir ein solches Verhalten beim schlechtesten Willen nicht vorstellen. Das, was du da andeutest … Es klingt, wie soll ich sagen, viel zu … na, eben zu *menschlich*. Die Dirin handelten einst an uns so, gaben gute Worte und nahmen uns dafür unser Land. Wir Vahits hingegen halten unser Wort! Bhobho soll dazu beitragen, dass wir einen Fehler begehen? Vergiss es. Das wird er nicht. Niemals!«

»Eide sind schon früher gebrochen worden«, gab Circendil zu bedenken.

»Nicht im Hüggelland!« Finn zischte es beinahe. »Nicht von den Vahits!«

»Und schon gar nicht von einem Landhüter!« Mellows Augen blitzten. Vanku schnaubte beleidigt, als Mellow zu heftig an den Zügeln zerrte.

»Mag sein«, lenkte Circendil ein. »Ich will auch nicht unken. Immerhin – die Warnung ist ausgesprochen worden. Lasst uns inständig hoffen, dass beides hier nicht zum ersten Mal geschieht. Bei Amans Weisheit! Ich würde mich wirklich freuen, behielte ich Unrecht.«

Er seufzte, als sein Blick von einem zum anderen flog.

»Es liegt mir fern, zwischen euch Zwietracht zu säen. Ihr beide kennt euer Volk besser als ich. Ich indes kenne die Dirin. Und ihr mögt es hören wollen oder nicht: Allzu viel Menschliches habe ich an euch Vahits schon erlebt, und noch bin ich nicht einmal eine Woche Gast in eurem Land. Wir unterscheiden uns in der Körpergröße, das kann ein jeder sehen. Aber unterscheiden wir uns denn wirklich so sehr im Fühlen und Denken? Nein. Hütet euch darum vor Dünkel und Selbstbetrug. Es mag im Hüggelland mehr Tugend geben als in anderen Landen, das will ich nicht bestreiten. Es mag sogar mehr davon im Herzen eines dicken Hutträgers ruhen als in den Gedanken eines nur zu oft enttäuschten Davenamönchs. Wer weiß? Aber gilt das auch für einen alten, verärgerten Gauvogt? Heilige Einfalt! Ich rate nur zur Vorsicht. Mehr nicht. Und lieber warne ich vergeblich als gar nicht. So sei es drum!«

Der Mönch blickte die Vahits eindringlich an und fuhr fort: »Aber *nie* ist ein Wort, das niemals eintritt! Es gibt immer und für alle Taten ein erstes Mal. Leider! Wie es auch ein letztes Mal für alles gibt«, fügte er düster hinzu.

Damit trieb er Gwaeth voran und schloss zu dem derweil schon weit vorausgerittenen Bholobhorg auf. Allerdings blieb er zwei oder drei Ponylängen hinter dem Vahit und für sich allein. Er schlug sich fest in seinen Mantel und zog die Kapuze tief in die Stirn. Ein Stern stand über seinem Haupt, während er die Straße entlangritt, kalt und starr – er funkelte und blinkte nicht, ehe er hinter einer heranziehenden Wolke verschwand.

»Na sowas«, wunderte sich Finn. »Was ist denn dem über die Leber gelaufen?«

Mellow beugte sich vor und streichelte entschuldigend Vankus Hals.

»Na ja, er hatte einen schweren Stand gestern. Nachdem du fort warst, gab es eine Reihe von ermüdenden Gesprächen mit allen möglichen Leuten, die alles nochmals haarklein von ihm wissen wollten. Du kannst es dir gewiss vorstellen: Zuerst nahm ihn Herr Ludowig ins Verhör – du weißt ja, wie er ist! – und untersuchte jede Einzelheit seiner Geschichte auf Widersprüchlichkeiten. Ganz so, als ob er einen Schüler prüfe. Und Circendil musste dies und jenes umso ausführlicher erläutern, je länger es dauerte, obwohl es ihm weit dringlicher erschien, Sahaso und Kampo in Sachen Verteidigung des Hüggellandes zu unterweisen. Am

Ende hatte er alles wahrscheinlich drei Mal erzählt und war mit meinen Brüdern noch keinen erkennbaren Schritt vorangekommen. Die Zeit brannte ihm sichtlich unter den Nägeln. Am Ende wurde er fast ungehalten und erklärte, es gäbe Wichtigeres zu tun.

Als Ludowig endlich zufrieden war, kamen die Schöffen hereingeschneit. Sie hatten zusammengehockt und sich eine Reihe von brauchbaren Vorschlägen ausgedacht, wie sie sicher dachten. Na ja, es wurde schnell deutlich, wie wenig die allesamt taugten. Jedenfalls wurde Circendils Gesicht immer länger und länger. Er hatte seine liebe Mühe, unseren Alloberen das beizubringen, was er einen Kriegsplan nannte. Dabei galt es ihre Bedenken zu zerstreuen in allem, was ihre Vorstellungskraft überstieg. Das war weit mehr, als sie im Rat gesagt hatten. Immerhin nahmen sie Kampo und Sahaso bei der Gelegenheit den Eid auf die Hel ab, und Herr Wredian schickte nach jemandem, der gleich drei neue Hüte brachte.

Drei?, fragte ich. *Drei, sagte Herr Wredian, denn auch du sollst ein Helvogt sein. Du wirst mit Herrn Circendil reisen und ihn in meinem Namen unterstützen. Bist auch du bereit, den Eid zu leisten?*

Ich war es, und da hast du ihn, meinen neuen Hut.«

Er nahm ihn ab und ließ das blaue Band nachdenklich durch seine Finger gleiten. »Ich bin für Herrn Circendils Wohlergehen verantwortlich, und darüberhinaus für das Sammeln von Nachrichten über den Feind.«

»Ein Späher der Hel also«, meinte Finn.

»So was in der Art.« Er stülpte sich den Hut wieder auf den Kopf. »Ich soll auf alles ein Auge haben, was fremd ist im Hüggelland, und Herr Wredian nahm mich beiseite und wies mich eindringlich darauf hin, auch unser Mönch sei ein Fremder hierzulande. Er schärfte es mir ein und fragte mich drei Mal, ob ich verstanden hätte.«

»Mit anderen Worten – du sollst Circendil ausspionieren?«

Finn spürte, wie sich Empörung in ihm regte. »Für Wredian? Und bei sowas machst du mit?«

Mellow zuckte mit den Schultern. »Ich dachte mir, besser ich, als wenn ein anderer diesen Auftrag erhält. Ehe Unfug dabei angerichtet wird, meine ich. Wir beide kennen Circendil und vertrauen ihm. Wir wissen, er ist ein Freund der Vahits. Vor allem ist er unser beider Freund. Andere würden es vielleicht anders sehen.«

Er stutzte und warf einen bezeichnenden Blick auf Bholobhorg. »Oder sie haben es womöglich schon getan«, fügte er leiser hinzu. »Wir waren vorhin zu hitzig, Finn. Vielleicht hat Circendil mit seinem Verdacht mehr Recht, als uns beiden lieb ist. Wenn Wredian einen Späher der Hel entsendet, wie du es nennst, warum soll dann nicht auch Gesslo einen Spion an seine Seite stellen? Ich fürchte, wir werden uns in aller Form entschuldigen müssen.«

Aber ehe sie noch dazu kamen, sahen sie Bholobhorg anhalten. Er wartete, bis sie zu ihm aufgeschlossen hatten. Da erkannten sie erst, wo sie sich befanden.

Vor ihnen ragte der Felsen des Mürmelkopfes aus dem Grau der Nacht. Die linke Seite seines Steingesichtes lag matt im Licht des Mondes, der schon nach Westen wanderte. Sie hielten jetzt an der Stelle, an der die Straße zum Fluss hin abbog, um den Mürmelkopf zu umrunden. Leise flüsterte die Mürmel über die Kiesel.

»Worauf wartest du?«, fragte Mellow leise. »Was ist?«

»Ich frage mich, ob noch Gidrogs in der Nähe sind.«

»Wenn es sich so verhielte, würdest du endlich einen zu Gesicht kriegen«, murmelte Finn und legte die Hand auf das Heft seines Schwertes. »Fast wünschte ich, es wäre so.«

»Ein seltsamer Wunsch«, meinte Circendil. »Und einer, der erfüllt werden soll. Was Finn leichten Sinnes vergessen zu haben scheint: Es *sind* sehr wohl noch immer Gidrogs in der Nähe. Und du *wirst* jenseits des Felsens mehr als einen zu Gesicht kriegen.«

Trotz des fahlen Mondlichts sahen sie, wie Bhobho erblasste. »Aber … aber werden sie uns nicht angreifen?«

»Du kannst getrost weiterreiten, Herr Bholobhorg. Sie sind tot, einer wie der andere – gefallen in der Schlacht zur Freitagnacht. Falls du dich erinnerst: An diesem Abend suchtest du, glaube ich, Schutz hinter einer Barrikade. Ein wenig später verweigertest du ehrlichen Reisenden den Einritt ins Dorf. Ich für meinen Teil habe es nicht vergessen.«

Er schnalzte und lenkte Gwaeth um Bholobhorgs Pony herum. Finn und Mellow folgten ihm dichtauf, und Bhobho ritt ebenso langsam wie stumm hinterdrein.

Regen und Wind hatten die zurückgelassenen Gepäckstücke der Rudenforster Vahits in der Zwischenzeit noch weiter verstreut. Zerrissene und davongewehte Kleider hingen in dünnen Ästen. Zwischen den verunglückten Wagen flatterten Fetzen von allem Möglichen. Der Fluss hatte die meisten der hineingefallenen Fässer und Kisten mit sich fortgeschwemmt, doch der von der Uferböschung gerutschte Wagen lag noch immer im Uferschlamm, die zerbrochene Deichsel in den Himmel gestreckt wie ein mahnender Finger.

Während sie vorsichtig einen Bogen um die Pfützen machten, starrte Bholobhorg entsetzt auf den Leichnam des Gidrogs, der zusammengesunken über dem Stein hing. Aus seinem Rücken ragte immer noch die Mistgabel auf. Bhobhos Pony scheute, als es an dem toten Criarg vorbeigehen sollte, dessen ausgebreitete und vom Wind zerzauste Flügel auf der Straße lagen, dreckig und stinkend. Das arme Reittier, das nie dergleichen gesehen hatte, sog ängstlich die Luft ein und schnaubte widerstrebend, als Bhobho es mühsam an dem umgestürzten zweirädrigen Karren vorbeidrängte, unter dem das qualvoll verendete Rudenforster Pony mit dem aufgerissenen Rücken lag.

Scharen von böse summenden Nachtfliegen lösten sich von den Kadavern, als sie dicht daran entlangritten. Ein widerlicher, klebriger Gestank hing trotz des gefallenen Regens in der Luft. Es war ein Brechreiz erregender Geruch, der sie alle dazu zwang, ihre Nasen zu bedecken.

Sie beeilten sich, den Mürmelkopf zu verlassen, und Finn war heimlich froh, weder den Gidrog, den er und Mellow gemeinsam erschlagen hatten, noch jenen, den er über den Haufen geritten hatte, noch einmal betrachten zu müssen – sie lagen zu weit abseits der Straße, verborgen zwischen raschelnden Sträuchern. Aber sie kamen an denen vorbei, die von Circendil niedergestreckt worden waren: Einem fehlte ein Arm, dem anderen ein Bein, und beide lagen verkrümmt auf dem Rücken. In ihren eingefallenen Hauergesichtern hielt sich, so schien es Finn, immer noch ein Ausdruck von wütender Ungläubigkeit, als könnten sie ihren eigenen Tod nicht fassen. Beider Augenhöhlen waren leer, und wie rote Tränen wuselten Heerscharen von Ameisen hinein und hinaus und hinfort. Finn keuchte; er trieb Smod an, um von diesem schauerlichen Ort fortzukommen, und er hörte, wie Bholobhorg hinter ihm im Sattel mehrmals würgte.

Keiner von ihnen sprach ein Wort, bis sie die Mittelstraße erreichten.

Bis zur Einmündung waren es nur noch ein oder zwei Meilen. Dann standen sie unter dem Wegweiser, der an der Einmündung zwischen hüfthohen Findlingen in die drei möglichen Richtungen zeigte: Nach links wies er über die einsame Seebrücke hinüber nach Lammspring und Rudenforst; das rückwärts gerichtete Schild zeigte nach Mechellinde, und das zugespitzte dritte Wegbrett trug die Aufschrift *Räuschelfurt – 5 Meilen.*

»Na bitte«, witzelte Mellow und brach damit das Schweigen. Er deutete voraus, als sie nach rechts hin abbogen. »Wer sagt's denn. Es geht wieder aufwärts mit uns.«

Er hatte, was die Straße betraf, zweifellos Recht. Ihr Weg verlief schnurgerade nach Südwesten und stieg rasch an, zwischen wilden Brombeersträuchern einen langwelligen Hügel erklimmend. Direkt über der Straße stand der gelbe Halbmond und beschien eine rutschig anmutende Strecke des Weges; sie sahen das Wasser in Rillen stehen oder allmählich in trüben Fäden den Hügel hinuntersickern.

»Lasst uns besser im Gras der Böschung reiten«, schlug Finn vor.

Der Medhir sah Bholobhorg auffordernd an, aber der machte keine Anstalten, sich wieder an ihre Spitze zu setzen, und so ritt Circendil selbst voran, eine hohe, aufgerichtete Gestalt, auf deren Schultern das Mondlicht spielte. Bis zur Kuppe des Hügel ritten sie hintereinander, und oben angelangt hielten sie unter einem einsam wachenden Bergahorn an und sahen sich um.

Hinter ihnen lag im Dunkeln die nur noch zu ahnende Niederung der Mürmel; vor ihnen aber erstreckte sich das mondbeschienene Räuscheltal. Die Räuschel war, von Norden her gezählt, nach dem Wirrelbach und der Mürmel der dritte größere Flusslauf, der sich von West nach Ost durch das Hüggelland wand, und ohne Frage war sie der bedeutendste der drei. Sie umwand den Fuß des Hanges, auf den sie jetzt blickten. Sieben oder acht Meilen links der Mittelstraße mündete sie, wie ihre Schwester, die Mürmel, in den Lammspringer See. An seinem Ostende floss der See seinerseits über; der sich dadurch bildende Strom hieß von da ab (und nur für fünfzehn Meilen) Breitlauf, ehe er seine Wasser in einem großartigen Fall über die Kante des Sturzes schickte.

Sie sahen die Räuschel jetzt als ein grauschimmerndes, gewundenes Band weit unter sich, und selbst aus dieser Entfernung wurde deutlich, wie weit die Ufer auseinanderlagen. Auf der hiesigen Seite blickten sie über ein größtenteils baumloses, rasch abfallendes und grasbewachsenes Land, und nur entlang des Flussufers sahen sie tiefere Schatten von Büschen oder von hängenden Weiden.

Schneller, als sie geglaubt, und weniger rutschig, als sie befürchtet hatten, führte die Mittelstraße sie den Hügel hinab. Dann hielten sie am Ufer des gemächlich dahingleitenden Flusses und blickten hinüber. Es gab keine Brücke hier, sondern nur eine breite und flache, kiesige Furt, und die Straße tauchte hüben bei einem Laternenpfosten in das Wasser ein und drüben bei einem gleichartigen Pfosten wieder auf. An dem hiesigen Pfosten fanden sie die vom Adlerwirt erwähnten Holzbretter hängen.

»Es ist, wie ich befürchtet hatte«, sagte Finn. »Der starke Regen hat die Räuschel anschwellen lassen.«

»Das ja. Aber glücklicherweise nicht so stark, wie du dachtest. Schau!« Mellow zeigte auf einen in den Flussgrund gerammten zweiten Pfahl. Er war dunkel von Wasser und Moosen, dennoch waren die eingeschnittenen Markierungen selbst im Mondlicht erkennbar. Noch ragte ein Gutteil des Pfahles aus dem Wasser; die oberste Linie war noch immer sechs oder sieben Handbreit von der gewellten Oberfläche entfernt. Mit frischen Schnitten hatte jemand den Umriss eines Bootes über die höchste Linie in den Pfahl gekerbt.

»Das soll bedeuten, wir können es wagen hindurchzureiten«, erklärte Mellow. »Erst wenn nur noch das Boot zu sehen ist, ist es an der Zeit, es auch zu rufen.«

»Wir werden trotzdem nasse Füße bekommen«, sagte Circendil.

»Dann sollten wir sie schnell bekommen«, meinte Finn. »Je eher wir drüben sind, desto besser.«

»Warte«, bat Circendil. »Eben dachte ich … Ich meine, da war etwas in der Luft. Ihr habt nichts gehört? Dann war es wohl nichts. Aber ein wenig Vorsicht kann nie schaden, erst recht nachts. Könnt ihr drüben etwas erkennen? Ist alles so, will ich damit ausdrücken, wie es sein sollte hierzulande?«

Das Ufer an der gegenüberliegenden Seite stieg unmittelbar steil an – eine dräuende Klippe, gut dreißig Klafter hoch. Die Straße kletterte im Zickzack den Abhang aus Kalkstein hinauf und verschwand oben im hohen Gras, über das wimmernd der Wind strich. Schwach erkannten sie an der Kante der Klippe, dicht an der Straße gelegen, die Umrisse eines mächtigen Broches, der von ihrem niedrigeren Standpunkt wie der vergessene Turm einer alten Zeit wirkte: rund und grau, steinern und einsam wachend ragte er auf. Düster blickte er über das schweigende Land. Ein Schild schwang an einer Kette vor der zur Straße gekehrten Tür. Finn meinte, ein leises Klirren zu hören, war sich aber nicht sicher.

Das war der Furtlerbroch – das älteste Gebäude der Siedlung und eines, das laut seines Schildes standhaft von sich behauptete, ein Gasthaus zu sein. In Wahrheit vermietete der Wirt zwei kaum nennenswerte Kammern an Durchreisende. Schlechtes Wetter konnte einen in Räuschelfurt zwingen, auf ein Abschwellen des Flusswassers zu warten, was im Frühjahr oft genug vorkam, wenn die Räuschel nicht mehr räuschelte, sondern vor allzu vielem Schmelzwasser förmlich *rauschte*.

Bei heftigem Wind drohte dann auch dem neuen Kahn des Wirtes Gefahr, überlegte sich Finn. Unwillkürlich suchte er nach dem Gefährt und sah drüben einen unförmigen, schwarzen Flecken am Ufer. Ein schmaler Streifen Gras säumte dort den Fuß der Klippe; dahinter erhob sich die Wand aus kalkigem Gestein. Zwei oder drei weitere Häuser standen jenseits ihrer Kante ein Stück den oberen Hügel hinauf. Bis auf ihre Dächer waren sie vom anderen Ufer aus nicht sichtbar an den Hang geduckt und hinter Hecken versteckt. Ein halbes Dutzend andere Gebäude, von denen sie nur die Kamine sahen, drückte sich an einen oberhalb der Klippe aus dem Hügel hoch vorspringenden Felsblock. Zusammen bildeten die neun Häuser das Brada Räuschelfurt. Verschiedene Obstgärten gab es hier, erinnerte sich Finn, und die ansässigen Vahits kelterten namhafte Weine, von denen vor allem der aus Brombeeren gewonnene *Brummbaren* seinem Namen alle Ehre machte.

Alles war still dort im Schweigen des späten Abends.

In keinem der Fenster brannte ein Licht. Das erschien Finn ungewöhnlich, aber vielleicht gingen die Räuschelfurter allgemein früh zu Bett. Aber auch in den schwankenden Lampen an den Furtlerpfosten brannten keine Flammen, und das sollte erst recht nicht sein. Zu den grundlegenden Aufgaben des Furtlerwirtes zählte es aber, die Lichter in Gang zu halten, meinte Mellow, und Bhobho pflichtete ihm bei. Besonders in dunklen Nächten konnte es solchen, die nicht aufpassten, durchaus geschehen, vom geraden Wege abzukommen. Wer dabei die Furt verfehlte, wurde leicht vom tieferen Wasser mitgerissen.

»Na, da wird sich ein gewisser Herr Bhremo aber einen saftigen Tadel einhandeln«, sagte Mellow entrüstet.

Bhremo Kannin war der Name des Furtlerwirts; die Kannins waren eine der ältesten Familien des Obergaus. Es hieß, sie seien früher einmal wohlhabend gewesen, zu Zeiten, als sie noch den Furtzoll erheben durften; doch mit dem Fortfall dieses Rechtes waren sie in die Bedeutungslosigkeit zurückgesunken. Spitzere Bemerkungen legten nahe, dies läge nicht am fehlenden Zoll, sondern am zu regen Zuspruch zum Brummbaren, dem früher oder später alle Furtlerwirte verfielen. Die bösesten von allen Zungen behaupteten gar, der Name Räuschel gelte gar nicht dem Fluss, sondern wäre dem Wasser nur stellvertretend verliehen worden; der wahre Grund für die Namensgebung erkläre sich gewissermaßen von selbst. Wie dem auch sein mochte: Seit undenklichen Zeiten hielten die Kannins das Gasthaus in ihrem Besitz – und sie erhielten für ihre Furtwacht ein angemessenes Entgelt aus dem Hüggellandschatz. Das aber bedeutete, ihre Lichter *hatten* des Nachts zu brennen. Komme, was da wolle, und ganz so, wie es die Vorschriften verlangten, murrten Mellow und Bholobhorg in seltener Eintracht. Allerdings hielt der Friede kaum einen Atemzug lang.

»Das gibt's eben nur im Obergau«, nörgelte Bhobho.

»Was willst du damit sagen?«, fuhr Mellow ihn an.

»Na was schon? Im Untergau gibt's keine Furt, wie du wissen solltest – das will ich damit sagen. Abgesehen davon: Lasst uns jetzt vor allem prüfen, weshalb Bhremo seine Lichter hat verlöschen lassen. Hier gibt es zumindest noch einen Landhüter, der seine Pflichten kennt.« Er warf die Kapuze zurück und rückte seinen Hut zurecht. Anscheinend hatte er sich wieder gefangen und den Schrecken des Mürmelkopfes abgeschüttelt. Er packte seinen Stab fester und wollte sein Pony ins Wasser treiben, aber Circendil griff ihm in die Zügel. »Warte«, sagte der Medhir. »Ich höre wieder etwas. Vernehmt ihr es nicht? Was ist das?«

Alle lauschten still.

Jetzt, da Finn die Ohren spitzte, war es ihm, als läge im Singen des Windes noch ein anderer Ton verborgen, wie ein weinendes Hecheln, das alsbald verschwand und wiederkehrte und in ein klägliches Wimmern überging, ehe es wieder schwieg. Finn wurde bewusst, dass er dieses Geräusch schon die ganze Zeit über vernommen, aber nicht weiter beachtet hatte, im Glauben, es sei der Wind, der in den zitternden Gräsern seufzte und um die Mauerkanten strich.

»Es klingt, als ob jemand verletzt sei«, vermutete Mellow.

»Ja«, sagte Circendil. »Aber nicht nur am Leibe, sondern mehr noch an seiner Seele. Herr Bholobhorg hat Recht. Wir werden nachsehen, aber zugleich Vorsicht walten lassen. Lockert eure Waffen, und bleibt auf der Hut!« Damit setzte er sich an ihre Spitze, und die Ponys wateten mit hoch erhobenen Köpfen durch die breite Furt. Das Wasser schwappte den Tieren bis an die Brust und reichte ihren Reitern bis zu den Steigbügeln; die Vahits zogen die Beine an, und Circendil vollbrachte gar das Kunststück, auf Gwaeths Rücken zu knien, ohne dabei herabzufallen.

Er strafte damit seine früheren Worte Lügen: Sie alle, mit Ausnahme der Ponys, schafften es trockenen Fußes auf die andere Seite.

Drüben stiegen sie ab und führten ihre Reittiere im Gänsemarsch den Zickzackweg hinauf. In jeder der fünf Kehren hielten sie kurz an und vergewisserten sich, den weiteren Weg frei und unverdächtig vorzufinden. Als sie endlich oben angekommen waren und das zaun- und heckenlose Brada betreten hatten, sammelten sie sich unter dem Schild des Furtlerbrochs. Niemand begegnete ihnen. Alle Fenster waren dunkel. Nur der Mond beschien die Straße. Mit jeder Wegkehre war der klagende Laut deutlicher und zugleich ängstlicher geworden; und als sie jetzt lauschten, erkannten sie, woher er kam. Er rührte von innerhalb des Brochs her.

Circendil zog sein Schwert. »Etwas oder jemand weint dort drin«, sagte er.

»Oder wimmert – in großer Angst.« Finn zuckte zusammen, als das Geräusch abbrach, als habe es seine Worte gehört.

Sie lauschten angestrengter. Das Klagen kehrte nicht wieder. Jetzt hörten sie nur noch den Wind, der um die Brochmauer strich. Das abgeblätterte Schild über ihren Köpfen knarrte, als mache es sich über sie lustig. Dann wieder zitterten die Kettenglieder und klirrten leise.

»Wir sehen nach. Nur Finn und ich. Ihr anderen bewacht Weg und Tür.«

Mit einem seiner langen Beine stieß Circendil die nur angelehnte Tür zur Gänze auf. Vorsichtig bückte er sich und trat in das dunkle Gebäude hinein. Finn zog Maúrgin und folgte ihm zögernd nach, tastend wie ein Blinder; der strenge Geruch traf ihn wie ein Hammerschlag.

Ein Windzug ergriff die Tür und schwang sie zurück ins Schloss. Sogleich legte sich ihm die schwere Innenluft wie ein Gewicht auf die Brust.

Etwas zitterte in der Schwärze vor ihnen. Ein Schaben, als striche ein Rattenschwanz über den Dielenboden. Der Geruch wurde schneidend scharf und kam Finn zugleich vor wie ein dichter, undurchdringlicher Nebel. Er verharrte und fühlte Circendils Hand, die sich beruhigend auf seine Schulter legte.

»Hab keine Angst«, sagte er.

Finn nickte und dachte nicht einmal daran, dass der Mensch ihn in der Schwärze überhaupt nicht sehen konnte. So standen sie, bis ihre Augen sich an die Dunkelheit gewöhnt hatten. Schemenhaft erwuchsen Kanten und Formen um sie herum, Lehnen von Stühlen und die Ecken eines Tisches. Finn blickte sich um, und dann sah er zwei blasse Lichter zwischen zwei Stuhlbeinen hervorschimmern: zwei große Kreise, flimmernd wie Pfützen. Ein stoßweißer Atem ging von ihnen aus, und Finn erkannte sie als weit aufgerissene Augen, die sie beobachteten.

Und eben, als er wusste, was er da vor sich sah, setzte das klägliche Wimmern wieder ein. »Hab keine Angst«, wiederholte Circendil, und Finn begriff erst jetzt, dass schon die vorherigen Worte gar nicht an ihn gerichtet gewesen waren. »Wir tun dir nichts. Ganz ruhig. Hab keine Angst.«

»Wir brauchen Licht«, sagte der Davenamönch.

Es raschelte, als der Mensch in seinen Taschen suchte; dann schlugen Funken, es roch nach Feuerstein, und etwas glomm auf. Einen Augenblick später flackerte eine Kerze, und Circendil hob sie hoch, die Flamme mit der hohlen Hand gegen den Windzug schützend. Schatten sprangen auf und flohen zu den Wänden, und im zuckenden Licht fanden sie ein lebloses Bündel aus weißbraunem Fell, das in einer Lache aus geronnenem Blut lag. Daneben kauerte ein weitaus kleineres, und es zitterte. Von ihm ging das Wimmern aus.

»Ein Hund«, sagte Circendil überrascht. »Bisher sah ich Hunde im Hüggelland selten. Keinen mehr südlich von Rudenforst, um genau zu sein.«

»Ein Welpe«, stieß Finn erleichtert aus. Er steckte Maúrgin zurück. »Das ist ein *Aterar*, ein Hirtenhund. Sie sind kostbar und selten geworden hierzulande. Einst begleiteten sie uns auf der Großen Wanderung, doch es waren nur wenige, und nur von dieser und ein oder zwei anderen Arten. Ich wusste nicht, dass Bhremo Kannin einen besaß.«

»Oder vielmehr deren zwei«, sagte der Mönch. »Das Junge weint um seine tote Mutter.«

Jetzt, im heller aufleuchtenden Kerzenlicht, erkannten sie die schwere Verletzung, die dem älteren Hund zugefügt worden war. Ein Hieb wie von einer Axt hatte ihm den Bauch und die Brust aufgerissen. Der Hieb war andernorts niedergegangen, an der Treppe, vielleicht auch draußen. Das schwerverletzte Tier hatte sich durch den Raum bis halb unter den Tisch schleppen können, wo es unter gewiss grässlichen Schmerzen verendet war. Eine verschmierte Schleifspur verband Tisch und Tür. Der Welpe lag zitternd neben seiner Mutter auf den blutbesudelten Dielenbrettern; er leckte sie ängstlich, als könne sie dies ins Leben zurückholen. Dabei ließ er die beiden Eingetretenen nicht aus den Augen, als argwöhne er, Circendil und Finn könnten ihm ein gleiches Schicksal wie das seiner Mutter bereiten.

»Nimm dein Schwert beiseite«, bat Finn. »Wenn er mitangesehen hat, was ihr angetan wurde, weiß er, wozu es gemacht ist. Halte du das Licht und geh ein Stück zurück. Ich bin kleiner, mich wird er weniger fürchten.«

Langsam ließ sich Finn auf die Knie sinken. Dabei sprach er beruhigend auf den jungen Hund ein. Vielleicht flößte die hohe Vahitstimme dem Welpen nach und nach Vertrauen ein; vielleicht verließ ihn auch die wenige Kraft, die er noch besaß; oder ihm war jede Nähe lieber als die bittere Kälte des Todes. Einige Minuten vergingen mit ängstlichem Knurren. Dann beschloss er, Finn Vertrauen zu schenken, und nach ausgiebigem Schnuppern ließ er sich berühren.

Aber der Welpe weigerte sich, den Platz neben seiner Mutter zu verlassen.

»Er ist schwach und braucht beides, Wasser und Fressen. Vielleicht kann ich ihn damit locken.«

Finn stand auf und sah sich suchend um.

Im Nebenraum fand er ein abgezogenes Kaninchen, das nur wenig länger als einen Tag dort liegen mochte, denn es roch noch nicht verdorben; womöglich hatte es sogar als Hundefutter dienen sollen. Finn holte sein Klappmesser hervor, schnitt winzige Stücke Fleisch zurecht und legte sie auf einen Teller. Aus dem Wasserfass der Küche befüllte er eine Schale und stellte beides in die Nähe des fiependen Welpen.

»Na komm her, mein Kleiner«, lockte er. »Du hast Hunger, oder? Hier nimm, und stärke dich. Du musst es tun, weißt du? Sonst ... Na komm schon.«

Ob es der Geruch des Fleisches war oder der Durst, der ihn quälte – der kleine Hund richtete sich auf und tapste zu den Schalen hin. Wenig später war sein Jammern verstummt; an seine Stelle war ein emsiges Schlabbern getreten, das nicht eher endete, als bis beide Schalen geleert waren.

Während der junge Aterar fraß, stieg Circendil die Treppe hinauf.

Finn blieb im Licht der Kerze zurück, die der Mönch auf den Tisch gestellt hatte. Der Welpe schlief fast auf der Stelle ein. Finn nahm ihn auf den Arm und streichelte ihn. Er schien unverletzt zu sein. Finn nahm an, die Hündin habe ihr Heim verteidigt und ihren Mut und ihre Treue mit dem Leben bezahlt. Wo war Bhremo Kannin? Wo waren die anderen Brochbewohner? Was war hier passiert?

Als der Davenamedhir nach einer Weile wieder am Fuß der Stiege erschien, wirkte sein Gesicht noch düsterer als vorher.

»Hier ist ein großes Unrecht geschehen«, sagte er. »Ein Kampf hat oben stattgefunden. Auch dort ist Blut geflossen. Alle Zimmer sind heimgesucht worden. Manche Möbel sind zerbrochen, alle Betten herausgerissen und zerfetzt. Ein höchst ungleicher Kampf war es noch dazu. Nur eine Seite hatte Waffen.«

»Hast du ...?« Finn sprach den Satz nicht aus.

Circendil nickte. »Ja«, sagte er und hob drei Finger. »Sie sind tot. Drei männliche Vahits. Obwohl wenigstens eine Frau hier wohnt – oder wohnte. Ich fand Kleider, aus den Schränken gerissen, aber nicht sie selbst; wenn sie Bhremos Frau oder Tochter war, so konnte sie entkommen.«

»Wer ... Waren sie es?«

»Gidrogs? Ich bin fast sicher.« Circendil nickte, um seinen Kopf gleich darauf zu schütteln. »Das alles ist höchst merkwürdig. Was sie hier wollten, begreife ich nicht. Der Überfall liegt überdies noch nicht lange zurück. Gestern Abend, denke ich. Oder am späten Nachmittag.«

»Als ich Glimfáin in den Marschwiesen begegnete«, überlegte Finn. »Am Tag seines Kampfes gegen den Ledir. Besteht da ein Zusammenhang? Oder ist es Zufall?«

»Zufall? Alles, was derzeit im Hüggelland geschieht, steht in einem tieferen Zusammenhang. Wir kennen die Pläne des Feindes nicht und können nur mutmaßen.«

»Da wir gerade von Merkwürdigkeiten und vom Mutmaßen reden – mir geht da etwas im Kopf herum und findet von selbst nicht mehr heraus, sozusagen. Es ist … Die Dwarge nennen sich doch selbst Gidwargim, richtig?«

»So lautet der alte Name ihres Volkes, ja. Weshalb fragst du?«

»Es ist nur … mir fiel es einfach auf. *Gidwarg* und *Gidrog*. Die beiden Bezeichnungen ähneln einander mehr, als sie sollten, finde ich. Ist hier mehr als ein Zufall im Spiel, Circendil? Nachdem ich Glimfáin kennengelernt habe, nein, schon während der gestrigen Hatz durch den Wald, da stellte ich mir vor, wie er neben einem Gidrog aussähe, und ich komme immer wieder zu demselben Ergebnis: Sie hätten nicht nur die gleiche Größe, sondern auch die gleiche Breite, die gleiche Länge und Beschaffenheit von Armen und Beinen, von allen Bärten sowie Schuppen und Hauern im Gesicht einmal abgesehen. Abhro und seine Gesellen nannten ihn ein ›haariges Biest‹, und wenn mich meine Augen nicht sehr täuschen, so ist Glimfáins Gidwarghaar von dergleichen Beschaffenheit und Farbe wie die dicken Zotteln der Gidrogs. Ich kann mir keinen Reim darauf machen, das ist alles. Und doch fühle ich, es könnte wichtig sein.«

Circendil beugte sich vor, und sein Gesicht wirkte düster und wie von Schatten umwölkt. Doch seine Augen funkelten lebhaft im flackernden Licht des Kerzenstummels. »Aman gab dir wahrlich Weitblick und Scharfblick zugleich. Dein Auge trügt dich nicht. Erinnere dich an Fárin Goldhand. Als er in Ulúrlim gefangen war, wurde er gefoltert. Lukather verstand und versteht sich darauf, Natürliches zu Unnatürlichem zu entarten. Die Gidrogs? Nun, es sind seine Züchtungen, nehme ich an; niemals war derlei Abscheulichkeit in Amans Plänen für seine Schöpfung vorgesehen. Wo aber gezüchtet wird, muss es zuvor etwas geben, das genommen und gewandelt wird, zu Gutem oder Bösem. Lukather nutzte Fárins Anwesenheit gleich mehrfach, fürchte ich; er nahm Fleisch von Fárins Fleisch oder Samen von seinem Samen und tat damit Unsägliches. Am Ende kamen verfremdete, aber dennoch den Dwargen entfernt ähnelnde Wesen dabei heraus, wie du richtig erkannt hast. Die Dwarge selbst sprechen nicht darüber, aber ihre Blicke verraten sie, sobald die Rede auf Gidrogs kommt. Auch die Criargs sind gewiss ebenso Lukathers Händen entsprungen, sie sind andere unnatürliche Ausgeburten seiner widerlichen Künste, da verwette ich mein Schwert. Und ich frage mich in meinen schlimmsten Träumen, welche fürchterlichen Wesen noch in den Tiefen Uúrlims heranreifen. Oder schlimmer: schon herangereift sind?« Der Davenamedhir fuhr sich mit der Hand über das Gesicht, als wolle er die Schatten fortwischen, die ihn jäh umfingen. Dann heiterte sich sein Gesicht unvermittelt auf, und er deutete auf Finns Armbeuge.

»Doch sage, wie geht es dem armen Hund?«

»Er ist satt, glaube ich. Und unendlich müde.« Finn lächelte ob der großen Hundeaugen, die ihn genau beobachteten, obwohl sie dem Welpen vor Müdigkeit immer wieder zufielen.

Er trug den jungen Hund nach wie vor auf dem Arm und streichelte unablässig das verschwitzte Fell. Das Fiepen zumindest war vorerst verstummt.

Circendil hob einen am Boden liegenden Becher auf und stellte ihn gedankenverloren auf den Tisch. »Ich will es einmal wagen«, sagte er und blickte aus einem der Fenster. »Ich meine, ich will versuchen, eins und eins zusammenzuzählen. Obwohl ich fürchte, ich werde nur anderthalb dabei herausbekommen. Zu vieles liegt noch im Dunkel verborgen. Was wissen wir also? Sie waren hier und haben die Bewohner dieses Brochs überwältigt.

Nun gut. Ich frage mich: Warum gerade diesen Broch, Finn? Weil er die Furt und die Straße bewacht? Nehmen wir einmal an, das sei der Grund. Die Straße ist *zufälligerweise* die Mittelstraße und damit just die, die den Obergau mit dem restlichen Hüggelland verbindet. Wer diese Furt besetzt hält und damit den Nachschub unterbricht, vor allem den an Nachrichten, der gewinnt gefährlichen Einfluss. Ist es nicht so, dass genau an dieser Stelle alle Warenlieferungen und alle zur Hilfe eilenden Vahits vorübermüssen, so sie nach Mechellinde wollen?«

Circendil deutete über sich. »Dieser Broch ist beinahe ein Wehrturm. Wer ihn besetzt hält, kann sich gut verteidigen. Er bekommt die Kontrolle über die Straße und die Furt und kann *zufälligerweise* allen, die aus dem Inneren des Hüggellands kommen, den Weg verwehren. Oder es denen, die von Norden kommen, erschweren, die Räuschel zu überschreiten. Ist es also Zufall, Finn? Andererseits wissen wir noch nicht, auf welche Weise alles miteinander in Verbindung steht. Wie und mit welchen einander ergänzenden Absichten Glimfáins Feind Guan Lu und unser Freund Saisárasar handeln. Wissen sie voneinander? Haben sie ein gemeinsames Ziel? Und wenn ja, worin besteht es?«

»Wissen wir das nicht längst? In der Eroberung des Hüggellands, oder etwa nicht?« Finns Feststellung klang dumpf und hoffnungslos.

»Ja«, sagte der Mönch. »Ja und nein. Ja, aber nur insoweit, weil das Hüggelland nun mal ein Teil Kolryns ist. Bedenke, der Herr Ulúrlims hat weitreichende Pläne, an deren Ende allein seine Rache an den Féar steht. Das Hüggelland erregt dabei kaum seine Aufmerksamkeit. Es ist Beiwerk, nützlich im Augenblick vielleicht. Allem Anschein nach hat er sich ein erstes Streckenziel gesetzt, einen Meilenstein auf dem Weg zur Erfüllung seiner Pläne. Er beabsichtigt, endlich das einstige Bollwerk Kolryn zu Fall zu bringen, die ehemalige heimliche Feste der Féar, als Benutcane groß und mächtig war und ein starkes und stolzes Heer unterhielt, das er nicht anzugreifen wagte. Es ist unser Schicksal, ausgerechnet in der Zeit geboren zu sein, die er sich dazu auserwählt hat – und es wird unser Schicksal sein, das *Schlimmste* zu verhüten, so gut wir es vermögen.«

»Das Schlimmste? Du betonst es so eigenartig. Kann noch etwas schlimmer sein als das, was hierzulande gerade geschieht?«

»Die Versklavung aller freien Völker, Finn«, antwortete Circendil. »Der Féar, der Dwarge, der Dirin – und leider auch der Vahatin. Und, wo das nicht, ihre völlige Vernichtung. Das hier«, er deutete auf die Blutspuren, »ist nur ein Anfang. Es sind die ersten winzigen Steinchen, die noch gemächlich rollen. Doch wenn es uns nicht gelingt, sie aufzuhalten, werden größere und immer größere mitgerissen, bis alles unaufhaltsam wird. Dann wehe! Die Lawine wird kommen. Sie wird zu Tal schmettern und alles unter sich zermalmen, und es wird das Ende dessen sein, was wir lebenswert nennen.«

Der Medhir fuhr sich mit der Hand über das Gesicht, als könne er so die trübseligen Gedanken fortwischen; und ein Lächeln stahl sich in seine harten Züge, als er den jungen Hund in Finns Armen schlafen sah.

»Ja«, sagte er. »Das ist gut. Es mag wenig sein. Eine Geste nur, eine Gefühlsduselei. Aber solange es noch Mitleid gibt in dieser Welt und offene Herzen für hilflose Wesen, solange hat der Dáirantyr noch nicht gewonnen.«

»Der wer?«

»Der Dáirantyr. Der Meister der Tränen. Lukather der Grausame. So nennen ihn die Féar in den alten Schriften.«

»Er würde sich wohl nicht um einen Welpen scheren, nehme ich an?«

»Nein, sicher nicht«, lachte Circendil bitter. »Aber einer muss es am Ende tun; und zu dir hat er Vertrauen gefasst. Willst du dich um ihn kümmern? Er gehört übrigens einer sehr alten Hunderasse an. In Vindland schätzen wir sie sehr. Wir nennen sie *Otu Atruma*. Sie sind klein und schnell wie der Blitz, dabei ebenso gelehrig wie treu. Sie bewachen unsere Ställe und Herden.«

»Aber was soll ich mit einem Hund anfangen?«, fragte Finn. »Soll er uns begleiten? Er wird uns bei vielem lästig sein, was vor uns liegt.«

»Lästig? Vielleicht. Aber er wird zu einem treuen Freund heranreifen, ehe ein Jahr vorüber ist. Falls ihm ein Jahr geschenkt wird. Treue Freunde sind es, die diese Zeiten vor allem brauchen, nicht wahr? Und was willst du andererseits tun? Ihn hierlassen? Allein? Schau, er schläft und vertraut dir seine kindliche Schwäche an. Nimm ihn zumindest vorerst zu dir, bis wir in Aarienheim sind. Vielleicht findet sich dort ein Heim für ihn – für kurze Zeit.«

Der Mönch wickelte die Reste des Kaninchens in ein Tuch, steckte beides in seine Tasche und sah den Vahit fragend an.

»Na gut«, antwortete Finn, ohne mit dem Streicheln aufzuhören. »Dann will ich ihn Inku nennen.«

»Inku? Fleck? Ein seltsamer Name für einen Hund.«

»Ja, schon. Aber ich habe ihn im Schatten gefunden, wo er nicht mehr war als ein matter Fleck. Und da auch sein Fell dunkle Flecken hat wie Asche … Ich denke, Inku passt zu ihm.«

»Also Inku. Nimm noch eine Decke von hier mit, wenn du eine finden kannst. Ihr Geruch wird ihm vertraut sein und ihm Trost spenden in kalten Nächten. Und nun komm. Wir haben eine wichtige Frage zu klären.«

»Welche Frage?« Finn entdeckte tatsächlich in einer Ecke hinter einer Truhe eine auf dem Boden liegende Decke voller Haare, wahrscheinlich der Schlafplatz der beiden Hunde. Er setzte den Welpen ab und rollte den Stoff zusammen, ohne dass Inku dabei erwachte. Dann nahm er beides auf den Arm und ging zur Tür. »Welche Frage?«, wiederholte er.

Der Davenamedhir löschte die Kerze mit den Fingern und steckte sich den Stumpen ein.

»Wo sind die Gidrogs geblieben, Finn? Sie haben den Wirt und zwei weitere Vahits erschlagen. Wozu? Wenn es ihre Absicht war, den Broch und damit die Furt zu besetzen, so hätten sie eine Wache zurücklassen müssen. Hier ist aber niemand. Das meinte ich, als ich sagte, meine Rechnung ergäbe nur anderthalb. Etwas stimmt hier nicht.«

Damit schob er Finn mitsamt dem schlafenden Inku zur Tür hinaus.

Die vier Ponys der Gefährten warteten unter dem knarrenden Wirtshausschild, aber Mellow und Bholobhorg waren verschwunden.

Der Mond hing schon weit und tief im Westen, und der Broch warf einen langen Schatten den Hang hinunter. Sie traten ins Licht und riefen mehrmals. Erleichtert atmeten sie auf, als Mellow antwortete. Die beiden Vahits kamen um den Broch herumgelaufen.

»Wir haben etwas gefunden«, berichtete Mellow. Er steckte sein Wacala zurück in die Scheide.

»Was ist geschehen?«, fragte Circendil.

»Was Ekliges und Widerliches«, ergänzte Bholobhorg. »In dem Schuppen da.«

Er führte sie um den Broch herum, wo eine hölzerne Hütte stand, die schon bessere Tage gesehen hatte. Halb lehnte sie sich an die Steinmauer, halb klammerte sie sich an ihr fest. Was immer man auch über Bhremo Kannin vielleicht sagen mochte, dachte Finn, seine Gebäude jedenfalls hält er nicht in Ordnung. Der Broch war ungepflegt gewesen und Wände und Böden rauer, als sie sein sollten. Der Schuppen stand gar gänzlich vor dem Zusammenbruch. Gebogene Balken und allenthalben Löcher im Bretterwerk, durch die ganze Mäusefamilien hätten huschen können. Eine windschief in den Angeln hängende Tür stand offen, und Finn sah Blutflecken am Holz und auf den moosbewachsenen Steinen, die einen Weg markierten.

»Da drin liegt er«, sagte Bholobhorg tonlos.

Circendil warf Mellow einen fragenden Blick zu, doch der winkte beruhigend ab. »Ein toter Gidrog. Von ihm geht keine Gefahr mehr aus. Aber es haftet etwas Merkwürdiges an ihm.«

Als sie eintraten, sahen sie, was er meinte.

Der Gidrog bot einen nur noch erbarmungswürdigen Anblick. Das echsenhäutige Hauergesicht war schmerzverzerrt und im Todeskampf erstarrt, der Körper an den ungeschützten Stellen übersät mit tiefen Bisswunden. Die rechte Hand bildete nur noch ein Gewimmel aus Fleischfetzen, aus denen die Knochen hervorlugten. Sein Bauch unterhalb des Lederharnischs war aufgerissen, Gedärme quollen hervor, die er mit der linken Hand hatte aufhalten oder zurückdrücken wollen; und auch auf dem behaarten und schuppigen Rücken zeigten sich Spuren wütend zupackender Zähnc.

Der Gidrog war verblutet. Aber auch sein Axtdornschwert war blutverschmiert.

»Ich beginne zu verstehen.« Circendil richtete sich auf. Dann berichtete er kurz, was sie im Broch vorgefunden hatten. Am Ende sagte er: »Das hier ist der Wachtposten, den ich vermisste, Finn. Jetzt geht meine Rechnung auf. Dieser Gidrog wurde hier am Furtlerbroch abgestellt, um den Turm, der er für sie ist, zu bewachen. Das heißt, sie *werden* zurückkommen, und das kann jeden Augenblick geschehen. Die anderen gingen oder flogen zunächst fort, zu welchem Zweck, vermag ich nicht zu sagen. Die Hündin ihrerseits floh, als sie noch zu mehreren waren; aber als nur noch einer von ihnen blieb, kehrte sie zurück und versuchte, ihr Junges zu schützen, wenn es noch lebte; oder es aus dem Broch zu befreien, falls es dort festsaß.

Sie beschloss, den Fremden zu vertreiben, und griff ihn an. Sie muss mit dem verzweifelten Mut aller Mütter und der Todesverachtung der Otu Atruma gekämpft haben, denn diese Hunde setzen für ihren Nachwuchs ihr Leben aufs Spiel. Die Hündin verletzte den Gidrog schwer, aber sie selbst wurde ebenso schwer getroffen. Sie fand die Tür des Brochs offen – vielleicht lockte ihr Gebell den Wache haltenden Gidrog überhaupt erst heraus – und sie suchte mit letzter Kraft zu ihrem Jungen zu gelangen. Der Gidrog hingegen schleppte sich hier hinein, wo er starb.«

Er sah die Vahits eindringlich an.

»Ja, so deute ich diese neuen Zeichen. Da sie einen Wachtposten zurückließen, werden sie wiederkommen. Es kann dafür nur den einen Zweck geben, den ich schon nannte: um die Furt zu besetzen. Das heißt, ihr eigentlicher Angriff auf das Hüggelland steht in Kürze bevor. Noch warten sie, und ich ahne nicht einmal, worauf. Aber sie beginnen, die Schlinge enger zu ziehen, und uns läuft die Zeit davon. Doch kommt! Lasst uns zu den anderen Häusern gehen. Wenn sie hier waren …« Er sprach nicht weiter, sondern ging zu den Ponys zurück.

Mellow drückte die Tür des Schuppens zu. Die drei Vahits sahen sich an, und in Bholobhorgs Augen lag ein neuer Ausdruck; fast vermeinte Finn ein erstes Dämmern darin zu entdecken, ein fahriger Glanz, als erwache jemand aus tiefem Schlafe und finde widerstrebend zurück in die Wirren einer Welt, von der er nicht einmal gewusst hatte, dass es sie gab.

Circendil riet Finn, sich aus einem Stück Stoff eine Trage zu schlingen, in die er Inku während des Rittes legen konnte. »Wir suchen derweil die übrigen Häuser ab.«

Finn nickte gedankenverloren und begab sich zurück in den Furtlerbroch. Alles, was er fand, war ein Stück Vorhang, das er sich passend auseinanderriss. Hinaufzugehen und in den oberen Stockwerken zwischen den Leichen der erschlagenen Vahits nach etwas Geeigneterem zu suchen, getraute er sich nicht. Er knüpfte eine Schlinge, legte sie sich um den Hals und setzte Inku vorsichtig hinein. Der Welpe schnupperte an der behelfsmäßigen Trage, erkannte den Geruch und kuschelte sich hinein.

Finn zog die Tür hinter sich zu und trat zu den wartenden Ponys. Smod schnaubte neugierig, als er das Fellbündel in der Tuchfalte sah, doch zeigte er keine Scheu; in Rudenforst war er einigen Hunden begegnet und verstand, was die neue Witterung bedeutete.

Obwohl Räuschelfurt nur aus neun Häusern bestand, waren

die Gefährten noch nicht zurück. Finn hörte nichts als den Wind und das schaukelnde Wirtshausschild an seiner Kette, und er fröstelte, während er wartete.

Nach einiger Zeit vermeinte er, die Zurückkommenden zu hören oder zumindest den schweren Tritt des Menschen, seltsamerweise nur nicht aus der Richtung, in die die drei gegangen waren. Er lauschte, und richtig, da waren Schritte in der Nacht. Sie kamen von der rückwärtigen Seite des Brochs, als näherten sie sich der Hütte, in der der tote Gidrog lag.

Finn wollte ihnen schon entgegengehen, da fuhr eine jähe Unruhe unter die Ponys wie ein Windstoß, der in einen Heuhaufen schlug. Ihr ängstliches Schnauben war Warnung genug; sie sprangen gleichzeitig auseinander, suchten Platz, um mit den Hinterhufen ausschlagen zu können. Vanku stieß an Finn und hätte ihn fast umgeworfen, sodass er den festen Stand verlor und drei, vier Schritte zurücktaumelte. Der junge Aterar knurrte und winselte abwechselnd und sprang erschrocken, ehe es Finn verhindern konnte, aus der Trageschlinge. Wieselflink jagte er davon und suchte Schutz in der Dunkelheit. Finn machte den Fehler, ihm nachzusehen, verlor Zeit damit, nach ihm zu rufen. Smods alarmiertes Wiehern zerriss die Nacht, dem ein das Blut gefrierender Schrei antwortete.

Inkus Winseln brach ab.

Finn erhielt einen Stoß in den Rücken, der ungleich stärker ausfiel als Vankus Anrempler zuvor. Alle Luft wurde ihm aus den Lungen gepresst. Er fühlte, wie er den Boden unter den Füßen verlor und durch die Luft flog: fünf, vielleicht sechs Klafter weit. Mit dem Gesicht landete er in einer matschigen Pfütze, überschlug sich, rutschte weiter, rollte durch den Schwung auf den Rücken und schrie auf vor Schmerzen. Über ihm zuckte etwas: Ein hackender Criargschnabel schnitt ins Leere! Finn spürte, wie die fürchterliche Atemlosigkeit wieder von ihm Besitz ergreifen wollte, dieses entsetzliche Gefühl des Luftholenwollens, wo es doch nicht gelang. Aber dieses Mal lähmte ihn der Aufprall nicht oder nur halb. Er sah die blaue Zunge zwischen den aufgerissenen Schnabelhälften für einen Sekundenbruchteil zittern, sich windend wie eine giftige Schlange. Ein Fauchen entfuhr dem Raubtierschlund. Dann schlug der gekrümmte Schnabel abermals zu; und nur, weil Finn die Beine unwillkürlich auseinanderriss, zerpflügte der Hieb die nasse Erde zwischen seinen Schenkeln. Der Criarg schrie enttäuscht auf. Er riss den Schnabel hoch und schüttelte den gewaltigen Kopf, dass die Erdbrocken zu beiden Seiten flogen. Wütend peitschte er mit ausgebreiteten Schwingen um sich; gelbe Augen funkelten.

Die Ponys hielten ihrer eigenen Angst nicht länger stand. Sie flohen in verschiedene Richtungen, verschwanden zwischen Hauswänden und Hecken. Diesen Moment der Verwirrung nutzend, kam Finn auf die Knie. Er beugte sich vor und krallte beide Hände in den klebrigen Schlamm. Er zielte nicht, sondern warf einfach damit, darauf hoffend, die gelben Augen zu treffen. Die erste Handvoll ging vollständig fehl, die zweite traf zur Hälfte. Ein Auge erlosch, oder es erschien Finn so; in Wahrheit hatte ein dicker Fladen das Vogelgesicht getroffen, und ein zweiter Schnabelhieb geriet zu kurz. Wieder spritzte das Wasser der Pfütze auf, wieder kreischte der Criarg, inzwischen wütend und mehr als zuvor zum gnadenlosen Töten entschlossen. Finn sprang vollends in die Höhe und rannte fort, ohne Vorstellung, wohin. Die Angst ließ ihn die Beine wie von alleine heben, ohne nachzudenken und ohne einen Ausweg, doch irgendwie gelangte er um den Broch herum.

Einen Schwall der üblen Ausdünstung vor sich hertreibend, setzte der große Vogel mit weiten Sprüngen dem fliehenden Vahit nach. Finn sah die Hütte aus dem Dunkeln auftauchen und hastete daran vorbei, jetzt von der Mauer fortlaufend, hinaus aufs freie Feld. Doch er bedachte nicht, dass er damit seinem Gegner einen nicht geringen Vorteil verschaffte. Denn die Beine eines Criargs waren kräftiger und flinker als die eines jeden Vahits, sofern sie ebenes Gelände zum Rennen hatten; und eben das bekamen sie, als Finn, ohne es zu bemerken, das schützende Brada verließ. Der Criarg schrie erneut, diesmal siegessicher. Das Trampeln seiner Füße änderte sich, wurde rascher, wurde lauter, kam rasend schnell näher.

Das peitschende Schlagen der ausgebreiteten Schwingen schwoll an; da trat Finn fehl. Der Boden unter seinen Füßen verschwand, und jetzt war er es, der schrie. In seiner Angst und Achtlosigkeit war Finn dem Rand des Steilhangs immer näher gekommen, der das diesseitige Ufer der Räuschel bildete. Mit seinem letzten Satz wich der Boden unter ihm zurück, und Finn sprang, ohne es zu wollen, weit in den Abgrund hinaus. Er fiel – drei, vier, fünf Klafter tief; er rollte – kopfüber, kopfunter – den Hang hinab, eine kleine Lawine aus Sand und Steinen mit sich reißend, deren scharfe Kanten seine Haut aufschürften. Dann war der Schatten heran und griff nach ihm. Klauen rissen an seinem wehenden Mantel, durchbohrten ihn, verfingen sich darin. Ein gewaltiger Ruck riss ihn vom Hang hinfort. Zum zweiten Mal an diesem Tag entführte ihn ein Criarg gegen seinen Willen in die Lüfte; nur zappelte er diesmal hilflos in den unbarmherzigen Fängen, während die Flusswellen unter ihm im matten Mondlicht schimmerten.

Der Criarg legte sich schräg und fing das zusätzliche Gewicht erst dicht über der Wasseroberfläche ab. Mit kräftigen Flügelschlägen suchte er längs des Räuschellaufes zu entkommen. Finn zerrte vergeblich an der Tassel, die den Mantel geschlossen hielt und ihn zu würgen begann.

Ob es sein Zappeln war oder ein Fehlgriff der messerscharfen Klauen – etwas über ihm am Mantel riss mit lautem Ratschen. Finn würgte erneut, obwohl der Druck auf seine Kehle verschwand; nur hob sich dafür sein Magen, während er fiel wie ein Stein. Doch kaum war er sich dessen bewusst geworden, da klatschte er auch schon auf dem Wasser auf und sackte durch bis auf den Grund.

Schneidende Kälte packte ihn. Die Räuschel nahm an ihrem

Oberlauf viele Bäche des Khênaith Eciranth in sich auf, die von den Schneefeldern herabrannen, und ihr Wasser war das eisigste im ganzen Hüggelland

Er drückte sich ab und stellte überrascht fest, dass er stehen konnte, wenngleich ihm das Wasser bis zum Hals reichte. Er musste nahe der Furt gefallen sein. Und richtig – da war das Ufer mit seinem hölzernen Laternenpfahl, kaum mehr als zehn Klafter entfernt. Er beeilte sich, paddelte und strampelte, um ins Flache zu kommen. Etwas Schwärzliches ragte vor ihm unmittelbar am Ufer auf, wie der Hügel eines Ameisenhaufens, allerdings bedeutend größer; und als ihm das Wasser nur noch bis zu den Knien reichte, erkannte er in dem vermeintlichen Haufen den Kahn des Furtlerwirtes. Sein Rumpf war von Axthieben förmlich zersiebt.

Noch hatte er nicht ganz das Ufer erreicht, als der Criarg wiederkehrte. Lautlos strich der Raubvogel dicht über das Wasser, den Schnabel vorgestreckt, kaum mehr als ein Schatten auf den dunklen Wellen – und er schoss geradenflugs von hinten auf Finn zu.

Es war eine Ahnung, die Finn veranlasste, sich umzudrehen; ein Kribbeln im Nacken, ein Frösteln, das von innen kam. So eben noch wurde er sich der drohenden Gefahr bewusst – und doch zu spät, um irgendetwas Überlegteres zu tun, als Maúrgin blank zu ziehen und die Klinge hilflos vorzustrecken, als böte ihr bloßer Anblick Schutz.

Er wusste es nicht, aber es war nicht der Anblick des Schwertes, sondern vielmehr der singende Klang, mit dem Maúrgin aus der Scheide fuhr, der Finns Angreifer verunsicherte. Das und das schlammverklebte Auge trübten die Sinne des Tieres. Schnabel und Klauen zischten heran und an Finn vorbei. Sie verfehlten ihn buchstäblich um Haaresbreite; aufspritzend landete der große Vogel im seichten Wasser. Wildes Flügelpeitschen wirbelte weitere Gischt auf; der Krummschnabel zuckte vor, und Finn ließ sich täuschen.

Er hatte mit einem hackenden Hieb gerechnet, nicht aber mit

einem stumpfen Stoß. Die Wucht des Schnabelrückens traf seine Brust und warf ihn von den Beinen. Er fiel rückwärts der Länge nach hin und der Kopf geriet sofort unter Wasser. Er schluckte es, spuckte aus und schluckte wieder. Er konnte nur noch Schlieren sehen und ein dumpfes Gurgeln und Klickern von Wasser und Flusskieseln hören.

Eine Klaue erfasste sein rechtes Bein und hielt es eisern fest; die andere nagelte seinen linken Arm in den Flussgrund. Jetzt, in diesem Augenblick oder im nächsten, musste der mächtige Schnabel herabsausen, dachte Finn, während um ihn herum die Räuschel kochte.

Nahezu bewegungsunfähig und halb ertrunken tat Finn das Einzige, was ihm blieb. Wahrscheinlich gab es da irgendwo über ihm – in der Mitte zwischen den Klauen, unsichtbar im schäumenden Wasser – eine Stelle, an der sich der Vogelleib befinden musste. Wo sich ein Leib befand, so würde darin ein Herz schlagen. Wer lebt, dachte er verschwommen, hat ein Herz. Und wer sich ein Herz nimmt, der lebt weiter. Also nimm dir ein Herz, Finn! Oder du bist tot!

Mit letzter Kraft stieß er Maúrgin hinauf, blindlings nach oben.

Er spürte jähen Widerstand, verstärkte seinen Druck. Er tobte wie ein Wahnsinniger, schob und drückte und stach und stieß. Plötzlich oder endlich oder nach einer Ewigkeit gaben die Klauen beides frei, ließen Arm und Bein fahren, waren und hielten nicht mehr.

Finn fuhr auf, brachte seinen Mund über Wasser, doch er konnte nicht atmen. Zu viel Wasser verstopfte ihm Kehle und Lunge, und alles Luftholen geriet zu einem entsetzlichen Schmerz in seiner Brust, der ihn schier zerriss. Er fiel oder sank; ob es sein vollgesogener Mantel war oder der Rucksack, die eigene Kraftlosigkeit oder am Ende die Summe aus alledem, blieb unbeantwortet. Das Glucksen in seinen Ohren wurde dumpfer, und dann war gar nichts mehr.

8. KAPITEL

An der Grenze

Unsägliche Gewichte sammelten sich auf seiner Brust, türmten sich zu hohen Lasten, hoben sich und fielen umso schwerer auf ihn hernieder. Immerzu, und abermals. Stechender Schmerz wurde zu flammender Pein, die alles versengte. Ein Feuer, das in ihm loderte, das in ihm brodelte, als sei er selbst ein Cerenath, ein Glutsteinberg, dessen Gluten immer höher und höher stiegen, bis der Druck unhaltbar anwuchs und sich endlich, endlich Bahn brach durch … durch was? Offenbar durch seinen eigenen Schlund. Heiß und bitter schoss es durch seine Kehle, und er erbrach sich in einem nicht enden wollenden Schwall. Wasser sprudelte ihm aus Mund und Nase, und über seinem Würgen hörte er jemanden jämmerlich keuchen, und es brauchte eine Weile, bis er merkte, wer da keuchte. Er selbst.

Jemand hielt seinen Kopf. Finn erkannte zu seinem großen Erstaunen Circendil über sich. Der Vindländer lächelte. Als habe er unverhofft etwas zu sehen bekommen, an das er schon nicht mehr geglaubt hatte.

»Sei ohne Sorge«, sagte der Medhir, als Finn auffahren wollte. »Lieg still. Du lebst. Und der Criarg ist tot.«

Finn blickte sich verwundert um wie jemand, der aus einem langen, tiefen Traum erwacht. Er fand sich ausgestreckt im nassen Gras liegend, nahe des Flussufers. Es war immer noch Nacht. Es war immer noch windig, und er fror erbärmlich. Das Gras raschelte und bog sich in den Böen. Kaum hatte er das bemerkt, hörte er seine eigenen Zähne klappern.

»Mir ist kalt«, krächzte er und erschrak über seine eigene

Stimme. Seine Atemwege brannten, aber es war kein Feuer, das ihn wärmte. Überhaupt brannte nirgendwo ein Feuer, was in seinen Augen ein unverzeihlicher Fehler war. Sahen seine Freunde denn nicht, wie sehr er fror? Hatten sie gar kein Mitleid mit ihm? Dann wurde er vollends wach und erkannte den Unsinn, der durch seinen Kopf ging. »Wo ist mein Schwert?«

»Maúrgin ist in deiner Nähe«, antwortete Circendil, »und du bekommst es gleich zurück. Ein paar Dinge sind zunächst wichtiger. Hast du Schmerzen, Finn? Bist du verletzt?«

»Mir ist kalt«, wiederholte er. »Und mein Hals tut weh. Das Atmen schmerzt. Und jetzt, wo du es ansprichst – mein Bein, das rechte. Da ist ein Stechen.«

»Bleib liegen. Ich sehe es mir an.« Finn ließ sich zurücksinken und bemerkte erst jetzt, dass sein Kopf auf einem Polster geruht hatte; es war Mellows Mantel, zu einer Rolle gedreht. Sein Besitzer hockte nahebei und zerzupfte ganze Büschel von Grashalmen. Circendils große Hände betasteten Finns rechtes Bein.

»Du machst vielleicht Sachen, also wirklich«, sagte Mellow, und es klang weniger entrüstet als erleichtert. »Du kannst einem einen ziemlich großen Schrecken einjagen, damit du es nur weißt! Wir dachten, du seist tot!«

»Das dachte ich auch. Was ist geschehen?«

»Das frage ich dich. Wir hörten die Ponys wiehern und eilten sofort zurück. Hufgetrappel und einen oder zwei Criargschreie – so viel konnten wir ausmachen. Circendil sprang auf seinen langen Beinen voraus, Bhobho und ich immer hinterdrein. Aber als er und ich am Furtlerbroch ankamen, fanden wir ihn verlassen vor. Keine Ponys, kein Criarg, kein Circendil. Und von dir erst recht keine Spur. Da hörten wir den Mönch rufen: *Bei Amans Zorn!*, rief er. Und: *Wehe den Schatten der Nacht!* Wir eilten hinzu bis zur Klippenkante. Wir sahen und hörten unten im Fluss einen Criarg kreischen. Womit er kämpfte, sahen wir nicht. Das Wasser wogte und schäumte, weiß wie Schnee. Circendil begriff als Erster, was tatsächlich vorging. Er rief deinen Namen und rutschte kurzerhand den Hang hinab. Noch war er nicht unten am Fluss, da erstarb das Schäumen. Allem Anschein nach war der Criarg tot. Er trieb leblos im Wasser. Circendil stürzte sich hinzu und fischte dich heraus, blass, nass und regungslos. Du hattest mehr getrunken, als du solltest, falls du es nicht weißt. Aber vorher hast du dem Criarg den Garaus gemacht. Circendil begann, deine Arme zu bewegen, als wären es Pumpenschlegel, kaum dass du am Ufer zu liegen kamst; dann presste er deinen Brustkorb immer wieder und wieder, doch das Leben wollte nicht zu dir zurückkehren. Am Ende beugte er sich über dich und hauchte dir ein neues Leben ein; jedenfalls nehme ich das an, denn dieses Mal zeitigte sich ein Erfolg. Endlich gabst du ein Lebenszeichen von dir, wenn es auch kein besonders angenehmes war: Du hast dich über seine Stiefel erbrochen. Nun ja, das ist geschehen, soweit ich es verfolgen konnte. Ich wies oben Bhobho an, die Ponys einzufangen; dann rannte ich zurück zur Straße, um Circendil zu helfen. Was ist mit seinem Bein?«

Der Mönch schüttelte ungläubig den Kopf.

»Er hat schier unglaubliches Glück gehabt. Finn, Aman war mit dir in dieser Stunde! Eine der Krallen hat sich in dein Fleisch gebohrt, doch glücklicherweise nicht tief; die Wunde wird rasch verheilen. Die Abdrücke der übrigen werden dafür noch länger in allen Farben schimmern; die Klauen hielten dein Bein umklammert, und ihre Kraft kommt der eines Schraubstockes gleich.«

»So fühlt es sich auch an.«

»Wie kam der Criarg über dich?«

»Er hat mich überrascht. Ich hörte Schritte und dachte, ihr wärt es. Dann ging alles plötzlich ganz schnell. Ich wollte euch entgegengehen, da sprang Inku aus meinem Arm und – ach du schwere Not! Der arme kleine Kerl! Wo ist Inku? Ist er nicht bei euch?«

»Nein. Er ist dir während des Angriffs davongerannt?«

Finn dachte kurz nach. »Unmittelbar davor, meine ich.«

»So wird er den Criarg gewittert und sich versteckt haben. Wir werden ihn wiederfinden.«

»Aber was ist, wenn noch weitere Feinde kommen? Hast du nicht selbst gesagt, das könne jederzeit geschehen? Wir müssen los und ihn suchen.«

»Das werden wir. Aber gemach, eile mit Weile. Wirst du gehen können?«

Finn vermochte es, wenn auch langsam.

Sie gingen zunächst zum Ufer. Der tote Criarg lag auf dem Rücken im schwappenden Wasser; Maúrgin steckte bis zum Heft in seiner Brust. Mellow übernahm den unangenehmen Teil. Er watete in den Fluss, setzte einen Fuß auf den mächtigen Kadaver, zog die Klinge heraus, wusch sie sauber und reichte sie dem bibbernden Finn. Anschließend wickelten sie Finn in Mellows Mantel und wrangen mit vereinten Kräften seine Sachen aus. Endlich machten sie sich an den Aufstieg hinauf zum Furtlerbroch. Als sie beim schwankenden Wirtshausschild ankamen, erwartete sie darunter Bhobho mit vier übermüdet dreinblickenden Ponys – es war ihm gelungen, die Tiere einzufangen oder einzusammeln, wie er es nannte. Er grinste, schlug seinen Mantel zurück und überraschte sie damit alle: Er hielt einen aufgeregt zappelnden und schwanzwedelnden Inku auf dem Arm.

Wortlos streckte Bhobho Finn den Otu Atruma entgegen.

»Dafür schulde ich dir was, Herr Bholobhorg«, sagte Finn, unendlich erleichtert.

Inkus helles Bellen bekräftigte es.

Es erwies sich als gar nicht so einfach, mit Inku im Arm zu reiten. Der ehemalige Vorhang, den Finn für die Trage zerrissen hatte, war feucht und klamm und in diesem Zustand nicht zu verwenden. Finn wand stattdessen die mitgenommene Decke um den Welpen. Leise redete er auf ihn ein. Inkus halb neugieriges, halb verängstigtes Zittern legte sich; es hatte eingesetzt, kaum dass Finn im Sattel saß.

Dies war vermutlich Inkus erster Ritt. Der Otu Atruma erschnupperte zudem Finns nasse Kleider, an denen noch die eklige Witterung des Criarg haften mochte. Immerhin ließ der Welpe sich von dem herübergebeugten Mellow kraulen und steckte den Kopf mit der stupsigen Schnauze aus seiner Decke hervor. Finns Hand aber leckte er, und immer wieder suchte er mit dankbarem Augen den Blick seines neuen Herrn.

Die anderen Räuschelfurter Häuser hatten die drei leer vorgefunden; offen, erzählten sie, aber verlassen; und sie hatten zu ihrer Erleichterung keine Anzeichen weiterer Kämpfe entdeckt. Vor allem aber waren sie nicht auf das gestoßen, was sie nach Circendils Fund im oberen Stockwerk des Brochs halb und halb erwartet hatten: auf Leichname weiterer erschlagener Vahits.

»Wer konnte, ist geflohen«, murmelte Circendil, als sie nun durch das aufgegebene Brada ritten. »Das ist gut. Oder wenigstens besser als nichts.«

Sie blickten im Vorbeireiten vergeblich hinter Mauer, Busch und Strauch. Auf einen weiteren Gidrog oder Criarg trafen sie nicht; doch sie wussten nicht, ob das ein gutes oder ein schlechtes Zeichen war.

Sie querten mehrfach die Straße und ritten zu beiden Seiten ein Stück entlang der Obstgartenhecken ins Land hinein. Auch hier stießen sie weder auf Freund noch auf Feind. Wohin die Dörfler geflohen waren, blieb ungewiss.

»Es tut mir leid, Finn«, sagte Circendil, als sie am südlichen Ende von Räuschelfurt hielten. »Ich hätte es besser wissen sollen. Mellow hat völlig Recht, wenn er meint, ein paar frische Mönche täten uns gut. Der hiesige lässt in der Tat etwas nach – ich hoffe, du kannst mir verzeihen.«

»Wovon sprichst du?«

»Ich meine den Criarg. *Bei Aman!* Sein Angriff ist allein meine Schuld.«

»Wie das?«

»Blitz und Donner! Ich hätte aufmerksamer sein müssen. Als

wir den toten Gidrogwächter fanden, war es nur folgerichtig zu fragen, wo wohl sein Reittier sei. Es konnte nur in der Nähe sein! Jeder Novize meines Ordens hätte daran gedacht. Als hätte Aman mich mit Blindheit geschlagen! Ich hätte dich zumindest warnen müssen. Oder dich erst gar nicht allein lassen dürfen. Ich hätte meinen Verstand gebrauchen sollen, ja, das ist es. Stattdessen hing ich meinen Gedanken nach und war nicht bei der Sache. Das aber ist ein unverzeihlicher Fehler, den wir uns im Kampf gegen das Übel dieser Tage niemals leisten dürfen. Lass dir dies als Warnung dienen, Finn. Solche Fehler enden zumeist tödlich. Vor Torheit warnte ich gestern den lieben langen Tag, und ach!, töricht handelte ich heute selber. Wie leicht wurde mein Herz, als ich das Leben in dich zurückkehren sah, und um wie viel schwerer wog zuvor meine Furcht, als ich dich wie tot aus dem Flussbett zog. Denn wahrlich groß war die Gefahr, in der du schwebtest; und weitaus schlimmer noch: Sie war unnötig und wäre vermeidbar gewesen. Nenn mich einen vindländischen Esel, wenn du willst! Ich hoffe nur, du kannst einem Fremden wie mir verzeihen!«

»Da gibt es nichts zu verzeihen. Habe ich etwa an den Criarg gedacht? Oder sonst jemand? Nein. Wenn es eine Schuld gibt, so trifft sie uns alle – wir waren alle nicht bei der Sache. Und das ist ja auch kein Wunder. Schau, der Mond geht unter. Es ist spät geworden; wir haben's zwei Stunden vor Mitternacht, schätze ich. Was gäbe ich jetzt für ein Bett mit weichen Federn. Gleich wird's zappenduster.«

Finn hatte Recht. Kaum war der Mond versunken, umfing sie das reine Dunkel der Nacht wie ein plötzlich herabgefallenes Tuch, ehe ihre Augen sich an das matte Licht der Sterne gewöhnt hatten und sie wieder etwas sehen konnten. Sie beratschlagten, was zu tun sei – oder richtiger, was sie noch tun konnten. Um die drei toten Vahits zu begraben, dazu fehlte ihnen die Zeit. Außerdem war es fraglich, ob die Gidrogs nicht gerade währenddessen zurückkämen.

»Dann reiten wir endlich weiter«, verlangte Bholobhorg. »Vielleicht können wir die Räuschelfurter einholen.«

»Einholen?« Mellow lachte müde auf. »Vielleicht *verrätst* du uns vorher …« Mellow ließ den Satz absichtlich in der Luft hängen, ehe er fortfuhr: »in welche Richtung sie geflohen sind?«

Vielleicht bin ich ja nur ein schlechter Vahitkenner, dachte Finn, der Bhobho beobachtet hatte. Aber entweder ist unser Tanninger ein ausgemachter Einfaltspinsel, der wirklich nur seinen Auftrag für Herrn Gesslo erfüllt, oder er ist in der Lage, sich weitaus glaubhafter zu verstellen als jeder andere, den ich kenne. Bhobho hatte Mellow nur fragend angesehen und mit keiner Miene zu verstehen gegeben, ob er die doppelte Bedeutung in dessen Bemerkung verstanden hatte. Er hat nicht einmal mit den Wimpern gezuckt, dachte Finn. Verdächtigen wir ihn womöglich zu Unrecht?

»Na, ich meine, sie sind bestimmt die Straße runter, nach Süden. Oder nicht?«

»Das wäre kein sehr gutes Versteck, Herr Bholobhorg.« Circendil hob die Schultern und ließ sie ergeben fallen wie einer, der beschlossen hatte, den Dingen einstweilen ihren Lauf zu lassen. »Genau das aber benötigten sie. Also sind sie, so sie fliehen konnten, über die Felder hinaus in die Wildnis gerannt. Nur ein sehr glücklicher Umstand würde uns mit ihnen zusammenführen. Zumal anzunehmen ist, dass sich die Geflohenen inzwischen irgendwo in unzugänglichen, felsigen Spalten verbergen. Ihnen mit unseren Ponys in finsterer Nacht in die zerklüftete Heide zu folgen, wäre töricht, und davon hatten wir an diesem Abend genug. Ich bin nicht bereit, ein derart unberechenbares Wagnis einzugehen. Die Tiere könnten sich auf Schritt und Tritt die Beine brechen. Und wir uns unsere Hälse. Nein, wir werden sie nicht suchen.«

»Wenn ihr mich fragt«, sagte Mellow, »wäre es wahrscheinlich richtiger, nach Mechellinde umzukehren, um von dort Hilfe herbeizuholen. Eine Schar bewaffneter Vahits, die den Broch und die Furt verteidigen können. Aber es wäre zugleich auch falsch. Es würde uns um viele Stunden und Meilen zurückwerfen. Und noch sind weder Gwaethirin ausgebildet worden noch überhaupt Freiwillige eingetroffen. Wir wären einem solchen Trupp auf jeden Fall begegnet, meine ich, es sei denn, sie gingen heimlich über Land und schwammen irgendwo flussaufwärts durch die Räuschel. Nur einige wenige werden daher abkömmlich sein, vielleicht eine Handvoll. So viel also zu einer Schar. Andererseits müssen Sahaso und Kampo eiligst von dem neuen Überfall unterrichtet werden. Wenn wir die Furt verlieren, können wir Saisárasar auch gleich die Schlüssel zur Hel aushändigen. Dann war es das. Aus und vorbei. Dann heißt's: Gute Nacht, lieb' Hüggelland! – Das bedeutet, wir müssen uns aufteilen. Wenigstens einer von uns muss zurück, um Bericht zu erstatten. Und genau genommen dürften die anderen Räuschelfurt nicht mehr verlassen, ehe nicht Hilfe da ist. Der Furtlerbroch muss bewacht werden. Sonst ist die Furt dennoch verloren.«

»Du sagst es ja selbst – wer soll den Broch halten, Mellow?« Circendil schüttelte den Kopf. »Auch mit fünfzig oder mehr Vahits wäre nicht viel gewonnen, sobald Saisárasar alle seine Reiter in die Waagschale wirft. In drei, vier Tagen – vielleicht. Wenn alle Bögen haben und Köcher voller Pfeile und sie damit umgehen können. Aber bis dahin?«

»Wir haben dich. Du zählst mindestens so viel wie fünfzig Vahits. Du könntest den Turm halten.«

»Ich könnte es in der Tat vielleicht, Mellow – wenn ich unverletzt wäre. Und keinen anderen, wichtigeren Auftrag zu erfüllen hätte. Der letztgenannte Grund drängt uns, wie du weißt, uns zu eilen, um Sturzbach zu erreichen, ehe der Feind die Schlinge zuzieht. Der erstgenannte wäre unter üblichen Umständen zu verschmerzen, aber wir haben eben keine üblichen Umstände. Um den Furtlerbroch gegen eine Übermacht zu halten, müsste ich mich flink bewegen können, aber eben das verwehrt mir mein Bein.«

»Du liebe Güte!« Finn richtete sich erschrocken auf. »Das habe *ich* ja völlig vergessen. Dein Bein. Und dann noch dieser Sprung die Klippe hinab …«

»Entschuldige; auch ich habe dein Bein aus meinen Gedanken verdrängt.« Mellow hob die Arme und ließ sie ernüchtert fallen. »Dann weiß ich mir keinen Rat. Dann sind Broch und Furt also in Kürze verloren.«

»Ich weiß nicht. In Vierstraß hat es einen Postlerstall«, meldete sich Bholobhorg zu Wort. »Dort gibt es Ponys und auch Reiter, die wir schicken können.«

»Die Nachricht würde viel später abgehen und weit länger brauchen«, widersprach Mellow. »Später, als wenn wir selbst einen Boten schicken.«

»Aber immerhin würde sie abgehen, ohne uns weiter aufzuhalten.«

»Es ist kein schlechter Rat, Mellow«, meinte der Davenamönch leise.

»Wartet«, bat Finn und deutete auf den Wegweiser, der am Ortsrand stand und zwei Arme nach Nord und Süd ausstreckte wie ein Weihesprecher, der um einen Segen bat. »Seht selbst: Es sind noch zwölf Meilen bis Vierstraß. Nur noch, sollte ich wohl sagen. Ich weiß nicht, wie es euch geht, aber ich kann jetzt ohnehin nicht schlafen, so müde ich auch bin. Nicht im Furtlerbroch und erst recht nicht unter freiem Himmel. Also folgen wir Bhobhos Rat: Reiten wir weiter. Je eher wir in Vierstraß sind, desto eher können wir von dort eine Nachricht senden. Und jemanden, der sich um die Toten kümmert«, fügte er hinzu. »Falls jemand den Mut dazu hat, heißt das.«

»Niemand wird allein gehen«, sagte Circendil. »Aber zehn oder mehr Köpfe werden vielleicht genug Mut aufbringen, so hoffe ich. Und ihr Bericht wird den Kampfgeist der Mechellinder Vahits aufstacheln und ihren Mut entfachen, auch wenn es nur der Mut der Verzweiflung ist. Ja, ich denke, das ist das Beste. Lasst uns reiten und der Nacht ein Schnippchen schlagen. Und auf die guten Augen unserer Ponys vertrauen.«

Inku streckte den Kopf aus seiner Decke und ließ ein hohes Kläffen hören. »Ja«, lächelte Circendil, »und natürlich auf die Nase eines klugen Atruma.« Inku bellte abermals, fein und hell, wie es nur junge Hunde vermögen. Es klang freudig und aufmunternd, und unter der Decke spürte Finn, wie sein neuer Freund sich an ihn drückte.

Sie setzten ihren unterbrochenen Ritt fort, aber langsamer als vorher. Und glücklicherweise ohne weitere Unterbrechungen, bis auf jene kurze Pausen, in denen Finn den Hund absetzen musste.

Überdies wurde ihm der jeweilige Arm mit der Zeit schwerer und schwerer, in dem Inku sich zusammenrollte und schlief. Behutsam nahm er dann das Bündel und legte es sich in die andere Ellenbeuge. Was zuerst mühsam schien, erwies sich schon bald als nützlich: Jedes Umwechseln bewahrte ihn am Ende selbst davor, der eigenen Erschöpfung nachzugeben und während des Reitens einzuschlafen.

Die Nachtkühle wurde von Mellows Mantel zurückgehalten, den Finn dankenswerterweise immer noch tragen durfte. Den beständig wehenden Wind spürte er deshalb kaum. Doch unter dem dicken Loden waren seine Kleider feucht, und sein eigener Mantel klebte schwer an Smods Kruppe.

Bholobhorg erging es, was die Müdigkeit anbetraf, kaum besser, obwohl er sicherlich später aus dem Bett aufgestanden und weniger weit geritten war als die beiden anderen Vahits. Er gähnte in einem fort, was es auch nicht leichter machte, wach zu bleiben.

Mellow blieb, entgegen seiner sonstigen Redseligkeit, beharrlich stumm. Er blickte geradezu auffällig oft über die Schulter zurück. Und immer, wenn er sich umwandte, kam es Finn vor, als wäre Mellow am liebsten selbst derjenige, der eiligst umkehrte. Jedes Mal gab er sich einen innerlichen Ruck und fügte sich in den gefassten Beschluss, aber es fiel ihm sichtlich schwer. Nie zuvor hatte Finn seinen Freund so hin- und hergerissen erlebt. Und trotz aller zurückliegenden und glücklich überstandenen Gefahren hatte er bisher kein derart sorgenvolles Gesicht gezogen wie in dieser Nacht. Finn kannte ihn lange genug, um zu ahnen, was seinen Freund so quälte. Es war nicht die Furcht vor dem vor ihnen Liegenden, was Mellow zögern ließ – er war kein Feigling und hatte dies hinreichend bewiesen.

Aber er wusste seine Brüder ohne Nachricht von dem neuerlichen Überfall, und er erfasste mit seinem scharfen Verstand in vollem Umfang die schwere Aufgabe, die den beiden von den Scepmáhin aufgetragen worden war. Wie sollten sie das Hüggelland verteidigen, wenn sie nicht einmal erfuhren, wo und mit welchen Folgen der Feind zuschlug? Nun, das war das eine. Ebenso schlimm, wenn nicht schlimmer, war die Ohnmacht, der sich Sahaso und Kampo derzeit noch gegenübersahen: Selbst wenn sie Nachrichten darüber erhielten, dass und wo ein Übergriff stattfand, so konnten sie im Augenblick wenig mehr tun, als es bitter zur Kenntnis zu nehmen. So lange es noch keine ernst zu nehmende Vahitwehr gab, waren den Rohrsangbrüdern die Hände gebunden. Oder vielmehr, dachte Finn, sie waren ihnen noch nicht einmal gewachsen.

Dieses alles ging Mellow sicherlich ebenfalls durch den Kopf; wäre Finn nicht so entsetzlich müde gewesen, so hätte er ihm gewiss Worte des Trostes oder zumindest des Verständnisses zugesprochen. Doch schon bei der Suche nach den richtigen Begründungen zerfaserten sich Finns Gedanken, und das leise Schmatzen des schlafenden jungen Hundes ließ sie vollends zerstieben.

So folgten sie allesamt schweigend dem Mönch, der ihnen ruhig vorausritt und als Einziger nicht zu ermüden schien. Über sein Bein sprach er nicht mehr; aber er saß merkwürdig schief auf seiner Satteldecke; und das verletzte Bein hielt er steif gestreckt.

Die Mittelstraße zog sich unter den Hufen der Ponys dahin wie ein graues Band. Ein wenig kam es Finn vor, als habe er mit dem Durchwaten der Räuschelfurt bereits das Hüggelland verlassen; zumindest jenen Teil, den er von Kindesbeinen an kannte und liebte, der für ihn das *eigentliche* Hüggelland war und der an der Räuschel endete. Dabei befanden sie sich erst in den Südbereichen des Obergaus. Aber Finn erging es jedes Mal so, wenn er in den Süden reiste. Die Gegend diesseits des Flusses wirkte auf ihn schlagartig fremder, deutlich anders beschaffen als die sanfthügelige Landschaft um Mechellinde; selbst im Sternenlicht war dies unübersehbar. Andere Bäume wuchsen ab hier am rechten Ufer: kaum noch Schwarzpappeln, fast keine Moorbirken mehr, nur wenig Eichen, dafür allerlei niederes Gehölz; Kreuzdorn, dessen fauliger Geruch in ihre Nasen drang, Grünerlen, süßlich duftende Felsenbirnen, Asch- und Purpurweiden, Feldahorn und Elsbeeren.

Schon bald, nachdem sie Räuschelfurt hinter sich gelassen hatten, ging es durch schroffe Hügel und tiefe, karstige Einschnitte, die fast schon Schluchten zu nennen waren. Nach einer halben Stunde beständigen Bergaufstolperns gelangten die Reiter an den Rand einer Ödnis namens Kretelheide; ein Gebiet voller aufgeworfener, geschichteter Felsenzungen und schrundiger Klippen, die sich wie ausgefahrene Krallen eines tausendtatzigen, unter dem Hüggelland schlummernden Fabeltieres durch die dünne Krume bohrten.

Selbst zu Fuß und bei Tageslicht hätte die Bodenbeschaffenheit jeden Schritt zu einem Wagnis gemacht. Nicht ohne Grund führte die Mittelstraße in einem langen Bogen um die Kretelheide herum. Indem sie ihr folgten, ritten sie in Wahrheit einen großen Halbkreis. Ein Vogel wäre zwischen der Furt und dem nächsten Brada nicht mehr als fünf oder sechs Meilen geflogen. Aber einen schnurgeraden Weg gab es nicht: Die Straße wand sich kurz hinter Räuschelfurt einen Abhang hinauf und bog dann scharf nach Osten ab, ehe sie ihre weite Kurve nach Süden beschrieb, die gar nicht mehr enden wollte, bis sie schließlich sogar für ein weites Stück zurück nach Westen führte.

Auf diese Weise umlief die Straße das unzugängliche, unfreundliche und felsige Gelände, in dem niemand außer Vögeln und Füchsen wohnte. In sandigen Mulden wuchs Heide in dichten Feldern. Dazwischen krallten sich krüppelige Kiefern an hochaufragende, spitze, meist von Hagebuttensträuchern oder Schwarzdorn umsäumte Steine, die sich zu verwitterten Klippen aufschwangen. Über die Höhen hinweg wucherten ganze Felder langdorniger Disteln und üppige, wilde Brombeeren ohne Zahl.

Bei Tag hätte der Anblick der Kretelheide zumindest an manchen Stellen ihr Auge erfreut, denn es war Herbst, und die noch nicht ganz verblühten Heidsträucher fingen das Sonnenlicht ein und wurden zu violett-bunten Flecken im Gebräun entlang der zahllosen Schründe.

In der Nacht aber sahen sie nicht mehr davon als formlose Buckel und gezackte Grate inmitten von flüsternden Schatten. Dann und wann hörte Finn das Seufzen und Knarzen der Bäume, wenn der Nachtwind sich in ihnen fing; und einzelne Steine lösten sich immer wieder und bröckelten aus Gründen herab, die ihnen verborgen blieben, obwohl sie mehr als einmal anhielten, lauschten und einmal gar zu Schwert, Wacala und Landhüterstab griffen. Aber mehr als rieselndes Geröll und kollernde Laute begegnete ihnen nicht.

Die Straße blieb verlassen. Die Kretelheide behielt ihre Geheimnisse.

Die wie Schichten aufeinanderdrückenden Steinmassen warfen das Geklapper der Ponyhufe dafür hohl zurück – ein gleichförmiges und zugleich einschläferndes Geräusch, das Finn auf den letzten fünf oder sechs Meilen sehr zu schaffen machte. Mehr als einmal drohte er, darüber einzunicken.

Es war weit über zwei Stunden nach Mitternacht, als sie endlich, todmüde und mit vom Reiten schmerzenden Gliedern, Vierstraß erreichten.

Von Norden, von der Räuschelfurt und von den Höhen der Kretelheide her, kam die Mittelstraße nach ihrem weiten Bogen herab, und hinter Vierstraß war Mittort ihr nächstes Ziel.

Hier, zu Füßen des Kretelberges, kreuzte sie die Gaustraße. Diese nahm ihren Anfang tief im Süden: im Hauptort des Untergaus, im fernen Sturzbach. Sie zog sich zunächst nördlich ein Stück am Sturz entlang, ehe sie hinter Aarienheim nach links abschwenkte und von da an immerzu nach Westen strebte: über den Kreuzungspunkt bei Vierstraß hinaus nach Muldweiler und immer weiter, immer höher hinauf in die Berge, bis ganz nach Obermuld und Zarten im Hohengau.

Vierstraß war kleiner als Mechellinde, aber um einiges größer als Moorreet. Und dieses Brada hatte einen bedeutenden Vorteil – befand Finn – gegenüber seinem Heimatdorf: Beide Straßen führten nicht nur bis zum Herzen des Bradas hin, sondern *hindurch*.

Natürlich war der Name irreführend.

Denn Vierstraß war mitnichten der Ausgangspunkt von vier Straßen; aber wer auf dem Dorfplatz stand und seinen Blick in die Ferne schweifen ließ, der sah eben vier Wege davonführen, einen in jede Himmelsrichtung, und so war der Name schon in alter Zeit geboren worden. Es gab keine Dornenhecke oder Mauer, die diesen Blick hätte verwehren können. Die in der Kretelheide heimischen Füchse mieden die Ansiedlung, nachdem sie die Bekanntschaft mit den Fallen der Jäger gemacht hatten, und andere Feinde kannten die Vahits nicht – bisher. Die höchste Erhebung der Kretelheide lag an ihrer Südflanke, unter der sich die Gaustraße dahinzog: Das war der Kretelberg, vor dem die Mittelstraße ihre nach Westen zeigende Kurve beendete und wieder zu ihrer ursprünglichen Richtung nach Süden zurückkehrte.

Jetzt, zu dieser späten (oder vielmehr sehr frühen) Stunde lag das Brada in tiefem, arglosem Schlummer. Zu Mellows und Circendils Ärger hatte es anscheinend niemand für nötig befunden, wenigstens an den Dorfzugängen Wachen aufzustellen, obwohl die Nachrichten vom Eindringen der Gidrogs die Vierstraßler schon während des Samstagabends erreicht haben mussten.

Nur das allen Schenken vorgeschriebene Licht des Gasthauses brannte einsam über dem in schöner Schrift und sauber in Gold und Blau bemalten Wirtshausschild, auf dem sich der Kopf und die vier Flügel einer Mühle zeigten. Dieses Zeichen war dem Firmenwappen der Werkstatt Fokklinhand nicht unähnlich, nur dass die hiesigen Flügel *gebogen* waren. Darunter stand in geschnitzten, goldfarbenen Lettern:

GASTHAUS ZUR TAUMELNDEN MÜHLE,
INH. TIMAN KOWAL

Ein Fäustel baumelte an einer Kette neben einer eisernen Triangel, was mehr als ein bedeutsamer Hinweis war: Die Kowals waren einst, etwa zu Maltet Fokklins Lebzeiten, die bekanntesten Schmiede des Hüggellandes gewesen, und ihr Ruf war seitdem nicht geringer geworden. Noch immer gab es die berühmte Kowalhöhle in der Nähe von Wasserfels, und noch immer entstanden dort Arbeiten, die sich sehen lassen konnten: hauptsächlich Riegel, Schlösser und Türangeln, aber auch schönste Schmiedeeisen für solche, die derlei Zierrat mochten (und ihn sich leisten konnten); mit das Beste, was die Handwerkskunst der Vahits zu leisten vermochte.

Die Eingangstüren der Werkstatt Fokklinhand beispielsweise waren sämtlich mit silbernen *Kowalnägeln* beschlagen, eine Ausgabe, die Furgo seinerzeit schweren Herzens, aber mit Befriedigung getätigt hatte.

»Einen gewissen Reichtum muss man den Leuten zeigen«, hatte er geschmunzelt, »vergiss das nie, Finnig. Sonst denken sie, du bist geizig. Oder, was schlimmer ist, sie argwöhnen, deine Geschäfte gehen schlecht.«

Nun – Furgos Geschäfte gediehen prächtig, und er konnte es sich leisten, in der Kowalhöhle einzukaufen. Ihr derzeitiger Besitzer, Awol Kowal, war auch dieser Tage der anerkannte Meister seines Fachs, und er führte wie seine Vorväter den Vorsitz in der

Schmiedegilde. Timan war ein Verwandter. Selbstverständlich wurden nicht alle Kowals Schmiede. Aber es hieß, in ihrer Sippe wussten sie stets einen Hammer zu führen, wenn es darauf ankam. Einen Streit mit einem Kowal jedenfalls vermied ein jeder, der es konnte.

Mellow ergriff müde grinsend den baumelnden Schlegel und schlug ungerührt auf die Triangel ein. Finn zuckte zusammen und war sicher, dass ihr singender Klang das halbe Dorf aus dem Schlummer reißen würde.

Inku in seiner Decke erschrak ebenso. Er nahm den Lärm zum Anlass, seinerseits seine Anwesenheit lauthals zu verkünden.

Dennoch gingen nur im Gasthaus Lichter an. Und das rascher, als sie erwartet hatten. In Timan Kowals Haus schien man auf spät eintreffende Reisende eingerichtet zu sein.

Im Rest des Dorfes hingegen war man das Schellen des Klangeisens offenbar gewohnt. Hinter den dunklen Fensterläden blieb alles ruhig. Finn sah beinahe vor seinen Augen, wie sich dutzende von Vahits im Schlaf herumdrehten und den Bettzipfel über ihre Ohren zogen.

Fast zugleich hörten sie im Haus tieferes Hundegebell, was Inku mit einem kehligen Laut verstummen ließ – er steckte seinen Kopf zurück in die Decke und spähte vorsichtig über Finns Ärmel. Eine für Vahitverhältnisse sehr tiefe Stimme rief: »Aus, Galad! Ruhig!« Das Gebell verstummte augenblicklich. Im nächsten Moment klirrten Schlüssel. Die Tür wurde an ihrem Guckloch geöffnet, einer Klappe im dicken, nagelbeschlagenen Eichenholz. »Wer ist da?«, rief dieselbe Stimme.

»Vier müde Reiter aus Mechellinde«, antwortete Mellow. »Entschuldige die späte Störung, aber wir wurden durch das Unwetter aufgehalten und haben es nicht eher geschafft. Wir suchen ein Bett für die Nacht. Bestell das dem Wirt.«

»Der weiß es schon, denn ich bin es selbst. Und nur ein Bett? Nach allem, was ich sehe, braucht ihr deren wohl vier, auch wenn du dich da hinten im Schatten verbirgst; und grad deines müsste ziemlich groß sein, will ich meinen. Aber es ist einerlei, denn ihr kommt reichlich spät – zu spät, um genau zu sein. Wir sind restlos belegt.«

»Belegt?«, fragte Mellow verwundert. »Wie das?«

Die *Taumelnde Mühle* war ein Gasthaus für Durchreisende der zwei wichtigen Straßen, und der Verkehr auf ihnen war für den Wirt erfreulich hoch. Gemessen an der Zahl der Fenster, vermietete er wenigstens zehn oder zwölf Kammern; aber noch nie hatte Finn von völlig belegten Zimmern gehört, außer vielleicht zu den halbjährlichen Helmarkttagen, und auch das nur in Vahindema.

»Fragt mich was Leichteres«, erwiderte der Wirt. Sie hörten ein lautes Seufzen. Er schloss die Klappe und öffnete die Tür. Trotz der ungewöhnlichen Stunde war er vollständig angezogen. Entweder war Timan Kowal ein begnadeter Frühaufsteher oder er hatte Nachtolmblut in seinen Adern. Ein geflochtener Gürtel umspannte eine kräftige Gestalt, die an Abhro Rabners breite Schultern erinnerte.

Er kann bestimmt ganz allein ein volles Bierfass heben, dachte Finn beeindruckt, der den Wirt noch nicht kennengelernt hatte. Timan Kowal musterte die drei im Lichtschein stehenden Vahits und warf dem im Schatten warteten Circendil einen misstrauischen Blick zu.

Ein zotteliger Hund mit geflecktem Fell saß gehorsam neben ihm. Ein älterer Aterar, der sie aufmerksam beäugte und in die Nacht hinaus schnupperte. Er knurrte leise, als er den Menschen witterte.

»Zurück, Galad. Ruhig.« Der Wirt fuhr dem Hund über den Kopf, kraulte ihn zwischen den Ohren und wandte sich den Neuankömmlingen zu. »Keine Sorge, der tut nichts. Es sei denn, ich befehle es ihm. Eigentlich«, sagte er, »müsstet ihr doch selbst mehr darüber wissen. Über die Anordnungen des Bürgermeisters und alles das. Zumindest wenn ihr, wie ihr angebt, aus Mechellinde kommt. Na, es ist schließlich eure Sache.«

Er kratzte sich das Kinn. »Ich sehe Hüte mit Sonnenblumen, das bedeutet, ihr seid in öffentlichem Auftrag unterwegs. Ihr wisst also mit Sicherheit mehr als wir hier am Kretelberg. Postreiter kamen jedenfalls am Samstag durch und berichteten atemlos verwirrende Dinge – von einem Rat und einem *Menschen*, der einfach so den Alten Weg heraufmarschiert kam. Stellt euch das mal vor! Er soll unserem verehrten Vahogathmáhir sogar gedroht haben!«

»Das ist überhaupt nicht wahr!« Finn konnte nicht glauben, was er da hören musste.

»Gedroht wurde jedenfalls, soweit ich mich erinnere«, zischelte Bholobhorg.

»Wie auch immer«, fuhr der Wirt fort. »Ich kann nur wiedergeben, was man mir berichtet hat. Sechs Reiter waren's, die sich hier trennen wollten. Sie hatten kaum Zeit für ein Bier und wollten weiter, obwohl es schon dunkelte.

Gedroht?, frag ich also verwundert. *Wie in den bösen alten Zeiten?*

Aber einer unserer Landhüter hat Schlimmeres verhütet, antwortet man mir.

So?, sag ich. *Das muss ja ein prächtiger Kerl sein. Wer ist es?*

Jemand aus Rudenforst, höre ich, der Sohn des dortigen Wirts, und ich nicke beifällig. Aber beim Namen des Dorfes zittern ihre Stimmen.

Was stimmt nicht mit Rudenforst?, frag ich also.

Sie sehen sich betreten an und blicken zu Boden, worauf ich ihnen anbiete, meinen Hammer zu holen, wenn sie nicht endlich weitersprechen.

Alles ist aus den Fugen geraten, sagen sie. *Mechellinde steht Kopf.* Sie berichten, man rufe jetzt alle kräftigen Burschen aus dem ganzen Hüggelland zum Kriegsdienst zusammen, was man kaum glauben mag. Deshalb seien sie auch auf dem Weg.

Krieg im Hüggelland?, frag ich. *Wirklich Krieg?*

Ja, antworten sie, *und Rudenforst ist abgebrannt.* Und schon sind sie wieder weiter, auf frischen Ponys, die ich ihnen aus dem Poststall geben musste.

Schließt eure Läden des Nachts, rufen sie zum Abschied, *und stellt Wachen aus! Besonders des Nachts!*

Wachen?, frag ich noch lachend. Aber da waren sie schon fort. Wachen!, denk ich noch. Unfug. Vierstraß ist immer ein ruhiger Ort gewesen, und so soll's bleiben. Da mag mir nur einer kommen.

Aber – von wegen ruhig.

Jedenfalls sind heute zwei Reisegruppen eingetroffen: eine am Nachmittag, aus Obermuld oder einigen Gehöften dahinter, glaub ich; eine weitere aus dem Süden, aus Wasserfels. Oder war's Unterlaich? Na, jedenfalls kamen die nach Einbruch der Dunkelheit hier an, um eben noch rechtzeitig vor dem Wolkenbruch hier Unterschlupf zu finden. Einundzwanzig einkehrende Vahits auf einen Schlag, wo hat man sowas schon gesehen? Alle dazu mit Messern und Sensenblättern bewaffnet, einige sogar mit Bögen, du liebe Güte! Allesamt junge Grünspechte, die einen Radau ohnegleichen aufführten. Am Ende musste ich sogar Galad hier wegsperren. Und das gefiel ihm gar nicht. Murrte ganz schön, der Gute, das könnt ihr mir glauben. Er ist'n wirklich guter Hund, ganz vernünftig und alles. Aber dieser Lärm war selbst für ihn zu viel.«

Timan Kowal beugte sich vor und tätschelte erneut den Kopf des Rüden. »Hat gute Ohren, der Junge, ja ja, Galad, is ja gut! Wo war ich? Ach ja, die Grünspechte! Sie schwatzten den ganzen Abend über von lauter unnützem Zeug! Von künftigen Abenteuern und Heldentaten und Siegesmahlen war die Rede, dass ich nicht lache! Und alle verlangen ein Einzelzimmer, als wäre nichts leichter als das. Ha! *Den* krummen Nagel haben wir ihnen schnell gezogen. Jetzt quetschen sie sich zu zweit in die Betten und schnarchen, was das Zeug hält. Hört ihr's? Recht so, sag ich, nachdem sie vorher entschlossen schienen, meine Fässer trocken zu saufen, du meine Güte!«

Erschöpft hielt der Wirt inne und fuhr sich mit der Hand über die Stirn. In seiner Aufregung hatten sich Strähnen seines schwarzen Haares über die Augen geschoben. Im Übrigen scheint er reden zu können wie ein rinnendes Fass, dachte Finn.

»Aber damit hat es sich«, sagte Timan. »Leider. Ich mein, alle Betten sind jetzt belegt, sogar mein eigenes. Ich könnte euch höchstens …«

»… die Scheune anbieten?« Er wurde von Circendil unterbrochen, der einen Schritt machte und damit in den Lichtschein trat. Finn kannte ihn inzwischen gut genug, um zu spüren, wie er des langen Geredes allmählich überdrüssig wurde. »Wir nehmen es gerne an. Nur sputet Euch.« Er hob die Hand zum Gruß und deutete eine Verbeugung an.

Timan Kowal fuhr vor Schreck zurück. »Alle Wetter! Wer ist das denn? Ich meine, wer seid denn *Ihr*, du liebe Güte?«

Mellow grinste. »Das?«, fragte er scheinheilig. »Oh, keine Sorge. Der tut nichts. Es sei denn, dass ich ihn darum bitte. Darf ich vorstellen – Circendil aus Vindland. Das ist der Mensch, von dem du gesprochen hast, Herr Timan. Er ist ein guter Freund von mir. Wenn er auch etwas ungeduldig und zuweilen mürrisch ist. Besonders, wenn er müde ist.«

»Das will ich gerne glauben«, sprudelte der Wirt verwirrt hervor. »Wenn ich nur wüsste, wer du bist. Du trägst einen bebänderten Hut, aber ein blaues Band hab ich noch nie …«

»Ich bin Mellow Rohrsang, bis vor Kurzem noch Landhüter, jetzt außerordentlicher Helvogt auf des Vahogathmáhirs Geheiß. Ich bin der Sohn des Rudenforster Wirts, den du erwähntest. Der Prachtkerl, wie du es nanntest. Vielen Dank auch dafür. Die beiden anderen sind Finn Fokklin von der Werkstatt Fokklinhand, und Bholobhorg Feldschwirl, ein weiterer Landhüter.«

»Und wir vier«, näselte Bholobhorg in seiner Tanninger Tonart, »sind geladene Mitglieder des Rates, von dem du sprachst. Falls du es wissen willst. Im Übrigen – wir sind in wichtigen Angelegenheiten unterwegs.« Er nickte und warf sich in die Brust.

So? Sind wir das?, dachte Finn. *Was weißt du davon? Und was daran ist dir wichtig?* Doch er kam nicht mehr dazu, diesen Gedanken weiter zu verfolgen.

Timan Kowal schlug die Hände zusammen.

»Wie? Was? Rat? Helvogt? Fokklinhand? Du meine Güte! Dann ist hoffentlich nichts Schlimmes passiert? Nach diesem unheimlichen Fund vor ein paar Tagen …« Timans Blick flog zwischen den drei Vahits hin und her. Galad, sein Hund, wandte seinen Blick von dem Menschen ab und heftete ihn auf die Decke in Finns Armen. Inku bewegte sich und fiepte. Galads Schweif strich unruhig über den Boden. Er schnüffelte.

»Nichts Schlimmes? Was für ein Fund?«, fragte Finn. »Was meinst du damit? Entschuldige, Circendil, aber ich muss das wissen.«

Der Mönch bedeutete sein Einverständnis, doch selbst er unterdrückte nur noch mühsam ein Gähnen.

»Es ist«, stammelte der Wirt und suchte nach Worten, »es ist wegen einer merkwürdigen Sache, die – wartet – ja, am Freitag passiert ist. Ein Reisender trank ein Bier. Er saß allein am Tisch, und ich kenne ihn seit Langem. Ich geh zu ihm hin und seh die Sorgenfalten auf seiner Stirn.

Na, was hast du da, Winneg?, frag ich ihn, denn er stiert immerfort auf etwas in seiner Hand.

Hab's gefunden, sagt er. Es war eine Tassel, und frisches Blut klebte an ihr. Nanu, denk ich.

Was hast du gemacht?, frag ich entgeistert. Ich schau mir seine Hände an, aber die sind unverletzt.

Nichts, hab's bloß gefunden, sagt er.

Das ist nicht dein Blut, sag ich.

Nein. Direkt am Grenzstein lag's, schwört er. *Keine Handbreit daneben war's. Lag einfach nur da.*

Es gehört den Fokklins, sag ich, denn ich erkenn' die eingearbeitete Mühle.«

Timan räusperte sich. »Du musst nämlich wissen, Herr Finn,

euer Siegel und mein eigenes zeigen beide dieselbe Mühle. Jene nämlich, die da drüben immer noch auf dem Rasteberg steht. Fillig Steinschrötel, unser Müller, sitzt oft abends hier und gibt dabei die Geschichte seiner Mühle zum Besten: Dass Báding Fokklin sie einst im Jahr 525 erbaut hat, und der war, warte«, der Wirt zählte an den Finger ab, »dein Ur-Ur-Urgroßvater, und die Mühle steht immer noch und verrichtet getreu ihren Dienst. Nach 185 Jahren! Aber worauf wollte ich eigentlich hinaus? Ach ja. *Die Tassel gehört den Fokklins*, sag ich. *Drüben in Moorreet. Sie werden sie vermissen.*

Wen?, fragt Winneg und wischt das Blut von seinen Fingern. *Die Tassel oder jene, die sie trug?*

Sprich nicht so. Damit treibt man keine Scherze, sag ich, weil ich denke, er macht einen schlechten Witz.

Seh ich aus, als ob mir zum Lachen zumute ist?, fragt Winneg Sanderling. *Ich hab einen Schwager dort, und der arbeitet bei den Fokklins,* erklärt er.

Er bezahlt sein Bier und macht sich nach Mechellinde auf. *Ich geb die Tassel ab*, verspricht er noch auf der Schwelle, und ich lass ihn ziehen.

Was sollte ich denn machen? Aber das Blut daran gibt mir seit Tagen sehr zu denken. Und jetzt kommt ihr – ich mein, jetzt kommst du, Herr Finn, und du hast nebst Landhüter gleich einen Helvogt mitgebracht, und das auch noch mitten in der Nacht. Also *ist* was Schlimmes passiert, sag ich mir, so wie ihr guckt und alles. Auch ihr tragt Waffen. Wird wohl kein weiterer Zufall sein. Ich kann nur hoffen, dass es nicht so ist, wie's aussieht. «

»Hoffen? Auch wir hoffen«, sagte Circendil. »Obwohl es wenig bewirken mag. Leider wissen wir nicht mehr als Ihr, Herr Wirt. Wie weit ist es bis zu diesem Grenzstein?«

»Keine zehn Minuten von hier, immer die Mittelstraße hinunter«, antwortete Timan. Ihr könntet die Mühlenflügel von dort aus sehen.«

»Ich weiß, wo das ist«, sagte Mellow.

»Ich auch«, echote Bholobhorg. Es klang trotzig und war auch so gemeint.

Tatsächlich war Vierstraß, nach Süden geblickt, die letzte Siedlung des Obergaus und bildete damit das Ende von Mellows früherem Dienstbezirk. Die Grenze zum Mittelgau verlief unmittelbar hinter den Dorffeldern und folgte auf vielen Meilen der Gaustraße, die nach Westen hin zwischen dem Kretelberg und dem Rasteberg entschwand, während sie in östlicher Richtung ab Vierstraß parallel zur Grenze des Tiefengaus verlief. Vierstraß lag sozusagen an einem Drei-Gauen-Eck, gebildet vom Obergau im Norden, dem Mittelgau im Südwesten und dem Tiefengau im Südosten. Der Rasteberg mit seiner Mühle war die letzte (oder erste) Erhebung der Kretelheide und lag ziemlich genau auf der Schneide, zählte aber noch mit zum Obergau. Ein oder zwei Mal im Jahr die Grenzen abzugehen gehörte zu den Pflichten der Landhüter; also wussten selbstverständlich *beide*, wo sich die Gemarksteine befanden.

»Dann werden wir den Ort bei Tageslicht in Augenschein nehmen. Doch für diesen Augenblick führt uns in Eure Scheune, Herr Wirt. Und versorgt bitte unsere Ponys. Sie sind heute über fünfzig Meilen gelaufen, und es soll ihnen an nichts mangeln.«

»Und beschafft mir ein wenig Fressen und etwas Wasser für meinen kleinen Freund hier.« Finn setzte Inku behutsam auf die Erde. Die beiden Hunde begannen, einander neugierig zu beschnuppern.

»Na, wen haben wir denn da?« Timan kratzte sich verblüfft hinter dem Ohr. »Wenn das mal nicht Bhremo Kannins Hund ist! Keine Angst, die beiden kennen sich. Galad ist der Vater des Welpen. Weswegen habt ihr den Kleinen bei euch?«

»Weswegen?«, fragte Circendil. »Weil er der einzige Überlebende eines heimtückischen Überfalls ist. Ihr müsst Euch leider sagen lassen: Der Krieg, den Ihr so gern aus Euren Dorf herauszuhalten wünscht … der hat inzwischen längst Räuschelfurt ereilt.

Der Feind ist mitten unter uns. Er schlägt zu, wo und wann es ihm passt. Ohne Euch um Erlaubnis zu fragen. Da mag Euch kommen, wer da will, sagtet Ihr so nicht vorhin? Oh, ich verspreche Euch: Ihr werdet es nicht mögen, wenn er kommt. Und lasst Euch ferner sagen: Er fürchtet Euren Hammer nicht. Keine sechs Meilen von hier ist vor einem Tag Bhremo Kannin erschlagen worden, und weitere Vahits mit ihm. Wir hofften, die Dörfler wären vielleicht hierher geflüchtet!«

»Geflüchtet? Wieso …?«

»Also nein«, unterbrach ihn der Mönch. »So sind sie entweder glücklich in die Heide entkommen – oder sie sind dort aufgespürt worden; in diesem Fall wird ihr Leben verloren sein.«

»Du denkst an die fortgeflogenen Gidrogs?« Mellow sah Circendil sorgenvoll an.

Der Davenmönch schüttelte den Kopf. »Nicht fortgeflogen. Sondern zur Jagd aufgebrochen. Daran denke ich, ja. Nein, ich befürchte es.«

»Wovon sprecht Ihr da?«, stammelte der Wirt. »Fortgeflogen? Gidrogs? Und wer hat Bhremo erschlagen, du liebe Güte?«

Circendil deutete zu den Fenstern hinauf. »Jene, die Eure einundzwanzig Schlafmützen das Fürchten lehren werden. *Bei Aman!* Es ist Krieg, versteht Ihr? Meint Ihr vielleicht, der Rat treibt Scherze? Und Herr Wredian hat nichts Besseres zu tun, als sinnlos Boten über Land zu schicken? Die Zeiten für lauschige Abende am Kamin sind vorbei! Geht und rüttelt die fünf oder sechs am wenigsten Trunkenen wach! Beeilt Euch! Sie sollen Fackeln nehmen und bis zum Morgengrauen aufmerksam wachen. An den Dorfeingängen oder wenigstens an der Kreuzung. Und sie sollen Lärm schlagen, sobald sie etwas Ungewöhnliches bemerken. Und schärft ihnen ein: Der Feind kann von überall her kommen. Er kann sich von den Straßen nähern. Oder über die Felder. Wahrscheinlicher noch wird er sich auf dunklen Flügeln aus den Wolken herabstürzen. Es sind Vogelreiter unterwegs, Herr Wirt, mit Schwertern und scharfen Schnäbeln und Klauen!

Heldestaten, ja? Die Zeit dafür ist gekommen! Und hofft mit mir, es möge noch nicht zu spät für sie sein.«

Damit drehte er sich um, ergriff Gwaeth beim Zügel und betrat den Hof des Gasthauses. Vor dem Stall winkte er den Wirt an seine Seite und sagte: »Nehmt mir meine Worte nicht übel, Schankherr. Ich sprach unwirsch, was sich nicht geziemt, wenngleich durch Höflichkeit die heranziehende Not nicht gebannt werden kann. Und sie ist wahrlich weitaus näher, als Ihr zu denken scheint. Große Sorgen begleiten uns, seit Tagen schon, und selbst ich beginne, darüber müde zu werden – und die kleineren Sorgen zu übersehen. Gewiss habt Ihr ein Feuer brennen, selbst zu dieser Stunde? Schürt es bitte tüchtig, damit wir daran unsere klammen Sachen trocknen können, wenn Ihr so gut sein wollt.«

Timan Kowal entfaltete in der nächsten halben Stunde eine hektische, aber gleichwohl überlegte Betriebsamkeit. Er weckte die Hausgehilfen der *Taumelnden Mühle* und teilte sie mit raschen Worten ein: Einer hatte für die Ponys der Neuangekommenen zu sorgen; einer sollte vier Strohlager aufschütten; ein weiterer bekam den Auftrag, umgehend ein Viertel der schnarchenden Vahitschar zu wecken und sie mit Fackeln oder Lampen auszustatten. Er selbst nahm sich die schlaftrunken murrenden Vahits vor, versorgte sie mit Circendils Ratschlägen und beorderte einen jeden von ihnen an seinen Platz. Dann kam er in die Scheune nach. Er erbat die feuchten Kleider der Gefährten und bot an, alles vor dem großen Kamin im Schankraum aufzuspannen, in dem inzwischen ein kräftiges Feuer prassele – bis zum Morgen sei alles trocken, versprach er. Als er später mit einem Tablett mit Krug und Bechern zurückkam, brachte er einen gefüllten Napf für Inku mit und wünschte seinen Gästen eine verspätete gute Nacht.

Die schliefen längst, als er sich auf leisen Sohlen entfernte.

In dieser kurzen Nacht träumte Finn, er liefe durch einen nebligen Wald und riefe dabei immerfort Tallias Namen. Hinter jedem dicken Stamm glaubte er sie zu entdecken. Doch er fand nur ihre Spuren im Moos, die nirgendwohin führten, oder zu Lichtungen, auf denen bergeweise Dwargeneisen herumlag: tausenderlei Helme, Schwerter und Äxte. Auf jedem dieser metallenen Hügel hockte ein Gidrog und drehte einen Spieß über einem Feuer, von dem das Bratenfett zischend in die Flammen tropfte; und als Finn schaute, gewahrte er, dass es kleine vierbeinige Tiere waren, die zappelnd an den Spießen hingen: Das Fell hatte man ihnen bei lebendigem Leibe abgezogen, doch noch immer lebten sie und jaulten erbärmlich, während die Flammen an ihnen leckten. Die Felle hatten die Gidrogs achtlos fortgeworfen; nur bei dem letzten Lagerfeuer, an das Finn gelangte, war dies anders. Hier hielt der Gidrog die Deckhaut des Tieres vor sich hin und drehte und wendete sie im Feuerschein. Er betrachtete sie zufrieden, wie ein Stück Beute, und Finn erkannte zu seinem Entsetzen Inkus Flecken darauf. Finn wollte Maúrgin ziehen und sich auf den Gidrog stürzen, doch die Klinge war nicht mehr an seiner Seite, und während er noch darüber erschrak, sah er Saisárasar hinter einem Baum hervortreten, und der Mensch hielt Tallia fest in seinem Arm. Er winkte Finn mit der anderen Hand zu und rief: *Komm her, es ist Essenzeit.* Ein Karbeol glühte anstelle des verletzten Auges in Saisárasars Gesicht, und in seinem Schein entdeckte Finn zehn oder mehr Criargs, deren gierige, krumme Schnäbel hinter dem Dunklen aus dem Unterholz erwuchsen. *Du musst dich entscheiden*, sagte Saisárasar, während Tallia hilflos in seinem erbarmungslosen Griff zappelte. *Was willst du essen? Hunde- oder Mädchenfleisch?*

Als Finn ein leises *Ich esse kein Fleisch* von sich gab, erntete er ein brüllendes Gelächter Saisárasars, in das der Gidrog grunzend einfiel. *Nun, die hier schon*, hörte er noch, bevor Tallias Schreie alles übertönten, als die hackenden Schnäbel über sie herfielen. Blut spritzte auf und benetzte ihn. Finn wollte sich bewegen und konnte es plötzlich nicht mehr. Er sah an sich herunter. Seine Unterschenkel waren auf einmal von einem schwarzen Mantel umwickelt, den er nicht abzustreifen vermochte, denn eine blutverschmierte Tassel hielt das Tuch eisern zusammen. In einem letzten verzweifelten Aufbäumen stürzte er hin und fiel – ein Ewigkeit, wie ihm schien, bis er endlich auf dem Waldboden aufschlug. Festes Riedgras stand dort und stach in sein Gesicht. Er wischte die Halme fort und fühlte dabei, wie Tränen über Tallias und Inkus Tod seine Wangen nässten.

Es war diese Feuchtigkeit, die ihn aufschrecken ließ. Zuerst dachte er, Inku habe sich irgendwie vom Drehspieß des Gidrog befreien können und lecke nun über sein Gesicht. Dann merkte er, dass der Welpe immer noch sein Fell besaß und gänzlich wohlauf in seiner Armbeuge saß und zärtlich-stürmisch seinen neuen Herrn zu wecken suchte. Der düstere Traum verblasste. An seine Stelle traten Schatten unter Balken und Streben. Finn schüttelte sich.

»Ja, ist ja gut«, sagte er benommen. »Was ist denn?«

»Es ist bereits früher Morgen, wenn du es wissen willst«, antwortete eine leise, tiefe Stimme aus dem Scheunendunkel, die Finn zu seiner Erleichterung als die Circendils erkannte. »Die Sonne geht gerade auf. Und ein weiterer erfreulicher Umstand ist eingetreten: Du kannst in trockene Sachen schlüpfen. Der Wirt hat sie vor einer Viertelstunde gebracht. Er muss die ganze Nacht auf gewesen sein; bei all den Umständen hat er auch noch die Zeit gefunden, ein Plätteisen erhitzen zu lassen. Dein Hemd ist frisch gebügelt, falls du es wissen willst. Und alles Übrige ist gesäubert, sogar unser Schuhwerk. Was immer man sonst über Herrn Timan und seine Ansichten sagen kann, er pflegt wahre Gastlichkeit! Und da wir gerade von Pflege reden, Finn: Dein kleiner Freund will ein wenig Bewegung haben, nehme ich an. Hunde brauchen Auslauf, auch wenn sie neuerdings reiten. Eine gute Gelegenheit, sich dabei diesen Grenzstein einmal näher anzusehen. Komm, lass uns leise gehen. Die anderen schlafen noch.«

Finn strich sich Spelzen von Stroh aus dem Haar und wickelte sich aus seiner Decke, die ihm im Schlaf fest wie ein Knoten um die Beine geraten war. Dankbar zog er das noch bügelwarme Hemd über und genoss es wie selten zuvor in seinem Leben, in trockene Hosenbeine zu fahren.

Als sie aus der Scheune traten, empfing sie der Montagmorgen kühl und windig. Ein grauer Himmel, der nur im Osten ein wenig heller wurde, hing tief über dem Hüggelland. Irgendwo in Vierstraß krähte ein Hahn, gerade, als sie den Gasthof verließen, doch sonst blieb alles still, von Inku abgesehen, der um ihre Beine herumsprang. Sie bogen um die Ecke und gingen die frühmorgendlich einsame Mittelstraße in südlicher Richtung entlang.

Flüchtig dachte Finn an Dúncan Zeisig, den Vetter Abbados, der vor genau vier Wochen mit seiner Frau Amarita und deren Sohn Dharso auf seinem Geburtstagsfest gewesen war – zu einer anderen Zeit und in einem gänzlich anderen Leben. Frau Amarita war eine geborene Ralle, ihre Mutter war Réminia Fokklin gewesen, eine der von Furgo so verachteten Muldweiler-Fokklins. Die Zeisigs hatten ihr Haus hier in Vierstraß, Finn besann sich nur nicht darauf, wo genau es stand. Wieder einmal, wie schon vor Tagen in Lammspring, wurde ihm deutlich, wie wenig er wegen der Zwistigkeiten längst verstorbener Vahits seine eigene Verwandtschaft kannte. Ob Dharso ebenso dachte?

»Ich habe Verwandte hier in Vierstraß«, sagte er, mehr zu sich selbst. »Entfernte Verwandte, aber immerhin. Ich sollte sie vielleicht warnen. Sie wissen nichts von alledem, nehme ich an. So wie Timan gestern Nacht klang, wurde die Botschaft der sechs Mechellinder Reiter hier nicht besonders ernst genommen. Und vermutlich nicht verbreitet. Ich sollte sie warnen.«

»Weißt du, wo sie wohnen?«

»Leider nein, zumindest nicht genau. Ihr Haus liegt an der Straße nach Muldweiler, wenn ich mich recht entsinne.«

»So lass uns hingehen und die Botschaft selbst überbringen.«

»Gut. Auf dem Rückweg vom Grenzstein. Und da wir vom Gehen sprechen – was macht dein Bein?«

Bereits nach den ersten zwanzig Klaftern hatte Finn besorgt bemerkt, dass der Mensch nicht mehr so weit ausschritt wie sonst. Circendil trat mit dem linken Fuß merklich vorsichtiger auf und verlagerte sein Gewicht auf den rechten. Der Mönch verzog auf Finns Frage hin das Gesicht, was sowohl schmerzlich wie spöttisch gemeint sein mochte.

»Na ja, *es geht*, wie Mellow bestimmt sagen würde«, meinte Circendil. »Wenn auch nicht ganz so gut, wie es sollte. Die Verletzung, die mir der Criarg am Mürmelkopf beibrachte, ist beim Kampf gegen Guan Lu wieder aufgebrochen. Und gestern Nacht erneut. Aber das ist nichts, was ein neuer Verband und ein Kräutersud nicht richten können. Und es soll mir eine gerechte Strafe für meine Nachlässigkeit sein. Für den Augenblick ärgerlicher ist der angeschwollene Knöchel, den mir mein gestriger Sprung eingebracht hat. Zuerst fürchtete ich, der Fuß sei angebrochen. Das scheint aber glücklicherweise nicht der Fall zu sein.« Er lachte auf. »Glück im Unglück. Aber es wird eine Weile dauern, bis mir der Stiefel wieder richtig passen wird, denke ich. Im Moment würdest du einen Wettlauf gegen mich trotz deiner kurzen Beine wohl gewinnen.«

»Wollen wir lieber umkehren und die Ponys holen?«

»Nein; aber danke der Nachfrage. Beine brauchen Bewegung, wenn sie heilen sollen. Lass uns einfach langsam gehen.« Finn warf dem Mönch einen zweifelnden Blick zu, doch der legte ihm die Hand auf die Schulter und nickte aufmunternd.

»Und dir, Finn? Wie geht es dir? Immerhin hattest du von uns allen den härtesten Tag; und an seinem Ende wartete der beinah sichere Tod. Fast wärest du zuletzt noch ertrunken, obwohl du deinen Feind besiegt hattest. Danach der lange Ritt in klammen Kleidern. Ich habe mir mehr Sorgen um dich gemacht als um mich.«

»Na ja, schön ist etwas anderes; das kann ich sicher sagen. Wie es mir geht? Heute Morgen will mir der gestrige Abend eher erscheinen als ein Teil des verwirrenden Traums, den ich kurz vor dem Aufwachen hatte. Wie ich mich fühle? Jämmerlich, wenn du es wissen willst. Ja, jämmerlich und über den Tod erschreckt. Es gab einen Moment, da auf dem Grunde des Flusses, in dem ich fast bereit war aufzugeben. Es … es geschehen zu lassen, verstehst du? Es war … Einen Moment lang war ich mir sicher, dort in diesem Bett aus Kieseln würde ich mein Leben beenden. Dort würde alles enden. Einfach so. Alle Kraft war von mir gewichen. Nur Maúrgin in meiner Hand bebte, glaube ich. Oder ich bilde es mir ein. Ach, es ist zu früh, um darüber nachzudenken. Oder um darüber zu sprechen. Ich bin froh, es lebend und nahezu unverletzt überstanden zu haben. Das kannst du dir denken. Und, nun ja – es geht mir den Umständen entsprechend gut. Du hattest übrigens recht mit den blauen Flecken. Zumindest ist mein Bein aber besser dran als deins, nehme ich an.«

»Wir geben schon ein merkwürdiges Bild ab, wir beide: zwei Hinkende, die sich aufmachen, Lukather dem Grausamen die Stirn zu bieten.«

»Und beulenfrei sind wir auch nicht.« Finn betastete vorsichtig jenen Teil seines Kopfes, der gestern der mächtigen Eiche im Moorreeter Moor am wenigsten ausgewichen war. Er verzog dabei das Gesicht, als habe er an ungesüßtem Rhabarber genascht.

Der Davenamönch lachte auf, und Finn fiel in sein Lachen ein.

Am Dorfende, hinter der Kretelbachbrücke, wo die Straße zwischen zwei Walnussbäumen verlief, trafen sie auf einen der nächtlichen Wachtposten. Der übermüdete Vahit zitterte vor Anspannung, als er den großen Menschen auf sich zukommen sah, und erst Finns wiederholte Versicherung, alles sei in Ordnung und es bestünde keine Gefahr, ließ ihn sein Sensenblatt herabnehmen. Es sei, erfuhren sie von dem gähnenden Jungen, der kaum älter als Geng sein konnte, alles in allem eine ruhige Nacht gewesen: kalt, aber ohne dass er oder die anderen einen Feind gesehen hätten. Wie lange er denn noch wachen solle, wollte er wissen. Und ob es wohl ein Frühstück gebe.

»Halte noch ein wenig aus«, bat Circendil. »Wenigstens, bis die

Sonne den Sturz erklommen hat.« Der junge Vahit versprach es und sah ihnen nach, bis die nächste Krümmung der Straße die beiden ungleichen Wanderer mit ihrem Hund schluckte.

Hinter dem Dorf senkte sich das Land und weitete sich abermals zu baumlosen und sanft abfallenden Wiesen.

In drei kurzen Schleifen wand sich die Straße jenseits der Walnusszwillinge an der Ostseite des Rasteberges hinab und lief dann auf viele Meilen schnurgeradeaus und in ein weites Tal hinein, in dem in einiger Entfernung graue Wölbungen von Buschwerk die Ufer der Klimt begleiteten. Dahinter, kaum noch im fahlen Dunst zu erkennen, schoben sich in vielen aufeinanderfolgenden Falten immer höhere und bewaldete Hügel zusammen, die fast schon kleinere Berge waren. Ihre jetzt abgewandten Südhänge, erinnerte sich Finn, waren schon von anderer Art als das nördliche Hüggelland: Weiße Klippen fielen dort steil ab zu karstigen, schattigen Tälern. Vom höchsten Punkt der Straße aus, am Weißenhöher Pass, hatte man einen weiten und schönen Blick über den Mittelgau zur Rechten, im Südwesten; und über den Tiefengau zur Linken im Südosten. Bei klarem Wetter konnte man entlang der Straße nach Süden über die Klippen hinweg bis Mittort nahe der Grenze zwischen beiden Gauen sehen.

Unten, am Ende der letzten Schleife, begannen die Felder, die sich im Osten ein Stück zu ebener Erde, im Westen aber hinüber und hinauf bis über den Rasteberg hinwegzogen.

Auf seiner flachen Kuppe stand die alte Fokklin-Mühle. Sie drehte ihre weißbefokkten Flügelarme rüstig in den Himmel – in ein nur wenig anheimelndes Firmament, das jetzt eine einzige Ballung aus grauen Wolken war. Ein kräftiger Nordwest pfiff jenseits der Häuser über die Stoppelfelder. Finn war dankbar für seinen wieder vollständig getrockneten, wärmeren Mantel. Er zog die Kapuze um seine Schultern zurecht – der kalte Wind vertrieb ihm dennoch im Nu jeden Rest von Schläfrigkeit.

Es dauerte zwanzig Minuten, bis sie den Grenzstein erreichten: eine mächtige, behauene, schneeweiße, vierkantige Stele von doppelter Menschenhöhe. Soweit sich Finn an Herrn Ludowigs Geschichtsstunden erinnerte, hatte sie schon an dieser Stelle gestanden, als die ersten Vahits ankamen und das verlassene Hüggelland erkundeten.

Die Mittelstraße führte unmittelbar an dem Gemarkstein vorbei. Etwas, das zu den Füßen der Stele gelegen hätte, wäre einem jedem vorbeikommenden Reisenden ins Auge gefallen. Die kreisrunde Platte aus Caeraban, auf der die Stele stand, war nämlich frei von Moosen oder auch nur Rissen, in die sich Wurzeln hätten graben können. Der Wind hatte alle Blätter fortgefegt. Der ganze Ort wirkte auf Finn mehr wie eine Weihestätte denn eine einfache Grenzmarkierung.

Der aus der Böschung aufragende Stein zog unwillkürlich die Blicke auf sich, und jemand hätte blind sein müssen, um eine dort liegende Tassel nicht zu bemerken. Insofern war Herrn Winnegs Geschichte glaubhaft und nachvollziehbar. Die vier glatten, erhabenen Seiten des Steins waren nach den Himmelsrichtungen ausgerichtet. Auf ihnen glitzerten altertümliche silberne Caeredwaine-Schriftzeichen, die in den Stein eingelassen waren. Trotz ihres Alters waren sie kaum verwittert. Die Schrift ihrerseits wurde von klaren, geschwungenen Linien umflossen, die wie silberne Wellen anmuteten.

Seyhet gewis
bis zu diser
Taremark
meyne Hand wol reychet

So lasen sie auf der östlichen Seite. Ihr gegenüber stand:

Gehst du weyter
gilt Benutcaers Recht

Im Norden fanden sie die Worte:

Gegeben dem Volk
zur Ehre der Benethnin

und im Süden die Inschrift:

Hirdalbal Tener
Vahene 135.

Das war alles. Es gab keine weiteren Zeichen, auch keine Abbildungen: keine Krone, keine Sterne, keine Pfeile, nichts.

»Das ist nicht euer Grenzstein«, rief der Mönch verblüfft.

»Na ja, ich nehme an, er stand einfach nur passend da seinerzeit«, vermutete Finn. »Ich will sagen: Da er sich nun einmal hier befand und zweifellos ein Gemarkstein ist, wurde die Gaugrenze einfach durch ihn hindurch gezogen, wenn du verstehst, was ich meine. Jedenfalls stehen wir beide noch im Obergau, und Inku spielt schon im Mittelgau.« Als der Welpe seinen Namen hörte, zog er seinen Kopf aus einem Gebüsch hervor und kam zu Finn zurückgerannt.

»Kannst du es auch spüren?«, fragte Circendil leise. Fast zögerlich legte er seine Hand an die Stele. »Viel Zeit ist über diesen Stein hinweggegangen. Wer wohl alles an ihm vorbeigekommen sein mag? Zum Wohle oder Übel … Das ist etwas, um das ich vieles geben würde, Finn. Wäre es mir nur vergönnt, die Sprache der Steine zu verstehen.«

»Die Sprache der Steine?«, fragte Finn zweifelnd. »Das meinst du nicht ernst, oder?«

Circendil schüttelte den Kopf. »Oh, durchaus. Sie können reden, nur nicht auf unsere Weise. Sie überdauern Jahr um Jahr, und alles, was ihnen widerfährt, bewahren sie in ihrem langen Gedächtnis. Den sanften Mairegen, den Sturm des Herbstes, die glutende Sonne des Sommers und den klirrenden Frost der schneegekrönten Tage. Sie sehen die Jahre der Menschen kommen und gehen, wie wir vielleicht die Minuten. Aber sie nehmen sie wahr, mit Sinnen, die wir nicht verstehen. In den Steinen schläft Amans Seele, so lehren wir es den Nérenirin, den Novizen unseres Ordens, in Andor Daven. Sie schläft, aber sie ist gegenwärtig. In den Bäumen und Gräsern träumt sie, in den Tieren erwacht sie und in den *kogoin* erkennt sie sich wieder, aufgespalten in unzählige Lichter, wie Gischt versprüht, als habe ein Meer beschlossen, nicht länger Meer, sondern nur noch Tropfen zu sein. Diese Tropfen verteilen sich, und ihre Zahl ist größer als die der Sterne. Nun ja«, unterbrach er sich und lachte augenzwinkernd, »soweit die Lehre Davens. Ich will gerecht sein – mir sind unterwegs auf meinen Fahrten durchaus einige begegnet, die standhaft versuchten, es im Schlafen den Steinen gleichzutun oder sie gar zu übertreffen.«

»Steinisch«, überlegte Finn laut. »So würde diese Sprache wohl lauten, nicht wahr? Die Sprache der Steine … Aber warte: *Caeredwaine!* Genau das ist doch die Bedeutung *unserer* Sprache! *Steinsprache!*«, rief er verblüfft.

»So ist es. Wir sprechen immer noch die Sprache Benutcaers, mehr oder weniger so, wie sie schon damals gesprochen worden ist. Sie gleicht darin selbst einem Stein, wenn du so willst. Alt und verwittert ist sie, aber ungebrochen.«

»Du wirst mir gleich bestimmt erzählen, dass dies kein Zufall ist. Verstanden die alten Benutcaerdirin denn die Sprache der Steine?«

Der Medhir schmunzelte. »Noch ist es früher Morgen, und schon kratzt du an der Oberfläche verborgenen Wissens. Ob die Benutcaerdirin die Sprache der Steine verstanden, weiß ich nicht. Aber sie verstanden ganz ohne Frage deren Wesensart. Und vielleicht liegt darin gar kein so großer Unterschied. Im Kloster heißt es, wenn du ganz still bist, hörst du die Steine leise lachen. Oder weinen; je nachdem. Nun, dieser hier will mir weder vom Alter gedrückt noch von dem, was er gesehen hat, bedrückt erscheinen. Er wirkt vielmehr heiter, findest du nicht? Vielleicht hat er niemals Krieg erlebt, hat nie Blut gesehen, das sinnlos vergossen wurde. Ein glückliches Schicksal, will ich meinen. Nur fürchte ich, es wird sich bald wandeln. Immerhin: Vor unbegreiflichen 1500 Jahren hat ihm ein Steinmetz diese Form gegeben. Und doch ist dies nur die Hälfte der Zeit, die Lukather der Grausame nun schon seine finsteren Ränke spinnt.«

Auch Finn legte seine Hand auf die kalte, weiße Stele. Er schloss die Augen und lauschte; auf ein Zeichen vielleicht, auf ein Flüstern wie von fernen Zeiten. Aber er verspürte nichts außer der Glätte der Fläche unter seinen Fingern und den erhabenen Kanten der Buchstaben.

»Der Steinmetz, vom dem du sprichst – war das dieser Benethnin?«

»Nein«, antwortete der Davenamedhir bestimmt. Er lächelte nachsichtig. »Benethnin – das ist der Name des einstigen Rates von Benutcane. Und auch Hirdalbal war kein Steinmetz, falls du das fragen willst, sondern ein ehrwürdiger Tener Benutcaers. Jeweils zwei standen gemeinsam an der Spitze des Reiches. Die besten Vertreter ihrer jeweiligen Zeit waren sie, ausgewählt nach ihren Fähigkeiten, ihrer Gesinnung und ihrem Können; und keiner von beiden besaß die alleinige Macht. Weithin bekannt und verehrt war der Doppelthron der Tenirin in der Halle des Wahren Wortes. Und ja, wahrlich lange vergangen, doch nicht vergessen, sind die seligen Tage, da frei gewählte Männer die Herren der Menschen waren und nicht Abkunft und Blutlinien über Macht und Wohlergehen der Völker bestimmten. Denn das«, stellte der Mönch bekümmert fest, »bringt auch Minderbegabte auf den Thron. Als Benutcane in seinen späteren Jahren in einem Anfall von Hochmut das Tenertum abschaffte und einen König an ihre Stelle setzte, läutete dies gleichsam das Ende ein. Dem König folgte eine allzu selbstgefällige Königin auf den Thron, und damit begann der Niedergang. Sie dünkte sich als Frau höherstehender zu sein als ein Mann. Sie lehnte es überhaupt ab, einen Mann an ihrer Seite zu dulden, weder auf dem Thron noch in ihrem Gemach. Und meinte damit nicht nur einen bestimmten Mann –

jedem Mann sprach sie das Recht und die Fähigkeit ab, sowohl zu herrschen als auch nur zu lieben. Sie vergaß, dass Aman den Menschen als Mann und als Frau erschaffen hat, damit sie einander ergänzen, einander vervollständigen können. Es ist töricht, anzunehmen, eines der Geschlechter sei besser oder geringer als das andere, so lehrte es uns Daven. Doch Vergelbeth, jene erste Königin, erlag ihrem eigenen Dünkel: Sie entließ aus ihrem Hofstaat einen jeden, so er einen Bartwuchs hatte. Viele mussten Hals über Kopf Benutcaer verlassen, andere wurden hingerichtet. Benutcane verlor in jenem Jahr fähige und bedeutende Männer, die Wissen und Macht besaßen und damit umzugehen verstanden. So geschah es, und Benutcane zerbrach daran. So kann aus kleinlichem Denken großes Unheil erwachsen.« Er schüttelte den Kopf und sagte leise: »Nicht alle, deren Häupter Kronen schmücken, tragen sie als eine Zier.«

»Aber – herrscht denn nicht auch in Vindland ein König?«, fragte Finn verwundert. »Und bist du nicht sogar als Bote dieses Königs gereist? Wie kannst du das, wenn du gegen alle Könige bist?«

»Gegen alle?«, sagte Circendil und gab dem Grenzstein einen Klapps, »Nicht gegen alle. *Einige* tragen ihre Würde als Zier. Und zeigen sich ihrer Aufgabe würdig. Nòrbosor ist ein solcher Mann. Stark, aufrecht, dabei ehrlich um das Wohl seines Volkes besorgt. Daher bin ich ein getreuer Diener meines Königs, eben weil er edler Gesinnung ist und nicht allein ein Mann allenfalls edler Herkunft. Leider lässt sich das nicht von jedem sagen, der den Königsnamen trägt. Weder war es in der Vergangenheit so noch ist es dies in der Gegenwart. Oh ja, edel dünken sie sich, und edel mag einst das Blut ihrer Vorfahren gewesen sein. Doch Würde kommt von Werden; und allein was wird, trennt Unedles von Reinem.

Doch lass uns jetzt von anderen Dingen sprechen. Wir sind wegen der Tassel deiner Mutter gekommen. Hier, direkt am Fuße dieses Steins, will Winneg Sanderling sie gefunden haben. Hm, dann wollen wir mal sehen. Leider hat der Regen alle Spuren, die Winneg vielleicht noch nicht zertrampelt hatte, vollständig fortgewaschen.«

Sie umrundeten gebückt wie Rübenstecher die Stele: Mehrere Male umrundeten sie den weißen Stein in immer größeren Abständen, doch alles Gras, in dem sich Spuren hätten finden können, war längst aufgerichtet; und die Straße war selbst dort, wo keine Pfützen standen, wie glattgestrichen von den abfließenden Wassern der vergangenen Nacht. Inku rannte derweil bellend um sie herum und scheuchte in einer Bodenwelle einen Hasen auf; ein Ereignis, das ihn mindestens ebenso erschreckte wie das davonjagende Langohr, das hakenschlagend den Rasteberg hinunterstürzte.

Finn sah sich hilflos um. »Wie ist die Tassel nur hierher an den Grenzstein gelangt? Meine Eltern hatten keinen Grund, bis hierhin zu fahren. Sie wollten nach Aarienheim und wären daher oben im Dorf in die Gaustraße abgebogen.«

»Deine Mutter kann sie unterwegs verloren haben. Jemand anderes hat die Tassel daraufhin gefunden. Und er hat sie hier wieder weggeworfen oder seinerseits verloren. Nein, das ist *zu* unwahrscheinlich«, unterbrach Circendil sich selbst.

»Die meisten Vahits hätten wie Winneg gehandelt. Sie hätten die Tassel zumindest beim Wirt oder beim nächsten Landhüter abgegeben. Jeder hätte ihren Wert erkannt und sie nicht einfach weggeworfen.«

»Dann«, meinte der Mönch, »war derjenige, der die Tassel an diesen Ort befördert hat, höchstwahrscheinlich kein Vahit. Und er erkannte ihren Wert nicht. Oder sie besaß für ihn keinen.«

»Du machst mir Angst«, sagte Finn. »Kein Vahit? Also ein Mensch oder Gidrog, ja?«

»Oder ein Dwarg – der Vollständigkeit halber. Obwohl ich bezweifle, dass Glimfáin oder einer seines Volkes ausgerechnet ein Stück goldenes Schmuckwerk einfach entwendet oder es fortgeworfen hätten.«

»Aber wenn es nicht fortgeworfen wurde? Ich meine, wenn es absichtlich hierhin gelegt worden ist? Von einem Finder vor Winneg? Jemandem in Eile? Immerhin ist der Gemarkstein der auffälligste Punkt der ganzen Gegend, von der Mühle vielleicht abgesehen.«

»Du meinst, wie wenn jemand einen verlorenen Handschuh findet und ihn auf den nächsten Zaunpfahl stülpt, damit sein Verlierer ihn sogleich sehen kann und nicht lang danach suchen muss? Nun, vielleicht hast du Recht, und es verhält sich so. Doch falls du richtig rätst, Finn – woher kommt dann das Blut, das wir an der Tassel fanden?«

»Das hatte ich für den Moment vergessen. Das ist … Doch schau, was hat Inku da?«

Der Welpe kam mit etwas in seiner Schnauze angerannt, das auf den ersten Blick nicht mehr zu sein schien als ein Stück dünnes, abgestorbenes Holz. Dann sahen sie, dass es ein Lederriemen war, etwa so lang wie ein Menschenfuß, grob an den Kanten zugeschnitten und ohne jede Naht, doch an einer Seite zerrissen.

»Komm, gib es her«, lockte Finn. Voll Freude lege Inku es ihm vor die Füße. Finn nahm es in die Hand und streichelte dem Hund den Kopf. »Ein Stück Leder«, sagte er bekümmert, »mag ein Stück Leder sein und tausend anderen Lederstücken ähneln. Doch ein solches meine ich zu kennen. Und es jagt mir einen gehörigen Schrecken ein. Ich sah gestern dergleichen am Sattelzeug des Criargs, und dies hier …«, er schnupperte daran und verzog das Gesicht. »Es stinkt nach Criarg, oder ich habe nie zuvor einen gerochen.«

Er beugte sich zu dem Welpen herab. »Woher hast du das, Inku?« Inku spitzte die Ohren, machte aber keine Anstalten, ihnen zu zeigen, wo er das Stück Leder gefunden hatte. Er nahm das Leder in die Schnauze und war nicht bereit, es wieder herzugeben. Mit Wonne begann er, darauf herumzukauen.

»Jedenfalls hat unser kleiner Freund es hier in der Nähe des

Steins entdeckt«, sagte Circendil. »Ein Riemen vom Sattelzeug eines Criargs und eine Tassel. Seltsam. Wir werden dieses Rätsel nicht lösen können. Jedenfalls jetzt noch nicht und vielleicht überhaupt niemals. Aber ich glaube nicht an Zufälle, wie du weißt. Wenn zwei Dinge zeitnah an demselben Ort gefunden werden, dann spricht einiges dafür, dass sie in einer Verbindung stehen. Und schon will mir alles, was mir dazu einfällt, nicht im Mindesten gefallen. Aber ich will nicht schwarzmalen. Komm jetzt, Finn, und Kopf hoch! Es mag einen Zusammenhang geben, aber alles kann auch ganz anders sein. Wir werden sehen. Lass uns deine Verwandten suchen.«

Inzwischen war es heller und heller geworden, doch die Sonne, obwohl sie mittlerweile den Rand des Sturzes erklommen hatte, verbarg ihr Gesicht hinter dichten Wolken, die auch der Wind nicht vertreiben konnte. Das gestern noch so bunte Laub an den Bäumen schien unter dem trüben Grau alle Farben verloren zu haben. Der Wind riss an den Ästen und schüttelte sie; die ersten Blätter lösten sich bereits und wirbelten davon.

Während Finn und Circendil die ansteigende Straße hinanstiegen, meinten sie, einen großen Vogel hoch droben am Himmel zu sehen, der sich eilends der Mühle näherte; doch als der dunkle Punkt näherkam, löste er sich auf: in einen weiteren Schwarm wilder Gänse, die in Richtung des Sturzes flogen. Aufgeregt schnatternd überquerten sie die Mittelstraße, und Finn fragte sich, ob sie von ihren eigenen Angelegenheiten genauso verwirrt waren wie er selbst von denen der Vahits und Menschen.

Zurück im Dorf forderten sie den wachhabenden Vahit auf, sich ihnen anzuschließen. Sein Name war Ufan Fischreih, erfuhren sie, und er gehörte zu den Wasserfelder Vahits, die erst am späten Abend angekommen waren.

»Das ist schade«, sagte Finn. Er bemerkte den verwunderten Blick Ufans und fügte erklärend hinzu: »Ich hoffte, du könntest mir vielleicht Auskunft geben. Ich suche das Haus der Familie von Dúncan Zeisig; aber da du aus Wasserfels stammst und …«

»Wenn es nur das ist«, fiel ihm Ufan ins Wort. »Da kann ich dir helfen. Es ist das dritte Haus zur Rechten, die westliche Gaustraße hinauf.« Er grinste schelmenhaft. »Oder das dritte Haus zu deiner Linken. Solltest du die Gaustraße *herab*kommen. Es stehen dort genau fünf Häuser. Das, welches du suchst, ist das mittlere.«

»Aha«, machte Finn erstaunt. »Woher kennst du dich als Wasserfelder in Vierstraß so gut aus?«

Ufan winkte ab. »Meinem Großvater Lachlan gehörte das Haus Nr. 4. Ich bin dort geboren, musst du wissen. Im Hundertjahr sind wir nach Wasserfels gezogen, weil Opa meinte, er brauche eine Veränderung. In Wahrheit machte ihm der Wind sehr zu schaffen, der hier beständig weht. Zu den Zeisigs also willst du? Dort vorn ist es schon, das mit dem großen Rosenstock davor. Grüß Herrn Dúncan und Dharso von mir.« Sprach's und nahm die Straße rechts zum Wirtshaus hinunter, während Finn und Circendil an der Kreuzung nach links hinaufgingen.

Das schiefe Haus der Zeisigs stützte den von Ufan erwähnten Rosenstock, vielleicht stützten sie sich aber auch gegenseitig; das Haus befand sich in keinem guten Zustand. Es gab unübersehbare Anzeichen von zu lange aufgeschobenen Ausbesserungsarbeiten.

Sie schritten durch einen ungepflegten Garten und klopften. Dúncans Sohn Dharso öffnete ihnen und stand verschlafen auf der Türschwelle; Finn sprach mit seinem Vetter und brachte seine Warnung vor.

Allerdings bezweifelte Finn, ob es am Ende überhaupt etwas genutzt hatte, sie auszusprechen – der alte Zwist zwischen den Muldweiler- und den Moorreet-Fokklins gärte nach all den Jahren offenbar noch immer. Auch die Einladung zu Finns Geburtstagsfest hatte daran nichts geändert.

Immerhin, die beiden jungen Verwandten redeten mehr oder

weniger höflich miteinander. Dennoch wurden die frühen Besucher nicht hereingebeten, und der junge Zeisigsohn vermochte auch einige Spitzen nicht zu unterdrücken. Es blieb offen, ob Dharso dem Dräuen von Krieg und Gefahr auch nur den geringsten Glauben schenkte. Circendil gegenüber zeigte er, von abweisendem Misstrauen abgesehen, kaum eine Regung.

Als sie einige Minuten später zum Wirtshaus zurückgingen, schüttelte Finn betroffen den Kopf. «Hoffentlich unternimmt er wenigstens das Notwendige, um seine Familie und sich zu schützen.«

»Besser schützt er gleich das Hüggelland«, antwortete Circendil. »In Mechellinde benötigen sie einen jeden jungen Vahit, der einen Bogen spannen kann. Und viel Zeit haben sie nicht. Nicht mehr, wie mein Herz mir sagt. Darum komm. Auch wir sollten uns besser eilen, soweit das bei euch Vahits überhaupt möglich ist.«

Es war nicht möglich, zumindest nicht sofort. In der *Taumelnden Mühle* ging es inzwischen nämlich überaus lebhaft zu. Die von Circendil eben noch geforderte Eile verlor sich zusehends zwischen Tellergeklappere und laut geführten Tischgesprächen. Die Schläfer waren erwacht, und Timan Kowal hatte, sehr zu Ufans Freude, für alle Gäste ein reichhaltiges Frühstück herrichten lassen. Circendils Erscheinen löste allgemeines Erstaunen und sperrangelweit aufgerissene Mäuler aus, aber noch ehe überhaupt die ersten Fragen gestellt werden konnten, schwang sich Mellow kurzerhand auf einen Tisch und übernahm, wie er sich ausdrückte, als Helvogt den Befehl über »die hiesige Freiwilligenabteilung der Vahitwehr«.

Mellow schilderte eindringlich, was sie in der Nacht im Furtlerbroch vorgefunden hatten. Bhremo Kannin war manchen bekannt gewesen und sein Tod rief stille Betroffenheit hervor. Mellow schärfte den atemlos lauschenden Vahits vor allem deutlich ein, dass jederzeit ein Angriff des Feindes erfolgen könne. Das nahe Räuschelfurt sei schon zum erklärten Ziel des Feindes geworden. »Wehe, wenn sie die Furt erst besetzen!«, rief er. »Sobald sie den Übergang halten, schneiden sie den größten Teil des Obergaus vom Rest des Hüggellandes ab!«

Aufgeregtes Gerede machte ihm jedes weitere Wort unmöglich.

Da stand Circendil auf und bat gestreng um Ruhe. Stehend überragte er immer noch Mellow mitsamt seinem Hut. Fast berührte sein Scheitel die Decke. Der Mönch zog sein Schwert und stieß es dröhnend in die Diele.

Das Stimmengewirr verstummte jäh.

»So ist es besser!«, lächelte er grimmig und stützte sich auf seine Waffe.

Timan, der Wirt, runzelte die Stirn ob des misshandelten Dielenbretts. Circendil sah es und nickte. »Ja,« sagte er. »So beginnt es. Schwerter werden niederfahren, und am Ende brennen ganze Dörfer. Ihr habt von Rudenforst gehört? Gut. Dann lasst die Narbe meiner Schneide an diesem Haus euer Mahnzeichen sein. Denn wehe den Vahits, und wehe dem ganzen Hüggelland!«

Schon jetzt, fuhr er fort, schon während sie hier säßen und redeten, könne Räuschelfurt längst in die Hand des Feindes gefallen sein. Der Davenmönch beschrieb den Vahits die Gidrogs und ihre grausamen Vögel. Er warnte sie vor ihren Anführern und beschrieb ihnen Saisárasar und Guan Lu, den Ledir. Er riet dringend zur Vorsicht. Und mahnte dennoch zu allerhöchster Eile.

»Nur einige wenige von euch«, schlug er vor, »nur zwei oder drei, dürfen über die Furt hinaus weiter bis Mechellinde reiten, um dort die Helvogte zu benachrichtigen, die zusätzliche Hilfe senden werden.«

Die übrigen, empfahl er, sollten sich im Broch und den umliegenden Häusern verschanzen. Von dort aus konnten die fünf Bogenschützen unter ihnen die Straße sichern – solange sie Pfeile besaßen.

»Die Furt muss gehalten werden!«, wiederholte Circendil eindringlich. »Denn alle noch eintreffenden Vahitwehrler werden, wie auch die dringend benötigten Vorräte, genau diesen Weg nehmen *müssen* – über die Furt. Was Mellow sagte, ist leider nur allzu wahr. Fällt sie in Feindeshand, bleibt der Weg damit versperrt. Geschieht das, so hört das Hüggelland binnen weniger Tage auf zu sein. Und das Volk der Vahits wird bald darauf nur noch eine rasch verblassende Erinnerung in den Köpfen von hauergesichtigen Geschöpfen bilden. Sobald es nur irgend geht, wird aus Mechellinde Verstärkung dorthin entsandt werden. Darum *müssen* die Boten sich bis zur Bücherey durchschlagen. Dort werden ihnen die Helvogte sagen, was weiter geschehen wird.

Diejenigen unter euch, die in Räuschelfurt bleiben – denkt an die Räuschelfurter selbst. Sie sind geflohen, aber sie werden zurückkehren. Bietet ihnen Schutz, teilt eure Waffen mit ihnen. Am Ufer liegt Bhremo Kannins Fährkahn. Sein Boden ist zertrümmert, aber vielleicht könnt ihr die Löcher flicken. Die Zeit wird schon bald kommen, in der dieser Kahn dringend gebraucht wird. Doch für den Moment ist es wichtiger, den Broch zu halten. Erst der Broch, dann der Kahn! Bin ich verstanden worden? Gut.«

So hört meine Worte! Es ist dies der Scheidetag – und ihr, die ihr hier bei Tische sitzt, ihr seid diejenigen, die mit ihrem Tun noch heute darüber bestimmen, ob sich Glück von Unglück und Überleben von Untergang werden scheiden lassen! Etwas Besseres weiß ich euch nicht zu sagen. Haltet die Furt! Haltet das Hüggelland! Und feiert nicht eher wieder, als bis ihr einen Sieg errungen habt. Gestern, so hörte ich, sei hier von Heldentaten gesprochen wurden. Nun, der Tag, sie zu verrichten, ist da! Er mag schneller gekommen sein, als ihr es euch vielleicht vorgestellt habt. Aber heute ist dieser Tag, und er wird morgen sein und alle Tage, die noch kommen werden, sofern ihr das Glück habt und sie erlebt. Das aber werdet ihr nur, wenn ihr besonnen bleibt.

Bestimmt einen, der euch führt! Folgt ihm getreu, bis neue

Weisung aus Mechellinde eintrifft! Und wenn der Feind kommt, sucht, ihn zu überraschen. Damit rechnet er nicht. Er hält euch für wehrlos, aber das seid ihr nicht! Vergesst jedoch alle Rücksicht, denn auch die Gidrogs werden keinerlei üben. Seid mutig, ja, und auch tapfer. Aber seid nicht verwegen. Doch wenn es euer Leben gilt und ihr töten müsst, dann vergesst alles Erbarmen und tötet! Die Gidrogs jedenfalls werden nicht zögern, euer Blut zu fordern, wenn es sie danach verlangt. So, genug der Worte. Jetzt geht, und geht mit Amans Segen.«

Er hielt inne und verneigte sich. Ein tiefes Schweigen folgte.

»Also schön«, sagte endlich Ufan Fischreih. »Ihr habt Euch erklärt, Herr Mensch. Wir werden nach Räuschelfurt gehen und sehen, was wir tun können. Aber was ist mit euch? Ihr seid hier, ihr kennt den Feind, ihr tragt Waffen, und ihr könntet uns helfen. Helft ihr uns?«

»Ja«, erwiderte Mellow an Circendils Stelle, »wir werden helfen. Deshalb sind wir hier. Allerdings nicht, indem wir mit euch zurück nach Räuschelfurt eilen. Diese Aufgabe bleibt euch überlassen, und wenn ihr sie nicht auf euren Schultern tragt, wird niemand es tun. Wir müssen einen eigenen Auftrag erfüllen, der nicht weniger wichtig ist und der zudem keinen Aufschub erleiden darf.«

»Was kann denn wichtiger sein, als die Furt zu halten? Habt ihr das nicht eben selbst verlangt?« Ufan Fischreih blickte sich reihum, und viele der anwesenden Vahits nickten zustimmend.

Ein wenig ratlos sahen sich Mellow und Circendil an.

»Ja, es ist gesagt worden, Ufan«, meldete sich da Finn zu Wort. »Und wenn es nur irgend ginge, glaubt mir, würden wir mit euch gehen. Es stimmt – wir tragen Waffen, und wir haben sie schon in mehr als einem Kampf gezogen. Wenn ihr nach Mechellinde kommt, wird man euch gewiss von der Flucht vom Acaeras Alamdil und der Schlacht am Mürmelkopf erzählen. Mein Name ist Finn Fokklin, und so wahr einst mein Vorfahr Báding die Mühle dort drüben auf dem Rasteberg errichtete, so wahr sind meine Worte heute: *Wir können euch nicht begleiten!* Zwei Hände mögen an einem Punkt ein Seil erfassen oder an verschiedener Stelle daran ziehen – es bleibt doch dasselbe Seil, an dem gezogen wird, nicht wahr? Gerade so verhält es sich mit euch und uns. Indem *ihr* die Furt und damit uns den Rücken freihaltet, können *wir* unseren Teil zum Kampf um das Hüggelland beitragen. An einem anderen Ort, über den ich hier leider nicht sprechen darf«, schloss er.

Es war ein wenig lahm gewesen, fand er selbst, mochte aber andeutungsvoll genug sein, um ihren Köpfen etwas zum Denken und Mutmaßen zu geben; und ihm fiel erst dabei wieder ein, dass er ja selbst noch immer nicht wusste, weshalb sie eigentlich nach Sturzbach unterwegs waren.

Mellow lüpfte anerkennend seinen Hut und zeigte sein bewährtes Grinsen; dann rief er, an die übrigen gewandt: »Und die Zeit drängt, ihr lieben Leute. Ihr alle habt Ufan gehört, und er hat gezeigt, dass er denken kann und nachzufragen versteht. Na, was wollt ihr noch? Ist es nicht genau das, was einen Anführer auszeichnen sollte? Nun, hier steht Ufan, und ihr sucht einen, der euch nach Räuschelfurt führt. Mein Rat an euch ist: Sucht nicht länger, sondern geht und haltet treu zu ihm. Er wird euch führen. Wer geht mit Ufan?«

Die letzten Worte rief er mit erhobener Stimme, und er zog den jungen Fischreih zu sich auf den Tisch und schwenkte begeistert seinen Hut.

Applaus setzte ein, Hochrufe erklangen, und die ganze Schar begann, im Einklang mit »*Ufan! Ufan!*«-Rufen, mit den Füßen auf dem Boden zu trommeln. Bholobhorg, der zu alledem geschwiegen hatte, schüttelte nur ungläubig den Kopf.

Mellow zog den Jungen, dem es völlig die Sprache verschlagen hatte, vom Tisch herunter und schob ihn durch die klatschende Menge zur Tür hinaus. Danach strömten alle in die Ställe und führten in einem wirren Durcheinander ihre Ponys heraus. Nach kaum einer Viertelstunde rückte die Schar geschlossen über die nördliche Mittelstraße ab, der immer noch sprachlose Ufan an der Spitze. Jemand hatte ihm einen formlosen Filz auf den Kopf gestülpt. Der Hut hatte weder Band noch Sonnenblume, aber das machte nichts, denn alle wussten, wofür er stand.

9. KAPITEL

Ankunft in Aarienheim

TIMAN KOWAL ZÄHLTE FASSUNGSLOS sein über Nacht so reichlich verdientes Geld. Dann, während die Gefährten frühstückten, tat er sein Möglichstes, die vier Reisenden mit Wegzehrung und anderen benötigten Kleinigkeiten zu versorgen; darunter auch Futter für den kleinen Inku. Er versprach, alle weiterhin eintreffenden Freiwilligen von der neuen Lage zu unterrichten und sie schnellstmöglich zur Unterstützung der vorausgerückten Vahits zu entsenden. Zudem wollte er noch in der nächsten Stunde in Vierstraß alle auftreiben, die einen Bogen zu gebrauchen verstanden, und sie gleichfalls in Richtung Mechellinde in Marsch setzen. Finn fragte sich, ob Dharso mitgehen würde.

Als Wiedergutmachung für seinen eigenen Fehler, indem er den Ernst der Lage verkannt hatte, bestand Timan Kowal darauf, Finn und seine Gefährten als seine persönlichen Gäste zu betrachten; und so ritten sie wenig später mit prall gefüllten Satteltaschen fort, ohne einen Heller dafür oder die Übernachtung bezahlen zu müssen.

Bis Halberweg lagen dreizehn Meilen in südöstlicher Richtung vor ihnen und von dort noch einmal achtzehn Meilen bis Aarienheim.

Bholobhorg hing an diesem Morgen wieder seinen eigenen Gedanken nach. Er setzte sich gleich nach ihrem Anritt wie am Vortag an die Spitze und ritt ein reichliches Stück voraus, sodass sich die drei Freunde ungestört unterhalten konnten. Aber immer behielten sie ihn in Blickweite und vermieden es so, dass er sie unversehens hinter einer Biegung oder Wölbung erwartete. Inku

»ritt« wieder in seiner Decke auf Finns Arm; und jetzt, am Tage, streckte er seinen Kopf neugierig daraus hervor und sog die vielfältigen Düfte entlang ihres Weges in seine Nase.

Als die Dächer von Vierstraß ihren Blicken entrückt waren, hielt Finn es nicht länger aus.

»Ich finde, ich habe lange genug gewartet«, begann er. »Kann mir bitte jetzt endlich mal einer erklären, warum wir eigentlich nach Sturzbach unterwegs sind? Oder ist das zu viel verlangt? Mit *wir* meine ich natürlich euch, wollte ich sagen – ich für mein Teil weiß ja, weshalb *ich* nach Aarienheim reite. Aber was hat es mit Sturzbach auf sich?«

»Mit Sturzbach?«, fragte Mellow unschuldig. »Tja, warte, wie soll ich sagen? Es ist, soweit ich weiß, der Hauptort des Untergaus. Und es trägt seinen Namen, so heißt es, wegen des Sturzbaches, der sich dort in den Sturz ergießt …«

»Ha ha«, machte Finn und schnitt ihm eine Grimasse. »Veralbern kann ich mich selbst, weißt du?«

»Ja, aber du *tust* es nicht, und das ist der Unterschied. Genau das wiederum tut deinem Gesicht so ganz und gar nicht gut. Du solltest dir nur deine sauertöpfische Miene ansehen, du meine Güte.«

»Wie sollte ich das denn, du Ausbund an Klugheit?«

»Na eben, gerade *darum* übernehme ja auch ich für dich das Veralbern, aus reiner Aufopferung und sturztiefem Mitgefühl mit deiner gequälten Seele, oh du mein edler Freund.«

»Na, ich danke auch dafür. Und meine Seele wird dir was husten, wenn du nicht endlich mit der Wahrheit rausrückst. Um somit auf Sturzbach zurückzukommen …«

»Sturzbach am Sturzbach?«

»Ebendem. Kennst du ein anderes?«

»Jetzt, wo du es sagst – nein.«

»Dann nehmen wir das. Also, bitte, ich höre.«

»Wohlan. Ich denke, man kann sagen, an Sturzbach ist niemand anderes als Herr Taddarig schuld.«

»Also doch! Du hast herausgefunden, er hat es eigenhändig erbaut und dabei alle Winkel falsch bemessen!« Taddarig Sperler hatte sie während ihrer Schulzeit ein Jahr lang mit weltfremden Winkelberechnungen und langen Zahlenreihen gequält. Finn brachte damit einen alten Schülerwitz an, denn viele der Sturzbachhäuser waren in den Hang hineingebaut und wirkten dadurch schief und krumm.

Mellow lachte auf. »Ein verlockender Gedanke, aber leider unwahr. Obwohl der alte Schinder es verdient hätte. Nicht *falsch bemessen*, sondern *fast vergessen* solltest du sagen, und du kämest der Wahrheit damit schon nahe. Jedenfalls, nach der Auflösung des Rates schnappte er sich Circendils Buch …«

»Unser Buch, mein Lieber. Circendil hat es uns Vahits *geschenkt*, falls *du* das vergessen hast …«

»Richtig. Aber lass mich fortfahren. Also er schnappt es sich und verschwindet damit im Máhirhaus, während Herr Ludowig uns zu einer Nachbesprechung zusammenrief und du dich zu deinem Landausflug verdrücktest. Na ja, die Zeit verging mit tausenderlei Dingen, wie du dir denken kannst, und Taddarig blieb den Nachmittag über verschwunden. Erst spät am Abend, schon nach dem Essen, hörten wir einen Schrei aus seinem Zimmer, und er kam herausgestürmt mit wirren Haaren und einem Brief in der Hand.«

»Sag es nicht – es war ein verloren gegangener Brief?«

Mellow winkte ab. »Ganz und gar nicht. Es war ein Brief, den er von Hilbort Stelzfuß erhalten hat, dem Witamáhir der Bücherey von Sturzbach, und das schon vor Jahren – und den er schlicht vergessen hatte. Hierin fragte Herr Hilbort an, ob in Mechellinde vielleicht der Begriff ›Hennië‹ bekannt sei; als Titel eines Buches möglicherweise oder in einem sonstigen Zusammenhang. Damals musste Herr Taddarig dies verneinen, und er schrieb bedauernd, aber abschlägig zurück und vergaß die Sache prompt. Aber du kennst ihn ja: Niemals wirft er etwas fort, am allerwenigsten einen Amtsbrief; und so rührte der Name *lorc'hen-*

nië cromairénaë an etwas in seiner Erinnerung. Er grübelte und suchte und kramte in seinen abgelegten Briefen, und dann tat er seinen Schrei. Sogleich stand er vor uns und strahlte uns über den Brief hinweg an. Da stand es: *Habe ein Werk in einem alten Fasse entdeckt ... alt und beschädigt, noch vor der großen Wanderung ... kaum entzifferbar, nur ein ›Hennië‹ kann ich auf dem Einband lesen ... weiß nicht, was es bedeutet ...* und so weiter, und so fort. Na, du kannst dir vielleicht die Aufregung vorstellen! Es gibt wirklich eine Abschrift, und sie wird hier bei uns in Sturzbach verwahrt. Und wenn wir nur etwas Glück haben, dann sind jene Stellen erhalten geblieben, die uns den Aufenthaltsort der Gluda verraten. Na, was sagst du jetzt?« Mellow strahlte ihn an, als sei er selbst der Entdecker der guten Nachricht.

»Das ist immerhin etwas«, antwortete Finn, nicht ganz so begeistert. »Aber damit haben wir die Gluda selbst noch nicht gefunden, oder? Nennt es eine Ahnung oder meinetwegen unverbesserliche Trübsalblaserei. Was ich meine, ist: Zu wissen, wo sie sich befindet, ist erst ein Anfang, und ein verschwindend geringer noch dazu. Außerdem trübt mir dieses *kaum entzifferbar* ein wenig die Freude. Wie denkst du darüber, Circendil?«

Der Mönch hatte Mellows Erzählung schweigend zugehört und machte nun eine abwägende Bewegung. »Ich fürchte, du hast leider allzu Recht. Wenn wir die Gluda nur schon hätten, dann würde ich sagen, ja, wir sind einen ersten großen Schritt vorangekommen. Dann bräuchten wir nur noch einen Dwarg zu finden, der die Kunst der Hinwendung beherrscht und der willens ist, sie der Gluda einzuhauchen. Nur noch, sage ich, wohl wissend, dass dies der schwierigste Teil werden kann. Aber lasst uns nicht verzagen! Immerhin! Wir *haben* eine Spur gefunden. Und das ist mehr, als ich noch vor zwei Tagen zu hoffen wagte. Und wir werden ihr folgen, soweit wir es vermögen. Doch seht. Dort sind Kamine und Rauch zu erkennen. Was ist's? Ein Gehöft? Oder schon Halberweg?«

Es war Halberweg, wie sich zeigte.

Noch war es nicht ganz Mittag, und sie fanden das Brada voller Aufregung vor. Ein Trupp Vahits machte sich am Dorfbrunnen zur Abreise nach Mechellinde bereit, was etlichen anderen, zumeist älteren, überhaupt nicht gefiel.

Denn auf zwei Weiden hinter dem Dorf waren in der vergangenen Nacht und in der Nacht davor etliche Schafe gerissen worden. Es ging die Rede von einem Raubtier um, das sich dort draußen des Nächtens seine Beute holte. Das Tier zu vertreiben oder gar zur Strecke zu bringen, sei jetzt die dringlichste Pflicht aller jagdfähigen Vahits, murrten die Älteren, während die Jüngeren der Aufforderung des Vahogathmáhirs Folge leisten wollten.

Jemand wollte tags zuvor einen oder auch zwei Adler gesehen haben; aber die Raubvögel hatten noch niemals zuvor das Vieh der Vahits gerissen, und so glaubten manche eher an einen einsam und frei im Hüggelland herumstreunenden Wolf. Natürlich war auch das unwahrscheinlich, wie Mellow und Finn wussten: Der Wolf hätte zunächst den Alten Weg heraufkommen und hernach die vielen Meilen unbemerkt durch den Obergau ziehen müssen. Er hätte sich seine Schafe auch schon in Lammspring reißen können und nicht erst hier, fünfzehn Meilen südlich; aber gänzlich auszuschließen war es nicht, dass ein Wolf sich hierher verirrte. Vielleicht riecht er das Blut, das neuerdings hierzulande vergossen wird, dachte Finn bekümmert; und ohne es zu wollen, fiel ihm das Blut an der Tassel seiner Mutter wieder ein.

Mellow riet den Halberwegern, die Schafe in die Ställe und Häuser zu schaffen, sobald es Abend werde; und des Tags sollten die Herden nie unbeaufsichtigt bleiben. Zwei ältere Jäger, bestimmte er, sollten sich diese Aufgabe teilen, obwohl Mellow deren Bögen nur ungern nicht mit nach Mechellinde gehen sah.

Die Frauen des Dorfes, vor allem die Mütter, wollten die abrückenden Freiwilligen nicht ziehen lassen; doch Mellow beschwichtigte die einen und unterwies in aller Eile die anderen. Er versprach den Dörflern Hilfe von der nächstgelegenen Landhüterey. Dann drängte er zum Aufbruch. Zur gleichen Zeit, nach einer Rast von einer Stunde, setzten sich beide Gruppen in Bewegung: die einen, drei Erwachsene und vier *Grünspechte,* nach Westen, die vier Gefährten nach Osten, gen Aarienheim.

Das Land senkte sich unmerklich, die Hügel vor ihren Augen bekamen flachere Kuppen und weit geschwungenere Hänge. Das leichte Gefälle erlaubte den Ponys trotz des anstrengenden gestrigen Tages einen munteren Schritt. Etwa eine Stunde nach Mittag erreichten sie die weißschimmernde Klimt, ein Fluss von nicht ganz der Breite der Räuschel und vor allem ohne deren Kälte. Hier legten sie eine kurze Rast ein und ließen die Tiere trinken, ehe sie die steinige Furt vorsichtig durchquerten. Die Klimt war nicht tief, aber sie floss rasch, und ihr Untergrund bestand aus rutschigen, murmelnden Kieseln, deren Geklacker sie deutlich hören konnten, während sie darüber hinwegritten.

Die Klimt bildete in diesem Teil des Hüggellandes die Gaugrenze; sie befanden sich nach ihrem Wechsel auf deren rechte Seite damit im nordöstlichen Zipfel des Tiefengaus. Sie ritten jetzt schon nahe des Sturzes, nur wenig mehr als eine Meile von seiner Kante entfernt. Die Straße machte bei der Furt eine scharfe Kurve nach rechts und führte vom südlichen Ufer aus im schrägen Winkel näher an den gewaltigen Abbruch heran. Zweimal sahen sie zu ihrer Linken mächtige Adler kreisen, und vielmals hörten sie ihren durchdringenden Schrei. Aber die großen Vögel schwebten weit draußen: zu Paaren oder einzeln im Wind. Sie zogen langsam den Sturz entlang, oder sie glitten schraubend tiefer und verschwanden ganz plötzlich aus ihrem Blickfeld, um unterhalb der Kante ihre in der Felswand versteckten Horste aufzusuchen.

Die Sonne stand mittlerweile im Südwesten, als sie mit einem Mal Kaminrauch rochen; dann sahen sie kaum mehr als zwei oder drei Meilen, nachdem sie die Klimtfurt hinter sich gelassen hatten, die Dächer und die lange Hecke von Aarienheim vor sich liegen. Sie waren an ihrem vorläufigen Ziel angelangt.

Finn dachte mit einigem Unbehagen daran, was sein Vater

wohl sagen würde, sobald er seiner ansichtig wurde. Wähnte er seinen Sohn doch in der Tintnerey, um dort ellenlange Listen zu pflegen. Und sein Herz klopfte plötzlich voller Bangen, als er unwillkürlich die Tassel in seiner Tasche berührte. Der schrille Jagdruf eines jäh über ihre Häupter hinwegstoßenden Aars versetzte ihm einen beträchtlichen Schrecken; er fuhr aus seinen Grübeleien auf und sah dem Schatten hinterher. Nur kurze Zeit darauf sahen sie ihn mit einem geschlagenen Hasen aus der Wiese auffliegen.

Nirgendwo entlang der Linvahogath, der »Langen Mauer« des Sturzes, gab es so viele Adlerhorste neben- und übereinander wie in den senkrechten Spalten und Schründen unterhalb Aarienheims. Schon immer hatten Adlerpaare sich gerade diesen Ort zum Nisten ausgesucht. Den Grund dafür hatten die Vahits nie herausgefunden; doch der Fels unter Aarienheim schien sie wie mit einem geheimnisvollen Zauber anzuziehen oder daran zu binden.

Jeden Morgen sahen die Aarienheimer die Eren wieder aufsteigen: Die mächtigen Schwingen ausgebreitet und die Lüfte kühn durchschneidend, glitten sie scheinbar schwere- und mühelos an der Felswand entlang, und sie jagten tief unten in den Schattenfennen, in die hinab ihre scharfen Augen spähten; und ihre Jagdgründe erstreckten sich, weit über die Insel Langschelf hinaus, dem großen Strom Tarduil folgend, bis jenseits der Schleierfälle des Tairandos. Selbst weißköpfige Seeadler horsteten zuweilen hier, im Schutz der Linvahogath; denn für ihre raschen Flügel nah war Bhera endh Eren, die jenseits des südlichen Krümmung des Halbmondgebirges gelegene Bucht der Adler, in die der Tarduil mündete.

Das Brada Aarienheim bestand aus neun Häusern und zwei altertümlichen Brochs, die sich jeweils wie Schulterbuckel beim Ein- und Ausgang des Dorfes erhoben. Dazwischen fanden sich runde und winkelige Häuser verteilt, ohne einer erkennbaren Ordnung zu folgen, sondern mehr oder weniger nah der Straße gelegen: fünf an ihrer rechten, und vier an ihrer linken Seite, der drohenden Kante des Sturzes zugewandt. Hinter diesen östlichen Bauten erstreckten sich kaum zwanzig oder dreißig Schritte breite Wiesen und Gärten. Danach fielen die Klippen jäh und lotrecht ab.

Mehr als eine Meile tief war der Abgrund auch an dieser Stelle, und nur wenige Schwindelfreie hielten es aus, an seiner Kante zu stehen und ruhigen Blutes hinabzuschauen, ohne dabei zu schwanken.

Die Vorfahren der heutigen Vahits errichteten schon bald nach ihrer lang zurückliegenden Ankunft im Hüggelland entlang des Abgrunds eine brusthohe Absperrung, den sogenannten Sturzzaun, der seitdem sorgsam in Stand gehalten wurde. Er sollte Vieh wie Vahit gleichermaßen davon abhalten, sich versehentlich kopfüber hinunterzustürzen. Eine Aufgabe, die er größtenteils erfüllte, obwohl Unfälle selten, aber immer wieder vorkamen. Eine der vorrangigen Pflichten der Landhüter des Tiefengaus war es daher, diesen Zaun regelmäßig abzugehen, seine Haltbarkeit zu prüfen und beschädigte Abschnitte unverzüglich zu melden. Allerdings gab es diesen Zaun durchgehend nur auf dem südlichen Abschnitt des Sturzes, von Aarienheim bis zu den Winterweiden. Im Obergau war das Gelände nahe der Sturzkante dagegen faltig und unwegsam; es wurde einfach gemieden und weitläufig umgangen, sodass es keines warnenden Zaunes bedurfte.

Vom nördlich stehenden Broch aus verlief eine dichte Hecke. Sie führte an der West- oder Landseite des Dorfes entlang und endete erst an den Aarienheimer Feldern, die in einem Waldstück unterhalb des Klippbachberges den Blicken verborgen lagen.

Die klobige Mauer des Brochs war auch das erste Gebäude Aarienheims, das die Ankommenden hinter dem buntgefärbten Heckenlaub erblickten.

Das grobe Rund seiner grauen Feldsteinmauer ragte hinter den Sträuchern und selbst über einigen davorstehenden Bäumen auf;

mehr Wehrturm als Haus schien er zu sein: von der gleichen altertümlichen Bauweise geprägt wie der Furtlerbroch in Räuschelfurt.

Der letzte Eigentümer war schon einige Jahre vor Finns Geburt daraus ausgezogen. Seitdem wohnte niemand mehr dauerhaft darin. Die Aarienheimer nutzten den Broch als ein der Gemeinschaft zur Verfügung stehendes Gästehaus, denn es gab kein eigenes Gasthaus im Ort. Da das Grundstück der Familie Tauber direkt daran grenzte, war es Brauch und Sitte geworden, dass sie sich der Gäste annahmen und sie gegen Entgelt mit Bett, Speis' und Trank versorgten. Dafür kümmerten sich die Taubers um den Erhalt des Brochs, so gut es ihnen nebenbei möglich war.

Sie selbst bewohnten ein wahres Ungetüm von einem Haus, das im ganzen Hüggelland seinesgleichen suchte, von der Hel und den Büchereyen einmal abgesehen. Einst war es ein einfaches Haus gewesen, dessen Ständerfachwerk kundige Hände nach überkommener Weise errichtet hatten. Seitdem hatte man es immer wieder vergrößern müssen. Neu hinzugezogene oder neugeborene (und nur allzuschnell heranwachsende) Familienmitglieder hatten mal diesen, mal jenen Anbau notwendig gemacht. Inzwischen war das Gebäude mehr lang als breit gediehen und war sogar stückweise in die Höhe gewachsen. Die Leute sagten zwar *Langhaus* dazu, obwohl *Stapelhaus* es vielleicht besser getroffen hätte.

Zahllose Erker und Einschübe, Vorsprünge und Überbauten schoben sich wild vor-, in- und übereinander. Ein ganzer Wald von kurzen, kleinen, langen und dicklichen Kaminschloten wucherte auf dem Dach oder genauer *den Dächern*, denn eine gemeinsame Firsthöhe besaß das Haus längst nicht mehr. Die Dorfkatzen, die im Mondlicht über die gesamte Dachlänge spazierten, hatten damit ihre liebe Mühe: Ununterbrochen zwangen die Lücken, Absätze und Kanten sie dazu, beständig irgendwo hinauf-, hinab- oder zur Seite zu springen. Aber sie nahmen das Gehechte und Gehüpfe gern in Kauf – in den zahllosen Nischen und zwischen den Spalten des Daches trafen sie auf manche unternehmungslustige Maus, und alleine dafür lohnte es sich.

Amafilia Fokklin als geborene Tauber war in eben diesem Haus zur Welt gekommen. Auch Finn hatte hier das Licht Kringerdes erblickt – nirgendwo wussten Vahits besser über die Schwierigkeiten der tauberschen Geburtsumstände Bescheid als hier im Stammhaus; und so hatte auch Furgo, als Amafilias Niederkunft nahte, den Weg nach Aareinheim genommen.

Finn hatte sich schon oft gefragt, ob die Taubers ihren Bei- und Familiennamen einstmals aus dem nahe liegenden Grunde bekommen hatten – denn wie in einem Taubenschlag ging es tatsächlich bei seinen mütterlichen Verwandten zu. Ständig strömte es – *flatterte es*, wie Furgo es oft nannte – bei ihnen ein und aus. Ganze Scharen von Gästen, zumeist Verwandte aus den anderen Gauen, kamen regelmäßig und häufig zu Besuch, und unüberschaubar war zu allen Zeiten die Zahl der Kinder und Kindeskinder, die nicht nur das Tauberhaus selbst, sondern überhaupt Aarienheims versteckte Winkel unsicher machten.

Zahllose einander ähnliche Gesichter begegnen einem allenthalben, wenn man bei den Taubers zu Gast ist, lästerten auswärtige Zungen. Das war zweifellos übertrieben, aber zahlreich war die Familie schon immer gewesen, und ein wenig sonderbar (tuschelten noch bösere Gemüter) war sie obendrein.

Das mochte stimmen oder auch nicht, die Vermehrungsfreudigkeit der Taubers war indes landesweit bekannt und stand in merkwürdigem Gegensatz zu den Schwierigkeiten, die sich bei vielen Frauen anlässlich ihrer mannigfaltigen Geburten einstellten. Nicht wenige Kinder (und Mütter) starben bei der Niederkunft oder im Kindbett; und am schwersten, so hieß es, hatten es die Erstgebärenden, denn allzu lange Wehen und verzögernde Umstände sorgten stets für bange Tage des Hoffens und Harrens.

Amafilia, hatte Finn viel später munkeln gehört, wäre bei seiner Geburt fast gestorben. Furgo seinerseits verlor niemals wieder ein Wort über diese leidvollen Tage im September des Jahres 682. Der Monat verging und es wurde Oktober, ehe Amafilia das Wochenbett verlassen und mit Mann und Kind den Heimweg nach Moorreet antreten konnte. Tauberfrauen gebaren schwer; und man hätte meinen sollen, dieser Umstand hätte die Anzahl der Kinder verringern sollen – das genaue Gegenteil war indes der Fall. Die meisten weiblichen Familienangehörigen schienen offenbar entschlossen zu sein, den Makel durch möglichst viele Geburten ausgleichen zu wollen. Amafilia mit nur einem Sohn stellte eine bemerkenswerte (und immer wieder bemerkte) Ausnahme von dieser Regel dar.

Finn besaß daher allein unter den Aarienheimer Taubers mehr Vettern und Kusinen, als er auswendig aufzuzählen vermocht hätte. Einige, zumeist ältere, traf er nur zu seltenen Gelegenheiten, andere, zumeist gleichaltrige, kannte er ein wenig besser und mochte sie tatsächlich ganz gern, obwohl sie Familie waren. Allen voran war da Wilhag Tauber zu nennen, der jüngste Sohn Ewerdargs, des nächstälteren Bruders seiner Mutter.

Amafilia war das mittlere von sieben Geschwistern: drei ältere Brüder und drei jüngere Schwestern. Deren jüngste hieß Fionwen, und ihretwegen war sie nach Aarienheim gerufen worden. Denn Fionwen hatte, wie Finn aus dem Eilbrief wusste, vor einer Woche unmittelbar vor der Niederkunft ihres ersten Kindes gestanden, und groß war darum die Sorge aller Anverwandten gewesen.

Die erwähnte Eigenart der Taubers, so es denn eine war, bezog sich vor allem auf Amafilias Großvater Bartolo, der in seiner Jugend angeblich (und nach eigenem Bekunden) eines Tages – und völlig allein – den Alten Weg hinabgestiegen war. Er wollte sogar bis zu den sumpfigen Ufern des Tarduil vorgedrungen sein, auf der Suche nach Kräutern für seine Gemahlin Tessina.

Ob Bartolos Geschichte nun auf Wahrheit beruhte oder nicht, ließ sich nicht mehr ermitteln, denn fragen konnte man ihn nicht mehr. Aber seit Bartolos Rückkehr sprachen die Taubers mehr über die Tiefenlande als zuvor. Sie ergingen sich in allerlei Vermutungen und gewagten Vorstellungen darüber, was andernorts, jenseits der Grenze des Hüggellandes, wohl an Merkwürdigkeiten und Begebenheiten zu finden sein mochte. Vielleicht war das eine erklärbare Folge ihres Wohnsitzes. An klaren Tagen konnte man nämlich vom Taubergrundstück aus weit über den Abgrund hinausblicken; und wenn im Abendrot die Gipfel der Akhanaith endh Anth-i-dheriltené geheimnisvoll im Osten leuchteten,- dann spukten die verrücktesten Gedanken in den Tauberköpfen herum. Finn hatte selbst im Kreis seiner älteren Vettern dicht am Sturz beim abendlichen Feuer gesessen und ihren Reden gelauscht. Jedenfalls wurde unter dem Tauberdach zweifellos öfter von den östlichen Landen gesprochen als anderswo, und es wurden Mutmaßungen darüber angestellt (*gesponnen*, nannten es die Durchreisenden), was denn wohl in Arelian, Vindland oder Revinore dieser Tage geschehen möge, ohne dass die Vahits jemals davon Kenntnis erhalten würden.

Eine halbe Meile vor dem Dorf verwandelte sich die östliche Gaustraße in eine Allee aus zappelnden Silberpappeln, deren Blätter im Wind einen verwirrenden, grünweißen Tanz aufführten, der in der grauen Farblosigkeit dieses Herbsttages beinahe in den Augen schmerzte. Unter den ersten Bäumen hielt Bholobhorg sein Reittier an und wartete auf die Nachzügler.

»Da vorn liegt es also – Aarienheim«, sagte der Tanninger. »Mehr als dreißig Meilen seit dem Frühstück. Keine geringe Strecke, würd' ich sagen, und die Ponys sind zu Recht ermattet. Ich bin noch nie hier gewesen. Wo liegt das Wirtshaus?«

»Es gibt keines«, erwiderte Finn. »Kein richtiges, meine ich. Aber meine Verwandten vermieten die Kammern des alten Brochs, den du da vorn hinter den Wipfeln siehst. Und ihr Stall ist groß genug für reichlichen Familienbesuch.«

»Aha«, machte der dicke Landhüter. »Na schön, von mir aus.

Bis Sturzbach sind es noch einmal über zwanzig Meilen. Wenn wir morgen früh zeitig aufbrechen, können wir gegen Mittag dort sein.«

»Wenn wir stattdessen weiterreiten, könnten wir noch heute Abend in Sturzbach eintreffen«, sagte Circendil. »Erwähntest du nicht, du habest eine dringende Botschaft auszurichten?«

»Nein, das sagte ich nicht. Ich sprach weder von *dringend* noch von *Botschaft*, Herr Mönch. Ich habe einen Auftrag für Herrn Gesslo auszuführen, das stimmt, aber er hat mir nicht befohlen, dabei mein Pony zu Tode zu reiten.«

»Ich glaube es selbst kaum, dass ich das sage«, meinte Mellow, »aber Bhobho hat Recht. Unsere Ponys brauchen eine längere Rast. Und meine Sitzbacken auch, fürchte ich. Ich bin in den letzten Tagen mehr geritten als im ganzen Jahr davor. Ich sehne mich nach einem Sessel mit einem weichen Kissen darin, wenn du mich verstehst.«

Circendil beugte sich vor und tätschelte Gwaeth. »Oh, ich verstehe dich sehr gut. Aber ich für mein Teil befürchte, dass deine Sitzbacken noch auf ihr Kissen werden warten müssen. Oder du bleibst hier und kommst morgen nach. Ich werde auf jeden Fall weiterreiten.«

»Auch Gwaeth ist müde«, sagte Mellow mit leichtem Vorwurf in der Stimme. »Und er hat, obwohl er der Stärkste ist, am meisten von allen zu tragen, falls du das vergessen hast.«

»Sehe ich so aus, als ob ich etwas vergesse? Oder als ob ich absichtlich ein Tier quäle? Mellow Rohrsang, du solltest mich inzwischen besser kennen. Natürlich werde ich ein anderes Pony nehmen. Hier gibt es doch einen Postlerstall, oder etwa nicht? Also mache deinen Einfluss geltend, Herr Helvogt, und veranlasse, dass man mir ein anderes Tier überlässt. Oder besser deren zwei, wenn du doch mitkommen willst. Ich suche derweil nach einem Kissen, wenn dir dann wohler ist. Bei allen Winden, die Aman schickt!«, murmelte er, während er Gwaeth erneut in Schritt versetzte. »Ein Kissen für seine Sitzbacken! Wenn wir wollen, dass der Herr von Ulúrlim lachend von seinem Thron kippt, sind wir auf dem besten Wege dazu. Vielleicht sollten wir Saisárasar bitten, uns eines mit Criargdaunen zu füllen und vorbeizubringen. Und Guan Lu am besten gleich mit dazu, damit er ein behagliches Feuerchen entfacht. Ich fasse es nicht!«

Er murmelte noch unwillig in seinen Bart, aber mehr hörten sie nicht, denn der rauschende Wind fuhr erneut in die Silberpappeln und riss alle Worte mit sich fort.

Sie beeilten sich, dem Davenamedhir zu folgen. So erreichten sie bald die Hecke mit ihrem Durchlass, ritten am gewaltigen Rund des Brochs vorbei und sahen dahinter zu ihrer Linken das Haus und die Stallungen des Tauberhauses auftauchen.

Plötzlich fiel allen auf, wie ruhig es war, und wie auf ein geheimes Zeichen hielten sie ruckartig an.

»Hört ihr das?« Bholobhorg drehte sich befremdet mehrfach im Sattel nach allen Seiten. »Oder vielmehr, hört ihr auch … nichts? Diese Stille. Als wäre das Dorf ausgestorben.« Er sprach unwillkürlich mit leiserer Stimme, und das unterstrich den Eindruck der Verlassenheit noch deutlicher.

Sie blickten sich um und lauschten, doch sie hörten nichts als den Wind, der über die Dächer strich und die Wipfel der Bäume wiegte.

Niemand zeigte sich auf der Straße und den vielen abgehenden Wegen, zumindest, soweit sie sie einzusehen vermochten. Kein Kind spielte, keine Mutter rief, keine Großmutter kehrte den Staub aus einer der Türen.

Aarienheim schien vollständig verlassen zu sein.

Finn fühlte, wie eine innere eiskalte Hand sein Herz umkrampfte. Er sah zum Tauberhaus hinüber, das ebenso still und verlassen dalag wie jedes andere.

Schon das allein ist ein Unding, dachte er. Dieses Haus war niemals still gewesen; in einem fort war dort gesungen worden, gelacht, geweint und gescholten; Kleinkinder greinten, junge Mütter seufzten, und die kräftigen Tauberjungen hackten lärmend

Holz oder spielten mit den Kleineren Ball oder Fangen auf dem Platz hinter dem Haus vor der großen Scheune.

»Kommt«, sagte Circendil; er saß ab und lockerte sein Schwert. Die Vahits taten es ihm nach. Bholobhorg hielt seinen Stab bereit. Finn und Mellow legten die Hand an die Griffe ihrer Waffen. Sie banden die Ponys an und folgten dem Weg, der rechts um das Haus herumführte. Die Eingangstür lag nach hinten hinaus, sodass ein jeder, der heraustrat, als Erstes ein Stück Rasen und danach den unvergleichlichen Anblick der Tiefenlande vor Augen hatte. Aber auch auf der Sturzseite des Hauses war niemand zu sehen.

Es ist fast wie beim Acaeras oder in Räuschelfurt, dachte Finn unter dem Ansturm ihn jäh anspringender, düsterer Vorahnungen. Halb und halb erwartete er, schon beim nächsten Schritt auf eine Blutlache zu stoßen. Unwillkürlich schnupperte er, ob er etwa den Rauch verkohlter Federn riechen könne. Aber da war nichts, was nicht sein sollte – nur ein dünner Geruch von verbranntem Buchenholz, das die Vahits gern in ihren Kaminen verfeuerten, drang aus den umliegenden Schornsteinen. Er legte seine Hand um Maúrgins Heft und spähte zu den Stallungen hinüber. Ein paar Hühner scharrten dort, und eine Ziege meckerte hinter einem Verschlag. Das war alles. Die kleine Sägemühle hinter der Scheune stand still.

Finn sah seine Begleiter an und hob fragend die Brauen. Dann setzte er Inku ab und pochte mehrfach an die Haustür. »Heda!«, rief er, als niemand öffnete. »Oma Walnutia? Opa Hámlat? Besuch ist da! Hallo! Wo seid ihr denn alle?«

Es kam keine Antwort.

Er rüttelte am Knauf. Circendil beugte sich herab und versuchte, durch eines der niedrigen Fenster zu spähen, deren Läden zurückgeklappt waren. Nichts regte sich hinter den Scheiben. Die Tür indes war verschlossen, und auch das war ungewöhnlich.

Allein Inku schien dies alles nicht zu missfallen. Er tapste davon – und jagte plötzlich fallenden Blättern nach. Wie ein Wirbelwind schoss er über den Rasen. Er übersprang eine matschige Pfütze, über der eine schwankende Schaukel unter einem Walnussbaum hing, und fing ein Blatt mitten im Flug. Er überschlug sich und rannte übermütig weiter.

»Hierher, Inku!«, rief Finn erschrocken. Inku achtete auf nichts anderes als auf sein neues Spiel. Schon war der Welpe im Zickzack immer mehr nach vorn gestürmt. Er sprang jetzt bedenklich nahe am Verlauf des Zauns herum – und damit am Abgrund dahinter.

Finn rief abermals, und sein Herz wollte aussetzen, als Inku nun längs der Absperrung über Wurzeln und Bodenrillen fegte. Der Zaun bestand nur aus in unregelmäßigen Abständen gesetzten weißen Pfosten und zwei daran verlaufenden Querholzreihen, zwischen denen einzeln gesetzte Längslatten eine Art Gatter bildeten, aber nicht bis ganz zum Boden hin reichten. Selbst deren untere Kante war noch höher angebracht als Inkus Ohren hinaufreichten. Ohne Weiteres konnte er darunter durchschlüpfen. Zwei oder drei Sätze nach links und er würde den Halt verlieren und unrettbar in die Tiefe stürzen. Der Welpe kannte weder das Grundstück noch den lauernden Abgrund dahinter, und Finn verfluchte seinen bodenlosen Leichtsinn. »*Zurück*, Inku!«

Ob der Hund das Drängen in der Stimme seines Herrn vernahm oder einfach nur des Spiels müde wurde, war nicht ersichtlich. Aber in eben diesem Augenblick warf er sich herum und machte kehrt. Japsend kam er zurück zum Haus gerannt und lief schweifwedelnd um ihre Beine. Das Blatt hielt er immer noch stolz zwischen den Zähnen. Blinzelnd, beinahe verschwörerisch sah er zu Finn hinauf, als wolle er fragen: *Für wie dumm hältst du mich eigentlich?*

»Du solltest ihn an eine Leine legen, solange du hier bist«, empfahl Circendil. »Auch wenn es ihm vermutlich nicht gefallen wird. Aber dieser Ort ist gefährlich für ihn – und alle anderen.«

»Ich verspreche es.« Finn stieß den angehaltenen Atem erleichtert wieder aus. »Sobald ich eine finde, heißt das.«

»Ich verstehe ohnehin nicht, wie ihr Vahits auf den Einfall kommt, Häuser so dicht an diesem Abgrund zu errichten. Die Menschen meines Landes täten nichts dergleichen.«

»Erzähltest du nicht, dass viele deines Volkes an den Gestaden des östlichen Meeres wohnen?«, gab Finn zurück. »Ist das Meer nicht wütend bei jedem Sturm? Schlägt es nicht in hohen Wogen ans Land? Wie kann man da in seiner unmittelbaren Nähe Häuser errichten? Die Vahits des Hüggellandes täten nichts dergleichen.«

Circendil lachte leise. »Vermutlich, weil sie kein Meer vor der Haustür haben.«

»Ja. So wie ihr keinen Sturz.«

»Das wird es wohl sein. Ich gebe mich geschlagen. Was machen wir jetzt?«

»Lasst uns zu den anderen Häusern gehen«, schlug Mellow vor. »Irgendjemand muss einfach da sein. Das ganze Dorf kann doch nicht …« Er sprach nicht aus, was er dachte.

Circendil beugte sich zu Inku herab und nahm ihn auf den Arm.

»Gehen wir und sehen nach«, sagte er.

Sie umrundeten das Haus zur Gänze und gelangten zwischen ihm und dem Broch wieder auf die Straße. Wie angewurzelt blieben sie stehen, als sie um die letzte Ecke bogen und sie sich ihren zurückgelassenen Ponys gegenübersahen. Aber es waren nicht die Tiere, über deren Anblick sie fast erschraken, sondern es war die plötzliche Anwesenheit der fünf Vahits, die bei ihnen standen und von denen vier sich soeben anschickten, sich der ledigen Zügel zu bemächtigen.

Alle fünf hatten die bekannten roten Hüte mit der eingestickten Sonnenblume auf dem Kopf. Der älteste der Vahits trug ein zusätzliches, langes gelbes Band an dem seinigen.

»Seid gegrüßt«, rief da Bholobhorg erleichtert und senkte seinen Stab. »Also ist Aarienheim doch noch nicht gänzlich ausgestorben.«

Die fünf Landhüter fuhren ihrerseits erschrocken herum.

Ihre Gesichter blickten unfreundlich.

Ihre Stäbe richteten sich auf Bholobhorg, der freudig nähertrat. »Was ist denn?«, fragte er verwundert, als ihn die Spitzen vor seinem Bauch zum Halten brachten.

Der mit dem Band am Hut musterte ihn streng.

»Nennst du *das* eine vorschriftsmäßige Meldung, Hüter? Wer bist du, und was tust du hier? Deiner Sprechweise nach stammst du aus dem Untergau. Wir hier im Tiefengau dulden keinen Schlendrian, damit du es nur weißt! Also, ich höre!« Mit jedem Wort unter den gestrengen Augen straffte sich Bholobhorgs Gestalt. Seltsamerweise wirkte das bei ihm so, als würde er dabei schrumpfen.

Der Sprecher, der seinem Hut nach der hiesige Gauvogt sein musste, tat, als wären die anderen nicht vorhanden. Er bedachte weder Finn und Mellow, die langsam näher kamen, auch nur eines Blicks, noch Circendil, der sich bewusst zurückhielt, um die fremden Vahits nicht zu erschrecken. Der Gauvogt heftete seine stechenden schwarzen Augen allein und unverwandt in das Antlitz des vor ihm Stehenden.

»Ich bin … entschuldige … Ich meine, Landhüter Bholobhorg Feldschwirl meldet sich zur Stelle«, brachte der dicke Tanninger heraus. »Zu … ähm … des Herrn Gauvogts Diensten.«

»Und?« Der hagere Gauvogt machte eine ungeduldige Handbewegung. In seinem Gesicht entwickelte eine wahre Raubvogelnase ein reges Eigenleben. Sie zuckte umher wie ein gekrümmter Schnabel, der es nicht abwarten konnte, bei der nächsten Gelegenheit zuzuschlagen.

»Zu … zur Zeit in den Obergau abgestellt.« Winzige Schweißperlen zeigten sich auf Bholobhorgs Stirn.

»Und?«

»Gauvogt … Gesslo Regenpfeifer hat mich in den Untergau entsandt. Äh, mit deiner Erlaubnis. Mit einem Brief für die Sturzbacher Vogtey.«

»So so«, kam es unter der gekrümmten Nase hervor. Er streckte die Hand aus. »Gib mir diesen Brief.«

»Aber, Herr, das darf ich nicht«, entfuhr es Bholobhorg, und jetzt schwitzte er wirklich. »Ich meine, er ist für Herrn Wenan Weihe bestimmt.« Das war, soweit sich Finn erinnerte, der Name des Untergauer Vogts.

»Du sagst, es ist ein Amtsbrief. Ich vertrete hier das Amt. Ich bin Gauvogt Gasakan Amsler. Und ich muss wissen, was in meinem Amtsbezirk vor sich geht. Also gib mir den Brief. Oder ich lasse ihn dir nehmen.«

Da hielt es Mellow nicht länger aus. Er trat neben Bholobhorg hin und schob ihn ein Stück weit zur Seite. Er tippte lässig an seinen Hut.

»Und ich«, sagte er, »ich bin der außerordentliche Helvogt Mellow Rohrsang. Und ich sage dir, du übertrittst gerade ganz gewaltig deine Befugnisse, Herr Gauvogt. Du hast gehört, für wen der Brief bestimmt ist. Dein Name steht nicht darauf. Der Brief geht dich also überhaupt nichts an!«

»Ach, ist das so?«, zischte Gasakan und wandte seine zusammengekniffenen Augen Mellow zu, als bemerke er erst jetzt dessen Anwesenheit. »Und was willst *du* sein? Ein Helvogt? Nur weil du dir ein blaues Band angenäht hast? Lächerlich! Und du wagst es, mir zu widersprechen? Weißt du nicht, dass es seit über hundert Jahren keinen Helvogt mehr gegeben hat? Und ausgerechnet du willst einer sein? Bildest du dir wirklich ein, *mir* damit kommen zu können? Abermals lächerlich! Wenn hier einer seine Befugnisse überschreitet, dann wohl der, der überhaupt keine hat. Du machst dich äußerst verdächtig, Freundchen. Das verrät schon die schlechte Gesellschaft, mit der du dich offenbar herumtreibst. Menschen sehen wir hier nicht so gern. Ihnen war früher nie zu trauen. Und jetzt noch viel weniger. Kraft meiner Amtsgewalt nehme ich dich hiermit vorläufig in Gewahrsam! Gib mir deinen Dolch! Wer weiß, was du noch im Schilde führst, Bürschchen!«

»Bitte – was?« Mellow sah sich ungläubig zu Finn um.

»Derlei Amtsanmaßung dulde ich nicht, verstanden!«, brüllte ihn Gasakan an. »Hochstapelei ist ein schweres Vergehen! Wer weiß, was du dir sonst noch alles hast zuschulden kommen lassen. Taram, Geldo – nehmt ihn fest! Bindet seine Hände! Er scheint ein gefährlicher Jemand zu sein! Und runter mit seinem Witz von einem Hut! *Vorwärts!*«

Die beiden Aufgerufenen drückten ihren Kameraden die Zügel in die Hand und bauten sich links wie rechts von Mellow auf. Der lachte nur dem schwarzhaarigen Geldo wie dem goldblonden Taram ins Gesicht und zischte seinerseits: »Wagt es nicht!«

Rede und Widerrede waren so rasch aufeinandergefolgt, dass Finn kaum Zeit fand, eine warnende Bewegung nach hinten zu Circendil zu machen.

Mellows Drohung fruchtete nichts; die beiden Landhüter ergriffen hüben wie drüben seine Oberarme.

Im nächsten Moment trat Mellow ruckartig einen Schritt zurück, griff seinerseits den einen wie den anderen beim Kragen und zog sie zu sich hin – und damit aufeinander zu. Mit einem hässlichen, dumpfen Geräusch stießen ihre Köpfe infolge des unvermuteten Schwungs heftig gegeneinander. Beider Hüte flatterten zu Boden. Die beiden Vahits prallten voneinander zurück. Jener Blonde, der Taram genannt worden war, stolperte über Finns Füße und stürzte zu Boden.

Im Nu hatte er sich wieder aufgerappelt und flog, die Fäuste vorgestreckt, auf den vermeintlichen neuen Gegner zu. Der dumpfe Doppelschlag beider Fäuste gegen Finns Brust trieb ihm alle Luft aus den Lungen.

Er geriet aus dem Gleichgewicht, stand schwankend auf einem Bein und ruderte einen Augenblick hilflos mit den Armen. Dann kippte er zur Seite. Doch Taram war aufgrund der schnellen Bewegung auch aus dem Gleichgewicht geraten, stolperte und schlug lang hin und ungebremst mit dem Kopf auf den Boden. Der zweite Kopftreffer war zu viel, Taram verdrehte die Augen und verlor das Bewusstsein.

Finn holte keuchend Atem.

Inzwischen hatte sich Mellow dem Zugriff von Tarams dunkelhaarigem Kameraden erwehren müssen. Irgendwie hatte er sich dabei eines der Landhüterstäbe bemächtigen können.

Eben, als Finn aufschaute und aus dem Augenwinkel mitbekam, wie Circendil, den kläffenden Inku an seiner Seite, in langen Sätzen herbeieilte, schwang Mellow den Stab und fegte Geldo mit dem Schaft von den Beinen. Im nächsten Moment stieß er ihm wie ein Jäger den Fuß auf die Brust und drückte ihn zurück in den Staub.

Die Spitze des Stabes schwebte drohend vor der Kehle des ganz und gar Überraschten, dessen Gesicht kalkweiß geworden war.

Mellow sagte nur ein Wort: »Genug!«

Dann nahm er den Stiefel von dem am Boden Liegenden und warf ihm den Stab vor die Füße.

Er hob seinen eigenen Hut wieder auf, klopfte den Staub heraus, strich das blaue Band daran glatt, setzte ihn auf und maß den bewegungslos verharrenden Gasakan Amsler mit einem langen, schwer zu deutenden Blick.

Der starrte nur auf das blanke Schwert Circendils, das der Mensch ihm wortlos vor die Nase hielt. Die beiden anderen Landhüter hielten noch immer die Zügel der Ponys in Händen, doch jetzt sah es eher aus, als hielten sie sich daran fest. Beide sagten kein Wort, aber es war deutlich zu sehen, dass sie sich sehnlichst wünschten, woanders zu sein.

Inku lief zu seinem Herrn hin und hörte erst auf zu fiepen, als dieser wieder sicher auf seinen Beinen stand.

»Ja, genug!«, rief Circendil und senkte sein Schwert. Klirrend stieß er es zurück in die Scheide. »Genug der Narretei! Genug von alledem! Bei Aman! Also Ihr seid die Obrigkeit, der sich die Vahits zu ihrem Schutze anvertrauen? Ihr hütet demnach das Hüggelland? Dann wehe! Mich dauert Eure Heimat bei solchem Schutz! Welches Gift hat Euren Geist umnebelt, dass ihr friedfertige Reisende mit Euren Verdächtigungen förmlich überfallt?«

»Friedfertig?« Gasakan deutete auf seine beiden immer noch am Boden liegende Landhüter. »Das nennt Ihr friedfertig?«, begehrte er auf. »Von Eurem eigenen Schwert einmal ganz abgesehen?«

»Oh ja, ich nenne es so! Weil es der Wahrheit entspricht. Ihr habt zuerst den Befehl dazu gegeben, Hand anzulegen. Oder habt Ihr das schon vergessen?«

»Ich habe jede Amtsanmaßung zu unterbinden.«

»Das mag so sein. Dann unterbindet zunächst Eure eigene, werter Herr, denn Ihr habt Euch an einem Höhergestellten vergriffen. Ich war zugegen, als der Vahogathmáhir Mellow Rohrsang den Eid abnahm und ihm höchstselbst Titel und Hut verlieh. Ich bin fremd in diesem Land, nur ein einfacher Vindliandir, aber ich achte eure Bräuche und Gesetze offenbar mehr als Ihr, der Ihr eigens für ihren Schutz eingesetzt worden seid. Wozu gebt ihr Vahits euch Hüte und Bänder, wenn ihr sie missachtet, sobald jemand sie trägt? Wer in Eurem Hochmut seid Ihr, dass Ihr Euch über die Beschlüsse des Bürgermeisters erhaben dünkt?«

»Wenn er wirklich ein Helvogt ist, so hätte er sich ausweisen müssen«, murrte Gasakan. »Ein jeder Vogt erhält einen Bestallungsbrief.«

»Hast du mich etwa danach gefragt? Oder mir auch nur Gelegenheit dazu gegeben, ihn dir zu zeigen? Aber bitte, hier ist er.« Mellow zog eine Schriftrolle hervor und entrollte sie knisternd. Deutlich standen dort Siegel des Vahogathmáhirs und die eigenhändige Unterschrift Wredian Gimpels zu lesen. Danach rollte er das Schriftstück wieder zusammen und verwahrte es in seinem Rucksack.

»Weißt du jetzt, wer ich bin?«

»Der ehrenwerte Herr Helvogt Mellow Rohrsang.« Gasakan quetschte den Satz förmlich zwischen seinen Zähnen hervor.

»Ich höre es immer wieder gern«, sagte Mellow leichthin. »Nun, da wir das geklärt haben, erlaube mir, deine Bestallung gleichfalls zu begutachten.«

»Meine … was? Was willst du? Wieso denn das?«

»Wenn du wirklich ein Gauvogt bist, so hast du dich auszuweisen. Ein jeder Vogt erhält einen Bestallungsbrief, wie du eben erwähntest. Wenn ich also bitten darf …?«

»Ich habe den Brief nicht ständig bei mir«, knurrte Gasakan. »Ich bin immerhin seit drei Jahren für den Tiefengau verantwortlich, und ein jeder kennt mich hier.«

»Aber ich soll den meinigen bei mir tragen und unaufgefordert vorzeigen? Mich nanntest du lächerlich. Merkst du nicht, wie lächerlich du dich machst? Ein jeder kennt dich, sagst du? Ich kenne dich nicht. Du trägst einen Vogthut und behauptest, amtlich bestallt worden zu sein, doch du kannst dich nicht ausweisen. Das macht dich verdächtig. Also muss ich annehmen, in dir womöglich einen Hochstapler vor mir zu haben, der sich der Amtsanmaßung schuldig macht. Hochstapelei ist ein schweres Vergehen hierzulande.« Mellows altes Grinsen brach hervor, aber in seinen Augen leuchtete weiterhin ein warnendes Glitzern.

Taram, der wieder bei Bewusstsein war, und Geldo mit einer dicken Beule am Kopf sowie die beiden Vahits bei den Ponys starrten abwechselnd Gasakan und Mellow an und versuchten, sich darüber schlüssig zu werden, ob Letzterer das Gesagte ernst gemeint hatte.

»Das mit deinem Sturz tut mir leid«, sagte Finn, trat zu Taram und streckte ihm die Hand entgegen. »Finn Fokklin aus Moorreet.«

»Taram Goldammer aus Vahindema«, antwortete der andere, unter Schmerzen und undeutlich. Er erwiderte halbherzig den Händedruck. Er sah dabei Finn nicht an, sondern tupfte sich Blut von der Lippe, die er sich beim Sturz aufgeschlagen hatte; und so entging ihm, wie dieser zusammenzuckte.

»Des Feindes Gift beginnt wahrlich schon zu wirken, wenn hierzulande kein Vahit mehr dem Worte eines anderen Glauben schenkt«, sagte Circendil, an Gasakan gewandt. »Was ist nur in

Euch gefahren? Auch Ihr habt Nachrichten aus Mechellinde erhalten, nehme ich an!

Ihr wisst also, dass ein Krieg ausgebrochen ist und dass erste Gruppen von Feindeskriegern das Hüggelland heimsuchen! Gidrogs auf furchterregenden Reittieren fliegen hierhin und dorthin. Wohin sie kommen, bringen sie Schrecken und den Tod! Rudenforst im Norden ist gefallen. Mechellinde und Räuschelfurt wurden angegriffen. Oder habt Ihr den Worten der Boten ebenso wenig geglaubt wie denen meines Freundes Mellow hier? Ihr versteht offenbar gar nichts vom Ernst der Lage, Herr Vogt. Und ausgerechnet den wollt Ihr in Bande schlagen lassen, der für das Hüggelland mehr getan hat als alle übrigen Landhüter zusammen? Habt Ihr nicht zugehört, als die Boten Mellows Namen nannten?«

Gasakan Amsler kniff die Lippen zusammen.

Er machte eine Bewegung, als wolle er sich abwenden, zögerte dann und entschloss sich doch zu einer Antwort.

»Sie kamen nach Dreihorsten, ja. Sie erwähnten keine Namen, jedenfalls erinnere ich keine; und was sie sagten, klang reichlich durcheinander. Boten nannten sie sich, aber es waren *Postler*, Herr, was Euch als Fremden nichts sagen wird. Aber ein jeder hierzulande weiß, wie sie schwatzen, wenn der Tag lang ist. Meine Güte! Postler! Aber war es einfach nur dummes Gerede, mit dem sie sich wichtig machen wollten? Wohl nicht. Die Kunde, die sie brachten, war äußerst beunruhigend, auch wenn es noch so verworren klang. Krieg im Hüggelland – das hat es nie gegeben. Immerhin, ihre Furcht schien echt. Ich schickte sie schleunigst nach Sturzbach zum nächsten Postamt, um sich dort ordnungsgemäß zu melden. Und jetzt kommt Ihr und schwatzt gleichfalls von einem Krieg, Herr … Herr Außenländer. Sagt an, was wisst Ihr davon? Vor allem aber – woher habt Ihr Euer Wissen? Und was treibt Euch überhaupt erst hierher? Erklärt Euch endlich! Was habt Ihr in unserem schönen Hüggelland zu schaffen? Ich müsste lügen, wollte ich sagen, Ihr seid hier erwünscht!«

Mellow ruckte zornig vor. Seine Augen verschossen förmlich Blitze. »Gasakan Amsler, ich warne dich! Sage noch ein einziges derart unhöfliches Wort zu unserem Gast, und ich enthebe dich deines Amtes!«

Gasakan verzog verächtlich die Mundwinkel. »Dann tu es, wenn du es nicht lassen kannst. Solange ich aber noch Gauvogt bin, ist es meine Pflicht, mich nach den Angelegenheiten von Außenländern zu erkundigen. Wie du im Übrigen sehr wohl weißt. Also, was wollt Ihr hier?«

Circendil legte Mellow beruhigend die Hand auf die Schulter. »Ich reise mit der ausdrücklichen Genehmigung von Vahogathmáhir Wredian Gimpel nach Sturzbach, um die dortige Bücherey aufzusuchen.«

»Wir drei können das bezeugen«, sagte Finn.

»Oh, ich bin sicher, dass ihr das könnt. Die Frage ist, weshalb ihr das tun würdet. Hat er euch in sein Netz mit eingesponnen? Wollen einmal sehen. Nun denn, Herr Mensch: Ihr kamt also den Tennlén Alam herauf?«

»Welchen anderen als den Alten Weg hätte ich nehmen sollen?«

Gasakan lächelte und gab sich nicht einmal Mühe zu verbergen, dass es ein falsches Lächeln war. »Dann kamt Ihr gewiss durch Rudenforst, nehme ich an.«

»So ist es.«

»Und euer nächstes Ziel war Mechellinde?«

»Wo ich mit Herrn Wredian zusammentraf, ja.«

»So seid Ihr von da aus nach Räuschelfurt aufgebrochen?« Sein Lächeln nahm einen geradezu liebenswürdigen Ausdruck an; ein Anblick, dem seine lodernden Augen Hohn sprachen.

»Ja.«

»Und jetzt steht Ihr hier vor mir und verbreitet Kunde von einem Krieg«, nickte der Gauvogt, als verstünde er nun den Zusammenhang. »Und weiter nach Sturzbach soll Eure bemerkenswerte Reise gehen?«

»Wie ich Euch sagte.«

»Wie Ihr mir sagtet, ja. Was Ihr mir indes nicht sagtet, ist ein anderes. Ihr kamt den Alten Weg herauf und am Acaeras vorbei. Und eben jener wurde von den Feinden besetzt, erzählten die Postler. Ihr kamt nach Rudenforst, und es ist genommen worden. Ihr zogt weiter nach Mechellinde, und es wurde angegriffen. Über Räuschelfurt seid Ihr geritten, und auch dort schlug der Feind zu. Zumindest behauptet Ihr das. Fällt Euch daran nicht etwas auf, Herr Außenländer? Verzeiht – Herr Vindliandir, sollte ich besser sagen. In der Tat sprachen die Postler über Euch. Gebt Ihr nicht selbst vor, ein Bote zu sein? Ein Bote Eures Königs?«

»Ja, und? Was meint Ihr?«

»Nun, überall dort, wohin Ihr Euren Fuß lenktet und wohin Euch Eure Reise führte, überall dort erscheint binnen Kurzem der Feind. Ist das nicht merkwürdig? Geradezu auffällig, findet Ihr nicht? Ein Zufall, werdet Ihr vielleicht sagen?«

»Ich glaube nicht an Zufälle.«

»Nein, das tut Ihr nicht, und Ihr tut gar wohl daran. Ihr wisst es schließlich besser, nicht wahr? Und ich stimme Euch zu. Auch ich glaube nicht an Zufälle, besonders dort nicht, wo ich eins und eins zusammenzuzählen vermag.«

»Mir gefallen Eure Andeutungen nicht, Herr Gasakan.«

Der Gauvogt wog bedächtig den Kopf.

»Andeutungen? So versteht Ihr es? Ach, warum scheut sich immer nur alle Welt, die Dinge beim Namen zu nennen? Ich deute nicht bloß an. Ein *Bote* Eures Königs, ja? Wie wäre es mit – ein *Spion* Eures sogenannten Feindes? Ich sage es Euch einfach und frei heraus: Ich erkenne einen Spitzel, wenn ich einen vor mir sehe! Ihr, höre ich, Ihr hetzt landauf landab die Vahits mit Eurem Gerede von drohendem Krieg und Brandschatz auf! Dabei folgt Euch das Unheil auf dem Fuße! Euch, hört Ihr? Oder stammt es gar von Eurem Fuß? Vielleicht sind es ja Eure Schritte, die Euren nebulösen Feind erst herbeilocken? Wer weiß? Was also sind Eure Heimlichkeiten? Was wisst Ihr, Herr Circendil – und verratet es dem Feind?«

»Das reicht jetzt, Gasakan!«, fuhr ihn Mellow an. »Hiermit entlass …«

Circendil legte ihm beschwichtigend die Hand auf den Arm. »Nein, Mellow. Lass ihn. Er denkt falsch, aber was er sagt, ist im Kern sogar richtig. Nur seine Schlüsse gehen in die Irre.«

»Hört Ihr es?«, ereiferte sich der Gauvogt und sah sich Beifall heischend bei seinen Landhütern um. »Er gibt es sogar zu! Jetzt ist er hier, und so ist's kein Wunder, wenn auch bei uns das Unglück Gestalt annimmt.«

»Was für ein Unglück?« Bholobhorg sah sich verstohlen um, als erwarte er, jeden Augenblick einen Gidrog um die nächste Häuserecke biegen zu sehen.

»Einen Überfall hat's gegeben«, sagte Taram; der Ärmel seines Unterarms war inzwischen rot von Blut, da er ihn immer wieder an seine Lippe presste.

»Wer ist überfallen worden? Und von wem?« Mellows Frage entfachte in Finns Magen ein erneutes Unbehagen.

»Von wem?«, wiederholte Taram. Er zuckte mit den Schultern. »Wir tappen da noch im Dunklen. Wir …«

»Wir sind hier, um diesen Vorfall zu untersuchen!«, fiel ihm Gasakan ins Wort. »Von Amts wegen; und mit aller gebotenen Strenge.«

»Was ist denn nun geschehen?«, wollte Circendil wissen.

»Wisst *Ihr* es denn nicht?«, fragte Gasakan erstaunt zurück. Ein Lächeln kräuselte seine dünnen Lippen. »Ein Reisender ist knapp mit dem Leben davongekommen. Seine …«

»Ein Reisender? Nun nenn doch endlich seinen Namen!« Finn fühlte die eiskalte Hand erneut nach seinem Herzen greifen. Noch ehe der Gauvogt sprach, meinte er die Antwort schon zu kennen.

»Einen Namen willst du wissen? Ein ehrenwerter Cuorderir aus dem Obergau ist's … Moment, sagtest du nicht vorhin, du seist einer der Fokklins aus Moorreet? Dann wirst du ihn wohl kennen, nehme ich an. Furgo heißt er.«

»Er ist mein Vater.«

»Dein Vater?«, fragte Taram ungläubig. »Aber weshalb stehst du dann noch hier herum und bist nicht drüben bei den anderen? Oder weißt du es etwa gar nicht?«

»Was weiß ich nicht?«

»Bei dem Überfall wurde Furgos Frau schwer verletzt – entschuldige, deine Mutter, will ich sagen. Sie … sie starb gestern Nacht. Es tut mir leid. Soeben tragen sie sie zu Grabe.«

»Mama ist – *tot*?« Finn wankte. »Aber … wie …?«

Seine Stimme brach ab. Alles um ihn herum schien sich zu drehen. Er krampfte seine Hand um die Tassel in seiner Tasche und wich taumelnd zurück. Er stieß gegen Mellows Schulter und wäre gefallen, wenn der ihn nicht aufgefangen hätte.

Mellow trat hinter ihn und stützte seinen Freund.

»Was bist du nur für ein Vahit, Gasakan«, sagte er, fassungslos wie selten in seinem Leben. »Wann hättest du es ihm gesagt? Nachdem der letzte Klumpen Erde ihren Leib bedeckt?« Er wandte sich ab und half Finn, der sich wie willenlos führen ließ, in den Sattel hinauf. »Wo liegen die Grabstellen?«

»Weiter vorn«, antwortete Taram. »Hinter dem Rieselbach geht ein schmaler Weg zur Rechten ab. Nach den ersten Bäumen. Ich … ich habe wirklich nicht geahnt …«

Mellow nickte stumm; dann ergriff er Smod und Vanku bei den Zügeln und ging mit den Ponys die verlassene Straße hinunter. Circendil hob Inku wieder auf seinen Arm. Er zog die Kapuze ins Gesicht und folgte seinen Freunden langsam mit Gwaeth. Der Mönch bewegte die Lippen, während er ging; und Mellow, der sich unterwegs mehrmals nach ihm umdrehte, nahm an, dass er in Amans Namen um einen Segen bat.

Gasakan gab seinen Leuten ein Zeichen. Sie wandten sich ab und schritten zügig am Broch vorbei, vermutlich dorthin, wohin sie ursprünglich unterwegs gewesen waren. Sie eilten fast zum Dorf hinaus, wo der nicht nachlassende Wind abgerissene Blätter vor sich her trieb und ihnen den Staub in die gesenkten Gesichter blies. Die Lange Hecke verschluckte sie.

Bholobhorg blieb allein mit seinem müden Pony auf der Straße zurück.

Der Rieselbach rann hinter dem letzten Haus aus einem Wäldchen hervor. Die Grabfelder begannen, wie Taram gesagt hatte, hinter den ersten Bäumen. Ein gutes Stück davon entfernt, aber immer noch im Wald gelegen, erstreckten sich die Äcker in gerodeten Lichtungen. Dort stieg das Gelände schon an, um sich an den sich westlich des Dorfes erhebenden Klippberg zu schmiegen. Die Gräber Aarienheims aber lagen noch zu ebener Erde, kaum einen Steinwurf weit von der Straße fort. Ein schmaler Weg führte unter hohen Kiefern am Rieselbach entlang und tauchte unter das Dach der Bäume ein. Wenig später gelangten sie an eine hölzerne Brücke, die links den Bach übersprang; der Weg selbst führte weiter zu einem zwischen den Stämmen nur zu ahnenden Gehöft und zu den sich daran anschließenden Feldern hinaus.

Jenseits der Brücke ließen sie die Ponys unter der Obhut Circendils stehen; Mellow und Finn aber gingen weiter, auf eine Versammlung von Vahits zu, die in einer dichten Traube ein offenes Grab umstanden.

Die umliegenden Gräber waren nach der Art der Vahits schlicht gehalten: kleine Erdhügel, nebeneinander aufgeschüttet, grasbewachsen und ohne Schmuck; nur an ihrem jeweils höchsten Punkt befand sich ein gepflanzter Kreis aus Siebensternen, deren weiße Kelche mit dem gelben Leuchten darin in jedem Frühling den Beginn neuen Lebens verkündeten. Der Siebenstern war den Vahits aus demselben Grunde heilig, aus dem ihnen die Zahl sieben bedeutsam erschien; und sie pflanzten ihn allein auf ihren Gräbern. Obwohl sie Blumen in ihren Wohnstuben grundsätzlich liebten, schnitten sie niemals diejenigen der siebenblättrigen Blüten.

Das für Finns Mutter bestimmte offene Grab bildete das Ende einer langen Reihe von grünen Buckeln; und jetzt steckten an jeder der vier nackten Ecken der Aldakévata, der Grube, lange Stangen, auf denen tönerne Gefäße die Flammen des Todes über die Köpfe der Lebenden emporhielten. Nach Harzen duftende Öle verbrannten darin – sie verbreiteten einen Geruch, der sich wie ein Tuch über den Totenacker legte.

Am schmalen Kopfende des Grabes stand eine Weihesprecherin in ihrem langen, bis zum Boden reichenden, weißen Gewand; und eben, als Finn und Mellow hinzutraten, breitete die Frau die Arme aus und stimmte mit weithin hörbarer Stimme das Klagelied *Cardh Heden* an, mit dem der Geist der Verstorbenen von allen kringirdischen Verpflichtungen losgelöst wurde. Es war eine einfache, herzergreifende Melodie, die sich sieben Mal vollständig wiederholte; mitten in der achten Strophe brach die Weihesprecherin ihren Gesang so plötzlich ab wie das Leben, das nun in Amafilia Fokklin zu einem jähen Ende gekommen war. Stille senkte sich über den Grabeshain. Nur das Öl in den Tonfackeln zischte leise.

Der Trauerkreis setzte sich aus den in Aarienheim ansässigen Vahits zusammen und einigen, die von außerhalb gekommen waren. Die ganze Dorfgemeinschaft war erschienen, um einer der Ihren die letzte Ehre zu erweisen; in vorderster Reihe standen die Angehörigen. Natürlich waren die Taubers und ihre Anverwandten in großer Zahl vertreten: Hámlat und Walnutia und deren Kinder, Finns Muhmen, Ewerdine, Amadine und Fionwen, die letztgenannte mit einem Bündel auf dem Arm, sowie deren Brüder, Finns Oheime Ewerdarg, Fiongar und Bardogar, samt ihren Frauen und Ehemännern und allen Tauberkindern; auch Obold Stelzfuß stand dort, der Mann von Amadine.

Eine kleine, gebeugte, graue Gestalt, die Finn jetzt den Rücken zukehrte und die er auf den ersten Blick nicht einmal erkannte, zog gleichwohl wie von selbst alle Aufmerksamkeit auf sich: Furgo saß am Fußende des Grabes in einem eigens für ihn hergerichteten Stuhl. Er trug einen weiten Mantel, unter dem er sich beinahe verlor. Dennoch oder vielleicht gerade deswegen bildete er den Mittelpunkt eines Halbkreises, in dem alle übrigen Anwesenden ihn umstanden und still der Toten gedachten. Selbst die uralte Tessina, Bartolos Witwe, Finns Urgroßmutter, die am liebsten *Muldwyrda* genannt werden wollte, war anwesend: Sie lag, in Decken gehüllt, nahe Furgo in einer Sänfte, denn gehen konnte sie schon lange nicht mehr. Sie sind alle erschienen, dachte Finn, kaum jemand fehlte, von Amafilias Tante Terrinia einmal abgesehen, die mit Ludowig Gurler in Mechellinde verheiratet war.

Ein seltsamer Schwebezustand hatte sich seiner bemächtigt, in dem Finn weder der eigenen Trauer noch seinem Schrecken über das Geschehene in irgendeiner Weise Ausdruck zu verleihen vermochte.

Ich bin da und doch nicht da, dachte er benommen, während er über die Köpfe hinweg in die Wipfel hinaufsah und durch sie hindurch in einen bewölkten Himmel. *Es sollte regnen,* dachte er. Es ist nicht richtig. Auf so vielen Beerdigungen regnet es. Warum nicht auf dieser? Zürnten die Himmel dem Hüggelland? Wenn ja, weshalb? Und warum lassen sie es die Lebenden und die Toten spüren?

Die Toten – wohin gehen die Toten eigentlich?, fragte er sich. In dieses Grau aus nimmerrastenden Wolken dort oben? Sollen sie da die ewige Ruhe finden, von der die Weihesprecher in ihren Liedern sangen? Oder fuhren sie hinab in die dunklen Gefilde Kringerdes, der Gekrümmten? Immerhin bettete man die verblichenen Leiber in ihren Schoß. Wurden die Körper der Toten dann nicht wieder zu dem Lehm, in den man sie legte? Finn wurde mulmig bei dem Gedanken, dass eines Tages irgendwer eine Schaufel Lehm aus einer Grube heben würde, um damit die Wand eines Hauses zu bestreichen; und ebendieser Lehm war das – war alles –, was von seiner Mutter übrig geblieben war. Haftete dann nicht noch etwas von dem, was sie gewesen war, was ihr Wesen ausgemacht hatte, an den Krümeln in des Maurers Hand? Ging sie dann auf in der Wand eines Hauses, wurde sie zu diesem Haus? War das, dachte er erschrocken weiter, die Erklärung dafür, dass manche behaupteten, in ihren Gemächern ginge jemand um; eine spürbare Anwesenheit, ein unsichtbarer Geist, ein Baghul? Oder dafür, dass andere meinten, über bestimmten Häusern läge eine eigentümliche Stimmung, die der eines verstorbenen Verwandten gliche und der man sich nur entziehen konnte, indem man das Haus verließ?

Wohin also gehen die Toten?

Finn schluckte schwer, doch der Kloß, der sich in seinem Hals gebildet hatte, wollte nicht weichen.

Es schien ihm unmöglich, dass dort in der nässenden Grube seine Mutter liegen sollte. Ja, ihre Hülle vielleicht. Aber nicht das, was sie ausmacht, dachte er. Was sie aus*machte*, verbesserte er sich. Plötzliche Bilder von wimmelnden Würmern, die sich des auflösenden Fleisches annehmen würden, schüttelten ihn. Nein, diese Hülle, die bald vergehen würde, das war sie nicht. Aber was dann? Konnten Dahingegangene wiederkehren? Und wohin gingen sie dann? Konnten sie ein neues, besseres Dasein führen? Oder gab es für alle Lebewesen nur dieses eine, so allzu rasch, allzu leicht beendbare Leben; sei es durch Unachtsamkeit, Krankheit, das Alter oder gewaltsamen Tod?

Kehrten die Seelen eines Tages von *dort* zurück, wohin immer sie gelangten, sobald sie das Leben durchschritten hatten? Oder gingen sie gar nicht fort, sondern weilten weiter auf Kringerdes Rücken, auf ewig unsichtbar, ein Flüstern vielleicht, das man dem Winde zuschrieb? Eben doch Baghule, die ihren Leichnam suchten? Und die, glaubte man den schlimmsten Geschichten, zu Bavruith, zu Untoten, werden konnten, sollten sie ihn jemals wiederfinden? Ich werde Circendil danach fragen müssen, nahm er sich fest vor. Später, wenn dies alles vorbei ist. Vielleicht kennen die Davena darauf eine Antwort. Vielleicht glaubten die Medhirin im fernen Vindland ja an jenen Einen, den sie Aman nennen, weil er in solchen Fragen zufriedenstellende Antworten gab.

Dann sprangen seine Gedanken zurück in den Grabeshain und

an den Rand der offenen Aldakévata, und ihm war plötzlich absonderlich zumute: als wäre er ein Fremder, der zufällig in eine fremde Beerdigung geraten war, wo er weder Verstorbene noch Trauernde kannte und darum seltsam unbeteiligt blieb. Weder vergoss er Tränen noch umfing ihn Verzweiflung. Dafür erschlug ihn fast der schwere, durchdringende Duft des verbrennenden Harzes, und er hörte überlaut das knarrende Wiegen der Wipfel im Wind.

Finn und Mellow standen ganz still hinter den anderen und warteten.

Wie lange sie dort standen, wusste er später nicht mehr. Neben den Stangen mit ihren Todesflammen beugten stumm die Träger ihre Häupter, dann traten sie in den Hintergrund. Finn nahm ihre Gesichter nicht einmal wahr.

In seinen Gedanken war er mit einem Mal wieder zu Hause, kehrte zurück zu dem Tag vor knapp einer Woche, an dem alles begonnen hatte.

Er saß an seinem Schreibtisch in Fokklinhand und spähte aus dem Fenster, sah seine Mutter noch einmal den Hof entlanggehen und den Wagen besteigen, einen Korb auf dem Arm. Und er sah abermals, wie sie seinen Blick bemerkte und ihm zulächelte. Diesen besonderen Augenblick, das schwor er sich, den wollte er im Gedächtnis verwahren. Eben so wollte er sie in liebevoller Erinnerung erhalten: angetan mit Schirm und Hut und Reisekleid. Als jemanden, der frohen Mutes auf Reisen gegangen war, nicht als eine Vahitfrau, die bei einem – wie hatte Taram sich ausgedrückt? – bei einem Überfall tödlich verletzt worden war.

Die Weihesprecherin sang erneut, diesmal das Lied der Wahrheit, *Hedhin Sahaya*:

Du warst mir im Leben
das Eine, das nur durch dich
geborn.

Du gabst mir im Leben
das Deine, worin du dich
verlorn.

Ein Mantel, geflochten aus Worten,
deinem Herzen allein entsprang.

Er wärmete mir meine Tage,
im Stillen, alle Tage lang.

So preise ich einen Namen:
den Deinen ich mir
erkorn.

Stille senkte sich schwer auf den Grabeshain.

Nur langsam löste sich die Traube der Trauernden auf. Dem alten Brauche nach gingen die Aarienheimer einzeln nacheinander am Grab vorbei und flüsterten der Toten das Eine zu, was ihnen am Wesen der Verstorbenen am wichtigsten erschienen war.

Nach und nach schrumpfte die Versammlung. Fiongar und Ewerdarg trugen die Sänfte mit der Greisin fort. Als die Reihe der Verbliebenen nur noch wenige Vahits umfasste, erhob sich Furgo schwerfällig aus seinem Stuhl. Finn erkannte erleichtert, wie sich jemand bückte und ihm half. Es war niemand anderes als sein Vetter Wilhag, der an der Seite des Stuhles stand und ihn stützte. Stumm stellten sich Mellow und Finn neben ihn – und damit am Ende der langsam vorrückenden Reihe an.

Dann war es soweit. Mellow nahm seinen Hut ab und verneigte sich vor dem klaffenden Lehmloch. Finn sah die Lippen des Freundes sich bewegen, doch unhörbar blieben seine Worte.

Als Finn nach Mellow an die Aldakévata trat, verspürte er einen heftigen Schwindel wie bei einer langen Erkältung, wenn das Fieber endlich nachließ. Er starrte auf einen strohbedeckten Holzkasten auf dem Grund der Grube herab; und er, der bis zu diesem Augenblick nicht gewusst hatte, was er seiner Mutter zum Abschied sagen sollte, flüsterte im Angesicht des Sarges ein – ihn in plötzlicher Klarheit überkommendes – *Du ließest mich der sein, der ich bin!* in den Wind.

Er schob sich einen Schritt zur Seite, machte Platz für seinen Vater, auf dem alle Blicke ruhten. Furgo humpelte mühsam vor. Erst jetzt bemerkte Finn die Krücke unter der Schulter seines Vaters, auf die er sich mühsam und ungelenk stützte. Stramme Tücher pressten eine feste Schiene an sein rechtes Bein. Furgos linker Arm war von den Fingerspitzen bis über den Ellenbogen verbunden und hing in einer Schlinge. Nichts an ihm erinnerte in diesem Augenblick mehr an den so zähen und umtriebigen Meister und ehrenwerten Cuorderir der berühmten Werkstatt Fokklinhand. Klein und krumm und verlassen stand er da, fast schwankte er im Wind wie ein abgebrochener Zweig, der nur noch über wenige dünne Fasern mit dem Stamm verbunden ist.

Furgo Fokklin blickte leer über die ausgehobene Grube hinweg.

Sein Gesicht war grau und voller Falten, die Finn nie zuvor an ihm bemerkt hatte. Seine Lippen bewegten sich, doch so gering, dass man es kaum sah oder für eine Täuschung halten konnte. Langsam wandte er sich ab, bewegte das verletzte Bein wie ein nicht zu ihm gehörendes Etwas. Die Augen des Moorreeter Vahits unter den vom Wind verwirbelten Haaren schimmerten feucht. Ihr Blick fiel zum ersten Mal seit dessen Ankunft auf Finn, doch der fand in ihnen kein noch so geringes Anzeichen des Erkennens. Ausdruckslos blickten sie durch ihn hindurch, als bestünde er aus Luft oder sei gar nicht vorhanden. Vielleicht nahmen Furgos Augen den Sohn tatsächlich nicht wahr; vielleicht glitten sie einfach weiter, wie forttreibende Blätter auf einem namenlosen Strom. Falls Furgo etwas bemerkte, dann war es in diesen Minuten gewiss nicht von dieser Welt.

Noch einmal stimmte die Weihesprecherin das Lied der Wahrheit an, dieses Mal ohne Worte. Nur Ton und Klang schwebten unter den Bäumen und verloren sich im Seufzen des Windes.

Wilhag setzte den sonst so Unbeugsamen zurück auf seinen Stuhl. Als Finn die Hand ausstreckte, um seinen Vater gleichfalls zu stützen, schüttelte sein Vetter nur bittend den Kopf. *Nicht jetzt!*, bedeutete er ihm. *Nicht hier!*

Mit dem letzten verklingenden Ton der *Hedhin Sahaya* war die Totenfeier vorüber.

Die Trauernden verließen den Grabeshain über die Brücke, schweigend und gemessenen Schrittes; und obwohl die meisten von ihnen Circendils hohe Gestalt bei den Ponys wohl bemerkten und sich einige der Köpfe verwundert nach ihm umdrehten, brach niemand das ehrfürchtige Schweigen. Wilhag hob zwei am Boden liegende Stangen auf, die Finn zuvor nicht einmal bemerkt hatte. Er schob sie durch an dem Stuhl befestigte Metallringe, zwei an jeder Seite, die den Sitz nunmehr in einen Tragestuhl verwandelten; dann griffen Bardogar und Wilhag vorn und hinten zu, hoben an und trugen Furgo von der Aldakévata fort.

Die Taubers und ihre Angehörigen warteten auf Furgo und gingen zuletzt.

Hinter ihnen packten jüngere Vahitburschen bereitliegende Schaufeln.

Mit kräftigen Schwüngen begannen sie, die beiseite aufgehäufte Erde in das Loch zu werfen. Für Finn war es dieses Geräusch, war es dieser Laut, dieses dumpf-dröhnende *drumpfack!-drumpock!*, mit dem die schwere, feuchte Erde auf die Sargbretter fiel, der ihm die Kehle zuschnürte. Es war das Fürchterlichste, was er je vernommen hatte; es kam ihm vor wie der überlaute Herzschlag von Kringerde selbst, der da aus diesem Loch im Boden heraufstieg und in seinen Ohren pochte; *drumpock!-drumpfack!*

Erst in diesem Moment begriff er mit allen Sinnen, was ihm genommen worden war.

Noch immer hielt er die Tassel mit dem Antlitz der Mutter umklammert, und ihre Ränder hatten sich in das Fleisch seiner

Hand gebohrt; doch erst jetzt fühlte er den davon ausgehenden, lähmenden Schmerz, der seinen Arm hinaufstieg wie ein kaltes Feuer, das alles löschte und verbrannte zugleich. Er zog die feuerrot angelaufene Hand mit der Tassel aus seiner Tasche und küsste das Abbild Amafilias; dann verbarg er die Mantelschließe tief in seinem Wams. Es war ein Überfall! Folglich gab es die Überfallenen einerseits und andererseits jene, die den Überfall verübt hatten.

Finn legte die schmerzende Hand auf den Karbeol. Sein Blick suchte den Mellows.

»Komm«, sagte Finn. »Wir haben mit jemandem ein zweites Mal zu reden.«

Er sprach mit einer Kälte in der Stimme, die ihn selbst erschreckt hätte, wäre sie ihm bewusst geworden. Brüsk drehte er sich um und stapfte zu Circendil zurück. Finns Mantel flatterte im Wind und löste sich beinahe von seinen Schultern, doch es schien ihn nicht zu scheren.

»Oh ja, das werden wir. Von Amts wegen und mit aller gebotenen Strenge«, murmelte Mellow hinter ihm her. Er war sich nicht sicher, ob Finn ihn überhaupt hörte.

10. KAPITEL

Fuíl Vahogath

»WORTE VERMÖGEN MANCHMAL TROST zu spenden«, sagte Circendil. »Doch sie bringen die Dahingeschiedenen nicht zurück. Noch können sie Trauer lindern. Ich sage daher nicht: mein Beileid. Dennoch sage ich: Möge die Hülle deiner Mutter in Frieden ruhen. Ihr Geist ist nun frei, zu schauen die unzähligen Wunder, die Aman den Lebenden vorenthält, um sie allein den Befreiten zu offenbaren.« Der Mönch zeichnete den λ-Buchstaben über Finns Stirn, ehe er sich niederbeugte und ihn umarmte. »Aman wird sie willkommen heißen, denn von ihm ist sie gesandt worden, und zu ihm kehrt sie zurück.«

Finn nickte stumm.

»Was wirst du jetzt tun?«, fragte Circendil, während er sich aufrichtete.

»Was getan werden muss«, erwiderte Finn scharf. »Mit Gasakan reden. Den Ort des Überfalls aufsuchen. Ich will den Hergang verstehen. Ich will wissen, was und warum es geschehen ist. Vielleicht finde ich eine Spur. Später werde ich mit Papa sprechen. Falls er dazu fähig ist. Ich erkenne ihn kaum wieder. Und dann? Ich weiß es nicht. Ich werde ihn heim nach Moorreet bringen müssen. Hier wird er nicht bleiben wollen, sobald er erfährt, dass seiner Werkstatt Gefahr droht. Ich meine, ich hoffe zumindest, dass seine Sorge ihm dabei helfen wird, seinen Kummer zu bezwingen.«

»Vielleicht wird es das. Doch warte mit dem Heimweg, bis ich aus Sturzbach zurück bin. Für den Moment denke zunächst an dich, Finn. Du brauchst all deine Stärke. Für dich und für deinen

Vater. Was ist mit deinem Kummer? Wie geht es dir, nachdem du …?« Circendil deutete mit dem Kopf zu den schweigenden Hügeln hin.

Finn rückte den Steigbügel zurecht und zurrte einen Riemen am Sattelgurt fest, der schon fest saß; er öffnete die Schnalle und stieß den Dorn zurück in das Loch, in dem er auch vorher gesteckt hatte.

Mellow wechselte einen vielsagenden Blick mit Circendil.

»Wie soll es mir schon gehen?«, fragte Finn. Ohne es zu bemerken, streichelte er Smods Hals, der sich herabbeugt hatte und an Inku schnupperte. »Die Wahrheit ist, ich spüre im Moment weder Trauer noch das Verlangen zu weinen, wenn du das meinst. Meine Mutter ist vor einer Woche auf eine Reise gegangen. Und was mich betrifft, so ist sie noch nicht von dort wieder zurückgekehrt! Ich kann … Ich will mir einfach nicht vorstellen, sie nie wieder in Moorreet aus dem Fenster blicken zu sehen, um mich zu rufen, weil … na ja, weil die Pfannkuchen fertig sind, meinetwegen. Mir ist … ja, mir ist so, als sei sie bloß noch nicht wieder zu Hause. Dabei fällt mir ein … wo ist überhaupt der Wagen abgeblieben, mit dem die beiden hergekommen sind? Er stand nicht beim Tauberhaus.«

Circendil sah mit besorgter Miene zum Himmel hinauf.

Inzwischen hatte die Sonne den Mittagspunkt weit überschritten und stand fast im Westen; ein matter Fleck leicht helleren Lichtes schwamm hinter den hohen, grauen Wolken und dem hellbraunen Blattwerk der Weiden.

»Ja«, sagte der Dir und sah Finn wieder an. Dann lachte er bitter auf. »Lukather würde das vermutlich gefallen. Gefangen bin ich in der Freundschaft Bande, worüber er nur höhnen würde. Anstatt auf des Sturmes Flügeln nach Sturzbach zu preschen, was der Krieger in mir lautstark fordert, hält mich der Mönch zurück und spricht von Seelenpflichten.

Aber selbst mein Herz warnt mich. Es rät mir, nicht eine Minute länger hier zu verweilen. Eine seltsame Unruhe erfüllt mich.

Sie zieht mich mit aller Macht nach Süden. Ich sollte längst auf dem Weg sein. Und doch – Freunde stehen in der Not beieinander. So will ich mich später umso stärker sputen. Zunächst will ich mir mit dir den Ort des Überfalls ansehen, so er in der Nähe liegt. Falls es dort noch Spuren zu entdecken gibt, ist mein Auge jedenfalls geübter darin als deins. Das ist das Wenigste, was ich für dich tun kann. Aber lass uns eilen. Du hast Recht – wir müssen Gasakan sprechen. Oder jemand anderen, der weiß, wo der unglückselige Ort zu finden ist.«

Finn nahm Inku zu sich. Dann stiegen sie auf, querten die Brücke und ritten die Straße entlang – den Weg zurück, den sie gekommen waren.

Sie kamen an vielen der von der Begräbnisstätte heimkehrenden Vahits vorbei. Verwunderte (und vorwurfsvolle) Blicke folgten den klappernden Hufen, während die Vahits zur Seite wichen und den antrabenden Ponys Platz machten.

Die drei Reiter fanden Bholobhorg beim Tauberhaus, wo er unter einem Fenster auf einer Bank saß und es sich mit einem Sirupbrot gut gehen ließ. Neben ihm zupfte sein Pony ein paar saftige Halme, die vor der Hauswand sprossen, mehr spielerisch als hungrig; ein schlaffer Hafersack an seinem Hals verriet, was des dicken Dumpel eigentliche Hauptspeise gewesen war.

Beide schauten von ihrer kauenden Betätigung auf und den drei Reitern neugierig entgegen.

»Wo ist Gasakan?«, rief Finn ihn schon von Weitem an; er saß nicht ab und hielt nicht einmal an, sondern ließ Smod nur in langsamen Schritt verfallen.

»Da lang, zum Dorf raus.« Bholobhorg zeigte mit einer verschmierten Hand am Broch vorbei Richtung Silberpappeln. Ehe er auch nur aufstehen konnte, waren die drei auch schon an ihm vorbei und im Durchlass der Langen Hecke verschwunden. Niemand forderte ihn auf, ihnen zu folgen; also schob er seinen Hut in den Nacken und widmete sich mit Hingabe dem unterbrochenen Tun.

Auf dem Hinweg war ihnen die Wagenspur, die zwei Meilen vor der Klimtfurt zu ihrer rechten Hand vom Wege abwich und sich entlang eines Wäldchens unter den überhängenden Ästen durch das Gras zog, nicht weiter aufgefallen. Zudem hatten sich die kniehohen Halme inzwischen weitestgehend aufgerichtet, und die Vahits hätten die Wagenspur daher kaum ohne Hilfe entdeckt.

Circendil aber bemerkte, dass Gasakans Landhüter an dieser Stelle die Straße verlassen hatten und der schwachen Spur gefolgt waren. Sie waren nebeneinander gegangen, und *ihre* Spuren waren selbst für Ungeübte leidlich zu erkennen: Flach nach vorn niedergedrückte Halme zogen sich wie ein dunkles Band durch das Gras.

»Sie sind vor einer halben Stunde hier entlanggegangen«, sagte der Medhir. »Sie werden ganz in der Nähe sein. Kommt.« Er saß ab, schritt mit seinen langen Beinen weit aus und führte Gwaeth zu einer Gruppe von Bäumen. Finn und Mellow folgten ihm. Je weiter sie kamen, desto deutlicher wurden indes die Abdrücke. Der Wagen, das sahen sie jetzt, war viel zu schnell gelenkt worden: An manchen Stellen war er geschlittert, in den Kurven hatten die ausrutschenden Räder das Gras ausgerissen und die Erde aufgewühlt. Der Mönch bückte sich immer wieder, ehe er sich endlich aufrichtete.

»Wer immer diesen Wagen gelenkt hat: Er war nicht nur in höchster Eile, sondern war auch von Angst getrieben. Seht hier – das eine Rad streifte diesen im Gras liegenden Stein und stieß ihn grob beiseite.« Er drehte den Stein um und fuhr mit dem Finger über eine weißlich-metallen schimmernde Stelle, eine Furche mit harten Graten. »Hier traf ihn das Rad. Und zwar mit großer Wucht. Er rollte von dort bis hier zu meinen Fuß. Um einen Stein dieser Größe soweit zu stoßen, bedarf es eines ziemlich heftigen Rucks. Was schließt ihr daraus?«

»Der Wagen fuhr halsbrecherisch schnell!«, antwortete Mellow. »So schnell, wie es niemand ohne große Not tun würde. Dieser tat es. Ein Wunder, dass er sich nicht bei dem Hindernis die Achse brach oder sich gar überschlug.«

Circendil ging weiter und betrachtete die lange Reihe der Bäume: Nadel- und Laubgewächse, vor allem Latschen und windzerzauste Lärchen, bildeten mit Dickichten von Schwarz- und Kreuzdornen einen langgezogenen Saum, zwischen deren bemoosten Stämmen undurchdringliches Unterholz wucherte. Mächtige Farne streckten ihre Arme aus, und Efeu rankte allenthalben. An einigen Stellen welkten umgeknickte Farnwedel oder waren ganz aus der Erde gerissen; der Wagen war so dicht unter den überhängenden Ästen der Bäume entlanggelenkt worden, wie es nur irgend ging.

»Seltsam«, murmelte der Davenamedhir und nahm einen der abgebrochenen Zweige zur Hand. »Wer so eng einen Waldsaum streift, dem schlagen die Äste ins Gesicht. Auch das würde niemand klaren Sinnes tun. Es sei denn …« Circendil blickte nach oben und nickte dann.

»Was meinst du?«, fragte Finn.

»Das ist doch suppenklar und liegt auf der Hand.« Mellow rollte mit den Augen.

»Bitte, keine Scherze und Rätselspiele mehr jetzt.«

»Wer scherzt denn?«, gab Mellow zurück. »Und ein Rätsel ist nur solange eins, bis man es löst, nicht wahr? Das hier war tatsächlich kein Spiel, sondern tödlicher Ernst.«

»Sagte schon unser werter Mönch hier. Wovon sprichst du?«

Mellow schob seinen Hut in den Nacken. »Na, stell dir vor, du bist wieder mit deiner Ladung für Herrn Banavred unterwegs. Du denkst an nichts Böses. Plötzlich hörst du Flügelschlag, vielleicht auch einen Schrei – du weißt, was ich meine, *keinen* Adlerschrei. Du blickst dich um, fährst auf und siehst dunkle Schwingen über dir, so groß, dass du einen heillosen Schrecken darüber erfährst. Klauen strecken sich nach dir aus, ein unglaublich hässlicher und gefährlicher Schnabel beginnt, nach dir zu hacken. Frage: Was tust du?«

»Ich treibe mein Pony an, damit – ah, ich verstehe. Die halsbrecherische Geschwindigkeit. Und weiter?«

»Weiter willst du den Klauen und dem Schnabel entkommen. Da siehst du diesen Waldzipfel oder was es ist. Du hältst darauf zu und denkst: *Meine Rettung! Unter den Bäumen bin ich sicher!* Aber dazu müsstest du erst mal eine Lücke finden. Nur gibt es hier keine. Du kannst nicht anhalten, du kannst dich nicht unter die Bäume retten. Was tust du folglich? Du lenkst den Wagen so dicht wie überhaupt möglich an den Rand heran, auch wenn dich ein paar der Äste streifen. Drauf gepfiffen! Du hoffst inständig auf eine Schneise oder darauf, dass die Stämme ein wenig zurücktreten und du hineinkannst. Alles ist besser, solange der große Vogel über dir dich nicht erwischen kann. Ob Stock oder Stein, du treibst dein Pony immer weiter und weiter an, bis es in höchster Furcht entkommt – oder du den rettenden Waldweg erreichst.«

»Gut gedacht, Mellow«, nickte Circendil. »Das ist auch meine Lesart. Ich fürchte nur, dass beides misslang.«

»Wäre das mein Wagen gewesen, dann hätte ich bei dieser Holperfahrt alle Ladung verloren«, warf Finn ein; und für einen Moment irrten seine Gedanken ab zu Glimfáin und seiner *Galim*. »Aber hier liegt nichts. Oder seht ihr etwas?«

»Nein«, antwortete der Mönch. »Auf diesem Gefährt war keine Fracht. So sicher, wie der Vogel in Mellows Lesart ein Criarg war. Seht hier!« Er bückte sich und hob eine dunkelgraue und umgeknickte Feder auf. Er roch daran und verzog das Gesicht. »Zweifellos ein Criarg.«

Plötzlich fügten sich in Finn alle Gedanken wie Mosaiksteine zusammen. Sie formten ein Bild, das ihm überhaupt nicht gefallen wollte.

»Habt ihr während der Trauerfeier vielleicht diese Frau gesehen, die ein Kind auf den Armen trug?«, fragte er niedergeschlagen. »Das war meine Muhme Fionwen. Also hat sie ihr Kind bekommen, und nicht erst gestern, denn sie stand sicher auf ihren Beinen. Mutter und Kind sind demnach wohlauf. Das heißt, meine Eltern konnten ihre Heimreise antreten. Die Pflicht meiner Mutter war erfüllt. Meinen Vater wird es keine Stunde länger in Aarienheim gehalten haben. Er wird auf einen baldigen Aufbruch gedrängt haben, da könnt ihr sicher sein! Wenn es doch nur einen Tag länger gedauert hätte ... Der Wagen, mit dem sie kamen, war nicht dort. Also ist er bewegt worden, und ich fürchte, wir reiten soeben auf seiner Spur. Und nun wird alles klar! Sie sind von einem Criarg angegriffen worden! Das ist der Überfall, von dem Taram sprach«

»Seht, da vorn ist das Waldstück zu Ende«, sagte Circendil, »und nirgendwo zeigt sich bisher eine Lücke.«

»Nicht im Wald, aber voraus im Boden«, sagte Finn, der sich schlagartig erinnerte, schon einmal hier gewesen zu sein; mit Wilhag, vor vielen Jahren. »Und sie bringt Gefahr, keine Rettung. Dort drüben schiebt sich nämlich ein Spalt des Sturzes weit ins Land. Ihr könnt es nicht erkennen, die Büsche an seinem Rand verbergen ihn. Aber meine Eltern sind nicht hineingestürzt, auch wenn beide verletzt wurden.«

»Das stimmt«, antwortete Mellow. »Das Schicksal hat sie vor diesem Sturz bewahrt! Aber der Spalt! Sie sind gezwungen gewesen, nach links hin auszuweichen, oder? Also weg von den Bäumen, fort von der Kante, hinaus ins freie Feld. Und dort waren sie für den Criarg eine umso leichtere Beute.«

»Oder für den, der auf ihm ritt«, murmelte Circendil. Er schwang sich zurück auf Gwaeth's Rücken. »Lasst uns der Spur folgen. Es kann nicht mehr weit sein.«

Schon nach kurzer Zeit hörte der Wald abrupt auf; und jetzt bemerkten sie, dass sie an dem Ausläufer einer schmalen Waldzunge entlanggeritten waren. Der Saum wich im spitzen Winkel zum eigentlichen Sturz hin zurück.

Vereinzeltes niedriges Buschwerk schob sich näher an den von Finn erwähnten Spalt heran: hauptsächlich Flecken von Grünerlen, durchmischt mit Stechginster- und Sadesträuchern. Sie kamen Finn vor wie Vorboten des Waldes; oder wie dessen Späher, die sich flach auf dem Boden liegend bis an den Abgrund heranschlichen, um ihn nach und nach zu umzingeln oder schaudernd in ihn hinunterzublicken. Das Land senkte sich von beiden Seiten auf den Spalt zu. Aber Furgo musste die Gefahr noch rechtzeitig erkannt haben, die ihm bei seiner halsbrecherischen Fahrt von der von Büschen verdeckten Tiefe förmlich entgegengeflogen war.

Die Wagenspur schwang in einem aufgewühlten Stück Erde scharf nach links. Sie lief über eine kurze Grasebene auf ein Feld von Dutzenden bis zu brochhohen Findlingen zu, zwischen denen sie alsbald verschwand.

»Nun wird alles klar!«, wiederholte Circendil Mellows Ausruf. »Allein Schnelligkeit vermochte sie zu retten! Oder feste Mauern! Doch jene Steine dort sind trügerisch. So groß wie Häuser mögen sie sein, doch sie tragen kein Dach über ihren verwinkelten Fluren. Und sie bremsen mit ihren kalten Schultern jede Eile ab. Aus ihnen gab es kein Entkommen!«

Er preschte voran, und wenig später hatten sie die Grasfläche überquert und ritten zwischen die ersten grauen Felsenklötze hinein. Streifen- und Blasenfarne kletterten die senkrechten Wände hinauf; sonst wuchs zwischen den glatten Steinblöcken nur dünnes, kurzes Gras auf hartem Boden, und sie sahen die Wagenspuren als aufgerissene Furchen in Moosen und kiesigem Lehm.

Als sie um einen der Findlinge bogen, zügelten sie die Ponys.

Sie waren am Ort des eigentlichen Unglücks angelangt, daran bestand kein Zweifel. Ein Wagen mit zurückgeklapptem Verdeck lag vor ihnen nahe an einer senkrecht aufragenden Felswand auf dem Rücken. *Wie ein vom Baum gefallener Käfer,* dachte Finn.

Ein totes Pony streckte die Hufe von sich. Der Bauch des schwarzweiß gescheckten Leibes war vollständig aufgeschlitzt. Tiere hatten daran gerissen und die ursprüngliche Wunde vergrößert. Eine große Fläche des Bodens darunter war dunkel von eingesickertem Blut. Trotz des Windes vermeinte Finn den unverkennbaren Geruch des Todes zu atmen. Der Hals des Ponys war gebrochen; vielleicht war es aus vollem Lauf gegen den quer zum Weg stehenden Felsen geprallt. Von Bauch und Kopf stiegen Fliegen mit grünschillernden Flügeln in dichten Schwärmen auf.

Um die Unglücksstelle herum standen Gasakan Amsler und drei seiner Landhüter; Geldo saß indes auf einem flachen Felsstück, das Sitz und Tisch zugleich für ihn war; er hatte ein Buch auf den Knien liegen und kämpfte einen aussichtslosen Kampf mit den beständig im Wind flatternden Blättern. Ein Tintenfässchen und eine Feder in seiner Hand vervollständigten seinen Aufzug. Er tunkte emsig die Federspitze ein und schrieb auf, was Gasakan ihm vorsagte.

»... entziehen sich einer Erklärung«, hörten sie ihn sagen, während sie abstiegen. »Kommen wir zu Punkt vierzehn: *Vermutete Täterschaft.* Hast du's? Schön.«

Sein Kopf ruckte herum, als er die neuerliche Gegenwart der beiden Vahits und des Menschen bemerkte. Er hob abwehrend die Hand und machte eine verneinende Geste mit dem Zeigefinger. »Nichts da! Reitet weiter! Ihr habt hier nichts zu suchen! Hier gibt's nichts zu sehen! Das ist ein Fall für die hiesige Landhüterey. Ihr habt hier nichts verloren!«

»Oh doch, das habe ich!« Finn fauchte es beinahe.

Er drückte den Gauvogt beiseite und ging auf den umgekippten Wagen zu. Inku blieb dicht bei ihm; der strenge Geruch des verwesenden Ponys verstörte den Welpen und erfüllte ihn mit einer unbekannten Scheu. So tapste er an Finns Beine gedrückt neben seinem Herrn her. Finn bückte sich und strich über die Bepolsterung.

»Ja«, sagte er. »Das hier *ist* meine Angelegenheit. Jedenfalls mehr als die deine! Dieser Wagen gehört meiner Familie. Ebenso das Pony. Es hieß Panuffel. Diese beiden zumindest *habe* ich hier verloren, Herr Gasakan. Von meiner Mutter ganz zu schweigen. Oder ihrem Gepäck. Wo sind ihre Koffer, ihre Hüte, ihre Kleider, ihre ganzen Sachen?«

»Woher soll ich das denn wissen?«, entfuhr es dem Gauvogt.

»Sie wurden eingesammelt«, warf Geldo ein. Er blickte von seinem Buch auf. »Ich nehme an, als man Furgo fand. Gleich nachdem, meine ich. Trotz seines verletzten Beins hatte er sich bis zur Straße zurückgeschleppt, und dort fand ihn Bardogar Tauber. Er schlug im Dorf Alarm; dann eilte er zu Furgo zurück und blieb bei ihm, bis Hilfe kam.«

»Wer hat dir befohlen, hier herumzuquasseln? Hast du nichts zu schreiben? Zeig das her!« Gasakan riss dem Verdutzten das Buch von den Knien.

Finn trat einen Schritt vor. »Lass ihn gefälligst ausreden, Gasakan. Oder ich bitte meinen Freund hier, sein Schwert abermals zu ziehen. Und ich warne dich! Meine Geduld mit der hiesigen Obrigkeit ist nahezu erschöpft, falls du mich verstehst. Geh beiseite und halte deinen Mund, es sei denn, du hast etwas zur Aufklärung beizutragen. Verstanden?«

Etwas in Finns Augen riet dem Gauvogt wohl, den Bogen nicht zu überspannen. Er trat wie verlangt zur Seite, warf wütend das Buch ins Gras und lugte hernach unter den Wagen, als fessele etwas Bestimmtes dort ganz und gar seine Aufmerksamkeit.

»Wie gesagt, Bardogar holte Hilfe«, fuhr Geldo unaufgefordert fort. »Die ersten, die mitkamen, trugen Furgo ins Dorf. Die anderen gingen mit Bardogar, denn sie hatten von Furgo erfahren, hier zwischen den Felsen läge noch Amafilia. *Sie ist tot*, soll er immer wieder geweint haben. Aber sie war es nicht.«

Geldo lächelte betrübt. »Sie war schwer am Kopf verletzt, aber das war nicht das Schlimmste. Weit gefährlicher war der Hieb eines Schnabels, den ihr der Adler beigebracht hat. Von da bis da«, sagte er und zeigte, was er meinte. Seine Hand strich vom Hals über die Schulter bis zur rechten Körperseite. »Sie lag ohnmächtig unter dem Wagen und blutete stark. Sie trugen sie gleichfalls ins Dorf zurück – mit all ihren Sachen, die du vermisstest. Bis auf diesen Regenschirm da.« Er zeigte auf ein zerknicktes und zerfleddertes Ding, das neben dem Wagen lag und das Finn erst jetzt als die traurigen Überreste von Mamas Reiseschirm erkannte. Die dünnen Holzärmchen staken daraus hervor wie die Stacheln eines Igels.

»Wann geschah das Unglück?«, fragte Finn tonlos.

»Vor drei Tagen – am Freitagmorgen.«

»Am Tag des Angriffs auf Rudenforst«, sagte Mellow.

»Am Tag des Angriffs auf Glimfáin«, echote Finn.

»Am Tag, als euer Herr Winneg Sanderling eine Mantelschließe fand«, ergänzte Circendil. »Viele seltsame Dinge geschahen an jenem Tage. Und an weit voneinander entfernten Orten. Hat jemand Amafilias Tassel von ihrem Umhang entfernt?«

Gasakans Kopf kam wieder unter dem Wagen hervor. »Was soll das? Wir wissen von keiner Tassel. Wir haben keine Tassel gesehen. Niemand hat etwas gesehen. Reicht das endlich? Wir wollen mit unserer Arbeit fortfahren – wenn es dem ehrenwerten Herrn Helvogt recht ist natürlich nur.«

Er lüpfte seinen Hut und verbeugte sich mit Kratzfuß und weitem Schwung. Seine Stimme ätzte nur so vor Spott. Er machte auf dem Absatz kehrt und blaffte Geldo an: »Und du, nimm gefälligst dein Arbeitsbuch auf, oder ich mache dir Beine.«

»Wenn das da dein Bericht werden soll«, meinte Mellow, gleichfalls an Geldo gewandt, »dann streiche vorher darin das Wort *Áar*, wenn du einen Rat annehmen willst. Das hier waren nie und nimmer die Eren; und schon gar nicht ein einzelner.«

»Aber Herr Gasakan sagte doch …« Geldo hob ratlos die Schultern.

»Adler? Habe ich etwa Adler gesagt?« Gasakan legte die Hand ans Ohr, als lausche er seiner eigenen verklungenen Stimme nach.

»Ja, hier steht's: *Schnabelhieb, vermutlich von einem Áar*«, las Geldo vor.

»Dann wird es wohl seine Richtigkeit damit haben, denke ich. Sonst hätte ich es nicht gesagt, verstanden! Ich habe die eingebildeten Viecher nie gemocht, und jetzt zeigt's sich, wie sehr Recht ich damit hatte. Vermutlich war es ein Adler! Was soll es denn sonst gewesen sein?«

»Du hast nie einen Criarg gesehen, sonst würdest du nicht fragen«, antwortete Circendil düster.

»Ach, nun kommt schon, Herr Außenländer! Wohnt Ihr vielleicht seit Jahren am Sturz? Ich schon. Die Biester reißen alles Mögliche, wenn sie Hunger haben. Das hier war ein Angriff eines Adlers! Und damit hat es sich! Und wir werden es nie erfahren, warum. Wer weiß, was Herr Furgo mit ihm angestellt hat. Ihn vielleicht gereizt? Was weiß ich. Hat ihn womöglich bei seiner Beute aufgestört. Da wird selbst der freundlichste Aari ungemütlich.«

»Ja, denn die Beute war er selbst. Hast du das immer noch nicht begriffen?« Finn fasste sich mit der Hand an den Kopf.

Gasakan funkelte ihn vernichtend an. »Spuck nur weiter große Töne, Herr Finn. Ich lache darüber. Begreifen? Es fällt schwer, wenn man alles ein wenig bei Lichte betrachtet. Was hatte dein Vater überhaupt hier draußen herumzukutschieren, frage ich mich? Allein! Ja? Und abseits der Straße! Wer tut denn sowas? Ja, das frage ich mich!«

»Ich frage mich auch etwas, und zwar, warum du überhaupt erst heute damit beginnst, den Vorfall zu untersuchen. Ja, das frage ich mich!« Mellow schnauzte Gasakan an und maß ihn mit einem immer finsterer werdenden Blick.

»Es war keine Eile mehr im Verzug«, erwiderte der Gauvogt leichthin. Er setzte eine gewichtige Miene auf und warf sich in die Brust. »Was geschehen war, war schon geschehen. Wir konnten daran nichts mehr ändern. Es gibt außerdem noch ein paar andere Pflichten, denen wir nachkommen müssen, wie du dir denken kannst. Diese Untersuchung dient nur dem abschließenden Bericht, wie du zufällig richtig erraten hast.«

»So war seitdem niemand mehr hier draußen?«, wollte Circendil wissen. »Außer der Wache, selbstverständlich. Du hast doch einen Posten aufgestellt, nehme ich an.«

»Wozu denn das? Einen Posten? Noch was, ihr Herren? Um dein jämmerliches totes Pony zu bewachen oder was? Ha! Panuffel! Was ist das überhaupt für ein alberner Name!«

»Panuffel war nicht dämlich, sondern ein liebenswertes Tier«, versetzte Finn, den Tränen nahe.

»Abgesehen davon«, sagte der Davenamönch, »haben schon andere an diesem Tag eine Wache verlacht; und sie hatten Glück, dass der Hieb des Feindes nicht auf ihre Dächer, sondern stattdessen auf Räuschelfurt niederging. Ihr irrt Euch in vielem, aber ganz und gar vollständig in Eurem Adler, Herr Gauvogt. Das hier war ein Criarg, oder wenigstens einer.«

»Dies ist meine Untersuchung, Herr Außenländer. Aber meinetwegen – ein großer Adler. Schreib das hinzu, Geldo. Das sind sie doch, eure Criargs, oder etwa nicht? Große Raubvögel!«

Circendil erwiderte nichts. Er trat ein paar Schritte zur Seite, bückte sich, fuhr mit den Fingerspitzen über einen dunklen Fleck im Moos eines Felsbrockens und fragte dann:

»Ihr habt doch den Platz in weitem Umkreis abgesucht?«

»Abgesucht? Was denn noch alles? Meint Ihr wirklich, wir hätten nichts Besseres zu tun?«

Circendil lächelte kalt, blieb dem wütenden Vahit aber eine Antwort schuldig.

Der Mönch gab Mellow einen Wink. Die beiden entfernten sich, um die umliegenden »Flure«, die Durchlässe und steinernen Sackgassen zwischen den Findlingen, in Augenschein zu nehmen.

Der Gauvogt rümpfte darüber die Nase. Er lachte auf und fuhr dann fort, Geldo seine Schlüsse und Mutmaßungen vorzusagen. Der rollte nur schweigend, wie vorhin Mellow, mit den Augen, tauchte die Feder ein und kratzte damit über das Papier. Die beiden anderen Landhüter, die im Dorf so angelegentlich die ihnen fremden Ponys festgehalten hatten, kamen herbei und lauschten den Worten ihres Gauvogts mit dienstbeflissener Aufmerksamkeit.

Finn hörte dem Gasakanschen Amtsgeschwafel eine Weile lustlos zu, während er sich bückte und sich den Wagen, den Erdboden davor und darunter von allen Seiten aufmerksam betrachtete. Aber da war nichts, das ihm einen weiteren Anhaltspunkt für *irgendwas* gegeben hätte; nur einige Strünke Silberwurz wuchsen hie und da, in zugigen Felsspalten und ebenso im Windschatten glatter Steinschultern.

Zeugen des Geschehens waren sie gewesen, zweifellos, doch sich raschelnd im Wind wiegend schwiegen sie; und wenn das ihre Art von Sprache war, dann kannte und verstand er sie so wenig wie Steinisch. Mürrisch warf er den Felsklötzen fragende Blicke zu; aber was immer sie auch gesehen hatten, sie verrieten es nicht.

Als er von derlei Unergiebigkeiten genug hatte, blickte er auf und sah sich nach Taram um. Er fand den blondgelockten Vahit ganz in der Nähe: in einer schmalen Sackgasse mit einem Untergrund aus grauem Geröll. Taram kauerte an einem dünnen Rinnsal, das unter mehreren übereinander geschichteten Gesteinsblöcken hervorplätscherte. Er kühlte seine inzwischen dick angeschwollene Lippe. Finn musterte das verunstaltete Gesicht mit besorgter Miene. »Du siehst furchtbar aus.«

Taram winkte müde ab. Er lächelte und verzog im selben Moment das Gesicht. »Danke. Es tut allerdings nur weh, wenn ich pfeife. Oder lache.«

»Sei ohne Sorge, mir ist gewiss nicht nach Witzen zumute. Oder nach Liedern. Nicht nach …«, er machte eine unbestimmte Handbewegung, »… diesem Nachmittag. Ich habe dir ohnehin zu danken. Ohne dich wäre ich mit Sicherheit zu spät zur Totenfeier gekommen. Vielleicht kann ich das ja mit einer schönen Nachricht gutmachen. Sag, bist du mit einer gewissen Tallia Goldammer verwandt?«

»Sie ist die älteste meiner Schwestern«, antwortete Taram verblüfft. »So wie ich der älteste meiner Brüder bin. Du kennst sie?«

»Ja, wir haben uns kennengelernt – am Freitag Abend, als das hier schon … geschehen war. In der Bücherey von Mechellinde sprachen wir zum ersten Mal miteinander. Wir wurden zur selben Versammlung gerufen, ehe wir … aber das gehört nicht hierher. Was soll ich sagen? Es geht ihr gut, ja. Sie war wohlauf, als ich sie gestern Abend zuletzt sah, beim Essen im *Rauschenden Adler*. Ich habe dir allerdings keine Grüße zu bestellen, da wir nicht wussten, dass ich gerade auf dich treffen würde.«

»Ihr habt demnach zusammen gegessen? Ich will nichts weiter sagen, aber dafür, dass du sie erst seit Freitag kennst, klingst du – wie soll ich mich ausdrücken – schon ganz schön vertraut mit ihr. Brrr, ist dieses Wasser kalt.«

Taram richtete sich auf und schob seinen Hut zurecht.

»Ja«, lachte Finn befreit auf; und vergessen war für einen winzigen Moment der Tod seiner Mutter und der erschütternde Anblick seines Vaters. Er grinste schwach. »Auch, wenn du es nicht wissen kannst – ich klinge, na, in etwa wie ihr Verlobter.«

»Nanu?«, rief Taram erstaunt aus. »Du kennst auch Brango? Brango Grauschnäpper aus Salzbuckel? Das Hüggelland ist wahrlich klein.«

Finn klappte der Unterkiefer nach unten. »Wie? Was? Ich meine: Wer um alles in der Welt ist Brango?«

Taram schüttelte verwundert den Kopf. »Aber du hast doch eben selbst gesagt, du kennst ihn … wegen eurer Stimmenähnlichkeit. Obwohl, seine raue Stimme klingt eigentlich viel tiefer als deine. Was hast du denn?«

Finn war wie vor den Kopf geschlagen. Tallia war verlobt? Mit einem anderen? Mit diesem … Brango? Das konnte nicht sein. Das durfte nicht sein. Aber warum sollte Taram die Unwahrheit sagen? Und wer sollte derlei Dinge besser wissen als der Bruder der Braut?

Er wich einen Schritt zurück, bis er gegen den Felsen schwankte und sich unsicher an ihn lehnte. »Es ist … nichts. Schon gut. Eine Verwechslung, glaube ich. Ich … ich bringe da was durcheinander. Sag, sind sie glücklich miteinander, die beiden?«

»Tallia und Brango? Du liebe Güte, aber ja. Sie sind nicht wirklich verlobt, ich meine, mit einem Vertrag und alledem. Aber so gut wie, wenn du verstehst, was ich meine. Wir alle drei kennen uns seit dem Sandkasten, wie man so sagt. Und jedem ist klar: Die beiden werden einmal heiraten! Niemand kann darüber froher sein als ich! Brango ist mein bester Freund, ein ehrbarer Vahit, wie es nur einen geben kann. Leider sehen sie sich viel zu selten, die zwei. Tallia geht bei dieser Klärerin in die Lehre, im Obergau – aber das weißt du sicherlich. Eine … Dings, na, eine Frau Zaunkönig, glaube ich …«

»Zeisig«, sagte Finn unwillkürlich.

»Oder so. Na, und ich, ich mach den Austauschdienst hier im Tiefengau. Brango hat auf diese Weise gleichzeitig auf uns beide verzichten müssen – gut, nur für ein Jahr, aber immerhin. Er war ganz schön sauer deswegen. Aber wenn ihre Lehrzeit im nächsten Sommer zu Ende geht, soll endlich Hochzeit sein. Es wird ein rauschendes Brautlauffest geben, mein Wort drauf. Und dann zieht sie wohl mit ihm nach Salzbuckel. Keine schlechte Gegend.«

»M-hm«, machte Finn nur und wandte sich um, als er rasche Schritte hörte.

»Wenn es einen nächsten Sommer gibt«, sagte Mellow düster.

Er kehrte mit Circendil soeben zurück und hatte die letzten Worte halb und halb vernommen.

»Und wenn Salzbuckel dann noch steht. Das aber ist keineswegs sicher, wie du inzwischen wissen solltest.« Mellow hielt eine fleckige Ledertasche in der Hand. »Wie auch immer – das hier wird jemand vermissen, nehme ich an.«

Gemeinsam gingen der Mensch und die drei Vahits zur Unglücksstelle zurück.

»Nun, Herr Gauvogt, Ihr hättet besser daran getan, die Umgegend abzusuchen«, sagte Circendil, als sie ankamen.

»Bloß, weil Ihr das da gefunden habt?« Gasakan unterbrach seinen Bericht, beugte sich vor und rümpfte die Nase. »Puh! Ein altes, stinkendes Stück Leder. Na und? Was wollt Ihr damit? Und woher habt Ihr es?«

Mellows Hand beschrieb einen Kreis. »Wir sind einmal um die Findlinge herumgegangen. Ich weiß nicht – plötzlich überkam mich das merkwürdige Gefühl, ich müsste unbedingt einmal in den Sturzspalt hineinsehen. Sein Riss endet kaum dreißig Klafter vor diesen Blöcken hier. Na ja. Und da hing die Tasche. Der Angreifer muss sie verloren haben. Im Geäst eines Stechginsters, nahe am Abgrund. Genaugenommen hing es in ihn hinein. An einem Ast, der in den Spalt hinauswächst, hatte es sich verfangen. Es war eine ziemlich knifflige Angelegenheit, es mit Circendils Schwert herunterzuangeln. Wäre beinahe schiefgegangen.«

Der Mönch maß ihn mit einem halb belustigten, halb vorwurfsvollen Blick. »Weil du mich angeruckelt hattest. Die Tasche fiel schon, aber mein Arm war schnell genug, sie zu fangen.«

Gasakan streckte die Hand aus. »So habt Ihr Euch also wirklich etwas nützlich gemacht? Dann zeigt her. Ist etwas darin?«

Mellow reichte die Tasche weiter, aber an Gasakans Hand vorbei, der dachte, es gelte ihm. Circendil nahm sie und trat einen Schritt zurück.

Die Hand des Gauvogts schnappte vergeblich.

Als sei sie plötzlich besudelt, wischte Gasakan die Handfläche an seinem Hosenbein ab. Der Vindliandir schüttelte die Tasche, und deutlich hörten sie ein schabendes Geräusch, mit dem sich etwas zwischen den Lederfalten bewegte.

»Also doch«, rief Gasakan. »Es befindet sich etwas darin. Gebt Euren Fund her. Ich beschlagnahme ihn hiermit im Namen der Vogtey für meinen Bericht.«

Wieder zuckte seine hagere Hand vor, und mehr denn je sah er dabei aus wie ein Raubvogel, der von einem schlechten Zauber nur unzureichend in einen Vahit verwandelt worden war: die Hand klauengleich gekrümmt, den schmalen Hals vorgestreckt, während über allem die Hakennase drohend schwebte.

In Circendils grünen Augen regte sich ein gefährliches Funkeln. Er sah den Gauvogt über dessen ausgestreckten Arm hinweg an, bis der die Hand sinken ließ.

»Dann behaltet Euren wertlosen Plunder«, rief Gasakan erbost. Er wandte sich ab und fuhr Geldo an. »Schreib das da gefälligst in dein Buch: *Die anwesenden Zeugen,* namentlich dem zuständigen Vogte bekannt und so weiter, *verweigern widersetzlich die Herausgabe eines von Amts wegen beschlagnahmten Fundstücks am Unglücksort* und so weiter und so weiter. Und dann pack endlich deine Sachen ein! Wir sind hier fertig! Nun mach schon. Wir warten nicht.«

Geldo raffte alles zusammen und stolperte hinter den mit Gasakan abrückenden Landhütern her.

»Schreib das bitte auch in *dein* Buch, Finn«, bat Mellow. Er schickte den Davongehenden finstere Blicke nach. »Wenn dies alles hier vorbei ist und es dann noch ein Hüggelland gibt ... dann will ich nicht vergessen, im Tiefengau für eine Neuordnung der Landhüterey zu sorgen. Du meine Güte! Wer hat ihm nur seinen Hut gegeben! *Das frage ich mich!*«, ahmte er den Gauvogt mit verstellter Stimme nach.

Die roten Hüte verschwanden hinter der nächsten Steinwand.

Plötzlich waren sie allein.

Der Wind heulte zwischen den Findlingen. Finn fröstelte und zog seinen Mantel enger um sich. Er betrachtete den umgestürzten Wagen und versuchte, sich vorzustellen, wie seine Mutter daruntergelegen hatte, blutend, ohnmächtig, und irgendwo zwischen den Felsen lauerte ein Criarg mit seinem Reiter. Er versuchte es und vermochte es nicht.

»Warum?«, fragte er den Wind. »Warum nur hat er den Wagen angegriffen?«

Mellow beugte sich mit zugehaltener Nase über Panuffels Kadaver. »Um zu fressen?«, vermutete er. »Criargs sind groß und müssen, wie alles, was lebt, bei Kräften bleiben. Vielleicht hatte er es auf das Pony abgesehen.«

»So wie es andere gestern auf die Schafe bei Halberweg abgesehen haben? Wir sind uns doch einig, wie wenig wahrscheinlich diese Wolfsgeschichte ist.«

»Zu weit hergeholt«, nickte Mellow. »Also ... sie fressen. Schafe. Ponys. Zumindest an diesem hat jemand gerissen.«

»Ja, aber es waren keine Criargschnäbel«, sagte Circendil und beugte sich ebenfalls über das tote Tier. »Hier seht ihr Bisswunden wie von Ratten oder Füchsen, aber keine Rissspuren. Was immer hier fraß, es ging auf vier Pfoten und hatte keine Flügel. Und mir kommt dabei ein Gedanke, der mich schaudern macht. Ihr vergesst in euren Überlegungen, *wer* von Finns Eltern durch einen Schnabel verletzt worden ist. Furgos Beinwunde ist eine Folge des umgestürzten Wagens, da gehe ich eine Wette ein: Er wurde herabgeschleudert, prallte gegen den Felsen, etwas in der Art; aber deine Mutter wurde von einem *Schnabelhieb* getroffen. Denkt einmal nach. Wen fraßen die Criargs beim Acaeras? «

»Anselma«, antwortete Mellow dumpf.

»Wen hielten die Gidrogs in einem Käfig gefangen?«

»Gatabaid«, murmelte Finn. »Ein Mädchen und eine Frau. Du meinst ...«

Circendil nickte. »Und hier wurde Amafilia ... herausgepickt, könntest du sagen. Abermals eine Frau. Vielleicht ist es ihr Blut, das die Criargs anlockt. Es mag süßer sein als das von männlichen Vahits. Aber was immer es ist – wenn diese Vögel die Wahl haben, verschmähen sie offenbar Ponys und Schafe.«

Finn sah zuerst Circendil fassungslos an. Dann sank er auf Geldos flaches Felsenstück und keuchte: »Mein Traum! Also war er mehr als nur ein nächtliches Trugbild ... Ich erzählte dir davon – heute früh in Vierstraß. Mir träumte von Saisárasar. Er forderte mich auf, zu wählen, welches Fleisch ich essen wolle – Hunde- oder Mädchenfleisch! Jetzt erkenne ich, es lag ein Hinweis darin, den mein Herz mir geben wollte.«

»Ja.« Der Mönch nickte. »Sie nähren sich gern von *weiblichem* Fleisch. Ob immer oder nur im Fall der Vahits, weiß ich nicht zu sagen. Eine andere, ebenso bedeutsame Frage ist, weshalb dieser so dicht bei einem Dorf zuschlug. Ich vermute, es war ein Gebot der Not. Ich denke, er flog mit letzter Kraft und hatte einen weiten Weg hinter sich, ehe er die Höhe des Sturzes bei Aarienheim erreichte. Die Gier des Criargs hieß ihn Beute schlagen, und er sah oder witterte – eine Vahit*frau*. Es ist zu bezweifeln, ob sein

Reiter damit einverstanden war. Ein erschöpfter und hungernder Criarg mag sich dem Befehl seines Herrn widersetzen.«

»So stieß er bei der erstbesten Gelegenheit herab«, setzte Mellow Circendils Gedanken fort. »Aber dein Vater, Finn! Er muss ihn rechtzeitig gesehen haben. Die Spuren verraten es. Ich sehe es jetzt vor mir: Er lenkt den Wagen sofort von der unsicheren Straße fort. Bis zur Furt hat er nur freies Land vor sich. Die einzige Ausnahme bildet jenes Wäldchen. In der Annahme, unter den Bäumen oder wenigstens zwischen den Steinen Schutz zu finden, treibt er Panuffel wie rasend an und hält darauf zu. Beide Hoffnungen werden betrogen. Als Furgo bei den Findlingen langsamer werden muss, schlägt der Criarg zu. Sein Schnabel fährt auf deine Mutter nieder. Doch der Wagen kippt um dabei. Amafilia gerät unter ihn. Der Vogel kommt an seine Beute nicht mehr heran. Furgo übersieht und verschmäht er, weil er ein männlicher Vahit ist. Ebenso Panuffel, solange er die Frau darunter wittern kann. Du weißt, wie Criargs sind. Erinnere dich, wie sie sich bei Anselma gebärdeten; und sie war schon tot. Hier hatte er lebendiges, blutendes Fleisch vor sich! Er wird gerast haben vor Gier! Es tut mir so leid, Finn. Deine Eltern müssen Todesängste ausgestanden haben.«

Finn schauderte.

Mellow begann im Sprechen hin und her zu gehen. »Ich stelle mir den Gidrog vor, der seinen wild gewordenen Vogel bändigen will. Er wird aus dem Sattel geworfen oder springt herab. Er läuft herbei und zerrt an den Zügeln, doch vergeblich. Der Criarg lässt nicht nach. Er hackt auf den Wagen ein. Seht hier, diese langen Risse im Holz stammen gewiss von seinem Schnabel. Da zückt der Gidrog sein Schwert. Er öffnet den Leib des armen Panuffel. Sein Blut soll den Criarg ablenken. Doch vergeblich. Jetzt bückt sich der Gidrog. Ich sehe ihn vor mir, wie er seinen Arm ausstreckt und unter dem Wagen nach deiner Mutter greift. Er will seinem Tier die nun einmal auserkorene Beute beschaffen. Er tastet herum, er erfasst ihren Mantel …«

»… und reißt ihr dabei die Tassel ab«, rief Finn. »Dann muss etwas geschehen sein, von dem wir noch nichts wissen. Entweder kommt Mama zu sich und tut etwas – ich weiß nicht, *was*. Oder Papa … Ach, ich kann es nicht sagen.«

»Achtet stets auf die unscheinbaren Dinge«, gab Circendil zu bedenken. Er bückte sich und hob die Fetzen von bunten Stoffen auf, aus denen die hölzernen Splitter ragten. »Was ist wohl diesem hier widerfahren?«

»Es ist Mamas Regenschirm.« Finns Stimme war ein Krächzen.

»Mir scheint, Amafilia war mutig oder verzweifelt genug, ihn zu benutzen.« Circendil legte das Gerippe zurück ins Gras. »Ja, sie kam wieder zu sich, ergriff den Schirm und schlug damit – nein, wartet, dann wäre er nicht derart zerfetzt. Sie muss ihn aufgespannt haben!«

»Und hat so den Criarg verstört, vielleicht sogar verscheucht.« Mellow ging aufgeregt hin und her. »Aber etwas hat den Schirm am Ende doch zertrümmert.«

»Das Schwert oder der wütende Fuß des Gidrogs«, vermutete Finn.

»Oder alles war ganz anders«, seufzte Circendil. »Die Wahrheit wird ein Rätsel bleiben, ein Geheimnis, gefangen zwischen finsteren Felsen. Hier habe ich ein weiteres für euch. Der Riemen an der Tasche ist entzweigerissen.« Er setzte sich zu Finn auf Geldos Stein und hob das zerfaserte Ende an. »Ich möchte wetten, ich kenne das verloren gegangene restliche Stück.« Inku bewegte seine Nase hin und her und schnüffelte aufgeregt an dem herabbaumelnden Lederriemen. Auch er erkannte den Geruch wieder.

»Da siehst du's«, meinte Circendil lächelnd. »Misstraue nie der feinen Witterung eines Atruma. Hätten wir das Leder heute früh aufgehoben, würden wir sehen können, wie beide Enden zusammenpassen. Aber ich bin meiner Sache auch so ziemlich sicher. Der Riemen am Grenzstein und diese Tasche gehören zusammen. Ja. Ich stimme Mellow zu. Etwas muss diese Beschädigung verursacht haben. Jemand oder etwas zerrte daran. Wahrscheinlich riss das Leder erst nur an – vielleicht, als der Gidrog den Vogel zu bändigen suchte. Als sich der Criarg später wieder in die Lüfte erhob, brach das Leder ganz, und die Tasche fiel herab. Ich vermute, der Gidrog hat es nicht einmal bemerkt. Er wäre sonst zurückgekehrt und hätte nach ihr gesucht.«

»Und erst im Fluge, hoch über Vierstraß, entdeckte er das lose baumelnde Ende. Er warf es wütend von sich, mitsamt der blutverschmierten Tassel, die keinen Wert für ihn besaß.«

»Und beides landete unweit des Grenzsteins nahe der Straße«, nickte Circendil. »Ja, so könnte es gewesen sein. Ich bin fast sicher, dass es sich so abgespielt hat. Auch wenn wir die Frage nicht beantworten können, weshalb der Criarg von seiner Beute – verzeih: deiner Mutter, wollte ich sagen – letztlich abgelassen hat. Oder warum er die Tassel zunächst behielt. Jedenfalls bekam der Gidrog sein Reittier wieder in die Gewalt. Das wissen wir, denn er flog fort. Vielleicht zunächst sogar nur bis zu den Weiden von Halberweg, um dort ein Schaf zu reißen.«

Er hob die Schultern und ließ sie wieder fallen. »Es ist müßig, darüber weiter nachzudenken. Allemal wichtiger ist, welchen Verlust der Feind womöglich erlitten hat. Lasst uns nachsehen, was sich in der Tasche findet.«

Er löste die Verschnürung, drehte die Tasche um und schüttete den Inhalt heraus.

Zwei mehrfach gefaltete Bögen unterschiedlicher Größe fielen ihm in den Schoß.

Der größere war schwer und bestand aus etlichen Lagen übereinandergelegten, hauchdünnen Leders: Eine Art alten Pergaments schien es zu sein, von nachgedunkelter, an den Rändern schon bräunlicher Farbe, obwohl seine eigentliche Färbung ein heller Ockerton gewesen war. Der andere war ein mit Rotlack versiegelter Brief aus Papier. Von einer annehmbaren und handwerklich anständigen Güte, wie Finn sofort erkannte, obwohl er gleichzeitig Unterschiede in der Feinheit zu demjenigen entdeckte, das Furgo in seiner Werkstatt schöpfte. »Das ist kein Vahitpapier«, erklärte er mit Bestimmtheit. »Papa kann das besser.«

»Ich kenne die Machart solchen Papiers«, sagte Circendil. »In Caras Berene, der Hauptstadt Revinores, wird es gern verwendet. Aber das Zeichen des Siegels ist mir fremd.« Er befuhr die Kanten des roten Lacks mit seinen Fingern. »Und es ist ganz gewiss kein Vahitsiegel. Doch sehen wir weiter. Hier ist ein Vogelfuß zu erkennen. Er hat Ähnlichkeit mit den Zehen eines Rabenfußes, würde ich sagen, und das da drüber könnte ein Granndonblatt sein.«

»Ein was?« Mellow hob fragend die Brauen.

»Ein Granndonblatt. Die mächtigen Granndonbäume wachsen nicht soweit im Norden, sondern sie ziehen den wärmeren Süden vor«, murmelte er. »Sie sind das Wahrzeichen des Fürstentums Ciryaëto, eines Teilbereichs von Revinore. Der Granndonwald bildet eine seiner Gemarken. Hm! Doch niemals führten die Telpi einen Rabenfuß im Wappen. Oder doch? Raben! Wo habe ich dergleichen nur schon gesehen? Ich war bisher nur für einige kurze Aufenthalte in Revinore. Ich wollte, es wären mehr gewesen. Ich kenne es weniger gut als Arelian. Rabenfüße! Himmel noch mal! … Nein, ich kann mich nicht erinnern. Nun, ich will es wagen und das Siegel gleich hier zerbrechen.« Er zog ein kleines Messer hervor und öffnete damit vorsichtig den Brief.

Der Mönch hielt den Brief so, dass er den Wind mit seinem Körper abdeckte. »Also, hier steht geschrieben:

Von Eurem treuen Verbündeten
an Simorgh – ich glaube es nicht! – *Saisárasar* …?!«

Mellow schnellte herum. »An wen? Wie kann das sein? Ein Brief aus Revinore an … an IHN …?«

»Was bedeutet ›Simorgh‹?« Finn verzog beim Sprechen sein Gesicht, als flöße ihm allein der Gebrauch des Wortes Unbehagen ein. Ihm war kalt, und er trat fröstelnd von einem Fuß auf den anderen.

»Gedulde dich«, bat Circendil. »Geduldet euch beide. So lautet der Brief:

Machtvoller Herr,
Stattwalter des Einen, Eures Herrn,
Verkünder Seines Willens, Arm Seiner Macht,
ich grüße Euch. Ihr verlangtet Nachricht!
Von mir und zur Unzeit, denn abgemacht war eine längere Frist, wie Ihr wohl wisset. Ihr aber schicktet mir erneut Euren geflügelten Boten, und er war nicht gewillt zu warten. So will ich Euch Kunde geben, aber nur insoweit, wie ich Sicheres über das Reifen unserer Pläne zu sagen vermag.
Da Euer Bote auf Eile drängte – und Höflichkeit ist etwas, das Ihr ihm noch beibringen müsst –, genügte die Zeit nicht, die Rückkehr der Dornen abzuwarten, die neueste und verlässlichere Nachricht aus Caras Berene gebracht hätten.
Nun wohl, vernehmt stattdessen, was gewiss ist. Es ist dies: Ciryanor bekommt seit Jahresbeginn das Mark der Jihlih-Feige in kleinsten Tropfen zu kosten, und seine Gesundheit schwindet in ebenso kleinen Schritten, doch so unmerklich das ist, so unaufhaltsam ist es auch. Seine Eltern sind inzwischen aufs Äußerste besorgt, und ihre Gedanken sind nur zu oft bei ihrem einzigen Sohn. Sechs Jahre zählt er jetzt, und er wird das siebente nicht zur Gänze erleben. Tukval ist so verlässlich, wie ich Euch versicherte. Die königlichen Ärzte sind ratlos. Zum Jahresende wird Ciryanor das Bett nicht mehr verlassen können. Schon jetzt vernachlässigt der König seine Pflichten. Hierin geht der Plan des Einen auf.
Nande Gimilruën genießt das Vertrauen der Königin weiterhin. Ich wünschte, Ihr hättet uns mehr als nur eine Sinyanhwe überlassen, die die Sinne betört.
Der Ring der Dornen umschließt Caras Berene derweil in immer engerem Kreis. Wenn zu Alvain die Euren kommen, werden sie die

Stadttore offen finden. Doch haltet Euch an die vereinbarte Zahl: hundertfünfzig bewaffnete Krieger, zu Fuß, und keinen einzigen mehr! Unter der Führung von einem, der unserer Sprache mächtig ist. Und der sich vollends meinem Befehl unterwirft! Verratet mir vorher seinen Namen, oder besser: Schickt ihn mir. Er soll das Losungswort nennen.

Noch hat sich der Hafenkapitän nicht im Netz der Dornen verfangen, aber auch das ist nur eine Frage der Zeit – einer verhältnismäßig kurzen Zeit, wie mir Tukval berichtete. Undóthyr ist schwach: Zu viel Spiel und zu viele Rocksäume umnebeln seine Sinne, und, wo das nicht, der Rausch. All dies wird ihn willfährig machen.«

Circendil hob den Blick und sagte: »Hier folgt ein großer Absatz im Brief. Auch die verwendete Federbreite ist ab hier eine andere, aber es ist dieselbe Schrift. Es kommt mir vor, als sei der Schreiber beim Verfassen unterbrochen worden. Vielleicht hat auch das Eintreffen weiterer Nachrichten ihm einen anderen Schluss als ursprünglich beabsichtigt aufgenötigt. Hier geht es weiter:

Wie steht es nun mit Eurem Teil unserer Abmachung? Habt Ihr inzwischen Nachricht aus U.? Wo bleibt Euer Unterpfand, Simorgh? Ihr drängt auf Eile, aber Ihr verabsäumt selber das, was mich betrifft. Den Verlauf der Fuíl Vahogath auf einer Karte festzulegen ist eines. Aber solch eine Mauer muss errichtet werden, und das kostet Zeit. Es bindet Männer auf wenigstens zwei Jahre. Werdet Ihr, bis sie steht, Eure übrigen Krieger aus Revinore fernhalten können? Gewiss, Arelian und Vindlian sind weit, aber Ihr reitet auf Rossen mit sturmerprobten Flügeln, unter denen Meilen zu Kindesschritten schrumpfen. Wie sicher werden sie dort bleiben?

Ich habe Euer Wort, aber habe ich auch die Tat? Eure Ungeduld macht mich umso bedächtiger. Ihr werdet verstehen, dass ich mich absichern muss. Revinore ist ein zu teures Gut, um es allzu leichtfertig aufs Spiel zu setzen.

Die Karte, nach der Ihr fragtet, konnte Gimilruën in des Königs eigener Schriftensammlung einsehen und sie, über Wochen hinweg, unbemerkt abzeichnen. Mit allen Schriftzeichen, wie Ihr es verlangtet, obwohl niemand sie lesen kann hierzulande. Oder nicht mehr, wenn sie so alt ist, wie Ihr behauptet. Nun liegt jene Abzeichnung versiegelt in ebenso sicherem Fache, doch keineswegs an Stelle der echten Karte, wie Ihr es fordertet. Die Sinyanhwe sorgt dafür – niemand wird ihr Verschwinden bemerken. Wenn dieses Pergament indes für Euch von so großem Nutzen ist, wie Ihr glaubt, dann soll es meine Absicherung sein.

Ich gebe die Karte Eurem Boten mit. Aber nur deren eine Hälfte, denn ich ließ sie mittenzwei trennen. Die andre Hälfte lasse ich verwahren: an einem Euch unbekannten Ort. Und ich schreibe Euch in aller Umsicht auch dies: Es brächte nichts, mich oder die Meinen zu foltern, denn ich weiß selbst nicht, wo sich dieser Ort befindet. Aber jene, die es wissen, beobachten mein Wohl und Wehe! Stieße mir etwas zu, so würdet Ihr das verlieren, wonach Ihr trachtet. Es sollte Euch vielmehr angelegen sein, mein Leben zu schützen.

Bleibt Ihr angesichts dessen wahrhaftig, woran ich nicht zweifle, so übergebe ich Euch die andre Hälfte an jenem Tage, da die Fuíl Vahogath sich um Revinore schließt. Es wird zudem jener Tag sein, an dem Euch die vereinbarten Blutgeiseln ausgeliefert werden sollen. Steht Ihr zu Eurem Wort, so halte ich mich ebenso gewiss an das Meinige.

Ihr, Simorgh, wart kein Narr, als ich Euch traf. Werdet keiner, indem Ihr Eure Absprachen vergesst.

Zu Alvain also lasst uns beide Sieger sein. Euch erwartet das verdiente Lob Eures Herrn, vielleicht gar das, was Ihr erstrebt – meint Ihr etwa, ich kenne Euren sehnlichsten Wunsch nicht? –, mich indes die Krone, die mir rechtens gebührt. Geht sie an mich, wird Revinore die Hoheit des Herrn von U. anerkennen.

Dies schreibt und versichert Euch
Tulsin, der Herr des Granndonwaldes«

Circendil ließ den Brief sinken. »Tulsin, der Herr des Granndonwaldes«, wiederholte er. Der Mönch wendete das Blatt, aber die Rückseite war unbeschrieben.

Sein Gesicht verfinsterte sich.

»Jetzt verstehe ich mehr. Blatt und Klaue. Die Fürsten von Tulsina führen den Raben*kopf* in ihrem Banner. Einer aus ihrem Haus gilt seit beinahe einem Jahrzehnt als vogelfrei – Azanultol, der Sohn Saculdurs, des vormaligen Königs von Revinore. Er ward gefangen, doch er entkam. Nun ist er auf freiem Fuß – deshalb vielleicht der Raben*fuß*. Offensichtlich hält er sich im Granndonwald versteckt. Welch eine Kühnheit! Mitten im Gebiet seiner Feinde.«

Circendil sah die beiden Vahits lange an.

Bitterer Ernst und eine beginnende Ratlosigkeit stahl sich in seine Züge. »Begreift ihr, was diese Zeilen besagen? Selten erblickte ich größere Heimtücke und Verschlagenheit, gepaart mit solcher Unvernunft! Wie kann er derlei Dinge nur einem Brief anvertrauen?«

»Ehrlich gesagt habe ich nicht allzu viel davon verstanden«, gestand Finn. »Nichts, im Grunde genommen. Und anderen mag es ebenso ergehen. Alle diese fremdklingenden Namen sagen mir nichts. Aber er enthält Böses, so viel ist mir klar. Wer ist dieser Knabe, der da langsam vergiftet wird? Ein sechsjähriges Kind! Denn das ist es doch, was mit ihm geschieht, nicht wahr?«

»Ciryanor ist der Thronfolger, der Sohn des jetzigen Königs Telemril«, erklärte der Mönch. »Und wenn das wahr ist, was hier steht, schwebt er wahrlich in tödlicher Gefahr. Und mit ihm das gesamte Reich Telemrils.«

»Telemril? Den Namen erwähnte auch Saisárasar«, erinnerte sich Mellow seiner misslungenen List. »Ich habe mich schon beim Acaeras gefragt, woher er diesen Namen wohl kannte. Das zumindest verrät dieser Brief. Saisárasar befand sich zuvor in Revinore und traf dort mit Tulsin zusammen. Und dieser Tulsin schreibt von großer Niedertracht, und er selbst ist der Kopf des

Ganzen, so viel ist *mir* klar. Er will Revinore dem Feind überlassen, glaube ich. Oder was bedeutet dieses *die Tore offen finden* und alles?«

»Ja. Heimtücke und Verrat«, murmelte Circendil. »Sie waren schon immer die besten Waffen des Feindes. Oder soll es nur so scheinen? Dieser Brief könnte eine Fälschung sein. Aber wen sollte er damit täuschen wollen? Er ist uns nicht absichtlich in die Hände gespielt worden. Und selbst wenn – zu welchem Zweck? Nein, ich fürchte, er ist echt. Zu unserem Leidwesen, sage ich. Zwei Feinde des Königreiches haben sich zu dem unseligsten Bündnis zusammengeschlossen, das man sich nur denken kann. Sie nehmen Revinore in die Zange: von außen und von innen. Einer wird von außen kommen. Saisárasar oder einen, den er schickt. Und wir wissen sogar, wann er kommen wird: zu Alvain, dem Neujahrsfest. Der andere bedroht das Reich von innen. Tulsin oder mit richtigem Namen Azanultol, wie ich vermute. Er will die Tore öffnen. Zum Dank soll er die Krone Revinores erhalten. Ein König von Lukathers Gnaden will er sein! Tulsin will die Oberhoheit des Grausamen anerkennen. Und er will eine gewaltige Mauer bauen, eben die Fuíl Vahogath. Eine Blutmauer! Wenn ich alles richtig verstehe, so soll diese Mauer Revinore vollständig einschließen. Wozu? Es gibt nur eine Antwort. Weil alle übrigen Lande Kolryns dem Herrn von U. anheim fallen sollen. Der Herr von U. – dahinter verbirgt sich natürlich Ulúrlim …«

»… oder Ulúrcrum«, warf Finn ein.«

»… vielleicht auch Ulúrcrum, ja. Und damit Lukather selbst. Der Feind will sich die Sache einfach machen. Indem er Revinore Freiheit verspricht für ein Stillhalten während und nach den Kämpfen gegen Vindland und Arelian. Freiheit! Lächerlich. Glaubt Tulsin dies wirklich? Dann ist er entweder noch unvernünftiger, als ich annahm, oder er ist nicht länger Herr seiner Sinne. Innerhalb der Mauern mögen die Revinorer denken, sie seien frei. In Wahrheit leben sie dann in einem Gefängnis, hinter den wahrscheinlich turmhohen Zinnen der Fuíl Vahogath. Sie werden ein Leben von Lukathers Gnaden fristen.«

»Und das wäre töricht«, sagte Mellow nachdenklich. »Aber warte. Nicht Herr seiner Sinne – da war doch eben was. Schrieb Tulsin nicht etwas von *die Sinne betören*?«

Circendil suchte und fand die Stelle. »Du hast Recht: *Ich wünschte, Ihr hättet uns mehr als nur eine Sinyanhwe überlassen, die die Sinne betört.* Sinyanhwe!«, wiederholte er und runzelte die Stirn. »Ich habe einen solchen Ausdruck noch nie gehört. Ebenso wenig wie Simorgh. Dieses Wort wird zumindest wie ein Titel gebraucht; aber das andere? Was mag es bedeuten?«

»Ganz gleich, was es bedeutet, es betört jedenfalls die Sinne«, sagte Mellow. »Ich wette, diese Nande Gimilruën benutzt eine Sinyanhwe und hat so das Vertrauen der Königin gewonnen. Sie hat das Ding wahrscheinlich von Tulsin erhalten, und der bekam es von Saisárasar. Jedenfalls verstehe ich diese Stelle so. Könnte nicht auch Tulsin unter dem Einfluss einer Sinyanhwe stehen? Ich meine, ohne dass er davon weiß?«

Der Davenmönch nickte. »Dieses Netz ist feiner gesponnen, als es sich selbst Tulsin vorzustellen vermag. Und ich meine nicht das, welches er eigenhändig zu spinnen versteht: jenes des *Rings der Dornen*.«

»*Bei Yamuns Wirren!*«, rief er sogleich darauf aus. »Was für ein Brief! Was für ein Fund! Welch eine unfassbare Fügung uns Aman hiermit gewährt! Und welch ein Verlust für den Feind! Niemals hätten wir hiervon Kenntnis erhalten dürfen! Saisárasar wird toben, wenn er davon erfährt, dass der Brief verlorenging.«

Abermals ließ Circendil das Pergament sinken.

Tief und langsam holte er Luft, wie ein Läufer, der eine lange Strecke vor sich sieht. »Da habt ihr den Beweis, meine Freunde. Wir stehen wirklich am Vorabend eines gewaltigen Krieges, und was ihr hierzulande erlebt, ist nur ein Vorgeplänkel der eigentlichen Auseinandersetzungen. Noch sind es zweieinhalb Monate bis Alvain. Zeit genug, um die Schwächen Kolryns und seiner

Bewohner auszukundschaften. Und das ist es, was Saisárasar unternimmt. Vom hohen Horst des Hüggellandes schickt er seine geflügelten Reiter in alle Richtungen aus. Hier finden seine Reiter Unterschlupf, und ihre Vögel finden Schafe, Ponys – und Vahitfrauen. Hier finden zudem jene, die den langen Flug von Ulúrlim aus antreten, einen unverwechselbaren und zugleich sicheren Landepunkt. Das Hüggelland selbst hat keinerlei Bedeutung für Saisárasar, außer als Brückenkopf eines bereits herannahenden Heeres.

Wehe! Jemand muss eilends nach Caras Berene gehen und den König warnen! Und Boten müssen sich auf den Weg nach Arelian und Vindland machen. Schon laufen die Vorbereitungen, und ich fürchte, auch Azanultol wird hintergangen werden. Sind die Tore Caras Berenes erst einmal offen, wird eine Flut alles hinwegschwemmen, was nicht im Sinne Lukathers ist. Eine Fuíl Vahogath wird es niemals geben! Und wenn, so wird sie ein Ort des Jammerns und Wehklagens sein! Narren, die darauf vertrauen!

Und ausgerechnet zu Alvain! Dann wird der Hammer fallen! Oh sinnreiche Niedertracht! Zu diesem Festtage reisen alle Davenamönche von allen Orten heim zurück nach Daven, um den Gründer unseres Ordens zu ehren. Es ist uns eine heilige Pflicht, und alle meine Ordensbrüder werden ihr wie in jedem Jahr nachkommen. Stets habe ich Jagonam Horen vor einer solchen Lage gewarnt – und wenig mehr als Spott geerntet. Jetzt haben wir die Folgen zu tragen. Niemand meines Ordens wird in Caras Berene sein oder andernorts in Revinore. Auch wird niemand mehr in Arelian sein, dem ich trauen und eine Nachricht senden könnte. Oder den ich um Hilfe bitten könnte. Oh ja, sie wissen genau, was sie tun!«

Er faltete den Brief zusammen und legte ihn zusammen mit der Pergamentkarte Finn in die Hand. Für einen Moment umschloss er mit seinen großen Händen die des Vahits.

»Wir wollen diesen Fund geheimhalten«, sagte er. »Wenn es zum Kampf kommt, werde ich derjenige sein, auf den Saisárasars

Schwert zuerst gerichtet ist. Deshalb darf ich diese Dinge vorerst nicht bei mir tragen. Verwahre du sie für mich. Hüte sie gut! Die Karte werden wir uns ein andermal ansehen. Sie wird ein Rätsel sein, das wir nicht so rasch zu lösen vermögen. Sie muss warten. Schon beginnt die Sonne zu sinken. Fort jetzt mit diesem stinkenden Balg!«

Er schleuderte die schäbige Tasche in die kaum fußbreite Kluft zweier Findlinge. Sie hörten sie hinter einigen kümmerlichen Silberwurzgewächsen ins Dunkel rutschen.

»Abermals wehe!«, fuhr er fort. »Uns schwinden die Tage und Stunden. Allerhöchste Eile ist nun geboten. Darum kommt! Wir haben schon viel zu viel Zeit zwischen diesen kalten Steinen verbracht. Verbracht sage ich – nicht verloren. Das Blut deiner Mutter soll nicht unnütz vergossen worden sein, mein lieber Finn. Auf, sage ich, zurück nach Aarienheim. Und weiter nach Sturzbach, so schnell uns Hufe nur tragen können. Mich und Mellow meine ich natürlich. Du, Finn, musst bei deinem Vater bleiben. Aber wartet, wie gesagt, unsere Rückkehr ab. Brecht keinesfalls vorher auf. Den Rückweg nach Mechellinde treten wir gemeinsam an: wir drei, dein Vater, und mit ihm alle, die uns folgen wollen. Aber nun vorwärts!«

Finn rief Inku, der ohne Zögern herbeihechelte. Auch er schien froh darüber zu sein, diesen unglückbehafteten Ort zu verlassen. Die Gefährten sprangen auf die Ponys und lenkten sie zur nächsten Steingasse. Sobald sie die Findlinge hinter sich hatten, versetzten sie die Tiere in Galopp.

So schnell sie nur konnten, ritten sie auf ihrer eigenen und der Spur der Landhüter zurück.

Sie holten die fünf Vahits noch vor der Dorfhecke ein und preschten wortlos an ihnen vorbei.

Der kalte Wind bauschte die Mäntel der Landhüter und trieb sie gleichsam wie unförmige Glockengebilde vor sich her. Der Staub, den die Hufe der Ponys aufwarfen, machte es nicht besser, und alles vereinigte sich über ihren Köpfen zu einer lehmfarbenen Wolke, in der sie beinahe verschwanden.

Finn glaubte, Gasakan hinter sich heftig husten und niesen zu hören, aber er hielt die Augen stur geradeaus gerichtet und drehte sich nicht nach den Rotbehüteten um.

Taram zu sehen, vor allem aber sein unter dem Hut hervorquellendes Haar, das im selben Goldton schimmerte wie das seiner Schwester – dieser Anblick, so kurz er war, versetzte Finn einen jähen Stich, dessen Schmerz anschwoll, ehe er sich versah. Er verwandelte Finns Eingeweide, wie nach einem heftigen Schlag, in ein sich verkrampfendes Gewirr bösartiger Schlingen. Ihm schien, als wären seine Gedärme wütende Schlangen geworden, die in seiner Magengrube aufeinander einbissen. Sein Herz schlug plötzlich bis zum Hals. Der Kragen wurde ihm eng und schnürte ihm den Atem ab.

Für den Augenblick wurde ihm alles zu viel.

Ein gellender Schrei formte sich tief in seiner Kehle, etwas, das er noch nie zuvor verspürt, ein Drang, den er nie zuvor erlebt hatte. Hinauskreischen, hinausbrüllen wollte er all seine Verzweiflung, seine Angst, und nicht zuletzt seine unbändige Wut! Wie ein ihn erstickender Pfropfen hing das Gefühl in seinem Schlund, wie ein gallegetränkter Lappen drückte und quälte es ihn. Schon riss er den Mund auf, holte Luft, sein Gesicht verzerrte sich vor Anstrengung und Pein – er keuchte, ein dumpfes Stöhnen entrang sich seiner Brust –, nur der Schrei wollte und wollte und konnte doch nicht hinaus. Inku in seinem Arm fiepte, doch er hörte es nicht.

Der Tod seiner Mutter! Die schweigenden Grabhügel! Der unsägliche, klägliche Anblick seines Vaters! Und dann Tallia! Wie konnte sie ihm das nur antun? Verlobt, mit einem Brango Grauschnäpper aus Salzbuckel! Der Gestank des Todes! Das allseits vergossene Blut, das ihn seit sechs Tagen auf Schritt und Tritt verfolgte, und an dem sich immerfort und überall nur Fliegen gütlich taten. Panuffels so liebevolle, nunmehr gebrochene Augen! Saisárasars lauernde Gegenwart im Nacken! Die erlittenen Feuer von Ulúrcrum! Amuuls Schrecken! Das grelle Irrlichtern der Dunbluód. Schmerzen. Das Gefühl jähen Fallens. Das mitleidlose Peitschen von Criarg-Schwingen, die er selbst noch in seinen Träumen hörte – alles dies brach und stürzte plötzlich über ihm zusammen!

Und noch während er keuchte und an dem Pfropfen in seinem Halse würgte, liefen ihm mit einem Mal unaufhaltsam Tränen über die Wangen. Aber es waren weder Tränen der Trauer, die ihn erleichtert hätten, noch Tränen der Wut, die ihn eben noch geschüttelt hatte; sondern solche einer stillen, einsamen, namenlosen Hoffnungslosigkeit. Eiswasser, dessen rinnende Bäche sein Gesicht verbrannten.

Finn bemerkte nicht die besorgten Blicke, die Mellow und Circendil sich und ihm zuwarfen, während sie durch Aarienheim bis an dessen südliches Ende ritten. Zu dicht war der Schleier, der sich um ihn gelegt hatte.

Er hielt an, wenn sie anhielten. Und er saß ab, wenn sie absaßen.

Warum, wozu – es kümmerte ihn nicht. Leere erfüllte ihn, und in die Leere starrte er. Eine Weile stand er einfach nur da: am südlichen Broch vorbei irrte sein Blick hinaus in die grauen Tiefen der Schattenfenne. Derweil verhandelte Mellow mit dem Verwalter des Postlerstalls. Circendil stellte sich stumm neben Finn und drückte sanft dessen Schulter. Ob es diese Berührung war oder ob eine seltsame heilende Kraft vom Arm des Davenamönchs auf Finn überging, wusste er später nicht zu sagen. Aber der Anfall ging vorüber. Sein Blick klärte sich, und er sah zu Circendil hinauf und nickte.

»Gut«, hörte er den Mönch leise sagen. »Gut. Solange es noch Herzen gibt, die einen Verlust betrauern können, solange dürfen wir hoffen. Solange gibt es noch das Gute in Kringerdes Weiten, selbst unter immer trüberen und düsteren Himmeln. Wunden des Körpers müssen schmerzen, wenn sie heilen sollen; und Seelenwunden tun es ihnen gleich. Darum trauere und weine, mein lieber junger Freund; aber behalte die Hoffnung dabei stets im Herzen.«

»Wie kann ich das, wo mit jedem Tag unsere Kräfte mehr erlahmen?« Finn setzte Inku auf die Erde.

»Tun sie das?«, fragte Circendil lächelnd. »Oder sprichst du von meinem Bein? Und selbst das beginnt zu heilen, wie du vielleicht bemerkt hast.«

»Ja. Nein. Ich meine etwas anderes. Erst ging es nur um das Hüggelland. Und schon hier war wenig zu hoffen. Jetzt scheint es mir nahezu verloren. Aber immer habe ich im Geheimen auf Revinores Streitmacht gehofft. Auf … Na ja, auf stolze Krieger, gewappnet und gerüstet unter erhaben flatternden Bannern, wie in unseren Büchern. Sagtest du nicht in Abhros Scheune, wir könnten Glimfáins Windbarke dorthin entsenden, um Hilfe zu holen? Da habe ich Hoffnung verspürt. Ein wenig nur, aber ausreichend, um an eine Zukunft zu denken. An eine freundliche, lebenswerte Zukunft. An eine, die nicht aus Qual und Sklaverei besteht unter dem Joch der Tränen tragenden Dunbluódur.

Jetzt müssen wir erkennen, dass dieses mächtige Land längst selbst bedroht ist. Und dem Brief nach nicht nur Revinore. Sondern auch Arelian und Vindland sogar, deine Heimat. Und wir? Wir sind nur zu dritt: du, Mellow und ich. Zwei arme Wichte, würden die Deinen sagen. Und Recht hätten sie. Dazu ein verrückter Mensch … Hilflose, die sich zusammen anmaßen, gleich drei Königreiche retten zu wollen. *Drei*, Circendil! Wie können wir da noch von Hoffnung reden?«

»Wir sind nicht allein«, widersprach Circendil in mildem Ton. »Es gibt noch andere außer uns. Es gibt noch Hilfe. Vergiss Glimfáin und die Dwarge nicht. Auch wenn ihre Gilwen keine Waffen sind, so sind sie doch mächtige Werkzeuge, die im entscheidenden Moment Nutzen bringen können, falls sie am richtigen Ort in der richtigen Weise eingesetzt werden.«

Finn schüttelte betrübt sein Haupt.

»Wenn und falls, ja. Es ist eine äußerst schwache Hoffnung, die du da anführst. Sie gründet, nach allem, was ich über die Dwarge erfahren habe, auf weit verstreute und zudem untereinander zerstrittene Sippen.«

»Dann nenne ich meine Ordensbrüder. Sie zählen nur anderthalb hundert Köpfe, doch sie sind zum Jahreswechsel nicht länger verstreut, sondern sammeln sich in Daven. Was als Nachteil erscheint, mag doch zum Vorteil gereichen. Unser Fest ist kein rauschendes Fest. Sie werden trotz aller Andacht wachsam sein. Niemand kann einen Angriff auf Vindland führen, den sie nicht verhindern. Zudem liegt das Kloster abgelegen, und ein feindliches Heer müsste sich auf schmalen Wegen zuerst durch ganz Vindland die Küste entlangkämpfen, ehe es Daven erreichte.«

»Ach, und das ist ein Trost? Sagtest du nicht selbst einmal, Vindlands Streitmacht sei nur klein? Und was ist, wenn gar kein Heer des Weges kommt? Sondern gleich ein Schwarm von tausenden von Vögeln, die sich aus heiterem Himmel auf die Klostermauern stürzen? Oder etwas noch Schlimmes? Was ist, wenn einer, wenn zwei, wenn gar alle elf der Dunbluódur erscheinen? Circendil, mein Herz steht still bei der bloßen Erinnerung an jene Nacht. Ich will Amuul nicht einmal mehr auch nur denken müssen! Selbst Saisárasar fürchtete sich vor ihm. Sie alle zusammen … Können deine anderthalb hundert auch dann noch standhalten? Nein! Selbst wenn sie rechtzeitig gewarnt würden. Und: Wer soll sie warnen?«

Er stutzte und sah den vor ihm stehenden Davenmönch stirnrunzelnd an. »Warte! Nein! Und doch! Wir sprechen eben jetzt von dir, nicht wahr? Du willst uns verlassen. Sobald du aus Sturzbach zurück bist. Natürlich!«, rief er aus und klapste sich an die Stirn. »Ich bin ein solcher Narr! Ich bin zu müde. Ich kann kaum noch denken. Aber sicher! Auch du *musst* ja dem Gebot deines Ordens folgen. Wie konnte ich das vergessen? Zu Alvain heim nach Daven. Du müsstest eigentlich schon längst unterwegs sein. Darum also die Eile. Also ist für uns alles verloren. Und da sprichst du von Hoffnung!«

Finn kickte wütend einen Stein beiseite, wandte sich ab und schlug die Hände vor dem Gesicht zusammen. Inku rannte in welpenhaftem Ungestüm dem Stein hinterher und beschnüffelte ihn.

»Du irrst dich«, sagte Circendil leise. Er ging in die Hocke, drehte den Vahit zu sich herum und sprach:

»Sieh mich an, Finn. Habe ich je ein Versprechen gebrochen? Ich habe mich eurer Sache nun einmal angenommen, und so ist sie damit zur meinigen geworden. Ich bleibe bei euch. Ich werde der erste Davena sein, der dies seit Beginn unseres Ordens wagt. Aber ich werde in diesem Jahr nicht nach Daven zurückkehren! Und unter Umständen niemals mehr, denn vielleicht hast du Recht. Wer weiß, ob es im nächsten Jahr den Orden oder das Kloster überhaupt noch gibt.«

»Entschuldige«, sagte Finn. »Ich rede vermutlich wirres, törichtes Zeug. In meinem Kopf geht es drunter und drüber. Für einen Moment, da dachte ich, du würdest … verzeih! Wir dürfen aneinander nicht zweifeln. Und doch wird mir mein Herz schwer, so gänzlich schwer. Mein Herz! Es ist nicht annähernd groß genug für die Hoffnung dreier Königreiche. Es ist nicht einmal groß genug für die Hoffnung eines einzelnen Vahits und ein kleines bisschen Lebensfreude darin an der Seite von Ta… von irgendwem. Wenn Hoffnung Tropfen sind, Circendil, dann gehen meine allmählich zur Neige.«

»Ein trauriges und dennoch ein schönes Bild. Denn es besagt zugleich, dass immer noch Tropfen vorhanden sind. Auch wenn sie zur Neige gehen: Noch gibt es welche.«

Er richtete sich auf und sagte:

»Ja! Die Tropfen der Hoffnung gegen die Tränen der Qual! Lass dies unser Wahlspruch sein. Noch ist nicht alles verloren, Finn. Noch ist die Gluda, die letzte freie Gilwe, nicht gefunden. Aber wir können sie womöglich finden. Denn nie waren wir einer Spur von ihr so nahe. Und darin mag eine Bedeutung liegen. Komm, da ist Mellow mit frischen Ponys. So heißt es denn Abschied nehmen, für eine kleine Weile. Bleibe standhaft! Wir kommen so rasch es geht zurück. Mit guten Nachrichten und neuer Hoffnung. Das sagt mir *mein* Herz. Du wirst es sehen!«

11. KAPITEL

Das Fenster zum Sturz

Eine halbe Stunde später fand Finn sich im großen Haus der Taubers wieder. Seine Ankunft war eigenartigerweise nahezu unbemerkt geblieben. Er saß, müde und kaum noch zu einem klaren Gedanken fähig, an einem Tisch in einem kleineren Zimmer im Obergeschoß vor dem Kamin, in dem ein behagliches Feuer brannte. Inku hatte sich davor auf seiner Decke zusammengerollt und blinzelte träge in die tanzenden Flammen.

Niemand war bei ihnen, aber Finns Vetter Wilhag hatte versprochen, in Kürze zurück zu sein.

Wil hatte Finn wenige Minuten zuvor auf den Hof reiten sehen. Sogleich war er herausgekommen, um ihn zu begrüßen.

Es war ein trauriger Moment gewesen, in dem sie einander nur stumm umarmt hatten. Gemeinsam hatten sie Smod im Stall untergebracht, ihn abgerieben und mit allem versorgt, was er benötigte. Anschließend waren sie in das Hauptgebäude hinübergegangen, durch einen sich längs des Hauses ziehenden, dunklen Flur, um die in seiner Mitte gelegene breite Treppe hinaufzusteigen. Ein paar Verwandte waren ihnen unterwegs begegnet, aber nur im Vorbeihuschen und ohne sie wirklich zu bemerken: zur einen Tür hinaus, zur anderen wieder hinein; *tripp-klapp, trapp-klipp,* und weg waren sie.

Im Tauberhaus lebten derzeit vier Generationen unter einem Dach, und dementsprechend viele Räumlichkeiten verteilten sich unten wie oben beiderseits der verwinkelten Flure. Das größte Zimmer war das Esszimmer im ebenerdigen Geschoß zur Linken, mit einem mächtigen Kamin und geschnitzten Balken.

Als sie daran vorübergingen, drang trotz der geschlossenen Türen ein schwirrendes Durcheinander von schwatzenden Vahitstimmen heraus. Das halbe Dorf war zweifellos zugegen, um den Taubers (und vor allem natürlich Furgo) ihre ehrerbietige Aufwartung zu machen – und um an Amafilias Leichenschmaus teilzunehmen; eine wichtige und bei aller Trauer gern wahrgenommene Pflicht.

Tellergeklappere und emsiges Rumoren aus der Küche drangen immer noch durch die Wände, obwohl die eigentliche Mahlzeit schon längst vorbei sein musste. Türen schlugen unten wie oben, und immerzu schien irgendwer nach irgendwem zu rufen. Mal hörte man lautes, dann wieder gedämpftes Kindergeschrei; dem Trommeln nach zu urteilen trippelten wenigstens tausend Füße barfuß, einander jagend, über ferne, knarrende Dielenbretter; die jüngeren Vahits hatte man wohlweislich von den Trauergästen getrennt. Finn lauschte den vielfältigen Geräuschen und lächelte wehmütig; ihm taten diejenigen leid, die man den Vahitkindern zur Aufsicht beigegeben hatte. Inkus feine Ohren spielten, aber er verstand, dass keine Gefahr bestand, solange sein Herr trotz des fernen Lärms ruhig am Feuer saß.

Dann, nach einer halben Ewigkeit, als beide fast eingenickt waren, polterte Wilhag wieder herein, mit einem beladenen Tablett auf den Armen und einem gefüllten Napf für Inku. »In diesem Haus gibt es Futter für hundert hungrige Mäuler«, beschwerte er sich, seine Lasten absetzend.

Er füllte zwei Becher mit dünnem Bier. »Aber nichts findet sich,« fügte er hinzu, »um auch nur einen einzigen Hund satt zu bekommen. Da fiel mir Rohmag Ganter ein. Glücklicherweise besitzt auch er so einen Vierbeiner, als Einziger hier. Er ist unser Nachbar, zwei Häuser die Straße runter, falls du dich erinnerst; er hat immer Fleisch vorrätig für seinen Kläffer.«

Inku kam angetapst, schnupperte und fraß sogleich begierig. Finn, der nur wenig Appetit verspürte, stocherte lustlos auf seinem Teller herum. Wilhag hatte Käse, Brot und Butter mitgebracht, samt einem süßen würzigen Sud aus eingelegten Sonnenblumenkernen und Wiesenkräutern, und als Nachtisch ein Stück eines ofenwarmen Apfelkuchens, dessen verführerischer Duft das ganze Haus durchzog; doch sobald Finn etwas davon in den Mund schob, hob sich ihm schier der Magen; nur mühsam brachte er es zuwege, den Bissen hinunterzuschlucken. So saß er nur da und schaute Inku beim Schlingen zu. Wenig später sank der Kopf des Welpen zu Boden. Übergangslos schlief er ein, neben dem Napf, gerade wo er lag. Finn nahm den erschöpften Hund auf und trug ihn zu seiner Decke zurück.

»Wir sind beide müde«, erklärte er entschuldigend, als er sich wieder setzte. Er schob bedauernd seinen nur halb geleerten Teller von sich. »Zu müde sogar zum Essen, fürchte ich. Und ich darf mir noch lange keine Ruhe gönnen. Doch jetzt erzähl mir endlich, Wil: Wie steht es um Papa?«

Wilhag, dunkelhaarig wie die meisten Taubers, war der Sohn von Amafilias Bruder Ewerdarg und dessen Frau Harriata. Er war zwei Jahre jünger als Finn und stand noch in der verantwortungsfreien Zeit seiner Tubertel – ein Umstand, der im Haushalt der Taubers nicht allzu viel galt. Um derart viele Mäuler zu stopfen, brauchte es wenigstens ebenso viele Hände, sei es auf dem Feld oder in der Sägemühle hinter der Scheune.

Die Taubers schnitten dort Bretter zurecht und schreinerten in einer kleinen Werkstatt nebenan Truhen, Tische und Stühle. Die Frauen bemalten viele der Möbel in den frischen, hellen Farben, die die Vahits im Besonderen liebten. Vor allem Blumen erblühten so auf Schränken und Lehnen. Die Werkstatt der Taubers hatte bei weitem nicht den ehrfürchtigen Ruf von Fokklinhand; doch *Tauberwerk* war unter Schreinern (und Kunden) kein schlechter Name; und ihr Siegel, eine Taube, die auf einem Hobel saß, brauchte sich hinter anderen aus Sturzbach oder Vahindema nicht zu verstecken. Längst war Tauberwerk zur eigentlichen Quelle ihres Lebensunterhaltes geworden.

Die beiden Vettern waren seit ihren Kindertagen miteinander befreundet. Wilhag besaß vier jüngere Geschwister. Er hatte Finn über lange Jahre um dessen Einzelkinddasein beneidet; Finn wiederum hätte seinerseits gerne Geschwister gehabt, und sei es nur, um weitere Fokklins an seiner Seite zu haben, die Furgos Nachfolge bei Fokklinhand hätten antreten können. Stets war er mit seinen Kümmernissen und Nöten allein gewesen, während Wilhag darüber klagte, niemals irgendwann allein sein zu können. Möglicherweise, dachte Finn, war diese wechselseitige Unerfüllbarkeit ihrer Wünsche der Keim ihrer Freundschaft gewesen.

»Nicht gut«, antwortete Wilhag betrübt. Er stürzte seinen Becher, ehe er fortfuhr: »Dabei sind es weder sein Arm noch sein Bein, die mir Sorgen machen. Beides wird heilen, auch wenn's eine Weile dauert. Aber seine Seele hat gelitten. Was er erlebt hat, muss einfach schrecklich gewesen sein. Ich will sagen, es hat etwas in ihm entzweigerissen. Er ist – ach, was soll alles Drumherumgerede – es gibt jetzt Augenblicke, da ist er ein wenig durch den Wind, wenn du verzeihst. Er … er ist in sich versunken. Er schreckt manchmal auf und fragt, wo er sich befindet. Oder er fragt, weshalb ihm Arm und Bein verbunden seien. Solche Dinge. Er spricht kaum. Weniger als früher, meine ich. Er ist regelrecht einsilbig geworden, und das will bei ihm was heißen, oder? Heute hast du echtes Glück, wenn du eine Antwort bekommst. Manchmal steht er einfach nur da und weint ganz still, ohne es selbst zu bemerken. Dann wieder stiert er minutenlang auf einen Punkt, ohne etwas dabei zu sehen. Seine Gedanken sind bei deiner Mutter, das ist klar, und das ist natürlich und ganz selbstverständlich. Wir alle denken ununterbrochen an sie und ihr Unglück. Nur er selbst tut sich damit keinen Gefallen. Dich zum Beispiel hat er nicht einmal erkannt vorhin. Als ich ihm sagte, du seiest angekommen, winkte er nur ab und brummelte etwas von einem verbummelten Brief.

Ein verbummelter Brief?, frag ich. Aber da ist er schon wieder irgendwo anders mit seinen Gedanken, und ich krieg keine Antwort.

Heute Morgen wollte er gar von Hámlat wissen, ob Amafilia es gut überstanden habe. Man hätte meinen können, er dachte, sie wäre nur krank gewesen. Obwohl sie doch gestorben ist und alles. Er ist eben etwas wirr im Kopf zur Zeit, und wer will es ihm verdenken?

Mich nennt er mal Wilhag, mal Ewerdarg … Immerhin: Er hat wohl begriffen, dass deine Mutter tot ist und wir sie heute zu Grabe getragen haben. Aber ich glaube, er kann sich nicht immer erinnern, warum und wieso. Du hättest sehen sollen, wie unsicher er den Leuten unten die Hand gedrückt hat. Jetzt ist er im Eckzimmer bei Fionwen, oder sagen wir besser, sie ist bei ihm. Nein, es geht ihm wirklich nicht gut, Finn. Es tut mir so leid.«

Finn nickte beklommen. »Das wusste ich nicht. Zu allem anderen nun auch noch das.« Finn winkte ab, als Wilhag fragend die Brauen hob. »Ich muss mich bei so vielen bedanken. Bei dir, weil du dich so um Papa bemüht hast. Bei Bardogar, der ihn fand und der dann zum Unglücksort eilte, was mutiger war – oder leichtsinniger –, als er es selbst wohl ahnt. Bei euch allen, weil ihr euch um die Begräbnisfeier gekümmert habt und alles. Und für die Fürsorge, dir ihr den beiden zukommen ließet.«

Wilhag verschränkte die Arme. »Ach was. Nun hör schon auf mit solch 'nem Blödsinn. Mach dir darüber keine Gedanken. Deine Mutter ist … ich will sagen, sie war unser eigen Fleisch und Blut, vergiss das nicht. Kein Tauber lässt einen anderen im Stich.«

»Wie ist Mama gestorben? Ich hörte, es war gestern Nacht?«

Wilhag stand auf und räumte umständlich sein Geschirr zusammen.

Er zögerte mit der Antwort. Es war offensichtlich, wie er nach den richtigen Worten suchte.

»Ja«, sagte er endlich. »Gestern Nacht. Drei oder vier Stunden nach Mitternacht, schätze ich. Wie sie gestorben ist? Ich hoffe, unter weniger Schmerzen, als sie zuvor erleiden musste. Natürlich haben sie ihr starke Kräuter gegeben. Gleich, nachdem sie hier war. Großvater hat Oheim Fiongar nach Dreihorsten geschickt, um den dortigen Heiler zu holen. Kaum war er da, ging er mit Nadel und Faden zu Werk, aber es hat gedauert, bis er endlich hier eintraf; und sie schrie in einem fort. Dann war es vorbei; ich meine, die Kräuter wirkten, alle Wunden waren verbunden. Sie war ganz bleich und zitterte. Sie hatte viel Blut verloren und schlief danach die meiste Zeit; aber in den Stunden, in denen sie wach war, konnte sie sich vor Schmerzen kaum rühren. Ein paar Mal rief sie nach dir. Am schlimmsten wurde es am Sonntag, als das Wundfieber einsetzte. Nie habe ich glänzendere Augen gesehen, Finn. Sie flößten ihr irgendeinen abscheulichen Trank des Heilers ein. Aber ich glaube, davon erhofften sie sich schon nicht mehr viel. Am Ende schlief sie friedlich ein. Sie erwachte nicht mehr. Ich war nicht dabei; aber Furgo wich nicht von ihrer Seite. Bis zum Morgengrauen kauerte er an ihrem Bett und hielt ihre Hand. Er muss sie sehr geliebt haben.«

»Ja«, sagte Finn leise. »Sie zankten sich hin und wieder, aber sie meinten es nie wirklich so. Sie brauchten sich. Ja, ich denke, sie haben nie aufgehört, einander zu lieben.«

»Eigentlich wollten wir dir am Sonntag eine Nachricht schicken«, sagte Wilhag und setzte sich wieder. »Ich wurde ausgewählt, sie zu überbringen. Mit dem ersten Licht des Tages hätte ich aufbrechen sollen. Aber dann, als am Samstagabend die beiden Postler aus Mechellinde eintrafen, hörten wir von den Feindseligkeiten im Norden und davon, dass du irgendwie darin verwickelt seiest. Du wärest mit einem der Großen Leute unterwegs, hieß es, und es ginge um nichts Geringeres als darum, das Hüggelland vor dem sicheren Untergang zu bewahren. Da verbot Großvater meine Reise. Er war wütend über den Aufruf des Bürgermeisters, alle kräftigen Burschen – vor allem Säger! *Säger!* er schrie das Wort – nach Mechellinde zu entsenden. Du weißt ja, wie er ist: knorrig wie eine Eiche im Winter.

Auch Aarienheim ist ein Teil des Hüggellandes!, schimpfte er.

Und wer soll hier die Säge ziehen, wenn alle Hände Bogensehnen spannen? Von wegen! Nichts da! Du bleibst hier.

In Wahrheit fürchtete er, ich könne nicht zurückkommen und in irgendwelche Kämpfe hineingezogen werden. Ich wäre dennoch gegangen, schon um deinetwegen, denn ich konnte mir denken, dass du in Schwierigkeiten stecktest. Aber er blieb eisern. Umso erleichterter bin ich, dass du den Weg noch rechtzeitig selbst gefunden hast. Aber sag: Ist die Lage denn wirklich so bedrohlich, wie die Postler berichteten? Es kam uns allen übertrieben vor, von Großvater abgesehen. Auch unser Gauvogt nahm ihre Geschichte offenbar nicht ernst und wollte von dem ›Unfug‹ nichts wissen. Herr Gasakan kam des Sonntags aus Dreihorsten herüber, als er von dem Unglück deiner Eltern hörte.«

Finn nickte niedergeschlagen. Er blickte seinen Freund und Vetter lange an, ehe er antwortete: »Schau mich an, Wil. Woher, glaubst du, kommen alle diese Schrammen und Schnitte? In der vergangenen Woche bin ich dem Tod in so vielen abscheulichen Gestalten begegnet! Fast beginne ich, den Überblick zu verlieren. So sah ich eine Vahitfrau, die gefressen wurde. Ich sah einen Broch lichterloh brennen – und alle, die darin waren, kamen um. Noch immer kann meine Nase den widerlichen Gestank verbrannten Fleisches nicht vergessen. Die Nachbarsfamilie von Borath dem Lohgerber wurde gleichfalls getötet. Fliehende Vahitfamilien aus Rudenforst verloren am Mürmelkopf ihr Leben: Väter, Mütter, Kinder – *Kinder*, Wil! Ich half dabei, ihre Leichname auf einen Wagen zu schichten. Schichten mussten wir sie!« Er fuhr sich mit der Hand über die Augen, ehe er Wilhags Blick erneut erwiderte. »Ein Freund von mir wurde mit Feuer übergossen und flammte auf wie eine Fackel. Ich selbst … und noch jemand, wir entkamen demselben Feuer nur knapp. Und – nein, an den Criarg will ich jetzt nicht einmal denken!

Circendil, der Mensch, den du an meiner Seite sahst … er kämpfte gegen etliche Feinde, tötete viele und wurde selbst verwundet. Ich befand mich so oft in Lebensgefahr, dass ich es nicht mehr zählen kann. Und das alles geschah lediglich als Vorgeplänkel. Das alles war nicht mehr als eine beiläufige Begebenheit beim allmählichen Näherrücken eines Feindes, dessen wahre Macht wir uns nicht einmal vorstellen können.

Ob die Lage bedrohlich ist, fragst du? Nein, Wil, sie ist nicht bedrohlich. Sie ist viel furchtbarer als das. Denn mit jeder Stunde nähert sich der Zeitpunkt, da der Feind wirklich zuschlägt. Er wird mit uns Vahits machen, was immer er will. Ich will es niemanden außer dir verraten: Nur ein Einziger von ihnen trägt die Schuld am Leid meines Vaters. Und am Tod meiner Mutter! Die nur deshalb sterben musste, weil *dieser Eine* zur Unzeit des Weges kam.

Die Lage? Sie ist nahezu aussichtslos, wenn du es wissen willst. Diejenigen, die dem Aufruf folgen und nach Mechellinde gehen … Sie alle werden Bögen und Pfeile erhalten, mit denen sie kämpfen sollen. Kämpfen! Oh ja,« lachte er bitter. »Das werden sie. Sie werden kämpfen. Einige Minuten lang oder vielleicht eine halbe Stunde. Dann wird der Kampf auch schon vorüber sein, und wer dann noch lebt, wird fliehen. Falls es eine Flucht gibt. Opa Hámlat hatte wahrlich Recht, dich hier zu behalten. Du wärest kaum zurückgekommen.«

»Das ahnte ich nicht«, sagte Wilhag bestürzt. »Dann … dann seid ihr jetzt auf der Flucht?«

»Was? Nein.« Finn lächelte schwach, trotz all seiner Niedergeschlagenheit; es war nicht viel mehr als ein kurzes Zucken seiner Mundwinkel, aber es wärmte ihn mehr, als es das Feuer vermochte. »Noch hat der eigentliche Angriff nicht einmal begonnen. Wir eilten, Wil, aber es ist keine Flucht.

Wir sind – nein, entschuldige, es ist eine sehr lange Geschichte, und ich erzähle dir alles gerne später, aber nicht jetzt. Vielleicht heute Abend. Oder morgen, wenn uns die Zeit gegeben wird. Jetzt bringe mich bitte zu meinem Vater. Ich habe es lange genug vor mir hergeschoben.«

Schweren Herzens stand er auf.

Aber ehe er ging, überzeugte er sich, dass es seinem Schutzbefohlenen wohlerging. Für einige Augenblicke stand er über Inku gebeugt, und nun stahl sich ein wirkliches Lächeln auf sein Gesicht.

»Schau«, sagte er zu Wilhag. »So klein. Seit gestern erst ist er bei mir, und er vertraut mir völlig. Er hat in der kurzen Zeit mein Herz erobert, wie man so sagt. Ich mag ihn wirklich. Er ist wie ein Lichtblick unter lauter finsteren Wolken. Und noch so jung – so verwundbar. Und in was für eine Welt ist er hineingeboren worden? Schon hat er seine Mutter verloren, in derselben Nacht wie ich die meinige. Ein grausiges Schicksal hat uns zusammengeführt.«

Sanft hob und senkte sich die winzige Brust des Hundes im Takt seines gleichmäßigen Atems. Er schlief jetzt, zusammengerollt und den Kopf auf seine Pfoten gebettet: tief und fest und mit neu gefasstem Vertrauen. Finn streichelte ihn, und der junge Atruma räkelte sich und schmatzte leise wie in einem behaglichen Traum. Finn legte seinen Mantel und seinen Rucksack neben ihn zum Zeichen, dass er sicher wiederkommen werde.

Dann verließen die beiden Vahits auf leisen Sohlen den Raum.

Wilhag entzündete eine Öllampe. Dann führte er Finn um zwei Ecken herum und eine schmale Stiege am Ende eines Flures hinab. Unten ging es mehrfach um Vorsprünge und durch eine Diele, in der Furgos Tragestuhl stand. Endlich klopfte Wilhag an eine Tür. Eine Frauenstimme antwortete. Sie traten ein und sahen Furgo in einem Sessel sitzen, am Tisch und nahe beim Fenster. Das geschiente Bein ruhte auf einem Schemel. Der verletzte Arm hing in der Schlinge. Finns Vater rührte sich nicht, er wendete nicht einmal den Kopf. Der Blick des alten Vahits ging ohne jede Regung über den Rasen zum Sturz hinaus.

Das Licht draußen verblasste zu einer frühen Dämmerung. Den ganzen Tag über hatte sich die Sonne nicht gezeigt, und auch jetzt hielt sie sich weiter bedeckt und warf keine Schatten. Das

Grün des Grases verfiel zu einem matten Grau, während sie noch warteten, ob Furgo sich zu ihnen umdrehen möge. Das Weiß des Zaunes hinter den zerzausten Halmen wurde binnen weniger Atemzüge erst wächsern, dann zu einem silbrigen Schimmern, ehe es zu zwei fahlen, waagerechten Bahnen verstarb, hinter denen sich der Himmel verdunkelte. Weder Mond noch Sterne waren zu sehen. Der Walnussbaum schüttelte seine dicken Äste unter dem Ansturm des Windes. Die Schaukel pendelte verlassen an ihren Seilen. Die Scheite im Kamin knisterten, Funken stoben, sie hörten den Wind an den Flammen ziehen.

Eine junge Frau saß Furgo gegenüber. Sie erhob sich, als die beiden Vettern das Zimmer betraten. An ihrer Seite schlief ein Kind in einer Wiege.

»Kommt doch näher«, sagte sie nach einer Weile des Schweigens, in der alle zu Furgo hinsahen. Es war Fionwen, die jüngste Mutter im Tauberhaus. Sie war nur wenige Jahre älter als Finn – das einstige Nesthäkchen von Hámlats Familie. Jetzt erlebte Finn sie zu voller Schönheit herangereift, die dem Abbild auf Amafilias Tassel verblüffend ähnlich sah.

Ein strahlendes Lächeln glitt über ihr Gesicht. »Mein lieber Finn! Wie sehr freue ich mich, dich zu sehen!« Sie drückte ihn innig an sich und behielt auch danach seine Hände umfasst. Dann ließ sie sie erschrocken los und sagte: »Verzeih mir! Ich wollte nicht unehrerbietig erscheinen. Du erwartetest mein Beileid, und stattdessen überfalle dich mit meiner Freude. Es tut mir alles so schrecklich leid. Ich bin so durcheinander. Amie war mir eine so große Hilfe. Und jetzt … Sie war so rücksichtsvoll und doch so stark. Ohne sie hätte ich es nie geschafft. Mit ihrer Hilfe brachte ich einen gesunden Sohn zur Welt. Sieh ihn dir an!« Sie schlug das Bettdeck zur Seite und hob ein umwickeltes Bündel heraus. Ein winziges Vahitkind schlief darin, mit einem Gesicht, das Finn noch zerbrechlicher erschien als Inkus Welpenantlitz; und der gleiche Gedanke wie zuvor schoss ihm durch den Sinn: *In was für eine Welt bist du bloß hineingeboren worden?*

Laut aber sagte er:

»Ich bin es, der froh ist, Fionwen. Zu sehen, dass es dir und dem Kind gut geht, bedeutet mir viel. Ich bin … ja, wirklich froh. Es geht euch doch gut, euch beiden?«

»Aber ja«, sagte Fionwen; aus ihrem Lächeln quollen übergangslos Tränen. »Ich mache mir nur solche Vorwürfe, jetzt, wo das alles geschehen ist. Wäre ich nicht an der Zeit gewesen, wäre Amie nicht nach Aarienheim gekommen. Und sie würde noch immer leben, bei euch in Moorreet. Finn, ich habe das Gefühl, ich trage die Schuld an ihrem Tod.«

»Aber das ist doch großer Unsinn«, fiel er ihr ins Wort. »Bei uns in Moorreet …«

»Ich weiß; aber alles fühlt sich so falsch an seitdem. Ich habe Angst, du wirst mir eines Tages den Tod deiner Mutter vorhalten; und wenn es so kommt, nun gut, dann nehme ich es auf mich. Aber – ich bitte dich von ganzem Herzen: Lass es niemals meinen Sohn vergelten! Versprich es mir, ja? Er kann doch am wenigsten dafür. Er ist …«

»Fionwen?« Zum ersten Mal in seinem Leben nannte er sie so.

Stets war Fionwen für ihn immer nur »Jumu« gewesen, seine »junge Muhme«, und es war ihr Spitzname geworden; doch in diesem Moment, in dem sie so verzweifelt vor ihm stand, da wurde sie für ihn zu etwas anderem. Nicht mehr nur die Mutterschwester war sie für ihn länger, sondern binnen eines Wimpernschlages erkannte er in ihr ein anderes Wesen: die fast gleichaltrige junge Frau, die seine Schwester hätte sein können. Beinahe hatte er das Gefühl, als würde er unter ihren Augen zum Erwachsenen, als spränge eine Schale ab, von der er nicht gewusst hatte, dass sie ihn umgab. Es war, als wachse er dichter an sie und an die verlassene Stelle seiner Mutter heran, als überspränge er eine Generation; und es war, als webe sich ein neues Band um sie; und sie schwieg verblüfft und sah ihn voller Staunen an. Ein rötlicher Schimmer lag auf den Fingern seiner linken Hand, die auf dem Knauf seines Schwertes ruhten.

»Sei meinetwegen unbesorgt«, sagte er. »Niemals gebe ich dir oder deinem Sohn irgendeine Schuld. Niemals, das versichere ich dir. Mamas Tod war sinnlos; aber er hätte sie überall ereilen können. Er ist die Folge eines fremden, bösartigen Willens, den wir nicht verstehen können. Jener Wille geht von einem Ort namens Ulúrlim aus. Er geht von einem aus, den sie den Grausamen nennen, und wir wissen nur, dass er seine Bösartigkeit dieser Tage auf das Hüggelland und ganz Kolryn gerichtet hält. Zu unserem Leid: Viele sind seinetwegen schon gestorben, und Mamas Tod war nicht die erste und nicht die letzte seiner Missetaten. Alles das«, sagte er bestimmt, »hat mir dir und deinem Kind nicht das Geringste zu tun.«

Die Dunkelheit fiel jetzt schnell ins Zimmer.

Wilhag nahm einen Kienspan, entzündete ihn am Feuer und steckte mehrere Kerzen an, die auf dem Kaminsims und dem Tisch in Haltern standen. Das warme Licht mochte etwas in Furgo berühren, denn er machte einen Laut, der einem Seufzer ziemlich ähnlich kam. Doch er rührte sich nicht und verhielt sich, als habe er die Ankömmlinge nicht bemerkt, als wäre er allein, in diesem Zimmer, im Hüggelland und in Kringerdes Weiten. Bestimmt war er es auf seine Weise auch: Seinem Kummer ausgesetzt, focht er einen aussichtslosen Kampf gegen den Ansturm der Erinnerungen. Er blickte weiterhin mit leerem Blick aus dem Fenster und verlor sich in der Betrachtung der zunehmenden Schatten.

Der Baum mit seiner Schaukel war zu einem nur noch zu erahnenden Schemen vor schnell ziehenden Wolken geworden, der Zaun dahinter gänzlich im Dunkel der Nacht versunken. Nur die Kerzen spiegelten sich in der Scheibe; kein Licht oder Feuer schimmerte dagegen aus den einsamen Tiefenlanden herauf. Niemand, so vermuteten die Vahits, lebte dort beiderseits der Ufer des Tarduils. Die Lande oberhalb seiner Fälle waren allem Anschein nach verlassen oder niemals bewohnt gewesen, denn auch bei klarstem Wetter sah man weder Straßen noch Bewegungen in der Tiefe; die Eren ausgenommen, die tagein tagaus ihre Kreise zogen.

Finn riss seinen Blick vom Fenster los. Seine Augen suchten die Fionwens.

»Aber Sorgen solltest du dir machen!«, beschwor er sie; weit heftiger kamen seine Worte als er es wollte. »Ich meine – wenn du auf meinen Rat hören willst, so sorge für dich und deinen Sohn, so gut du nur kannst. Er ist wahrlich zur Unzeit geboren worden! Und ich fürchte um sein und um dein eigenes Leben, Fionwen. Ich kann dir nicht viel mehr raten als dies: Bleibe fortan und bis auf Weiteres im Haus. Geht nicht zusammen ins Freie, und wenn, dann nur im Schutze mehrerer bewaffneter Vahits. Überall und allezeit droht nun Gefahr. Jene Vögel des Feindes, von denen ein einzelner Mama tödlich verletzte, sind um vieles größer als Eren; und sie wittern und begehren das Fleisch von Vahitfrauen mehr als alles andere. Meide fortan den freien Himmel, Fionwen. Dir und deinem Kind zuliebe. Mehr kann ich nicht sagen.«

Fionwen sank in den Sessel zurück, ihren Sohn an sich gedrückt.

»Meinem Kind zuliebe«, krächzte Furgo plötzlich. Sie alle schraken zusammen. »Wo ist Finnig?«

»Hier, Schwager«, sagte Fionwen rasch. Finn wollte zu ihm treten, doch Fionwen schüttelte den Kopf. Sie nahm das schlafende Kind samt einer Decke und legte beides Furgo vorsichtig in den Schoß.

Mit unendlicher Zärtlichkeit strich der alte Vahit über den dunkelhaarigen Kopf des Neugeborenen. »Eines Tages«, murmelte Furgo, seinen Kopf über das Kind beugend. »Eines Tages wirst du der Meister von Fokklinhand sein.«

Finn starrte Fionwen fassungslos an. »Er denkt, das bin ich?«, flüsterte er.

»Wir wissen es nicht genau«, antwortete die junge Frau. »Mein Sohn trägt tatsächlich deinen Namen. Ich habe ihn Finnig genannt, Amie zur Freude, weil sie mir eine so große Hilfe war. Seit heute früh fragt er immer wieder nach ihm. Er hält ihn gern, und der Kleine scheint ihn zu mögen.«

»Ein zweiter Finnig also«, meinte Finn. »Was sagt Lindan dazu?« Lindan Storchner war Fionwens Mann, ein Sattler aus Dreihorsten.

»Er ist sehr einverstanden«, strahlte Fionwen. »Er hofft, unser Sohn gerät ein wenig nach dir. Lindan hält viel von dir, Finn.«

»Ich möchte mal wissen, warum«, murmelte er geistesabwesend.

Schreckliche Bilder stiegen in ihm auf. Während er ungläubig verfolgte, wie der knorrige Finger seines Vaters dem Kind ein Bläschen vom Mundwinkel wischte, sah er zugleich den kleinen Finnig heranwachsen.

Ein frierendes Kind in Lumpen, barfuß und ungewaschen; und er sah den Jungen in einem düsteren Lande leben, in dem die Gidrogs herrschten und die Vahits nicht mehr waren als ihre Sklaven: geduldet und getrieben, gepeinigt und geschlagen, geschunden und gedemütigt; und über allem saß Saisárasar auf einem steinernen Thron und trank frisches Blut aus den Schädeln von Neugeborenen.

Finn zuckte zusammen und schüttelte mit Macht die grausigen Bilder ab; aber eine schmerzliche Bitterkeit stieg in ihm auf und blieb. Er fragte sich im Stillen, ob der kleine Finnig je seinen ersten Geburtstag erleben würde; oder gar seinen fünften oder zehnten; und, falls ja, ob ein früher Tod nicht das bessere, das erträglichere Schicksal für ihn wäre.

»Weil du nicht aufgibst«, sagte Fionwen in seine Gedanken hinein, und Finn brauchte einen Moment, bis er mitbekam, dass sie ihm antwortete. »Lindan sagte, darin sähe er deine größte Stärke. Es sei etwas in deinem Wesen, was dir diese Kraft verleiht – nicht aufzugeben, auch wenn alles schon verloren scheint. Er meinte, davon wünsche er sich etwas für *unseren* Finnig.«

Selten sei etwas so falsch über ihn gesagt worden, wollte Finn ausrufen. Stattdessen bemerkte er Fionwens glückliches Lächeln und erkannte, dass auch sie etwas von dieser Kraft in ihm sah und wie viel Mut es ihr gab, dies zu wissen und für ihren Sohn zu erhoffen. Hilflos blickte er zu Wilhag hinüber. Der zuckte ergeben mit den Schultern.

Furgos Augen glitten zurück zum Fenster. Fionwen nahm ihm das Kind ab und legte es in die Wiege zurück. Finn ging neben dem Sessel seines Vaters in die Hocke und sprach leise auf ihn ein. Doch vergeblich. Furgo Fokklin befand sich längst wieder in seiner eigenen, einsamen Welt, und die Worte seines Sohnes erreichten ihn nicht; oder, falls doch, so maß er ihnen keine Bedeutung bei. Stumm starrte er aus dem Fenster.

Mit einem unsäglichen Gefühl der Hilflosigkeit verließ Finn das Zimmer.

Der Leichenschmaus war inzwischen vorüber. Die Gäste hatten sich verabschiedet. Etwas wie Ruhe kehrte in das Tauberhaus ein, aber das wollte unter diesem Dach nicht viel heißen. Aufräumarbeiten begannen: Berge von Geschirr wollten abgewaschen werden, und fast alle, groß und klein, waren irgendwie mit Heraus- und Hineintragen beschäftigt.

Endlich begrüßte er den alten Hámlat, den Hausherrn, der ihn willkommen hieß und der als Einziger in seinem Sessel saß und ein Pfeifchen schmauchte; seine Frau Walnutia, die Oheime und Muhmen, die Tanten und Neffen und Nichten schlossen sich an; und als Finn endlich allen gedankt und von allen Beileidsbekundungen entgegengenommen hatte, konnte er sich kaum noch auf den Beinen halten. Wilhag selbst bereitete ihm das Bett in dem Zimmer, in dem Inku friedlich schlummerte und das eigentlich das seinige war. Er selbst werde drüben im Broch schlafen, verkündete er und wünschte eine erholsame Nacht. Durch das Fenster sah Finn ihn hinübergehen, mit einer Lampe in der Hand und herzhaft gähnend. Dann verlosch draußen das Licht, und auch Finn löschte alle Kerzen. Ein rötliches Glimmen im Kamin war das letzte, was er sah und hörte. Das und den warnenden Schrei eines Adlers, aber vielleicht war dies auch schon ein Teil seines Traums.

Als Finn am nächsten Morgen erwachte, lag Inku neben ihm im Bett, wach und voller Ungeduld. Finn zog sich an und machte mit dem Welpen einen Morgenspaziergang über das Grundstück der Taubers. Dieser heraufdämmernde Dienstag – es war der 9. Oktober – versprach Regen; ein glühendes Morgenrot zeigte sich über den fernen Bergen im Osten. Der Wind hatte in der Nacht nachgelassen und war sogar etwas wärmer geworden; aber immer noch wehte er von Westen, und er schien nach Südwesten kippen zu wollen: ein fast sicheres Zeichen für nahenden Regen. Denn im Südwesten waren die Gipfel des Halbmondgebirges niedriger, und hinter ihren steil abfallenden Hängen lag das Meer mit seinen brandenden Wogen.

Finn erinnerte sich des Ratschlags von Circendil und suchte einen Strick, um Inku anzuleinen; aber der Welpe wehrte sich mit allen Vieren und seinen kleinen spitzen Zähnen, als er ihm eine Schlinge um den Hals zu legen versuchte. Immer wieder zog er seinen Kopf zurück und knurrte. Als Finn sein Ansinnen endlich aufgab und den Strick fortnahm, legte Inku seinen Kopf schief und bedachte Finn mit dem dankbarsten Blick, den Hundeaugen zu vollbringen im Stande waren. Finn lachte auf und tollte mit dem Welpen herum, und für einige Minuten waren die düsteren Gedanken vergessen, die ihn auch in seinen Träumen nicht gänzlich verlassen hatten.

Es gab ein gemeinsames Frühstück am langen Tisch der Taubers, das so lärmend war wie stets, weil alle durcheinander schwatzten und jeder glaubte, besser verstanden zu werden, wenn er lauter sprach als sein Nachbar. Hámlat am Kopfende fragte Finn höflich nach Bekannten und deren Belanglosigkeiten aus dem Obergau, aber sobald Finn vom Rat und seinen Beschlüssen erzählen wollte, wurde der alte Vahit mürrisch und winkte ab. So beschränkte sich Finn nur darauf, zu erwähnen, dass er bis zum Eintreffen seiner Freunde zu bleiben gedenke, deren Ankunft er in Bälde aus Sturzbach erwarte.

»Du weißt, du kannst bleiben, solange du willst«, antwortete

Hámlat. Seine kurzsichtigen, aber immer noch gewitzten Augen blitzten, als er sich vorbeugte. Wie Finns neuer Freund, dieser Mensch, denn so sei, wollte er wissen.

»Eben das«, erwiderte Finn. »Er ist ein verständiger und verlässlicher Gefährte. Ich mag ihn. Ich würde ihm bedenkenlos mein Leben anvertrauen.« Dann sei es ja gut, brummte Hámlat und entzündete die erste Pfeife des Tages.

Nur drei saßen nicht mit auf den Bänken: Bartolos Witwe Tessina sowie Furgo und Fionwen, die nach ihm sah. Nachdem die Tafel aufgehoben war, begann das Spiel der unentwegt klappernden Türen erneut. Der »Taubenschlag« machte seinem Namen alle Ehre: Wie Geflattere schwirrte es hinein und hinaus; und als endlich die meisten in alle Himmelsrichtungen verstreut unterwegs waren, um ihr Tagwerk zu verrichten, atmete Finn erleichtert auf.

Da niemand ihn vereinnahmte, holte er sich sein Schreibzeug herunter und suchte sich eine Ecke, um sein Tagebuch zu vervollständigen. Darüber verging der Vormittag, und Finn war überrascht, als man ihn schon wieder zum Essen rief. Nach dem Mittagsmahl erging er sich mit Wilhag und Inku im Garten, um sich die Beine zu vertreten; und sie kamen an der Sägemühle vorbei und sahen Ewerdarg und seinen Brüdern eine Weile bei der Arbeit zu. Finn nutzte die Gelegenheit, sich bei seinem Oheim Bardogar für die Hilfe bei der Rettung seiner Eltern zu bedanken.

»Es war wenig genug«, meinte der älteste Hámlatsohn und wischte sich über die glänzende Stirn. Sägemehl rieselte von seinen Armen.

»Ich habe eine Bitte«, sagte Finn. »Ich werde unseren Wagen brauchen, wenn ich Papa nach Hause bringen will. Und ich möchte Panuffel dort draußen nicht einfach so liegen lassen. Er hat uns viele Jahre treu gedient, und das Mindeste, was ich für ihn tun kann, ist ihn mit ein paar Steinen zu bedecken. Aber allein schaffe ich das nicht. Werdet ihr mir helfen?«

»Wir kümmern uns darum«, versprach Fiongar. »Wir sind mit

unserer Arbeit ohnehin fast fertig für heute und machen uns sogleich auf den Weg.«

»Dann hole ich nur meinen Mantel.«

»Den kannst du holen«, meinte Ewerdarg. »Aber nicht, um uns zu begleiten. Ruhe dich aus, oder erziehe deinen Hund, der mir gerade meinen Lappen stiehlt.« Tatsächlich schlich Inku soeben mit einem alten Tuch im Maul zur Tür der Werkstatt hinaus. Die Vahits lachten und wurden übergangslos wieder ernst. »Überlass uns diese traurige Pflicht«, sagte Bardogar, und er wollte keinen Widerspruch mehr hören. »Du wirst alle deine Kräfte für Furgo brauchen. Überlass alles uns. Und nun geht und steht uns nicht länger im Weg.«

Wilhag und Finn schlenderten noch ein gutes Stück weiter. Ein zu Beginn mit Bohlen ausgelegter, später aber unbefestigter Weg führte über den Mühlbach und zog sich weiter fort nach Norden. Er lief hinter dem Besitz der Taubers durch niedrige Dickichte am Fuß eines Hügels dahin und verschwand dann und wann unter Bäumen, ehe er im flachen Tal hinter dem Hügel auf einen querverlaufenden Weg stieß, der von links, von der Gaustraße kam. Ein schmaler Bach folgte ihm und schäumte längs des Weges dem Sturz entgegen. Hier bogen sie nach rechts ab und folgten dem neuen Pfad, bis der Bach sich vor einem großen Findling teilte. Zwei Ulmen wuchsen beiderseits des Felsbrockens; und zwischen ihren Stämmen war eine hölzerne Steigbrücke befestigt, die über den Bach und über den Findling hinauf- und hinwegführte. Die beiden Teilbäche schossen beiderseits zu ebener Erde dahin, einen rechten und einen linken Bogen schlagend. Sie hörten ihr Rauschen noch eine ganze Weile; zwischen ihnen aber stieg das Gelände allmählich an, und je weiter die beiden Vahits und der Welpe gingen, desto härter und felsiger wurde der Boden unter ihren Stiefeln. Nur dünnes Gras wuchs hier noch, das mit jedem Schritt mehr in moosige Flechten überging. Bald waren sie so hoch, dass die Wipfel der Bäume an den Bachufern unter ihnen wogten. Voraus verengte sich das schräg aufwärts führende Plateau zu einer langen Spitze und stieg zugleich um ein Vielfaches steiler an, bis sich das Gestein am Ende fast senkrecht erhob.

So kamen sie bis zum Beukelfelsen, der zwar so hieß, aber in Wahrheit kein einzeln stehender Felsen war, sondern einen festverwachsenen Teil der zerklüfteten Sturzlandschaft bildete.

Der Beukel, wie er meist nur genannt wurde, war das Ende der Halbinsel zwischen den beiden Bächen: ein turmartiger Vorsprung des Sturzes, den zwei aufeinander zulaufende Klüfte und die in sie hineinstürzenden Bäche aus der steilen Klippe geschnitten hatten. Doch nicht scharf ragte der Beukel ins Land hinaus, sondern breit, als hätte einst der Bug eines Schiffes die Linvahogath gerammt. Dieser Bug stand noch immer, versteinert und stumm, aber das dazugehörige restliche Schiff war verschwunden. Von oben betrachtet glich die Form zwei sich nacheinander erhebenden Dreiecken, die mit je einer ihrer Spitzen aufeinander stießen, wobei das äußere Felsengebilde höher aufragte als das innere. An der schmalsten Stelle waren die beide Felsentürme des Beukels mit einem kaum zwei Klafter breiten Grat verbunden. Wer hinüberging oder an einer der Kanten stand, musste völlig schwindelfrei sein, denn unterhalb des überhängenden Beukels fiel die Linvahogath zu ihrer größten Tiefe ab: Mehr als eine Meile oder über eintausendzweihundert Klafter hinab fiel ein Stein, ehe er in die unergründlichen Schattenfenne plumpste und auf ewig darin verschwand. Es war ein geschätzter Wert: Niemals war er gemessen worden.

Der Beukelfelsen war ein beliebter und erhöhter Aussichtspunkt für jene, die nicht direkt an der Kante des Abgrundes wohnten; doch es gehörte trotz eines umlaufenden Geländers Mut dazu, ihn zu betreten. Zunächst wand sich der von der Steigbrücke kommende Pfad in immer engeren Kehren den ersten Turm hinauf. An den steileren Abschnitten war er mit aus dem Fels gehauenen Stufen versetzt. Oben führte er über den Grat auf den eigentlichen Vorsprung, auf das höhere, aber flachere Dreieck – hin zu einer Bank, die auf der Mitte der umzäunten Fläche nach Sonnenaufgang gerichtet stand. Ein einsamer, krummer Buchsbaum hatte dort seine Wurzeln tief in den Beukelfelsen getrieben. Er trotzte gemeinsam mit einem Sadestrauch seit langen Jahren allen Stürmen. Baum und Busch auf dem kargen Fels wirkten auf Finn wie die letzte verbliebene Haarlocke an der Stirn eines sonst kahlköpfigen Vahits.

Finn nahm Inku und steckte ihn vorsichtshalber in seine zugeknöpfte Jacke; dann gingen sie über den Damm und setzten sich auf die Bank.

Ohne dass Wilhag ihn dazu aufforderte, begann Finn zu erzählen. Und ohne dass er es selbst recht bemerkte, begann er, sich alles von der Seele zu reden, was ihn belastete. So berichtete er von Banavreds Brief. Von Gatabaids Verschwinden. Von seiner und Mellows Gefangenschaft im Acaeras Alamdil. Von der Errettung des Mädchens und ihrer Flucht. Vom Zusammentreffen mit Circendil und allem weiteren – bis er beim Rat von Mechellinde angekommen war. So gut er sich erinnerte, gab er wieder, was der Mönch über die wahren Hintergründe und die Abgründe der Zeit zu berichten wusste: von den Gilwen und ihren dunklen Schwestern, den Dunbluód, und was Fárin Goldhand, dem Dwargen, zuvor von Lukather angetan worden war. Finn sprach von der Schlacht am Mürmelkopf, von dem furchterregenden Amuul und von Glimfáin, dem Windschmied. Zu seinem eigenen Erstaunen hörte er sich auch Tallias Namen nennen, und er erzählte Wilhag wahrheitsgetreu, was ihm und ihr widerfahren war, an beinahe Tödlichem und ebenso unerwartet Schönem.

Inku schlief an seiner Brust ein und verpasste so, wie er selbst von Finn gefunden wurde; und endlich kam Finn in seiner Erzählung in Aarienheim an. Und hier nun stockte sein Redefluss, denn nur zögernd konnte er darüber sprechen, was er bei den Findlingen erlebt hatte. Jetzt, gestand er Wilhag, war er froh dafür, nicht noch einmal dorthin gehen und in Panuffels Augen blicken zu müssen; und er schloss seine Erzählung ab mit der plötzlichen Erkenntnis, dass Tallia längst einem anderen versprochen war; und die Leere in seinem Herzen setzte seinem Bericht ein Ende.

Danach schwiegen beide eine Weile.

Endlich rührte sich Wilhag, als erwache er aus einem fiebrigen Traum.

»Wärst du es nicht – ich würde dir kein Wort davon glauben«, brachte er langsam hervor. »Und ich bin in meiner Familie einiges gewöhnt, wie du weißt. Noch immer besteht die alte Muldwyrda darauf, ihr Mann Bartolo sei in die Tiefenlande hinabgestiegen und wohlbehalten zurückgekehrt. Ganz allein den Alten Weg hinab und wieder hinauf, nur um ein Kraut zu suchen, das allein in den Sümpfen der Schattenfenne wächst. Na ja.

Ich weiß nicht, was ich sagen oder dir raten soll. Das mit Tallia ist mir ganz und gar unverständlich. Wenn du meinen Rat dennoch hören willst: Rede mit ihr, sobald du sie zu fassen kriegst. Wenn sie nur annähernd so ist wie Fiongars Frau Tilliana, dann fällt es mir schwer zu glauben, sie triebe ein falsches Spiel mit dir. Also rede mit ihr. Und zwar bald. Ehe Taram oder dieser Brango weiteres Unheil anrichten können. Das ist mein Rat in dieser Angelegenheit.

Bei allem anderen, was du sagst, Finn, ist mir eine ganz andere Sache aufgefallen, und sie will mir nicht recht gefallen. Was ist mit diesen Fernen? Diesen Féar, unseren Feen, von denen dein Freund dir berichtete? Sie kommen immer nur am Rande vor, vor unvorstellbar langer Zeit und in halben Sagen. Und das will mir gar nicht schmecken. Dabei sind sie es doch, denen wir den ganzen Schlamassel zu verdanken haben, oder etwa nicht? Hätten sie damals Lukather dem Grausamen ihr Einverständnis gewährt, als er gehen wollte, so wäre er davongegangen, und alle hätten heutzutage ihre liebe Ruhe. Aber so? Ich meine, das Wenigste, was wir von *ihnen* verlangen können, ist doch wohl, sich um die Folgen *ihrer* Weigerung zu kümmern. Oder dass sie mal nach dem

Rechten sehen. Sich drum kümmern, was mit ihrem Bollwerk Benutcane geschehen ist, zum Beispiel. Wäre das zu viel verlangt? Eineinhalbtausend Jahre wenden sie auf, um die Menschen zu unterweisen. Und dann? Schweigen im Walde. Wo also bleiben die Féar? Wo sind sie? Warum kommen sie nicht und retten das Hüggelland?«

»Oder Kolryn.«

»Oder meinetwegen Kringerdes gesamten Rücken. Wo, bitteschön, ist ihre Macht geblieben, Finn? Warum erscheinen sie nicht? Das ist es, was ich mich frage.«

»Vielleicht wissen sie von alledem nichts. Oder sie sind längst tot.«

»Sie? Die Unsterblichen? Tot?« Wilhag schüttelte erbittert den Kopf.

Finn hob ratlos die Schultern. »Ich wünschte, ich wüsste es, Wil. Aber vielleicht hast du Recht und sie leben noch. Auch die Dwarge sprangen mir mit Glimfáin gleichsam aus unseren alten Sagen entgegen, wenn du mich verstehst. Vielleicht gibt es die Féar wirklich noch. Und sie kommen, um ihren alten Fehler gutzumachen. Jetzt zum Beispiel wäre keine schlechte Zeit dafür«, schloss er bitter.

Beide blickten sie wie suchend über den Sturz hinaus.

Sie spähten über die ungewissen Tümpel und trügerischen Moraste der Schattenfenne hinweg und weit darüber hinaus nach Osten, als erwarteten sie, am verwaschenen Horizont ein Heer der Féar aus der Ferne anrücken zu sehen.

Doch sie schauten vergeblich. Lediglich Finn vermeinte, westlich der Insel Langschelf und nördlich ihres Aussichtspunktes, im tiefen, wandernden Schatten der Linvahogath ein flackerndes Licht zu erkennen, wie von einem fernen Feuer; doch als er blinzelte, tanzte der Fleck vor seinen Augen. Kurz darauf war er gänzlich verschwunden. Wilhag hatte nichts davon bemerkt. Er hielt ein Feuer oder Licht für ausgeschlossen, weder diesseits noch jenseits der lotrecht aufragenden Flussinsel – niemand lebe dort unten, beharrte er. »Es wird ein schimmernder Tümpel gewesen sein«, vermutete er. »Die gibt's da unten zu tausenden. Seine Oberfläche hat die Sonne gespiegelt, als der Wind einen Baum bewegte und du ihn so kurzzeitig sehen konntest.«

»Ich weiß nicht«, widersprach Finn. »Es kann kein Sonnenlicht gewesen sein. Die Sonne steht längst hinter uns, über den westlichen Hängen. Alles dort unten liegt im Schatten. Und damit nicht genug. Der Himmel ist bewölkt, Wil. Vergiss deinen Tümpel. Es war etwas anderes. Warum soll es denn kein Feuer gewesen sein?«

»Weil das ganze Land leer und verlassen ist, deswegen. Oder es war niemals bewohnt, was es wohl richtiger trifft«, sagte er. »Nicht einmal des Nachts siehst du drunten ein Licht, nur tintige Schwärze, abgesehen vom Blinken der Sterne in den Wassern des Tarduil.«

Aufmerksam betrachtete Finn den Himmel, soweit er nur schauen konnte; und er war erleichtert, von Nord bis Süd keine schwarzen Punkte über den Landen schweben zu sehen, weil das mit einiger Wahrscheinlichkeit berittene Criargs gewesen wären. Doch der Himmel war frei, abgesehen von quellenden Wolken. Auch kein Áar ließ sich sehen, und sie erkannten wenig später den Grund dafür. Der Wind frischte merklich auf, und erste Wasserstippen fielen aus dem sich immer dichter bewölkenden Himmel. Der vorhergesagte Regen kam. »Die Eren jagen selten, wenn es schüttet«, erklärte Wilhag. »Es sind kluge Tiere, das hat Bartolo stets behauptet. Wir sollten es ihnen nachtun und uns sputen. Ich wünschte, wir hätten Flügel. Komm!«

Die beiden Vahits sprangen auf. Vorsichtig liefen sie über den Damm und stiegen jenseits der Kluft vom Beukelfelsen herunter. Etwas wie fallende Steine polterte unter ihnen, als habe ein schneller Fuß sie auf dem tieferen Abschnitt des Pfades bewegt; beide erstarrten sie und lauschten. Wilhag glaubte, sich entfernende Schritte zu hören und keuchenden Atem, doch Finn hörte nichts, abgesehen von den ersten platschenden Tropfen, die sich schnell zu dünnen Perlenketten verdichteten. Im Nu wurde der Stein zu ihren Füßen dunkel und rutschig. Sie zogen ihre Kapuzen über die Köpfe und eilten, teils schlitternd, teils springend, auf dem gewundenen Weg hinab, aber da war niemand. Keine verborgenen Schritte im Dickicht, kein Davonhasten irgendwelcher Füße außer ihrer eigenen. Dumpfer Donner grollte, fern hinter den Bergen, und im Südwesten wetterleuchtete es. Da liefen sie los, und sie kamen eben noch rechtzeitig am Tauberhaus an, als die Wolken ihre nasse Last auch schon entließen. Inku bellte zufrieden; er war unter Finns Mantel mit trockenem Fell davongekommen.

Der Nachmittag verrann in dicken Fäden an den Butzenscheiben.

Von drinnen sahen sie weit draußen über dem Sturz Vorhänge von windgetriebenem Regen schräg herabsinken. Die Tiefenlande verwandelten sich in ein Meer aus grauweißer Gischt, die über die gezackten Felsen der Insel Langschelf stob. Der Himmel wurde dunkel vom Gewitter, und früh entzündeten die Vahits Kerzen und Leuchter an diesem Tag. Walnutia rief zum Tee, und während es draußen schüttete, saßen sie gemütlich beim Feuer und sahen über den dampfenden Tassen den Schlieren zu, die an den Scheiben entlangliefen. Fionwen und Ewerdine brachten Furgo auf seinem Stuhl herein, und wieder hatte Finn Anlass zum Staunen ob der tauberischen Handwerkskunst: Geschickte Hände hatten eine ringsum abgerundete Platte gezimmert, auf der der Stuhl nun in kleinen Vertiefungen ruhte. Unterhalb der Platte drehten sich zwei hölzerne Rollen, den Teigwalzen der hügelländischen Hausfrauen nicht unähnlich. Die beiden Schwestern hoben und schoben ihn zu den anderen. Wieder wurde Furgo der kleine Finnig gegeben, doch mit niemandem sonst sprach er auch nur ein Wort. Seinen eigenen Sohn schien Furgo nicht zu bemerken, obwohl Finn den Vater mehrfach besorgt ansprach.

Ein süßer Duft drang alsbald in ihre Nasen. Unter allgemeinem Beifall brachten Amadine und Harriata große Teller mit ganzen Bergen von warmen Pflaumenkuchen herein. Während alle schmausten, betrachtete Finn stirnrunzelnd sein Stück, als habe er etwas Wichtiges vergessen.

Dann fiel es ihm ein. »Wo ist eigentlich Bholobhorg abgeblieben?«, fragte er Wilhag. »Den dicken Landhüter meine ich. Er schloss sich uns in Mechellinde an. Ich erinnere mich, ihn zuletzt auf der Bank zur Straße hin sitzen gesehen zu haben.«

»Wenn du den jungen Feldschwirl meinst«, antwortete Walnutia an Wilhags Stelle, »das kann ich dir sagen. Herr Gasakan forderte ihn auf, ihm zu folgen. Es war gestern nach dem Begräbnis. Das Haus war voll, und ich sah ihn immer noch dort draußen sitzen. Nicht, dass er nicht da sitzen durfte, wenn er es wollte; aber das Fenster hinter der Bank gehört nun einmal zu Furgos Kammer und ein fremder Landhüter vor dem Fenster ist nichts, was ich *Ruhe haben* nenne. Schön und gut, ich ging hinaus und sprach gerade mit ihm. Ich fragte, ob er vielleicht im Broch übernachten wolle. Grad da kam Gasakan vorbei; wütend war er und scheuchte den Burschen von der Bank. Einen Faulenzer nannte er ihn. Es hätte nicht viel gefehlt und er hätte ihn getreten, so erbost war er. Fast schrie er: Der Feldschwirljunge solle ihm folgen, es gäbe Arbeit. Sie gingen zusammen weg; und später sah ich sie zu sechst Richtung Dreihorsten reiten. Na, von mir aus sollen sie. Landhüter sind ungehobelte Kerle, wenn du mich fragst. Anders jedenfalls als du, mein Junge. Nicht einer von ihnen hat gegrüßt.« Sie schüttelte missbilligend ihr weißes Haupt.

»Nicht alle sind so, Oma«, beschwichtigte Finn. »Mein Freund Mellow ist ein früherer Landhüter und dennoch ein höflicher und netter Vahit. Du wirst ihn sicher mögen.« Walnutia nickte, wenig überzeugt, aber freundlich.

Sie ging weiter und schenkte reihum Tee nach.

»Und ein bedauernswerter noch dazu«, murmelte Finn, wieder an Wilhag gewandt. »Hör nur, wie es gießt. Hoffentlich fanden er und Circendil rechtzeitig einen Unterschlupf, falls sie schon auf dem Rückweg sind.«

Draußen grummelte es. Sie hörten, wie der Regen plötzlich schwächer auf die Dächer trommelte und nach einem besonders heftigen Donnerschlag urplötzlich aussetzte. Das Gewitter machte eine überraschende Pause, und es wurde ein wenig heller. Doch neue Wolken schoben sich heran und versprachen nichts Gutes.

Furgo nickte über seinem Kuchen beinahe im Sitzen ein; und gemeinsam mit Wilhag brachte Finn seinen Vater hinaus und durch die langen Flure zurück in Fionwens Kammer. Dort angekommen, war alle Müdigkeit verflogen. Furgo wollte nicht ins Bett und wehrte sich dagegen, sich auch nur hinzulegen. Er quälte sich aus seinem Sitz auf, hüpfte und humpelte murrend an seiner Krücke zu dem Sessel am Fenster. Mit schmerzverzogenem Gesicht plumpste er hinein. Er ließ es zu, dass Wilhag ihm beim Betten des Beines auf den Schemel behilflich war. »Hab Dank, Ewerdarg.«

Wilhag warf Finn einen vielsagenden Blick zu, ehe er wie gestern Kerzen anzündete.

Fionwen kam mit dem kleinen Finnig nach und versprach, bei Furgo zu bleiben. Erst als Furgo das winzige Bündel wieder auf dem Schoß liegen hatte, wurden seine Züge milder.

Die beiden Vettern zogen sich zurück und gingen die Treppe hinunter.

Unten erhob sich plötzlich Lärm. Die Tür des Hauses wurde aufgestoßen, und erst jetzt bemerkte Finn, dass die drei Hámlatsöhne in der Runde bisher gefehlt hatten.

Nass und glänzend wie Fischotter standen sie im Flur und schimpften auf den Regen, während sie alles volltropften und nach Handtüchern verlangten. Aber die Arbeit sei getan, berichteten sie schnaufend und sich die Haare rubbelnd. Panuffel habe ein Steingrab erhalten, erzählten sie zufrieden, und der Wagen stünde fahrbereit in der Scheune. Finn drückte die feuchten Hände der Männer und kämpfte mit einem schlechten Gewissen. Doch schon eine Viertelstunde später saßen die älteren Brüder Amafilias umgezogen und getrocknet im Kreise der ihren, waren guter Dinge und schlurften ihren heißen Tee.

Als die Sonne unterging, hörte der Regen endlich auf.

Mit der anbrechenden Dunkelheit rissen die von Westen heransegelnden Wolken zu windgepeitschten, langen Fetzen auf, die eiligst das Hüggelland verließen; doch am östlichen Himmel ballten sie sich über den Tiefenlanden und sammelten sich zu mächtigen Gebirgen aus stockendem, grauem Dunst, hinter denen die Nacht heraufzog, blauschwarz und drohend. Nur die höchsten Gipfel der Wolken fingen die letzten Strahlen des sinkenden Sonnenballs ein, und auch das nur für eine kleine Weile; feurig flammten sie auf, wie kahl geschorene Häupter, mit eng anliegenden Kappen aus flüssigem Gold; doch an ihren Rändern röteten sie sich, als flösse Blut unter ihnen hervor, ehe der Abend kam und alles Licht verlöschte.

Im Tauberhaus wurden indes alle übrigen Lampen angezündet und das Abendbrot eingenommen. Wie schon bei seinen früheren Besuchen in Aarienheim hatte Finn auch jetzt den Eindruck, als reihe sich in diesem Haus immerzu eine Mahlzeit an die nächste; ehe er sich's versah, fand er sich erneut neben Hámlat und Walnutia wieder, umgeben von Stimmengewirr, Schüsseln empfangend und weiterreichend und wie von selbst in einen endlosen Strom von Fragen und Antworten hineingezogen; und zu seinen Füßen knurpschte Inku voll Wonne an etwas Fleischigem herum, das Wilhag wiederum von Nachbar Rohmag besorgt hatte.

Finn saß mit dem Rücken zum Raum hin und Wilhag gegenüber. Über die Schultern seines Vetters hatte er eines der vier Fenster im Blick, die zum Sturz hinausgingen; ermattet und mit einem Anflug von Müdigkeit nippte er an seinem Becher und starrte in die Dunkelheit hinaus. Er dachte nach.

Alles Mögliche war ihm schon den ganzen Tag über im Kopf

herumgegangen. Eine Frage beschäftigte ihn neben allem, was er tat und sagte, besonders: wie es mit seinem Vater weitergehen sollte.

Auch wenn er sich schwer tat, dies anzuerkennen, so war eines doch gewiss: Furgo Fokklin, der Meister von Fokklinhand, war zweifelsohne krank, und zwar weitaus schwerer erkrankt, als Finn dies zunächst geglaubt hatte. Immer bedenklicher erschien ihm sein eigener früherer Plan, den Vater mit sich zurück nach Moorreet zu nehmen. Finn ging im Geiste alle denkbaren Möglichkeiten durch, und immer wieder landete er bei derselben Frage: Hatte er überhaupt eine Wahl? Auf Dauer konnte sein Vater nicht bei den Taubers bleiben. Oder doch? Nein. Furgo brauchte Hilfe; er brauchte jemanden, der sich in den kommenden Wochen beständig seiner annahm, und das wollte und konnte Finn seinen Verwandten nicht länger zumuten. Das aber bedeutete: Er selbst würde sich um seinen Vater kümmern müssen, jetzt, da Mama tot war.

Doch gerade das war ihm unmöglich.

Da war außerdem die Werkstatt, um die er sich anstelle Furgos würde kümmern müssen. Abbado war zweifelsohne ein tüchtiger Geselle, aber eben nur das: ein Geselle, kein Meister.

Nein, schalt er sich im nächsten Augenblick, das war überhaupt nicht mehr von Belang und entsprach einem früheren Denken; einem, das *vor* den Gidrogs, das vor Saisárasars Erscheinen gegolten hatte.

Innerhalb der nächsten Wochen würde Furgos Lebenswerk sowieso zusammenstürzen wie ein Kartenhaus. Niemand mehr würde die Güte von Fokklinhandwaren zu schätzen wissen. Wer Angst um sein eigen Hab und Gut hatte, wer um sein Leben fürchten musste, wer von früh bis spät auf den Straßen Tod und Blut und Tränen sah, der führte anderes im Sinn als farbige Tinten und sorgfältig geschöpftes Papier.

Die Aufträge würden abreißen, erkannte Finn mit bestürzender Hellsichtigkeit. Die Kundschaft würde fernbleiben, die Gesellen ebenso. Sie würden sich um ihre eigenen Familien kümmern und nicht länger zur Arbeit oder zum Einkauf in der Werkstatt erscheinen.

Die Lieferungen würden ausbleiben, so wie schon zuvor das Leder von Bolath, dem Lohgerber. Waren die Fokklin-eigenen Vorräte erst einmal verbraucht, würde es keinen Nachschub mehr geben.

Und wozu auch? Die Vahits würden ihre Heller für die schnell teurer werdenden Lebensmittel ausgeben müssen, nicht für Papier, überlegte Finn. Fokklinhand-Erzeugnisse brauchte niemand, um durch den Winter zu kommen. Oder um sich vor den Gidrogs zu retten. Es sei denn, dachte er in einem Anflug von Häme, sie hätten vor, in Mengen Gnadengesuche an den einäugigen Besatzer des Hüggellandes zu schreiben: *Zu Händen des ungnädigen Herrn Simorgh Saisárasar, am Alten Turm, Obergau.*

Kurzum: die goldenen Zeiten von Fokklinhand waren unwiderruflich vorbei. Die Werkstatt würde binnen weniger Wochen verwaisen.

Ob mit Furgos tatkräftigem Beistand oder ohne ihn – ein baldiges Ende war abzusehen. Eine Tintnerey zu unterhalten, war ein Friedensgeschäft, keines, das in Kriegszeiten gedeihen konnte.

Davon abgesehen fragte sich Finn, ob die Werkstatt und ihr Haus oder das ganze Brada Moorreet zu dieser Stunde, da sie hier im Warmen und Trocknen saßen, überhaupt noch stand. Ja, er wusste nicht einmal, ob es Reisenden derzeit noch möglich war, auch nur die Räuschelfurt zu überqueren. Oder ob nicht sogar ganz Mechellinde inzwischen längst ein Opfer der Feuer von Ulúrcrum geworden war. Ein stinkender Aschenort, eine geschwärzte Brandinsel inmitten der Marschen, über der allenfalls die Krähen kreisten.

Was sollte sein Vater also in Moorreet? Von den Schmerzen einmal völlig abgesehen, die eine holprige Wagenreise für den verletzten Vahit bedeuten würde.

Und er würde seinen Vater allein lassen müssen, falls er mit Circendil ginge. *Allein?* Mit einem verletzten Bein? Unmöglich.

Pflicht wallte in ihm auf und traf auf Gegenpflicht. Was zählte mehr?

Angesichts der Hilfe, die er Circendil versprochen hatte.

Angesichts des verheerenden Krieges, der heraufzog.

Angesichts – fast hätte er in seiner Verzweiflung hell aufgelacht – ihres aus schierem Wahn geborenen Unterfangens, drei Königreiche retten oder zumindest warnen zu wollen?

Was zählte mehr?

Die Sohnespflicht oder das, was er für sich als die wahre Treuepflicht eines jeden aufrechten Vahits verstand: das Hüggelland und seine Bewohner vor dem drohenden Unheil, so weit es nur irgend ging, zu bewahren?

Aber wenn es wirklich ein Wahn ist, dachte er, warum es dann tun?

Wenn es so lächerlich aussichtslos ist, weshalb es überhaupt versuchen?

Was können wir drei, Circendil, Mellow und ich, schon groß bewirken? Und ist es nicht eigentlich die Aufgabe vieler anderer, sich um das Wohl und Wehe ihres Volkes zu kümmern: der Schöffen, des Bürgermeisters, der Gauvogte und Landhüter?

Er kannte die Antwort in seinem Herzen, noch ehe er sie sich eingestand. Denn die Gesichter von Bholobhorg, von Gesslo und Gasakan schwirrten an ihm vorbei, und Finn war klar, sie alle würden versagen.

Weil sie gefangen sind in einem nun schon siebenhundert Jahre währenden Traum!, dachte er. Einem Traum von Sicherheit und vorhersagbarer Verlässlichkeit. Sie sind gefangen in der Annahme, das Hüggelland und alles, was sie kannten, habe auf ewig Bestand; und nichts von außerhalb könne etwas daran verändern. Doch die Wahrheit war anders und umso bitterer: *Sie selbst vermögen sich nicht zu ändern!,* erkannte Finn.

Die wahre Gefahr bestand im Inneren. Was gestern war, das

sollte auch morgen sein. Verlässlich. Vorhersagbar. Aber das würde es nicht. Nie wieder.

Doch nur wenige, kaum mehr als eine Handvoll Vahits wie Mellow, Sahaso und Kampo, wie Wredian Gimpel und Ludowig Gurler und vielleicht auch Wilhag, wollten *diese* Wahrheit auch nur an sich heranlassen.

Alle anderen weigerten sich zu hören, was ihren Traum beenden könnte, wie Gesslo oder Gasakan oder vielleicht auch Hámlat. Sie verschlossen vor jeder Form der Veränderung die Augen, käme sie auch mit Feuer und Schwert.

Sie machten weiter wie bisher. Bis zum Geht-nicht-mehr.

Und eben daran, erkannte Finn mit vernichtender Klarheit, würde das Hüggelland zugrunde gehen. Denn genau hier sind wir dieser Tage angelangt – beim Geht-nicht-mehr. Gequält stöhnte er innerlich auf, als ihm die Ironie aufging: Durch die ihm zugefügte Verletzung war sein Vater gleichsam zum lebenden Abbild des kränkelnden Hüggellandes geworden. Auch Furgo hatte sein ganz eigenes Geht-nicht-mehr erreicht.

Ich muss mit Hámlat reden, nahm er sich vor. Wir müssen lernen, die neuen Gegebenheiten anzunehmen. Auch wenn sie uns nicht gefallen – wir haben keine Wahl. Wir müssen uns damit abfinden, das Alte loszulassen. Nur so besteht eine geringe Wahrscheinlichkeit, dass unser Volk überlebt. Mochte die Aussicht auch nicht größer als die des Hasen sein, dem tödlichen Angriff des Adlers zu entgehen. Ich kann mich nicht um Papas Pflege kümmern. Nicht jetzt. Weder hier noch in Moorreet. Ich muss ihn weiterhin in der Obhut der Taubers belassen, bis – ja, bis was? Bis die Zeiten besser wurden? Zumindest, hoffte er, bis es Papa besser geht …

Hufstampfen riss ihn jäh in die Gegenwart des Tauberhauses zurück. Die Gespräche am Tisch verstummten verwundert. Inku hob die Ohren und bellte. Es war der kurze, freudige Laut des Wiedererkennens.

12. KAPITEL

Nächtliche Jagd

DRAUSSEN VOR DEN FENSTERN verhielten zwei dampfende Ponys im Schritt. Eine hohe und eine kleine Gestalt hockten auf gekrümmten, nassen Rücken, in triefende Mäntel gehüllt, die Kapuzen eng ans Gesicht geklatscht. Finn sprang so heftig auf, dass er beinahe gestürzt wäre. Dann stürmte er vor allen anderen auf den Flur und zur Tür, um Mellow und Circendil hereinzulassen.

»Das also sind deine Freunde«, sagte Hámlat, nachdem sich die allgemeine Aufregung gelegt hatte. Die Ponys hatte Oheim Fiongar in den Stall geführt und dort mit seinen Brüdern versorgt. Opa Hámlat schüttelte derweil den beiden durchweichten Reitern die Hände und hieß sie willkommen unter dem Tauberdach. Wieder wurden trockene Tücher herumgereicht, während Frau Amadine sich der triefenden Mäntel annahm.

Geflüsterte Bemerkungen, vor allem von den jüngeren Kindern – »Du meine Güte, schau nur, wie groß er ist!« »Ein Helvogt? Was ist ein Helvogt, Mami?« –, folgten den Neuankömmlingen, als der Hausherr seine späten Gäste herein an den noch gedeckten Abendbrottisch bat.

Alle rückten noch enger zusammen. Circendil und Mellow wurden Finn gegenübergesetzt, und Wilhag räumte seinen Platz ganz. Er zog sich einen zusätzlichen Stuhl heran. Feuchtigkeit entstieg den Kleidern der beiden Reiter und schlug sich auf den Scheiben nieder. Jemand öffnete die Fenster. Nachdem beide gegessen und getrunken hatten, war die Zeit zum Reden gekommen. Hámlat stopfte sich seine unvermeidliche Pfeife, und auch

Mellow nahm sich gern von dem angebotenen Tiumbacokraut. Es war teurer vahindemischer Golddolden, ein vorzügliches Blatt. Im Nu pafften die beiden behaglich um die Wette.

»Nun erzählt schon«, drängte Finn. »Wie ist es in Sturzbach gelaufen?«

»In Sturzbach am Sturzbach?«, feixte Mellow aus seiner dicken Qualmwolke hervor. Er grinste und hob beschwichtigend die Hand, als er Finns bösen Blick auffing. »Ist ja schon gut. Was willst du zuerst hören? Es gibt eine gute und eine schlechte Nachricht, könntest du sagen.«

»Könnte ich nicht, da ich ja nichts darüber weiß, du Ausbund an Schläue.«

Mellow blies einen Rauchring und deutete mit seinem Pfeifenstiel durch das verwehende Gebilde. »Das solltest du dir auch in dein Buch schreiben, Finn. Wissen ist Macht. Und nichts zu wissen macht einen ganz schön verrückt, was?«

»Mellow! Entweder du rückst jetzt mit der Sprache raus, oder ich schreie gleich. Das zumindest wird dich den Titel des lautesten Waldkrakeelers kosten!«

»Dazu müsstest du erstens hinaus in den Wald, mein Lieber, und zweitens daselbst einen Davenamedhir finden, der sich darüber beklagt. Hier drinnen könntest du es allenfalls zu einem Hauskrakeeler bringen. Aber ich weiß nicht, ob das auch in Vindland zählt. Was meinst du dazu, Circendil?«

Der Mönch schüttelte nur den Kopf. Aber er lächelte dabei. Mit einer Handbewegung forderte er Mellow auf, endlich anzufangen.

»Na schön, also gut. Die Reise verlief ohne Zwischenfälle, das kann ich vorwegschicken. Keine Gidrogs am Himmel und auch nicht im Gebüsch. Die geliehenen Ponys erwiesen sich als keine so üble Wahl, und wir kamen zur frühen Abendessenszeit in Dreihorsten an. Wegen Circendil machten wir einen Umweg über die Felder und ritten nicht durch das Dorf hindurch. Als es dunkel wurde, kamen wir am dortigen Grenzstein vorbei und befanden uns nunmehr im Untergau. Eine Stunde später trafen wir im schönsten Mondlicht in Sturzbach ein. Wir verursachten einigen Aufruhr auf dem Weg vom Tor bis zum Marktplatz, wie ihr euch denken könnt.

Jedenfalls, Wenan Weihe, der Untergauer Vogt, erwies sich als zwar grummeliger, aber ansonsten pflichtbewusster Landhüter. Natürlich prüfte er meinen Bestallungsbrief und musterte unseren Mönch hier mit gefurchter Stirn. Am Ende geleitete er uns persönlich bis zur Bücherey.

Wir wurden vom alten, ehrenwerten Hilbort Stelzfuß empfangen, dem dortigen Witamáhir. Um es kurz zu machen: Ludowigs Empfehlungsbrief erwies sich als wahrer Türöffner. Von diesem Moment an ging alles schnell. Die gute Nachricht ist: In der Bücherey gibt es wirklich eine Abschrift der lorc'hennië. Das Buch, dessen Deckel kaum mehr lesbar ist und um dessenthalben er an Taddarig Sperler schrieb, entpuppte sich zu unserer Erleichterung wirklich als die von uns gesuchte Abschrift. Unser guter Circendil hier geriet ganz schön aus dem Häuschen. Er stieß einen regelrechten Schrei aus, als er es erblickte. Herr Hilbort brachte sein Sorgenkind, wie er es nannte, sogleich herbei. Und da sahen wir, was er damit meinte. Das ist die schlechte Nachricht: Der Zustand des Buches ist gelinde gesagt besorgniserregend. Irgendein Pilz hat sich in seine Seiten gefressen.«

»Oh nein«, stöhnte Finn.

»Oh ja. Aber – und das ist die nächste gute Nachricht – der damalige Schreiber hat das Buch äußerst gewissenhaft übertragen. Es ist eine peinlich genaue Colpiaarbeit, an der du gewiss deine Freude gehabt hättest, Finn. Die nächste schlechte Nachricht erfuhren wir darauf: Es gibt keine weiteren Abschriften. Niemand hat sich in den vergangenen Jahren daran gewagt, aus Angst, die Seiten würden ihm unter der Arbeit zerfallen. Eine berechtigte Angst, wie uns Hilbort versicherte.«

»Jetzt komm endlich zum Wesentlichen«, bat Finn, den es

kaum mehr auf seiner Bank hielt. »Habt ihr etwas über Ferivóin, Fárins Erben, erfahren?«

»Das ist eine weitere gute Nachricht«, nickte Mellow und lehnte sich gemütlich zurück. »Ferivóins Name wird in der Tat erwähnt. Ecthelsior bezieht sich ...«

»Warte ... Wer?«

»*Ecthelsior* ist der Verfasser der lorc'hennië«, warf Circendil ein. »Ein Féar, dessen Namen ich bisher ebenfalls nicht kannte. Féar pflegen keine Namen auf ihren Büchern anzugeben. Doch wir fanden seinen Namen im Text. Genau an der Stelle, die ich vermisste – jene, die in *meinem* Buch zerstört ist –, bezeichnet sich der Verfasser selbst als einen Freund der Sippe Ferivóins. Er blieb ihm und später seinen Erben über viele hundert Jahre freundschaftlich verbunden.«

»Und? Schreibt er etwas über die Gluda?«

»Das«, nahm Mellow den Faden wieder auf, »ist die nächste schlechte Nachricht. Jener Ecthelsior hält sich, was die Gluda betrifft, sehr zurück. Nur von Fárins Erbe ist immerfort die Rede. Und anstatt klar zu sagen, wohin sich Ferivóin nach dem Streit um die Gilwe begeben hat, schreibt dieser Féar eine Menge unverständliches Zeugs über einen Dwarg, der einst *den Schlüssel* schuf. Und er nennt mal wieder keinen Namen!«, setzte er hinzu.

»Das brauchte Ecthelsior auch nicht«, sagte Finn nachdenklich. Inzwischen lauschten alle anwesenden Taubers dem Zwiegespräch der Obergauer Vahits mit glühenden Ohren, obwohl sie in Wahrheit kaum die Hälfte dessen, was gesagt wurde, verstanden. Aber das machte nichts. Hier hörten sie Erstaunliches von Dingen und Namen, die ihren Ursprung weit außerhalb des Hüggellands hatten; und ihre Begeisterung für alles Ferne und Fremde erhielt reichlich Nahrung.

»Die Geschichte dieses Schlüssels«, sagte Finn, »ist allen Dwargen wohl vertraut – und damals vielleicht auch allen Féar. Beide Völker waren gut Freund miteinander, nicht wahr? Einen Namen zu nennen war deshalb gar nicht nötig. Selbst wir kennen ihn!

Erinnert euch! *Bei Rumóins Schlüssel!*, so lautet schließlich noch heute ein ständiger Ausspruch der Dwarge; Glimfáin hatte ihn mehr als einmal auf der Zunge. Da hast du seinen Namen, Mellow: Rumóin. Rumóin Bartretter nannten sie ihn. Gemeint ist damit der Bart des Schlüssels.«

»Ich weiß nicht«, erwiderte Mellow, nur wenig überzeugt. »Ist es so einfach? Was verschloss dieser Schlüssel?«

»Ich bin nicht ganz sicher – die Tore der Grube von Nórinia, glaube ich.«

Circendil nickte. »Und Fárin Goldhand war der Khuradum dieser Grube. Ehe ihn Lukather von dort entführte. Damit hätten wir eine Verbindung zu Fárin gefunden.«

»Aber Nórinia wurde zerstört«, gab Finn zu bedenken. »Auch wenn Ferivóin sich vor Téorlin selbst als Khuradum bezeichnete – mit einigem Recht: als Erbe Fárins, meine ich –, so war er allenfalls der Herr einer *unbewohnbaren* Grube geworden, wenn ich alles richtig verstanden habe. Ich glaube nicht, dass er dorthin zurückging.«

»Nachdem, was du uns im Rat erzählt hast«, sagte Mellow, an Circendil gewandt, »war Ferivóin störrischer als ein Esel. Es kann gut sein, dass er gerade *deswegen* dorthin zurückging.«

»Vielleicht«, sagte Circendil. »Aber um was zu tun?«

»Um die Grube wieder aufzubauen?« Mellow hob die Schultern und ließ sie wieder fallen.

Circendil verneinte. »Er hätte hierfür sein einstiges Volk um sich scharen müssen. Die gesamte Sippe. Allein oder mit wenigen überstieg diese Aufgabe seine Kräfte bei Weitem.«

»Auch wenn er eine Gilwe gehabt hätte? Eine *mit* einer Hinwendung, meine ich?« Mellow verschränkte die Arme vor der Brust und kaute nachdenklich an seiner Pfeife.

»Auch dann. Hierfür hätte er die Hilfe aller Gilwen benötigt, und über die verfügte er nicht. Außerdem vergisst du: Er wollte das Andenken seines Vaters in Ehren halten. Nórinia war dazu kein passender Ort. Zu viel Leid war dort geschehen. Nein. Ich neige dazu, Finns Ansicht zu teilen. Ferivóin ging nicht nach Nórinia zurück. Nur wohin sonst? Das ist die große Frage.«

»Also gut«, gab Mellow nach. »Aber warum sonst brachte dann Ecthelsior ausgerechnet *den Schlüssel* zur Sprache?«

Finn stöhnte auf. »Weil es noch einen weiteren gibt«, rief er. »Es tut mir leid. Wir haben uns von diesem albernen Ausspruch ablenken lassen. Vielmehr ich habe das, will ich sagen. Noch sind mir die Dwarge und ihre Geschichte allzu verworren. Von wegen Rumóin. Törichter Unfug. Wozu haben wir Ohren, wenn wir nicht zuhören? Wir alle drei saßen mit dabei, als uns Glimfáin die Geschichte der beiden Schlüssel erzählte; gestern, nein, vorgestern, in der Schmiedescheune.«

»Wieso sagst du *beide* Schlüssel?«, fragte Mellow. »Ecthelsior schrieb von einem, also Einzahl. «

»Weil Irváins zwei Schlüssel in Wahrheit nur einer waren«, antwortete Finn. »Nur einer ist, meine ich. Entsinne dich: ein Schlüssel, geformt zu einer teilbaren Doppelaxt. Du hast es doch selbst gehört. Was also schreibt dieser Ecthelsior noch?«

»Zur Abwechslung nennt er endlich mal ein paar Namen«, meinte Mellow verdrießlich. Die Pfeife war ihm ausgegangen, und er stopfte sie neu. »Einen hebt er besonders hervor. In seiner Geschichte folgt Ecthelsior allen möglichen Verästelungen der Ferivóin-Sippschaft, ehe er das Kapitel beschließt. Und dabei fällt der Name. *Wo Gamlin Nemantéor ruht*, schreibt er, dabei die Rede eines Ferivóin-Erben namens Farogáin wiedergebend, *soll Fárins Andenken bewahrt sein.* Punkt. Aus. Das war's. Mehr war nicht zu entziffern.«

»Weil der leidige Pilz alles Übrige gefressen hat«, fügte Circendil hinzu. »Dennoch glaube ich nicht an Zufälle, wie ihr wisst. Gerade an der Stelle, an der er über den Verbleib der Gluda schreiben sollte, führt Ecthelsior stattdessen den Erschaffer des Schlüssels an. Dieser Umstand muss eine Bedeutung haben. Féar schreiben wenig; und wenn, nicht leichtfertig über Dinge ohne Sinn und Zweck.«

»Nichts ist treuer als Gidwargenwort!«, murmelte Finn. »So ist es ihre Sitte. Einmal gegebene Versprechen halten sie unbedingt, und ein einmal gegebenes Nein bedeutet ein Nein. Wenn dieser Farogáin angibt, Fárins Andenken würde an Gamlin Nemantéors Ruhestatt verwahrt werden, dann ist das so verlässlich wie gewachsener Fels.«

»Also«, fasste Mellow zusammen, »müssen wir nur herausfinden, wo dieser Gamlin Nemantéor begraben liegt. Nichts leichter als das, denke ich. Wo befindet sich der größte Dwargenfriedhof, Circendil?«

»Den werden wir nicht finden«, antwortete der Mönch niedergeschlagen. »Auch wenn wir über zehntausend Jahre hinweg jeden Schrittbreit von Kringerdes weitem Rücken absuchten. Dwarge haben niemals Friedhöfe angelegt. Sie begruben ihre Toten stets tief im Gebein der Erde, in geheimen Spalten, die sie zu Grüften erweiterten, fern allen Lichts. Damit ist unsere Suche zu Ende, noch ehe sie richtig begonnen hat, fürchte ich. Es ist aussichtslos, diese Grüfte finden zu wollen. Mit sehr viel Glück weiß allenfalls Glimfáin Rat. Oder einer aus seiner Sippe. Vielleicht hat einer von ihnen diesen Namen schon irgendwo gehört. Hätten wir das alles nur schon vorgestern gewusst.«

»Na, dann ist ja alles klar«, meinte Mellow. Er beugte sich vorsichtig vor und ächzte, sein Gesicht verziehend. »Wir müssen zurück zu Glimfáin. Weitere 60 Meilen im Sattel. Noch bin ich ja auch nicht richtig wundgeritten. Und ein Kissen habe ich bisher gleichwohl nicht erhalten. Obwohl es mir, glaube ich, unlängst höheren Orts versprochen wurde. Wann brechen wir auf?«

»Sobald wie möglich; am besten gleich morgen früh. Wir sollten …« Circendil kam nicht mehr dazu, seinen Satz zu vollenden.

Gerade in diesem Augenblick nämlich fiel Finns Blick aus dem Fenster, und im Viereck des offenen Rahmens sah er ein bleiches Gesicht unter einer Kapuze hervorlugen und ins Zimmer spähen; oder besser, er sah es nicht, denn es verschwand noch in derselben Sekunde, da sein Blick darauf fiel.

Es tauchte nach unten. Zwischen Finns Entdeckung und dem raschen Ducken des Lauschenden verging nicht einmal ein Wimpernschlag. Die Kapuze verschwand wie weggezogen unter dem Fenstersims.

Finn sprang auf.

Er versuchte, an Circendils hoher Schulter vorbei- und über Mellows feuchte Haare hinwegzusehen, aber da war nichts mehr; nichts, außer einem Kratzen oder Schaben, das von unten kam, und einem Pochen, dem ein Schmerzenslaut folgte.

Das nach außen aufgeklappte Fenster wurde durch einen zwischen Kante und Sims geklemmten Stab aufgehalten. Eine Hand zuckte hoch und schlug den Stab heraus. Scheppernd krachte das Fenster zu. Die Scheiben in ihren Streben bebten, ehe sie mit einem Knall barsten. In tausend klirrende Scherben zersprangen sie, wie ein Regen von Splittern ergossen sie sich über Mellow und Circendil.

Finn rief eine Warnung, aber zu spät; sie ging im Aufspringen, Schreien und Erschrecken der anderen völlig unter.

Finn warf sich herum – und taumelte. Er stieß gegen Wilhags herbeigezogenen Stuhl, der mitsamt dem darauf Sitzenden unter ihm umkippte. Finn verfing sich an einem der plötzlich igelartig aufragenden Stuhlbeine und krachte aus vollem Schwung gegen die Zimmertür. Die Tür flog donnernd auf, und Finn landete kopfüber im Flur. Hinter ihm überschrie ein Tauber den anderen. Circendil befahl mit lauter Stimme: »Alle Lichter aus!«, doch ob jemand diesem Gebot Folge leistete, bekam Finn nicht mehr mit. Schon war er wieder auf den Beinen und rannte zur Haustür. Wilhag und Mellow stürmten hinter ihm drein, und Circendil folgte.

Rasch nacheinander liefen alle vier in die Nacht.

Der etwas mehr als halbe Mond war vor gut zwei Stunden aufgegangen; aber erst jetzt stand er, teilweise sichtbar, zwischen vorübereilenden Wolken am südöstlichen Himmel. Mit einem gelben Licht leuchtete er längs des Sturzes. Die Schatten fielen nach links von der Haustür fort, doch mehr als das sahen sie nicht.

Der Garten lag bis zum Sturzzaun verlassen da.

Ein Geschubse und Gerede schwoll hinter ihnen an, als alle, groß und klein, sich auf den Flur hinausdrängten. Einer behinderte dabei den anderen; dazwischen bellte Inku ununterbrochen. Circendil drückte die Tür ins Schloss und zog Mellow und Finn ein Stück weit ins Freie. »Still jetzt!«, zischte er, und sie lauschten angestrengt in die Nacht.

Der Wind war mit dem Abzug des Gewitters etwas schwächer geworden, aber er blies immer noch um die Hausecken, mal stöhnend, mal seufzend. Welkes Laub tanzte hie und da, und die Halme des Grases zu ihren Füßen bogen sich Richtung Sturz. Das Schütteln an den Ästen des Walnussbaumes tat ein Übriges. Alles zusammen narrte ihre Ohren.

Circendil warf sich kurzerhand zu Boden und presste das Ohr an die Erde.

»Ganz gewiss Füße, die rennen«, sagte er und richtete sich auf. »Aber in welche Richtung? Dort rechts lang, glaube ich. Folgt mir.«

Da wurde die Haustür mit großem Lärm aufgestoßen, und die Tauberfamilie quoll rufend und fragend heraus. Der Mönch wartete nicht, sondern rannte los. Trotz seines verletzten Beines bog er schon nach wenigen Sätzen um die Hausecke. Mellow und Wilhag folgten ihm, so schnell sie nur konnten.

Finn zögerte einen Moment, dann begann auch er zu rennen, aber nicht nach rechts, sondern nach links hinüber. Er hatte außer dem pfeifenden Wind nichts gehört, schon gar keine Schritte; aber er glaubte etwas gesehen zu haben, links von der Scheune, gleich an der Tür zur Sägemühle: ein Glitzern wie von fallenden Tropfen im Mondlicht.

Als er das Holzhaus erreichte, übersprang er den Mühlbach, der kaum zwei Schritte breit, aber über die ganze Breite des Gartens eingefasst war und mit niedrigen Holzbohlen verschalte Ufer hatte. Am jenseitigen Rand sah er dunkle Flecken auf dem schon wieder angetrockneten Holz des Bretterweges: frische Wasserspritzer! Als sei jemand beim Überqueren mitten in den Bach getreten.

Und Finn erkannte, dass er sich nicht getäuscht hatte. Er drehte sich um, aber ihm war kein anderer gefolgt. Er rief erst Mellows, dann Wilhags Namen. Keine Antwort. Also rannte er weiter, in die Richtung, die ihm die Wasserspritzer verrieten – nach Norden. Schon nach wenigen Sprüngen erreichte er das rückwärtige Ende der Stallungen und hastete weiter.

Der unbefestigte Weg war noch feucht; klebrig, aber nicht mehr völlig durchnässt. Umso deutlicher sah Finn jetzt frische, verschmierte Fußstapfen darin: und sie wiesen nach vorn, zum Beukelfelsen. Er blieb stehen, um zu lauschen.

Und richtig, da war etwas. Ein leichtes Schmatzen von Erde, irgendwo vor ihm, das ganz plötzlich aufhörte, kaum dass er selbst stehengeblieben war. Finn verhielt sich ruhig, weil er annahm, auch der andere habe seine Schritte gehört. Dann setzte das Schmatzen wieder ein, aber bedeutend langsamer als vorher. Wer immer da vorn in der Dunkelheit ging, er bewegte sich jetzt vorsichtiger.

Finn trat fortan seinerseits so leise auf wie nur möglich, und er mied die nackte Erde, wo immer es ging. Behutsam setzte er seine Stiefel neben dem Weg ins Gras.

Als er den Pfad erreichte, der um das Taubergrundstück herum zum Beukelfelsen führte, stand er wieder eine Weile still. Diesmal lauschte er vergeblich. Der Wind fuhr allzu laut in den Wipfel und zischelte in den Gräsern. Finn tastete nach dem Griff seines Schwertes. Er wagte es noch nicht, Maúrgin aus der Scheide zu ziehen, da selbst ein leises Klirren ihn verraten würde. So schlich er nur, einen Fuß vor den anderen setzend und dem Pfade folgend. Er kam bis an den Punkt, an dem die Steigbrücke über den sich teilenden Bach aufstieg.

Finn nahm an, das Kapuzengesicht sei am Beukelfelsen vorbei und in dessen Schatten weiter geflohen, der Kante des Sturzes nach Norden folgend. Doch die Annahme erwies sich als irrig:

Weder am linken noch am rechten Bachufer fand Finn Spuren oder niedergetretenes Gras. Aber auf den Trittstufen der Holztreppe sah und fühlte er schlammige Umrisse von Stiefelabdrücken. Die Spuren führten eindeutig hinauf und nicht wieder hinunter. Folglich war das Kapuzengesicht über die Brücke gegangen und befand sich immer noch dort, irgendwo auf der hohen Insel zwischen den beiden Bächen.

Finn stieg die Stufen hinauf und folgte gleichfalls dem Weg von den Ulmen fort über die schräg ansteigende Fläche. Gelbes Mondlicht, von jagenden Wolkenschatten durchbrochen, umgab ihn; überdeutlich wurde ihm bewusst, dass er jedem verborgenen Auge schutzlos ausgeliefert war. Aber niemand stürzte sich auf ihn, kein Pfeil schwirrte, nichts bewegte sich, vom Winde abgesehen, der um die Felsen wimmerte.

Vor und über ihm erhob sich jetzt der doppelte Turm des Beukels, dessen rechte, dem sicheren Land zugewandte Seite hell im Mondlicht glänzte. Der Pfad selbst tauchte bald hinter der Steigbrücke ins Dunkel des pechschwarzen Schattens der Klippe ein und kletterte dann über die jetzt unsichtbaren Kehren und Stufen den kleineren Felsenturm hinauf. Zwischen der Stelle, wo Finn sich befand, und dem Beginn der ersten Kehre wuchsen keine Sträucher, nicht einmal mehr Gras; nackt und kahl, von moosigen Flächen abgesehen, war der rötliche Fels zu den Füßen des Beukels, von Wind und Wetter abgeschliffen und teilweise glatt wie Glas, wie Finn sich von seinem nachmittäglichen Besuch wohl erinnerte.

Nichts bewegte sich auf der Felseninsel unterhalb des Turms. Es gab keinen Ort, keinen Busch oder Baum, wo sich der Kapuzenträger hätte verstecken können, außer in den Schatten des sich hinaufwindenden Pfades. Aber es war ein nur dürftiges Versteck und zudem eines, das sich als hinfällig erwies, sobald jemand ihm folgte. Welchen Grund also sollte es für den unbekannten Fensterlauscher geben, hinaufzusteigen und oben über den Damm zu gehen, wo jede Flucht ein Ende hatte?

Dennoch oder gerade weil er das bedachte, sah Finn hinauf, und da gewahrte er eine lauernd vorgebeugte Gestalt, die sich wiederum sofort zurückzog.

Also doch, dachte Finn. Er ist da. Aber was will er dort oben?

Jetzt zog er Maúrgin, da er keine Entdeckung mehr fürchten musste, denn der andere hatte ihn zweifelsfrei gesehen. Überlaut erschien ihm das leise Klirren, das er dabei verursachte. Fast schwarz, glänzend wie heißes Pech, schimmerte der Karbeol unter seiner Faust. Abermals dankte Finn im Stillen Glimfáin für dieses Geschenk. Seine Zuversicht wuchs ein wenig; nicht so viel, um ihn leichtsinnig werden zu lassen, aber genug, um weiter vorzugehen. Schritt für Schritt tastete er sich den schmalen Pfad hinauf, wohl wissend, dass ihn der andere erwartete. Immer wieder zogen Wolken vor dem Antlitz des Mondes vorbei, tauchten den Felspfad mal in fahles Licht, dann wieder in absonderliche Schatten. Als er die letzte Kehre erreichte, sah er die Gestalt zwischen den beidseitigen Geländern auf dem Dammstück vor sich stehen, vielleicht sieben oder acht Klafter entfernt. Sie wich zurück, als sie Finn erblickte. »Bleib stehen!«, rief Finn. »Du kannst nicht mehr weiter. Dein Weg ist hier zu Ende. Bleib stehen.«

Ein Keuchen war die einzige Antwort, die er erhielt.

Der Größe nach war es ein Vahit. Der Form nach mochte es alles Mögliche sein. Ein Mantel umwehte breite Schultern, so viel konnte Finn erkennen. Eine tief ins Gesicht gezogene Kapuze zeigte kaum mehr als einen breiten Mund in einem bleichen, teigigen Gesicht.

Die Gestalt hob einen Arm, als wolle sie winken.

Da schob sich eine dichte Wolke am Mond vorüber. Es wurde finster und gleich darauf wieder heller. Hinter der Gestalt fuhr der Wind in den Buchsbaum und rüttelte an seinen Zweigen. Der Mantel bauschte sich. Finn konnte keine Waffe erkennen. Dennoch klopfte sein Herz. Der Wind blies heulend um den Felsen, und Finn merkte mit einem Mal, wie sehr er fror. Ein bebendes Zittern überkam ihn.

Er ergriff Maúrgin fester.

Das gelbe Licht verblich auf den rotgrauen Felskanten.

Plötzlich lag ein Teil des Dammes in abgrundtiefe Schwärze gehüllt. Der andere, der vordere Bereich, war von einer umso blendenderen Helligkeit.

Der Mantel umflatterte den im Dunkeln Wartenden.

Eine Sekunde oder zwei konnte Finn ihn besser hören als sehen. Wieder blies der Wind. Dumpf schlug der Stoff in seinen Falten; und es war, als zögere die Gestalt darunter, als fasse sie einen unumkehrbaren Entschluss; dann trat sie einen Schritt ins Mondlicht hinaus.

Und gerade eben, als Finn erkannte, wer da oben vor ihm stand, wer da auf ihn wartete, eben da bewegte sich der Arm und fuhr herab.

Ein knirschender und zugleich dröhnender Schlag ließ Finns Ohren zerspringen. In seinen Kopf bohrte sich ein wilder, unsäglicher Schmerz, als triebe jemand einen klafterlangen Eiszapfen durch die Stirn mitten in seinen Schädel hinein. Grelle Lichter flammten hinter seinen Augen auf, sodass er nichts mehr außer ihnen sah.

Er taumelte, wollte schreien, aber nicht einmal das vermochte er mehr zu tun.

Maúrgin entglitt seiner kraftlos gewordenen Hand. Klirrend schlitterte die Klinge über den glatten Stein und verschwand im Dunkel.

Finn taumelte. Seine Sohlen verloren den Pfad. Hart schlug er auf dem Steinboden auf, glitt über die ausgewitterten Stufen ab und rutschte und rollte, sieben, acht, zehn Klafter weit. Die gesamte steile Felswand rutschte er hinab, ohne dass der sich zweimal unter ihm windende Pfad seinen Sturz aufzuhalten vermochte.

Kopf und Schultern, Knie und Ellenbogen schlugen an das Gestein.

Dann verlor er vollends den Boden unter sich. Finn fiel zugleich in zweierlei Art Schatten: in die des Beukelfelsens und zunehmend in die seiner eigenen Ohnmacht. Seltsamerweise vermeinte er, mit dem letzten Rest seines Bewusstseins das schwere Schlagen von Flügeln zu hören. Oder es war nur der Wind, der im Geäst des einsamen Buchsbaums rauschte. *Mein Gesicht ist ganz nass*, dachte er.

Dann hüllte Dunkelheit ihn ein.

Als Finn wieder zu sich kam, kniff er die Augen zusammen. Ein flackerndes Licht blendete ihn: Wilhag stand über ihn gebeugt und hielt eine Fackel hoch. Circendil und Mellow knieten neben ihm. Der Mönch tupfte etwas mit einem rotgefärbten Tuch von Finns Stirn.

»Wie schaffst du das nur immer?«, schimpfte Mellow, als Finn mühsam die Augen offenhielt. »Kaum lässt man dich alleine, gerätst du in die allergrößten Schwierigkeiten!« Er war wütend darüber, zunächst in die falsche Richtung gerannt zu sein, und machte sich stille Vorwürfe.

»Wie … wie lange habe ich …?« Finn schluckte schwer und schmeckte Blut. Er hatte sich auf die Lippe gebissen.

»Wie lange du hier liegst?«, fragte Circendil. »Keinesfalls lange. Wir hörten dich fallen, als wir gerade die Steigbrücke erreichten. Seitdem sind drei, vielleicht vier Minuten vergangen.«

»War ein ganz schönes Gepoltere«, meinte Mellow. »Ich hoffe, es waren alles Steine und nicht deine Knochen.«

»Ich werde meine Knochen danach fragen, sobald sie nicht mehr mit Wehtun beschäftigt sind«, erwiderte Finn. Vorsichtig richtete er sich in eine halbwegs sitzende Stellung auf. Er betrachtete seine Hände: Sie waren an den Knöcheln aufgeplatzt und bluteten.

»Du machst schon wieder dumme Witze, also wirst du es überleben.« Mellow klang sehr erleichtert.

Wilhag dagegen schüttelte vorwurfsvoll den Kopf und schwenkte die Fackel. »Mann, du bist völlig verrückt, weißt du das? Ohne Licht des Nachts auf den Beukel zu klettern! Als wärest du fremd hier, also wirklich! Was bitte wolltest du denn da oben, das möchte ich mal wissen?«

»Ich wollte ihm nach«, antwortete Finn. Vorsichtig befühlte er seine Lippe mit der Zunge. »Er lief hinauf. Wollte ihn warnen, verhindern, dass er abstürzt. Und ihn natürlich zur Rede stellen! Habt ihr ihn nicht gesehen?«

»Wir haben niemanden gesehen – leider«, sagte Mellow. »Seltsame Art übrigens, einen Sturz zu verhindern, indem man selber springt.«

»Ich bin überhaupt nicht gesprungen.«

Finn sah zum mondbeschienenen Beukelfelsen hinauf und begriff erst in diesem Moment, wie tief und gefährlich sein eigener Absturz tatsächlich gewesen war. Dass er noch lebte, erschien ihm angesichts der hochaufragenden Wand wie ein reines Wunder. Obendrein hatte er sich offenbar nichts gebrochen. Nur sein Kopf schmerzte stechend, bei jeder Bewegung und auch sonst; und als er seine Stirn betastete, blieben seine Finger rot von Blut.

»Autsch«, sagte er. »Er muss einen Stein oder etwas nach mir geworfen haben. Ich rief ihm eine Warnung zu. Ich dachte, er hätte mich verstanden und käme zurück. Er winkte; aber es war nicht das, wonach es aussah, nehme ich an, sondern ein gut gezielter Wurf.«

»Er, er er!«, rief Wilhag aus. »Jetzt sag es schon endlich: WER hat nach dir geworfen, du liebe Güte?«

»Bholobhorg«, antwortete Finn und rieb sich seinen Nacken. »Ehe der Stein mich traf, sah ich sein Gesicht im hellen Mondlicht – nicht länger als ein Blitz andauert, meine ich, aber deutlich genug, um sicher zu sein. Er war es, der uns am Fenster belauscht hat.«

»Bhobho?«, fragte Mellow. »Er hat einen Stein geworfen? Hat er dir aufgelauert?«

»Niemand sonst war da. Obwohl ich glaubte, Criargflügel zu

hören. Aber da fiel ich schon, und ich bin nicht sicher. Und aufgelauert? Nein. Dazu war keine Zeit. Zum Verstecken, meine ich. Ich sah ihn oben, als ich am Felsen ankam. Ich folgte ihm. Dort vorn, fast am Ende des Dammes, wartete er. Den Stein muss er unterwegs aufgelesen haben. Er hat mich völlig überrascht.«

»Flügelschlag und Wurfgeschick«, hielt Circendil fest. »Das zweite traue ich Bhobho ohne Weiteres zu, aber die Flügel bringe ich nicht mit ihm zusammen. Es sei denn, er drückt seine Ohren nicht länger auf eigene Rechnung an fremde Wände, sondern ist zum Verräter geworden und spitzelt für jemand anderen.«

»Tut er das nicht sowieso?«, fragte Finn und hielt still, während ihm der Davenamönch einen notdürftigen Verband anlegte. »Er ist Gesslos Mann, wie wir wissen; und obendrein hat ihn irgendwie Gasakan Amsler in die Pflicht genommen. Gestern, als wir noch bei den Findlingen waren. Er hat ihn ›mit einer Arbeit‹ bedacht. Großmutter war zufällig dabei, hörte es und erzählte mir davon. Jetzt wissen wir, welche Art Arbeit er zu vergeben hatte.«

»Oh, es mag sein, dass Bhobho neuerdings auch für Gasakan spitzelt. Es würde mich nicht wundern. Aber weder er noch Gesslo setzen Flügel ein.« Der Mönch riss einen Spalt in das Tuch und verknotete die Enden miteinander.

Finn nickte dankbar. »Falls es nicht ohnehin der Wind war, den ich hörte.« Er ergriff Circendils Hand und ließ sich von ihm auf die Beine ziehen.

»Wo willst du hin?«, fragte Wilhag, als er sah, dass sein Vetter sich anschickte, den Pfad abermals zu ersteigen. Wilhag war schon ein oder zwei Schritte mit seiner Fackel vorausgegangen – in die andere Richtung, dem Tauberhaus entgegen, wie er dachte. Verdutzt drehte er sich um.

»Mein Schwert lieg noch da oben – irgendwo«, erklärte Finn.

»Auf keinen Fall gehst du schon wieder ohne Fackel!« Wilhag stapfte zurück, drängte sich an Finn vorbei und schritt den Pfad voran. »Los. Ich komme mit.«

»Wir alle kommen mit«, sagte Circendil. »Da wir Bhobho bisher nicht begegnet sind, muss er noch oben sein. Er wird uns ein paar Fragen beantworten müssen.«

Finn begann schon nach wenigen Schritten langsamer zu werden.

Seine Knie brannten, die Muskeln seiner Beine zitterten. Er kämpfte sich klaglos hinauf, obwohl ihm eher nach Wimmern zumute gewesen wäre. Einerseits war er froh darüber, sich nichts gebrochen zu haben; wer wäre das nicht. Andererseits konnte er auf sein sprichwörtliches Glück im Unglück allmählich verzichten. Jeder Tritt, jeder Schritt schickte Schmerzwellen durch seinen Körper. Binnen zwei Tagen war er gleich zwei Mal aus großer Höhe gefallen, zuerst von, nein *durch* einen hohen Baum, nun von einem mächtigen Stein herab. Als er endlich als Letzter an der obersten Kehre und am Beginn des Dammstücks ankam, rang er nach Atem.

Circendil bedeutete den Vahits, zu warten; er erbat sich von Wilhag dessen Fackel und zog sein Schwert; dann erklomm er als Erster den schmalen Grat und betrat den Buchsbaumfelsen mit seiner Bank. Nacheinander folgten Mellow, Wilhag und, langsamer, Finn.

Als sie alle drüben standen, machten sie enttäuschte und zugleich ratlose Gesichter.

Wilhag nahm die Fackel wieder an sich, leuchtete einmal um den Baum herum, spähte unter die Bank, bog sogar die Äste des Sadestrauchs auseinander, aber von Bholobhorg fehlte jede Spur. Was sie sahen oder vielmehr nicht sahen, war ihnen ein einziges Rätsel. Niemand außer ihnen hielt sich auf dem äußeren Dreieck des Beukelfelsens auf. Der Zaun war unbeschädigt.

»Er ist gerissener, als ich annahm«, sagte Circendil und nickte wider Willen anerkennend. »Wenn er nicht freiwillig hinabgesprungen ist, hat er uns ausgetrickst.«

»Erklärst du mir dann auch bitte mal, wie?« Mellow warf die Arme empor und schien kurz davor zu stehen, sich die Haare zu raufen. Dann entsann er sich seines Hutes und drückte ihn mit beiden Händen nur fester in die Stirn. »Wie konnte er uns nur entwischen? Kein Weg führt hier herab. Außer dem, den wir gekommen sind. Mit nichts ringsum als nacktem Fels. Und lotrechte Abgründe an allen Seiten.«

»Inzwischen«, seufzte Circendil, »wird es, glaube ich, wirklich Zeit für ein paar frische Mönche, Mellow. Ich gebe zu, er hat mich reingelegt. Ein kleiner, dicker Landhüter, der den Augen eines Davenas entgeht. Es ist nicht zu fassen!«

Mellow stampfte wütend mit dem Fuß auf. »Ich wollte, ich könnte, wie ich sollte! Es ist zum Aus-der-Haut-fahren! Nicht mal Circendil wird hier eine Spur entdecken können. Zu gern hätte ich Bhobhos Nase auf seinen Rücken gedreht! Mit Steinen werfen! Aber ich kriege ihn! Wenn er mir jemals wieder unter die Finger kommt, zwinge ich ihn, seinen Stab zu fressen! Mein Wort drauf! Ich werde ...« Er verriet ihnen nicht, was er würde, sondern stutzte und bückte sich. »Komm mal her, Herr Wilhag, und leuchte. Was ist ...?«

Er hob einen Felssplitter auf. Jedenfalls dachten sie das.

Als das Licht der Fackel darauf fiel, sahen sie zu ihrer Verwunderung einen Edelstein in seiner Hand glänzen. Er war so breit wie zwei Finger und etwa so lang wie ein Vahitdaumen, aber merkwürdig geformt: an einem Ende spitz, am anderen breit zulaufend, ein erstarrter Tropfen aus honigfarbenem Kristall. Seine Oberfläche war an manchen Stellen zu winzigen, glasglatten Dreiecken geschliffen, die funkelten, als ob in ihnen das Bild einer Flamme gefangen wäre. Die anderen Stellen waren stumpf und schlierig. Die Dreiecke waren willkürlich über die Oberfläche verteilt: Sie fanden sich einzeln und zu kleinen Gruppen angeordnet, als habe sich der Steinschleifer nicht entscheiden können, wo er die Schliffe anbringen wollte; oder er habe seinen ursprünglichen Plan mehrfach geändert und ihn am Ende ganz verworfen. Wenn das, was sie vor sich hatten, ein Muster war, dann verstanden sie es nicht.

»Was ist das?«, vollendete Mellow seinen Satz. Er blickte abermals in ratlose Gesichter.

»Vielleicht ein Karbeol?«, überlegte Finn. »Jedenfalls dachte ich das im ersten Augenblick. Ich weiß nicht, wieso, aber für mich sieht es irgendwie so aus wie … na ja, eben wie ein unfertiger Dwargenstein. Zumindest stelle ich mir das so vor. Ein Karbeol, der seinem Schmied unter den Händen missriet, müsste etwa ähnlich aussehen, denke ich: aus der Form geraten und irgendwie hässlich – wie dieser. Ach, ich weiß es nicht. Ich mag ihn nicht. Du solltest ihn wegwerfen.«

»Jemand muss hier oben gewesen sein und ihn verloren haben«, meinte Wilhag. »Seitdem wir beide am Nachmittag hier saßen, meine ich. Vorhin jedenfalls lag er noch nicht da.«

»Es ist höchst sonderbar«, sagte Circendil. »Bei allen meinen Fahrten habe ich dergleichen noch nie gesehen. Aber was es auch ist: Warum liegt der Stein hier? Das ist es, was ich mich frage.«

»Es kann«, sagte Finn, »nur Bhobho gewesen sein, der ihn verloren hat. Er muss es gewesen sein. Aber wieso sollte er einen solchen Stein überhaupt besessen haben? Woher hat er ihn? Dieses Ding ist keine Vahitarbeit, das wette ich.«

»Er gehört nicht hierher«, sagte Mellow und drehte und wendete den Tropfen in seiner Hand. Dann richtete er sich auf und starrte in die alles verschlingende Dunkelheit des Sturzes hinaus. »Er sollte zurückgegeben werden«, murmelte er.

»Ein Vahit, der spurlos verschwindet«, sann Circendil. »Ein Stein, der am selben Ort nicht weniger rätselhaft gefunden wird. Etwas hat das zweifellos zu bedeuten. Nur was? Wenn es ein Zeichen ist, für wen? Weshalb liegt der Stein genau hier?«

Finn schlug die Arme um sich, trat unruhig von einem Fuß auf den anderen und vermisste seinen Mantel. »Ich weiß es nicht. Und ich weiß auch nicht, wie ihr so dastehen könnt, ohne zu frieren. Mir jedenfalls ist lausig kalt, und ich will zurück. Doch lasst uns nach meinem Schwert suchen, bitte. Und dann nichts wie ab nach Hause. Bholobhorg kann mir ehrlich gesagt gestohlen bleiben!« Er warf einen Blick auf die schon sichtlich heruntergebrannte Fackel. »Also los, Wil! Dein Licht hält nicht ewig vor.«

Sie gingen zu dritt über den Damm zurück: Circendil, Wilhag und Finn; und es erwies sich als schwieriger, als er gedacht hatte, sich zu erinnern, wo ihm Maúrgin entfallen war.

Der Karbeol war es schließlich selbst, der sie gleichsam zu sich rief – nach vielmaligem Hinabbeugen in Mulden und Suchen hinter glatten Kuppen. Wie ein rotes Auge betrachtete er ihr vergebliches Treiben; und als sie ihn endlich im Fackelschein aufblitzen sahen, fanden sie Maúrgin ganz knapp am Rand des Beukelfelsens liegend. Wäre die Klinge nur eine Handbreit weiter gerutscht, wäre sie in den gähnenden Abgrund gefallen. Finn hob den Dwargendolch auf und schob ihn erleichtert zurück in die Scheide. Wilhag, der Finn an der Hand festhielt, zog ihn von der Kante weg. Sie sahen sich nach Mellow um. Er stand noch immer drüben unter dem Baum und starrte in die Dunkelheit.

Erst als Wilhag rief, kam er zögernd über den Damm herüber, als sei er unschlüssig, ob dies das Richtige sei. Den kristallenen Tropfen trug er auf der flachen Hand.

»Was ist mit dir?«, fragte Finn, als er wieder bei ihnen war. »Träumst du? Lass uns gehen. Ich jedenfalls habe genug vom Wind. Und von Steinen, gleich welcher Art. Ich will zurück zu einem Dach über dem Kopf, wenn du mich verstehst.«

Mellow antwortete nicht.

Er schloss die Hand um seinen Fund und steckte ihn in die Tasche. Er war der Letzte aus ihrer Gruppe, der den Pfad herunterkam, und noch auf der unteren Kehre hielt er inne und drehte sich um, als bereue er, den Beukelfelsen verlassen zu sollen. Er murmelte etwas. Viel zu leise, als dass sie es verstehen konnten, und nur zu sich selbst. Seine Hand blieb in der Tasche, den ganzen Weg über, bis sie beim Tauberhaus anlangten.

Bholobhorg blieb indes verschwunden. Und obwohl Circendil nach Fingerzeigen Ausschau hielt, bis ihnen die Fackel unterwegs zischend verlöschte, so fand er doch keine Anzeichen dafür oder gar Spuren, die verrieten, ob der Vahit vor ihnen ins Dorf zurückgegangen war.

Zurück im Tauberhaus wehrte Finn alle ihn bedrängenden Fragen mit dem Hinweis ab, ihm sei nicht gut, ja ihm wäre sogar etwas schwindelig. Und das war auch keine Ausrede, hätte der junge Vahit in einen Spiegel gesehen, so hätte ihn sein eigenes bleiches Antlitz erschreckt.

Inku kam ihm erleichtert entgegengerannt. Der kleine Atruma flüchtete sich vor den vielen Füßen im Flur auf seinen Arm, und sogleich zogen sie sich in Wilhags Zimmer zurück. Inku krabbelte schon in seine Decke, als es an der Tür klopfte. Es war Circendil. Er trug ein Tablett mit einer Schüssel, daneben stand eine Tasse, aus der es dampfte. Dankbar nahm Finn den heißen Tee entgegen, den der Mönch mit nach oben gebracht hatte.

Während er in kleinen Schlucken trank und darüber immer müder wurde, säuberte Circendil die frischen Wunden, bedeckte sie mit Kräuterblättern und verband sie richtig; dann stand er auf, um sich zu verabschieden.

»Schlafe jetzt, wenn du kannst«, sagte er. »Du musst wieder bei Kräften sein, wenn du morgen früh mit uns aufbrechen willst.«

»Bitte bleib noch einen Moment«, bat Finn. »Da ist etwas, über das ich mir Sorgen mache. Na ja, große Sorgen für mich, kleine nur in einer Zeit wie dieser, fürchte ich.«

Er trug Circendil die Bedenken vor, die er sich wegen seines Vaters machte. »Ich weiß nicht, welche Entscheidung für Papa die richtige ist«, schloss er. »Fest steht nur eines: Er ist krank. Er braucht Fürsorge; etwas, das ich ihm nicht geben kann, wenn ich bei dir bleiben soll. Aber im Tauberhaus kann er auch nicht bleiben, schätze ich. Obwohl es das Beste für ihn wäre. In Moorreet ist niemand mehr, der sich seiner annehmen kann. Ich wollte mit Hámlat darüber sprechen, gerade, als ihr ankamt, und ehe Bhobho lauschte und alles. Ich weiß nicht, was ich machen soll, Circendil.«

Der Mönch lächelte milde. »Heute Abend? Gar nichts mehr, wenn du meinen Rat annehmen willst, Finn. Warte den Morgen ab. Alles wird sich dann leichter finden. Sei nur getrost und schlafe jetzt.«

»Wie könnte ich.« Finn sagte es, aber in Wahrheit fielen ihm fast schon die Augen zu. Seine Stirn pochte im Takt des Herzschlages, und ergeben ließ er sich in das Kissen sinken. Von der Hundedecke her hörte er Inkus leise Schlafgeräusche.

Der Mönch versprach, nach Furgo zu sehen; dann blies er die Kerzen aus und schloss hinter sich die Tür.

Als es an der Tür klopfte, glaubte er, Circendil habe noch etwas vergessen. Er murmelte ein gähnendes »Na komm schon!«, und wirklich trat der Mönch ins Zimmer.

»Guten Morgen«, sagte er zu Finns Befremden und stellte einen Kerzenhalter auf dem Tisch am Fenster ab. Finn kniff die Augen vor dem tanzenden Lichtfleck zusammen.

»Ich hoffe, du hast wohl geruht.« Circendil schob den Vorhang zur Seite und spähte in die Finsternis hinaus.

Inku dehnte und streckte sich, dann tapste er schweifwedelnd auf den Menschen zu. »Guten Morgen, mein junger Atruma.« Inku fiepte und leckte ihm die Hand.

»Geruht?« Finn zog einen Bettzipfel über die Augen. »Ich habe noch gar nicht geschlafen.«

»Doch, das hast du. Sogar eine ganze Nacht hindurch. Immerhin, ich gebe zu, es ist ein noch sehr früher Morgen. Noch ist die Nacht nicht gewichen. Aber die Sonne wird in Kürze aufgehen. Wenn wir zeitig aufbrechen wollen, so müssen wir alle früh aus den Federn kriechen. Das gilt auch für dich, mein lieber Herr Fokklin.«

Finn rieb sich die Augen. »Das kann gar nicht sein«, begehrte er auf. »Du bist erst eben zur Tür raus und nimmst mich jetzt auf den Arm.«

»Auf den Arm nehmen? Oh, das werde ich«, versprach der

Mönch grimmig. »Und sei es nur, um dich in den Hof zu tragen und dein Gesicht in eine Regentonne zu tauchen, damit du endlich munter wirst. Auf mit dir, es wird Zeit.«

Als würde er jedes Wort verstehen, stimmte Inku bellend zu.

»Da hörst du's«, lachte Circendil. »Und falls das deine müden Knochen in Bewegung versetzt, so will ich dir verraten, ich habe gestern Abend und auch heute Morgen schon einen Gutteil deiner Arbeit besorgt. Ich habe mit Hámlat gesprochen, und er ist einverstanden, dass Furgo zumindest solange hierbleibt, bis er wieder auf beiden Beinen sicher gehen kann. Zum anderen habe ich deinen Vater über Stunden hinweg den Dämpfen des Lindertaus ausgesetzt. Aman meinte es gut mit mir! Er spendete mir viel Regen, nun ja; aber dafür zum Ausgleich reichlich Lindertau. Auf dem Ritt nach Sturzbach fand ich genug von Blatt und Wurzel, um mir einen kleinen Vorrat anzulegen. Nun ja, was soll ich lange reden? Es geht deinem Vater besser, glaube ich. Seine Seele ist zurückgekehrt von ihrer Wanderung, könntest du sagen. Er war erfreut zu hören, dass du hier bist. Er ist traurig über Amafilias Tod, ganz ohne Frage; aber er weiß wieder, wo er sich befindet und was geschehen ist. Über den Vorfall selbst kann er noch nicht reden, aber du solltest auch nicht zu viel verlangen für nur eine einzige Nacht.«

»Wie werde ich«, sagte Finn, erfreut und gerührt zugleich. »Ist Papa schon wach? Kann ich mit ihm sprechen?«

»Er schläft noch, aber du wirst die Gelegenheit dazu haben, ehe wir fortreiten, das verspreche ich dir. Was macht deine Stirn?«

Wie es sich zeigte, machte sich Finns Stirn insoweit gut, als die Wunde sich glücklicherweise über Nacht geschlossen hatte. Dafür war ihm eine Beule geschwollen, die Circendil zunächst mit Lindertau benetzte und anschließend mit einer bräunlich-grünen Paste einrieb. Sie roch ziemlich streng nach Moder, fand Finn, und der Geruch erinnerte ihn an Frau Rana Rohrammers hölzerne Hütte im Moor, ein Gedanke, der ein Gurgeln in seinem Magen auslöste. Unwillkürlich fragte er sich, ob auch Circendils Paste womöglich heilende Gifte oder Schleim von Fröschen enthielt, aber dann wollte er es so genau gar nicht wissen. Der Belag jedenfalls trocknete rasch und sog auf unbegreifliche Weise den Schmerz aus der Schwellung, und so war er es zufrieden.

Als der Medhir mit allem fertig war, stand er auf. Mit einem Blick auf den fiependen Welpen sagte er: »Dein junger Freund hat offenbar überaus dringende Angelegenheiten zu erledigen, die nicht länger warten können. Komm mit, Inku. Während dein Herr hoffentlich aufsteht und endlich seine Sachen packt, begrüßen wir beide die Morgendämmerung.« Inku war schon zur Tür hinaus, kaum dass Circendil sie nur einen Spalt weit öffnete.

»Danke«, rief Finn dem Mönch hinterher.

Dann warf er die Bettdecke beiseite und rappelte sich auf. »Und das soll also ein Schlaf gewesen sein!«, nörgelte er. »Ha! Ratz und Fatz! Das war's, ja? Augen zu und auf! Wie soll ich mich denn ausruhen, wenn ich es nicht einmal selber mitbekomme?« Seinem verunstalteten Spiegelbild in der Waschschüssel streckte er die Zunge heraus.

Eine kleine Weile schimpfte er so, während er sich anzog und reisefertig machte. Später sollte er sich dieses Morgens gut erinnern: Für eine sehr lange Zeit hatte er in jener Nacht im Tauberhaus zum letzten Mal die Annehmlichkeiten eines Bettes und überhaupt den Schutz eines Daches über dem Kopf genießen dürfen. Doch das ahnte er nicht. So grummelte er weiter und schätzte nicht, was ihm schon wenig später als unendlich wertvoll und unwiederbringlich verloren dünkte.

Obwohl es noch dunkel war, summte und brummte es bereits im Tauberhaus, als Finn herunterkam, mit Mantel, Tasche und Rucksack beladen. Er stellte sein Gepäck im Flur ab und lugte, seiner Nase folgend, in die Küche, aus der es anregend nach frischem Brot und anderem duftete.

Circendil, erfuhr er von einer bis über beide Arme mehlbestäubten Amadine, hatte noch am Abend zuvor ihre Abreise verkündet, nach einem langen Gespräch mit dem alten Hámlat. Infolgedessen sei ein jeder im Haus zeitig aufgestanden, um seinen Teil zum Abschied mit beizutragen. Natürlich war jetzt ein Frühstück für alle vorzubereiten. Walnutia verriet, sie habe nach einem langen, abschätzenden Blick auf den Menschen verfügt, Wegzehrung für »wenigstens fünf« einzupacken, obwohl nur drei Reiter zu versorgen seien. Sie wischte sich die Hände an der Schürze ab und fragte, was er wolle. Finn äußerte eine Bitte und bekam sie erfüllt, doch dann schoben ihn die Frauen zur Tür hinaus.

Finn ging in den Garten. Es war überraschend kühl, beinahe kalt. Der beständige Westwind hatte feuchte Meeresluft herangetragen. Schlotternd zog er den Mantel enger um sich. Vor seinen Lippen kräuselten sich Atemwölkchen, während er nahe beim Zaun stand und sich fragte, was dieser Tag dem Hüggelland wohl bringen würde. Zumindest keinen Regen mehr, hoffte er inständig, jedenfalls solange nicht, wie sie unterwegs waren. Er sah misstrauisch zum Himmel hoch, feuchtete seinen Finger an und prüfte die Windrichtung: noch immer Südwest, kein gutes Zeichen. Aber die Nacht hatte die meisten Wolken vertrieben, und das gab Anlass zu vorsichtiger Zuversicht, wie er fand. Der Wind blies frisch, und wenn sich die Sonne nicht tagsüber durchsetzte, würde das Reiten kein Vergnügen werden.

Als er sich abwenden wollte, verblassten soeben die letzten Sterne; und zugleich verkündete ein matter grauer Streifen im Osten über den Tiefenlanden das Nahen des Tages.

Die fernen Gipfel des Akhanaith endh Anth-i-dheriltené schimmerten über dünnen Dunstfetzen – nicht mehr als schwarze und weiße Linien am Himmelsrand. Davor und darunter lagen weite Flächen aus erstarrtem, farblosem Nachtgrau: schweigende Wälder, in denen der Morgen noch nicht angebrochen war. Die nähergelegenen, scharfen Zacken der Flussinsel Langschelf sahen aus wie schwarze Höcker auf dem Rücken eines zwischen den Ufern badenden Untieres, Schatten wie Wellen werfend. Der dem Hüggelland zugewandte Arm des Tarduils selbst lag tief unter ihm: ein unbewegtes, unwirkliches Band, über dessen Verlauf tastende Finger von Nebeln krochen, und Finn fragte sich unwillkürlich, wonach sie wohl suchten – und was sie wohl taten, wenn sie es fänden. Innerlich aufgewühlt von dem Anblick des gestaltlosen Wallens, erinnerte er sich des verschwundenen Bholobhorgs und fragte sich erneut, wo der Landhüter nur abgeblieben war. »Als wäre dabei böse Zauberei im Spiel«, hörte er sich selber sagen. Wie von Ferne hörte er die Stimme seiner Mutter, die ihn leise ermahnte, sich nicht derlei Märchenunsinn hinzugeben. Er schüttelte sich, plötzlich zu gleichen Teilen erfüllt von Trauer, Unrast und einer seltsamen Vorahnung von tunlichster Eile. Finn holte tief Luft, wandte sich um und machte sich daran, Circendil und Inku zu finden.

Im Stall kümmerten sich die älteren Kinder noch halbschlafend und gähnend um das Futter für die Tiere. Mitten unter ihnen fand Finn auch einen vergnügt pfeifenden Wilhag bei der Arbeit vor, der mitten in der Nacht aufgestanden sein musste. Er war schon im Postlerstall gewesen und hatte Gwaeth und Vanku gegen die geliehenen Ponys ausgetauscht. Das Satteln sei ihm eine Ehrensache, versicherte er Finn, als er den letzten Gurt festzurrte. Smod und die beiden Rohrsang-Ponys sahen leidlich ausgeruht aus, Vanku und Gwaeth wirkten fast unternehmungslustig; und beide freuten sich gemeinschaftlich über die besonders großen Möhren, die Finn ihnen aus der Küche mitgebracht hatte. Smod indes blickte Finn nur traurig an, als wolle ihm nicht gefallen, den gemütlichen Stall schon so bald wieder gegen Wind und womöglich Regen eintauschen zu müssen. Die Möhre, die Finn ihm reichte, nahm er nicht.

»He, es geht wieder nach Hause«, sagte Finn aufmunternd und liebkoste ihn. »Du solltest dich eigentlich darüber freuen, findest du nicht?«

Smod sah ihn mit glänzenden Augen an, aber es lag keine Freude darin; dann stapfte er mit dem Huf auf und wandte sich ab. »Na schön, vielleicht kommst du unterwegs auf andere Gedanken«, sagte Finn leichthin und legte ihm die Möhre für später hin.

Wo der Dir sei, vermochte ihm sein Vetter nicht zu sagen.

Und auch von Mellow hatte er an diesem Morgen noch nichts gehört. Wil beendete seine Arbeit, steckte die Mistgabel in einen Haltering und kam mit, um Mellow zu wecken. Sie nahmen an, er schliefe noch im Broch, wo ihm für die Nacht eine Kammer zur Verfügung gestellt worden war. Bis sie ratlos vor seinem Bett standen: Es war unbenutzt geblieben, von einem Abdruck am Rand der Decke abgesehen, wo er sich zumindest einmal hingesetzt haben musste. Die aufgeräumte Kammer war, soweit es Kleidungs- oder Gepäckstücke anbelangte, leer.

Sie schritten rund um die Gebäude, lugten in die Sägemühle und die Werkstatt und fanden Mellow schließlich hinter der Scheune am Klippenrand sitzend, abmarschbereit mit Sack und Pack. Er lehnte, halb verborgen hinter einigen zerzausten Kiefern an einer Birke am Ufer des kleinen Wasserfällchens, mit dem der Mühlbach das Hüggelland verließ.

Er starrte wie schon in der vergangenen Nacht sinnend über den Sturz hinaus und schien an diesem Morgen ganz und gar in den Anblick des blassrot erwachenden Himmels versunken. Seine Hand schloss sich um etwas, als sie ihn erreichten. Beinahe hastig stopfte er es in seine Tasche, als er ihre Schritte hörte. Finn ahnte, um was es sich dabei handelte.

»Na, hier steckst du!«, sagte er leichthin. »Auch du kannst einem einen ganz schönen Schrecken einjagen, damit du es nur weißt. Wir haben dich überall gesucht. Sag, hast du überhaupt geschlafen?«

Mellow zuckte mit den Schultern. »Die Mauern engten mich ein«, antwortete er. »Ich fand keine Ruhe. Mir war, als sollte ich etwas tun. Und als habe ich zugleich vergessen, was es ist.« Er schüttelte den Kopf und seufzte, sichtlich übermüdet und verfroren. »Vielleicht ist es nur dieser Stein, Finn. Er lässt mir keinen Schlaf. Ich frage mich unentwegt, wer ihn verloren hat. Und etwas in mir sagt, es ist wichtig, ihn zurückzugeben. Er braucht ihn.«

»Er?«, fragte Finn erstaunt. »Wer? Von wem redest du?«

»Von irgendwem«, sagte Mellow scharf. »Jemandem wird dieser Stein ja wohl gehören, oder etwa nicht? Ich darf ihn nicht behalten, obwohl ich es möchte. Er muss zurückgegeben werden. Davon rede ich. Dieser Stein … ein- oder zweimal glaubte ich, seine Stimme zu hören.«

»Wen meinst du?«, fragte jetzt auch Wilhag. »Diesen Bholobhorg?«

Mellow beachtete seinen Einwurf nicht. »Ich darf ihn nicht behalten«, wiederholte er nur.

»Hörst du dir eigentlich selber zu?«, fragte Finn. »Ich meine, was du sagst, das … das klingt nicht gerade so, als täte der Stein dir gut. Du hättest ihn längst wegwerfen sollen, wie ich es gestern sagte. Du hast völlig Recht, du solltest ihn nicht behalten. Darf ich ihn einmal näher betrachten?« Er streckte die Hand aus und spürte, wie sich die Härchen in seinem Nacken aufrichteten.

Mellow sprang auf, wich einen Schritt beiseite. Schützend legte er die Hand über die Tasche seiner Jacke. »Finger weg!«, fuhr er Finn an. »Niemand bekommt ihn zu sehen. Niemand, hörst du? Auch du nicht! Das könnte dir so passen! Du willst ihn mir wegnehmen, ja? Denk nicht mal dran!«

»Rede keinen Unsinn, Mellow. Niemand will dir etwas wegnehmen.«

»Ach nein? Alles soll immer hübsch für Herrn Fokklin sein, was? Du hast ein Schwert erhalten, ich dafür diesen Stein! Ich *muss* ihn aufheben, hörst du, *ich* – damit … damit ich ihn zurückgeben kann. Also wag es nicht und grabsch hier nicht so herum! Er braucht ihn! Verstanden? Oh ja, ich werde dafür sorgen, dass er ihn erhält!« Die letzten Worte schrie er. Sein Gesicht verzerrte sich, wurde dunkel vor Wut, und seine Hand fuhr an den Gürtel, in dem das Wacala steckte.

»Um Amans Willen – *Mellow!*«, flüsterte Finn entsetzt.

Er trat zwei oder drei Schritte zurück. Was zum Kuckuck war mit Mellow los?

Laut sagte er, und er schlug den unbekümmertsten Ton an, zu dem er nur fähig war: »Ist ja schon gut, Mellow. Behalte ruhig den Stein. Ich hab doch nur gefragt. Behalte ihn, wenn es dir so wichtig ist. Niemand wird danach grabschen, du meine Güte! He, weißt du was? Das wird deine Laune bessern! Was sagst du zu einem prächtigen Frühstück? Oma Walnutia backt das beste Brot im Tiefengau! Stimmt's, Wil? Na, komm schon, ehe die anderen uns alles wegessen.«

»Behalt dein blödes Brot!«, zischte Mellow. Die Wut in ihm war noch nicht verraucht, sondern brodelte im Hintergrund weiter, wie ein Unwetter, das sich über ihren Köpfen zusammenballte und jederzeit losbrechen konnte; er wandte sich brüsk ab und starrte über die Klippe hinaus. »Ich hab keinen Hunger! Und wenn, ging's euch nichts an! Esst, wenn ihr's nicht lassen könnt, aber lasst mich zufrieden. Verschwindet. *Lasst mich einfach in Ruhe!*«

Der Himmel hinter Mellow begann zu flammen, als bliese der Wind in eine nicht ganz verlöschte Glut, gerade, als er sich wieder niederhockte. Noch war die Sonnenscheibe selbst nicht zu sehen. Aber schon eilten ihr aus einem schmutzigen Aschenrot erste Strahlen voraus: stiebende Funken, Vorboten ihres kommenden Erscheinens. Sie ließen die Wolkenunterseiten und den fernen Himmelsrand aufglühen wie flüssiges Erz, das ein düsterer Schmied in einem grauschlammigen Sintertümpel schreckte.

Während Finn und Wilhag sprachlos vor Mellow standen, unfähig, etwas darauf zu erwidern, brach das Rund der Sonne aus dem Himmelsrand hervor, und dieser Anblick wirkte auf Finn, als brodele und berste Kringerde und würfe kochende Lava ihrer selbst empor.

Geblendet schloss Finn für einen Moment die Augen. In seiner tiefen Betroffenheit über Mellows Wandel empfand er eine jähe Furcht. Er dachte an ein alles verzehrendes Feuer, das nunmehr begann. Die Sonne, so stellte er sich vor, würde eben jetzt für einen fern im Osten stehenden Betrachter die gewaltige Linvahogath in Brand setzen, würde ihr rötliches Gestein zu einer Mauer aus hoch aufschießender Glut entfachen. Und mit diesem Brand würde die Stunde der Eren beginnen, die zu dieser Zeit ihre Horste verließen, um in den schattenlos gewordenen Fennen tief unter ihnen zu jagen.

Vielleicht, dachte Finn, ehe er sich von Mellow abwandte, ja, abwenden musste, vielleicht würden sie über dem Aufwallen lodernden Lichts auch die kleine Gestalt des Vahits bemerken, der einen Stein umklammert hielt.

Eine Welle von Wut ging von Mellow aus, die Finn fast körperlich zu spüren meinte.

Etwas geschah mit seinem Freund, etwas, das nicht geschehen durfte!

Geduckt saß er da, wie weggewischt war alle Fröhlichkeit. Von seinem Kopf sah man nur noch seinen roten, tief ins Gesicht gezogenen Hut. Das blaue Band daran flatterte fahrig im Wind. Mellow wirkte, als würde er jedem, der ihn noch anzusprechen wagte, an die Gurgel fahren. Als habe etwas seinen Geist betört.

Finn erschrak bis ins Mark. Hastig zog er seinen Vetter mit sich fort.

»Wir müssen Circendil finden!«, drängte er, als sie den Mühlbach entlangliefen und kaum dass sie hinter den Kiefern außer Hörweite waren. »Wehe! Etwas Schlimmes ist im Gange! Es ergreift von ihm Besitz. Es ist dieser Stein. Mellow ist von ihm besessen. Dieses Ding macht ihn ganz und gar verrückt! Ich konnte es vom ersten Augenblick an nicht leiden! Jetzt weiß ich, warum! – Komm schneller, Wil!«

Sie rannten um die Scheune und riefen Circendils Namen.

13. KAPITEL

Das Ende vom Lied

Niemand schien an diesem Morgen zu wissen, wo Circendil zu finden sei. Als sie das Tauberhaus erreichten, fanden sie das große Esszimmer fast verlassen vor. Einzig Fiongars Zwillingstöchter Amalina und Amwen deckten den langen Tisch ein. Sie zuckten zugleich mit den Schultern.

In der Küche schüttelten Walnutia und Amadine die Köpfe. Harriata meinte, »der Herr Circendil« befände sich gewiss im Stall bei den Ponys. Wilhag rief ein »Danke, Mama!« über die Schulter. Schon rannten sie wieder hinaus – wenn man es denn rennen nennen wollte. Finn folgte Wilhag mit zunehmend zusammengebissenen Zähnen; jeder Knochen im Leib erinnerte ihn an seinen gestrigen Fall vom Beukel herab.

Bei den Ponys trafen sie den ältesten der drei Hámlatsöhne an, aber keinen Circendil.

Oheim Bardogar stieß die Mistgabel in den Haufen zurück und ergriff einen Besen. »Hm! Den Dir sucht ihr? Er sollte bei deinem Vater sein, nehme ich an, Finn.« Er kratzte sich die kahler werdende Stelle seines Hauptes. »Jedenfalls verlangte er vorhin nach frischen Tüchern, hörte ich; er hatte vor, glaube ich, Furgos Beinschiene neu zu richten. Das heißt, wartet! Vielleicht ist er auch in der Werkstatt. Etwas gefiel ihm wohl an eben dieser Schiene nicht. Dabei hab ich sie selbst angefertigt. Hat schon ein etwas fremdartiges Benehmen, dein lieber Menschenfreund, das will ich dir mal sagen. Kommt da aus den Tiefenlanden heraufmarschiert, isst für drei und mäkelt hernach glatt an unserer guten, alten Handarbeit herum. Na ja, wir sind keine Heiler, er scheint immerhin etwas davon zu verstehen. Über Kräuter weiß er mehr als unsere alte Muldwyrda, also sei's drum!« Er schwang weiter seinen Besen und widmete sich erneut der Arbeit, die Stallungen zu säubern.

Finn trat besorgt zu Smod hin, der sichtlich lustlos über seinem Haferfrühstück brütete. Gwaeth und Vanku schmausten hingegen gemeinschaftlich. Man hörte und sah, wie es ihnen mundete.

»Na, mein Bester, was ist denn heute nur los mit dir?« Die einsame Möhre lag wie zuvor unbeachtet zu Smods Hufen, ein verlorener Farbklecks im Stroh. Immerhin wich Smod nicht zurück, als Finn seine Mähne strubbelte. Für einen Moment drückte er seinen langen Ponykopf fest an Finns Schulter, und sein Schweif fuhr wild hin und her. Doch die Nähe, die sonst ein freudiges Schnauben oder gar Tänzeln ausgelöst hätte, führte zur Starre – und beides unterblieb. »Auch du bist seltsam an diesem Morgen«, murmelte Finn. »Man könnte meinen, du seiest traurig. Weißt du wenigstens, wo wir Circendil finden können?« Falls Smod es wusste, so verriet er es nicht. Er blickte seinen Herrn stattdessen unverwandt an – auf eine Weise, die Finn zu Herzen ging und ihm einen Kloß im Hals bescherte. Fast war ihm, als hätte er etwas erkennen sollen oder lesen müssen, was in diesen Augen geschrieben stand; doch alles, was er sah, war ein feuchtes Schimmern über unergründlichem Braun. Ein Zittern lief die Flanken des Ponys entlang. Finn bekam ein schlechtes Gewissen und wusste nicht, weshalb.

Wilhag zog seinen Vetter förmlich aus dem Stall und schob ihn zur Werkstatt hinüber. »Ich weiß nicht, was er hat, Wil«, entschuldigte sich Finn. »So benimmt er sich nie. Hoffentlich ist er nicht krank, meine ich, das fehlte gerade noch.«

»Er wird bloß müde sein. Wie lange seid ihr jetzt ununterbrochen unterwegs, sagtest du?«

»Seit letztem Dienstag. Vielleicht ist es das – seit neun Tagen hat er seinen heimatlichen Stall nicht mehr gesehen. Und zu viel ist in dieser Zeit geschehen. Wir wurden getrennt, und er musste fliehen, musste alleine seinen Weg durch die Wildnis finden.« Finn fuhr sich mit der Hand über die Augen. »Vielleicht erinnert er sich jetzt daran, und ihm ist darum beschwerlich zumute. Du meine Güte, Wil – vor acht Tagen begegnete *ich* Saisárasar zum ersten Mal, und obwohl es eine Woche her ist, erschrecke auch ich bei dem bloßen Gedanken daran immer noch. Und wir haben heute nichts Besseres vor, als eben diesem Übel erneut entgegenzureiten. Ja, vielleicht spürt der gute Smod das. Ein Wunder, wenn es ihn nicht bekümmerte! Aber das alles muss warten. Ich fürchte, ein anderes Übel ist uns weitaus näher. Komm!«

Damit öffneten sie die Werkstatttür und blickten in Oheim Ewerdargs fragend von der Werkbank erhobenes Gesicht. Es glänzte vor Schweiß; in der Hand hielt er einen Hobel.

»Wir suchen Circendil, Papa«, erklärte Wilhag.

»Er sollte eigentlich schwer zu übersehen sein.« Der zweitälteste Hámlatsohn drehte sich einmal im Kreis, um anzudeuten, wie leicht es wäre, den Menschen zu entdecken, befände er sich nur hier. »Er schaute allerdings vorhin vorbei. Hat sich einen Möbelkeil erbeten, wofür auch immer. Und den Abschnitt eines Besenstiels, nein, fragt mich nicht. Bestimmt ist er bei deinem Vater, Finn.«

Die beiden Vettern riefen »Danke!« und eilten, eine Sägemehlwolke aufwirbelnd, zur Tür hinaus und zum Tauberhaus zurück.

An der Eingangstür rannten sie beinahe in Finns Muhme Fionwen hinein. Die junge Frau stand selbst soeben im Begriff, aus dem Haus zu stürzen. Sie stieß einen leisen Schrei aus, als die aufschwingende Haustür sie traf, zum Glück nur an der Hüfte streifte, aber es genügte, ihr einen gehörigen Schrecken zu versetzen. Die Lampe, die sie in der Hand gehalten hatte, fiel scheppernd zu Boden und erlosch.

»Entschuldige«, sprudelte Finn hervor. »Wir hätten besser aufpassen sollen. Hoffentlich hast du dir nicht wehgetan.«

»Es geht schon. Und gut, dass ich euch gleich finde«, sagte sie, hörbar atemlos. Besorgnis schwang in ihrer Stimme mit. Fionwen hielt Finn am Arm zurück, als dieser tiefer den Flur entlang wollte.

»Verzeih – wir haben's wirklich eilig, wir suchen …«

»Und ich suche euch«, fiel ihm Fionwen ins Wort. »*Bitte* – bleibt einen Augenblick, wenn ihr könnt.«

»Ja? Was ist denn geschehen?« Wilhag hob die Lampe auf. Glücklicherweise war sie nicht zerbrochen. Er entzündete sie neu. Als das Licht aufflammte, blickten sie in ein aufgelöstes Gesicht, in dem erst kürzlich Tränen geflossen waren.

»Es ist … ich kann es nicht genau sagen. Nur, dass ich plötzlich Angst verspüre. Ich weiß nicht recht. Schwager Furgo ist so seltsam heute Morgen. Er … er hält den kleinen Finnig im Arm … wiegt ihn immerzu … und gibt ihn nicht wieder her. *Er gibt mir mein Kind nicht mehr zurück!* Das hat er noch nie getan, verstehst du? Er … er redet nur noch davon, er wolle heim mit seinem Sohn. Zurück nach Moorreet. Mit … bei allen Waldgeistern, mit mir und unserem Kind, wie er sagt. Ich fürchte, er ist mehr denn je davon überzeugt, er hielte statt Finnig dich im Arm. In seinem Geist ist er gerade wieder erst Vater geworden, so viel glaube ich seinem absonderlichen Gerede entnehmen zu können. Er nimmt fest an, dies sei jener Herbst vor 28 Jahren. Er scheint zu denken, *du* seist gerade erst geboren worden, Finn! Er glaubt, er hält *dich* in seinem Arm! Ich meine: Für ihn ist es das Jahr 682, nicht 710. Mich hat er schon zweimal *Liebste Amie* genannt! Vorhin wollte er mich gar küssen …«

»Bei Aman!«, entfuhr es Finn. »Das hat uns gerade noch gefehlt!«

Wilhag wechselte einen vielsagenden Blick mit seinem Vetter. Er spreizte erst den Daumen, dann den Zeigefinger ab und murmelte: »Damit sind's schon zwei Verwirrte an einem Morgen. Drei, wenn wir Smod mit dazurechnen.«

Fionwen verstand nichts von alledem. »Finns Freund, der Herr Mellow«, erklärte Wilhag. Er drehte seinen Finger wie eine Schraube vor der Schläfe. »Ist vollkommen weggetreten.«

Finns Gedanken rasten. »Wo ist Circendil? Ist er wenigstens bei Papa?«

»Nein. Er sah vorhin nach ihm, ging dann aber, um etwas zu holen.«

Finn unterdrückte ein Schimpfwort. »Wann war das?«

»Vor einer Viertelstunde? Nicht viel mehr. Kaum verließ der Dir den Raum, verlangte Schwager Furgo seinen Kuss von mir …«

Finn biss sich auf die Unterlippe.

»Was jetzt?«, fragte Wilhag besorgt.

»Ich … ich werde gleich mit Papa reden. Ist er ruhig oder aufbrausend? Ich meine, behandelt er den kleinen Finnig gut?«

»Liebevoll – eben wie seinen eigenen Sohn.« Finns jüngste Muhme schluchzte auf bei diesen Worten und verbarg ihr Gesicht in der Schürze.

»Dann gedulde dich bitte noch ein wenig, Fionwen. Auch wenn es schwer zu verstehen ist – Mellow braucht im Augenblick dringendere Hilfe. Wir müssen ihn schnellstens von diesem Gemmenstein trennen. Ehe er damit größeres Unheil anrichtet. Oder vielmehr der Stein mit ihm.«

»Von was für einem Stein sprichst du denn?«, fragte Fionwen hilflos.

»Von einem, der den Geist verwirrt«, erklärte Wilhag. »Wir vermuten, dass der dicke Landhüter dieses Ding zuvor besaß. Das würde erklären, warum er herumschlich und mit Kieseln warf und was nicht alles. Er muss es verloren haben, und Herr Mellow hat es aufgehoben. Es ist ein böser Stein, wenn ihr mich fragt.«

»Ja«, antwortete Finn tonlos. »Einer, der die Sinne betört. Eine Sinyanhwe, wenn mich nicht alles täuscht!«

Ein lautes Poltern erschütterte plötzlich den Flur, gefolgt von einem Plumps und einem schmerzerfüllten Stöhnen. »Amie! *Amie?!*«

In das Rufen mischte sich das verängstigte Schreien eines Säuglings.

Ihre Köpfe fuhren herum. Finn stockte der Atem.

»Das kam aus Furgo Zimmer!«, rief Wilhag, zutiefst erschrocken.

»Das ist mein Sohn!«, schrie Fionwen gleichzeitig, mit jäh überkippender Stimme.

Alle drei stürmten den Gang entlang, zu einer rechtsliegenden Kammer im hinteren Teil des Flures. Fionwen erreichte die Schwelle trotz ihres Kleides eher als die beiden Vettern. Sie riss das Türblatt auf. Ein hellerer Lichtkeil fiel in den Flur.

Im Spiel des in der Zugluft aufflackernden Kaminfeuers verzerrte sich Fionwens entsetztes Gesicht. Als Finn und Wilhag heranwaren, beugte sich die junge Frau schon über ihr Kind, das in seiner Windel am Boden zappelte und jämmerlich schrie. Auch Furgo lag auf den Dielenbrettern, ein Stück weit entfernt, näher am Kamin, die verletzte Hand krampfhaft nach dem plärrenden Bündel ausgestreckt. Sein Gesicht unter den wirren Haaren zeigte eine Mischung aus Angst, Verzweiflung, Zorn, Pein und völliger Fassungslosigkeit. Er lag mit dem vollen Gewicht auf seinem gebrochenen Bein. Es war nach wie vor geschient, doch die Latten hatten sich verschoben, die Befestigungstücher waren gelockert. Eine Ahnung von Lindertau hing noch im Zimmer. Es war obendrein zu heiß im Raum; zu viel Holz lag in der Feuerstelle, und die Flammen loderten hell. Die Luft klebte von beißendem Brandgeruch.

Fionwen nahm den schreienden Finnig auf und wich an die Wand zurück.

Furgo bot ein Bild des Jammers. Immerzu versuchte er, sich mit dem gesunden Arm aufzurichten, doch vergeblich; Schmerzen und Schwäche in den Gliedern fesselten ihn gleichsam an den Fußboden. Nie zuvor hatte Finn seinen Vater in einer derart hilflosen und entwürdigenden Lage gesehen. Der Anblick traf ihn wie ein Schlag.

Wil schob sich an dem wie erstarrten Finn vorbei und kniete sich neben Furgo. »Was ist denn nur geschehen?«

»Hilf mir auf, Ewerdarg«, krächzte Furgo. »Etwas ist da mit meinem Bein. Es will mir nicht gehorchen. Ich bin gestürzt. Ich … ich kann nicht mehr gehen; wie kann das sein? Amie? Warum kann ich nicht gehen? Und wo warst du nur? Ich habe unseren Jungen fallen gelassen. Hör nur, wie er weint. Geht es Finnig gut? Sag, geht es ihm gut?«

»Ja«, schluchzte Fionwen, richtete sich auf und wiegte das Kind im Arm. »Er ist unversehrt.«

»Dann ist es gut. Es tut mir so leid, Amie. Du warst fort und kamst nicht wieder. Wir wollen doch abreisen heute Morgen, und nichts ist gepackt. Ich meine, ich machte mir Sorgen. Ich wollte dich suchen. Da verlor ich das Gleichgewicht. Was ist nur mit meinem Bein? Und meine Hand fühlt sich an wie taub, verflixt noch eins. Nun sag deinem Taugenichts von Freund dort schon, Ewerdarg, er soll anfassen und nicht ganz und gar nutzlos beiseitestehen. Ja, du da! Jetzt helft mir auf, ihr kräftigen Vahits – *eins, zwei.*«

Finn trat hinzu, griff seinem Vater unter die Achsel, und bei *drei* stand Furgo wieder, wenn auch nur auf einem wackeligen Fuß. Sie nahmen ihn in die Mitte, hoben und schoben ihn vorsichtig auf seinen Tragstuhl zurück. Der alte Vahit keuchte und schwitzte. Erleichtert stieß der Meister von Fokklinhand den angehaltenen Atem aus, als er endlich saß.

»Danke, habt Dank für die Mühe. Wo ist denn dieser wrisilrhiobhafte Heiler? Alle lassen sie mich immerfort allein. Es tut wirklich sehr weh. Aber, Ewerdarg, deine Schwester ist die beste Mutter in Kringerdes Weiten. Mein lieber Schwager: Es kann überhaupt keine bessere geben. Hör nur – schon weint unser Sohn nicht mehr. Ein Glück. Und sieh nur, wie schön sie ist trotz des Kummers, den ich ihr an diesem Morgen bereite. Verzeih mir meine Ungeschicklichkeit, Amie.«

»Schon gut, Schwa …«, sie verbesserte sich, als Wilhag mahnend den Kopf schüttelte, zu »… mein lieber Mann.« Sie warf Finn einen hilflosen Blick zu. Er hob ratlos die Schultern, dann nickte er seufzend.

Wieder verblüffte ihn die Ähnlichkeit Fionwens mit dem Abbild seiner jüngeren Mutter auf der Tassel – es ist kein Wunder, dachte er benommen, dass Papa glaubt, Mama in ihr zu sehen. Für das Erste war es wohl das Richtige, Furgo zu beruhigen und ihn in seinem Irrglauben zu belassen. Es war das Einzige, was sie tun konnten. Wenigstens, bis Circendil zurück war und Furgos Verletzungen frisch versorgte. Finn ertappte sich dabei, wie er auf seinen Vater wie auf einen Fremden blickte – und dabei zu verkraften suchte, dass der ihn nicht erkannte. Er kniete neben dem Stuhl und fühlte sich gleichzeitig meilenweit entfernt. Finns linke Hand ruhte auf dem Karbeol Maúrgins, und er fühlte mit einem Mal beinahe körperlich, wie die Zweifel der letzten Tage von ihm abfielen und ein Entschluss an ihre Stelle trat. Sein Vater musste zurückbleiben, und er würde mit Circendil gehen, wohin dieser Weg auch immer führen würde. Finn straffte sich und richtete sich auf. Es wirkte, als sei er plötzlich größer geworden als vorher. Sein Haupt schien im Schein der hinter ihm tanzenden Feuerschlieren selbst zu leuchten. Für einen Moment wanderten seine Augen in Fernen, die nur ihm ersichtlich blieben. Er bemerkte die verwunderten Blicke nicht, mit denen Fionwen ihn anstarrte.

Wilhag murmelte etwas von unerträglicher Hitze, nahm einen Schürhaken, zerteilte die Scheite und verringerte so die Flammen. Dann öffnete er das Fenster – und stieß einen überraschten Ruf aus.

»Aber da ist er ja!«

Furgos Zimmer lag auf der sturzabgewandten Seite. Das Fenster zeigte über eine davorstehende Sitzbank zum Broch hinaus, der grau und schwer vor der Hecke aufragte. Jetzt tauchte, von der Straße kommend, eine große Gestalt aus dem Hausschatten auf, die ein dickes Pony am Zügel führte.

»Wer ist da?«

»Circendil. Keine Ahnung, was er da treibt.« Wilhag beugte sich aus dem Fenster und rief: »Bleib, wo du bist! Rühr dich nicht vom Fleck. Wir sind sofort bei dir.«

Freudiges Gebell unter dem Fensterbrett löste Finns Starre. »Wir kommen bald zurück«, rief er Fionwen zu; dann lief er dem vorauseilenden Wilhag den Flur entlang hinterher.

Inku sprang Finn um die Füße und weckte mit seinem Gekläff vermutlich die letzten noch schlafenden Nachbarn. Der Medhir band das Pony soeben an einen Pfahl vor dem Broch, als sie um die Ecke bogen.

»Wo bist du gewesen?«, fragte Finn. »Wir haben dich überall gesucht.«

»Nicht überall, sonst hättet ihr mich gefunden. Davon abgesehen – ich habe eine weitere deiner Pflichten übernommen, da du es wissen willst. Ich bin mit Inku ein Stück die Straße hinunterspaziert, oder vielmehr er mit mir. Da wurde er auf einmal unruhig. Er zeigte das Nahen von etwas Ungewöhnlichem an, ganz in der Art der Atruma meiner Heimat. Er hatte zweifellos etwas gewittert oder gehört. Ich lauschte ebenfalls. Und richtig – wenig später vernahm ich Hufgetrappel. Da kam er zu meinem Erstaunen allein und herrenlos die Straße heraufgetrottet. Ich erkannte ihn gleich, und er mich wohl auch, denn er schien erleichtert zu sein. Hier habt ihr Bholobhorgs Pony.«

»Na denn«, machte Wilhag. »Noch eine Merkwürdigkeit.«

»Es erklärt nicht Bhobhos Verschwinden, aber es erklärt wenigstens, weshalb er zu Fuß zum Beukel floh.«

»Nämlich?«, fragte Finn.

»Sie wurden offensichtlich getrennt, Dumpel und Bhobho. Irgendwann auf dem Weg nach Dreihorsten verloren sie einander, nehme ich an. Dumpel kam von Süden; ich vermute, er irrte eine Weile durch die Wildnis, dann fand er glücklicherweise zur Straße und kehrte an den einzigen Ort zurück, den er hierzulande annähernd kannte – den Broch in Aarienheim. Immerhin hat er sich hier fast einen Nachmittag aufgehalten, am Montag, dem Tag der Trauerfeier. Und du hast Recht mit deiner Merkwürdigkeit, Herr Wilhag. Seht! Dumpel trägt Bhobhos vollständiges

Gepäck, sogar sein Landhüterstab steckt noch am Sattel. Daher vermute ich, Dumpel ist ihm durchgegangen. Freiwillig trennt sich ein Landhüter nicht von seinem Stab.«

»Das meinte ich nicht«, erwiderte Wilhag. »Ich wollte vielmehr sagen, hier geschehen äußerst merkwürdige Dinge, Herr Circendil. Es kommt eins zum anderen, und Dumpel gehört irgendwie dazu.«

»Sprecht nicht in Rätseln. Was ist geschehen?«

In aller Eile schilderte Finn seines Vaters seltsames Gebaren und Mellows befremdliches Verhalten. »Ich fürchte, der Stein, den er gestern fand, ist eine Sinyanhwe!«, schloss er.

»Wehe! Wenn du Recht hast damit, waren wir alle mehr als nachlässig. Wo hatte ich nur meine Gedanken? Ist Furgo einstweilen in guten Händen? Dann schnell! Lasst uns Mellow finden!«

So rasch sie konnten, eilten die drei zum Mühlbach. Sie sprangen über seine verschalten Ufer, liefen ein Stück weit dröhnend über die beidseitigen Planken und gelangten so hinter die Scheune. Inzwischen war es hell genug, sodass sie das Taubergrundstück weithin gut überschauen konnten. Sie sahen den weißgetünchten Sturzzaun, die Birke, den Bachlauf in ihrem Schatten, hörten den kleinen Wasserfall, der unter den Latten in der Tiefe verschwand, und hielten in ihrem Laufen abrupt inne.

Die Sonne hatte sich inzwischen vollständig über die fernen Berge im Osten erhoben und blinzelte rotgolden durch die herbstlich verfärbten und sich im Winde wiegenden Birkenblätter – ein Bild des Friedens und der Stille.

Der beschauliche Platz indes war verlassen.

Mellow war fort.

»Wo immer er hin ist, er hat jedenfalls sein Gepäck mitgenommen.« Wilhag deutete auf den Birkenstamm, an dem Mellows Rucksack, seine Decke und ein oder zwei Beutel gelegen hatten.

»Wir sind zu spät!«, sagte Circendil. »Das sieht mir ganz nach einem Aufbruch aus. Wann habt ihr Mellow zuletzt gesehen?«

»Es ist noch nicht allzu lange her, Herr Medhir«, antwortete Wilhag. »Aber ein bisschen Zeit ist seitdem verstrichen. Wir sind ein wenig herumgerannt, um dich zu suchen, wie du weißt.«

Finn zählte an den Fingern ab. »Wir waren zuerst im Stall, darauf in der Werkstatt, dann haben wir mit Fionwen gesprochen, ehe die Sache mit Papa geschah, was uns aufhielt – es mögen fünfzehn, vielleicht zwanzig Minuten vergangen sein, schätze ich.«

»Also Eile mit Weile – eben ganz nach Vahitart«, murmelte Circendil verdrossen. »Zwanzig Minuten! Inzwischen kann Mellow sonst wo sein. Auf! Wir müssen ihn finden. Wenn du Recht hast mir der Sinyanhwe, droht ihm und uns Unheil. Wir haben keine Zeit mehr zu verlieren. Kommt rasch!«

Sie eilten zurück. Vor dem Tauberhaus angekommen sagte der Davenamönch: »Hier teilen wir uns. Ich kümmere mich um deinen Vater. Ihr beide sucht nach Mellow. Schaut zunächst, ob Vanku noch im Stall steht; ist das der Fall, folgt Mellow zu Fuß. Aber gebt zuvor den Auftrag, unsere Ponys zur Abreise nach draußen zu führen. Wenn ihr ihn nicht binnen zehn Minuten in der Nähe findet, werden wir ihm beritten folgen und nicht hierher zurückkehren. Es ist keine Zeit für Abschiede mehr. Und schon gar nicht für ein Frühstück. Jetzt lauft, so rasch eure Beine euch tragen!«

Circendil öffnete die Tür und entschwand mit weiten Schritten im Innern des Hauses.

Wilhag wollte fort, doch Finn hielt ihn am Ärmel fest. »Eile mit Weile, ganz nach Vahitart.« Er ahmte die vindländische Sprechweise des Medhirs nach und verzog das Gesicht. »Er hat gut reden, bei seinen langen Beinen. Bevor wir blindlings losrennen, sollten wir lieber überlegen, *wo* wir nach Mellow suchen wollen. Und uns an ihm ein Beispiel nehmen. Er hat sein Gepäck geschultert. Meines steht noch im Flur. Warte!« Er trat ins Dunkel des Hauses und kam kurz darauf mit Sack und Pack wieder zum Vorschein. »So«, stellte er fest. »Eines habe ich in den sieben Tagen, seit wir auf Saisárasar trafen, gelernt. Du weißt nie, was als Nächstes geschieht. Ich meine, ehe du dich versiehst, stürzt du dich zum Beispiel in einen Brunnen. Lieber habe ich alles bei mir. Hast du eine Idee, wo wir mit der Suche beginnen sollen?«

»Eher ein Gefühl, falls du das gelten lässt. Denk daran, wie sich Mellow auf dem Beukel verhielt – nachdem er diesen Stein gefunden hatte.«

»Er kam erst als Letzter herunter – meinst du das?«

»Ja. Das Erste, was er sagte – was war das noch? *Er sollte zurückgegeben werden*, richtig?«

Finn nickte. »Genau. Und dabei stand er wie angewurzelt da und starrte Löcher in die Luft – *in die Luft!*« Er schlug sich an die Stirn. »Oh wir Narren! *Er sollte zurückgegeben werden!* Mellow dachte dabei an den Eigentümer des Steins, vielmehr ließ der Stein ihn dies denken. Und der Eigentümer ist niemand anderes als Saisárasar! Und aus welcher Richtung ist mit ihm zu rechnen? Von oben. Aus der Luft!«

»Eben das sagte ich mir. Und wenn du jetzt noch an euren Bholobhorg denkst … vielleicht floh er gestern Abend nicht nur zufällig zum Beukel hinauf, sondern er suchte gezielt den höchstgelegenen Punkt der Umgegend auf, um …«

»Um den Stein zurückzugeben!«, vollendete Finn. »Und er kannte den Beukel und den Weg dorthin, weil er uns schon am Nachmittag heimlich hinauf gefolgt war. Du erinnerst dich? Wir hörten Schritte, als wir vor dem Regen flohen. Ich wette, dass er es war. Das bedeutet, er hat unser Gespräch belauscht, und später am Abend obendrein erfahren, was am Tisch gesprochen wurde. Auf jeden Fall hat er genug aufgeschnappt, um es Saisárasar zu melden. Falls der Stein es war, der ihn trieb, dann war es gar nicht Bhobho, sondern die Sinyanhwe, die zu ihrem Herrn zurück wollte.«

»Und Herr Mellow geriet in diesen unseligen Bann, kaum dass er den Stein berührte. Es ist wie verhext, mein lieber Vetter. Ich bin wirklich ein fürsorglicher Gastgeber für dich. Du stürzt vom Felsen und was nicht alles. Ich habe auf alles Mögliche geachtet und habe dabei glatt das Offensichtliche übersehen. Ich war zu sehr mit meiner Fackel beschäftigt, das ist es.« Wilhag gab einem Fass, in dem mehrere Fackeln lagerten, einen ärgerlichen Tritt.

Inzwischen waren sie am Stall angelangt und steckten die Köpfe hinein. Vanku stand wie vorhin noch neben Gwaeth, und auch Smod blieb in seiner Ecke und ließ die Ohren hängen, traurig wie zuvor. Inku rannte zu ihm und bellte kurz und freudig, doch auch er vermochte Smod nicht aufzuheitern.

Sie riefen Oheim Bardogar zu, die Tiere zum sofortigen Aufbruch auf den Hof zu führen. Dann eilten sie den Weg entlang, der nördlich vom Taubergrundstück zum Beukel führte. Inku sprang voraus, als habe er eine Spur aufgenommen von einem Wild, das es zu jagen galt.

»Eines verstehe ich nicht«, sagte Wilhag, als sie etwa auf halber Strecke zur Steigbrücke waren. »Wie kann ein Stein, und sei er edel und geschliffen, Macht haben über einen Vahit?«

»Einst war es eine Kunst der Dwarge, Wil. Sie verstanden es, Gilwen zu schmieden. Und Karbeole wie diesen hier am Heft meines Schwertes. Sie entdeckten das Geheimnis, solchen Steinen eine Hinwendung zu geben, eine Art Auftrag, oder eine Macht. Vielleicht wohnt auch den Sinyanhwen eine Hinwendung inne. Ich weiß es nicht mit Bestimmtheit, aber ich vermute es.«

»Wenn der Wille dieses Saisárasars in diesem Ding steckt, ist dann nur der betroffen, der das Ding in Händen trägt, oder auch solche, die in seiner Nähe sind?«

»Worauf willst du hinaus?«, fragte Finn.

»Mir kommt da noch so ein Gedanke. Erinnere dich – wir wissen, Herr Mellow war kurz in seiner Kammer im Broch. Er hatte sich auf's Bett gesetzt …«

»Und?«

»Aber er blieb nicht lange, nicht wahr? Die Mauern engten ihn ein. Er verließ den Broch, voller Unruhe, getrieben vom Wunsch der Sinyanhwe, zurückgegeben zu werden. Aber er war nicht der für sie bestimmte Träger. Das war Bholobhorg. Herr Mellow wurde zwar von der Unruhe erfasst, aber er befand sich noch nicht völlig unter ihrem Bann. Was siehst du, wenn du aus dem Broch trittst?«

»Wenn ich … warte … na, euer Haus mit seiner der Straße zugewandten Seite. Meinst du das?«

»Was genau steht *vor* dem Haus, dem Eingang des Brochs genau gegenüber?«

»Ah, du meinst die Sitzbank. Und weiter?«

»Na, ich stelle mir vor, wie Herr Mellow dort nächtens herumgeistert. Er wird nicht die ganze Nacht herumgelaufen sein. Womöglich hat er sich auf der Bank niedergelassen und den Sternen was von *zurückgeben* zugeflüstert. Wichtiger aber ist: Was befindet sich oberhalb der Bank, unmittelbar darüber?«

»Das Fenster der Kammer meines Vaters!«, entfuhr es Finn.

»Genau. Und wer war heute, neben Herrn Mellow, der zweite Verwirrte dieses Morgens?«

»Das hieße, die Sinyanhwe hat den Anfall meines Vaters bewirkt?«

»Bewirkt, ausgelöst … etwas in der Art, ja.«

»Bei Aman!«, verfiel Finn unwillkürlich wieder in den Ausruf des Medhirs. »Wenn du Recht hast damit, sind die Steine noch gefährlicher, als wir dachten!«

Inku blieb plötzlich wie angewurzelt stehen und lauschte.

Wilhag packte Finn am Arm und zog ihn ruckartig hinter einen Brombeerbusch. »Sei still! Aufgepasst – da vorn!«

Für einen kurzen Moment sahen sie einen roten Fleck im Braun der herbstlichen Sträucher tanzen.

»Das war ein Landhüterhut«, flüsterte Finn. »Das ist er. Wir hatten Recht.«

»Lass ihn das ja nicht hören«, flüsterte Wilhag zurück. »Es ist ein Vogthut, den er da trägt.«

»Den Stein wird das nicht kümmern, fürchte ich.«

»Was jetzt? Ihm folgen oder Herrn Circendil holen?«

»Ich lasse ihn nicht mehr aus den Augen.«

»Also ihm nach.«

Sie liefen geduckt weiter. Von diesem Augenblick an blieben sie in der Deckung von Büschen und Bäumen und kamen dem Hut dabei nach kurzer Zeit dennoch so nahe, dass sie Mellow zweifelsfrei darunter erkannten. Er bog langsamen Schritts in den von der Gaustraße abzweigenden und zu dem ihren querverlaufenden Weg ein. Als sie selbst die Abbiegung erreichten, sahen sie ihn die Steigbrücke betreten: zögerlich, als gäbe es Gründe, eben dies nicht zu tun, die im Widerstreit mit solchen lagen, die ihn dazu drängten voranzuschreiten. Er hielt etwas in seiner Hand, als er auf der obersten Stufe stehenblieb und zum Beukel hinüberstarrte. Sein Gesicht war bleich.

»Wir müssen ihn dort herunterholen«, sagte Wilhag leise.

»Auf jeden Fall müssen wir ihn von dem Stein trennen«, gab Finn ebenso leise zurück.

»Er wird sich wehren.«

»Ich weiß.« Finn seufzte und holte tief Luft. »Ich weiß.« Einen Augenblick später sagte er: »Vielleicht lässt er ja jetzt mit sich reden.«

Wilhags Miene verriet, wie wenig er daran glaubte.

Sie gaben ihre Deckung auf, die bis zur Verzweigung des Baches ohnehin dürftig war und immer dürftiger wurde. Langsam gingen sie auf die Steigbrücke zu.

Mellow verhielt weiterhin auf der obersten Stufe und bemerkte die beiden Vahits nicht. Oder wenn er es tat, dann kümmerte es ihn nicht. Er starrte zu den beiden Felstürmen des Beukels hinüber. Vielleicht, dachte Finn, starrt er auch in den Himmel hinauf. Mellows Hand war vorgestreckt, ein gelbliches Glimmen spielte darin, als die Sonne um den Beukel schielte. Es sah ganz so aus, als ob Mellow auf etwas wartete. Sein Mantel umflatterte ihn. Das blaue Band des Hutes wehte im Wind.

Unter ihnen rauschten die beiden Teilbäche, als sie die hölzernen Stufen betraten. Mellow befand sich vier oder fünf Vahitlängen über ihnen. Vielleicht war das Brausen des wirbelnden Wassers zu laut oder das Flattern seines Mantels zu heftig – er hörte oder beachtete sie jedenfalls nicht. Er schien nicht einmal damit zu rechnen, dass man ihn verfolgte. Er stand nur da und wartete.

Finn nahm Inku auf den Arm; dann stiegen sie langsam hinauf.

»Mellow«, sagte Finn halblaut, als sie ihn fast erreicht hatten. Und weil ihm nichts Besseres einfiel, fügte er hinzu: »Da bist du ja.« Er sah seinen Freund zusammenzucken, als hätte es einen Knall gegeben. Sah ihn sich umdrehen, das Gesicht in Abscheu und Widerwillen verzogen. Sah zugleich den Schrecken in den Augen des anderen.

»Du!«, brach es aus Mellow hervor.

Nur dieses eine Wort. Aber es triefte vor Hass. Inku begann leise zu knurren.

Finn hob die Schultern und zeigte seine leere Hand. »Es wird alles gut, Mellow. Du wirst sehen – es wird bestimmt alles gut.«

»Naseweiser Winkelwicht!«, kam es zurück. »Was weißt denn du!«

»Ich weiß, na, zum Beispiel, du möchtest den Stein zurückgeben, nicht wahr? Das ist auch ganz richtig, finde ich.«

»Das findest du.«

»Ja. Warum willst du noch warten? Ich meine, leg doch den Stein einfach hierhin, da auf die Bohlenbretter, wo man ihn gut sehen kann, und wir können nach Hause gehen. Wem immer er gehört, er wird ihn sich holen kommen, und du hast dein Werk vollauf getan. Komm, leg ihn einfach hin, und wir gehen heim.«

»Er soll zurückgeben werden. Er muss zurückgegeben werden. Ich werde ihn zurückgeben, und niemand sonst. Niemand, verstehst du?«

»Das verstehe ich, Mellow. Das meine ich ja. Leg ihn ab, gleich hier, gib ihn gleich hier zurück. Lass dir von deinem besten Freund raten. Gib ihn zurück.«

Mellow nickte. Ein wölfisches Grinsen glitt über seine Züge. »Gleich hier, ja? Jetzt gleich, rätst du? Damit du ihn dir schnappen kannst, was? Ein guter Plan, ausgeheckt von einem guten Freund. Von meinem feinen, besten Freund, oh ja. Das kann ich sehen.«

Er bleckte die Zähne, und für einen Augenblick sah er wirklich einem Fuílfrar so ähnlich, wie es ein Vahit nur konnte. Er stieß den Atem aus und schloss seine Linke fest um den bernsteingelben Schimmer. »Nun, du willst etwas, und ich gebe dir etwas. Hier hast du es!« Mit einem Schrei zog er sein Wacala blank und stürzte auf Finn zu.

Der wich zurück, von dem plötzlichen Angriff völlig überrascht. Mellows Hieb zerschnitt nur die Luft, erreichte aber auch so sein Ziel. Finn verlor die Stufe unter seinem Fuß; er taumelte nach hinten, stieß schwer gegen Wilhag und Inku fiel aus seinem Arm. Der Welpe fiepte. Beide Vahits verloren das Gleichgewicht und wankten, ehe sie rücklings die Treppe sieben oder acht Stufen hinunterpolterten. In einem Knäuel aus Armen und Beinen landeten sie vor der ersten Stufe im feuchten Gras. Mellow eilte ihnen hinterher. Auf halber Höhe warf er sich vorwärts, hechtete mit einem gewaltigen Sprung von den Stufen herab und riss Finn von den Beinen, der sich soeben bemühte, wieder auf die Füße zu kommen. Das vorgestreckte Wacala fuhr an Finns Ohr vorbei, trennte das Ohrläppchen auf und nagelte die Kapuze bis ans Heft in den weichen Boden. Mellow rollte sich ab, nahm Anlauf und wuchtete dem sich nähernden Wilhag die aneinander gepressten Fäuste in die Magengrube. Wilhag wurde zurückgeschleudert, überschlug sich mehrmals und klappte dann zusammen wie ein Federmesser. Regungslos blieb er am Bachufer liegen. Inkus erschrecktes Bellen echote von den Felsen.

Finns getroffene Wange glühte.

Er spürte, wie Blut seinen Hals entlangrann. Er fühlte die metallene Kälte der Klinge an seiner rechten Wange brennen. Sein Kopf war durch die an den Boden genagelte Kapuze nahezu bewegungsunfähig. Erst, als er Mellows Wacala aus Stoff und Erdreich riss, schaffte er es, den Kopf zu heben.

Nahm Mellow an, er hätte seine beiden Gegner besiegt? Es hatte den Anschein; denn er stand auf der untersten Stufe und achtete ihrer nicht mehr. Beide Hände hielt er wie eine Schale vor seinem Gesicht, und in dieser Schale lag der gelbe Stein, schimmernd und feucht, und Finn sah Tränen über Mellows Gesicht laufen, während er die Hände zum Himmel streckte. Als böte Mellow die Sinyanhwe einer unsichtbaren Menge dar, reckte er sie gleichsam empor.

Und während Finn entsetzt zu ihm schaute und sah, wie der Stein aufflammte, als ob in ihm ein Feuer entbrenne, durchfuhr ihn eine Ahnung von Tod und Verderben. Kaum mehr erkannte er seinen Freund in der zitternden Gestalt mit der Sinyanhwe in ihren Händen; und in diesem Augenblick, da ihr Schimmern wie ein stechendes Licht war in seinem Geist, da meinte er ein rasch anschwellendes Flügelschlagen zu hören.

Jähe Adlerschreie zerrissen den morgendlichen Himmel. Dann kamen sie, zu zweit, zu fünft, zu zehnt hinter-, neben- und übereinander: an die zwanzig, vielleicht auch mehr Eren schrien zugleich und schossen über die Kante des Sturzes und rechts wie links des Beukels nach Westen. Dies war kein Jagen, auch kein hoheitsvolles Gleiten, kein würdevolles Schweben – nein, dies war eine einzige angsterfüllte Flucht, erkannte Finn. Und sie erfolgte nicht nur hier am Beukelfelsen: Soweit er blicken konnte, verließen längs der gesamten Linvahogath die Eren ihre Horste und flohen gellend ins Innere des Hüggellandes. Er wandte den Kopf, sah von Nord nach Süd und erkannte allenthalben nahe und ferne Schatten, Punkte nur, die auf und davon flohen, so geschwind ihre Flügel sie nur trugen.

Im Nu war auch der letzte der hiesigen Eren hinter den westlichen Baumkronen außer Sicht. Finn fragte sich unwillkürlich, ob seine Sinne ihm einen Streich gespielt hatten und er die Flucht der Adler nur geträumt hatte; womöglich lag er noch besinnungslos am Fuß der Steigbrücke, ein Opfer von Mellows unerwartetem Angriff.

Unwillkürlich sah er zu Mellow hin, der den Eren ebenfalls immer noch nachblickte, als hätten sie eine trügerische Hoffnung in ihm geweckt, die nun schmerzhaft unerfüllt blieb.

Er war auf die Knie gesunken. Die um die Sinyanhwe gekrümmten Hände hielt er jetzt wie bittend, wie flehend erhoben – er bot ein Bild des Jammers. Plötzlich horchte er auf. Dann, als wäre er von einer unsichtbaren Bogensehne abgeschossen, sprang Mellow auf und lief an den beiden Vahits vorbei, den fliehenden Adlern hinterher, den Weg zurück, den alle drei hinaufgekommen waren. Sein Mantel wehte hinter ihm. Das blutbeschmierte Wacala ließ er unbeachtet zurück.

Finn rappelte sich auf.

Er kroch das Ufer hinab zu Wilhag und sah, dass dieser wirklich nur bewusstlos war. Mit einer Hand schöpfte er Wasser aus dem Bach und besprenkelte damit das Gesicht seines Vetters. Mit der anderen betastete er sein Ohr und zuckte zusammen. Das Läppchen war halb entzwei geschnitten; die untere Hälfte hing klaffend herab. Seine Hand war blutig, als er sie betrachtete. Dafür ist jetzt keine Zeit, dachte er und vergaß sein Ohrläppchen ganz, als Wilhag sich prustend und spuckend regte.

»Was ist …?« Wilhag verzog das Gesicht und presste beide Hände auf seinen Magen.

»Keine Zeit für Erklärungen. Mellow ist geflohen. Er hat den Stein immer noch. Wir müssen ihm nach. Kannst du laufen?«

»Ich versuch's.«

Finn erhob sich und streckte die Hand aus. »Dann komm.« Wie aus nebliger, weiter Ferne hallte Mellows Stimme in ihm nach: *Versuch niemals etwas. Tu es oder lass es.*

Finn nickte grimmig. Er zog Wilhag auf die Beine. Er drückte seinem Vetter das Wacala in die Hand. »Hier, nimm du es. Besser du hast es als er, meine ich, in seinem augenblicklichen Zustand. Und nun los. Komm, Inku!«

Einen Atemzug später rannten sie, Seite an Seite, bachaufwärts und fort von der Brücke. Mellow war nicht mehr zu sehen.

Fionwen fuhr zusammen, als der fremde, große Mensch Furgos Kammer betrat. Der kleine Finnig in ihrem Arm spürte ihr Erschrecken und begann zu greinen. Circendil lächelte und ging in die Knie, bis sein Gesicht auf gleicher Höhe mit dem der jungen Vahitfrau war. Er blickte dem wenige Tage alten Kind in die blauen Augen und hob langsam eine Hand, als schöpfe er Wasser aus einem unsichtbaren Quell. Sofort hörte das Greinen auf, und Finnig strahlte das fremde Antlitz an.

»Wie .. wie hast du das gemacht?«

Der Medhir lächelte verschmitzt. »Oh, es ist nur ein kleines Geheimnis, welches Aman uns Davena einst verriet, kaum der Rede wert, Nande Fionwen. Doch sein Schrecken ist vorüber, wie ich sehe; und ich bin nicht seinetwegen gekommen, wie du dir denken kannst. Wie geht es Furgo?«

»Er ist gestürzt, als er zu gehen versuchte. Das …« Circendil unterbrach die junge Mutter sanft. »Ich weiß. Ich meinte – wie geht es ihm jetzt?«

»Ich glaube, er ist in seinem Stuhl eingeschlafen; seitdem Wil und Finn ihn dorthin setzten, hat er sich nicht mehr gerührt. Oder gesprochen.«

»Dann wollen wir die Gunst des Augenblicks nutzen. Seine Beinschiene hat sich gelockert; ich will sehen, was ich daran richten kann.«

Circendil hob den ausgewachsenen Vahit mit einer Leichtigkeit hoch, als handele es sich bei Furgo um ein Kind. Er legte den Tintner behutsam auf das Bett, und beide konnten sehen, wie Furgo sich im Schlaf entspannte. Fionwen verstand nicht genau, was dcr Frcmdc mit scincn wrisilrhiobhaften Händen eigentlich machte. Dennoch arbeitete er geschickt und schnell und ohne dass Furgo darüber erwachte.

»Bitte sag es all denen, die fürderhin mit Furgos Pflege beschäftigt sind – die Bindetücher müssen jeden Tag neu verzurrt werden, sie lockern sich, so fest wir sie auch binden. Hier, nehmt diesen Stilabschnitt als Knebel, siehst du – so.« Der Dir zeigte, was er meinte, und Fionwen verstand, um welche Kraftübertragung es dabei ging und wie der beschließende Knoten zu schlingen sei.

»Das ist es«, meinte der Mönch, indem er sich aufrichtete, »mehr kann ich nicht tun. Habt hier im Tauberhaus in den folgenden Wochen Geduld mit ihm; es wird wahrhaft Wochen um Wochen dauern, bis er stehen und am Ende allein wieder gehen kann. Und lasst ihn niemals ohne Hilfe laufen oder überhaupt über längere Zeit ohne Aufsicht. Sollte er wieder stürzen, ist er hilfloser als ein Kind.«

Er beugte sich abermals nieder und strich Finnig über den dunklen Haarflaum. »Und dir, mein lieber junger Vahit, schenke ich den Segen Davens!« Er zeichnete das λ über dem Kopf des Kindes. »Mögen Amans Augen über dein Wohlergehen wachen!«

Und an die Vahitfrau gewandt, fügte er hinzu: »Sei ihm eine gute Mutter, Fionwen. Meide den freien Himmel, wenn du kannst. Die Gefahr ist vielleicht näher, als wir alle glauben. Und nun sage ich Lebewohl. Ich habe leider nicht die Zeit, einem jedem in diesem freundlichen Hause zu danken. Bitte richte allen meine Grüße aus. Und sage Hámlat, dass man im fernen Vindland der Taubers und ihrer Taten gedenken wird!«

»Aber … wird Schwager Furgo weiterhin denken, dies sei sein Sohn, und ich … ich sei seine Frau Amafilia?«

»Darum sorge dich nicht, Nande Fionwen. Des Herrn Furgos Geist war verwirrt. Von außen, nehme ich an; und wenn ich alles richtig verstehe. Es war der Wille eines bösen Steins, Verwirrung und Unfrieden zu stiften, und bei Furgo ist ihm dies mit Ersterem gelungen, weil der Wunsch Furgos nach Heilung ihn in eine Zeit zurückversetzte, in der es ihm gut ging. Der Unfriede aber ist auf Mellow gesprungen, und ihm zu helfen, ist nun meine vordringliche Aufgabe. Lebewohl!«

Damit schritt er aus der Kammer. Noch während die Tür zum

Flur hin offenstand, noch während sich der Vindliandir zum letzten Mal zu ihr umwandte und ihr zum Abschied ein aufmunterndes Kopfnicken schenkte, hörten beide lautes Rufen von draußen und Tumult vor dem Haus. Die schwere Haustür flog auf. Jemand schrie: »Die Eren – so seht doch! Die Eren fliehen!«

Circendils Kopf fuhr herum. »Bleib im Haus!«, rief er mit tödlichem Ernst. Der Mönch aus Daven packte im Laufen seinen zerschlissenen Rucksack, warf ihn sich über die Schulter und stürmte ins Freie.

Finn und Wilhag rannten, so schnell sie nur konnten; doch schon bald kam Inku nicht mehr nach und blieb zurück; Finn hielt an und nahm ihn wieder auf seinen Arm.

Als sie den zum Tauberhaus abzweigenden Weg erreichten, waren sie unschlüssig, ob Mellow diesen oder den weiter geradeaus führenden Pfad genommen hatte.

»Lass uns zum Haus zurückkehren«, meinte Finn nach kurzem Überlegen. »Dieser Weg geradeaus führt zur Gaustraße. Mit den Ponys holen wir ihn schneller ein, falls er dorthin läuft. Fast wünsche ich es mir, dass er fort ist. Fort vom Tauberhaus, meine ich. Mein Herz sagt mir, ihm wird das Böse folgen, solange er die Sinyanhwe bei sich hat.«

»Eilt euch, ihr Vahits!«, brüllte die tiefe Stimme des Menschen über das weite Gehöft. »Wenn etwas die Adler ängstigt, so ist es auch für euch Vahits gefährlich! Eilt euch! Bringt euch in Sicherheit! Kommt ins Haus! Und ihr dort! Hinüber in den Broch! Nun macht schon!«

Fionwen stürzte zum Fenster, Finnig fest an sich gedrückt. Sie konnte den Sprecher nicht sehen, doch sie hörte die Worte des Davenamönchs so laut, als stünde er unmittelbar neben ihr. Furgo auf seinem Bett regte sich und erwachte.

»Was ist das für ein Lärm?«, fragte er.

»Die Eren«, antwortete Fionwen, erschrocken und neugierig

zugleich. Sie beugte sich tief, um unter dem Fensterfirst in den Himmel sehen zu können. »Da! Sie fliehen den Sturz. Du meine Güte – ich wusste nicht, wie viele es sind.«

»Das solltest du aber. Immerhin lebst *du* hier, Nichte, und dieser Ort heißt gewiss nicht Aarienheim, weil hier so viele Hasen hausen. Lass mich einmal sehen!« Furgo reckte seinen Kopf zum Fenster hin. »Das hat es noch nie zuvor gegeben«, sagte er, für diesen Augenblick wieder ganz der Alte. »Etwas Schlimmes geht da draußen vor. Wer ist es, der da so brüllt?«

»Es ist der Mensch, Schwager. Der Heiler, der dich versorgte, deines Sohnes Freund.«

»Was sagst du da? Finnig ist hier?«

»Ja, schon seit vorgestern. Er war bei dir und war sehr besorgt ...«

»Albernes Zeug!«, schnappte Furgo. »Wenn er besorgt wäre, befände er sich jetzt statt deiner hier. Und würde mir aufhelfen, was nur rechtens wäre! Stattdessen treibt er sich wieder sonstwo herum. Aah, dieses Bein! Reich mir deine Hand, Fionwen. Nun komm schon! – Bring meinen Stuhl! Keine Widerrede! Ich will wissen, was da vor sich geht! Ich muss hinaus!«

Sie erkannten ihn abermals an seinem roten Hut, der in der Sonne aufleuchtete wie ein Fliegenpilz im nassen Gras. Wieder war Mellow in jenen seltsam langsamen Gang verfallen, als zöge ihn etwas und etwas anderes hielte ihn zurück. Noch befand er sich ein gutes Stück vom Tauberhaus entfernt, war jedoch nicht mehr weit von der Stelle, an dem der Landweg in den befestigten Bohlenweg überging.

»Diesmal ohne alles Gerede!«, zischte Finn. »Er darf uns nicht noch mal entwischen.«

»Oder Ohren aufschneiden«, versetzte Wilhag. »Also, auf ihn – ohne Gebrüll.«

Sie nickten sich zu; dann spurteten sie los. Inku japste ihnen nach.

Sie flogen förmlich den Weg entlang, übersprangen weiche Stellen, Reste von Pfützen, wichen Steinen aus und knorrigen Wurzeln. Finn dachte undeutlich an eine ähnliche Hetzjagd zurück, die ihn durch zersplittertes Unterholz und einen halben Sumpf geführt hatte. Sein Herz hämmerte, und er wusste nicht, ob es vom Laufen kam oder weil ihm für zehn oder zwanzig Schritte wieder Tallias Bild vor Augen stand, wie sie über einer struppigen Schulter hing, die eigenen goldenen Haare über modrige Blätter schleifend – als Beute des haarigen Biestes, das sich unversehens in den Dwarg Glimfáin verwandelt hatte …

Als sie sich Mellow bis auf zwölf oder zehn Klafter genähert hatten, hörte er ihr Kommen. Seine Hand fuhr zum Gürtel und tastete vergeblich – das Wacala war fort, und das bemerkte er wohl erst jetzt.

Diese eine Sekunde des Zögerns genügte. Die beiden Vahits warfen sich in seinen Rücken und rissen, jeder einen Arm packend, Mellow von den Füßen. Inku bellte wie wild. Der Aufprall drückte Mellow mit dem Gesicht in den Sand. Wilhag zögerte kurz, ehe er den Helvogt mit seinem gesamten Gewicht festhielt; was er in diesem Augenblick im Begriff stand zu tun, war für einen redlichen Vahit ganz und gar ungeheuerlich, verwerflich geradezu. Ihm war sichtlich unwohl dabei zumute, aber *dieser* Helvogt hatte seinem Vetter das Ohr aufgeschlitzt, Sinyanhwe hin oder her – und das gab den Ausschlag. Er schob jegliche Zweifel beiseite. Mit aller Kraft hielt er den sich windenden hohen Würdenträger auf dem Boden. Dennoch meinte er, auf einem durchgehenden Pony zu hocken, das unter ihm bockte und um sich trat.

Finn spreizte seinem Freund mit aller Kraft die Finger zuerst der rechten, dann die der linken Hand auseinander – kein schimmernder Stein lag in ihnen.

»Er hat's in seinen Taschen«, keuchte Wilhag, während sich Mellow unter ihm wand wie eine Schlange. Unversehens schrie er auf; Mellow hatte ihn gebissen. »Sieh endlich nach! Und beeil dich. Lange kann ich ihn nicht mehr bändigen!«

»Dreh ihn um!«, verlangte Finn. »Sonst komm ich nicht dran. Knie dich auf ihn. Halte durch! Nur noch einen Moment!«

Wilhag tat sein Bestes, und es genügte.

Mit einem leisen Freudenschrei zog Finn seine Hand aus Mellows linker Jackentasche. Doch inmitten der Bewegung geriet ihm sein Schrei zu einem Keuchen. Die Sinyanhwe war heiß; sie schien, von einem inneren Feuer angefacht, zu kochen, und beinahe hätte er sie fallen gelassen. Ein Glimmen wogte in ihren Facetten hin und her, wie der Atem eines eingeschlossenen Wesens. Inku sah es und duckte sich eng an den Boden. Mit seinen Hundesinnen erkannte er auf eigene Art, dass seinem Herrn Gefahr drohte.

»Und was jetzt, Finn?«, fragte Wilhag, der den wild zappelnden Mellow immer noch an die Erde drückte. »Was ist, wenn das Ding jetzt *deine* Sinne betört?«

»Du hast Recht – daran hatte ich gar nicht gedacht.« Finn betrachtete die Sinyanhwe mit Abscheu. Die Hitze, die von ihr ausging, war keine, die den Körper versengte, aber sie tat dennoch binnen weniger Herzschläge weh. Unschlüssig betrachtete er das Ding, das ihm jetzt wie ein im Fluss erstarrter Feuertropfen vorkam. Er wechselte es von einer Hand in die andere und fragte sich, wie Mellow die Hitze hatte ertragen können. Erst da bemerkte er, dass Mellows Handinnenflächen gerötet waren und an einigen Stellen Blasen aufwiesen.

»Gib ihn mir!«, kreischte Mellow auf, als er den Stein in Finns Händen wandern sah. Sein Hut war ihm während des Gerangels vom Kopf gerutscht und lag nun, halb zerknüllt, im Dreck des Weges. Die blauen Bänder waren mit halbgetrocknetem Matsch beschmiert. Wieder bellte Inku laut auf.

»Und wo du schon grübelst«, drängte Wilhag. »Sag schnell – was bitte soll ich mit Herrn Mellow anstellen?«

Finn begriff, er war an diesem Morgen entschieden zu viel gerannt – und hatte zu wenig nachgedacht. Bis eben hatten seine Gedanken nur um den Wunsch gekreist, Mellow irgendwie zu erwischen und ihm den üblen Stein zu entwenden. Doch zu seinem Erschrecken hatte er keinen Plan dafür, was er tun sollte, falls ihm beides gelänge. Und nun war es ihm gelungen.

Was jetzt? Es war völlig richtig, was Wilhag eben erkannt hatte – keiner von ihnen hatte bedacht, dass der Einfluss des Steins Macht über *jeden* errang, der ihn trug; und nun hielt Finn ihn selbst in Händen, und er bekam unwillkürlich Angst davor, seinen eigenen Verstand zu verlieren. Oder zum Verräter an seinen Freunden zu werden. Ein ohnmächtiger Sklave eines fremden Willens zu sein dünkte ihm schrecklicher als alles, was er bisher erlebt hatte.

Komm zu einem Entschluss!, ermahnte er sich selbst.

Er öffnete den Mund, um etwas zu sagen, aber alles, was er eben noch für richtig erachtete, erschien ihm im nächsten Moment als ebenso töricht. Er wünschte sich Circendil herbei. Der Davenamedhir würde Rat wissen …

»Finn?« Wilhag warf seinem Vetter einen hilflosen Blick zu und passte nicht auf.

»Gib … ihn mir! Er muss … *zurück* …« Mellow bekam eine Hand frei und presste sie mit aller Kraft, die seine unbändige Wut ihm verlieh, in Wilhags Gesicht. Dessen Hals bog sich sofort gefährlich nach hinten.

Wilhags Kräfte begannen immer mehr zu schwinden.

Der unter ihm tobende Helvogt schrie, nein, kreischte abermals auf: vor Wut, vor Schmerz, vor Etwas, das sich allem Verständnis entzog. Er würgte, spuckte und zeterte. Was Mellow unternehmen würde, sobald Wilhag ihn nicht mehr halten konnte, war unschwer vorherzusagen – die blutunterlaufenen Augen seines sonst so besonnenen Freundes glichen denen eines zu allem entschlossenen, in die Enge getriebenen Tieres. Blasiger Speichel trat aus seinen Mundwinkeln und lief ihm in dünnen Fäden über die Wangen. Der Rudenforster Vahit war eindeutig nicht länger Herr seiner Sinne. Kaum freigegeben, würde er aufspringen und sich blindwütig auf einen jeden stürzen, der den Stein besaß.

Aber noch während Finns Blick fahrig zwischen der Sinyanhwe und Mellow hin und her zuckte, und sein seltsam gelähmter Verstand hämmernd zu einem Entschluss zu kommen suchte, nahm ein anderer ihm jede Entscheidung ab. Wilhag schrie mit überschnappender Stimme erneut Finns Namen, doch die Warnung ereilte zu spät.

Inku fiepte erschrockener auf denn je. Er verschwand im nahen Gebüsch.

Als Fionwen Furgos rollenden Stuhl über die Schwelle der Tür des Tauberhauses schob, erstarrten alle drei, als habe ein übernatürlicher Frost sie einfrieren lassen: sie selbst, Finnig in ihrem Arm und Furgo, dessen Schimpfen mitten im Satz abbrach. Das Knarren des Stuhls erstarb.

Ihre Augen wollten kaum erfassen, was sie dennoch sahen: Ein Schatten hing vor der Sonne im Osten wie ein Wallen, eine Wolke aus Bewegung, wogend wie Wellen in einem See; und schnell näher kommend. Zuerst dachte sie an weitere fliehende Adler. Doch diese Vögel waren um vieles größer als Eren. Und es waren unzählige, zumindest mehr, als sie so schnell zählen konnte: Fünfzig mochten es gewisslich sein, oder auch siebzig oder mehr. Sie schwebten und flogen hinter- und übereinander, in gestaffelten Reihen und dicht an dicht, ihre Flügelspitzen berührten sich fast. Auf den breiten dunkelbraunen Rücken hockten grässliche Gestalten mit schuppigen Hauergesichtern. Fionwen sah blanke Waffen, von Fäusten geschüttelt, deren Spitzen die Sonne aufblitzen ließen wie Sterne an einem schwankenden Himmel.

Alles dies wurde Fionwen in der Dauer eines einzigen Atemzugs gewahr.

Dann entfror das Bild wieder: Schrille Raubvogelrufe ließen die Luft erzittern; angstvolle Schreie von Vahits ertönen, die alles fallen ließen, was sie gerade in Händen hielten, und die unwillkürlich in die unterschiedlichsten Richtungen zu laufen begannen; über allem erscholl die befehlende Stimme des grüngewandeten Menschen. Circendil stand unweit der Scheune, den Blick den nahenden Vögeln zugewandt, und trieb die ihn umringenden Vahits an, zu fliehen und sich zu verbergen, so schnell sie nur konnten. Sein langes Schwert hatte er gezogen, und er sah bedrohlich aus: ein Krieger wie aus alter Zeit, mannhaft, wehrhaft und voll grenzenlosen Mutes, so ragte er über den erschrockenen Köpfen der Vahits auf. Und doch war sein Mut vergeblich, seine Drohung in Wahrheit lachhaft – niemals vermochte ein einzelner Mann *diesem* Ansturm standzuhalten, der auf des Sturmes Schwingen nunmehr über die Kante des Sturzes flutete.

Die Criargs kamen, bezogen auf die Wiese vor dem Tauberhaus, fast zu ebener Erde herangeflogen. Dicht über den Zaun hinweg glitten ihre mächtigen Krallen; und ihre hauergesichtigen Reiter sprangen aus den Sätteln, kaum dass sie sicheren Boden unter ihren Füßen erblickten. Einer, drei, fünf, sieben und immer weitere schwangen sich vor den teils wie angewurzelt dastehenden Vahits von den Vogelrücken. Misstönende Laute drangen an Fionwens Ohr, die sie zunächst für eine Art Kriegsgebrüll hielt, ehe sie begriff, dass sich die Gidrogs in ihrer abgehackten, grunzenden Sprache verständigten.

Circendil stürzte dem ersten entgegen, der auf Aarienheims Erde Fuß fasste. Sein Schwert wirbelte funkelnd und färbte sich rot; der Medhir sprang über den toten Leib hinweg; ein knappes Klirren aufeinanderprallender Klingen, dann flogen zwei weitere Köpfe auf Blutfontänen davon.

Fionwens Herz drohte auszusetzen, als einer der Gidrogs ihrer kleinen Gruppe gewahr wurde. Mitten im Lauf warf er sich herum und stieß einen Schwall grässlicher Laute hervor. Dabei schien er selbst zu fliegen, so rasend schnell näherte er sich der Tür, an der sie immer noch verharrten. Doch ehe er Furgo in seinem Stuhl erreichte, brach der Gidrog sich überschlagend zusammen; in seinem Rücken steckte ein Axtschwert, das Circendil aufgenommen und geschleudert hatte.

»In den Broch! Los!«, hörte sie ihn rufen, während er gleichzeitig zwei ihn anspringende Feinde abwehrte. Einen Augenblick darauf schlug er einem anfliegenden Criarg die vorgestreckten Fänge ab. Das verwundete Tier stürzte zu Boden und begrub seinen Reiter unter sich.

»Lauf!« schrie Furgo, drehte sich in seinem Stuhl halb herum und gab Fionwen einen Stoß. »Verschwinde! Ab ins Haus! Und durch eines der Fenster in den Broch! Rette Finnig!« Im Sitzen schwang er seine Krücke und schmetterte sie auf den Kopf eines der herrenlosen Vogelwesen, das mit jagdlüsternen Augen und stampfenden Beinen auf ihn zugerannt kam.

Fionwen zögerte; sie wollte Furgo nicht seinem Schicksal überlassen; dann gewann der Gedanke an ihr Kind die Oberhand. Sie taumelte wie im Fieber zurück ins Tauberhaus, raffte ihren Rocksaum zusammen und eilte, Finnig an sich gepresst, in das Halbdunkel des Flurs hinein.

Einen Criarg gab es, der ein Gutteil über den anderen flog, zwei ineinander verschränkte Kreise am Himmel zeichnend. Sein Reiter war in einen schwarzen Mantel gehüllt, der ihn bauschend umgab, als sei er selbst ein Schwingenpaar. Die dunkle Kapuze lag offen auf den Schultern; das ausgebrannte rechte Auge war dem Reiter genommen worden; die leere Höhle war umgeben von schwärendem, entzündetem, dunkelrotem Fleisch; das linke Auge glitzerte dafür um so erbarmungsloser und tödlicher, und es sah aus der Höhe schärfer denn zuvor. Es erblickte den Kolryndir, der sich vergeblich hin und her bewegte wie eine lächerliche Krume trockenen Sandes an verlorenem Strand, an den die Flut heranpeitschte und ihn hinfortwusch. Doch ehe der Reiter die Zügel seines Tieres zu diesem Punkt lenken konnte, gewahrte sein scharfblickendes Auge etwas anderes, das seine Aufmerksamkeit erforderte: Ein gelbliches Glimmen stach aus den Wiesen auf. Ein kaltes Feuer, um das sich drei winzige Gestalten balgten.

Der Dunkle, Diener seines Herrn, der Simorgh, Saisárasar – er lenkte seinen Criarg nach rechts und kippte hinab. Steil stürzte der Raubvogel abwärts, die Flügel an den Leib angezogen; und schneller als der Wind.

Mit unbändiger Kraft schüttelte Mellow den Vahit ab, der plötzlich nach oben starrte und irgendetwas rief; aber was, war gleichgültig. Er strampelte sich frei und warf den Vahit von sich, der sich frech und dreist auf seine Brust gesetzt hatte und den er nicht einmal mehr erkannte. Mellows Knie stieß an etwas Hartes, und er griff danach – es war das Wacala, das Wilhag fallengelassen hatte. Er packte es, ohne zu begreifen, was es war. Sein nächster Blick galt dem Anderen, dem Dieb, dem eigentlichen *Räuber* – er hatte *seinen* Stein an sich gerissen, hatte ihn befummelt und betatscht und mit seiner widerlichen Lüsternheit besudelt. Tatsächlich sah Mellow nicht länger Finn Fokklin aus Moorreet vor sich, seinen besten Freund, sondern ein gieriges Etwas, das mit fetten, grabschenden Fingern den Stein befleckte.

Zwischen dem Moment, da Wilhag seine Warnung geschrien, und dem Augenblick, da Mellow das Wacala erneut gegen Finn erhob, lagen nur wenige Wimpernschläge. Dann war der Schatten heran. Ein furchtbarer doppelter Schlag traf Mellows Kopf, Schulter und Waffenarm. Er verlor den Boden unter den Füßen, das Wacala entfiel seiner Hand. Er überschlug sich, krachte in das Geäst eines Busches und blieb regungslos liegen.

Finn sah aus schreckgeweiteten Augen mit an, wie der Criarg über Mellow hinwegschoss, Schnabel und Fänge wie Rammen gebrauchend, und den Freund durch die Luft schleuderte. Durch den eigenen Schwung und den Aufprall geriet der Raubvogel selbst ins Trudeln; wie eine Kugel aus Schwingen und Schwärze rutschte er über den immer noch nachtfeuchten Wiesengrund ins Unterholz. Im letzten Moment, ehe splitternde Zweige der wirbelnden Bewegung knackend und krachend Einhalt geboten, löste sich ein weiterer Schatten von dem ersten. Mit einem dumpfen Laut sprang die Gestalt federnd zu Boden, richtete sich auf und zog ein blankes Schwert.

Saisárasar! Fünf, vielleicht sechs Schritte entfernt stand er vor Finn, richtete seine schwarzen Augen auf den Vahit – und erkannte ihn.

»Sieh an«, sagte er. Über sein dunkles Gesicht flog ein Lachen ohne jede Fröhlichkeit. »Der Freund der Kröte. Der Brunnenhopser. Und so ganz allein. Ohne die Hilfe seines zweifelhaften Kolryndirfreundes.«

»Nicht ganz allein!« Wilhag sprang auf, griff sich einen Stock und stellte sich neben Finn. »Nicht ganz allein. Im Gegensatz zu dir, wer immer du bist.«

»Ach – hat er mich dir verschwiegen? Das ist nicht nett, nein, wirklich nicht.« Der Blick von Saisárasars unverletztem Auge wurde hart. Er trat näher. Er hob mit seinem Schwert Finns Kinn an und verzog die wulstigen Lippen. Beide Vahits waren unfähig, sich zu bewegen.

Das verbrannte Fleisch um das von Mellow ausgestoßene Auge zuckte wild; es ließ die rechte Wange des Menschen beben, als führe sie ein Eigenleben. »Man sagt, es täte gut, alte Bekannte zu treffen. Ich stimme dem nicht zu, was dich betrifft. Wie immer, wenn ich *dich* treffe, Krötenfreund, so wird *mir* etwas genommen. Zuerst mein Auge, dann ein Dutzend meiner Krieger, und jüngst auch noch mein eigen Hab und Gut, wie ich sehe. Du spielst mit Sachen, Wicht, die dir nicht gehören. Und das kostet dein Leben, so oder so. Ergib dich, und gib mir den Stein! Dann töte ich dich schnell. Wehre dich oder weiche auch nur um einen Schritt, und du wirst leiden, wie nie zuvor ein Wicht gelitten hat!«

Wie schon einmal spürte Finn, wie ihm die Haut geritzt wurde und Blut, heftiger dieses Mal, ihm den Hals hinunterrann.

Das war es also, dachte er. Vor acht Tagen ritzte mich ebendieses Schwert, geführt von ebendieser Hand, gelenkt von ebendiesem Feind. Der beseelt ist von einem Willen, der ihn seinerseits lenkt und der ihn zum größten, nein einzigen Feind machte, den das

Hüggelland zeit seines Bestehens kannte. *Das war es also.* Sieben Tage der Flucht, der Angst, des Hoffens bar aller Kraft und jenseits aller vernünftigen Hoffnung. Tage der ungezählten Schmerzen, und wofür? Um wieder dort zu stehen, wo alles begann. Am falschen Ende eines Stückes Eisen.

Saisárasars Schatten fiel auf ihn. So oder so – jener, der sich Simorgh nannte oder so rufen ließ oder ein Simorgh war – er würde ihn töten, hier, jetzt und für alle Zeit. *Das war es also …*

Ein Schütteln und Krächzen drang in Finns Ohren. Der Criarg rappelte sich auf. Er schlug mit den Flügeln um sich, befreite sich aus dem Gestrüpp, in dem er liegengeblieben war. Ein gellender, misslauniger Schrei, in den sich entfernter Kampfeslärm mischte, den Finn erst jetzt vernahm. War dies das Ende?

Saisárasar wandte die Schultern; er drehte den Kopf, kurz nur, ein scharfer, prüfender Blick zur Seite, ob sein Reittier bereit sei, den Herrn wieder zu tragen. Doch durch die Wendung entließ der Schatten die beiden Vahits, das Licht der Sonne fiel an den hochaufragenden Schultern des Menschen vorbei und traf auf zweierlei Gestein. Die Sinyanhwe gleisste auf; der Karbeol an Finns Seite loderte wild.

Beide Feuer rangen miteinander; das eine brannte sich in Finns Finger, die sich zuckend darum klammerten, das andere entfachte ein Licht in seinem Innern.

»Dann nimm doch, was deines ist!«, brüllte Finn auf. Er dachte nicht länger, er zielte nicht und fasste keinen Vorsatz oder Plan; vielleicht traf er deshalb umso sicherer. Mit einer Kraft, die ihm selbst fremd war, ließ er sich nach hinten kippen, bog im Fallen seinen Arm weit zurück und schleuderte die Sinyanhwe von sich. Sie schlug an Saisárasar linker Schläfe auf, wohl mit der Kante einer ihrer Scharten, denn die Haut des Dunklen platzte, und der zurückfliegende Kopf zog eine Spur von dunklen Tropfen nach sich wie die Perlen einer zerspringenden Kette. Saisárasar stöhnte auf und sackte auf die Knie; das Schwert bohrte sich in das feuchte Erdreich vor ihm und hielt ihn aufrecht.

Doch der Augenblick seiner Hilflosigkeit verging so schnell er gekommen war. Saisárasar riss die Klinge aus dem Boden und schlug mit ihr einen halben Kreis. Der Hieb galt Wilhag, der noch erschrocken neben Finns auf dem Rücken liegenden Körper stand und nicht begriff, was um ihn herum und viel zu schnell für ihn geschah. Wilhags Leben hing in diesem Augenblick an einem seidenen Faden, oder nicht einmal mehr das; er war so gut wie tot, enthauptet von blitzendem Stahl, geschwungen von Einem, der vor unsäglicher Wut einen Schrei ausstieß.

Der Aufschrei aber brach ab – und verwandelte sich in ein Röcheln. Das lange Schwert ging fehl, fuhr fauchend über Wilhags Kopf hinweg und flog aus Saisárasars Hand. Der Schwarzgewandete schlug mit dem Gesicht auf den Boden auf; in seiner rechten Schulter steckte Mellows noch zitterndes Wacala. Wie ein Echo dessen, den er getroffen hatte, fiel Mellow auf die Knie, und er weinte.

Finn erkannte eine neue Gefahr, sprang auf und stieß Wilhag zur Seite. Wieder nur um Haaresbreite entging Wilhag so dem zuhackenden Schnabel des Criargs, der seinem Herrn zu Hilfe eilte. Finn streckte die Hand und schrie seinerseits. Maúrgin funkelte. Tief stieß die Klinge in das bebende Federkleid, durchbohrte Haut und Fleisch, traf das Herz und brachte den Tod. Der Vogel krümmte sich und fiel auf die Seite, die Fänge verkrampften sich in verendendem Hass und letztlich vergeblicher Gier.

Die plötzliche Stille war eine der Sinne, keine echte Ruhe. Während Finn den Dwargendolch aus dem Vogelleib zog und von einem Schwall nachschießenden Blutes besudelt wurde, hörte er in seinem Geist allmählich den Lärm anschwellen, der beim Tauberhaus tobte.

»Kommt! Fort von hier!«, rief er Mellow und Wilhag zu. »Wir müssen …« Er kam nicht mehr dazu zu sagen, was er meinte. Mit einem gurgelnden Laut fasste sich der totgeglaubte Saisárasar an die Schulter, packte das Heft und riss die Klinge aus seinem Fleisch. Das bluttriefende Waldarbeitermesser in der Hand, zog er sich an einem Baumstamm auf die Beine, noch während Wilhag Finns Ruf Folge leistete. Mellow indes kniete immer noch; er schwankte und starrte verständnislos Saisárasar an, dessen Auge eben auf den Helvogt fiel.

»Die Kröte!«, zischte der Dunkle. Zwei Schritte brachten ihn an Mellow heran, der Arm mit dem Wacala fuhr mit ungeheurer Wucht hernieder. Mellow schrie auf, dann krachte er erneut zu Boden. Blut war plötzlich überall, auf seinen Haaren, auf seiner Schulter; und Mellow lag nur da und atmete nicht mehr.

Saisárasar stand über ihn gebeugt, nun selber schwankend wie ein pechschwarzes Laken im Wind. Die Zeit eines oder zweier Atemzüge vergingen, in denen keiner der beiden Vahits tatsächlich zu atmen wagte. Tastend begann Saisárasar den Waldboden abzusuchen.

»Nein!«

Zitternd formten Finns Lippen dieses eine Wort.

Es kam ohne alle Kraft und verging lautlos, ein gehauchtes Wehklagen, ein stummer Schrei der Fassungslosigkeit.

Dann, nach Zeitaltern, durchlebt in einem anderen Land, begann er mechanisch zu laufen, als Wilhag seinen Arm ergriff und den Vetter mit sich zog.

Sie stolperten den Weg entlang. Als sie die dumpf unter ihren Füßen stöhnenden Bohlen erreichten, drehte sich Saisárasar nach ihnen um.

Schon am vorherigen Abend hatte es sich in Aarienheim herumgesprochen, dass die seltsamen Gäste der Taubers am kommenden Morgen abzureisen gedachten. Inkus frühes Gekläff hatte selbst die hartnäckigsten Schläfer geweckt, und so fanden sich rund um den Broch nach und nach die neugierigeren Nachbarn ein, also im Grunde alle. Nachbar Rohmag war einer der ersten, die eintrafen; er hatte frisches Hasenfleisch »für den Hund des Sohnes des Meisters von Fokklinhand« dabei, wie er sich ausdrückte, als er es, in einen Korb verpackt, Walnutia überreichte. Einige wollten ein letztes Mal den wettergegerbten Vindliandir sehen, denn ob sie jemals wieder einen leibhaftigen Menschen erblicken würden, war unwahrscheinlich. Die wenigsten der Aarienheimer glaubten an das Gerede vom Krieg; aber sie wollten dabei sein, wenn die »seltsamen Leute aus dem Norden« das Brada wieder verließen, und sei es nur, um den Enkeln eines Tages davon erzählen zu können: von Finn aus Moorreet, von dem tapferen Helvogt aus Rudenforst und dem Heiler aus Daven.

Die Aarienheimer standen in Grüppchen auf der Straße und dem Zugang zum Hof und schwatzten, als die Eren aufstiegen und ins Landesinnere flohen. Das war unerwartet und ein Anlass zum Gaffen, und ungewöhnlich genug, um es sofort mit Mutmaßungen und anderen Verlautbarungen zu übergießen.

Die kurz darauf erschallende Stimme des wrisilrhiobhaften Menschen erschreckte und bannte die gaffende Menge zugleich. Man bezog die lauthals ausgestoßenen Warnungen nicht sogleich auf sich und reckte eher die Hälse, um zu sehen, was wohl jetzt geschehen würde. Erst als die ersten Mitglieder der Tauberfamilie zu rennen begannen, wallte in den Wartenden Unruhe auf. Sie sahen den Medhir mit seinen langen Armen fuchteln. Sie hörten andere Vahits aufschreien und wussten doch nicht einzuordnen, was vor sich ging. Also blieben sie stehen und warteten ab. Sie achteten weder auf Fionwen, die sich besorgt aus dem Fenster der Kammer beugte, als die Adler flohen. Sie bemerkten auch Ewerdarg nicht, der mit Stecheisen und Hammer aus der Werkstatttür lief. Ebenso entging ihnen Bardogar, der mit einer Mistgabel bewaffnet aus der Scheune trat. Fiongar hatte zwei Stuhlbeine ergriffen und schwang sie wie Keulen. Der alte Hámlat beugte sich über das Fass, dem Wilhag am früheren Morgen seinen Tritt versetzt hatte, und entzündete eine Fackel an der vor dem Stall brennenden Lampe. Kaum loderte sie auf, traf etwas die Lampe, und sie fiel herab und zerschellte. Auslaufendes Öl fing Feuer; ein Band aus Flämmchen zog sich in den Stall hinein, wo es für sie Nahrung gab im Überfluss.

Die vier Taubers bauten sich an der Brochmauer auf, bereit, die sich dorthin Flüchtenden zu schützen. Da hatte Circendil schon sein Schwert gezogen und begann seinen einsamen Kampf gegen die über das Taubergrundstück hereinbrechenden Criargreiter. Plötzlich bekamen auch die Langsamsten mit, dass etwas ganz und gar nicht stimmte. Ein allgemeines Aufstöhnen ging im Prasseln der plötzlich aufflammenden Stallwände unter, und endlich begannen die Vahits zu laufen. Ein Pony mit brennendem Schweif sprengte die Stalltür auf und jagte über den Hof, der Straße zu, mitten in die fliehende Menge hinein.

Ein großer Teil der Menge floh die Dorfstraße hinab; der kleinere Teil suchte Schutz im nahen Broch. Zwei oder drei Vahits wichen nicht schnell genug aus und gerieten unter die Hufe des verängstigt schreienden Tieres. Sofort gab es Gedränge und Geschubse vor den Brochstufen, das zusehends schlimmer wurde, als der Tod auf dem Taubergrundstück um sich griff.

Um Circendil bildete sich im Nu ein Wall aus erschlagenen Gidrogs. Herrenlose, aber vom Blut gereizte Criargs fielen über hilflos fliehende Vahits her. Einige, die über ihre Schulter sahen, blickten in aufgerissene Raubvogelschnäbel, die sich in Frauen- und Kinderrücken bohrten. Andere erstarrten, als Klauen in sie fuhren und sie selbst zerfleischten. Todesschreie gellten. Abgehackte Gidroglaute echoten von den Gebäudewänden wider. Die drei Ponys im Hof wieherten von Panik erfüllt auf und zerrten an ihren Riemen.

Als Finn und Wilhag die kleine Bachbrücke erreichten, glaubten sie sich in ihre schlimmsten Albträume versetzt. Sie schauten auf ein Schlachtfeld. Gidrogs gingen mit Axtschwertern und vahitgroßen Netzen gegen jeden auf dem Taubergrundstück vor. Sie töteten dabei scheinbar wahllos jeden, der in ihre Reichweite geriet. Immer weitere Criargs schwebten über die Sturzkante und luden ihre Reiter ab, gleichwohl Circendil ein Dutzend oder mehr von ihnen gefällt hatte und immer weitere tötete, während die beiden Vahits noch vor Schreck erstarrt an der Brücke standen.

Wie viel Zeit verging oder ob er nur in endlos gedehnten Augenblicken all dies namenlose Grauen erlebte, es war einerlei. Hilflos musste er mitansehen, wie sein Vater Furgo vor der Haustür in seinem Stuhle saß und seine Krücke wahllos auf Köpfe und Gliedmaßen niederkrachen ließ, ohne dabei mehr zu erreichen, als dass ihn sein letzter Stoß aus dem rollenden Tragstuhl schleuderte. Ein soeben aus dem Sattel gesprungener Gidrog sah es, stieß einen freudigen Siegesruf aus und schmetterte dem auf dem Boden liegenden Meister von Fokklinhand die Breitseite seines Axtschwertes seitlich an den Kopf und brach ihm das Genick. Finn meinte das Knacken der Knochen zu hören.

Neben Furgos grotesk verbogenem Körper tauchte der alte Hámlat auf, rußbefleckt und seine lodernde Fackel schwingend. Er vertrieb zwei herantrippelnde Criargs, indem er ihnen das Federkleid verbrannte, ehe ihn ein fürchterlicher Axtschwerthieb fällte; den Kopf bis zwischen die Schultern gespalten. Der hinter dem zu Boden gehenden Hámlat stehende Gidrog zog seine Eisenklinge aus dem Leib, nahm die Fackel und warf sie grunzend in einen Trog, wo sie erlosch. Er sah die Fackel ersterben, während er selber fiel; Circendils waagerecht tanzendes Schwert halbierte seinen Schädel.

Vor dem Broch erhob sich plötzlich doppelt so lautes Geschrei wie zuvor. Zwei der Hámlatsöhne sprangen vor, eine Bresche breitend, um jemandes Weg zu bahnen. Hammer und Stecheisen bissen, Keulen flogen rechts und links. Finns Kopf fuhr herum, und er erkannte Fionwen, die, ein Bündel an sich drückend, aus dem zerschmetterten Fenster der Kammer seines Vaters kletterte und auf den Broch zurannte. Da bog ein herrenloser Criarg um die Ecke des Hauses. Er kreischte, als er sein Opfer erblickte. Der Vogel sprang die fliehende Frau rücklings an und riss sie nieder, als sie eben die Schwelle des Brochs erreichte. Das Bündel entflog ihren Armen. Bardogars Mistgabel bohrte sich, wie eine

Lanze geschleudert, in die Brust des Tieres und brachte es zu Fall.

Netze flogen, von fünf oder sechs Gidrogs geschleudert; Bardogar ging zu Boden; ihm folgte kaum einen Augenblick später sein Bruder Fiongar, verwickelt wie eine Fliege im klebrigen Gespinst der Spinne.

Circendil erblickte Finn und Wilhag. Er hieb zu beiden Seiten in auf ihn eindringende Gidrogs ein und näherte sich der Brücke. Er lahmte auf seinem verletzten Bein. Eine blutende Fruche zog sich quer über sein Gesicht.

»Flieht!«, brüllte er. »Flieht, ihr seht doch, wie es steht! Flieht und rettet Kolryn, wenn ihr könnt!«

Finn nickte, Maúrgin in der Hand; er sah aus dem Augenwinkel eine Bewegung, wirbelte herum und hieb einem Gidrog, der sich auf die Brücke schwingen wollte, den Unterarm ab. Dann zog er Wilhag mit sich und rief mit weithin gellender Stimme Smods Namen.

Das treue Pony hörte ihn; es zerrte die Haltestange entzwei, riss sich endgültig von seinem Riemen los und galoppierte über den Hof auf Finn zu.

Der vor dem Brückensteg zusammengebrochene Gidrog sah das Pony nahen; mit einem schmerzerfüllten Gebrüll lief er auf das Pony zu. Sein Axtschwert sauste hernieder wie das Beil eines Henkers aus uralter Zeit. Smod ereilte sein Schicksal mitten im Sprung – der Hieb traf ihn dicht oberhalb des Sattels und spaltete ihm die Wirbelsäule. Das Axtschwert wurde dem Gidrog aus der Hand geprellt. Es blieb im Leib des Ponys stecken. Smod überschlug sich und war bereits des Todes, als er noch rücklings über den Hofsand rutschte, die hilflos ausschlagenden Hufe in die Höhe gestreckt. In Finn riss etwas entzwei. Wie durch einen langen Tunnelgang blickte er, und nahm nichts anderes mehr wahr als Smods brechende Augen, sah das Flehen, ein schwaches Leuchten, ein letztes Aufflackern von Liebe.

Dann schlug der Kampfeslärm wieder über Finn zusammen.

Der Tunnel verschwand. Finn fühlte nichts und alles zugleich. Hätte er sich sehen können, wäre er vor sich selbst erschrocken – mit schreckgeweitetem Blick und dennoch erfüllt von unbändiger Wut, verdreckt und blutverschmiert, so stand er da, verwachsen mit seinem Schwert.

Mit einem unmöglich wiederzugebenden Laut sprang er über Smods Leichnam hinweg. Mit einer Behändigkeit, die ihm von irgendwoher erwuchs, unterlief er den Schwertstreich, der ihm selber galt; dann trieb er Maúrgin bis ans Heft in den Unterleib des aus seiner Armwunde heftig blutenden Feindes. Erst, als dieser fiel, erkannte er Tuluk in ihm.

Schweratmend zog er Maúrgin zurück, und er schwankte: Der üble Dunst des Todes und die Pestilenz hervorquellender Eingeweide krampften seinen Magen zusammen. Er kauerte und würgte. Ein Axtschwert wirbelte jaulend über seinem Kopf heran und brachte einem weiteren Gidrog den unverzüglichen Tod, ehe dieser Wilhag erreichte. Circendil nickte nach diesem abermaligen Meisterwurf, warf Finn einen hoffnungslosen Blick zu und stürzte sich in eine neue Gruppe Criargreiter.

»Wil! Hier herüber!« Finn begann zu laufen und winkte Wilhag herbei. Auch Vanku hatte sich von seinem Halteriemen befreit. Ihn gedachte Finn zu besteigen und zusammen mit Wilhag geradenwegs durchzubrechen; zu Fuß war eine Flucht von vorne herein aussichtslos.

Da fühlte sich Finn angehoben und zu Boden geschmettert. Ein Netz hatte sich in seinem Fuß verfangen und ihn zu Fall gebracht. Ein schuppiges, zottelbesetztes Gidroggesicht beugte sich über ihn – es war Udrak, und von seinen Hauerzähnen troff Speichel. Da kam etwas Buntfleckiges angeflogen und verbiss sich in der Kehle dieses alten Feindes vom Acaeras. Inku!

Udrak schrie unwillig auf. Mit einer seiner Pranken wischte er den Welpen von seinem Hals wie ein lästiges Insekt. Er warf das quiekende, kreischende Fellbündel zu Boden und hob seinen Fuß. Einen entsetzlichen Moment lang erinnerte sich Finn an eine ähnliche Sohle, die über ihm geschwebt hatte. Er wollte auffahren, doch das Netz behinderte ihn. Und sein Arm war trotz Maúrgins Klinge nicht lang genug, um eingreifen zu können! Der Gidrogfuß schmetterte herab. Er zermalmte den kleinen Hundekopf mit einem hässlich platzenden Geräusch zu Brei. Das Quieken verstummte jäh.

Finns Herz setzte aus. Erst Mellow, dann sein Vater, darauf Smod … und nun auch noch Inku. Von allen Unschuldigen der Kleinste, und er hatte sich für Finn geopfert. Mit jener selbstlosen Atruma-Liebe, die seine noch so junge Hundeseele umso heftiger fühlte. Gefühlt hatte. Es war zu viel. In Finn brachen alle Dämme. Er lachte, er weinte, er wimmerte, jedes für sich und alles zugleich. Wie im Wahn warf er eine Handvoll Sand in das geifernde Gesicht über ihm. Zwei Schnitte, während derer Udrak blind umhertastete. Das Netz fiel ab. Der Fuß kam frei. Ein blitzschnell nach oben fahrender Stich, und die Kehle Udraks klaffte auf und badete Finn in einem Schwall dunklen Gidrogblutes.

Alles um ihn herum stank; er schüttelte sich, während sein jammerndes Kichern abbrach und einer Leere wich, die ihn zu übermannen drohte.

»Ich will erwachen aus diesem Traum!«, flehte ein Teil seines Ichs, während ein anderer Teil ihn schalt: *»Das ist kein Traum, du Tölpel von einem Narren. Eile dich, oder du wirst ereilt!«*

Er kam irgendwie auf die Füße, ergriff Wilhag bei der Hand, hieb wie Circendil zuvor zu beiden Seiten und stand plötzlich neben Vankus bebender Flanke. Feuerlohen schossen aus dem brennenden Stall nebenan und spiegelten sich in den überall vergossenen Flächen von nassem Rot. Finn steckte Maúrgin in die Scheide.

Nur nicht denken!, ermahnte er sich. *Aber flieh! Flieh!*

Er schaffte es in den Sattel, ergatterte von irgendwoher die Zügel, zog Wilhag hinter sich hinauf. Einen halben Atemzug sah er sich um, suchte eine Lücke in dem wild flackernden und um sich tanzenden Bild, das vor seinen Augen wogte. Zu seinem allergrößten Entsetzen erblickte er Circendil, der ihnen nicht gefolgt war, was Finn als selbstverständlich vorausgesetzt hatte. Gwaeth, der neben Vanku ausgeharrt hatte, erkannte wohl im selben Augenblick, dass es nicht länger seine Aufgabe war, den Dir zu tragen. Er wieherte kläglich auf: ein Abschiedsgruß; dann floh er, allein und reiterlos.

Der Medhir hatte die Rotte seiner Feinde besiegt, doch jetzt hielt er inne und hob sein Schwert, um einen neuen Gegner zu erwarten, und dieser war in Schwarz gewandet und ebenso groß wie Circendil. Beide Menschen begannen die Klingen zu kreuzen, Funken flogen bei jedem Schlag.

Finn hieb Vanku die Fersen in die Seiten, und dieser floh, von seiner eigenen Angst getrieben, Gwaeth hinterher. Schwitzend setzte das schwarze Pony über Vogelkadaver und tote Vahits und Gidrogs hinweg. Fast rutschte es aus in grauenvollen Pfützen. Von allein schlug Mellows Pony den Weg hinter dem Tauberhaus ein, jagte entlang des Sturzzaunes, am Walnussbaum mit seiner verlassenen Schaukel vorbei, nur fort, fort von allem Grausigen.

Finn warf einen Blick über die Schulter an Wilhags Gesicht vorbei. Wieder erfasste ein unsäglicher Schmerz sein Herz und hielt es fest – Finn sah Circendil langsam vornüberfallen, einen siegereichen Saisárasar über ihm, der trotz der Wunde, die der Vahit ihm zugefügt hatte, immer noch aufrecht stand.

Und er stand nicht nur, sondern er winkte; ein Criarg wurde ihm gegeben, er schwang sich in den Sattel, und mit der diesen Vögeln eigenen Gangart begann der Criarg zu laufen, zu rennen, immer schneller, bis die Flügel den Boden peitschten und er schwebte.

Da wusste Finn, dass sie nicht entkommen konnten, dass dieser Flug Saisárasars allein ihnen beiden galt, und dass Vanku, zumal mit zwei Vahits auf seinem Rücken, niemals einem jagenden Criarg davoneilen würde.

Es war vorbei.

Dennoch und wider alle Vernunft gab er nicht auf.

Finn rief, nein schrie, nein brüllte dem treuen Vanku alles an Aufmunterungen zu, was ihm einfiel. Er schmeichelte, er lobte, er tadelte und tobte. Vanku hätte all dessen nicht bedurft: Er verstand, dass es ums Leben ging. Er setzte über schmale Gräben hinweg, umlief einen abgestellten Wagen, sprengte an ein, zwei, schließlich an drei Häusern vorbei. Rechts erhob sich der südliche Broch des Dorfes über dem Postlerstall, und für einen Moment durchdrang Finn die Hoffnung, dort Schutz zu finden, wenn es ihnen gelang, nur schnell genug ins Innere der grauen Mauer zu fliehen. Doch was dann? Saisárasar würde sie aushungern oder ausbrennen oder Schlimmeres. Es gab nur eine dünne Hoffnung. Die lag auf Vankus Rücken, und sie ging zur Neige, und Finn wusste das.

»Wo ist er?«, wandte er sich an Wil.

Ehe er von diesem eine Auskunft erhielt, beantwortete Saisárasar die Frage selbst. Klauen schnappten. Der Criarg war über ihnen. Die Vogelfänge verfingen sich in Finns Mantel, rissen ihn und Wilhag mit müheloser Leichtigkeit vom Ponyrücken herunter. Sie fielen in weiches Gras, aber die Lage entwickelte sich, noch während sie aufsprangen, immer schlechter. Vanku wieherte auf und jagte, von seiner Last befreit, auf und davon; der Criarg nahm den Ruf auf und beantwortete ihn. Er entließ seinen Reiter und schwang sich erneut in die Lüfte. Vanku galoppierte in das schmale Wiesenstück zwischen dem Broch und einer dort eng an den Turm heranreichenden Sturzspalte hinein, erreichte die Straße und entfloh aus ihren Augen. Der Criarg umkreiste die Brochrundung und setzte ihm nach.

Saisárasar drehte sich zu den Vahits um und kam langsam auf sie zu. Der Weg zur Straße war ihnen dadurch abgeschnitten.

Finn und Wilhag wichen bis an den Sturzzaun zurück.

Der Nodir zückte sein Schwert. Es klirrte, als es aus der Scheide fuhr.

»Also dann«, sagte Saisárasar, als er vor ihnen stand.

»Was willst du noch?«, fragte Finn bar jeglicher Hoffnung. Seine Stimme schwankte, Tränen schossen ihm in die Augen, und er schämte sich ihrer nicht. »Was willst du? Uns etwas erzählen vom Ende vom Lied?«

»Wenn es denn das Ende ist«, erwiderte der Dunkle. »Das muss es nicht sein. Du weißt, wo sich die Gluda befindet. Sag es mir. Sag es mir jetzt. Dann ist dies vielleicht nicht das Ende.«

»Die … was?«

Saisárasar seufzte. Er griff unter seinen Mantel und holte etwas hervor. Es war ein bernsteinfarbener Tropfen aus teilweise geschliffenem Edelstein.

»Ich könnte dir die Antwort entreißen. Einfach und gegen deinen Willen. Und du würdest denken, es sei dein Wille, mir alles anzuvertrauen. Ich könnte es, allein ich brauche es nicht. Denn ich *werde* dort sein, du indes nicht, Krötenfreund Brunnenhopser. Ich werde in Bälde dort sein, *wo Gamlin Nemantéor ruht …«*

Saisárasar sah das Erschrecken in beiden Vahitgesichtern. »Ja«, nickte er, »ich wusste es bereits. Du hattest deine Wahl, und du hast schlecht gewählt. Wie stets, wie ich hinzufügen könnte. Oh ja, ich weiß eine Menge über dich, kleiner Kolryndirknecht, der du hervorgekrochen bist aus dem moorastigen Tümpel, den du ein Dorf nennst. Kein Wunder, dass du Kröten zu Freunden suchst. Und treulos bist du obendrein. Lässt die arme kleine Kröte im Stich. Und andere ebenso. Wie sonst soll ich es verstehen, wenn du die Dame deines Herzens alleine lässt? Nun, ich werde Tallia Goldammer von dir grüßen. Gefällt dir das?«

Finn schrie auf und wollte sich auf Saisárasar stürzen. Da fuhr dessen Schwert herab und spaltete krachend das Holz des Zaunes neben ihm.

»So unbeherrscht«, tadelte er höhnisch. »Ja, das ist es, was dir fehlt, denke ich. Eine harte Hand, die dich beherrscht.« Wieder schlug er zu, dieses Mal auf die andere Seite, scharf an Wilhags rechter Schulter vorbei. Wie zuvor brachen die hölzernen Latten entzwei. Lautlos fielen die Bruchstücke in die schier endlose

Tiefe. Weißschillernd, wie flatternde Tauben, erschienen sie Finn für einen Moment. Dann waren sie in dem grausigen Abgrund verschwunden.

»Ich denke …«, hob Saisárasar an und lächelte, kälter als das Eis auf den höchsten Gipfeln der Khênaith Eciranth. »Ich denke, vielleicht hätte ich dich zu meinem Mund gemacht. Zu meinem Sprecher, der meinen Willen deinem Volk verkündet. Jetzt wird sich dafür dein Mund für immer schließen. Und auch der deinige«, sagte er, an Wilhag gewandt, als sähe er ihn soeben zum ersten Mal.

Beide Vahits wechselten einen blitzschnellen Blick. Es gab nur eine Wahl, und niemals war ihnen etwas deutlicher bewusst: Entweder sie wagten es, gegen ihn anzugehen, oder Saisárasar würde sie töten.

Sie sprangen gleichzeitig vor, doch Saisárasar lachte nur auf. Sein Schwert hielt er mit links; jetzt ließ er es fallen und ohrfeigte beide in einer einzigen, unvorhersehbaren Bewegung. Die Schläge waren hart, und sie trafen, wie er es beabsichtigt hatte. Beide taumelten sie zurück, Wilhag, der den ersten Schlag erhalten hatte, eine Winzigkeit früher als Finn.

Wilhag verlor das Gleichgewicht, geriet mit dem hinteren Fuß ins Leere und trat fehl. Er rutschte von der Graskante ab … und verschwand im Abgrund. Im nächsten Augenblick fühlte Finn Wilhags Hand an seinem Knöchel. Sein eigenes Bein wurde ihm unter dem Leib weggezogen. Er fiel vornüber, rutschte mit der Wange am Grase längs, wurde immer weiter zum Rand gezogen, klammerte sich zuletzt an eine der senkrecht vom Zaunpfahl herabhängenden, vom Schwerthieb zersplitterten Latten fest.

Seine Hand fand Halt, das ja – aber unter Schmerzen. Ein Splitter bohrte sich in seine Handfläche, als sein ganzes Gewicht an dem Lattenrest hing; und dieses wiederum haftete an einem einzigen, schon halb herausgerissenen Nagel. Finns Füße baumelten über der meilenweiten Tiefe, und an seinem linken Knöchel klammerte sich Wilhag fest. Ihr gemeinsamer Schwung ließ ihn hin und her pendeln, oder es war der Wind, der Wilhag in Bewegung versetzte, der frische, kühle Morgenwind, der ungehindert über die Kante der Linvahogath strich.

Saisárasars schwerer Kopf erschien in Finns Blickfeld, der und ein schrecklicher Stiefel.

»Armseliges Gewürm«, hörten sie ihn sagen. Dann hob sich der Stiefel und begann, gegen die Latte zu drücken, an der hilflos beider Leben hing. Ächzend löste sich der Nagel aus dem Holm. Finn starrte in das Gesicht über ihm, sah das hämische Lächeln und erschauderte. Leise knirschte der Nagel. Ein Ruck. Dann war es vorbei. Kopfüber stürzte Finn über Wilhags Rücken in die blendende Sonne hinein.

Er fiel und fiel – in einen Abgrund hinab, der mehr als eine Meile senkrecht unter ihm dräute wie der aufgerissene Rachen einer ganzen Welt. Die Kante des Sturzes wirbelte davon. Sie verschwand in einem anderen Leben.

Er hörte sich selber schreien, lauter als Wilhag, ehe beiden die Angst die Kehle verschloss.

Da war kein Halten mehr.

Kein Klammern.

Kein Fassen nach irgendwas.

Blaue Himmel tanzten.

Sie drehten einen Reigen, mit dunklen Wäldern, trunken taumelnd. Rasender Rotfels, scharfe Schründe, die auf ihn zujagten und zugleich vor ihm flohen.

Immer tiefer fiel er. Und schneller. Kopfüber. Beinunter. Aufblitzende Wasser, Spiegel der Sonne, die lächelnd lockten. Ein Schatten sprang auf und wuchs. Gebar einen Laut, der furchtbarer klang als Windespfeifen.

Atemloses Entsetzen erfasste ihn.

Da war ein Gesicht – nein, die Fratze des Todes. Und ebenso plötzlich war da nur noch eisige Leere, die ihn jäh umgab. Singende Stille.

Hämmerndes Herz, peitschend wie Flügelschlag, stumm wie schon gestorben.

Dann war nichts mehr.

Finnig Fokklin fiel.

OD BARÁ

Ohne einen weiteren Blick in die Tiefe wendete sich der Dunkle ab. Der Wind zerrte an den Falten des schwarzen Mantels, als er dem Sturz den Rücken kehrte. Das Schlagen des Stoffes war wie ein Klopfen, das über der Klippenkante hing wie das Rütteln von Ästen in einem aufkommenden Sturmwind unter raschen, ostwärts ziehenden Wolken.

Saisárasar bückte sich, ergriff sein Schwert und schulterte es. Er hob eine Hand. Ein gellender Ruf antwortete. Nahebei landete ein Vogel, dunkel wie sein Herr, mächtig und wild; doch gebändigt beugte er sein Haupt, bot die Zügel dar als Zeichen seiner Demut. Schnabel und Fänge glitzerten rot.

Eine Hand zog den Schwarzen in den Sattel. Eine Hand hing blutüberströmt herab. Einäugiger Simorgh, dachte er. Er lachte auf, denn es bedeutete nichts. Leben bedeutete nichts. Die Gunst des Hohen Herrn in Ulúrlim bedeutete indes alles.

»Mag auch mein rechter Arm verletzt sein«, so flüsterte er, »so kann ich auch mit links noch Zügel führen.« Und führen würde er sie, bei Lukather, mit *eiserner* Hand. Vahitmaden, Vahitgeschmeiß. Ihm gegeben war nun ihr Schicksal.

Das Hüggelland war hiermit sein – sein Eigen geworden an diesem Morgen. Simorgh Saisárasar, Herr von Uvaithlian.

Nicht nur hier, nicht nur in diesem unbedeutendsten aller Winkel, waren seine Criargreiter zu dieser Stunde gelandet. Alle Dörfer, alle Siedlungen – zeitgleich wurden sie angegriffen, eben jetzt, von einem halben Tausend seiner Krieger. Zu Paaren würden sie das Krötenvolk für ihn treiben, einkerkernd die einen, knechtend die anderen.

Die Frauen … Futter für die Vögel, falls die Männer nicht spurten. Die Männer … er lachte abermals: Männer? Die Krötenmännlein für die Arbeit.

Und es gab eine Menge Arbeit zu verrichten.

Auf dass alles bereitet war für den Tag, der bald kommen würde. An dem sich die gewaltige Macht des Hohen Herrn zeigen würde. Amuul würde gnädig sein. Oder das, was dem noch am nächsten kam: um wenige Grade weniger entsetzlich als sonst.

Dank des dicken Landhüters – zum dritten Mal lachte er auf: Was für ein Land, und was erst für Hüter? –, dank jenes törichten Tölpels wusste er, was ihm zu erfahren aufgetragen worden war.

Der Kolryndir? Ein unvorhergesehenes Ärgernis, nicht mehr. Eines, das diesen Tag nicht überdauern würde. Die Gluda? Nicht länger unauffindbar. Es *gab* sie, das war gewiss, an einem Ort, dessen Namen er nunmehr kannte. Namen ermöglichten Fragen. Und Antworten ließen sich erzwingen, immer. Alles war nur eine Frage der Zeit. Der Großen Zeit. Deren lang ersehnte Tage hier und heute begannen. Ja, Ulúrlim würde zufrieden sein. Und mit einer Belohnung jene auszeichnen, die sie sich verdient hatten. Warum es nicht zu denken wagen? Weshalb nicht *Dunblúodur?*

Ein scharfes Schnalzen zerriss das Morgenlicht … Zügel geboten, gehorsame Schwingen peitschten. Der Dunkle schwebte auf und davon.

So hatte es also begonnen.

Dies ist das Ende des ersten Abschnitts der Geschichte der Gilwenzeit und ihrer Kriege. Die Lage im Hüggelland ist verzweifelt, doch auch andernorts stehen die Dinge auf des Messers Schneide.

Der zweite Abschnitt lenkt den Blick auf DIE RABEN VON REVINORE. Im fernen Caras Berene bangt der König um das Leben des Thronfolgers, nicht ahnend, welche Gefahren Revinore tatsächlich drohen. In diesem zweiten Teil werden die Ereignisse des frühen Winters bis Alvain erzählt. Er berichtet von den Fährnissen aller Aufrechten und Freien, die Saisárasars Heimsuchung trotzen; und ihren Taten, die sich gegen die weit gespannten Netze Lukathers des Grausamen richten.

Im dritten Abschnitt wird DAS ERBE DER GIDWARGIM zum entscheidenden Stein im Spiel der Mächte; es wird berichtet, wie nach Alvain einerseits der Feind verheerend triumphiert, wie aber auch andererseits der Ort, *wo Gamlin Nemantéor ruht*, gefunden wird.

Im abschließenden vierten Abschnitt kommt DER MEISTER DER TRÄNEN selbst aus seiner Feste hervor; hierin wird berichtet, wie der Kampf der Verbündeten Völker gegen Lukather die entscheidende Wende erfährt und somit der Erste Gilwenkrieg und mit ihm das Dritte Zeitalter enden.

ANHANG

DER KOLRYNISCHE KALENDER

Alle zwölf Monate des Jahres kannten 29 reguläre Tage, wobei nach jeweils zwei Wochen ein sogenannter »Mittmonatstag« eingeschoben wurde. Dieser Tag war kein offizieller Feiertag, aber er stand auch nicht im Zeichen der Arbeit, sondern war der Besinnung und der Familie vorbehalten.

(Zwischenrechnung: 12 x 29 Tage = 348 Tage.)

Um auf 365 Tage zu kommen, wurden zwischen die Monate, über das Jahr verteilt, insgesamt 17 Feiertage eingeschoben, die kein eigenes Datum besaßen.

Alle vier Jahre wurde noch ein zusätzlicher Tag – Galika, die Ausgleichende – verwendet, um den Kalender im Gleichmaß zu halten.

Jeder Monat eines jeden Jahres begann durch diese Zählweise mit einem Montag und endete mit einem Sonntag.

Diese Art der Kalenderführung brachte es mit sich, dass jeder schon an der Datumszahl (z. B. am 24.) in jedem Monat eines jeden Jahres ablesen konnte, um welchen Wochentag es sich dabei handelte: der 24. musste ein Dienstag sein, da Dienstage nur auf den 2., den 9., den 17. und den 24. fallen konnten, andere Tage aber nicht.

Die einzelnen Wochentage sind, zur besseren Orientierung der Leser, von mir in der Übersetzung nach unseren Namen dafür benannt worden; die Völker Kolryns kannten diese Bezeichnungen natürlich nicht.

Ebenso wenig kannten sie freie Samstage – an ihnen wurde durchgearbeitet. Frei von Arbeit und amtlichen Verpflichtungen waren allein der Sonntag – Gindáha –, die 17 Feiertage und die 12 Mittmonatstage, wobei die Sonntage traditionell gern für Familienfeste genutzt wurden. Die 17 Feiertage dagegen standen ganz im Zeichen spiritueller Glaubensrichtungen, Traditionen und Überzeugungen, die regional unterschiedlich begangen wurden. Der Kalender selbst geht auf *Denedhur* zurück, den 4. Tener des Reiches Benutcane.

MÜNZEN UND MASSE IM HÜGGELLAND

DIE MÜNZEN

Der Scattmáhir verwaltete den Münzumlauf und hütete den Hüggellandschatz im Keller der Hel, zudem war er für die Zahlung der Abgaben zuständig. Ihm unterstand die Münzerey, die sich ebenfalls im Keller der Hel befand. Hier wurden die Roten und Weißen Heller geschlagen, die gültige Währung im Hüggelland. Der Name »Heller« leitete sich von der *Hel* ab, der Halle in Vahindema. Es gab, der so sehr verehrten Zahl 7 folgend, sieben unterschiedliche Münzgrößen in Kupfer, Silber und Gold:

1. Den *Twelter*, die geringste (und häufigste) Kupfermünze.
2. Den *Arut*, mit einem Wert von 14 Tweltern; eine Münze, die den Tageslebensbedarf eines Vahits sehr gut abdeckte (einschließlich aller Ausgaben für Schuhe und Kleidung); ein Kupferstück, das auch *Lebensmünze* hieß.
3. Den *Heller*, im Wert von 7 Aruts oder 7 x 14 = 98 Tweltern; eine Kupfermünze.
4. Den *Roten Heller*, der einen Wert von sieben einfachen Hellern (oder 7 x 7 x 14 = 686 Tweltern) hatte; die größte Kupfermünze.
5. Den *Weißen Heller*, der sieben Roten Hellern entsprach (eine Summe, die man auch *ein Pfund Heller* nannte); die kleinere Silbermünze.
6. Den *Großheller*, der zwei Weißen Hellern entsprach (oder zwei Pfund Heller); die größere Silbermünze.
7. Den *Goldheller* oder *Sait (*ein *cdw.* Ausdruck, der sowohl »satt« als auch »schmerzhaft« bedeuten konnte), der einen Wert von sieben Weißen Hellern hatte; wie der Name schon sagt, die einzige Goldmünze.

Ein Heller entsprach den Lebenshaltungskosten eines einfachen Vahits in einer Woche. Wer einen Großheller (zu 98 Hellern) sein Eigen nannte, konnte 98 Wochen, also beinahe 2 Jahre davon leben. Wer gar einen Goldheller (zu 343 Hellern) besaß, galt als reich; ein einfacher Vahit konnte 343 Wochen oder nicht ganz 7 Jahre davon leben.

ZUR UMRECHNUNG:

1 Goldheller (Sait) = 7 Weiße Heller = 49 Rote Heller = 343 Heller = 2401 Arut = 33.614 Twelter
1 Großheller = 2 Weiße Heller = 14 Rote Heller = 98 Heller = 686 Arut = 9604 Twelter
1 Weißer Heller (Pfund Heller) = 7 Rote Heller = 49 Heller = 343 Arut = 4802 Twelter

1 Roter Heller = 7 Heller = 49 Arut = 686 Twelter
1 Heller = 7 Arut = 98 Twelter
1 Arut = 14 Twelter

DIE MASSE:
Die Vahits kannten als Grundmaß die *Vahitlänge* (etwa 7 Vahitfuß) oder, da von gleicher Länge, den *Klafter*, die Spanne zweier ausgestreckter Vahitarme von Fingerspitze zu Fingerspitze. Dem entsprach ziemlich genau der vahitsche Doppelschritt.
Die hüggelländische Meile (die mit der kolrynischen Meile übereinstimmte) betrug fast einen Kilometer, nämlich 980 Meter.
Diese Distanz errechnete sich – im Hüggelland – wie folgt:

1 Vahitfuß	14 cm
7 Vahitfuß	98 cm = 1 Doppelschritt / Vahitlänge / Klafter
70 Vahitfuß	9,80 m
7000 Vahitfuß	980 m = 1000 Doppelschritte = 1 Meile

GLOSSAR

ABKÜRZUNGEN:
cdw. = Caereadwaine (die »Steinsprache«)
éan. = Éanpelwe (die Sprache der Féar)
dwg. = Dwargisch (die Sprache der Gidwargim)
EZ, ZZ, DZ = Erstes Zeitalter, Zweites Zeitalter, …
n. d. D. = nach der Dreiteiligkeit

Áar: *cdw.* für »Adler« (Pl. Éerran). Aussprache [ao-ar]. Der eigentlich korrekte Pl. Éerran sprich [eoer-ran] wird meist zu Eren abgeschliffen.

Acaeras: *cdw.* für »Turm« (Pl. Acaerrim). Vgl. dazu das hüggelländische Caeraban für »Turmstein«, wörtl. »fließender Stein«.

Acalhate: *cdw.* für »die, die sich wünschend verirrt«; Name einer hüggelländischen Märchenfigur.

Akhan-: *cdw.*, mittlere Steigerungsform. Vorsilbe, z. B. in Akhanaith endh Anth-i-dheriltené (Akhan und Aith = Akhanaith).

Akhanaith: *dwg.* für »Gebirge«. Wird in der Regel dem eigentlichen Gebirgsnamen vorangesetzt wie in Akhanaith Dain – »Seegebirge«.

Akhanaith endh Anth-i-dheriltené: *cdw.* für »Gebirge des untergegangenen Mondes«. Name einer Bergkette, die östlich der Linvahogath die Sichel des Khênaith Eciranth zu einem Kreis vervollständigen. Der Name deutet darauf hin, dass einst das Sichelmondgebirge und die Berge des untergegangenen Mondes einen ausgedehnten Krater gebildet haben. Der östliche Teil seiner Grundfläche lag allerdings, wie abgebrochen, um etwa eine Meile tiefer als seine westliche Hälfte. Es sieht (im Vergleich mit den Khênaith Eciranth) so aus, als seien die Akhanaith endh Anth-i-dheriltené vom Erdboden zum großen Teil verschluckt worden; so kam es zu dem seltsamen Namen. Auch der Name des höchsten Gipfels im Khênaith Eciranth, der Cerenath, deutet auf eine Kraterformation hin.

Alam: *cdw.* für »alt«. Taddarig Sperler als der dienstälteste Staubner trägt den Ehrentitel Alam Buoggir.

Alamdil: *cdw.* für »alt, ehrwürdig«; vgl. alam, »alt«.

Aldakévata: *cdw.* für »stille Grube«, »Grab« (Pl. Aldakévatirran); nur im Hüggelland gebräuchlich.

Alvain: *cdw.* Name des Festes der Wintersonnenwende; wörtl. »Wende hin zur Kälte« (da die kältesten Monate des Jahres bevorstehen). Letzter Tag des Jahres in Kolryn. Die Sommersonnenwende heißt Comvain. Die Tagundnachtgleiche im Frühjahr heißt Vahene, die Tagundnachtgleiche im Herbst heißt Ventane.

Aman: *cdw.* für »der Eine«. Eine Bezeichnung des Schöpfers, den die Mönche Davens verwenden. Seine Schöpfung ist Yamun, »das Geschaffene« (»das Universum«). Eine andere Bezeichung für Aman ist »der Höchste«, in der Form Khênaman. Wörtl. ist Aman zusammengesetzt aus »am« und »an«, etwa »der Punkt, der von sich selbst abstammt«.

Andor: *cdw.* für »rundherum zu eigen«; z. B. in Andor Daven, etwa »Eigentum Davens« (hier das Kloster der Davenamönche bezeichnend).

Angellin: *cdw.* Name eines Märchenwaldes in hüggelländischen Märchen. Angellin ist angeblich die Heimat der Feen. Vermutlich bildete Angellin eine verschliffene Form von Anglinême; ebenso wie Fee und Feen sich von *éan.* Féar ableiteten.

Arelian: *cdw.* für »Baumland«. Königreich im Norden und Osten Kolryns. Eines der drei Reiche der Dreiteiligkeit. Die Hauptstadt war Caras Becaerandor. Arelian war das zweitgrößte der Drei Königreiche, im Norden und Westen des Kontinents Kolryn gelegen. Es wurde im Jahr 710 n. d. D. von König Algamon in seinem 17. Thronjahr regiert. In Arelian lebten die Menschen in enger Verbindung mit den Wäldern und der See. So waren sie begnadete Seefahrer und schätzten das reichliche Holz sehr, das ihnen die arelianischen Wälder lieferten. Keines der beiden anderen Königreiche verfügte über einen derart verschwenderischen Reichtum an Holz. Die Bevölkerungszahl war indes geringer als die des Reiches Revinore. Militärisch stützten sich die Areliandirin auf ihre Flotten; bis auf wenige Reiter und einige Heere betrieben sie küstennahe und -fernere Fischerei und bauten schnelle Handels- und Kriegsschiffe. Im traditionellen Gruß »Lang lebe Arelian« (der rituell mit »Arelian« beantwortet wurde) wird die tiefe Verbundenheit der Areliandirin mit ihrer Heimat deutlich.

Arendir: *cdw.* für »Mensch Arens«. (Pl. Arendirin). Lange vor der Gründung Benutcanes war Kolryn fast gänzlich von dichtem Wald überzogen und hieß bei den Féar Aren. Vermutlich ist *cdw.* Are, »Baum«, ein *éan.* Lehnwort. Arendirin war die Bezeichnung eines der Vier Menschenstämme. Die drei anderen hießen Vindirin, Ledirin und Nodirin. Arendirin entprachen weitestgehend dem kaukasischen Typus und hatten weiße bis bräunliche Hautschattierungen; dazu wiesen sie alle Haarfarben von hellem Blond bis zu tiefstem Schwarz auf. Sie galten als zweitältester Menschenstamm.

Arian: *cdw.* für »Wald«. Vgl. die Nähe zu Are, »Baum«. Manchmal abgeschliffen zu Rian. Die ältese Form ist Ryn wie in Kolryn.

Aterar: *cdw.* für »Hirtenhund« (Pl. Atererran). Ableitung von atéred, »sofort, rasch, schnell«. Die vindländische Form ist Atruma.

Ath: *cdw.* für »kleiner Berg« (Pl. Aith). Nicht im Sinn von »Hügel«, dieser lautet Uvaith, sondern im Vergleich zu Khênaith, »Hochgebirge« (eigtl. hochaufragende Berge) und Akhanaith, »(einfaches) Gebirge«.

Baghul: *cdw.* für »(schlechter) Geist« (Pl. Baghulyen).

Báirithir: *cdw.* für »Träger, Tragender«(Pl. Báirithirin).

Bará: *cdw.* für »Entsetzen, Erschütterung, Fassungslosigkeit«. Sil Bará: »Vor dem Entsetzen«; Od Bará: »Nach dem Entsetzen«.

Belénduillén: *cdw.* für die Zusammenziehung von »Bund, Verbundenheit« (Belén) und »Strom, großer Fluss« (Duillén); im Sinne eines bedeutsamen Zusammenflusses zweier Flüsse. Der Überlauf des Lammspringer Sees im Hüggelland trug früher den Namen Belénduil, da sich im See die Räuschel und die Mürmel zuvor vereinigten. Die Vahits zu Finns Lebzeiten nannten den Fluss schlicht Breitlauf.

Benethnir: *cdw.*, (Pl. Benethnin); Angehöriger des Rates von Benutcane.

Benutcaer: *cdw.* für »steingewordener Bund«, Verschmelzung von Be(lén) (Bund), nut (geworden) und Caer, (Stein). Name der einstigen Hauptstadt des Reiches Benutcane. Nach Vermutungen liegt die spätere Stadt

Caras Caernanré auf ihren Trümmern. Tatsächlich lagen die Ruinen Benutcaers nahe Caras Neathlén.

Benutcane: *cdw.* für »Stelle des gewordenen Bundes«; Menschenreich des ZZ. Verschmelzung von Be(lén) (Bund), nut (geworden) und Cane, (Stelle). Der Begriff wurde zum Namen des späteren Reiches von Benutcane. Seine Hauptstadt war Benutcaer. Benutcanes Staatsform war kein Königreich, sondern eine frühe Form der Demokratie. An der Spitze der Gesellschaft stand der Rat der Benethnin. Jeweils zwei so genannte Tener lenkten das Reich. Mit seiner Gründung im Jahr 1598 des Ersten Zeitalters begann in Kolryn eine neue Zeitrechung, eben das ZZ. Benutcane war ein Staatsgebilde, das nach den Jahren der Unterweisung durch die Féar entstand. Das Reich zerbrach im 853. Jahr seines Bestehens (dem Jahr 2451 nach der Zählweise der Féar) und endete in einem 49-jährigen Bürgerkrieg um die Dreiteiligkeit, mit deren Inkrafttretung das DZ begann.

Beukel: In der Cethlion-Handschrift steht *cdw.* Béicirthir, ein Ausdruck, der etwa mit »der zornig vom Himmel herab Brüllende« übersetzt werden könnte. Vermutlich heulte der Wind um diese Felsformation, und begründete den seltsamen Namen. Um anzudeuten, dass sich die Sprechweise der Vahits in manchem von dem gebräuchlichen Caeredwaine der Menschen unterschied (und da der Ausdruck »Brüllfelsen« im Deutschen ohnehin etwas seltsam klänge), habe ich für das hier benutzte *Béicirthir* die abgeleitete Form *Beukel* verwendet.

Brada: *cdw.* für »Dorf« (Pl. Bradirran); wörtl. »Schlamm«. Eine ältere Form ist Bad.

Breitlauf: Der Überlauf des Lammspringer Sees im Hüggelland trug den Namen Breitlauf, da sich im See die Räuschel und die Mürmel vereinigten.

Buogga: *cdw.*, (Pl. Buogga), nur im Hüggelland gebräuchlicher Ausdruck für »Mitglied der Bücherey- oder Buoggagilde«. Vermutlich entwickelt aus Buogath, *cdw.* für »ein Berg von Ziegelfellen«.

Buoggir: *cdw.*, Pl. Buoggin; nur im Hüggelland gebräuchlicher Ausdruck. Das Wort leitet sich ab von *cdw.* Buog, »Ziege«; das Ziegenleder war zur Zeit der Besiedlung des Hüggellandes das gebräuchliste Leder der Vahits; ein Buoggir ist wörtlich »einer, der sich mit Ziegenleder umgibt« oder »einer, der Dinge mit Ziegelleder umhüllt« (wie z. B. Bücher). Buoggin waren nur in den Büchereyen zu finden. Sie verantworteten den eigentlichen Bücherbestand der Büchereyen. Der Alam Buoggir fungierte als Stellvertreter des Witamáhirs, des Anweisers oder Büchereyvorstehers, der für alle Teile, das Gasthaus, die Schule, die Colpia und die Büchersammlung die Gesamtverantwortung trug. Das ebenfalls von Buog abstammende Wort Buogga, Pl. Buogga, hat denselben Stamm; hiermit sind alle in einer Bücherey Beschäftigten gemeint: die Mitglieder der Buoggagilde.

Caer: *cdw.* für »Stein« (Pl. Caeryen). Aussprache: das »ae« wie im deutschen »klären«.

Caeraban: hüggelländischer Ausdruck für »Turmstein«, wörtl. »fließender Stein«.

Caeredwane: *cdw.* Name der Sprache des Menschenreiches Benutcane im ZZ. »Sprache derer vom Stein«; gemeint sind damit jene, die Häuser aus Stein errichten.

Caras: *cdw.* für »ummauerte Siedlung, Stadt, Schutz« (Pl. Carrim), wörtl. »wo es Schutz gibt«; z. B. Caras Caernanré, »(die) Stadt Steinhaven«. Vgl. die Nähe zu Caer, »Stein«.

Caras Berene: Hauptstadt des Königreiches Revinore. Berene – *cdw.* für eine pfannenförmige »Halbinsel«. Eigtl. »Ort oder Stelle des verbundenen Fortsatzes«; im Gegensatz dazu steht Ecirrelith – *cdw.* für eine lanzenförmige »Halbinsel«, meist spitze, schroffe, felsige Landzungen.

Cerenath: *cdw.* für »Glutsteinberg«, ursprünglich also die Bezeichnung eines Vulkans. Der von Glimfáin erwähnte Cerenath im Khênaith Eciranth (Halbmond- oder Sichelgebirge) bezeichnete den höchsten Gipfel des ehemaligen Kraterrunds und war mit Sicherheit kein aktiver Vulkan mehr.

Circendil: *cdw.* Circendil, *cdw.* bzw. vindländischer Name, dessen wörtliche Übersetzung unklar ist. Vermutlich in der Bedeutung von »edler, guter Komet [oder Zeichen] des Himmels« (der somit ein gutes Vorzeichen mit sich bringt) gebraucht. Dies legt die Nähe von Circerennir, »Glutstein, den der Himmel gebar«, nahe, wobei Cerennir (vielleicht, um den Namen nicht zu lang zu machen) zu cen verschliffen ist. Die Reihung Cir – cerennir – dil ergäbe so die Kette »Himmel« – »Meteorit, Komet [oder Zeichen]« – »edel, rein, gut«. Diese auffällige Konstruktion lässt den Verdacht aufkommen, dass Finn, als er seine Erlebnisse niederschrieb, dem Davenamönch bewusst einen sprechenden Namen verlieh und dass der Vindländer in Wahrheit völlig anders hieß. Da Finn mit Mellows merkwürdigem Namen (»einer, der Teil einer Geschichte ist«) ähnlich verfuhr, erhärtet das diese Annahme. Auch Bholobhorgs Name steht in einigem Verdacht, ein Pseudonym zu sein: Das zusammengesetzte bholo, veraltetes *cdw.* für »Dunst, Dampf, aufsteigender Geruch«, und bhorg, veraltet für »barsch, unfreundlich«, klingt ganz nach Bholobhorgs offensichtlichsten Eigenschaften. Den Grund für das Benutzen dieser drei oder mehr Pseudonyme, so diese Annahme überhaupt stimmt, bleibt uns Finn generell schuldig (oder Cethlion, falls sie es war, die die wahren Namen umänderte.) Andererseits erinnern wir uns des merkwürdigen Gesprächs im Wald nördlich des Wirrelbachs, als die Vahits zum ersten Mal mit Circendil zusammentrafen, bei dem es eben um das Nennen bzw. Verschweigen der Namen Fremden gegenüber ging. Die Vahits wie auch die Dirin hatten zu Namen ein anderes Verhältnis als wir heute. Den wahren Namen eines Wesens zu nennen (oder zu kennen) verlieh anderen nach der damaligen Überzeugung eine wie auch immer geartete Macht über den Betreffenden. Möglicherweise ist hier Finns Scheu zu suchen, die wirklichen Namen seiner beiden Freunde (und seines Feindes unter den Vahits) preiszugeben.

Colpia: hüggelländischer Ausdruck für den Bereich der Bücherey, in der etliche Schriffer Abschriften von Büchern erstellen. Die Colpia und die Gwaendia sind wesentliche Bestandteile jeder der drei Büchereyen.

Comvain: *cdw.* für »Sommersonnenwende«; kolrynischer Feiertag (entspricht unserem 21. Juni); wörtl. »Wende zum Über(fluss)«.

Cuorderir: *cdw.*, (Pl. Cuorderin), nur im Hüggelland gebräuchlicher Ausdruck für einen sogenannten Stand innerhalb der hüggelländischen Gesellschaft. Der Titel bedeutete »Kundiger« und bewies, dass sein Träger bedeutend mehr von einer Sache verstand als gemeinhin üblich. Cuorderin standen eine Stufe höher als die sogenannten Gemeinen (Mainerin) und eine Stufe unter den Firsterin. Ein Cuorderir zu sein bedeutete nicht gleichzeitig, ein Amt zu bekleiden. Es war eine Anerkennung besonderen Wissens, wie es zweifelsohne Furgo Fokklin besaß. Alle Lehrer an einer Bücherey waren Cuorderin.

Dáirantyr: *éan.* für »der Meister der Tränen«. Abgeleitet von dáir – *éan.* für »Träne« (Pl. Dáiran). Der Name, den die Féar den Gilwen Lukathers gaben. Als Lehnwort Daiar in *cdw.* (Pl. Daierran). Die Endung -ar in *cdw.* spricht den Tränen den Status von etwas nahezu Lebendigem oder Beseeltem zu.

Dáirbáirithir: *cdw.* für »Tränenträger« (Pl. Dáirbáirithirin).

Daven: *cdw.* Name, vindländischer Name. Begründer des Davenaordens und Gründer des seinen Namen tragenden Klosters Andor Daven. Die Bedeutung des Namens ist unklar; wahrscheinlich ist Daven kein wirklicher, sondern ein angenommener oder verliehener Name: eine

Zusammenziehung aus dael, »aufgewühlt, zornig, zerstörerisch« und venar, »springen, hochspringen, sich schnellen«. Denn vergessen wir nicht: Die Mönche, die Davens Namen trugen, waren nicht nur um Weisheit bemüht, sondern auch außergewöhnliche Einzelkämpfer. Daven a Medhir, »Mönch, der zu Daven gehört«.

Davenamedhir: *cdw.* für wörtl. »Mönch, der zu Daven gehört« (Pl. Davenamedhirin). Zusammenziehung von Daven a Medhir; »Davenamönch«.

Dil: *cdw.* für »edel, rein, gut« (nicht zu verwechseln mit »Adel«). Häufige Beisilbe von Namen wie z. B. bei Circendil. Das Gegenteil ist dael – *cdw.* für »aufgewühlt, zornig, zerstörerisch«. Vgl. alamdil, »alt, ehrwürdig«.

Dir: *cdw.* für »Mensch« (Pl. Dirin). Ursprünglich *éan.* in der Bedeutung »Sterblicher«, als Lehnwort übernommen. Vgl. Ledir, Vindir, Nodir und Arendir.

Dreiteiligkeit: Name des kolrynischen Friedens nach dem 49-jährigen Bürgerkrieg im untergegangenen Reich Benutcane. Drei Königreiche gingen aus den Wirren hervor: Vindlian, Arelian und Revinore.

Dunblúod: *éan.* für »zweierlei Lockung« (Pl. Dunblúodhan). Siehe Gilwe.

Dunblúodur: *éan.* für »zweierlei Verlockte« (Sing. und Pl. gleich). Die Dunblúodur waren die Träger der Tränen, s. dáirantyr.

Éanpelwe: Sprache der Féar. Von eanwe, *éan.* für »sagen, sprechen« und pelwe, »hervorsprudeln, sprühen, verteilen«.

Firsterir: *cdw.*, (Pl. Firsterin), nur im Hüggelland gebräuchlicher Ausdruck für einen Stand innerhalb der hüggelländischen Gesellschaft. Der Titel bedeutete soviel wie »Hochwissender« und bewies, dass sein Träger in einer Sache höchste Autorität genoss. Cuorderin standen eine Stufe niedriger, aber eine Stufe über den so genannten Gemeinen (Mainerin). Ein Firsterir zu sein, bedeutete nicht gleichzeitig, ein Amt zu bekleiden. Allerdings brachte ein verliehenes Amt wie das des Bürgermeisters automatisch den Stand des Firsterir mit sich, der auf Lebenszeit an den Träger gebunden blieb, aber nicht erblich war.

Fokklindar: *cdw.* für »Fokklinhand«. Name von Furgo Fokklins Werkstatt. Von Dar, *cdw.* für »Hand«.

Fuílfrar: *cdw.* »Blutreißer«, Bez. des Wolfes; (Pl. fuílferran).

Gil: *éan.* »Licht«. Für alles künstliche Licht, das Feuer, Lampen, Kerzen und Gilwen umfasst. Im Gegensatz dazu steht Ilámen, das Sonnenlicht Ilars.

Gilwe: *éan.* »Schönheit aus Licht«. Der entsprechende dwargische Begriff ist *dwg.* »Margathankhum« (Pl. Margathankhim). Gilwen wurden auch *éan.* dáiran, »Tränen«, genannt. Die von Lukather angefertigten *éan.* dunblúod wurden später ebenfalls zu den Gilwen gerechnet, obwohl sie im eigentlichen Sinne nicht dazugehörten. Zusammensetzung aus gil, *éan.*, »Licht« und we, *éan.*, »Schönheit«.

Gwaecúnar: *cdw.* für »biegen, beugen«. Vgl. im hüggelländischen Sprachgebrauch Gwaeth, »der Gebogene«; eigentlich Gwaecúnlén.

Gwaendia: *cdw.* für »das Begriffene, (durch Anfassen) Verstandene«. Im Hüggelland Bezeichnung der Schule (innerhalb der Büchereyen).

Gwaethir: *cdw.* für »Bogner, Bogenschütze« (Pl. Gwaethirin).

Hal: *cdw.* für »Halle, umbauter Raum« (Pl. Halyen). Vgl. Hel im Hüggelland. Vermutlich ein lautmalerisch entstandener Begriff.

Hel: hüggelländisches *cdw.* für »Halle, umbauter Raum«. Die Hel war der Amtssitz aller Schöffen und Aufbewahrungsort des Hüggellandschatzes.

Ilamen: *éan.* »Sonnen-Licht«. Für alles künstliche Licht, das Feuer, Lampen, Kerzen und Gilwen umfasst, wird Gil gebraucht. So heißt Kringerde bei den Fear Ilámen Grendu, »Lichtenstein«.

Imilthyldum: *dwg.* Name eines kostbaren Metalls, das insbesondere für Klingenwaffen eingesetzt wurde (Pl. Imilthyldim). Vermutlich war es eine Legierung, von der Glimfáin sagte, sie sei in Blauem Feuer verarbeitet worden. Nicht zu verwechseln mit *dwg.* Sildirum, einem Edelmetall.

Karbeol: Möglicherweise der *dwg.* Name für eine bestimmte Art von Edelsteinen, die durch eine Weisung weiter veredelt wurden. Die wörtliche Bedeutung des Begriffs ist unklar. Cethlion schreibt das Wort *karbeol eindeutig mit »K«– *k – anstatt mit »C«– *c – . Vielleicht ist die erste Silbe Kar- gleichbedeutend mit caer, dem Caeredwaine-Ausdruck für »Stein«; es gibt zudem im *cdw.* das Wort carras, »hart«. Der zweite Wortbestandteil -beol könnte von Bhelén – *cdw.* für »Schein, Schimmer« herrühren und ist u. U. der Hinweis auf einen Schliff. Die dunkelrote Farbe der Karbeole lässt zunächst an einen großen Rubin denken, aber es ist sehr fraglich, ob Rubine damit gemeint waren. Die Gidwargim kannten sich mit Steinen noch besser aus als mit Metallen; und sie verstanden es, ihnen Kräfte einzuhauchen oder sie in ihnen zu erwecken, die uns heute unverständlich bleiben und die sie entweder Weisung oder, wie im Fall der Gilwen, Hinwendung nannten. Karbeole wechselwirkten in unterschiedlicher Weise mit dem Licht, das auf sie traf, und Maúrgins Karbeol machte hierin keine Ausnahme. Denkbar ist ebenso eine Entlehnung aus der Dwargensprache, ohne das noch bestimmbar wäre, worauf sie sich bezieht.

Khênaith Eciranth: *cdw.* für »Halb- oder Sichelmondgebirge«. Ein Gebirgszug, der sichelförmig und nach Westen gebogen, Uvaithlian umgab. Vgl. Cir, »Himmel, Himmelsrund«; aber ecir in der Bedeutung »halb« (das Himmelszelt stellt ja nur eine halbe Kugelschale dar).

Khênnande: *cdw.* für »Hohe Frau«. Ein Ehrentitel, wie er z. B. der königlichen Hofschreiberin Cethlion, der Urenkeltocher Tanadils des Feinhändigen, zugesprochen wurde. Zuvor wurde er in allen drei Königreichen Kolryns benutzt.

Kogoir: alt-*cdw.*, (Pl. Kogoin), für »denkendes Wesen«. Eines der seltenen Worte mit reinem »K« anstatt »C« am Wortanfang in Cethlions Handschrift. Verwandschaft besteht zu cuogar, »denken«, und cogar, »danken«.

Kolryn: veraltetes *cdw.* für »dichter, unwegsamer Wald«.

Kolryndir: *cdw.* für »Mensch Kolryns« (Pl. Kolryndirin), eine Bezeichnung, die Saisárasar auf Circendil anwendet.

Kretelheide: eine Verballhornung der Vahits. Das ursprüngliche Wort dürfte entweder *cdw.* Kévata gewesen sein, für »Grube, Kluft«; übrigens eines der wenigen mit »K« in der Cethlion-Handschrift geschriebenen Worte. Oder aber *cdw.* cretar, für »sich hin und her bewegen, schütteln« (womit das Auf und Nieder des Körpers infolge des unruhigen Geländes gemeint sein könnte).

Kungderun: *cdw.* für »Kringerde«. Vgl. Kungdirin, »Krummsterbliche«, möglicherweise ein Hinweis auf die affenähnliche Abstammung des Menschen.

Ledir: *cdw.* für »Gelb(häutiger) Mensch« (Pl. Ledirin).

Lian: *cdw.* für »Land«. Vgl. Arelian, »Baumland«; Vindlian, für »Vindland«, eigtl. »Ackerland«, das Land der Bauern.

Linvahogath: *cdw.* für »die lange Bergmauer«; gemeint ist damit der hundert Meilen lange und eine Meile hohe Geländeabbruch, den die Vahits auch »den Sturz« nannten und der Uvaithlian von der Außenwelt abschloss.

Llaidh: *cdw.* für »Masch, feuchte Wiese« (Pl. Llaidhyen).

Mahéren: *cdw.* für »Erntedankfest«. Kolrynischer Feiertag (entspricht unserem 21. September).

Máhir: *cdw.* für »Meister« (Pl. Máhin); als politischer Titel, wie bei den Schöffenbezeichnungen im Hüggelland; im übrigen Sprachgebrauch den Davenameistern vorbehalten. Der Handwerksmeister als Titel war unbekannt; in der Übertragung ins Deutsche wurde zumeist Cuorderir (eigtl. »Kundiger«) als im Sinne gleichbedeutend mit »Meister« übersetzt.

Mahtfas: *cdw.* für »Fest des Metanstichs«. Kolrynischer Feiertag (entspricht unserem 22. September).

Mainerir: *cdw.* für »(All-)Gemeiner« (Pl. Mainerin). Der niedrigste Stand der hüggelländischen Gesellschaft, wenngleich einer ohne Makel; es war völlig in Ordnung, ein Mainerir zu sein. Zu ihnen zählten zunächst einmal von Geburt an alle Vahits, da Stände nicht erblich waren. Erst wenn jemand in einer Sache mehr Kenntnisse oder Fertigkeiten entwickelte als gemeinhin üblich, rückte er in den Stand des Cuorderirs auf. Normalerweise ging dies mit dem Verfassen eines Buches über diese Sache einher, und umgekehrt: Wer ein Buch über eine Sache schrieb, bewies damit seinen Anspruch auf den Stand des Cuorderirs. (Eine Ausnahme bildete hier Furgo Fokklin: der vortreffliche Ruf von Fokklinhand war den Vahits Beweis genug für sein überragendes Können.) Alle einfachen Handwerker, Landhüter, Bauern, Postler, Wirte usw. zählten zu den Mainerin. Eine Ausnahme waren die Müller: Wer sich darauf verstand, das komplizierte Räderwerk zu unterhalten und eine Mühle zu betreiben, der erwarb sich damit zugleich den Stand des Cuorderir. Der höchste Stand war der des Firsterir (in aller Regel den Amtsträgern wie den Schöffen vorbehalten oder außerordentlich Gebildeten wie dem Mechellinder Staubner Taddarig Sperler).

Maúrgin: *dwg.* Name des Dolches, den Finn als Schwert benutzte; ein Geschenk des Dwargen Glimfáin. Ursprünglich gehörte die von Nemgláin gefertigte Klinge Rumóin Bartretter, einem der acht Gefährten, die es wagten, in Lukathers Festung Ulúrlim einzudringen, um Fárin Goldhand zu befreien. Auf der Klinge aus Imilthyldum ist ein Berg mit einer Sonne eingraviert sowie ihr Name in dwargischen Runen. Der das morgendliche Sonnenlicht einfangende Knauf besteht aus einem kostbar eingefassten roten Karbeol. Man sagt der Klinge nach, sie sauge ihre Kraft aus der Morgensonne; und sie gehorche ihrer eingeschmiedeten Weisung: »Nichts ist treuer als Gidwargentreue.« Das bedeutet, Maúrgin konnte nur in der Stunde der Morgenröte an einen neuen Besitzer weitergegeben werden, und einem möglichen Dieb würde sie, Glimfáin zufolge, nur Unglück gebracht haben.

Médha: *cdw.* für »Bienentau, Honig« (Pl. Médhirran), namentlich auch die Bezeichnung des Rudenforster Honigs.

Medhir: *cdw.* für »Mönch« (Pl. Medhirin). Vgl. Davenamedhir, Davenamönch«. Möglicherweise ursprünglich eine Bezeichnung für jemanden, der Medhá (»Weisheit«) besitzt und Médhlén (»Bienen) züchtet oder, wie die Bienen, in einem »Stock« – sprich einem Kloster – lebt. Auch die Bienen wurden infolge ihrer Staatenbildung als weise angesehen. Vgl. Médha.

Mellow: Mellow, *cdw.* Name im Hüggelland. Bedeutung sinngemäß: »einer, der Teil einer Geschichte ist«. Mellénnur, »Geschichte«, melar, »dichten, reimen«, Anmellén, »Dichtung«. Höchstwahrscheinlich ein Pseudonym, das entweder Finn oder Cethlion für Finns Freund verwendeten. Ähnliches steht für den Namen Circendil zu vermuten; die Gründe für das Verwenden dieser Pseudonyme siehe dort.

Muhme: die Vahits unterschieden in ihren Verwandtschaftsbezeichnungen zwischen den Verwandten der weiblichen/mütterlichen und der männlich/väterlichen Linie. Eine Schwester der Mutter wurde als »Muhme« bezeichnet, ein Bruder als »Oheim«; die Schwester des Vaters hingegen war die »Tante«, der Bruder des Vaters der »Onkel«.

Nainflöte: Schilfrohrflöte nach Art der Panflöten. Nain ist ein Caeredwaine-Wort und bedeutet »Kinder«; Ez. Nar, »Kind«. Gemeint ist damit wohl die Anordnung der nachfolgend immer kleiner werdenden Schilfrohre, die an nach ihrer Größe aufgestellte Kinder erinnern. Der alte, deutsche Ausdruck »wie die Orgelpfeifen« beschreibt ein ähnliches Bild. *Cdw.* Nain ist eng verwandt mit Nan, »Jugend«; Nama, »Volk«; Nia, »Tochter«, Nir, »Sohn«. Zu Letztgenanntem s. a. Dir, »Mensch«. Ebenfalls verwandt sind Natha, »Hilfe, Schutz« sowie Nané, »Mutter«; ableitend davon Nenna, »Milch«. Darüberhinaus ist Nar ein eigentümliches Wort, denn es bricht die Caeredwaine-Regel, dass alle jene Begriffe, die ein denkendes Wesen bezeichnen, eine ir-Endung aufweisen. Die ar-Endung ist Tieren und Verben vorbehalten. Inwieweit dies widerspiegelt, ob man zu jener Zeit Kinder, zumindest in ihren Kleinkindjahren, noch nicht als *denkend* empfunden hat, bleibt unklar. Gleichwohl war man sich dieses Grammatikbruchs sehr wohl bewusst, denn die Pl.-Endung von Nar lautet nicht auf -erran (wie bei Tieren üblich), sondern auf -in (wie bei allen denkenden Wesen), eben Nain.

Nande: *cdw.* für »Frau« (Pl. Nandeyen). Eigentlich »die, die Jugend schenkt«.

Narandile: *cdw.*; Bez. des Morgens- bzw. Abendsterns. Bedeutung sinngemäß: »Kind, welches du abstammst von Edlem, Reinem, Guten«; Nar-an-dil-e. Tatsächlich die Verschleifung von Narandiel, einer bedeutenden Frau der Féar.

Nárbláin: *dwg.* Name eines Schwertes, das Nemgláin schmiedete. Eines der wenigen übersetzten Worte der Dwargensprache: »Knochenbleicher«.

Naubrimir: *dwg.* Name für Kringerde.

Nemandáur: *dwg.* Name von Glimfáins Axt. Nemandáur war ein Werk Irváins (Nemgláins Sohn) aus Imilthyldum. Er tarnte damit den Schlüssel zum Tor von Vazarenia: Die Axt war der Schlüssel, was bis auf Téorlin Silberstirn und Irváin sowie ihre jeweiligen Erben niemand wusste.

Nodir: *cdw.* für »schwarz(häutiger) Mensch« (Pl. Nodirin). Die *cdw.* No-Silbe steht für »schwarz« und »nichts« (im Sinne von »kein Licht, keine Farbe«. So bedeutet *cdw.* Anobor, »Geburt«; in der *cdw.* Sprache entsteht alles aus dem Nichts; ein Kind entsteht im lichtlosen, dunklen Mutterleib; deshalb die Kurzform Nor für »Geburt«, eigtl. »die Schwärze«. Das kürzer gesprochene *cdw.* Nòr [norr] für »Osten«, im Sinne von »wo die Sonne wiedergeboren wird«, gilt als Abkürzung von *cdw.* Ilasnor – für »Osten« (Himmelsrichtung); eigentlich »Geburt Ila(r)s«, nach Ilar, wie die Féar die Sonne nannten. Das Verb *cdw.* nobar für »folgen«, auch: »nachfolgen«, mag auch durch die Beobachtung der Féar entstanden sein, dass es anfänglich vor allem die Stämme der Nodirin waren, die Lukather folgten.

Otu Atruma: *cdw.* für »in der Hitze dahineilend«. Vindländischer Name der Hunderasse der Aterar.

Pantaharcane: *cdw.* für »Stelle oder Fundort der Zerbrochenen«.

Revinore: *cdw.* Königreich im Westen Kolryns. Die Hauptstadt war Caras Berene. Revinore entstand wie die beiden anderen Königreiche Kolryns mit der Dreiteiligkeit. Ale drei Reiche fühlten sich anfangs benachteiligt: Die Vindliandirin klagten über zu wenig Weide- und Ackerland; die Areliandirin über zu viel Wald; und die Revinorer glaubten sich am schlechtesten gestellt zu sehen. Ihnen erschien das zugewiesene Gebiet als öd und leer (was es nicht wahr). Sie sahen sich anfangs zu einer Fortsetzung, Re, ihres Lebens gezwungen, ohne ihren gewohnten und geliebten Stein, dafür in Lehmhütten hausend, Vinnim, auf meist gebirgigem Gebiet, wo nichts wuchs, no, außer schwärzlich-grünem Moos auf karger Scholle oder schlimmer. Sie stießen auf nichts außer schwarzer Erde, auf der lediglich Stechginster wucherte, und wohin sie ihren Fuß auch setzten, ragten schwarze und spitze, scharfe, schroffe Grate aus dem Boden, re. Daraus wurde im Sprachgebrauch der Jahrhunderte Re-vin(nim)-no-re. Erst nach einiger Zeit entdeckten sie die Reichtümer ihres neuen Landes: Bodenschätze in vielfältiger Form, auch der ungeliebte schwarze Boden zeigte sich als überaus fruchtbar.

Sie entwickelten neuen Lebensmut und große Stärke. Zu Finns Tagen hatten sich die Revinorer zu kühnen, stolzen Dirin entwickelt. Schwarz und golden wehten ihre Banner auf den Türmen von Caras Berene.

Sinyanhwe: Sprache unbekannt. Das Wort entstammt möglicherweise dem Succásh; der Sprache der Nodirin, die Saisárasar unter seinesgleichen verwendete. Dem aber widerspricht die Endsilbe -we, die auch in Gilwe vorkommt und »Schönheit« bedeutet. Denkbar ist, dass Lukather bewusst, um die Féar zu ärgern, ein Wort des éanpelwe verwendet oder verunstaltet hat. Eine Sinyanhwe bezeichnet ein bernsteinfarbenes, tropfenförmiges Stück eines Edelsteins, das uneinheitlich geschliffene Facetten, aber auch unbearbeitete Bereiche aufweist. Wie auch die Gilwen scheinen Sinyanhwen eine Form der Hinwendung oder Weisung zu besitzen.

Sverunmáhir: *cdw.*; im Hüggelland ein Schöffentitel: Verkünder der Schöffenbeschlüse und Verweser der Hüggellandpost.

Tarduil: *cdw.* für »Weststrom«.

Tener: altertümliches *cdw.* für »einen, der den Weg bahnt«. Das *cdw.* zu Finns Zeiten kannte die neuere Form Tenir, etwa »einer, der den Weg erkennt, ein vorangehender Führer« (Pl. Tenirin). Tener war der Titel der beiden jeweils auf Zeit gewählten und gleichberechtigten Herrscher des Reiches Benutcane.

Tennlén: *cdw.* für »(der gebahnte)Weg« (Pl. Tenléim). Von tennar, *cdw.* für »schneiden, brechen« (besonders im Sinne des sich durch die Wildnis Bahnbrechens).

Tiumbaco: *cdw.* Name einer Pflanze, deren getrocknete Blätter von Menschen, Vahits und Dwargen in tönernen Pfeifen verbrannt und der so entstehende Rauch eingeatmet und wieder ausgestoßen wurde. Die Weisen der Féar warnten die Menschen stets vor den Folgen des übermäßigen Tiumbaco-Genusses, und Missbildung war, wie es sich zeigen sollte, zu Recht ihre größte Befürchtung.

Tyrfing: *dwg.* Name eines Schwertes, das Nemgláin schmiedete. Seine Weisung war infolge einer Störung unvollständig; deshalb brachte das Schwert Unglück über seine jeweiligen Besitzer und nützte tatsächlich dem angegriffenen Feind. Der Khuradum Téorlin und Nemgláin, lange Zeit dessen engster Vertrauter, zerstritten sich hierüber später.

Uvaithlian: *cdw.* für »Land der Hügel, Hügelland«. Von den Vahits abgeschliffen zu Uvvanndan – eingedeutscht als das Hüggelland. Einst war Uvaithlian wirklich als »Fluchtburg« gedacht: Das Reich Benutcane entdeckte den Weg hinauf im 135. Jahr seines Bestehens; und unter dem *Tener* Hirdalban wurden Bogenbrücken über die Flüsse gebaut und ein mächtiger Wehrturm errichtet, der die befestigte Straße und den einzigen Zugang nach Uvaithlian schützen sollte. Das abgelegene Gebiet oberhalb der Linvahogath sollte zur letzten Festung des Reiches im Falle eines Angriffs von außen werden. Denn nicht ganz vergessen waren die Warnungen der Féar vor Lukathers Bosheit. Doch nachdem Hirdalban ein Jahr später abgewählt worden war, ließen seine Nachfolger diese Pläne schleifen und vergaßen sie schließlich ganz, da kein Zeichen von Not oder Krieg zu erkennen war. Mit den Plänen geriet auch Uvaithlian in Vergessenheit. Die ehemals ausgebaute Straße verfiel und überwucherte und wurde allmählich zum Alten Weg, über den 780 Jahre später die Vahatin aufwärts zogen. Für die hohe Kunstfertigkeit der Baumeister des Reiches Benutcane aber spricht, dass noch zu Zeiten Finn Fokklins – abermals 697 Jahre später, also 1477 Jahre nach ihrer Errichtung, im Jahr 710 n.d.D. – der alte Wehrturm und die drei Bogenbrücken im Hüggelland noch immer standen. Allerdings deutet gerade die Verwendung des weißen künstlichen Gesteins – des Caerabans oder »Turmsteins«, wie die Vahatin es nannten – darauf hin, dass diese Bauwerke, wie auch andere in Benutcaer, mithilfe eines ganz besonderen Werkzeugs erschaffen wurden. Eine Zeit lang verwahrten die Benutcaerdirin *Zirkóin* in ihrer Stadt. Jene Gilwe war nach Zirkóin benannt, dem Dwarg aus Throkzardum , der sie im Ersten Zeitalter erschaffen hatte.

Vahatir: *cdw.*, (Pl. Vahatin). Bezeichnung, die den kleinwüchsigen Mischlingen beigegeben wurde, die aus den Verbindungen von Vindirin und Arendirin hervorgingen. Vahatin meint »die sich Bewegenden«, weil sie es waren, die dem Völkeransturm weichen mussten. Die Vahatin schliffen den Begriff zu Vahits ab.

Vahogathmáhir: *cdw.*, im Hüggelland ein Schöffentitel: »Bürgermeister«; eigentlich »Meister der Bergmauer«; vgl. Linvahogath.

Vancu (Vanku): *dwg.* für »der Fliegende«; Ponyname im Hüggelland. Die konsequente Schreibweise mit »k« Vanku anstatt »c« Vancu ist entweder eine fehlerhafte Lesart von Cethlion oder so von ihr aus Finns Aufzeichnungen übertragen. Da »c« in einer Wortmitte sonst überall »k« ersetzt, stellt Vanku eine Ausnahme da.

Vindir: *cdw.* für »rötlich(häutiger) Mensch« (Pl. Vindirin). Vermutlich *éan.* Lehnwort, mit der Bedeutung »aus Lehm bestehend«. Ihre Hautfarben waren irgendwo zwischen bräunlich und rötlich angesiedelt. Die Bezeichnung ist aber womöglich auch auf ein anderes Merkmal auszuweiten. Denn die Wurzel *cdw.* vind taucht auch in Vind auf – für »feuchte Erde« (Pl. Vindyen), im Sinne eines fruchtbaren Bodens. Ebenso Vindas, »Acker«, wörtl. »wo es fruchtbaren Boden gibt«. So ist *cdw.* Vindarir der »Bauer, Ackersmann« (Pl. Vindarin); und *cdw.* vindar steht für »anbauen; (den) Ackerboden bearbeiten«. *Cdw.* Vin bedeutet »Lehm« (Pl. Vinyen); *cdw.* Vinas steht für »Lehmhütte« (Pl. Vinnim), wörtl. »wo es Lehm gibt«, in der Bildung ähnlich wie, aber auch im Unterschied zu Caras, »Stadt«, wörtl. »wo es Stein gibt«. Die Vindirin waren die ersten Menschen, mit denen die Féar zusammentrafen, und womöglich die ersten, die in Ackerbau und Hüttenbaukunde unterrichtet wurden.

Vindlian: *cdw.* für »Vindland«, das Königkreich, in dem Circendil lebt. Vindland ist das kleinste der drei Königreiche Arelian, Revonire und Vindlian. Vgl. Vindas, »Acker«, wörtl. »wo es fruchtbaren Boden gibt«.

Wacala: hüggelländische Bezeichnung des Holzarbeitermessers (Pl. Wacalirran). Sahaso Rohrsang erzählt, die Holzfäller hätten sich mit den Wacalas unter anderem auch ihre Brote geschnitten (in den Pausen und nach Feierabend?); die Nähe von Wacala zu Wacaras lässt vielleicht die Deutung zu, dass die Wacalas (eingedeutschter Plural!) überhaupt gern zum Zubereiten und Zerschneiden von Nahrung des Abends, eben nach getaner Arbeit, dienten. (Wacaras – *cdw.* für »Abend«, Pl. Wacarrim; wörtl.: »die Zeit, wo es Wünsche gibt«, im Sinne von »die Zeit der Wünsche«, oder »Zeit sich Dinge zu wünschen«. Verwandtschaft besteht zu acar, »wünschen« und -as, »wo es gibt«.) Wa- ist die Wurzel des Wortes Waine, »Sprache«; es geht hier also vermutlich um offen ausgesprochene Wünsche, um Dinge, die man sich abends gemeinsam beim Feuer erzählte.

We: *éan.* »Schönheit«. Auch im übertragenen Sinn gebräuchlich: z. B. enthält arwe, *éan.* »fließen«, die Silbe we. Das Fließen als solches war den Fear wichtig. So wie die Kunst aus dem Künstler »herausfließt«, so fließt im féarnischen Verständnis Schönheit gleichsam als »Essenz« aus allem, was schön ist. Schönheit war demnach für die Féar etwas, das Wirkung nach außen erzielte.

Witamáhir: *cdw.* (Pl. Witamáhin); im Hüggelland ein Schöffentitel: »Anweisermeister«; damit wurden die Vorsteher der drei Büchereyen bezeichnet, deren Funktion den Vahits so wichtig war, dass sie die Witamáhin mit zu ihrer »Regierung« zählten.

Wrisilrhiob: *cdw.* Bedeutung unbekannt; möglicherweise eine Ableitung von wrisar (»rasen, toben«). Märchengestalt der Vahits: ein auf Bergspitzen lebendes, ungemein kräftiges Wesen, das Felsen zermalmte und wütend damit um sich warf, wenn man es störte. Manchmal aber spielen Wrisilrhiobe auch mit Felsen wie mit Murmeln, und wer sie bei diesem Spiel besiegt, wird von ihnen sicher über den Berg getragen.

Yamun: *cdw.* für »das Erschaffene«, »das Natürliche, das Zusammengehörige, das sich beständig Verzweigende, das Universum«. Yamun ist das, was Aman, der Eine, erschaffen hat. Der Buchstabe λ – unserem Y enstprechend – steht als Zeichen für Yamun.

DRAMATIS PERSONAE

IN MOORREET:

Furgo Fokklin, *Finns Vater, Tintner und Meister der Werkstatt Fokklinhand*

Amafilia Fokklin, *Finns Mutter, eine geborene Tauber*

Finnig Fokklin, *der Wicht aus Moorreet*

Abbado Zeisig, *Geselle der Werkstatt Fokklinhand*

Konkho Zeisig, *sein Bruder und Wirt des »Verlorenen Henkels«*

Fradha Zeisig, *seine Frau*

Ridibund Rohrammer, *Griesgram und Außenseiter*

Rana Rohrammer, *seine Frau und Froschnerin*

Buffo und Wigo Rohrammer, *beider Söhne*

AUS VAHINDEMA:

Wredian Gimpel, *Vahogathmáhir (Bürgermeister)*

Uranam Weidenmeis, S*verunmáhir (Herold und Verweser der Hüggellandpost)*

Tallia Goldammer, Schrifferin

IN MECHELLINDE:

Bholobhorg Feldschwirl, *Landhüter aus Tanning*

Gesslo Regenpfeifer, *Gauvogt des Obergaus*

Bolath, *ein Gerber*

Kreko Reiher, *ein Fischräuchner*

Tuom Mürmdohl, *Faktotum der Bücherey*

Geng, *ein Stallbursche*

Ludowig Gurler, *Witamáhir*

Taddarig Sperler, *der Staubner*
Beuzam Weihe, *Wirt des »Rauschenden Adlers«*
Amagata Zeisig, *Klärerin im Obergau*
Hambláđ Drossler, *Lenker der Hüggellandpost im Obergau*

IN LAMMSPRING:
Kuaslom Pfuhlig, *ein Postler*

IN RUDENFORST:
Mellow Rohrsang, *Landhüter*
Rorig Rohrsang, *Wirt der »Krummen Kiefer« und Halter des Postrechts, Vater von Mellow*
Dhela Rohrsang, *Mellows Mutter*
Sahaso und Kampo Rohrsang, *seine Brüder*
Gandh Blässner, *Holzarbeiter*
Giunda Blässner, *seine Frau*
Ianam und Gatabaid Blässner, *beider verloren gegangene Kinder*
Machan Milan sowie Toman Raller, *Rudenforster Nachbarn*

AM ACAERAS ALAMDIL:
Banavred Borker, *Einsiedler und Himmelsforscher*
Anselma Borker, *seine Frau*

IN DER HAMMERSCHMIEDE:
Abhro Rabner, *Schmied*
Franan, Giran, *Gesellen*

IN VIERSTRASS:
Timan Kowal, *Wirt der »Taumelnden Mühle«*
Dharso Zeisig, *ein Verwandter des Zweigs der Muldweiler-Fokklins*
Ufan Fischreih, *ein junger Vahit aus Wasserfels*

IN AARIENHEIM:
Die Taubers:
Hámlat, *Finns Großvater mütterlicherseits*
Walnutia, *Finns Großmutter mütterlicherseits*
Bardogar, *Fiongar, Ewerdag, Finns Oheime*
Fionwen Storchner, *Finns junge Muhme*
Amadine, Ewerdine, *Harriata, Frauen im Tauberhaus*

Tessina, genannt Muldwyrda, *Finns Urgroßmutter, die Gattin des Bartolo (der angeblich allein den Alten Weg hinabstieg und zurückkehrte)*
Finnig Storchner, *der neugeborene Sohn Fionwens*

AUS DREIHORSTEN:
Gasakan Amsler, *Gauvogt des Tiefengaus*
Taram Goldammer, *Landhüter aus Vahindema*
Geldo, *Landhüter*

VON AUSSERHALB DES HÜGGELLANDES:
Saisárasar, *ein Nodir, Befehlshaber der Gidrogs im Hüggelland*
Circendil, *ein Arendir und Davenamedhir aus Vindlian*
Amuul, *ein Dunbluódur*
Glimfáin, *Grimgláins Sohn, Gidwargum oder ein Dwarg aus Khambrins Geschlecht*
Guan Lu, *ein Ledir*

HINTERGRUND

Anmerkung: In Finnig Fokklins Bericht, dem vorliegenden Buch, mit dem auch im Original Cethlions Handschrift beginnt, ist noch manches über das Volk der Wichte selbst enthalten, das andernorts nicht mehr zu finden ist und heute so gut wie vergessen wurde.

Da in unserer Zeit nur noch in Märchen (wenn überhaupt) und in Schimpfnamen (wie z. B. Bösewicht) von Wichten die Rede ist, habe ich der eigentlichen Erzählung diesen Überblick mitgegeben. Er gibt das Wesentliche wieder: über die Vahatin, jenen besonderen Zweig der Menschen; über Finnig Fokklins Herkunft; und über Uvaithlian, ihrem Wohngebiet im äußersten Nordwesten Kolryns.

Die dem Buch beigegebenen Karten, wie etwa die Karte des Hüggellandes und andere, habe ich nach den Angaben in der Cethlion-Handschrift (bzw. der mir freundlicherweise überlassenen fotomechanischen Wiedergabe) zum allgemein besseren Verständnis erstellt. Alle Irrtümer, Auslassungen wie auch Übersetzungsfehler bei der Textgestaltung, so sie unentdeckt blieben, gehen zu meinen Lasten.

RMT

1. ÜBER DIE HERKUNFT DER WICHTE

Die Wichte waren zweifellos Abkömmlinge der Menschen; doch obschon diese Verwandtschaft bestand (oder deswegen), achtete man sie nicht. Heute gibt es sie längst nicht mehr, was in mehr als einer Hinsicht einen unwiederbringlichen Verlust bedeutet; und wir erinnern uns an sie nur noch in fast vergessenen Märchen und Erzählungen.

Heute will es uns unvorstellbar erscheinen, aber die alten Berichte lassen keinen anderen Schluss zu – unsere Welt hat nicht nur die Menschen als denkende Wesen hervorgebracht, sondern vor ihnen schon ein weiteres Volk. Als erste der sogenannten kogoin, der »Denkenden«, wandelten die Gidwargim über Kringerdes schroffe Berge und weiten Ebenen und erfreuten sich an hartem Stein und glitzerndem Kristall. Erst sehr viel später, als die Dwarge schon ihren Zenit überschritten hatten, erwachten die vier Menschenrassen: die Kungdirin. Zuerst die Nodirin, nach ihnen kamen die Arendirin, diesen folgten die Ledirin und endlich die Vindirin.

Die genauen Umstände, denen die Wichte ihre Entstehung verdanken, lassen sich nicht mehr enthüllen. Zeitweilig (so scheinen es spätere Geschichten zumindest anzudeuten) wohnten Vindirin und Arendirin nahe beieinander, und es gab hin und wieder Vermischungen unter ihnen. Doch die Vereinigung dieser beiden Rassen enthielt einen Makel, der erst selten, dann immer mehr und deutlicher zu Tage trat.

Manche sagten, es sei die Unverträglichkeit der Arendirin und Vindirin untereinander gewesen, die diesen Makel offenbarte.

Doch die Weisen der Féar, die Lehrmeister der frühen Menschen, wiesen dies zurück. Sie führten den Makel stattdessen auf einen unter den Arendirin weit verbreiteten Brauch des Schmauchens zurück, dessen Wirkung die Vindirin ihrer Ansicht nach nicht vertrugen.

Und so trat der Makel bei denen zutage, die am schwächsten waren und für die Vorlieben ihrer Eltern nichts konnten: Viele der diesen Verbindungen entstammenden Kinder wurden kleinwüchsig geboren, zart, schlank und feingliedrig von Gestalt, und sie blieben es ein Leben lang. Nicht missgebildet waren sie, nur bedeutend kleiner und unerklärlich anders – anders (und Anlass) genug, um Angst zu erzeugen. Nicht selten wurden solche Kinder aus den Dörfern verstoßen und fanden, wenn sie nicht den Wölfen zum Opfer fielen, in ihrem Schicksal in der Wildnis zueinander. Sie bildeten eigene Lebensgemeinschaften, hausten in Höhlen und Hütten, fernab der Wohnstätten der ihnen misstrauenden Menschen. Ein eigenes Volk entstand so nach und nach, das nicht zu den Erwachten gerechnet wurde und das sich später selbst Vahits nennen sollte – damals hatten sie keinen Namen, oder er ist vergessen worden im Wandel der Zeit.

Waren die Erwachten – Nodirin, Ledirin, Arendirin und Vindirin – im allgemeinen kräftig und meist hochgewachsen, so blieben die Wichte immerfort von kleinem Wuchs, auch wenn sie sich untereinander vermehrten. Im körperlichen Vergleich mit den Großen Menschen sahen diese in den Kleinwüchsigen ein wahrhaftiges Nichts. Die größten Vahits reichten einem Menschen bis eben an den Gürtel; ihr Leibesumfang entsprach dem Beinumfang eines kräftigen Mannes.

Tatsächlich geht unsere Bezeichnung Wicht auf diesen Größenunterschied zurück, denn sie bedeutet eben nichts anderes als dies: »Ein Nichts, ein Nicht-Etwas«, mit dem zu beschäftigen sich nicht lohnte. »Wichte« wurden sie von den Menschen gerufen oder besser, was in diesem Fall schlechter heißt, geschmäht; Vahits nannten sie sich später selbst, in Verballhornung von Vahatin, d.i. »jene, die sich bewegen«. Niemals hätte sich ein Vahit selbst als Wicht bezeichnet, sondern dies stets als gröbste Beleidigung empfunden.

Was nun die Menschen anbelangt, so nahmen sie die Vahatin wenig oder kaum zur Kenntnis. Ihnen erschienen sie aufgrund ihrer Körpergröße wie unreife Kinder, und sie behandelten sie auch so. Darüber hinaus machte sie eine Eigenschaft der Vahatin argwöhnisch: Diese vermochten sich sehr schnell und nahezu lautlos zu bewegen, und oft vernahm man von ihnen nicht mehr als ein leises Rascheln im Gras.

Noch heute sprechen wir manches Mal von Wichten. Bezeichnenderweise meist von Bösewichtern, also von bösen Wichten, wobei dieser Sprachgebrauch sehr aufschlussreich für den damaligen wie heutigen Blickwinkel der Menschen ist: Nirgendwo ist in diesem Zusammenhang nämlich von guten Wichten die Rede.

Erhalten hat sich in manchen ländlichen Gegenden allenfalls eine gute Sitte, die schon die alten Vahatin pflegten und die auf die einvernehmliche Gesinnung der Vahits verweist: Sie beschenkten einander gern und häufig. Wenn wir es ihnen gleichtun, dann fügen wir ihnen allesamt großes Unrecht zu, wenn wir diesen verbindenden Brauch heute mit dem sie herabsetzenden Wort »wichteln« bezeichnen; es war eine Sitte, die viel mehr für die Vahits beinhaltete, als es unser bloßes Ein- und wieder Auspacken (von meist unwichtigen Dingen) vermuten lässt.

Infolge der Auffälligkeit in der Gestalt waren die Vahits gezwungen, sich umso unauffälliger zu verhalten, wollten sie Ärger und Spott aus dem Wege gehen. So entzogen sie sich klugerweise dem Zusammenleben mit den Großen Leuten und wohnten in abgelegenen Gebieten unter sich; eine Gepflogenheit, an die sie sich auch in den Jahren vor der Dreiteiligkeit schon hielten.

Die Vahatin mieden den Umgang mit den Menschen, gleichwohl sie ihre langbeinigen Verwandten nicht grundlegend ablehnten. Das hing vornehmlich mit ihrer Größe zusammen und den unvermeidlichen Missverständnissen, die sich daraus ergaben, sobald Menschen und Vahatin einander begegneten. Vahits waren alles andere als kräftig, wenn auch ausdauernd; doch dem unbeabsichtigten Tritt eines unaufmerksam dahermarschierenden Menschen setzten sie sich verständlicherweise nur ungern aus.

Der Name Vahatin kam erst auf, als der gesamte Kontinent Kolryn von jenem fast fünf Jahrzehnte dauernden Bürgerkrieg erschüttert wurde, der mit dem Zerfall Benutcanes begann und mit der sogenannten Dreiteiligkeit endete. Der Begriff kennzeichnete die Aufteilung allen Landes in drei unabhängige Königreiche – und bildete zugleich den Nullpunkt einer neuen Jahresrechnung. Von nun an wurden die Jahre in den kolrynischen Königreichen Arelian, Revinore und Vindland nach der Dreiteiligkeit (n. d. D.) gezählt.

Das Kleinwüchsige Volk wohnte zu jener frühen Zeit in einem Landstrich im Südosten Kolryns, rings um den erloschenen Kreisberg Nintobel; einer Halbinsel, deren Gestade der Lauf des Flusses Malm vom Rest des Erdteils trennte. Jene Gegenden boten mit ihren üppigen Weiden und hellen Wäldern den Kleinwüchsigen mehr, als sie zum Leben brauchten. Doch mit der Dreiteiligkeit zogen etliche im Krieg entwurzelte Menschen in heeren Scharen auf der Suche nach neuen Weide- und Siedlungsgründen herbei, denn die Berge, Wälder und Ebenen rings um den Nintobel waren zum rechtmäßigen Grund und Boden des kleinsten der drei Gebiete erklärt worden: Dem Königreich Vindland ward alles Land jenseits des Malm zu eigen gegeben.

Als die Menschen kamen und Städte und Dörfer errichteten, nahmen sie auf die schon seit langem hier lebenden Kleinwüchsigen wenig Rücksicht. Sie zogen ihre Mauern dort hinauf und rammten ihre Pfähle da hinein, wo es ihnen eben gefiel. Sie legten Straßen an und Häfen, holzten Wälder ab und gruben sich in die Berge, dabei stets über die Wichte lachend, wenn diese sich einmal zu beschweren wagten.

Im zehnten Jahr nach der Dreiteiligkeit beschlossen die Vahits, dem sich verstärkenden Druck der Einwanderer zu weichen und ihre alten Gefilde auf der Suche nach einer neuen Heimat aufzugeben. So zogen sie, kaum beachtet von den Großen Leuten, mit Sack und Pack und allem, was sie mit sich führen konnten, längs des Flusses Malm in die Berge hinauf, nach Westen und dann nach Nordwesten – entwurzelt und ohne rechtes Ziel.

Vier Sippen waren es, die sich auf die Große Wanderung begaben: die Maschen, die Kwynten, die Flaken und die Luiden.

Zu den Maschen zählten jene, die seit alters her mit Vorliebe tiefer gelegene, teils sogar überschwemmte Gebiete als Wohnort bevorzugten. Ortsnamen wie Muldweiler, Muldwald oder auch Moorreet zeigen die Nähe von Mooren, Sümpfen, Teichen und Vertiefungen an. Die Maschensippe (von »Masch«, d. i. überschwemmte Wiese) lebte vor der Großen Wanderung rund um den Inneren See des Nintobels, inmitten von feuchten Wiesen und in Hörweite unzähliger Froschrufe.

Die auf den bewaldeten und windigen äußeren Hängen desselben Kreisbergs lebenden Kwynten unterschieden sich von den Maschen durch bleichere Haut und dunklere Haare, während die in den Ebenen umherziehenden Flaken die größten Vertreter ihres Volkes waren und helle, fast weiße Haare besaßen. Einen vierten Stamm gab es noch, den zahlenmäßig kleinsten der vier: dies waren die Luiden, die Flussleute, die am und über dem Fluss lebten, in Pfahlhütten und manchmal auch auf Booten.

In jener Zeit des Aufbruchs wurde indes der Name Vahatin geboren, eben weil sie es waren, die sich bewegen mussten, während die Großen Leute sie verdrängten und sesshaft wurden.

Damals gab es noch keine Straßen, nicht einmal gebahnte Wege, auf denen sie reisen konnten, und so war jeder Abschnitt ihrer Fahrt mühselig und oft mit Gefahren bis in den Tod verbunden.

Längs des Arutgebirges zogen sie, denn im gesamten Süden und Westen lag Revinore, und dort wohnten gleichfalls Menschen, wie auch im Norden, der von Arelian vereinnahmt wurde. So folgten die Vahits den aneinandergereihten Gipfeln des Arut, denn das Gebirge lag zwischen beiden Reichen und zog sich vom Südosten bis ganz in den Nordwesten Kolryns über mehr als dreitausend Meilen.

In den Wintern suchten sie notdürftigen Schutz in Höhlen oder hoch gelegenen Wäldern. In den warmen Monaten setzten sie ihre Wanderschaft fort. Nach drei Jahren des Wanderns, im Frühjahr des Jahres 13 n. d. D., erreichten sie dann jenen Punkt, an dem die Ausläufer des Arut in das schroffe Seegebirge übergingen. Hier wandten sie sich südwestwärts und entdeckten zufällig den später so genannten Alten Weg; einen verborgenen Pass, dem sie folgten. Dieser Weg führte sie in endlosen Windungen immer höher hinauf, bis sie eine halbkreisförmige Hochebene erreichten, die sich vor ihren staunenden Augen öffnete.

Im Nordwesten Kolryns befand sich die Linvahogath, die Lange Mauer: eine an die hundert Meilen lange Felsenklippe von mehr als einer Meile Höhe. Wie eine gewaltige Stufe trennte diese Felsenmauer die Uferlande des Tarduils von den darüber liegenden Höhen, und es gab keinen auf Karten verzeichneten Weg hinauf oder hinab. Nahezu senkrecht stiegen die schründigen Steinwände aus sumpfigem Gebiet hervor, das zwischen dem Tarduil und der Mauer lag und von fünf herabstürzenden größeren Fällen sowie etlichen kleineren in ewigem Dunst und Nebel gehalten wurde. Schattenfenne wurden sie genannt, denn ab der frühen Nachmittagssonne lagen diese Sümpfe im Schatten der himmelhoch aufragenden Mauer. Bei schlechtem Wetter hingen die Wolken tiefer als die obere Kante der Stufe. Die Vahits kannten (oder mochten) indes die Bezeichnung Stufe nicht; sie nannten ihre neue Ostgrenze schlicht den Sturz, denn damit war ihrer Ansicht nach alles darüber gesagt.

Stein- und Seeadler horsteten hier in großer Zahl; sie schwebten über dem Tarduiltal oder jagten in den Sümpfen und in der südlich gelegenen Meeresbucht, die hinter den das Oberland umschließenden Bergen lag und Bhera endh Eren hieß, Bucht der Adler. Die Berge gehörten zum Gebirgszug des Khênaith Eciranth, des Halbmond- oder Sichelgebirges, das diesen Namen führte, weil es wie eine Mondsichel das Oberland in einem weiten westlichen Bogen vom Meer her abgrenzte. Steile Küsten widerstanden dort tosenden Wellen, und keinem Schiff war es möglich, vor Anker zu gehen oder gar zu landen, denn ein starke Strömung herrschte entlang des nassen Fußes der Berge, und Anker fanden nur harten Fels, doch keinen haltbaren Grund.

Hier, hoch im Nordwesten des Kontinents Kolryn, war nach der Ansicht vieler Gelehrter der drei Königreiche »die Welt zu Ende«. Natürlich war sie das nicht, denn Kringerde, die Gekrümmte, kannte kein Ende (was die meisten Gelehrten wohl wussten). Aber ihre Karten endeten hier, und was sie verzeichneten, waren allenfalls Felsen, namenlose Berge und nichts, was sich in ihren Augen zu wissen lohnte.

Es war dies das äußerste Grenzland zwischen Arelian und Revinore. Wo der mächtige Fluss Tarduil seine weite Kurve nach Süden vollendete, und wo die lange Insel Langschelf den Strom in zwei Arme teilte, gerade hier erhob sich, nur wenige Meilen vom Westufer entfernt, die Stufe oder Linvahogath, die lange Bergmauer.

So begann die Besiedelung Uvaithlians, des Landes der Hügel, im Sommer des Jahres 13 n. d. D. In ihrer Sprechweise aber setzte sich die weniger förmliche Bezeichnung Uvvanddan – Hüggelland – durch. Sie gestalteten es ihrer Lebensart gemäß, und ihre Augen leuchteten, wann immer sie über ihre Schollen, Äcker und Gärten miteinander sprachen. Den Menschen war Uvaithlian einst sehr wohl bekannt gewesen und sie hatten eine Trutzburg am Ende des Alten Weges errichtet. Sie wollten sich hierhin flüchten, würde Lukather der Grausame, vor dem die Féar sie gewarnt hatten, in ihre Lande einmarschieren und nicht aufzuhalten sein. Doch mit der Zeit geriet die Bedrohung in Vergessenheit und mit ihr das Wissen um das Land der Hügel.

2. ÜBER DAS HÜGGELLAND

Die Vahits gründeten in ihrer neuen Heimat nach ihrer Weise kleine Siedlungen, die selten mehr als zehn, höchstens fünfzehn Familien beherbergten. Vorzugsweise errichteten sie Brochs, steinerne, oft zwei-, selten dreistöckige Rundbauten; sie kannten aber auch runde Lehmhäuser und wussten, passendes Fachwerk zu zimmern. Sie begannen, das Land zu bestellen: unbemerkt und unbehelligt von den Wirren der Welt.

Jahre vergingen, und das Hüggelland wandelte sich. Was den Vahits einst als eine letzte Fluchtburg erschien, wurde ihnen allmählich zur Heimat, und nichts hätte sie dazu bewegen können, dieses schöne, ihnen gemäße Land jemals wieder zu verlassen. Für fast 700 Jahre lebten sie dort unbehelligt und wie es ihnen gefiel: in Frieden und Stille.

Neunzehn kleine und drei größere Bradirran (Brada = Dorf) errichteten sie im Hüggelland. Die Ortschaften lagen am Ufer winziger Seen, inmitten des Grüns der zahllosen Hügel, um die sich die Bäche und kleinen Flüsse wanden und deren Gräser dann und wann von mal lichten, mal dichten Wäldchen beschattet wurden.

Wiesen und Weiden waren reichlich vorhanden. In den Wäldern tummelte sich zahlreiches Wild; doch jagten die Vahits es nicht oft, außer zur Waldespflege, denn ihres Fleisches bedurften sie nicht.

Etwa die Hälfte der Vahits lebte in drei Khênbradirran (Großdörfern): in Vahindema, Sturzbach und Mechellinde. Die übrigen bevölkerten die neunzehn über das Land versprenkelten Höfe und Haufendörfer.

Die Vahits fanden (von den Baumeistern aus Benutcane errichtete und erst halbverfallene) Straßen vor, die sie notdürftig ausbesserten und der

Einfachheit weiter verwendeten. Die erste dieser Straßen bildete die Fortsetzung des Tennlén Alam, des Alten Weges, und sie begann jenseits der Ersten Brücke. Sie verlief als Mittelstraße in vielen Windungen von Nord nach Süd und erreichte nahe Tanning die Südlandstraße. Diese wiederum zog sich von Salzbuckel im äußersten Westen entlang der Berge immerfort nach Osten bis Sturzbach. Eine zweite West-Ost-Verbindung stellte die nördlicher verlaufende Gaustraße dar, die in Hinterzarten begann und das Hüggelland etwa an seiner breitesten Stelle bis zum Sturz durchschnitt.

Entlang des Sturzes maß das Hüggelland runde 95, an seiner größten Breite in Höhe der Gaustraße etwa 115 kolrynische Meilen. Die drei Khênbradirran lagen annähernd gleich weit voneinander entfernt: Mechellinde im Norden; Sturzbach, nahe am Sturz errichtet, im Süden; und Vahindema war an der am weitesten vom Sturz entfernten Stelle der Hochebene gegründet worden – ganz im Westen, schon zu Füßen des Khênaith Eciranth, des Gebirgszuges, der sich wie die Sichel des abnehmenden Mondes um das Hüggelland schwang, ein schützender Mantel aus unersteigbarem Stein.

3. ÜBER DIE VERWALTUNG IM HÜGGELLAND

Die Vahits hatten das Hüggelland in sieben Gaue unterteilt: den Obergau nördlich der Räuschel; den Tiefengau zwischen Ober- und Untergau am Sturz gelegen, den Mittelgau westlich der Mittelstraße; den Vordergau um den Oberlaichsee herum; den Hintergau mit Vahindema, dem Haupt- und Verwaltungssitz der Vahitgesellschaft; den Hohengau im Nordwesten mit seinen Nadelwäldern; und südlich des Sturzbaches den Untergau mit seinen windgeschützten Winterweiden.

Unbestrittener Haupt- und Verwaltungsort des Hüggellandes war Vahindema (etwa: »Versammlung der Vahatin«). Hier stand die Hel, die einzige Halle der Vahits. In ihrem Keller wurde der Hüggellandschatz verwahrt (der sich aus den jährlichen Abgaben speiste), und alle sieben Jahre fanden hier die Wahlen der Ämter statt. Bei schlechtem Wetter wurde die Hel darüber hinaus als überdachter Marktplatz genutzt. Hier tagten zudem in unregelmäßigen Abständen die Scepmáhin, die Schöffen. Es gab deren sieben: den Bürgermeister (Vahogathmáhir), dem vor allem die Landhüter unterstanden; den Schatzmeister (Scattmáhir); den Richtemeister (Raieth-máhir); den Ausrufer (Sverunmáhir), der auch der Verweser der Hüggellandpost war; und die Anweiser (Witamáhin) der drei Büchereien zu Sturzbach, Mechellinde und Vahindema. Die sieben

Schöffen bildeten somit die »Regierung« des Hüggellandes oder das, was einer solchen am nächsten kam.

4. ÜBER DIE FAMILIE FOKKLIN

Furgo Fokklins Sohn hieß eigentlich Finnig, aber kein Vahit – mit Ausnahme seines Vaters, der ihn nur Finnig rief – nannte ihn so.

Finn stand buchstäblich schon früh in seinem Leben auf eigenen Beinen. Ein Umstand, den seine Mutter Amafilia oft und gern betonte.

»Es war schon eigenartig mit ihm«, erzählte sie ihren Freundinnen noch nach vielen Jahren gerne, wenn im Kamin das Feuer gemütlich brannte und es mittmonatstags Kuchen gab und Tee. »Während andere Vahitkinder in seinem Alter noch brabbelnd herumkrabbeln und ihre Windeln auf den Dielenbrettern aufrubbeln, tapste Finn vergnügt durch den Garten oder rannte flink wie ein Wiesel über den Hof, um die Hühner aufzuscheuchen.« Die Hühner werden es vielleicht gesehen haben: Dann und wann stahl er sich sogar auf der anderen Seite des Hofes in die Werkstatt hinein, um seinem Vater (heimlich) bei der Arbeit zuzusehen.

Dort gab es unglaublich viel zu erspähen und zu bestaunen. Obgleich Finn in jenem Alter natürlich nicht im entferntesten begriff, was an diesem seltsam riechenden Ort eigentlich vor sich ging. Doch mit den Jahren lernte er, dass es wohl etwas ganz Besonderes sein musste; denn es kamen viele Vahits in Furgos Werkstatt, oft von weither, ließen klingende Münze springen und nahmen meist große Pakete mit sich fort, die Furgo ihnen zusammenstellte.

Ein Zeichen insbesondere schien es zu sein, das vielen der Fremden ein ehrfürchtiges Murmeln und ein beistimmendes Nicken entlockte, wenn sie es erblickten. Für Finn hatte dieses Zeichen rein gar nichts Auffälliges an sich, und er verstand weder die Aufregung darum noch die Bedeutung, die es damit auf sich haben mochte. Vielleicht weil er ihm tagtäglich überall begegnete oder besser, weil er es aus diesem Grund schon gar nicht mehr sah: An jedem Sack, den sein Vater befüllte, war es aufgemalt; in jedes Kästchen war es eingebrannt, es war eingehämmert in metallene Döschen; es glänzte an beinahe jedem Gegenstand, der in einem der vielen Regale lagerte, und selbst in Furgos schwarzer Schürze war es eingeprägt. Und es prangte unübersehbar, in leuchtenden Farben gemalt, auf der doppelflügeligen Werkstatttür. Geformt war es wie ein Drachenschild, in dessen Inneren die vier Flügel einer Windmühle zu sehen waren, unter denen wiederum jene Buchstaben standen, um derentwegen die Fremden von weither in die Werkstatt kamen. Der Schild wie der Name Fokklinhand waren, wie Finn später erstaunt feststellen sollte, als Herkunftszeichen im ganzen Hüggelland nicht weniger bekannt als das Wappen des Vahogathmáhir (des Bürgermeisters), der im fernen Vahindema über das Wohl und Wehe des Vahitvolkes wachte und dessen Fahne über den Landhüterhäusern in allen Gauen wehte.

Furgos Werkstatt befand sich damit im Besitz der dritten Generation; aber erst Furgo hatte es verstanden, ihr zu dem guten Ruf zu verhelfen, den sie heute besaß.

Furgos Hauptkunde (und wesentlicher Quell seines Wohlstands) war natürlich die Bücherey zu Mechellinde, die nicht nur die älteste, sondern auch die bedeutendste des ganzen Hüggellandes war. Aber Vahits verehrten und liebten Bücher über alles, und so gab es fast in jedem Dorf eine kleine Stube, in der ein paar Handschriften und Schriftrollen gesammelt wurden und von jedermann (gegen Pfand) entliehen werden konnten. Richtige Büchereyen oder das, was die Vahits darunter verstanden, waren das allerdings nicht; als solche zählten nur die Buoggahäuser in Vahindema, Sturzbach und eben Mechellinde. Alle aber waren Kunden von Fokklinhand.

In den Buoggahäusern lagerten als größte Schätze vor allem die Schriften aus der Zeit vor der Dreiteiligkeit; und sie wurden dort nicht nur verwahrt, sondern ebenso bewahrt und vor dem Verfall geschützt. Die Vorfahren der heutigen Vahits hatten sie vor fast 700 Jahren mit ins Hüggelland gebracht, als sie dem Vordringen der Menschen wichen und über das Gebirge nach Westen wanderten. Und diese Schätze waren in Wahrheit noch weit kostbarer, als es selbst die Vahits wussten oder vermuteten: Einzig allein hier im Hüggelland, im äußersten Nordwesten Kolryns, gab es noch Bücher aus jener fast vergessenen Zeit. Alles übrige Schrifttum war, bis auf vereinzelte Ausnahmen, die in irgendeinem Keller einem ungewissen Schicksal entgegenmodern mochten, in den Wirren der Dreiteiligkeit verloren gegangen; nahezu alles war ein Opfer der Flammen und der Raserei geworden oder war anstelle von Korn und Saatgut in die Mägen hungriger Mäuse und Ratten gelangt; große Hungersnot herrschte damals, als die Kriegstrommeln erklangen. Die Felder blieben unbestellt, und reichhaltige Ernte hielt allein Gevatter Tod.

Die Buoggahäuser bewahrten aber nicht nur die Schriften der Altvorderenzeit, sondern sie sammelten auch alles, was im Hüggelland selbst seit der Ankunft der Vahits geschrieben wurde.

Es ist gewiss nicht übertrieben: Die Vahits liebten Bücher wie kein anderes Volk in Kringerde. In ihnen verzeichneten sie, ebenso gewissenhaft wie um Wahrheit bemüht, vor allem die Geschehnisse des täglichen Lebens, Dinge, auf dies es ihnen zuvorderst ankam: wer wann was getan hatte, und, so sie es in Erfahrung bringen konnten, warum. Aber auch die Weitergabe erarbeiteten Wissens empfanden sie als wesentlich: wann welche Feldfrüchte anzubauen seien, wie man Rosenstöcke richtig beschnitt, worauf es beim Schmauchen ankam, wie Bier zu brauen, wie Wein zu keltern und zu lagern sei, die Kunst der Meierey, des Wollespinnens und tausenderlei andere Dinge hielten sie für wertvoll genug, um sie schriftlich an die Nachfolgenden weiterzureichen. So gab es Werke über den Ackerbau und die Pflege der Wälder, über das Aufrichten von Brochs und die Kunst des Stollenbaus; und wieder andere über das, was Sitte ist und die Pflichten der Máhin. Dazu kamen Berichte über das, was sich in den sieben Gauen ereignete, ergänzt um endlose Stapel von Verträgen, die die Vahits oft und gern untereinander schlossen. »Um des lieben Friedens Willen«, wie sie betonten.

Doch in den Buoggahäusern wurde bei weitem nicht nur gesammelt, sondern vor allem auch gelehrt. Wer wollte – und jeder Vahit will das –, konnte hier die Kunst des Lesens und Schreibens erlernen. Darüber hinaus gehörte zu jeder Bücherey auch eine Colpia, in der Abschriften und ergänzende Zeichnungen angefertigt wurden, denn den Buchdruck kannten die Vahits nicht. Und selbstverständlich gab es neben Lesesälen auch Schulzimmer und Arbeitsräume sowie ein Gästehaus samt Küche für die Besucher, die aus allen Ecken des Hüggellandes kamen.

Finns Vater Furgo lieferte alles, was in den Büchereyen, aber auch von den einfachen Vahits zum Behufe des Schriffens (des Schreibens) benötigt wurde.

Was Furgos Werkstatt mit dem Drachenschildstempel verließ, erfüllte so gut wie jeden Wunsch eines Schriffers: Tinte natürlich, in allerlei Farben und Dichten und Abfüllgrößen; dazu handgeschöpftes Papier in allen machbaren Stärken und Maßen; Löschsand, von fein bis grob; Umschlagsleder (mit und ohne Prägung); Federkiele (für Rechts- und Linkshänder); Pinsel, Bürsten und Besen; Tintenfässer; Federhalter; Anschnitt- und Schabemesser; Nähgarn und Nadeln samt Fingerhüten und Handschuhen; Lederfett; Leim in Fässchen und Fläschchen, aber auch als Pulver (zum Selberanrühren); Stempel und leinerne Tintenkissen; Prägebuchstaben (in fünf verschiedenen Größen) und Prägehämmer; Verziernägel; Poliertücher; Siegellack und Siegelkordeln; Lineale, Zirkel, Pinsel, Klecksentferner und Schmuddeltücher; Staubwedel und Schürzen, Rollenbänder, Ärmelschoner, Scheren und alle Arten von Rohschildern (zum nachträglichen Beschriften). Vor allem aber sauber beschnittene, sorgsam vernähte und in feinstes Leder gebundene, leere Bücher, die herrlich dufteten und begierig darauf warteten, von geübter Hand beschrieben und verziert zu werden.

Übliche Dinge, gewiss, aber samt und sonders waren alle Fokklinhand-Waren – wenngleich teuer – langlebig und vortrefflich gearbeitet und nirgendwo sonst in dieser Güte zu bekommen. Sieben Gesellen beschäftigte Furgo, und der ursprüngliche Broch hatte schon zweimal umgebaut und vergrößert werden müssen.

Da es kaum einen Vahit gab, der nicht lesen und schreiben konnte, bestand ein ziemlich hoher Bedarf an allem, dessen man zum Schreiben von Briefen, dem Anlegen von Listen und vor allem dem Verfassen von Büchern brauchte. Jeder Vahit, der etwas auf sich hielt, stand in regelmäßigem Briefverkehr mit seinen Freunden und Verwandten, so sie mehr als ein Dorf entfernt wohnten. Im ganzen Hüggelland, in fast jedem Dorf, gab es Postämter oder zumindest Vahits, die das Postrecht hielten, und alle Postler hatten, besonders zu den Feiertagen, ganz erheblich zu tun.

Die Vahits schrieben zu allen Zeiten gern und viel. Zumindest die Gebildeteren unter ihnen – die Cuorderin und Firsterin, die Kundigen und Verständigen – veröffentlichten (wenigstens) ein Buch, und Finn Fokklin bildete hierin keine Ausnahme (in anderem Belangen allerdings sehr wohl).

Die Windmühle indes, die Furgos Gütesiegel zierte, ging auf Maltet Fokklin zurück, der den Beinamen Fokklin als erster führte.

Furgo war der Sohn von Falang, und dieser war einer der beiden Söhne von Forro dem Einhändigen, der ein Sohn von Asblád dem Kaumhaarigen war, seinerseits ein Sohn Bádings aus dem Maschengeschlecht Maltets. Den Beiname Fokklin erhielt jener Maltet, wie manche Quellen wussten, weil er dafür bekannt gewesen sein soll, Windmühlen bauen zu können, wobei sich der Name auf das »aufzeyhen«, das Aufziehen der Fokken oder Mühlensegel bezog; manche Spötter hingegen meinten, es beziehe sich (lediglich) auf Maltets eher einfaches Gemüt, da nichts ihn aus der Ruhe zu bringen vermochte, und jeder Versuch, ihn aufzuziehen, bestenfalls zu einem einfältigen Grinsen Maltets führte.

Wie dem auch gewesen sein mochte, auch Báding jedenfalls baute Mühlen, von denen eine noch zu Finns Lebzeiten stand. Sie drehte ihre Flügel auf dem Rasteberg bei Vierstraß im Wind. Mit Asblád dann verging die Mühlenbaukunde in der Familie, oder sie dünnte aus, wie man sagen könnte; ob aus Umstand oder Unverstand, wusste sich niemand mehr zu erinnern.

Asbláds Sohn Forro jedenfalls baute keine (fremden) Mühlen mehr; er zog von Moorreet um nach Muldweiler, einem Brada jenseits der Räuschel, und lieferte fortan Bau- und Grubenholz in die Berge hinauf bis nach Zarten. Holz, das er im Muldwald selber schlug und in der eigenen Sägemühle zersägte. Jedenfalls tat er das einige Jahre, bis er sich selbst (unabsichtlich) verstümmelte: Seine rechte Hand geriet unter die Säge, und er übergab die Mühlengeschäfte seinem älteren Sohn Ferro.

»Mag auch meine rechte Hand dahin sein«, so soll er noch auf dem Krankenbett gesagt haben, »so kann ich mit links immer noch rühren.« Und er begann, kaum dass er genesen war, verschiedenste Tinten anzurühren; erst, um sich die Zeit zu vertreiben, und später, als sich zeigte, wie gut sie waren, mit Gewinn. Falang war Forros Zweitgeborener; und diesem vermachte er das Geheimnis seiner Tinten. Die beiden Brüder gerieten ob des ungleich verteilten Erbes in Streit, wobei beide dachten, die Sägemühle sei der bessere Teil.

Falang zog, mit wenig mehr als dem nötigsten versehen, aus Muldweiler fort und kehrte zurück nach Moorreet. Er gründete dort, nach einer Lehrzeit als mechellinder Schreiber, eine Tintnerey. Er heiratete Taberna Drossler, ein Mädchen aus Lammspring, das ihm in vielen Dingen guten Rat wusste; und so wurde er in der Folge, wie nach ihm auch sein Sohn Furgo, bevorzugter Lieferant der Bücherey zu Mechellinde, der größten Sammlung an Wissen im ganzen Hüggelland.

Ferros Kindeskinder blickten neidisch über die Räuschel und meinten noch bis in Finns erwachsene Tage, nicht die Sägemühle, sondern das streng gehütete Geheimnis um die Tinten sei der wahre (und bessere Teil) von Forros Erbes gewesen.

5. VON DER ABGESCHIEDENHEIT DES HÜGGELLANDES

Der Tennlén Alam, der Alte Weg nach Uvaithlian war im Jahr 710 n. d. D. kaum mehr als solcher erkennbar, und er wurde von den Vahits auch nicht begangen. Ihre nördliche Grenze war der Lauf des Wirrelbaches, und damit hatte es sich; weiter gingen sie nicht. In den Königreichen Revinore und Arelian war die einstmals prächtige Straße auf die Linvahogath hinauf längst vergessen worden, und so kam es, dass sich in den langen Jahren seit der Besiedlung durch die Vahits nicht ein einziger Besucher aus den Außenlanden im Hüggelland eingefunden hatte.

Außer dem Alten Weg gab es keinen Zugang zu den Hügeln oberhalb der Linvahogath. Weder von der Meeresseite noch im Süden noch im Norden waren die Berge übersteigbar, zu schroff und steil ihre Hänge, zu tief und unwegsam ihre Schluchten. Und die Linvahogath selbst ragte, über eine Meile hoch, senkrecht aus den Schattenfennen auf.

Was die Vahits über die Welt außerhalb des Hüggellandes wussten (oder zu wissen glaubten), hatten sie aus ihren mitgebrachten Büchern erfahren. Nirgendwo sonst in der Welt siedelten Vahits, außer hier bei ihnen, und somit entfiel jeglicher Grund, woanders hinzugehen. Wer von Fernweh geplagt wurde, kam an den Rand des Sturzes und besah sich die Tiefen Lande: die Schattenfenne mit ihren im Morgenlicht glitzernden Tümpeln; den Lauf des großen Stroms Tarduil, der gemächlich nach Süden floss; die Insel Langschelf, die wie ein Schiff die Wasser des Tarduil teilte; und die im Dunst liegenden, allmählich gen Osten ansteigenden und deutlich niedrigeren Hänge und Kämme des Akhanaith endh Anth-i-dheriltené.

Was in den Außenlanden vorging, ahnten die Vahits nicht; und sie ergingen sich auch nicht in Mutmaßungen darüber, denn was immer sich dort ereignen mochte (so dachten sie), läge weit fort und beträfe sie nicht. Eine Ausnahme stellte lediglich die Familie Tauber dar, in der man sich eigene Gedanken über die Welt »dort draußen« machte.

Finns Mutter Amafalia war eine geborene Tauber, und alles, was man über diese Familie an Merkwüdigem sagen konnte, war eine unbestimmte Sehnsucht nach den endlosen Weiten jenseits des Sturzes, die in den Familienköpfen herumspukte. In den Wohnstuben der Taubers wurde öfter von den östlichen Landen gesprochen als anderswo, und es wurden Mutmaßungen darüber angestellt (»gesponnen«, nannten es ihre Nachbarn), was denn wohl in Arelian, Vindland oder Revinore dieser Tage geschehen möge. Die Taubers wohnten in Aarienheim nahe des Sturzes, und oft trafen sie sich des abends am jäh abfallenden Rand der Felsenmauer und sahen zu, wie die Sonne hinter den fernen Bergen versank und die heraufziehenden Schatten die Tiefen Lande eine Meile unter ihnen nach und nach verschluckten.

Bisher war es indes keinem Tauber eingefallen, in die Tiefen Lande hinab zu steigen, sah man von Amafalias Großvater Bartolo ab, der behauptete, in seiner Jugend den Alten Weg ganz hinab bis zum Ufer des Tarduil gegangen zu sein; doch er war, wenn er denn die Wahrheit berichtet hatte, allein hinabgestiegen, und wirklich glauben mochte das niemand.

Da aber die Vahits nie einen Fuß über die natürlichen Grenzen des Hüggellandes hinaus setzten (oder, wie in Bartolos Fall, wenn er denn wirklich gegangen war, zumindest nicht weit), und bisher auch niemand aus den Außenlanden gekommen war, so dachten sie zu keiner Zeit darüber nach, dass diese Grenze jemals von außerhalb überschritten werden könnte.

Ein Leichtsinn und ein mehr als folgenschwerer Irrtum, wie der werte Leser jetzt weiß.

STAMMBAUM DER HÜGGELLÄNDISCHEN FAMILIEN FOKKLIN UND TAUBER

(Mühlenbauer)
Maltet Fokklin
⚭ Menehune Mürmdohl

Bodas Fokklin
⚭ Mageta Wiesenpieper

Báding Fokklin
⚭ Calfata Schwaning

Ferinia Fokklin
⚭ Odogar Tauber

Taved Fokklin
⚭ Fiofine Mauerschwalb

Asbläd Fokklin
(der Kaumhaarige)
⚭ Carminia Lerchel

Bartolo Tauber
(stieg zum Tarduil hinab)
⚭ Tessina Muldwyrd
(die alte Muldwyrda; Mutterschwester der Mutter von Anselma Borker, geb. Muldwyrd, die mit ihrem Mann Banavred Borker den Acaeras Alamdil bewohnt)

Lodebras Fokklin

Forro Fokklin
(der Einhändige)
⚭ Teremonia Kowal

(erhält das Rezept der Tinten)
Falang Fokklin
⚭ Taberna Drossler

(erhält die Muldweiler Sägemühle)
Ferro Fokklin
⚭ Anaganta Gänsesäger

Furgo Fokklin
⚭ **Amafilia Tauber**

Terrinia Tauber
⚭ Ludowig Gurler
(der Witamáhir in Mechellinde)

Hámlat Tauber
⚭ Walnutia Buntfinkel

Réminia Fokklin
⚭ Runo Ralle

Rémblad Fokklin
⚭ Gudrina Haubenmeis

Rodo Ralle
⚭ Patea Fink

Gémo Fokklin
Gatan Fokklin

Amarita Ralle
⚭ Dúncan Zeisig
(ein Vetter von Abbado und Konkho Zeisig)

Dharso Zeisig

Rebold Gurler
⚭ Turda Wiedehopf

Bardogar Tauber
⚭ Erugenia Racke

Amafilia Tauber
⚭ **Furgo Fokklin**

Fiongar Tauber
⚭ Gudrina Eul

Ewerdine Tauber
⚭ Marin Kleiber

Amadine Tauber
⚭ Obold Stelzfuß

Ewerdag Tauber
⚭ Harriata Amsler

Fionwen Tauber
⚭ Lindan Storchner

Eilana Gurler
Faélan Gurler

Imbolwen Tauber
Beltaine Tauber
Fintan Tauber
Erainn Tauber

FINNIG FOKKLIN

Finnig Storchner

Wilhag Tauber

Obhlo Stelzfuß
Gian Stelzfuß
Maian Stelzfuß
Baas Stelzfuß

Amadine Tauber
Amwen Tauber

Ossiana Kleiber
Briuinig Kleiber
Dunhag Kleiber
Vaca Kleiber
Gaidho Kleiber
Liathwen Kleiber

STAMMBAUM DER HÜGGELLÄNDISCHEN FAMILIE ZEISIG

- Bródmainn Zeisig ⚭ Dahrsa Blaumeis
  - Wilman Zeisig ⚭ Hastana Muldwyrd *(weitere Mutterschwester der Mutter von Anselma Borker, geb. Muldwyrd, die mit ihrem Mann Banavred Borker den Acaeras Alamdil bewohnt)*
    - Amwen Zeisig ⚭ Tombold Blauunk
    - Amfold Zeisig ⚭ Llaidha Hallimasch
  - Gunbold Zeisig ⚭ Donata Sperler
    - Dúnbho Zeisig ⚭ Rémonia Lerch
      - *(ältester Geselle bei Fokklinhand in Moorreet)* Abbado Zeisig ⚭ Gaidha Schwaning
      - *(Wirt des Verlorenen Henkels in Moorreet)* Konkho Zeisig ⚭ Fradha Kranich *(Schwester von Giunda Blässner, geb. Kranich, die Mutter von Ianam und Gatabaid in Rudenforst)*
    - Dúnman Zeisig ⚭ Eriana Lerch
      - Dúncan Zeisig ⚭ Amarita Ralle
        - Dharso Zeisig
      - Amagata Zeisig *(Klärerin des Obergaus)*
  - Falada Zeisig ⚭ Rhedo Kowal
    - Tiwol Kowal ⚭ Eleana Kleiber
      - Taved Kowal ⚭ Gwynwen Moorent
        - *(Wirt der Taumelnden Mühle in Vierstraß)* Timan Kowal
      - *(Besitzer der Kowalhöhle von Wasserfels)* Awol Kowal ⚭ Ranigga Gänsesäger

STAMMBAUM DER HÜGGELLÄNDISCHEN FAMILIE MULDWYRD

- Grogas Muldwyrd ⚭ Dusmaid Moorent
  - Hastana Muldwyrd ⚭ Wilman Zeisig
  - Tessina Muldwyrd *(die alte Muldwyrda)* ⚭ Bartolo Tauber *(stieg zum Tarduil hinab)*
  - Gesamene Muldwyrd *(wird ledig schwanger; doch die Tochter wird dafür zeitlebens schräg angesehen)*
    - Anselma Muldwyrd ⚭ Banavred Borker *(beide bewohnen den Acaeras Alamdil)*